. Kreuzzug (1189–1192)
stsee
Gran
Sinnium
Belgrad
Nisch
Adrianopel
Philippopel
Konstantinopel
Schwarzes Meer
Trapezunt
Nikomedia
Nicäa
Gallipoli
Caesarea
Edessa
Mai 1190
Philomenion
Heraclea
Maras
Smyrna
Sardes
Ikonion
Tarsus
Aleppo
Ephesos
Attalia
Antiochia
Juni 1191
März 1191
Rhodos
Famagusta
Zypern
Lemesos
Homs
Tripolis
Kandia
Beirut
Damaskus
Kreta
April 1191
Akkon
Arsuf
indisches Meer
September 1191
Jaffa
Jerusalem
August 1192
Askalon
Damietta
Alexandria
Kairo
Rotes
Meer

BOOKSPOT

Silvia Stolzenburg

Schwerter und Rosen

Roman

BOOKSPOT VERLAG

1. Auflage März 2012
Satz/Layout: Martina Stolzmann
Covergestaltung: Nele Schütz Design, München
Lektorat: Christine Laudahn
Druck: CPI – Clausen & Bosse, Leck
Made in Germany
ISBN 978-3-937357-59-1
www.bookspot.de

Für mich

Liste der agierenden Personen

(historisch belegte Personen in *Kursivschrift*)

Engländer um Richard Löwenherz:

Harold of Huntingdon	Sohn des Earls of Huntingdon und Knappe im Dienst des Earls of Essex
Guillaume of Huntingdon	Harolds jüngerer Halbbruder
Catherine de Ferrers	Tochter des Earls of Derby und Hofdame der Königin
Richard Löwenherz	1189 zum König von England gekrönt
Blondel	Richards Liebhaber und Barde
Mortimer	Richards Knappe
Richard of Devizes	Richards Liebhaber und Chronist
Aliénor von Aquitanien	Richards Mutter
John Lackland	Richards jüngerer Bruder
Berengaria von Navarra	Richards spanische Braut
Johanna Plantagenet	Richards Schwester
Guy de Brassard	Ein Ritter des Earls of Huntingdon und Vertrauter Harolds

Robin of Loxley	Harold of Huntingdons leichtlebiger Freund, später Robin Hood
Robert de Mandeville	Der Earl of Essex und Harolds Dienstherr
John of Littlebourne	Ein Ritter des Earls of Essex
Henry of Cirencester	Ein Ritter des Earls of Gloucester
Robert de Beaumont	Der Earl of Cornwall
Richard de Reviers	Der Earl of Devon
Gilbert de Clare	Der Earl of Hertford und Gloucester

Die Earls of Pembroke, Salisbury, Arundel und Leicester

Philipp II. von Frankreich	Richards Gegenspieler
Lady Alys	Seine Schwester, seit Jahren in englischer Obhut, Richard als Braut versprochen

Deutsche um Friedrich Barbarossa:

Friedrich Barbarossa	Kaiser des Heiligen Römischen Reiches
Der Herzog von Schwaben	Sein Sohn und nach ihm Anführer der Kreuzfahrer

Der Herzog von Österreich	Erbitterter Feind des englischen Königs
Der Herzog von Franken	Vater Philippas und waffenerprobter Kreuzfahrer
Arnfried von Hilgartsberg	Bayerischer Ritter und Dichter
Ansbert	Mönch und Chronist
Friedrich von Hausen	Ritter und Dichter
Fulko von Filnek	Blanda von Filneks Onkel und Kreuzfahrer

Akteure in Jerusalem:

Salah ad-Din	Sultan von Syrien und Ägypten und Eroberer Jerusalems
Al-Adil	Sein Bruder
Shahzadi	Die Schwester der beiden
Philippa von Franken	Gefangene Christin und Geliebte des Sultans
Nathan	Ein jüdischer Kauffahrer
Rahel/Blanda von Filnek	Seine Ziehtochter
Curd von Stauffen	Ein gefangener Tempelritter

Daja	Rahels Kinderfrau

Weitere Parteien:

Guy de Lusignan	Umstrittener König von Jerusalem
Heraclius von Caesarea	Aus der Stadt geflohener Patriarch von Jerusalem
Konrad von Montferrat	Rivale Guys
Isaak Komnenos	Selbst ernannter Kaiser von Zypern
Die Sekte der Hashshashin	Assassinen im Dienst des Sultans
Kilidsch Arslan II.	Sultan von Ikonion

Prolog

Wir schreiben das Jahr 1189. Vor zwei Jahren hat der kurdischstämmige Sultan Salah ad-Din mit der Schlacht von Hattin das Ende des Königreiches Jerusalem besiegelt und die durch innere Streitigkeiten geschwächten Kreuzfahrerstaaten auf die Gebiete von Tyros, Tripolis und Antiochia zurückgedrängt. Aber nicht nur die vernichtende Niederlage des christlichen Heeres und die feindliche Eroberung Jerusalems veranlassen Papst Gregor VIII. dazu, mit der Bulle *audita tremendi* zum dritten Kreuzzug aufzurufen. Auch der Verlust des Einzig Wahren Kreuzes, an dem Jesus Christus den Opfertod starb, gibt Anlass zu einem erneuten militärischen Eingreifen der Christen. Sowohl der englische Thronfolger, Richard Löwenherz, als auch der junge König von Frankreich, Philipp II., folgen dem Aufruf des Papstes und nehmen das Kreuz, verpflichten sich also, ins Heilige Land zu ziehen. Doch da sie durch Machtkämpfe um Burgen und Baronien in Frankreich entzweit sind, ist es einzig der Deutsche Kaiser Friedrich Barbarossa, der am 11. Mai 1189 mit einem über 25 000 Mann starken Heer von Regensburg aus gen Osten zieht. Der Aufbruch der Engländer und Franzosen lässt bis Juli 1190 auf sich warten und wird alles andere als reibungslos verlaufen.

Durch den plötzlichen Tod seines Vaters, König Henry II., sieht sich Richard Löwenherz zunächst gezwungen, von seiner Heimat Frankreich nach England überzusetzen, da die Könige der Insel traditionsgemäß vom Erzbischof von Canterbury gekrönt werden. Er sorgt dafür, dass seine Mutter, Aliénor von Aquitanien, aus dem Hausarrest in Salisbury entlassen wird, da die alte Dame nicht nur eine geschätzte Vertraute, sondern auch eine wertvolle Beraterin ist. Nach der Haft in Salisbury, welche sie der Tatsache zu verdanken hat, dass sie ihre Söhne einige Jahre zuvor gegen den Vater, Henry II., unterstützt hat, läuft Aliénor zu Hochform auf. Sie steht ihrem Sohn nicht nur mit Rat und Tat zur Seite, sie sorgt auch dafür, dass ihm die richtige Braut zugeführt wird – die bildschöne Spanierin Berengaria von Navarra. Als Herzog der Normandie und von Anjou fühlt sich Richard mehr als Franzose denn als Engländer, was schon bald dazu führt, dass er die Insel lediglich als überdimensionale Schatztruhe betrachtet, aus der er sich für das geplante Kreuzzugvorhaben bedienen kann.

Während Richard Löwenherz undiplomatisch Klerus, Adel und den König von Frankreich gegen sich aufbringt, stoßen die deutschen Kreuzfahrer unter Friedrich Barbarossa bereits im heutigen Bulgarien auf unerwarteten Widerstand. Durch eine Weissagung zu der irrigen Annahme verleitet, das eigentliche Ziel des Zuges sei seine Stadt, wirft Kaiser Isaak von Konstantinopel (Byzanz) den christlichen Streitern einen Stein nach dem anderen in den Weg. Dem abergläubischen Kaiser erscheint es weniger risikoreich, einen Pakt mit Sultan Salah ad-Din zu schließen – der versprochen hat, die Grabeskirche in Jerusalem der byzantinischen Kirche zu unterstellen – als den katholischen Christen zu trauen. Schließlich ist ihm Rom zutiefst verhasst. Der ganze Kreuzzug scheint unter dem Einfluss schlechter Sterne zu stehen.

Ein weiterer Schauplatz wird eröffnet, als der entmachtete König von Jerusalem, Guy de Lusignan, die Belagerung der strategisch wichtigen Stadt Akkon beginnt, die schon bald zum Dreh- und Angelpunkt des Machtkampfes zwischen Sarazenen und Christen wird. Zwar hatte der von Salah ad-Din gefangen gesetzte Guy geschworen, im Gegenzug für eine Freilassung, nie mehr die Waffen gegen den Sultan zu erheben. Aber er denkt nicht im Traum daran, diesen Eid zu wahren. Viele der Barone der Kreuzfahrerstaaten lasten Guy allerdings die Niederlage von Hattin an. Und so sieht sich der ehemalige König von Jerusalem nicht nur ohne Reich, er muss sich auch gegen Konrad von Montferrat behaupten, der von einer mächtigen Fraktion – unter anderem von Philipp von Frankreich – unterstützt wird und der ihm Zuflucht in Tyros verweigert. Erst als pisanische und sizilianische Kreuzfahrer im Heiligen Land eintreffen, gelingt es Guy de Lusignan, mit deren Hilfe, die Belagerung der Stadt Akkon in Angriff zu nehmen. Einerseits will er Konrad von Montferrat mit der Eroberung der Stadt zeigen, wer der Mächtigere ist; andererseits hofft er, mit Hilfe von Richard Löwenherz Jerusalem zurückzuerobern – Akkon soll dazu lediglich als Sprungbrett dienen. Während sich die Armeen der Kreuzfahrer aus allen Richtungen dem Heiligen Land nähern, beginnt der Boden unter Sultan Salah ad-Dins Füßen langsam, aber sicher zu brennen.

Teil 1

Juli 1189 – Mai 1190

London, White Tower, Juli 1189

»Nun habt Euch nicht so! Was ist denn schon dabei?!« Catherine de Ferrers meergrüne Augen waren weit vor Furcht. Raubtierartig blitzten die Zähne des hochgewachsenen Mannes, der sie an die Wand drängte, im Dämmerlicht der Fackeln unter der dunklen Kapuze hervor. Der Rest des Gesichtes lag im Schatten des tief in die Stirn gezogenen Überwurfes. Einzig eine sichelförmige Narbe teilte schimmernd die bläulichen Bartstoppeln an seinem Kinn. Sie hatte nicht schlafen können und ein wenig die Düfte des prachtvollen, wenngleich winzigen Gartens des *White Towers* in der lauen Sommerluft genossen, als sie plötzlich von einer Gruppe vermummter Gestalten aufgeschreckt worden war, die sich – nervös in alle Richtungen blickend – durch einen der niedrigen Torbogen geduckt hatten. Hastig hatte sie sich zwischen die dichten Rosenbüsche gekauert und die Luft angehalten, um nicht entdeckt zu werden. Erst gestern war sie mit der Königin, die bald die Königinmutter sein würde, nach einer ermüdenden dreitägigen Reise von Burg Sarum in Salisbury in London eingetroffen. Und nach der erdrückenden Atmosphäre, die auf der Burg – dem Gefängnis der Königin – geherrscht hatte, genoss das dreizehnjährige Mädchen die Freiheit der weitläufigen Festung. Allerdings schien das normannische Bollwerk nach der Stille des Landes selbst am Abend wie ein Bienenstock zu summen.

Die gierigen Hände des breitschultrigen Ritters, die sich um ihre schlanke Taille schlangen, zerrten ungeduldig an der seitlichen Schnürung ihres mit kostbaren Goldfäden durchwirkten *Bliauds*. »Bitte Mylord«, flehte sie tonlos, während sie versuchte, sich unter den muskulösen Armen ihres Bedrängers hinwegzuducken. »Lasst mich gehen.« Ein kehliges Lachen war alles, was sie mit ihrer Bitte bewirkte, und er stieß sie hart gegen die weißen Steinquader zurück. »Ihr brennt doch bestimmt genauso darauf wie ich«, höhnte er und drückte ihr brutal die kalten Lippen auf den Mund, sodass sie vermeinte, ersticken zu müssen. »Ich habe die Blicke gesehen, die Ihr den Knappen zuwerft«, keuchte er und ließ die Rechte zu ihrer Brust hinabwandern, die er so hart umfasste, dass sie vor Schmerz aufgeschrien hätte – hätte er sie nicht mit seiner Zunge mundtot gemacht. »Wir werden viel Spaß miteinander haben«, flüsterte er dicht an ihrem Ohr und zupfte mit den Lippen an einer ihrer dunkelblonden Locken, bevor er sie in eine der Nischen zerrte, die den Bogengang in regelmäßigen Abständen säumten.

Grafschaft Huntingdon, Juli 1189

»Harold! Verdammt, Harold, wo steckst du?«, scholl die glockenhelle Stimme des halbwüchsigen Knaben durch das Dickicht am Wegesrand. Sein Vater hatte ihn ausgesandt, den älteren Stiefbruder zu finden, und mit Ausnahme des Waldes, der an den Landsitz grenzte, hatte er schon den gesamten Besitz nach ihm abgesucht. Der milchige Sommerhimmel schien in seinem Wasserblau beinahe durchsichtig, und über den stolz in der Mitte des Forstes aufragenden Buchen kreisten zwei Bussardpaare in immer enger werdenden Spiralen. Wut stieg in ihm auf, als er die missfälligen Blicke des Gesindes auf sich spürte, während er durch das windschiefe

Haupttor des Anwesens stob, um den Pfad entlang bis zur Ackergrenze zu jagen. Nicht einmal die Leibeigenen brachten ihm den gebotenen Respekt entgegen! Wie oft hatte er sich schon bei seinem Vater darüber beschwert. Doch der alte Mann schüttelte immer nur den Kopf und vertröstete ihn darauf, dass sich das ändern würde, sobald er älter war.

Hart trafen Guillaumes dünn besohlte Schuhe auf dem staubigen Boden auf, während er – von Zorn angetrieben – über das abgeerntete Feld auf den in der Hitze flimmernden Waldrand zulief. Trockene Büsche schienen den Suchenden halbherzig davor zu warnen, in die zwielichtige Kühle des alten Laubwaldes einzutauchen. Aber Guillaume fürchtete sich weder vor wilden Tieren noch vor den Geächteten, die *Sherwood Forest* unsicher machten. »Harold!«, rief er ungehalten. »Ich weiß, dass du hier irgendwo steckst!« Doch nichts als dumpfe Stille antwortete ihm – nicht einmal unterbrochen vom Zwitschern eines Vogels. Missmutig und lustlos trabte er noch einige Schritte, bis sich der schmale Trampelpfad zwischen den Eichen verlor. Er wollte gerade umkehren, um seinem Vater mitzuteilen, dass seine Suche erfolglos gewesen war, als er ein leises Kichern vernahm. Neugierig hielt er inne und lauschte in das vom Dämmerlicht nur schwach erhellte Unterholz, zwischen dessen dürren Zweigen soeben die zweifarbige Schnauze eines Dachses verschwand. Einen Augenblick lang wurden die Stimmen durch das Rascheln der Blätter und die aufgeregten Laute des Tieres geschluckt. Aber als das Weibchen in seinem Bau verschwunden war, wiederholte sich das perlende Gelächter, das die Aufmerksamkeit des Knaben erregt hatte.

⁂

Keine zehn Steinwürfe von Guillaume entfernt blickte Harold of Huntingdon beklommen auf die bloßen Brüste der Magd hinab, an denen sich sein Freund Robin of Loxley mit Hingabe zu schaffen machte. Das blonde, rotwangige Mädchen, das in der Küche der kleinen Burg arbeitete, legte den Kopf in den Nacken und stieß erneut ein klingendes Lachen aus. Sie leckte sich die sinnlich geschwungenen Lippen und ermutigte Robin mit einer einladenden Handbewegung, auch den Rest des einfachen Kleides, das ihre üppigen Rundungen bedeckte, über ihre Hüfte zu schieben. »Nun komm schon, Harold«, ermunterte ihn der Ältere, dessen dunkler Schopf halb zwischen den prallen Oberschenkeln verborgen war, nuschelnd, bevor er mit glühenden Wangen wieder auftauchte und sich einige verschwitzte Strähnen aus der Stirn strich. »Ja, kommt Mylord«, wiederholte die Magd schelmisch und fuhr sich mit der Hand über die Brust. »Ihr braucht Euch nicht zu fürchten!« An den Innenseiten ihrer Beine glänzte Feuchtigkeit, und auch das ungleichmäßige Dreieck rötlicher Haare war von einem schimmernden Film überzogen.

»Ich fürchte mich nicht!«, versetzte der Jüngling aufbrausend und nestelte an seinem Gürtel, um es dem Freund gleichzutun. Im Gegensatz zu Robin, der mit seinen sechzehn Jahren schon seit zwei Sommern als Knappe im Dienst seines älteren Bruders stand, und diesen schon auf mehrere Reisen an den Hof begleitet hatte, brannte Harold seit seinem vierzehnten Geburtstag mit Ungeduld darauf, endlich nach London geschickt zu werden. Doch so oft er seinen Vater auch bearbeitet hatte – der alte Ritter blieb stur. Erst wenn er die Zeit für gekommen hielt, würde er seinen Erstgeborenen als Knappen in die Obhut eines Ritters oder Earls übergeben. Was zur Folge hatte, dass Harold bis auf einige harmlose Spielereien mit der Tochter des Stallaufsehers noch keinerlei sexuelle Erfahrungen zu verzeichnen hatte. »Ich lasse dir den Vortritt«, feixte Robin und riss sich mit einem wehmütigen Blick von der inzwischen splitternackt im weichen Gras liegenden Magd los. »Ruft mich, wenn ihr fertig seid.« Mit diesen Worten wandte er sich ab und schlenderte auf das entgegengesetzte

Ende der kleinen Lichtung zu, die von einem leise murmelnden Bächlein geteilt wurde, über dessen flacher Böschung Hunderte von Stechmücken tanzten.

Harold schluckte trocken. Obschon ihn die milchweiße Blöße des Mädchens zweifellos erregte, scheute er sich doch, das zu tun, was sein Instinkt ihm einflüsterte. Dröhnend hämmerte sein Herz gegen den sich heftig hebenden Brustkorb, und ein prickelnder Schweißfilm legte sich auf Stirn und Oberlippe des jungen Mannes. Fahrig strich er sich mit der leicht zitternden Hand durch den weizenblonden Schopf, den er auf normannische Art und Weise im Nacken kurz trug, und ließ die blauen Augen über die Brüste des Mädchens hinab zu ihrer Scham gleiten. Dort verharrte er ein halbes Dutzend Atemzüge lang, bevor er sich unter Auferbietung aller Kräfte von dem verlockenden Anblick losriss, den Blick ihrer beinahe violetten Augen suchte, um allerdings wenig später wie magisch angezogen zu den Verlockungen ihres Schrittes zurückzukehren. Überlegen lächelnd folgte sie seinem Blick und begann, die Fingerkuppen an den Innenseiten ihrer Schenkel hinauf wandern zu lassen. Das war zu viel! Er konnte sich nicht länger beherrschen, und ohne einen weiteren Gedanken an die eventuellen Folgen seines Tuns zu verschwenden, streifte er die *Cotte* ab und kniete sich über sie.

❀

Verborgen vom gelblichen Laub eines Haselstrauches kauerte Guillaume am Rand der Lichtung, zu der ihn das Kichern der Magd geführt hatte, und lugte erregt blinzelnd durch die Blätter. Was tat sein Bruder denn da? Wie hypnotisiert folgte er den rhythmischen Bewegungen, während ihm vor Erstaunen der Mund offen stehen blieb. Wie abstoßend und unwürdig!, schoss es ihm durch den Kopf. Nachdem er einige Augenblicke lang fasziniert dem Grunzen und Stöhnen seines Bruders gelauscht hatte, kroch er – sorgsam darauf bedacht, kein verdächtiges Geräusch zu verursachen – behutsam in den Schutz des dichten Waldes zurück. Er hatte genug gesehen! Mit bebenden Gliedern rappelte er sich auf, klopfte Schmutz und trockene Blätter von den bloßen Knien und stolperte von der Lichtung fort. Nach einigen Schritten gehorchten ihm seine Beine wieder und er begann, zügig auf die väterliche Burg zuzulaufen, deren bräunliche Wehrmauer durch das von der sommerlichen Hitze ausgedünnte Laubwerk schimmerte. Er würde seiner Mutter berichten, was er soeben gesehen hatte! Die im Kloster erzogene Normannin – die zweite Frau des königstreuen Ritters – würde bei seinem Vater auf eine strenge Bestrafung des Älteren drängen. Und Guillaume würde wie schon so oft zuvor die innere Befriedigung genießen, die er bei den Schreien des Halbbruders empfand, wenn dieser vom Waffenmeister gezüchtigt wurde.

Mit grimmiger Genugtuung dachte er an den letzten Vorfall zurück, der Harold eine solche Tracht Prügel eingebracht hatte, dass dieser beinahe eine ganze Woche nicht hatte sitzen können. Jemand hatte zu Beginn des Frühlings Vorräte aus der Speisekammer gestohlen. Und wenngleich Guillaume nicht wusste, ob es tatsächlich die Schuld seines stets hungrigen Bruders war, hatte er seine Mutter davon überzeugen können, ihn bestrafen zu lassen. Bei der Erinnerung an Harolds schmerzverzerrtes Gesicht erfüllte ihn immer noch warme Schadenfreude. Ohne Vorwarnung flammte die alte Wut über die Ungerechtigkeit des Geburtsrechtes in dem Jungen auf. Harolds Mutter, eine Angelsächsin, war bei dessen Geburt im Kindbett gestorben, und erst nach langer Trauer hatte sich sein Vater schließlich eine normannische Frau genommen. Guillaumes Brauen schoben sich unwillig zusammen, als er sich zum wohl tausendsten Mal fragte, warum nicht *er* der Erbe von Gut und Titel sein sollte. Auch wenn Harold der Ältere war. Der wohlbekannte bittere Geschmack stieg in seiner Kehle auf und ließ ihn ausspucken. Immerhin war sein Vater vor der Heirat mit Guillaumes Mutter, die eine beträchtliche Mitgift mit in die Ehe gebracht hatte, ein verarmter Landadeliger gewesen. Er verzog das Gesicht. Wie oft hatte er sich darüber schon mit Harold gestritten, der ihn damit aufzog, dass er ihn als Gutsverwalter einsetzen würde, wenn er einmal Herr von Huntingdon wäre! Seine Hände ballten sich zu Fäusten. Dazu würde es nicht kommen, dafür würde er sorgen! Vor Vorfreude grinsend schüttelte er die düsteren Gedanken ab, als er über den Hof stürmte und mit fliegenden Schritten die Treppen zu den Gemächern seiner Mutter erklomm.

Serbisches Erzgebirge, Juli 1189

Ansbert tat der Hintern weh. Der junge Mönch hatte den Eindruck, dass seit ihrem Aufbruch aus Regensburg vor neun Wochen die Haut an seinem Gesäß zu einer wunden Vorstufe von Leder geworden war. Bei jedem Schritt, den sein Wallach tat, rutschte er auf dem glatt polierten Sattel hin und her, da ihn schon lange die zu einem ordentlichen Knieschluss erforderliche Kraft in den Beinen verlassen hatte. Das gewaltige Heer von über 20 000 Mann, das ständig anwuchs, kroch wie ein gepanzerter Drache über die schroffen Berge des serbischen Hochlandes. Erschreckend dicht über den zum Teil noch schneebedeckten Gipfeln des verkarsteten Dinarischen Gebirges flimmerte eine beinahe glutrote Sonne, deren Strahlen lediglich hin und wieder von den Schwingen eines jagenden Adlers verdunkelt wurden. Das farblose, vertrocknete Grün des windgepeitschten Grases ging nur wenige hundert Fuß über den Köpfen der Reiter in einen Gürtel aus Krüppelkiefern über, der sich bald in dem dunkelgrauen Fels verlor. Stolpernd und strauchelnd suchten sich die wenig bergerfahrenen Reittiere der Deutschen ihren Weg durch das tückische Geröll, und mehr als einmal wäre Ansberts Wallach um ein

Haar in eine der gähnenden Schluchten gestürzt. Mit einem Seufzen wischte sich der blonde Mönch über die Tonsur und fragte sich zum ungezählten Mal, warum er sich von den Verlockungen des Abenteuers hatte ködern lassen – anstatt in den kühlen Tiefen der erzbischöflichen Bibliothek in seiner Heimatstadt Köln den Freuden des Geschichtsstudiums nachzugehen. Bis auf eine kurze Pause, als die Kreuzfahrer Ende Juni vor Belgrad gelagert hatten, war den zukünftigen Befreiern des Heiligen Landes bisher kaum eine Rast vergönnt gewesen. Dort war es zu blutigen Zwischenfällen gekommen, als zwei junge Adelige den Frieden gebrochen und einige Häuser geplündert und niedergebrannt hatten; eine Tat, die der trotz seines hohen Alters manchmal unnachgiebig strenge Barbarossa augenblicklich geahndet und sie vor den Augen aller hatte enthaupten lassen.

Ansberts Magen knurrte, und er warf dem neben ihm reitenden Arnfried von Hilgartsberg, mit dem er sich kurz nach ihrem Aufbruch angefreundet hatte, ein schiefes Grinsen zu, das dieser ohne Zögern erwiderte. Der schlanke, dunkelhaarige Ritter, der mit dem Herzog von Schwaben – einem Freund seines Dienstherrn, des Bischofs von Passau – zu den Kreuzfahrern gestoßen war, hatte ihm vor einigen Tagen bei einem Krug Met sein literarisches Vorhaben anvertraut. Und zwar beabsichtigte er, seine Erfahrungen nach diesem Unterfangen in einem gewaltigen Versepos festzuhalten. *Die Nibelungen* wollte er das Werk nennen. Und Ansbert, der als Chronist den Zug der Krieger begleitete, war fasziniert von den teilweise gefährlich respektlosen Gedanken des anderen. Die hohe Stirn des bayerischen Ritters war sonnengebräunt, und die schlanke Nase zierte eine flammende Röte, die sich bis über die ausgeprägten Wangenknochen zog. In den dunklen Augen lag ein unternehmungslustiges Funkeln, das die Angespanntheit seines muskulösen Körpers widerspiegelte. »Wollt Ihr einen Schluck?« Mit ausholender Geste machte Arnfried von Hilgartsberg einen ziegenledernen, mit klarem Quellwasser gefüllten Schlauch von seinem Sattelknauf los und bot ihn seinem Begleiter an. »Es hilft, den Hunger zu vertreiben.«

Obwohl nur diejenigen zu dem Feldzug zugelassen worden waren, die über genügend Geldmittel verfügten, um sich zwei Jahre lang versorgen zu können, begannen die Ärmeren unter den Kreuzfahrern bereits zu hungern. Waren die Tage mit ihrer brütenden Hitze schon kaum erträglich, so verwandelten sich die Nächte, in denen sich alle Sinne auf die schmerzhafte Leere konzentrieren konnten, in wahre Höllenqualen. Ansbert schämte sich dafür, dass sie die halb verfallenen Katen der Bauern, die auf ihrem Weg lagen, ausplünderten und die ausgemergelten Unfreien mit bloßer Klinge dazu zwangen, die Verstecke ihrer letzen Vorräte preiszugeben. Aber auch er litt unter den harten Bedingungen dieses Zuges und war sich – gänzlich unchristlich – selbst der Nächste. Der Weg durch das schroffe, felsige Gebirge zehrte weitaus mehr an den Kräften, als er vermutet hatte, und er bemitleidete die Bewaffneten, die der enormen Hitze in voller Rüstung trotzten.

»Gerne.« Dankbar nahm er den prallen Schlauch entgegen und hob ihn an die aufgeplatzten Lippen. Zwar war die abgestandene Brühe, die seine verdorrte Kehle hinabrann, mehr als nur körperwarm. Doch kaum hatte das stark nach Leder schmeckende Wasser seine Zunge benetzt, spürte er, wie seine Lebensgeister zurückkehrten. Nachdem er sich ausgiebig gelabt hatte, setzte er den Trinkschlauch mit einem zufriedenen Seufzen ab und reichte ihn seinem Begleiter zurück. »In ein paar Tagen sind wir in Sofia«, bemerkte er zuversichtlich, nachdem er sich den Mund am Ärmel seiner leichten Cotte abgewischt hatte. »Auf dem Markt dort werden wir alle unsere Vorräte auffrischen können.« Arnfried von Hilgartsberg, der ebenfalls in gierigen Schlucken getrunken hatte, nickte bedächtig. »Ich hoffe, Ihr behaltet recht«, wandte er mit gerunzelter Stirn ein und betastete prüfend den Füllstand des Ziegenleders. »Seit wir Ungarn verlassen haben, werde ich das Gefühl nicht los, dass wir uns bereits jetzt in Feindesland befinden.« Erschrocken blickte Ansbert zu dem Ritter auf, der auf einem prächtigen Schimmel mit silbernem Trensenschmuck neben ihm hertrabte. »Wie meint Ihr das?«, fragte er verwirrt. Hatte Barbarossa nicht eigens Gesandte zu Isaak, dem Kaiser von Konstantinopel, ausgeschickt, damit dieser dem Heer der Kreuzfahrer das Recht garantierte, durch byzantinisches Gebiet zu reisen? Und hatte Isaak nicht auch Lebensmittel und Märkte in allen größeren Städten zugesagt. »Ich traue dem Frieden nicht«, erklärte Arnfried nüchtern. »Die Bevölkerung sieht in uns eine Bedrohung.« Mit einem leisen Fluch zügelte er seinen Hengst, da die Reiter vor ihm ins Stocken geraten waren, und klopfte dem nervös tänzelnden Tier den Hals, als dieses Anstalten machte auszubrechen. »Und außerdem ist der Kaiser in Konstantinopel dem Sultan Salah ad-Din verpflichtet. Er würde also dessen Zorn auf sich ziehen, wenn er uns hilft, das Heilige Land zu erreichen.«

Das leuchtete Ansbert ein. Seit der Schlacht von Hattin im Juli vor zwei Jahren, die das Ende des Königreiches Jerusalem besiegelt hatte, hatte sich der Machtbereich Salah ad-Dins, des Eroberers von Jerusalem, unaufhaltsam ausgebreitet. Die Kreuzfahrerstaaten waren durch innere Ränkespiele und Intrigen zwischen den beiden Thronanwärtern Guy de Lusignan und Konrad von Montferrat derart geschwächt, dass die Christen inzwischen lediglich noch die befestigte Hafenstadt Tyros, die Grafschaft Tripolis und das Fürstentum Antiochia kontrollierten. Nur zäh hatte der Enthusiasmus des Deutschen Kaisers Kreise gezogen, und so waren mehr als vierundzwanzig Monate nach dem Fall der Heiligen Stadt die Deutschen die Ersten, die sich auf den Weg gemacht hatten, Jerusalem zu befreien. Zwar hatten der englische König, Richard *Cœur de Lion* – Richard Löwenherz – und Philipp II. von Frankreich dem Aufruf des Papstes folgend kurz nach der Niederlage von Hattin das Kreuz genommen. Doch soweit Ansbert wusste, war bisher noch keiner von beiden aufgebrochen. Wie schon seit Jahren stritten sie mal wieder um Burgen und Baronien in Frankreich.

Etwas zittrig trocknete sich der junge Mönch den scheinbar unaufhaltsam rinnenden Schweiß aus den Augen, die von Salz und Wind bereits entzündet waren. Die immer drückender lastende Hitze schien beinahe unerträglich. Als sie in ein von allen Seiten eingeschlossenes Hochgebirgstal einritten, schoss ihm durch den Kopf, dass sich ein Backofen von innen wohl kaum anders anfühlen konnte. Kein Lüftchen regte sich, und über den Berggipfeln wirkte der Himmel seltsam bleiern. »Wisst Ihr«, vorsichtig wandte er sich um, nur um sich zu versichern, dass niemand in Hörweite ritt. »Ich denke, der Kaiser ist ein alter Narr.« Sein koboldhaftes Gesicht verzog sich zu einer Grimasse, und die blauen Augen verdunkelten sich missfällig. Arnfried von Hilgartsberg, dessen Helm in den Nacken gerutscht war, lachte prustend über die despektierliche Bemerkung und zog grinsend die Brauen in die Höhe. »Er ist alt und dieser ganze Kreuzzug ist heller Wahnsinn!«, setzte Ansbert hitzig hinzu. Seit ihrem Aufbruch von Wien hatte der junge Mönch das Gefühl, dass das Unterfangen der Kontrolle des betagten Kaisers mehr und mehr entglitt. Immerhin war er keine fünfundzwanzig Jahre mehr alt wie bei seiner ersten Kreuzfahrt vor über vierzig Jahren! »Er kann ja nicht einmal mehr alleine pinkeln!«, stieß er hinter vorgehaltener Hand hervor. Das war zu viel für Arnfried. Halb erstickt klammerte er sich an die Mähne seines Reittieres und lachte Tränen, während er sich verzweifelt bemühte, nicht vom Weg abzukommen. Als er sich schließlich mühsam wieder gefangen hatte, wischte er sich die Augen und beschied: »Mag sein, aber Eure Aufgabe ist es, ihn wie einen Helden erscheinen zu lassen – schließlich seid Ihr sein Chronist.« »Ja«, knurrte Ansbert. »Ich werde mir so allerhand einfallen lassen müssen!«

Jerusalem, Jüdisches Viertel, Juli 1189

Nur noch drei Ordensritter knieten vor Curd von Stauffen in der Reihe auf dem inzwischen blutgetränkten Boden. In der Ferne, zwischen den Bergen, konnte er das Blau des Sees Genezareth flimmern sehen, wenn er die müden, schweißverkrusteten Lider hob. Doch die von der Wasseroberfläche zurückgeworfenen Lichtreflexe stachen wie Dolche nach seinem Sehnerv. Der Himmel, dessen bleiches Graublau an die Farbe von Taubeneiern erinnerte, war an diesem Tag vom Staub der Schlacht verdunkelt, und nur mühsam ließen sich am Horizont die Umrisse der Golanhöhen ausmachen. Tosend rauschte das Blut in seinen Ohren, und wie durch einen Schleier vernahm er den dumpfen, Übelkeit erregenden Laut, als der Kopf seines Waffengefährten auf dem festgetrampelten Sand aufschlug. Beinahe endlos schien die Schlange der gefangenen Ritter, die vor den Augen des stolz thronenden Salah ad-Din von Soldaten und Emiren, die in Reih und Glied aufmarschiert waren, mit zurückgestreiften Ärmeln triumphierend enthauptet wurden. Nur wenige lehnten die Ehre dankend ab oder entschuldigten sich mit einer fadenscheinigen Ausrede, da sie die Abschlachtung der Gefangenen mit Abscheu erfüllte. Soeben fuhr erneut ein vor Nässe glänzendes Krummschwert auf den entblößten Hals eines Tempelritters nieder und trennte den Kopf mit einem sauberen Schnitt vom Körper des Gefangenen, der wie ein Sack in sich zusammenfiel und reglos liegen blieb.

»Tritt vor, Heidenschwein!«, brüllte der bereits über und über mit Blut besudelte Schlächter, dessen dunkles Gesicht vor Mordlust verzerrt war, ihn an, und Curd kämpfte sich schwankend auf die Füße, um seinem Schicksal entgegenzutreten. Als er vor dem stiernackigen Mamelucken zum Stehen kam, trat ihm von hinten jemand in die Kniekehlen, sodass er erneut auf die Knie sank. Mit glühendem Nachdruck bohrten sich spitze

Sandkristalle in seine bloßen Schienbeine, und aus dem Augenwinkel sah er einen aufgeschreckten Skorpion davonhuschen. Schmerzhaft krallte sich von hinten eine Hand in seine dunklen Locken und riss seinen Kopf zurück, während rechts und links von ihm Templer und Johanniter starben. Breit grinsend schwang der Sarazene das Krummschwert, in dem sich gleißend das Licht der stechenden Sonne fing.

Am ganzen Leib bebend fuhr Curd aus dem Schlaf auf. Seine raue Kehle war staubtrocken, und das dünne Untergewand klebte an seinem heißen Körper, der einem anderen zu gehören schien. Bleierne Schwere lastete auf seinen Gliedern und hätte ihn nicht quälender Durst dazu gezwungen sich aufzusetzen, hätte er sich – wie so viele Nächte zuvor – zurück in die Kissen sinken lassen, um blicklos an die Decke seiner dunklen Kammer zu starren. Wie oft würde er diesen schrecklichen Augenblick noch durchleben müssen? Leise stöhnend richtete er sich auf und griff nach der tönernen Karaffe auf dem Boden, die etwas abgestandenes Wasser und einen Schwarm Mücken enthielt, die er mit einer müden Handbewegung verscheuchte. Gierig trank er einen Schluck und wischte sich den Mund, als ein Teil des kostbaren Nasses an seinem Kinn hinabrann. Über zwei Jahre war es jetzt her, dass Salah ad-Din ihn als einzigen in letzter Sekunde begnadigt hatte. Aber immer noch jagten die grauenhaften Bilder durch seine Albträume. Warum?, fragte er sich zum unzähligsten Mal. Warum hatte der Sultan ihm als einzigem von über dreitausend Ordensrittern das Leben geschenkt? Kurz bevor die tödliche Klinge auf ihn hinabgesaust war, hatte der Sultan die Hand gehoben und etwas auf Arabisch geboten, woraufhin der Mameluck enttäuscht das Schwert hatte sinken lassen und ihn zur Seite gestoßen hatte. Seit diesem Tag war er ein Gefangener des mächtigen Herrschers über Ägypten, Syrien und Jerusalem. Und es war ihm bisher weder gelungen, die Ursachen der rätselhaften Milde zu ergründen, noch in Erfahrung zu bringen, warum er bei der Kapitulation Jerusalems nicht freigelassen worden war wie all die anderen Christen.

»Deine Wege sind unergründlich, Herr«, murmelte er übellaunig und schwang die Beine aus dem viel zu kurzen Bettkasten, der bei der unerwarteten Bewegung knarrend protestierte. Irgendwann würde seine Schlafstatt unter ihm zusammenbrechen, dessen war sich der Ritter sicher. Und es würde ihn ebenso wenig überraschen wie ein Sandsturm in der Wüste. Das Loch, in dem er hauste, war düster, moderig und stank nach Rattenkot, und wenn er es nicht gemietet hätte, dann hätte es mit Sicherheit als Unterkunft für Schafe, Ziegen oder Esel gedient. Allerdings konnte er sich keine bessere Unterkunft leisten, da ihm langsam, aber sicher die Mittel ausgingen. Leise fluchend kramte er in einem ehemals prachtvollen Beutelchen, dessen Purpurrot inzwischen zu einem hellen Rosa verblasst war, und zog einen Siegelring hervor. Auf einem breiten Goldreif prangte das schwarz-rote Wappen seiner Familie. Aber Staub und Schmutz hatten auch diesem Schmuckstück inzwischen so zugesetzt, dass er das Wappentier erst wieder deutlich erkennen konnte, nachdem er mit einem Zipfel seines Untergewandes über die glatte Oberfläche gewischt hatte. Mit einem Seufzen schloss er die Faust um das Kleinod und genoss einige Atemzüge lang das kühle, schwere Gefühl des Edelmetalls auf seiner erhitzten Haut. Schließlich schlug er es in ein winziges Stückchen Pergament ein und platzierte es auf dem kleinen Tischchen, dessen wackelige Beine schon mehrfach mit Schnur repariert worden waren. Er würde wohl auch sein kostbarstes Schmuckstück bei dem ziegenbärtigen Juden zwei Straßen weiter versetzen müssen, wenn er nicht verhungern wollte! Müde raufte er sich die viel zu langen Haare und stützte den Kopf in die Hände. Manchmal wünschte er, ihn hätte das gleiche Schicksal ereilt wie seine Kameraden!

Resigniert streifte er ein abgetragenes *Surkot* über das ehemals weiße Nachtgewand, warf mehr aus Gewohnheit denn aus

Gründen der Angemessenheit seinen ausgefransten Templerumhang um und duckte sich durch die schief in den Angeln hängende, schon lange nicht mehr verschließbare Tür seiner Kammer. Obwohl die Sonne bereits vor einer halben Stunde den Weg über die judäischen Berge gefunden hatte, war die Luft in der übervölkerten Metropole noch erstaunlich kühl. Und wenn er die leichte Note von Kameldung und Pferdemist ignorierte, konnte er die süße Würze der in den Bäckereien und Küchen frisch zubereiteten Bagel erahnen. Diese handtellergroßen, runden Gebäckstücke aus Hefeteig mit einem Loch in der Mitte gehörten zum täglich Brot der jüdischen Bevölkerungsschichten, und da Curd nicht wählerisch sein konnte, hatte er sich schon bald nach seiner Ankunft mit dieser und vielen anderen einfachen Köstlichkeiten angefreundet. Ziellos schlenderte er durch die engen Gässchen der Stadt, in der das Leben bereits pulsierte. Doch als er an die Grenze des im Westen an das Judenviertel anschließenden christlichen Stadtteils gelangte, machte er kehrt und wanderte den von Palmen gesäumten Weg entlang, der in Richtung Felsendom führte.

Einige Häuserecken weiter, im reicheren Teil des von Juden bewohnten Bereiches, drängte sich eine beträchtliche Anzahl von schwer beladenen Kamelen, Eseln und Pferden vor einem Steingebäude, dessen sandsteinfarbene Fassade mit farbenprächtigen Szenen aus dem Alten Testament bemalt war. Inmitten der Männer konnte Curd nur undeutlich die schlanke Gestalt eines jungen Mädchens ausmachen, das soeben den reich verzierten Zaum eines kostbaren grauen Reitkamels ergriff, um einem der Kaufleute beim Aufsteigen behilflich zu sein. Fasziniert verfolgte er das bunte Treiben eine Zeit lang, während ihm beim Anblick der gezuckerten Feigen, die ein etwa achtjähriger Knabe den Versammelten als Erfrischung reichte, das Wasser im Munde zusammenlief. Inzwischen war eine leichte Brise aufgekommen, die immer mehr der verlockenden Düfte zu ihm trug. Und während seine Linke versonnen über den Ring in seiner Tasche strich, überlegte er, ob er sich ein paar der mit Mohn oder Pflaumenmus gefüllten Hamantaschen zum Frühstück leisten sollte. Er spielte noch mit diesem Gedanken, als Bewegung in die Karawane kam und sich der äußere Ring der Reiter zum Aufbruch bereit machte.

❋

»Seid vorsichtig Vater.« Das dunkelhaarige Mädchen mit den wachen, blaugrünen Augen blickte besorgt zu dem bärtigen Mann auf, der sich behände in den Sattel seines prächtigen Kamels geschwungen hatte. Sein mitternachtsblaues Gewand wurde von einer einfachen silbernen Spange an der linken Schulter zusammengehalten, und die Kappe, die seinen dunkelblonden Schopf bedeckte, war von bescheidener Schlichtheit. Die intelligenten Augen blitzten lachend aus dem sonnengebräunten Gesicht hervor. »Sorge dich nicht, Rahel.« Mit dem kurzen Stock in seiner Rechten gab er dem Tier zu verstehen, dass es sich erheben sollte, und schwankend wie ein Betrunkener kam das Kamel auf die Beine. »Ich werde in spätestens einem halben Jahr wieder bei euch sein.« Da auch die letzten Mitglieder der Karawane inzwischen zum Aufbruch bereit waren, beugte sich Nathan ein letztes Mal zu seiner Ziehtochter hinab, um ihre ausgestreckte Hand zu umschließen. »Daja und die Bediensteten werden für deine Sicherheit sorgen«, beruhigte er sie – die Tränen missverstehend, die in ihren Augen schwammen. Mit einem lautlosen Gebet drückte sie seine kräftige Hand an die Lippen, bevor sich die mit Geldtruhen beladene, bis an die Zähne bewaffnete Kolonne in Richtung Damaskustor in Bewegung setzte. Hinter dem trutzigen, zweistöckigen Gebäude, in dem der Kaufherr wohnte, erhob sich in der Sonne funkelnd die goldene Kuppel des *qubbat al-sakhra*, des Felsendoms, der auf dem Heiligen Felsen des *haram esh-sharif* – des Tempelbergs – über der Westmauer des jüdischen Viertels prangte.

»Kommt gut zurück«, flüsterte sie erstickt, während sie der farbenprächtigen Prozession mit den Augen folgte. Warum musste ihr Vater ausgerechnet jetzt, da die Kunde von einem heranrückenden Kreuzfahrerheer die Stadt erreicht hatte, auf Kauffahrt nach Babylon gehen?, fragte sie sich bange. Was, wenn ihm etwas zustieß? Mit klammen Fingern zog sie das elfenbeinfarbene Seidentuch, das ihren Kopf bedeckte, enger um die Schultern und wandte sich zu Daja um. Die Christin – Witwe eines fränkischen Ritters, der bei der Belagerung einer Festung ums Leben gekommen war – stand seit über zehn Jahren in Nathans Diensten und war vom ersten Tag an Rahels Vertraute gewesen. Zwar wusste das sechzehnjährige Mädchen, dass Nathan nicht ihr leiblicher Vater war. Doch konnte sie sich an niemand anderen erinnern, da sie ein Säugling von einem halben Jahr gewesen war, als sie der Obhut des Juden übergeben worden war. »Lass uns hineingehen«, schlug sie seufzend vor. »Es gibt noch einiges zu tun. Und bei Sonnenuntergang beginnt der *Schabbat.*« In seiner Abwesenheit würde Rahel die Geschäfte ihres Vaters weiterführen. Im Gegensatz zu den christlichen Frauen war es für die jüdisch erzogenen Mädchen ein selbstverständlicher Teil der Ausbildung, Lesen, Schreiben und Rechnen zu lernen, sodass sie – wenn sie das heiratsfähige Alter erreicht hatten – selbst einen Beruf ausüben oder ihrem Ehemann zur Hand gehen konnten. Gerade als sie in die Kühle des Wohngebäudes eintauchen wollte, fiel ihr Blick auf eine in schlechte Gewänder gehüllte Männergestalt, die unter den ausladenden Wedeln einer uralten Palme verharrte und ihre Bewegungen zu beobachten schien. Wer der Mann wohl war? Da er sich jedoch keine zwei Wimpernschläge später abwandte und in den Schatten einer Gasse verschwand, wischte sie den Gedanken mit einer ungeduldigen Geste beiseite und folgte Daja in das Kontor des Kaufherrn.

London, White Tower, Juli 1189

Ihr habt mich sehr wohl verstanden!« Die tiefe, dröhnende Stimme erklang so unvermittelt neben der im Dunkeln liegenden Nische, dass ihr Bedränger einen Moment lang den eisernen Griff um Catherines Oberarm lockerte. Doch dieser Augenblick genügte, um den lähmenden Schleier der Furcht zu zerreißen, der ihren Widerstand erstickt hatte, und ihm geistesgegenwärtig einen Tritt gegen das ungeschützte Schienbein zu versetzen. Mit einem wüsten Fluch ließ er sie fahren. Wie von der Sehne geschnellt duckte sie sich an seinem massigen Körper vorbei, kollidierte um ein Haar mit zwei Vermummten, die ihr neugierige und beunruhigte Blicke nachschickten, und rannte wie von Furien gehetzt auf eine dunkle Eichentür zu, die ins Innere des *Towers* führte. »Verdammtes Miststück!«, knurrte der hochgewachsene Ritter und rieb sich – weitere Verwünschungen ausstoßend – die brennende Stelle, während sich sein von der Kapuze verdecktes Gesicht zu einer Grimasse der Wut verzerrte. Die gründgesprenkelten Braunaugen blitzen mordlustig im gedämpften Licht einer Pechfackel, als er sich aufrichtete und die Neuankömmlinge mit einem eisigen Blick bedachte. Die laue Luft des Sommerabends schien sich mit einem Mal in einen stinkenden Pesthauch verwandelt zu haben und nur mit Mühe und Not ignorierte der Breitschultrige den schmerzhaften Druck, der ihm die Lendengegend sprengen wollte.

»Was um alles in der Welt war denn das?«, wandte sich die größere der beiden vermummten Gestalten mit herrischer Stimme an Catherines Bedränger, der den Zwischenfall mit einem Schnauben und einer wegwerfenden Geste abtat. An der Linken des Sprechers prangte ein auffälliger Ring mit einem goldenen Kreuz, dessen blutroter Granat das Licht in funkelnden Facetten brach. »Nichts, Mylord«, erwiderte der Ritter, den Catherines Tritt getroffen hatte. Ohne dass es ihm bewusst wurde, legte er die Hand an den Knauf seines Schwertes, das unter dem dicken Stoff seines Umhanges verborgen war, und presste die Kiefer aufeinander. Bevor er nach einem Räuspern heiser fortfuhr, blickte er sich forschend um. »Warum seid Ihr noch hier?«, fragte er. Leichtes Unbehagen schwang in der Frage mit, und mit einer höflichen Geste forderte er die beiden anderen dazu auf, ihm zu der Tür zu folgen, durch die seine bereits im Netz zappelnde Beute vor wenigen Augenblicken entwischt war. Als das gut geölte Schloss hinter ihnen einrastete, wandte er sich an den Mann mit dem Granatring: »Ich dachte, wir hätten alles geklärt.« Die Augen des Angesprochenen verengten sich zu schmalen Schlitzen, als er mit einem missfälligen Stirnrunzeln zu dem Ritter aufblickte. »Das haben wir auch«, versetzte er verächtlich und wies mit dem Kinn auf die Gestalt, die wie ein geprügelter Hund hinter den beiden herschlich. »Arundel und ich hatten nur noch ein paar unwesentliche Details zu besprechen.« Er zögerte einen kaum merklichen Moment lang, bevor er schroff fortfuhr. »Folgt mir in das Gemach eines meiner Männer. Dort können wir noch einen Krug Wein miteinander teilen.«

Schweigend eilten sie die im Halbdunkel liegenden Gänge der Festung entlang, tief ins Herz des Bollwerkes, bis sie schließlich die Tür einer bescheidenen Kammer erreichten. Nachdem der Anführer des Kleeblattes zwei Mal dröhnend die Faust gegen das trockene Holz hatte donnern lassen, öffnete ein nervöser Bursche in einem einfachen Mönchsgewand, dessen Tonsur im Schein des munter prasselnden Feuers glänzte. »Herr.« Seine Stirn berührte beinahe die kalten Steinquader, als er in eine tiefe Verbeugung sank. »Seid willkommen.« Ohne den jungen Mann einer Antwort zu würdigen, stürmten die drei Vermummten an ihm vorbei in das überheizte Gemach, wo sie sich nach Sitzgelegenheiten umsahen. Die Blicke interpretierend, schaffte der Mönch zwei weitere Schemel aus einer kleinen Nische herbei, stellte drei kostbare

Trinkgefäße auf das runde Tischchen in der Mitte des Raumes und eilte zu der Feuerstelle, über der ein Krug Wein ein betörendes Aroma verströmte. Unter unverständlichem Gemurmel füllte er die Kelche, reichte jedem der Männer einen dampfenden Trunk und folgte daraufhin der Aufforderung zu verschwinden.

»Ihr seid ein elender Feigling, William of Arundel!« Die Stimme des untersetzten, grauhaarigen Mannes, der – kaum war die Tür hinter dem katzbuckelnden Diener ins Schloss gefallen – ungeduldig die dunkle Kapuze zurückgeschlagen hatte, triefte vor Verachtung. »Niemand wird sich auch nur einen Dreck darum scheren, woher die Sachen stammen, wenn sie erst einmal in den Krypten unserer Kirchen liegen!« Er setzte einen der edelsteinbesetzten Goldkelche an die Lippen und trank durstig. »Alles, was zählt, ist, dass Ihr nicht mit leeren Händen zurückkommt.« Der kleinere der beiden Männer, der auf den Namen Arundel hörte, spürte den verächtlichen Blick des Dritten auf sich. Nervös fuhr er sich mit der Hand über die hohe Stirn und sah unsicher von dem Grauhaarigen zu dem Hünen, dessen amouröses Abenteuer ein so unverhofftes Ende gefunden hatte. Mit den feingliedrigen Händen wirkte er nicht gerade wie ein Kämpfer, eher wie ein Geistlicher. »Aber es ist nicht rechtens«, hub er an, wurde jedoch barsch von dem Breitschultrigen unterbrochen, in dem immer noch brodelnde Wut über die Unterbrechung seines kleinen Liebesspiels kochte. »Ach, haltet den Mund, William! Ich kann Euer weibisches Geflenne nicht mehr ertragen!«

Mit einer ungehaltenen Geste erstickte er die empörten Widerworte des Gescholtenen im Keim. »Es ist alles besprochen«, fuhr er fort. »Anstatt uns weiter damit aufzuhalten, sollten wir uns lieber auf die Ankunft des neuen Königs vorbereiten.« Richard, dem die Sänger am Hof seiner Mutter in Aquitanien den Beinamen Löwenherz gegeben hatten, war sofort nach dem Tod seines Vaters aufgebrochen, um in London zum König gekrönt zu werden. Er hatte Boten vorausgeschickt, um seine Mutter aus der Haft zu befreien, in die sie vor sechzehn Jahren geraten war, als sie ihre Söhne bei einer Rebellion gegen deren machthungrigen Vater unterstützt hatte. Da sie damals ohnehin nicht gut auf ihren Gemahl zu sprechen war, weil dieser sie mit einer Geliebten betrog, war ihr das Zerwürfnis zwischen dem König und seinen Erben gerade recht gekommen. Die Stimmung unter den Kronvasallen am Hof, die ihren neuen Lehnsherren nur aus der Ferne kannten, war dieser Tage deutlich von Nervosität gekennzeichnet, da das feurige Temperament der Plantagenets im Sohn noch ausgeprägter sein sollte als im Vater. Dem zweiunddreißigjährigen Richard eilte der Ruf voraus, ein zwar tapferer und gnadenloser Krieger zu sein, dessen diplomatisches Geschick allerdings äußerst begrenzt war – was er in der Vergangenheit immer wieder unter Beweis gestellt hatte. »Ach, da gibt es nicht viel vorzubereiten«, schnaubte der Grauhaarige übellaunig, während er den Kelch erneut versonnen an die Lippen hob. »Richard ist das Werkzeug seiner Mutter.« Ohne die erschrocken vor den Mund geschlagene Hand William of Arundels zu beachten, setzte er mürrisch hinzu: »Wenn Ihr ihn kontrollieren wollt, müsst Ihr zuerst einmal ihre Gunst gewinnen!« Einige Augenblicke lang betrachtete er das ölige Funkeln des Weines, der schwer und dunkel in dem Trinkgefäß lag. »Und der alte Drache hat es in sich!«

Während die drei Männer darüber diskutierten, wie man am einfachsten das Vertrauen der Königinmutter erschleichen konnte, warf Catherine de Ferrers nach kopf- und ziellosem Irren durch den riesigen Wohnturm der Burg mit rasendem Herzen die Tür der Kammer hinter sich zu, die sie mit einer anderen jungen Zofe teilte. Zwei kleine Fenster gaben den Blick frei auf den von starken Mauern eingefassten Hof des

Towers. In demselben Augenblick, in dem das Mädchen den schweren Riegel in die Halterung fallen ließ, erhob sich krächzend eine hässliche Krähe von einem der Simse – beinahe als spüre der Vogel die Aufregung der jungen Frau. Ihre Zimmergenossin fuhr erschrocken aus dem Schlaf auf und blickte sich verwirrt in dem nur schwach von einer halb heruntergebrannten Kerze erhellten Gemach um. »Catherine«, rief sie bestürzt aus, als sie die bleiche Gestalt der Freundin an der Tür lehnen sah – das Gesicht totenbleich und schweißbedeckt. »Was ist geschehen?« Mit einem besorgten Ausdruck auf dem Gesicht schlang das hochgewachsene Mädchen die dünne Leinendecke um den schlanken Körper und schwang die Beine aus dem Bett, um der schwer atmenden Freundin beruhigend den Arm um die Schultern zu legen. Behutsam schob sie die bebende Gestalt in Richtung einer fensternahen Sitztruhe, doch Catherine versteifte sich unter ihren Händen. Als sie ihre Gefährtin näher in Augenschein nahm, zog sie bestürzt die Luft durch die Zähne ein.

»Du bist verletzt!« Entsetzt ließ sie die Augen von Catherines aufgeplatzter Lippe zu den blutigen Spuren an ihrem Hals hinabwandern, die sich dramatisch von der weißen Haut abhoben. »Catherine!« Sie schüttelte die Freundin sanft. »Was ist dir zugestoßen?« Schaudernd schloss die Jüngere die Augen und fuhr sich mit den Fingerkuppen vorsichtig über die Wunden, welche die gierigen Zähne des Vermummten auf ihrer Haut hinterlassen hatten. Immer noch spürte sie die ekelerregende, schleimige Kälte seiner tastenden Zunge in ihrem Mund; und dort, wo seine groben Hände ihre Brüste begrapscht hatten, brannte ein feuriger Schmerz. Sie würgte. »Mir ist nicht gut«, stammelte sie, riss sich los und stolperte in die angrenzende Kammer, um sich dort in eine der Nachtpfannen zu übergeben. Gerade noch rechtzeitig gelang es ihr, sich vor einem der Töpfe auf die Knie fallen zu lassen, bevor die Übelkeit aus ihr herausbrach. Immer und immer wieder zog sich ihr Magen zusammen und schickte einen bitteren Schwall nach dem anderen an die Oberfläche. Als sich die Krämpfe schließlich legten, wusch sie sich mit zitternden Händen das Gesicht und wandte sich zu Sophie um, die sie mit wachsender Besorgnis beobachtete.

»Ich habe Bekanntschaft mit einem der ehrenhaften Ritter gemacht, von denen uns die Troubadoure immer gesungen haben«, flüsterte Catherine schließlich müde und presste den Handballen gegen die schmerzende Stirn. Selbst in Salisbury, das doch so verschieden war von ihrem kultivierten Hof in Poitiers, hatte die Königin die Dichter und Sänger angezogen wie das Licht die Motten. Und ihr Gemahl, Henry II. von England, der vor zwei Wochen in Chinon sein Leben gelassen hatte, war nicht so grausam gewesen, ihr in ihrem Gefängnis den Umgang mit den farbenprächtigen Kavalieren zu verbieten. Fragend runzelte Sophie die Brauen, wobei sich die Sommersprossen auf ihrer Nase zu einem dunklen Fleck zusammenballten. »Wie meinst du das?«, erkundigte sie sich vorsichtig, während sie der drei Jahre Jüngeren den Arm bot, um sie auf das Bett zuzuführen. Mit einem gequälten Ausdruck auf dem bleichen Gesicht hob Catherine den Kopf und blickte der Freundin in die kornblumenblauen Augen, die fragend auf ihr ruhten.

Nachdem sie ihr den Vorfall in allen schrecklichen Einzelheiten berichtet hatte, sprang Sophie, die sich neben ihr auf der Matratze niedergelassen hatte, empört auf. »Du musst der Königin davon berichten!« Ihr schlanker Körper bebte vor Wut, und die hellblonden, vom Schlaf zerzausten Locken tanzten in alle Richtungen. »Sie muss etwas dagegen unternehmen!« Catherine nickte langsam, bevor sie sich erhob und mit müden Bewegungen Bliaud und Cotte über den Kopf zog. Zwar fürchtete sie die imposante alte Dame ein wenig. Doch hatte diese sicherlich etwas dagegen, dass ihre Hofdamen belästigt wurden. Allerdings gab es eine Schwierigkeit, die ihr mit messerscharfer Klarheit bewusst wurde, als sie – nur mit dem Untergewand bekleidet – zwischen die Laken schlüpfte. »Aber ich habe sein Gesicht unter der Kapuze nicht erkennen können!« In ihren Augen schwammen Tränen. »Ich habe keine Ahnung, wer er war!«

Grafschaft Huntingdon, Juli 1189

Harold wusste kaum, wie ihm geschah, als ihm beim Betreten der angenehm kühlen Halle des Landsitzes zwei der kräftigsten Männer seines Vaters entgegentraten. Beide trugen die Farben des Earls of Huntingdon, und die von Wind und Wetter gegerbten Gesichter waren grimmig und verschlossen. Ohne ein Wort packten sie ihn rüde an den Oberarmen und zerrten ihn auf die alte Holztreppe zu, die ins Obergeschoss führte, in dem die Familienmitglieder ihre Kammern hatten. »Was …?«, stammelte er, kam jedoch nicht dazu, die Frage zu beenden, da sein Blick auf das hämisch grinsende Gesicht seines Bruders fiel, der am Treppenabsatz auf die Gruppe gewartet zu haben schien. Die dunklen Haare und Augen des Knaben hoben sich scharf von der trotz der Sommersonne bleichen Haut ab, und die roten Lippen glänzten feucht im Schein der Fackeln. Zwar war es helllichter Tag, doch die kleinen Fensterschlitze der Festung machten selbst am Nachmittag zusätzliche Beleuchtung nötig. »Du kleine Kröte!«, presste Harold durch die Zähne hervor, da ihm Übles schwante. »Was hast du dir jetzt wieder ausgedacht?« Er wusste sehr wohl, dass er so manche Tracht Prügel der vergangenen Jahre seinem hinterhältigen Bruder zu verdanken hatte, der keine Gelegenheit auszulassen schien, ihn bei seinem Vater in ein schlechtes Licht zu setzen. Er wollte sich aus dem Griff der beiden Krieger befreien, um Guillaume einen Schlag zu versetzen. Aber mit diesem Versuch fing er sich lediglich einen harten Hieb gegen den Hinterkopf ein. Einen Augenblick lang verschleierte ihm der Schmerz die Sicht. Als er wieder voll bei Sinnen war, hatten die Männer ihn bereits die Hälfte der breiten Treppe hinaufgeschleppt.

Kaum hatten sie die kostbar geschnitzte Tür erreicht, die in die Gemächer seiner Stiefmutter führte, hieb einer der Männer mit den Knöcheln gegen das helle Holz. Und nur wenige Lidschläge später – beinahe als hätte sie auf diesen Moment gelauert wie eine Spinne im Netz auf ihre Beute – öffnete die Herrin von Huntingdon mit einem verächtlichen Ausdruck auf den schönen Zügen. »Ah, Harold«, sagte sie schneidend und bedachte ihren Stiefsohn mit demselben Blick, mit dem sie ein ekelhaftes Insekt betrachten würde. »Komm herein.« Mit einem Nicken gab sie den beiden Männern zu verstehen, dass sie sich zurückziehen konnten, und als sie den Knaben rüde in das Gemach gestoßen hatten, polterten die beiden ins Erdgeschoss zurück. Bevor sich die Tür hinter ihnen schloss, bemerkte Harold aus dem Augenwinkel, wie sich Guillaume an ihnen vorbei in die geräumige Kammer quetschte. Seine Mutter quittierte die Anwesenheit ihres Sprösslings mit einer amüsiert hochgezogenen Braue, ließ ihn jedoch gewähren, als er sich mit einem großspurigen Feixen auf einen der niedrigen Schemel fallen ließ, die vor dem trotz der sommerlichen Hitze leise knisternden Kamin standen. Das Innere der geräumigen Kammer wurde bestimmt von einer ausladenden Bettstatt und einem riesigen Webstuhl, in den ein beinahe vollendeter Wandbehang eingespannt war. Umrahmt von unglaublich filigranen Blumenmustern tummelten sich Fabelwesen in einer arkadischen Landschaft, in deren Hintergrund die Heilige Stadt zu sehen war. Wie pompös!, schoss es Harold durch den Kopf. Aber er biss sich auf die Lippen, um seine Gedanken mit keiner Regung zu verraten.

Einige Augenblicke geschah gar nichts, und der verloren im Raum stehende Knabe vermeinte, das Herz gegen seine

Rippen hämmern zu hören. Das Zwitschern eines Rotkehlchens drang durch eines der geöffneten Fenster; einen Moment lang wünschte sich der Junge an die Stelle des zierlichen Vogels, der nach einer kurzen Debatte mit seinem Gefährten schimpfend das Weite suchte. Wie üblich genoss sie es, ihn schmoren zu lassen, bevor sie die Strafe über ihn verhängte, dachte er. Was würde es diesmal sein? Leif und seine Ochsenpeitsche oder etwas Ausgefalleneres? Bevor er sich weiter in düsteren Gedanken ergehen konnte, trat sie unvermittelt auf ihn zu und fauchte: »Sieh mich an!« Langsam hob er den Blick. Als seine blauen Augen die ihren trafen, jagte der Hass, den er darin lesen konnte, ihm einen kalten Schauer über den Rücken. Zu spät gelang es ihm, seine Gefühle zu verbergen. Nachdem zorniges Erkennen in ihren geweiteten Pupillen aufgeflammt war, holte sie aus, um ihm eine gewaltige, schallende Ohrfeige zu versetzen, die ihn um ein Haar zu Boden geschickt hätte. Er taumelte, fing sich jedoch sofort wieder und hielt sich die brennende Wange. »Was bildest du dir eigentlich ein?!«, keifte sie – die ohnehin schon hohe Stimme schrill vor Ärger – und machte einen wütenden Schritt auf Harold zu, der unwillkürlich zurückwich. »Wer gibt dir das Recht, mit jeder dahergelaufenen Dirne Bastarde zu zeugen, die deinem Bruder sein Erbrecht streitig machen können?!« Ihr ovales Gesicht glühte vor Erregung, als sie ihm einen zweiten Schlag – diesmal mit dem Handrücken – versetzte.

Das war es also! Guillaume hatte ihn im Wald beobachtet. Diese kleine Schlange! Harold würde ihm bei nächster Gelegenheit beibringen müssen, dass ihn seine Mutter nicht immer beschützen konnte. Erneut senkte er den Blick, da er genau wusste, dass er seinen Kopf mit keiner Erklärung aus der Schlinge würde ziehen können. Wenn sie sich einmal festgebissen hatte, dann war alles, worauf er hoffen konnte, dass die Bestrafung nicht unnötig lang hinausgezögert wurde. »Antworte!« Ihre Lippen waren dicht an seinem noch immer brennenden rechten Ohr. Heiß und stoßweise kam ihr Atem, und er musste alle Selbstbeherrschung aufbringen, um nicht vor ihr und dem süßlichen Geruch, den sie verströmte, zurückzuweichen. »Ich«, hub der Knabe hilflos an, wurde jedoch sofort unterbrochen, als sich ihre krallenartige Hand um seine Kehle schloss und ihn zwang, sie anzusehen. »Ich werde dafür sorgen, dass dir die Hurerei ein für alle Mal ausgetrieben wird!«

London, White Tower, Juli 1189

»Ich weiß nicht, Robert ...« Die Stimme des kleineren Mannes erstarb mutlos, als er den drohenden Blick des Breitschultrigen auf sich spürte, auf dessen Zügen immer noch Wut über sein missglücktes Liebesabenteuer zu lesen war. Die beiden Verschwörer hatten die Kapuzen wieder übergeworfen und ihren Auftraggeber, den Mann mit dem Granatring, in der bescheidenen Kammer seines Untergebenen zurückgelassen. »Hört zu, William«, fuhr ihm der Größere aufgebracht über den Mund. Seine wütend zusammengepressten Lippen ließen die harten Züge noch grausamer erscheinen, als er abrupt stehen blieb und seinen Begleiter an der Brust packte. »Niemand hat Euch geheißen, Euch in diese Angelegenheit einzumischen!« Die scharfen Eckzähne des erzürnten Ritters glänzten feucht, als er abfällig die Oberlippe kräuselte. »Wenn Ihr kalte Füße bekommt, dann vergrabt Euch doch wieder in Eurem Kloster!« Die Verachtung, die in diesen Worten lag, war beinahe greifbar. Mit einer heftigen Bewegung stieß er den Kleineren von sich, der mechanisch den Stoff seiner Kutte zurechtzupfte. »Das würde ich auch am liebsten«, seufzte der Gescholtene und fuhr sich nervös über die Stirn. »Ich wünschte, ich hätte diesen verdammten Titel, Earl of Arundel, nie geerbt!« Die Heftigkeit, mit der er die Worte hervorstieß, ließ seinen Begleiter innehalten.

»Wie meint Ihr das?«, fragte er verständnislos. »Seid doch froh, dass Euer Bruder kinderlos gefallen ist! Sonst wärt Ihr bei diesen Pfaffen verrottet!« Einen Augenblick schwieg der andere, bevor er kaum hörbar flüsterte: »Vielleicht wäre das besser gewesen. Was nutzen einem all die Titel, wenn man nicht mehr ruhig schlafen kann.« Erneut zügelte der hochgewachsene Mann seine Schritte und fasste ihn grob an den knochigen Schultern, die er mit unnötiger Kraft drückte, bis sein nervöser Begleiter sich vor Schmerzen wand. »Seid vorsichtig, was Ihr sagt, William! Ich rate Euch gut, Eure unangebrachten Skrupel zu begraben, sonst …« Er ließ die Drohung unausgesprochen in der Luft hängen, während er die Furcht des anderen in sich aufsog. »Geht schlafen!«, befahl er schließlich ruppig und stieß den schmächtigen Mann ein weiteres Mal wie ein ungezogenes Kind von sich. »Im Schlaf findet man manchmal zu den richtigen Einsichten.«

Kaum hatte die Dunkelheit des langen Ganges den so Entlassenen verschluckt, stieß der Hochgewachsene einen derben Fluch aus und eilte in die entgegengesetzte Richtung davon. Was für ein beschissener Abend! Erst war ihm die Kleine entwischt und dann bekam dieser Waschlappen kalte Füße und gefährdete ihr ganzes Vorhaben! Er musste etwas dagegen unternehmen. Nachdem er sich versichert hatte, dass ihm niemand folgte, schlug er einen Gang weiter eine andere Richtung ein, riss sich den dünnen Umhang vom Leib und stürmte die breiten Stufen der Haupttreppe hinauf ins erste Stockwerk. Der warme Schein der Fackeln flackerte im Windzug, als er die hölzerne Balustrade entlangeilte und schließlich die Tür zu einem prunkvollen Gemach aufstieß. Sein Page, der auf dem dünnen Fell vor der ausladenden Bettstatt eingenickt war, fuhr erschrocken auf und sprang auf die Beine. »Mylord«, stammelte er und senkte schuldbewusst den Kopf. Der magere Körper des Burschen bebte vor Furcht, und er wich unvermittelt in eine der dunklen Ecken zurück, als der Hüne auf ihn zutrat.

»Scher dich raus!«, befahl sein Herr schroff und wandte ihm den Rücken zu. »Und sag John of Littlebourne, dass er zu mir kommen soll!«, schickte er dem geduckt an ihm vorbeihuschenden Knaben nach. Als die Tür hinter dem Jungen ins Schloss gefallen war, ließ er sich ergeben seufzend auf einen mit kostbarem Stoff ausgeschlagenen Sessel fallen, dessen Stickerei eine Jagdszene zeigte, und zerrte an den schweren, mit silbernen Sporen geschmückten Stiefeln. Allerdings hatte er für die handwerkliche Schönheit des Möbelstückes heute keine Augen. Grimmig pfefferte er den einfachen dunklen Überwurf in eine Ecke, schnürte sein Surkot ein wenig auf und streifte die weiten Ärmel zurück. Dann ließ er den Kopf in die Hände fallen und versank in dumpfem Brüten. Ein leises Klopfen riss ihn aus den Gedanken. Hastig sprang er auf, um einem vierschrötigen Ritter, der trotz der späten Stunde noch Kettenhemd und Beinlinge trug, die Tür zu öffnen. »Endlich«, kläffte er den Mann an, dessen Nase aussah, als ob sie des Öfteren Bekanntschaft mit einem Kettenhandschuh gemacht hätte, und trat einen Schritt zurück, um ihn einzulassen. »Ich habe einen Auftrag für Euch.« Der Untersetzte musterte ihn ohne Scheu und lächelte wissend. »Ihr wisst, dass Ihr Euch auf mich verlassen könnt.« Das konnte er in der Tat. Wie oft schon hatte ihm dieser ergebenste seiner Männer Dienste erwiesen, vor denen andere zurückgeschreckt wären!

Jerusalem, Die Zitadelle, Juli 1189

»Du konzentrierst dich nicht genug!«, schalt Salah ad-Din seine Schwester, die mit gebeugtem Rücken und angezogenen Beinen über dem Schachbrett kauerte. »Wenn du so weitermachst, werde ich auch dieses Spiel gewinnen!« Schmale Sonnenstrahlen fielen durch die hohen Fenster der angenehm kühlen Zitadelle und malten Muster auf den einfach gekachelten Boden. Shahzadi, die trotz ihrer zweiunddreißig Jahre immer noch eine außergewöhnlich straffe Haut und rabenschwarzes Haar besaß, hob die Augen mit den schweren Lidern und blickte ihren Bruder über den dünnen Schleier hinweg an. Auf ihrer Stirn lag ein leichtes Runzeln, das sich vertiefte, als sie mit der Rechten einen der goldenen Zierfäden ihrer Kopfbedeckung aus dem Gesicht wischte. Ihre ausgeprägten Augenbrauen wanderten in die Höhe. »Ich muss immerzu an das Frankenheer denken«, sagte sie nachdenklich, und in ihrer angenehm tiefen Stimme schwang Beunruhigung mit. Mit bedächtigen Bewegungen griff sie nach einer der fein ziselierten silbernen Tassen, die starken, mit Honig gesüßten Pfefferminztee enthielten, und hob das Gefäß an die Lippen. Nachdem sie den Trunk bis zur Neige geleert hatte, ließ sie den Schleier geschickt zurück an seinen Platz gleiten und faltete die Hände in ihrem von einem scharlachroten Kaftan bedeckten Schoß.

Die Kunde, dass eine riesige Streitmacht auf dem Weg nach Jerusalem war, hatte bald nach deren Aufbruch im Mai die Heilige Stadt erreicht, und Salah ad-Din hatte Boten ausgesandt, um seine muslimischen Verbündeten zum Kampf aufzurufen. Allerdings hatte sich die Begeisterung der kampfesmüden Sarazenen in Grenzen gehalten. Seit Jerusalem, die Heilige Stadt, wieder in den Händen der Moslems war, schienen die Sultane und Wesire in den angrenzenden Staaten das Interesse an der gemeinsamen Sache verloren zu haben. Und zu allem Überfluss hatte Salah ad-Din in jüngster Zeit zudem noch Schwierigkeiten mit den Tributzahlungen aus Ägypten. Weshalb er seinen jüngeren Bruder, al-Adil, damit beauftragt hatte, in seinem Sultanat nach dem Rechten zu sehen. Beruhigend hob er die vom Kampf schwieligen Hände und blickte seine Schwester nachdenklich an, während er einem kahl geschorenen Sklaven mit einer Geste zu verstehen gab, dass er ihnen eine neue Kanne Tee bringen sollte. Sein dichter Bart war von Silberfäden durchzogen, und um die klugen Augen rankte sich ein Netzwerk aus feinen Fältchen, das sich vertiefte, als er Shahzadi nachsichtig anlächelte. Die schiefergrauen Augen spiegelten Besonnenheit und Beherrschung wider. »Du brauchst dich nicht zu fürchten, Shahzadi«, beruhigte er sie und führte einen Zug mit seinem Turm aus, der ihre Dame in eine prekäre Lage brachte. »Die Stadt ist sicher. Die Befestigungen sind erst verstärkt worden.« Er schmunzelte amüsiert, als sie sich mit einem unorthodoxen Zug aus der Affäre zog. »Und der größte Teil der Kreuzfahrerstaaten ist inzwischen unter unserer Kontrolle.« Erst vor Kurzem hatte er Boten zu Kilidsch Arslan II., dem Sultan von Ikonion, gesandt, um sich seiner Unterstützung zu versichern. Zwar hatte er bis jetzt noch keine Nachricht erhalten. Doch er war sich sicher, dass es der Sultan des im Nordwesten an die Grafschaft Edessa angrenzenden Hoheitsgebietes nicht wagen würde, sich seinen Befehlen zu widersetzen und die Franken durch sein Gebiet ziehen zu lassen.

Als grüble sie über diese Aussage nach, starrte Shahzadi auf das Durcheinander aus schwarzen und weißen Figuren, die nach über einer Stunde Spielzeit beinahe symmetrisch auf dem Brett angeordnet waren. »Schach«, sagte sie schließlich trocken, nachdem sie eine Lücke in seiner Verteidigung entdeckt und ihren Läufer so platziert hatte, dass seinem König nur noch wenige Möglichkeiten zur Flucht blieben. »Du hast dich ablenken lassen«, stellte sie heiter fest und hielt die Hand auf, um ihren Gewinn entgegenzunehmen. »Unterschätze niemals deinen Gegner.«

Grafschaft Huntingdon, August 1189

»Nun komm schon!«, drängte Guy de Brassard, einer der Ritter des Earls of Huntingdon, der bereits im Sattel seines ungeduldig stampfenden Kaltblüters saß. Im trüben Licht der frühen Dämmerung schwang sich der angesprochene Harold of Huntingdon schließlich auf den Rücken seiner Stute. Als er Steigbügel und Zügel auf die richtige Länge gekürzt hatte, wandte er sich mit einem Kloß im Hals ein letztes Mal um, um sich von der heimatlichen Burg zu verabschieden. Die imposante Festung lag dunkel und ruhig dicht an dem flachen Ufer des sich träge dahinschlängelnden River Ouse, dessen Fluten an diesem Morgen wie Quecksilber glänzten. Über dem runden Torturm kreisten bereits die ersten Schwalben, und die mächtigen Planken der Zugbrücke ächzten altersschwach, als die beiden Reiter ihren Pferden die Sporen gaben. Gemächlich trotteten sie den gewundenen Pfad entlang, der sie von der Anhöhe in die in voller Frucht stehenden Felder führte, und ließen die Blicke über die bereits hart arbeitenden Bauern schweifen. Kräftige Männer schnitten mit langen Sensen das Korn, das von Frauen mit Kindern auf dem Rücken zu den bereitstehenden Ochsenkarren geschafft wurde, wo die Halme gekürzt und gebündelt wurden. Bevor sie eine halbe Meile weiter südlich in den Wald eintauchten, vergewisserte Harold sich noch einmal tastend, dass der kleine, prall geschnürte Beutel fest an seinem Sattelknauf befestigt war und der kostbare Brief mit dem Siegel seines Vaters sicher unter der Cotte an seiner Brust ruhte. Noch immer konnte er kaum glauben, was in den letzten Tagen geschehen war.

Noch am vergangenen Samstag – dem Tag, an dem Guillaume ihn verraten hatte – war er felsenfest davon überzeugt gewesen, in den Augen seines alten Herrn endgültig verspielt zu haben. Er hatte bereits sein Untergewand abgestreift und Leif, dem grimmigen Waffenmeister, den Rücken geboten, als der Earl of Huntingdon in das Kellergewölbe gestürmt war und ihm befohlen hatte, sich wieder anzuziehen. Mit einer herrischen Geste hatte er den enttäuschten Leif entlassen und Harold hinauf in die Sonne gezerrt, wo er dem Jungen ernst in die blauen Augen geblickt hatte. Harold hatte dem Blick tapfer standgehalten, und nach einigen Atemzügen hatte sein

Vater geseufzt und ihn in sein Jagdzimmer geführt. Dort hatte er ihm einen Brief an den König anvertraut, den er bereits vor einigen Wochen verfasst hatte, und ihm mitgeteilt, dass die Zeit gekommen war, in den Dienst eines Ritters zu treten. Die Wahl würde der König höchstpersönlich treffen, an dessen Seite der Earl selbst viele Male gekämpft hatte.

Und nun, kaum eine Woche später, galoppierte Harold auf eine aufregende Zukunft in der Hauptstadt des Königreiches zu. Was würde ihn wohl am Hof erwarten? Welchen Herrn würde der König für ihn auswählen? Würde er der neuen Aufgabe gewachsen sein? Diese und viele andere Fragen überschlugen sich in seinem Kopf, während die beiden Reiter über den ausgedörrten Waldboden preschten. Dürre Äste brachen unter den Hufen ihrer Pferde, und über ihren Köpfen warnten Eichelhäher und Krähen die Bewohner des Waldes vor den Eindringlingen. Wenige Schritte vor ihnen brach eine Rotte Wildschweine durch das Unterholz. Aber das Glück war auf der Seite der beiden Reiter, da der mit furchterregenden Hauern bestückte Keiler sie ignorierte und seine Herde mit einem unwilligen Grunzen weitertrieb. Schwerer Harzduft lag in der Luft, da die Sommerhitze die Rinde der Kiefern und Tannen hatte aufplatzen lassen, sodass der klebrige Saft in dicken Bächen an den Stämmen hinabrann. Als sie den angenehmen Schatten des dichten Laubdaches verließen, öffnete sich das Land vor ihnen und am Horizont verschmolz das dürre Gelbgrün der Felder mit dem flimmernden Blau des Sommerhimmels. Harolds dünner Umhang, den das Wappen der Huntingdons zierte, flatterte ihm um die Schultern, und der Junge genoss trotz des überstürzten Abschieds die Unbeschwertheit des Rittes in vollen Zügen. Immer noch wollte er sich am liebsten innerlich ausschütten vor Lachen, wenn er an die Enttäuschung in Guillaumes Zügen zurückdachte, als sein Vater die Entscheidung bekanntgegeben hatte. Seine Stiefmutter hatte keine Miene verzogen, doch er war sich sicher, dass sie seinem Vater – wie jedes Mal, wenn er einen ihrer Befehle außer Kraft setzte – das Leben zur Hölle machen würde.

Am Wegesrand flogen die ärmlichen, strohgedeckten Hütten der Landbevölkerung vorbei, während die beiden jungen Männer um die Wette galoppierten. »Lass uns eine Rast einlegen«, stieß Harold schließlich keuchend hervor. Seine Seite stach, und er hatte nagenden Hunger. »Da vorne!«, rief ihm Guy über die Schulter zu und gab seinem Tier erneut die Sporen, um als erster vor dem gemütlich wirkenden Gasthof abzusitzen. Als Harold schließlich prustend neben ihm auf dem festgetretenen Boden landete, zurrte er den Zügel an einem alten Holzbalken fest, und gemeinsam betraten die beiden Reisenden den Schankraum. Sie blinzelten, als ihre Augen versuchten, sich an das Dämmerlicht zu gewöhnen. Doch kaum hatten sie einen freien Platz ausgemacht, ließen sie sich müde auf die roh gezimmerten Bänke fallen und winkten den eifrigen Wirt herbei. »Mylords«, begrüßte dieser sie mit einer tiefen Verbeugung. »Einen Krug Met auf den neuen König?« Harold riss die Augen auf. »Den neuen König?«, fragte er verwirrt. »Ach, die hohen Herren wollen mich auf den Arm nehmen«, gluckste der Mann, in dessen rosigem Gesicht eine dicke Säufernase prangte. »Ihr wollt mich wohl glauben machen, dass Ihr nicht wisst, dass unser neuer König, Richard Löwenherz, jeden Tag in London erwartet wird.« Er lächelte schlau – das Schweigen der Gäste als Zustimmung deutend.

»Kann ich Euch etwas Lammeintopf auftragen?«, fragte er schließlich an Guy gewandt, dessen Gesicht nicht ganz so verdattert wirkte, wie das seines jungen Begleiters. Die Nachricht vom Tod des alten Plantagenet hatte die entlegeneren Winkel des Königreiches noch nicht erreicht. »Ja, seid so gut.« Guy nickte versonnen und warf Harold, der sich mit der Linken die Stirn rieb, einen fragenden Blick zu. »Nein«, antwortete dieser, ohne dass der andere die Frage aussprechen musste, nachdem sich der Rücken des Gastwirtes entfernt hatte. »Der

Brief ist an König Henry adressiert.« Mit zitternden Fingern kramte er das kostbare Schriftstück hervor und betrachtete es einen Augenblick lang fassungslos. »Es scheint, als hätte mein Vater auf das falsche Pferd gesetzt.«

London, White Tower, August 1189

Die süßen Töne der Laute verhallten im andächtigen Schweigen der im Kreis um den Barden versammelten Zuhörer. Der schlanke junge Mann, dessen langes, dunkelbraunes Haar zu einem Pferdeschwanz zusammengenommen war, hatte während des Vortragens die Augen geschlossen, die er jetzt langsam wieder öffnete, um in die Runde zu blicken. »Das war wunderbar, Blondel«, seufzte eine blasse Dame, auf deren Schoß ein rotwangiges Kleinkind eingeschlummert war. »Wie findet Ihr nur all die traurigen Melodien?« Sie hob die sanften braunen Augen zu dem Barden, der sich daraufhin galant vor ihr verneigte und ihr ein scheues Lächeln schenkte. »Lady Alys«, hub er mit einer weichen Tenorstimme an. »Nichts entzückt mich mehr, als Euch Freude bereiten zu können.« Ein leises Kichern ging durch die Reihen der Hofdamen, und so mancher Page, der für das leibliche Wohl der Königin und ihrer Begleiterinnen sorgte, musste sich ein Grinsen verkneifen. Zu viele Gerüchte rankten sich um den hübschen Sänger, der in der Vergangenheit selten von Prinz Richards Seite gewichen war, wenn dieser mal wieder den Drang verspürt hatte, sich unter das Volk zu mischen.

»Genug!« Energisch klatschte Aliénor von Aquitanien in ihrem steiflehnigen Stuhl in die Hände und fügte etwas sanfter hinzu: »Ich danke Euch, Blondel. Ihr dürft Euch zurückziehen.« Gönnerhaft hielt sie ihm die übermäßig beringte Hand hin, auf die er einen kaum spürbaren Kuss hauchte, bevor er sich mit einem Lächeln auf den Lippen von den

Damen verabschiedete. »Jetzt!« Schmerzhaft bohrte sich Sophies Ellenbogen in Catherines eng geschnürte Seite, sodass diese einen Augenblick nach Luft rang. »Los, sag es ihr!« Die grauen Augen des schlanken Mädchens funkelten vor Ungeduld, und Catherine blickte die Freundin angsterfüllt an – das Herz vor Aufregung bis zum Halse hämmernd. Nachdem sie einen Augenblick gewartet hatte, bis sich ihr Herzschlag beruhigte, nahm sie jedoch allen Mut zusammen, erhob sich von dem dick gepolsterten Hocker, auf dem sie gesessen hatte, und trat zögernd vor die Königin, vor der sie in einen tiefen Knicks sank. »Majestät.« Demütig schlug sie die Augen nieder, nicht sicher, wie sie den Vorfall, der sie immer noch zutiefst beschämte, so schildern konnte, dass die anderen Damen ihr nicht die Schuld geben würden. Wenn doch nur ihre Mutter hier wäre! Doch diese war auf Burg Sarum in Salisbury zurückgeblieben, um noch einige Dinge für die Königin zu regeln. »Steh auf, Kind.« Aliénor lächelte ihr ermunternd zu – die schönen, geschwungenen Brauen fragend in die Höhe gezogen. Ihr dichtes, lockiges Haar hatte trotz ihres hohen Alters immer noch die Farbe von Honig, und ihre Züge ließen erahnen, was für eine außergewöhnliche Schönheit sie in ihrer Jugend gewesen sein musste.

»Was bedrückt dich?«, fragte sie und nickte geistesabwesend einem Pagen zu, der ihr den leeren Kelch abnahm, um ihn erneut mit dem schweren, süßen Rotwein zu füllen, den die Damen dem etwas derberen Met vorzogen. »Majestät«, begann Catherine stammelnd und zupfte unsicher an dem Ärmel ihres veilchenfarbenen Bliauds. »Ich weiß nicht, wie ich anfangen soll.« »Nun, dann fang doch einfach am Anfang an«, riet die Königin amüsiert schmunzelnd. Und mehrere der Hofdamen, die dem jungen Mädchen bis jetzt keine Aufmerksamkeit gezollt hatten, unterbrachen ihre Gespräche und wandten sich um. Was zur Folge hatte, dass Catherine feuerrot anlief. »Vor einigen Tagen«, sagte sie zögernd und blickte

Sophie Hilfe suchend an, bevor sie fortfuhr. »An dem Abend, an dem wir in London ankamen«, sie leckte sich nervös die Lippen, während ihre Hände wie von selbst den Stoff bearbeiteten. »Hat ein Mann versucht ...« Ihre Stimme erstarb, als sie den wissenden Blick Aliénors auf sich ruhen sah. »Du brauchst nicht weiterreden, Kind«, winkte die Königin ab und strich sich mit einer anmutigen Geste eine nicht vorhandene Strähne aus der hohen Stirn. »Ich kann mir vorstellen, was dann passiert ist.« Sie seufzte und legte bedächtig die Fingerkuppen aneinander, bevor sie sich ein wenig vorbeugte. »Hat er dich geschändet?« Catherine erschrak bis ins Mark. »Nein! Ich konnte ihm entkommen!« »Dann danke dem Herrn!« Aliénors Augen wanderten zu Lady Alys, die beschämt den Blick auf den Schopf ihres Sohnes senkte, der immer noch selig schlief. »Denn ansonsten hätten wir dich schleunigst an den nächstbesten Ritter verheiraten müssen.« Sie ließ die Augen über Catherines Gestalt gleiten. »Und das wäre wahrlich eine Verschwendung!« Erneut errötete das junge Mädchen, bevor es hastig die Lider senkte.

»Weißt du, mein Kind«, fuhr die Königin versonnen fort. »Es gibt eines im Leben, das du dir merken musst.« Neugierig hoben mehrere der jüngeren Hofdamen den Kopf, um ihrem Rat zu lauschen. »Fürchte dich niemals vor einem Mann.« Ihre grünen Augen funkelten kampfeslustig. »Lerne die Waffen, die dir zur Verfügung stehen, so zu nutzen, dass du ihn beherrschst.« Verwirrt runzelte Catherine die Stirn, wagte jedoch nicht nachzufragen, was die alte Dame damit meinte. Was für Waffen? »Und wenn du dich dennoch vor einem mächtigen Mann fürchtest«, Aliénor machte eine bedeutungsvolle Pause, ehe sie fortfuhr. »Dann heirate ihn!« Mit diesem Rat war das Thema für die Königin erledigt, und sie entließ die verdatterte Catherine mit einer huldvollen Geste. Dann wandte sie sich einer der Ladys zu, die erst heute am Hof angekommen waren. Mit spitzen Fingern angelte sie sich eine gezuckerte Erdbeere aus der silbernen Schale, die ihr ein Page reichte, und biss herzhaft hinein. »Wie geht es Eurem Gemahl?«, hörte Catherine sie fragen, als sie sich mit brennenden Wangen wieder auf den Schemel neben Sophie fallen ließ und blind den Stickrahmen aufnahm, den sie achtlos hatte fallen lassen.

War das alles? Interessierte es denn niemanden, wer der Kerl gewesen war? Wurde er nicht dafür bestraft, dass er die Damen am Hof belästigte? Unter gesenkten Wimpern warf sie der ebenfalls verdutzt wirkenden Freundin einen wütenden Blick zu und zischte ihr ins Ohr: »Da habe ich mich ja prächtig zur Närrin gemacht!« Immer noch starrten einige der anderen Damen sie neugierig an, und Catherine wünschte sich in eines der Mauselöcher, die das alte Bauwerk zu spicken schienen wie Speck einen Braten. »Mach dir nichts daraus«, wisperte Sophie und legte ihr die Hand auf den bebenden Rücken. »Immerhin weiß sie jetzt, dass man dich belästigt hat.« Sie lächelte unsicher. »Vielleicht kann sie dafür sorgen, dass der König seinen Männern verbietet, ihren Hofdamen nachzustellen.« Leise schimpfend führte Catherine den linken Zeigefinger an die Lippen, da sie sich gestochen hatte. »Na, da bin ich ja beruhigt«, fauchte sie, bereute ihre Heftigkeit jedoch sofort und setzte entschuldigend hinzu: »Ich werde eben in Zukunft ein wenig achtsamer sein müssen.«

Jerusalem, Jüdisches Viertel, August 1189

Mit einem erstickten Schrei fuhr Rahel aus dem Schlaf auf, als ihr beißender Qualm in die Nase stieg und ihr die Kehle zuschnürte. Sie hustete würgend und versuchte, einen tiefen Atemzug zu nehmen, um das Gefühl des Erstickens loszuwerden – was sich als Fehler herausstellte, da sie nur umso mehr rußigen Rauch in ihre Lungen sog. Feuer!

Es brannte! Kaum hatte sich dieser Gedanke in den Vordergrund ihres Bewusstseins gekämpft, als er sich auch schon mit lähmender Furcht über ihren Verstand legte. Der unheilvolle Schein flackernden Feuers tanzte nicht nur vor den beiden Fenstern ihres Schlafgemaches. Als sie zur Tür eilte, sah sie, dass die Flammen bereits dabei waren, die hölzernen Bohlen des Ganges und der Treppe aufzufressen. Überall im Untergeschoss hörte sie die aufgeregten Stimmen der Bediensteten, die wild durcheinander brüllend dabei waren, eine Eimerkette zu dem tiefen Brunnen im Palmengarten zu bilden. Das ganze Haus schien in Flammen zu stehen!

Immer noch hustend presste sich das Mädchen den weiten Ärmel seines Nachtgewandes vor den Mund und hastete zu der kleinen Tür, die in die angrenzende Kammer führte, in der sich außer einigen Truhen auch ein winziges, mit Holzlatten vergittertes Fenster befand. Unter diesem Fenster, so wusste Rahel, sprang das Dach eines kleinen Anbaus hervor, in dem ihr Ziehvater einen Teil der weniger kostbaren Waren lagerte. Mit der Kraft der Verzweiflung zerrte sie eine der hölzernen Kisten an die Wand und kletterte darauf, um an dem Gitter zu rütteln. Nichts rührte sich. Schluchzend und halb ohnmächtig vor Furcht und Rauch ließ sie den Blick in dem inzwischen vom Feuer hell erleuchteten Raum umherwandern, bis er auf einen alten Eisenhaken fiel. Hastig sprang sie von der Truhe, strauchelte und schlug hart mit Ellenbogen und Knien auf dem Boden auf. Ohne den Schmerz zu beachten, rappelte sie sich wieder auf, packte mit klammen Händen den rostigen Haken und kletterte erneut auf die Truhe, wo sie all ihre Kraft aufbot, um das Stück Eisen gegen die Holzlatten krachen zu lassen. Der erste Hieb blieb erfolglos. Doch mit dem zweiten gelang es ihr, einen Teil des Gitters nach außen zu treiben. Und der dritte Schlag schließlich beförderte den Schutz vor Räubern mit einem lauten Poltern auf das Dach des Anbaus.

Obschon sie vor Anstrengung zitterte und von der sengenden Hitze schweißgebadet war, stemmte sie sich an dem in Brusthöhe gelegenen Sims in die Höhe und schwang die Beine in die Fensteröffnung. Hinter ihr knisterten die Flammen unaufhaltsam weiter in ihre Richtung, wobei sie kleine, heiter quirlende Wirbel aus Rußflöckchen vor sich hertrieben. Wie tief unten das Dach des Lagers auf einmal zu sein schien! Der sonst so breit wirkende Anbau erschien viel kleiner und schmaler als sie ihn in Erinnerung hatte. Und die Mauer, die diesen mit dem Hauptgebäude verband, war ihr früher nie so hoch vorgekommen. Sollte sie springen? Gierig sog sie die Nachtluft in die schmerzenden Lungen, schloss einige Atemzüge lang die Augen und presste die Hände gegen den Rahmen, um nicht kopfüber ins Verderben zu stürzen. Über dem Lärm, den das Prasseln der Flammen verursachte, drang lautes Geschrei an ihr Ohr. Überall tief unter ihr rannten Menschen in kopfloser Panik über den Hof und die Straße – manche von ihnen wild in ihre Richtung gestikulierend. Während ihr Verstand noch fieberhaft arbeitete, ließ sie ein lautes Krachen in ihrem Rücken herumfahren, einen spitzen Schrei ausstoßen und um ein Haar den Halt verlieren. Ein Teil ihres Schlafgemaches fehlte! Die hölzernen Dielen hatten der Macht der gierigen Glut nachgegeben und waren in das darunter liegende Stockwerk gestürzt, wo sie eine meterhohe Fontäne aus Funken und Ruß in die Höhe sandten. Ohne einen weiteren Gedanken an die Gefahr eines Sprungs zu verschwenden, stieß sie sich von dem Sims ab und fiel in die Tiefe.

⁂

Etwa eine halbe Meile weiter östlich verbarg der Tempelritter Curd von Stauffen sich so gut wie möglich im Schatten einer zwielichtigen Gasse. Während er mit den klimpernden Silber- und Kupfermünzen in seiner Tasche spielte, hoffte er halb darauf, dass ihm eine der zerlumpten Diebesgestalten einen

Grund dafür gab, die Leere in seinem Inneren durch eine ordentliche Keilerei zu vertreiben. Im Schutz der hereinbrechenden Dunkelheit hatte er sich widerwillig zu dem kleinen Laden des jüdischen Edelsteinhändlers geschlichen, um eines seiner letzten Schmuckstücke zu versetzen, das es ihm gerade so ermöglichen würde, die Miete für seine schäbige Absteige bezahlen zu können. Wie schon so oft zuvor hatte er den Siegelring seines Vaters wieder in das zerschlissene Beutelchen zurückgelegt und einen weniger wertvollen Gegenstand gewählt – in der Hoffnung, dass sich die heikle Lage, in der er sich befand, in absehbarer Zukunft bessern würde. Schnaubend dachte er an die Demütigung zurück, die ihm einer seiner Glaubensbrüder im christlichen Teil der Stadt zugefügt hatte, als er diesem das Geschmeide als Pfand angeboten hatte. Kaum war dem Halsabschneider, der großspurig Nächstenliebe predigte, klar geworden, dass der Templer nur aus bitterer Not zu ihm gekommen war, hatte er alles versucht, um Profit aus der Lage des anderen zu schlagen. Wenigstens war die Gier des ziegenbärtigen Juden, dessen Kontor er nur zu gerne hinter sich ließ, unverhohlen!, dachte Curd wütend. Verbittert ließ er erneut die Finger über die warmen Münzen in seiner Tasche gleiten und fuhr die kunstvoll geprägten Profile darauf nach, während er dem engen Gässchen bis zu einer Gabelung folgte. Wie lange würde er dieses unwürdige Dasein noch fristen müssen?

Bevor er seinem Gram und seiner Wut freien Lauf lassen konnte, ließ ihn der unverkennbare Geruch, der schwer über den Dächern hing, innehalten. Schnuppernd reckte er die Nase in die Luft. Irgendwo brannte es! Von einer Jahrtausende alten Neugier vorwärtsgetrieben, änderte er die Richtung, schlug eine Abkürzung durch die Färbergasse ein und eilte auf die Rauchwolke zu, die ihre Tentakel bereits bis weit in die Eingeweide der Metropole ausgestreckt hatte. Als er um die Ecke eines schiefen Hauses bog, öffnete sich die vor ihm liegende Straße zu einem kleinen, mit Palmen bewachsenen Platz am Fuße des Tempelberges, an dessen Ende ein zweistöckiges Gebäude lichterloh in Flammen stand. Überall rannten halb bekleidete Menschen durcheinander, und vor einem Anbau des Hauses hatte sich eine kleine Traube Schaulustiger gebildet. Als er erkannte, dass es sich um das Haus eines reichen Händlers handeln musste, wollte er den Aufruhr schadenfroh ignorieren. Doch dann fiel sein Blick auf eine weiß gekleidete Gestalt, die sich soeben von dem Sims eines Fensters abstieß und in die Tiefe stürzte. Das offene, dunkle Haar, das sich bei dem Sprung wie eine Schwinge ausbreitete, bildete einen auffälligen Kontrast zu dem weißen Gewand und der vom Licht der Flammen beleuchteten Steinmauer. Als der Feuerschein ihre bleichen, vor Furcht und Entsetzen verzerrten Züge erleuchtete, erkannte Curd mit einem Stich das Mädchen wieder, das er vor einigen Wochen dabei beobachtet hatte, wie es seinen Vater verabschiedete. Schwerelos wie ein Vogel glitt sie durch die Luft. Und hätten Erfahrung und Vernunft ihm nicht eingeflüstert, dass kein Mensch einen solchen Sprung unbeschadet überstehen konnte, dann hätte er all seine verbleibende Habe darauf verwettet, dass dieses engelsgleiche Wesen federleicht auf dem Dach des Anbaus landen würde. Wie gebannt verfolgte Curd den Sturz und zuckte zusammen, als der Mädchenkörper mit einem dumpfen Laut auf dem Dach des Gebäudes aufschlug.

Ohne nachzudenken, stopfte der junge Ordensritter den weißen Umhang der Templer in den breiten Ledergurt, der seine Cotte zusammenhielt, und eilte auf die Menschenmenge zu. Grob bahnte er sich einen Weg durch die Schaulustigen. Niemand schien auf den Gedanken zu kommen, dem Mädchen zu helfen. »Eine Leiter!«, brüllte er einen Mann an, der an ihm vorbeihastete. »Wo ist eine Leiter?!« Aber der Rußgeschwärzte warf ihm nur einen leeren Blick zu, bevor er weitereilte, um in der Menge zu verschwinden. »Herr!«, drang eine angstvolle Frauenstimme an sein Ohr, und jemand zupfte ihn am Ärmel. Als er sich umwandte, erblickte er eine kleine, schlanke Frau mittleren Alters, die flehend zu ihm aufblickte. »Rahel!«, stieß sie halb schluchzend hervor. »Ihr müsst ihr helfen!« »Ja doch, Frau!« Curd packte sie hart an den Schultern. Ohne zu wissen warum, nahm er an, dass mit Rahel das gestürzte Mädchen gemeint war. »Das versuche ich ja!« Ihr furchtgetrübter Blick klärte sich ein wenig. »Aber ich brauche eine Leiter!« Verstehen dämmerte. »Dort drüben!« Hastig zerrte sie ihn zur Hinterseite eines kleinen Schuppens, an dessen Wand eine grobe Holzleiter lehnte. Ohne weiter auf sie zu achten, schleppte Curd die Leiter zu dem Anbau, legte sie an und erklomm die engen Sprossen. Auf dem Dach angekommen, kniete er neben der bewusstlosen jungen Frau nieder, drehte sie behutsam um und strich ihr das wirre Haar aus dem Gesicht. Ein dünner Blutfaden rann von der Schläfe die Wange hinab und verschwand im Halsausschnitt eines züchtigen Nachtgewandes. Ihr linkes Bein war in einem absurden Winkel von ihrem Körper abgespreizt, und die bloßen Ellenbogen und Knie zierten heftig blutende Abschürfungen. Dichte Rußflocken legten sich auf ihre Haut und vermischten sich mit Blut und kaltem Schweiß.

Wie schön sie war! Einige Atemzüge lang schien der Tumult um ihn herum zu ersterben, während der junge Tempelritter das ohnmächtige Mädchen anstarrte. Das tiefe Braun ihres lockigen Haars korrespondierte mit den fein geschwungenen Brauen und dichten Wimpern, und das beinahe ovale Gesicht wurde beherrscht von einem sinnlichen, volllippigen Mund. Verzaubert blieb Curds Blick an ihrer hohen, glatten Stirn haften, auf der sich soeben ein weiteres Ascheflöckchen niederließ. Er hätte sie noch stundenlang so betrachten können, aber unvermittelt gab sie einen erstickten Laut von sich. Ihre Lider flackerten, und sie schlug blinzelnd die Augen auf. »Bleibt ruhig.« Behutsam schob er den Arm unter ihre Schultern und richtete sie ein wenig auf. »Ich werde Euch von hier fortbringen.« Die blaugrünen Augen verdunkelten sich vor Furcht und Schmerz. Ihre Brust hob sich, als sie etwas erwidern wollte, doch dann lief ein Zittern durch ihren Körper und sie erschlaffte in seinen Armen.

Portsmouth, August 1189

Begleitet von einer Verwünschung kämpfte Richard Löwenherz sich mit seinen schweren Stiefel durch das seichte Wasser der vorläufigen Anlegestelle von Portsmouth. Obwohl er die kürzeste der möglichen Überfahrten von Frankreich nach England befohlen hatte, waren die wenigen Stunden an Bord des mächtigen Kriegsschiffes genug gewesen, um den Fluch der Plantagenets – die Seekrankheit – voll über ihm zusammenschlagen zu lassen. Beinahe die ganze Zeit über hatte er sich – trotz der weisen Voraussicht nichts zu essen – übergeben müssen, und dementsprechend grässlich war seine Laune. Das dicke Leder seines Schuhwerks sog sich mit rasender Geschwindigkeit mit Meerwasser voll, und er hatte alle Hände voll zu tun, Cotte und Surkot vor den Wellen zu schützen. Diese Stadt braucht dringend einen Hafen!, fuhr es ihm durch den Kopf, als er mit gerafftem Mantel durch die Brandung watete. Sein widerspenstiger rotblonder Schopf flatterte in der starken Atlantikbrise, und in den energischen grauen Augen lagen Entschlossenheit und Tatendrang. Mit ausgreifenden Schritten verringerte er den Abstand zwischen sich und dem Kieselstrand, wo einige ärmlich gekleidete Fischerkinder hastig das Weite suchten. Über den blendend weißen Kalkfelsen der Klippen stand eine stechende Sommersonne, welche die halb zerfallenen Hütten der Leibeigenen zu versengen schien.

Mortimer, sein treu ergebener Knappe, war direkt hinter ihm in dem Kanal gelandet, versank jedoch soeben prustend im Wasser, als er über einen der glitschigen Felsbrocken stolperte. Kopfschüttelnd beobachtete der zukünftige König von England, wie der schlanke, hellblonde Bursche sich mit einer angeekelten Grimasse die Haare aus der Stirn wischte, einen Schwall Meerwasser ausspuckte und um sein Gleichgewicht kämpfte. Als Sohn eines englischen Earls war der Knabe vor beinahe fünf Jahren in seine Dienste getreten. Und als Richard ihm eröffnet hatte, dass sie bald in seine Heimat aufbrechen würden, hatte sich der junge Mann vor Freude, seine Familie wiederzusehen, beinahe an einem Hühnerbein verschluckt. Richard lächelte freudlos. Obgleich er froh war, dass ihm eine weitere Auseinandersetzung mit seinem Vater, Henry II., durch dessen opportunen Tod erspart geblieben war, verfluchte er die Notwendigkeit dieser Reise, die ihn dazu gezwungen hatte, seiner Heimat in Aquitanien wohl endgültig den Rücken zu kehren. Allerdings war ihm keine andere Wahl geblieben – wurden doch die Könige Englands traditionell vom Erzbischof von Canterbury in *Westminster Abbey* gekrönt und gesalbt. Hinter ihm hatte die Besatzung des Schiffes inzwischen die Bugluke geöffnet, um die kostbaren Reittiere der Passagiere an Land zu bringen, wo ihre Trensen- und Sattelbeschläge im Sonnenlicht funkelten. Wie sehr er sich darauf freute, endlich wieder einen Sattel unter dem Hintern zu haben!

Sobald er das Geld für den Kreuzzug zusammengekratzt hatte, würde er zu der Unternehmung aufbrechen, die seinen Ruhm unsterblich machen würde. Trotz der Tatsache, dass sein Vater im Januar den Saladin-Zehnten eingeführt hatte, der jeden besteuerte, der nicht vorhatte, an der geplanten Kreuzfahrt teilzunehmen, waren die Kassen noch nicht einmal zur Hälfte gefüllt. Richard hatte sich fest vorgenommen, alle unnötigen Ländereien und Baronien an den jeweils Meistbietenden zu verkaufen, um das Unternehmen zu finanzieren. Wenn nötig, würde er London selbst verschachern! Inzwischen war er an dem steinigen Strand angelangt und wrang den Saum seines schlichten Übergewandes aus, während er ungeduldig darauf wartete, dass auch die anderen das Ufer erreichten. Keuchend und schimpfend wateten seine Gefolgsleute durch das erstaunlich zähe Element, und manch einen ereilte das gleiche Missgeschick wie Mortimer, bevor er die Sicherheit des englischen Festlandes erreichte. Nachdem alle Männer und Tiere an Land waren, gab Richard seinem Knappen mit einem kurzen Kopfnicken zu verstehen, dass er ihm in den Sattel helfen sollte, und der junge Mann verschränkte die Hände unter seinem gepanzerten Schuh. Mit einer gewaltigen Anstrengung half er seinem Herrn auf den Rücken seines geduldig wartenden Schlachtrosses, um sich danach selbst in den Sattel einer zierlichen Stute zu schwingen.

»Nach London!«, brüllte Richard, ehe er seinem Tier die Sporen gab und die steile Böschung hinaufpreschte, ohne auf die mögliche Gefahr eines Sturzes zu achten. Mit zusammengepressten Kiefern kauerte er sich tief über die Mähne des feurigen Hengstes, grub die Hacken in die Flanken des Rappen und nahm die vibrierende Kraft seines Schlachtrosses in sich auf. Noch bevor die Mitglieder seines Gefolges das Ende des Strandes erreicht hatten, verschwand seine hünenhafte Gestalt bereits hinter der Kuppe des ersten Hügels.

Vor den Stadttoren Philippopels, August 1189

Dieser treulose Hund!« Das faltige Gesicht des fünfundsechzigjährigen Kaisers des Heiligen Römischen Reiches war rot vor Wut. Die tiefblauen, funkelnden Augen ruhten erzürnt auf dem Pergament, das ihm ein schmutziger, um sein Leben bangender Bote aus Philippopel – einer Stadt etwa einhundert Meilen südöstlich von Sofia – überreicht hatte. »Wie kann er es wagen?!« Der fast kahle Kopf des als *Barba-*

rossa – Rotbart – bezeichneten Herrschers glänzte vor Schweiß. Und der dichte, von grauen Strähnen durchzogene Kinnbart zuckte auf und ab, als er an seiner Unterlippe nagte. Die Luft im Inneren des kaiserlichen Pavillons schien zu stehen. Die einzigen Laute, welche die lastende Stille im Schatten der bestickten Leinwand unterbrachen, waren das Gewimmer des Boten und das heftige Atmen des Kaisers, der mit vor Zorn blindem Blick auf die Botschaft in seiner knotigen Hand hinabstarrte. Eine dicke blaue Ader auf seiner Stirn pulsierte im Rhythmus seines Herzschlages, und der goldene Brustpanzer hob und senkte sich heftig.

Ansbert, der nach dem Besuch der byzantinischen Beamten vor einigen Tagen ein flaues Gefühl im Magen gehabt hatte, hob die Feder, um die Szene festzuhalten. Am vergangenen Samstag hatte der Statthalter von Philippopel seinen Generalpostmeister mit einigen weiteren Männern in das Lager der Kreuzfahrer geschickt, um mit dem Deutschen Kaiser über eine ungehinderte Durchreise zu verhandeln. Die Stimmung unter den Kreuzfahrern war seit ihrem Aufbruch aus Sofia – wo sie den versprochenen Markt nicht angetroffen hatten – ins Bodenlose gesunken. Und die Stadt Philippopel schien die letzte Hoffnung, ihre immer weiter schwindenden Lebensmittelvorräte aufzufrischen. Daher hatte Barbarossa erneut Gesandte zu Kaiser Isaak nach Konstantinopel geschickt, um von diesem die Bestätigung der bereits gemachten Zusage zu erhalten, durch byzantinisches Gebiet ziehen zu dürfen. Zudem hatte er erneut darum gebeten, dass die Bevölkerung ihm Lebensmittel zum Kauf bereitstellen möge. Während der Bote immer noch auf eine Antwort harrte, die sein Schicksal besiegeln konnte, bemühte Ansbert sich, die Besprechung in möglichst farbenprächtiger Sprache darzustellen. Als der schwarze Strich seines Gänsekiels sich in der Mitte teilte, feuchtete er dessen Spitze mit der Zunge an und versenkte ihn ein weiteres Mal in dem Tintenfass. Eine prachtvolle Majuskel trennte den Bericht von der Beschreibung der Ereignisse des vergangenen Samstags.

Bei dem Treffen mit dem Generalpostmeister war es zu Missverständnissen gekommen, und die Byzantiner waren mehr oder weniger missgelaunt abgezogen – erbittert über den schroffen Ton des verärgerten Deutschen Kaisers. Im Anschluss an das Treffen hatten sie einen Boten zu Kaiser Isaak geschickt, der daraufhin – offenbar in dem Glauben Barbarossa sei sein Feind – die Abgesandten des Deutschen gefangen gesetzt hatte. Die Nachricht, die der Bote dem betagten Anführer der Kreuzritter vor wenigen Minuten überreicht hatte, informierte diesen sowohl über diese Tatsache als auch darüber, dass Isaak alle Eide, die in der Vergangenheit geleistet worden waren, für nichtig erachtete. Ansbert wusste sehr wohl, dass sich der byzantinische Herrscher in einer Zwickmühle befand, und ihm das Zerwürfnis mit Barbarossa nur gelegen kommen konnte. Zumal er Gerüchten zufolge einer Weissagung seines Hofpropheten Glauben schenkte, die verkündete, dass das eigentliche Ziel des Heeres der Kreuzfahrer nicht Palästina, sondern Konstantinopel sei. Auch hatte Sultan Salah ad-Din die Grabeskirche in Jerusalem der byzantinischen Kirche unterstellt, was einen Triumph über die verhasste römisch-katholische Schwester darstellte. Wofür Isaak im Gegenzug der Eröffnung einer Moschee in Konstantinopel seine Zustimmung erteilt hatte. Es lief also alles auf ein Bündnis zwischen den beiden ungleichen Herrschern hinaus, die zwar nicht gerade tiefe Zuneigung füreinander empfanden, aber von einem Frieden mehr profitierten als von einer Auseinandersetzung.

Erstaunlich laut kratzte Ansberts Feder über die trockene Ziegenhaut, als er versuchte, die Stimmung so wahrheitsgetreu als irgend möglich einzufangen. Nach einigen nervenzerfetzenden Augenblicken spuckte Barbarossa schließlich vor dem knienden Boten aus und befahl einigen seiner Männer den Byzantiner mit einer entsprechenden Antwort auszustatten. Ansbert war klar, was das bedeutete. Der Bote würde gegeißelt, geschoren und mit bloßen Füßen in die Stadt zurückgesandt werden. »Schafft ihn mir aus den Augen«, zischte Barbarossa, dessen kahler Schädel inzwischen wie ein polierter Spiegel glänzte. Schweißtropfen schaukelten in seinem rotgrauen Bart, und er wirkte wie schon seit einiger Zeit erschöpft und müde. In Windeseile zerrten die gepanzerten Ritter den schmächtigen Mann auf die Beine, stopften ihm rüde den Mund und entfernten ihn aus der Anwesenheit ihres Herrn. »Ansbert!«, knurrte dieser. »Komm mit, ich will dir einen Brief diktieren!«

Eine Landzunge vor der Hafenstadt Akkon, August 1189

Schafft die Stämme hierher!« Wild ruderte der stiernackige Anführer des pisanischen Trupps mit den Armen, um den Soldaten die Stelle anzuzeigen, an der die gewaltige, auf Rollen gelagerte Belagerungsmaschine zusammengebaut werden sollte. Der quadratische Unterbau war bereits montiert, und zwei Drittel des Wurfarmes und dessen Gegengewicht warteten nur noch darauf, von den Eseln in Position gezogen zu werden. Winde und Spannmechanismus des Katapultes fehlten noch, doch es würde nicht mehr lange dauern, dann war auch diese Furcht einflößende Kriegsmaschine – das *Trebuchet* – einsatzbereit. Seit zwei Tagen lagen sowohl die Pisaner als auch einige sizilianische Kreuzfahrer vor der Landzunge von Akkon vor Anker, um den landlosen König von Jerusalem, Guy de Lusignan, bei der Belagerung der strategisch wichtigen Hafenstadt zu unterstützen. Ganz Europa war vom Kreuzzugswahn erfasst worden, der wie ein Lauffeuer durch Städte und Dörfer gezogen war, wo Männer und Knaben ohne nachzudenken das Kreuz des Heiligen Krieges genommen hatten, um die Hauptstadt des Königreiches Jerusalem von den Sarazenen zurückzuerobern.

Nachdem der von Salah ad-Din aus der Stadt vertriebene Guy de Lusignan mehrere Male erfolglos versucht hatte, seinen treulosen Widersacher Konrad von Montferrat zur Übergabe der Stadt Tyros zu bewegen, war ihm schließlich der Geduldsfaden gerissen; und er hatte beschlossen, trotz aller Eide, die er Salah ad-Din nach seiner Gefangennahme in der Schlacht bei Hattin geleistet hatte, sein Königreich zurückzuerobern. Nun, da ein gewaltiges Kreuzfahrerheer unter Kaiser Barbarossa auf dem Weg ins Heilige Land war, wähnte er sich auf der sicheren Seite und hatte den Schritt gewagt, das strategisch wichtige Akkon anzugreifen. Die Muslime würden es sich mehr als einmal überlegen, ob sie dem Herrscher von Ägypten, Syrien und Jerusalem – Salah ad-Din – noch einmal zur Hilfe eilen würden; hatte die Eroberung der Metropole in den judäischen Bergen ihnen doch nicht gerade einen üppigen Profit eingebracht.

»Wir müssen die Katapulte so anordnen, dass sie die gesamte Stadtmauer bestreichen können«, bemerkte Guy, der die Anstrengungen der Pisaner mit kritischer Miene beobachtete, sachlich. »Nur so haben wir eine Chance, dem Außenwerk nachhaltigen Schaden zuzufügen.« Außer den zahlreichen Trebuchets verfügten die Belagerer über lange Sturmleitern, Mauerbrecher und Mangen – überdimensionale Armbrüste, die selbst die dicksten Tore durchschlagen konnten. Belagerungstürme und weitere Katapulte, sowie *Pavesen* – große Holzschilde, welche den Armbrust- und Bogenschützen als Deckung dienten – würden in den nächsten Tagen und Wochen von den Zimmerleuten zusammengenagelt und -geleimt werden. An Holz herrschte in der fruchtbaren Küstenregion kein Mangel, und über dem Gewirr aus Stimmen und Tierschreien lag das Stakkato der Äxte, die Palmen und Nadelbäume zu Fall brachten. Mit zusammengekniffenen Augen verfolgte Guy, wie die pisanischen Zimmerleute das äußerste Stück des Katapultarmes befestigten, die Maschine aufrichteten und den Zugtieren die Peitsche gaben. Es wäre doch gelacht, wenn es ihm nicht gelingen sollte, mit einer so gewaltigen Übermacht, die Stadt zur Kapitulation zu zwingen!, schoss es dem ehemaligen König von Jerusalem durch den Kopf. Und dann würde er sich an seinem machthungrigen und ehrgeizigen Rivalen Konrad von Montferrat rächen! Während er über den heißen, ausgetrockneten Boden in Richtung Akkon schlenderte, malte er sich in Gedanken aus, wie er diesen Emporkömmling bestrafen würde. Wie konnte es dieser hinterfotzige Intrigant wagen, Guys Anspruch auf den Königstitel anzuzweifeln?! Zwar hatte Guy nur durch die Heirat mit Königin Sibylle das Anrecht auf den Thron erhalten. Doch das gab den Baronen und diesem Verräter noch lange nicht das Recht, ihm die Schuld für die Niederlage bei Hattin in die Schuhe zu schieben!

Über ihm verdunkelte sich der Himmel, als Dutzende von Männern einen bereits fertiggestellten Belagerungsturm an Seilen in die Höhe zogen. Quietschend kam der Gigant eine halbe Meile vor den mächtigen Mauern der Stadt zum Stehen. Augenblicklich erklommen furchtlose Knaben die gefährlich wackelig wirkende Leiter, die ins geschützte Innere des Wandelturms führte, um diesen mit nassen Fellen auszuschlagen. Sollte der Feind brennende Pfeile auf das Gerät abschießen, würde es so vor dem zerstörerischen Feuer geschützt. Während die jungen Burschen noch mit dieser Arbeit beschäftigt waren, bauten die bereits sonnenverbrannten Soldaten die Bretter hinter dem Turm ab, um sie vor ihm erneut zu einer Art Straße zusammenzulegen, auf der sich der Riese leicht bewegen ließ. Guy stöhnte und wischte sich den Schweiß von der Stirn, ehe er den Blick über den blassblauen Himmel wandern ließ. Die Hitze war beinahe unerträglich. In der Ferne erhoben sich die Berge des Karmelgebirges, aber ihre Umrisse verschwammen mit dem farblosen Horizont. Als Guy die Augen mit der Hand beschirmte, war es ihm, als zögen Raubvögel ihre Kreise über dem höchsten Gipfel. War das ein gutes Zeichen?, fragte er sich unvermittelt, verwarf den Gedanken jedoch augenblicklich mit einem selbstverachtenden Schnauben. Was scherten ihn Omen! Alles, was zählte, war der Kampfgeist der Männer. Wie gut, dass es sich um Neuankömmlinge handelte. Hätten sie ebenso wie er die Grauen der Schlacht bei Hattin miterlebt, wäre ihr Enthusiasmus sicher um einiges gedämpfter. Doch sie waren jung und auf Beute, Ruhm und Reichtum aus. Warum sollte er das nicht zu seinem Vorteil nutzen?

London, White Tower, August 1189

Harold atmete auf, als die schweren Tore der normannischen Festung hinter ihnen ins Schloss fielen, während am westlichen Horizont die unbarmherzige Sonne hinter den Dächern versank. Was für ein Albtraum! Nach dem Schrecken, der mit der Nachricht vom Tode Henrys einhergegangen war, hatte sich der Knabe mit sorgenschwerem Herzen wieder in den Sattel geschwungen und über seine nun noch ungewissere Zukunft nachgegrübelt. Sein Begleiter, Guy de Brassard, hatte zwar sein Bestes getan, den Sohn seines Dienstherrn aufzumuntern. Doch die Witzeleien über die angeblichen Neigungen des Thronfolgers hatten Harold nicht lange aus dem düsteren Brüten reißen können. Weder Abendessen noch Frühstück hatte er angerührt, bis er am folgenden Tag schließlich so schwach war, dass Guy an einer Taverne abgesessen war und ihn dazu gezwungen hatte, etwas mit Lammfleisch gekochten Kohl und frisches Brot zu sich zu nehmen. Erstaunlicherweise hatte sich sein Magen begeisterter gezeigt, als Harold angenommen hatte, und der Knabe hatte drei volle Portionen des Eintopfes verschlungen.

Vier weitere Tagesritte auf der alten Römerstraße hatte es gedauert, bis sie endlich die enorme Ringmauer der Hauptstadt in der Ferne hatten auftauchen sehen. Und mit müden Gliedern hatten sie sich in langsamem Trab einem der sieben Stadttore – dem *Bishopsgate* – genähert, das mehr einer Festung als einem Tor glich. Als sie bis auf Sichtweite herangekommen waren, wäre Harold bei dem Anblick, der sich ihnen bot, vor Entsetzen beinahe aus dem Sattel geglitten. Auf den Zinnen des Tores staken Dutzende von abgeschlagenen Köpfen, über denen laut krächzend Aasfresser kreisten. »Verbrecher«, hatte Guy gemurmelt und ebenfalls angeekelt den Blick abgewandt, um abzusitzen und sich in dem winzigen Wachhäuschen um die Formalitäten zu kümmern. Wenige Minuten später war er wieder aufgetaucht, und die beiden Reisenden waren in das geschäftige Getümmel Londons eingetaucht. Für Harold, der noch niemals zuvor eine größere Stadt betreten hatte, waren die Eindrücke, die völlig unvermittelt auf ihn einstürmten, so überwältigend, dass ihm um ein Haar der Mund offen stehen geblieben wäre. Überall gingen, liefen, rannten oder ritten Menschen, die so dicht gedrängt waren, dass die beiden Reiter mit ihren Pferden kaum vorankamen. Peitschen knallten, als Bauern die Ackergäule vor ihren ärmlichen Karren antrieben, um noch vor Schließung des Tores die Metropole verlassen zu können. Und hinter ihnen drängten diejenigen in die Stadt, die die Nacht nicht vor den Mauern zubringen wollten.

Wie süß erschienen Harold dagegen bei der Ankunft im Tower die Ruhe und die Abwesenheit des Gestankes, der über dem Gerberviertel gehangen hatte wie ein schwerer Vorhang aus stehender Luft. Im Gegensatz zu dem Gewimmel schmutziger Kinder, reicher Kaufherren, barbusiger Dirnen und redlicher Bürger wirkte der weitläufige Hof der enormen weißen Festung auf ihn wie ein Paradies. Niemand zerrte mit verdreckten Händen am Saum seines Umhanges oder an seinem

Steigbügel. Und die Damen, die er weit entfernt im Schatten einer ausladenden Linde erspähte, schienen weder zahnlos wie die hässlichen Vetteln, deren missgestaltete Klauen sich den Reitern bettelnd entgegengestreckt hatten, noch unzüchtig wie die größtenteils viel zu jungen Huren. Erleichtert stieß der Knabe einen Seufzer aus, als ihnen ein schlicht gekleideter Stallknecht die Pferde abnahm und mit ihnen in Richtung Stallungen davonmarschierte. »Komm«, forderte Guy ihn auf und ging voraus auf die Treppe zu, die ins Innere des Bollwerkes führte. Die Kühle, die sie umfing, kaum dass sie die Halle des Towers betreten hatten, war so angenehm, dass Harold einen Augenblick lang die missliche Lage vergaß, in der er sich befand. Staunend blickte er sich um. Der Holzboden wirkte frisch poliert, und die prächtigen Wandbehänge, welche die Eingangshalle zierten, zeugten von einer Jahrhunderte alten Handwerkskunst, die den Knaben mit Ehrfurcht erfüllte. Stilisierte Krönungs- und Sterbeszenen wetteiferten mit farbenfrohen Jagdszenen und der Darstellung exotischer Orte.

»Warte hier!«, befahl Guy. »Ich werde ausfindig machen, wo du unterkommen kannst, bis der König einen Dienstherrn für dich bestimmt.« »Aber«, hub Harold an, doch Guy unterbrach ihn mit einer ungeduldigen Geste. »Glaube mir, es ist gleichgültig, an wen der Brief gerichtet ist«, beruhigte ihn der Ritter. »Es reicht, dass dein Vater ein getreuer Vasall der Krone ist.« Der König schert sich sowieso nicht um Knappen, setzte er in Gedanken hinzu, bevor er die breite Freitreppe hinaufeilte – jeweils zwei Stufen auf einmal nehmend. Verwirrt blickte Harold seinem breiten Rücken nach, bis dieser hinter einem dicken Eichenbalken verschwand. Kurz darauf wurde er von den Frauen abgelenkt, die von ihrem Ausflug in den kleinen Garten der Festung zurückkehrten. Heiteres Geschnatter begleitete die bunte Gruppe, in deren Mitte eine erhaben wirkende Dame sich auf den Arm eines bildschönen jungen Mädchens stützte, dessen schlanke Gestalt von einem haselnussfarbenen Bliaud unterstrichen wurde. Die dunkelblonden Locken hatte sie unter einem silbernen *Schapel* – einem reich verzierten Stirnreif – zusammengenommen, von dem ein durchsichtiger, taubenblauer Schleier bis auf ihre Schultern fiel. Ihr feines Profil fesselte die Aufmerksamkeit des Knaben, und als sie ihm für den Bruchteil eines Momentes den Blick zuwandte, schienen ihre Augen zu leuchten. Viel zu schnell verschwanden die Frauen in einem der vielen Gänge der Festung. Und nachdem Harold sich von dem Gefühl der freudigen Überraschung erholt hatte, keimte die Hoffnung in ihm auf, schon bald die Bekanntschaft des schönen Mädchens machen zu können. Vielleicht war doch nicht alles verloren, dachte er etwas zuversichtlicher und begann, die quadratische Halle zu durchmessen.

Fast zwei Stunden waren vergangen, und inzwischen hatte sich Finsternis über die geschäftige Stadt gelegt. Lakaien, die Harold keinerlei Aufmerksamkeit zollten, hatten die zahlreichen Fackeln entlang der Wände entzündet. Und immer mehr Männer strömten in die Burg, um sich zur Ruhe oder zum Abendessen zu begeben. Harold, dessen Magen sich vor Hunger schmerzhaft zusammenkrampfte, hatte sich nach einiger Zeit in eine Ecke neben eine prächtige Zierrüstung gekauert, um die müden Beine zu entlasten und gelangweilt an den Fingernägeln zu kauen. Neugierig beobachtete er die kleinen Grüppchen sich angeregt unterhaltender Ritter und Edelleute und vertrieb sich die Zeit damit, die Wappen zu identifizieren, die er kannte. Beinahe alle wichtigen Earls und Barone schienen inzwischen eingetroffen zu sein, um die Ankunft des neuen Königs mitzuerleben. Ob er wirklich so jähzornig war, wie man sagte? Selbst in Sherwood Forest hatten Gerüchte über den heißblütigen Thronerben kursiert, und oft hatte Harolds Vater missfällig den Kopf geschüttelt, wenn einer seiner

Ritter ihm von den neuesten Eskapaden der Söhne Henrys berichtet hatte.

Die Zeit verstrich und bald leerte sich die Halle, bis Harold allein und inzwischen vor Erschöpfung fröstelnd zurückblieb. Wo steckte Guy?, fragte er sich zum wiederholten Male und beschloss, ein wenig in die Tiefen der Festung vorzudringen. Sicherlich würde Guy auf ihn warten, wenn er ihn nicht dort vorfand, wo er ihn zurückgelassen hatte. Gähnend erhob er sich und streckte die müden Glieder, ehe er langsam in Richtung Osten davonschlenderte. Ein seltsamer Geruch strömte von den Wänden aus und vermischte sich mit dem schweren Duft der Pechfackeln und dem Aroma der im Küchentrakt zubereiteten Speisen. Als der Knabe gerade in einen der vielen dunklen Gänge eintauchen wollte, vernahm er über sich die gedämpften Geräusche eines Kampfes und wenige Augenblicke später den dumpfen Aufschlag eines Körpers in der Eingangshalle, die er soeben verlassen hatte. Mit klopfendem Herzen eilte er ins Dämmerlicht der Fackeln zurück und erblickte ein dunkles, regungsloses Häufchen zerschmetterter Glieder am Fuß der breiten Holztreppe. Ohne zu zögern, hastete er auf den Gestürzten zu und kniete sich neben ihn, um ihm den Puls zu fühlen. »Herr?«, fragte er mit bebender Stimme und zuckte zusammen, als die Gestalt ein gequältes Stöhnen von sich gab. »Meuch-.« Die Stimme des Schwerverletzten erstarb, als ihm Blut aus dem Mund quoll. »Erz-.« Entsetzt blickte Harold auf die sich langsam ausbreitende Lache hinab, fing sich jedoch und beugte sich tiefer – das Ohr dicht am Mund des Gefallenen. Doch dieser war bereits tot. Eiskalte Panik schlug bei dieser Erkenntnis über dem Knaben zusammen. Und als er auf der Balustrade über sich eine hastige Bewegung ausmachte, sprang er auf und rief heiser: »Oh, mein Gott, helft mir!«

Die Zitadelle von Jerusalem, August 1189

Die mächtige, im Westen der Stadt gelegene Zitadelle erschien Salah ad-Din an diesem Tag seltsam beengt. Deshalb hatte sich der Sultan schon früh am Morgen, gleich nach dem ersten Gebet des Tages, auf den gewaltigen Turm an der Nordseite der Festung zurückgezogen, um über die jüngsten Entwicklungen nachzusinnen. Unter ihm fiel der Hügel, auf dem die uralte Festung mit den drei massiven Verteidigungstürmen von Herodes dem Großen errichtet worden war, schroff ab. Und wie schon beim ersten Mal, als er nach der Eroberung der Stadt an dieser Stelle gestanden hatte, erfüllte die Majestät der judäischen Berge den kurdischstämmigen Herrscher mit tief empfundener Ehrfurcht. In weiter Ferne kreisten Raubvögel über dem breiten Lauf des Soreq, der sich zwanzig Meilen weiter westlich mit dem Mittelmeer vereinigte. Knorrige Bäume säumten das Ufer des zurzeit ungewöhnlich seichten Flusses, der von den torkelnden Binsenbooten der Bauern übersät war, die ihre Ernte zu den entfernteren Märkten transportierten. Weiter nördlich warfen die Helme und Brustpanzer einer berittenen Delegation gleißend das Licht der Sonne zurück, als sich die Bewaffneten daran machten, den Anstieg zur Hauptstadt des Reiches zu erklimmen. Geistesabwesend glitten Salah ad-Dins Fingerkuppen über den rauen Stein der Zinnen, während er das Auge schweifen ließ und die Weite des umliegenden Landes in sich aufsog.

Die Nachricht von der Belagerung Akkons erfüllte ihn mit Sorge. Die Staatskassen waren fast leer, und er wusste immer noch nicht, auf welchen seiner ehemaligen Verbündeten er noch bauen konnte. Zwar blieb ihm immer die Reserve seiner treu ergebenen Mamelucken. Aber er fürchtete, dass er in diesem Krieg – wie schon zuvor – auf die Sekte der *Hashshashin*, der Assassinen, würde zurückgreifen müssen. Und das stimmte ihn nachdenklich. Denn tief in seinem Inneren verabscheute er die erbarmungslosen Meuchelmörder, die sich vor Schlachten oder Anschlägen durch das Rauchen von Haschisch in Ekstase versetzten, um zu unbezwingbarem Wagemut zu gelangen. Die heimtückische Vorgehensweise der gedungenen Mörder lief all seinen Vorstellungen von Kriegsführung zuwider. Und je näher das geplante Treffen mit al-Hafi, dem undurchschaubaren Anführer der Sekte, rückte, desto mehr innere Unruhe erfüllte ihn. Aber das war nicht das Einzige, das seine Nächte schlaflos bleiben ließ. Beinahe schmerzhaft drängte es ihn danach, eine Streitmacht auszurüsten und den Belagerten zur Hilfe zu eilen. Doch womit sollte er sie bezahlen? Mit einem resignierten Seufzen fuhr er sich durch den Bart und senkte einige Atemzüge lang den Blick auf ein etwa fingernagelgroßes Insekt, das mit einer Stechmücke kämpfte. Sein Bruder al-Adil hatte ihm zwar schon vor Wochen einen Boten gesandt und versprochen, die Tributgelder aus Ägypten bald aufgetrieben zu haben, doch was nützten ihm diese Versprechungen?

Müde schweifte sein Blick auf das unter ihm in die Felsen geschmiegte christliche Viertel, das trotz der frühen Stunde bereits vor Geschäftigkeit wimmelte. Stark verschleierte Frauen schleppten tönerne Krüge zu einem der tiefen Brunnen, während die Männer unter den schützenden Dächern der Marktstände und -buden dem Handel nachgingen. Soeben ritten die Bewaffneten, die er bis vor Kurzem noch beobachtet hatte, durch das *Jaffa-Tor* in die Stadt ein, und er erkannte das Wappen eines seiner Vasallen. Vorsichtig trabten sie durch das dichte Gewimmel, peinlich darauf bedacht, keinen der unachtsamen Einwohner niederzureiten. Salah ad-Din lächelte. Im Gegensatz zu den Säuberungen, welche die Kreuzfahrer im Jahre 1099 durchgeführt hatten – als Jerusalem in fränkische Hände gefallen war – hatten er und die muslimischen Eroberer von blutigen Massakern abgesehen. Nach Zahlung eines Lösegelds und eines angemessenen Tributes erlaubte man sowohl Juden als auch orientalischen Christen, in der

Heiligen Stadt ansässig zu bleiben. Erneut seufzte er und strich die struppigen Brauen glatt, bevor er sich umwandte und die drei Treppen ins Innere der Zitadelle hinabschritt. Vermutlich war es das Beste, wenn er sich mit seinem Schatzmeister beriet. Dieser erfahrene Beamte würde ihm die Lösung aufzeigen, die sich seinem eigenen Blick noch verschloss, dessen war er sicher. Mit mehr Zuversicht als noch vor wenigen Minuten, ließ er das enge Treppenhaus hinter sich und eilte den breiten Korridor entlang zu seinen Gemächern.

Jerusalem, Jüdisches Viertel, August 1189

»Ihr könnt sie jetzt sehen.« Die Stimme der zierlichen Frau klang erstickt, als sie auf den jungen Tempelritter zutrat und mit Tränen in den Augen zu ihm aufblickte. Obwohl sie noch keine vierzig Jahre zählen konnte, wirkte ihre schmale, gebeugte Gestalt im unbarmherzigen Licht der Sonne wie die einer alten Frau – ein Eindruck, der durch die tiefen Ringe unter ihren eingefallenen Augen noch hervorgehoben wurde. Die Hand, welche den Türknauf umklammert hielt, als könne dieser ihr Halt geben, zitterte, und die spitzen Knöchel schienen die pergamentdünne Haut durchstoßen zu wollen. Einige grau melierte Strähnen hatten sich aus der strengen, haubenartigen Kopfbedeckung befreit, doch mit einer ungeduldigen Geste schob sie diese zurück unter das weiße Leinen. Beinahe eine Woche hatte Curd von Stauffen auf diesen Augenblick gewartet. Aber der Zustand des jungen Mädchens, das seit der Nacht des Brandes nur kurz aus der tiefen Ohnmacht erwacht war, hatte einen Besuch unmöglich gemacht, und ihm war nichts weiter übrig geblieben, als die Tage – zwischen Bangen und Hoffen hin- und hergerissen – zu zählen. Immer wieder hatten ihn seine Schritte zu dem Platz vor dem halb ausgebrannten, zweistöckigen Haus des reichen

Kauffahrers geführt. Doch genauso oft hatte man ihm den Zutritt verwehrt.

Das dumpfe Hämmern der Zimmerleute erfüllte den frühen Morgen, als Curd der kleinen Frau ins Innere des immer noch stark nach Rauch riechenden Gebäudes folgte, und ohne es zu wollen, ließ er den Blick über die beträchtliche Zerstörung wandern. Die Treppe, welche ins Obergeschoss geführt hatte, war bereits ersetzt worden, und auch die verkohlten Dielenbretter waren hellem Holz gewichen. Junge Burschen in weiten Gewändern waren gerade dabei die rußgeschwärzten Wände zu waschen und mit einem frischen Anstrich zu versehen, während Dienstmägde eifrig den Boden schrubbten. Zuerst hatte er mit sich gerungen, ob er das Haus eines Juden betreten sollte. Aber die Liebe zu dem unbekannten Mädchen, die mit solcher Macht Gewalt über sein Herz ergriffen hatte, dass er nicht wusste, ob er schlief oder wachte, war stärker als alle Bedenken, die sein Verstand ihm einzuflüstern versuchte. Zwar schämte er sich seines zerschlissenen Äußeren. Doch das wenige Geld, das ihm blieb, musste er sich aufsparen, um Kost und Logis zu bestreiten. Daher hatte er sein Bestes getan, den durch einen hässlichen Brandfleck verunstalteten Umhang mit dem Emblem des Templerordens so zu drapieren, dass die Beschädigung nicht auffiel. Allerdings fanden die trotz ihrer offensichtlichen Müdigkeit wachen Augen der Frau, die so etwas wie eine Haushälterin zu sein schien, den Makel mit der Zielsicherheit eines herabstürzenden Falken. »Hier entlang.« Ein erschöpft wirkendes Lächeln lag auf ihren Lippen, als sie ihm die Tür zu einem Zimmer im unbeschädigten Teil des Erdgeschosses öffnete und ihm den Vortritt ließ.

Dort lag sie! Regungslos wie eine Tote. Hätte nicht ihr ruhiges, tiefes Atmen die Brust in regelmäßigen Abständen gehoben und gesenkt, hätte man sie für aufgebahrt halten können. Ein durch einen orangefarbenen Seidenvorhang gefärbter Sonnenstrahl spielte auf ihrem friedlichen Gesicht, während eine leise, durch die offenen Fenster hineinwehende Brise, ihr langes, offenes Haar streichelte. Die Wände der Kammer zierten fein gewobene Behänge, welche – ebenso wie die von dem Brand zerstörte Malerei an der Außenwand des Gebäudes – die Entstehungsgeschichte der Welt zum Inhalt hatten. Von zwei Fenstern eingerahmt reichte Eva einem einfältig lächelnden Adam den Apfel, während sich eine beinahe smaragdgrüne Schlange um den Stamm eines Baumes wand. Über dem Kopf der Kranken begaben sich die Vertreter des Tierreiches in eine viel zu klein wirkende Arche. Diskret zog sich Curds Begleiterin durch eine Tür in ein Nebenzimmer zurück, ließ jedoch zwei der männlichen Bediensteten am Eingang des Gemaches Aufstellung nehmen, damit der Besucher nicht alleine war mit dem Mädchen. Bevor sie die Tür hinter sich zuzog, nickte sie dem Tempelritter zu und sagte ruhig: »Nicht länger als ein paar Minuten. Sie braucht immer noch viel Ruhe.« Curd nickte, schluckte trocken und trat näher an die breite, diwanähnliche Bettstatt heran, auf der die Gerettete ruhte. Unter ihren geschlossenen Augen lagen dunkle Schatten, und die langen, wundervoll geschwungenen Wimpern hoben sich scharf von dem blutleeren Gesicht ab. Ihre schlanke Gestalt zeichnete sich deutlich unter der dünnen Leinendecke ab, und Curd hatte Mühe, die Hände an seiner Seite zu halten. Am liebsten hätte er sie berührt, hätte versucht, seine Lebenskraft auf sie zu übertragen und ein Wunder zu vollbringen, von dem er wusste, dass es unmöglich war. Er schluckte schwer und sah eine Zeit lang einfach nur schweigend auf sie hinab.

Schließlich, nach einer scheinbaren Ewigkeit, räusperte er sich und ließ sich auf dem Schemel neben ihrem Lager nieder, um der Versuchung wenigstens im Ansatz nachzugeben. Nachdem ein Blick über die Schulter ihm versichert hatte, dass die Diener ihrer Aufgabe – vermutlich aus Furcht vor dem hochgestellten Besuch – nur halbherzig nachkamen, ergriff er eine der auf dem Bauch gefalteten Hände. Die Berührung sandte ein kaltes Rieseln über seinen Rücken. Wie zart und zerbrechlich sie ist!, ging es ihm durch den Kopf, während er beruhigend ihren Handrücken streichelte. Ein Gefühl, das keiner Empfindung ähnelte, die er kannte, ergriff Besitz von ihm und ließ ihm die Kehle eng werden. Nur mühsam schluckte er die Tränen, die ihm die Luft abschnüren wollten. »Bitte, werde wieder gesund«, flüsterte er heiser und drückte einen trockenen Kuss auf ihre Fingerkuppen, bevor er auch die Linke aufnahm und mit seinen beiden Pranken umschloss. Ich kann ohne dich nicht leben, fügte er in Gedanken hinzu. Ohne Vorwarnung kehrten die Bilder der Nacht zurück, in der er sie das erste Mal in den Armen gehalten hatte. Schaudernd presste er die Lider aufeinander, als er an das Geräusch ihres aufschlagenden Körpers zurückdachte. Sie würde leben! Sie musste einfach wieder gesund werden, damit ihr Wagemut nicht umsonst gewesen war! Entgegen aller Selbstbeherrschung löste sich eine Träne aus seinem Augenwinkel. Wie im Traum war er an jenem schicksalhaften Abend in seine schäbige Unterkunft zurückgekehrt – nicht sicher, wie er dem Aufruhr der Gefühle, die in ihm wettstritten, Herr werden sollte. Doch nach einer durchwachten Nacht war er am folgenden Tag noch vor Sonnenaufgang durch die Stadt gestreift und hatte sich eingestehen müssen, dass das Gefühl, das sich von Unwohlsein in Euphorie und wieder zurückverwandelte, Liebe sein musste – Liebe zu dem zerbrechlichen, wunderschönen Mädchen, das er vor dem Flammentod gerettet hatte. »Du darfst nicht sterben«, flehte er, wohl wissend, dass der Bruch und die inneren Verletzungen, die sie sich bei dem Sturz zugezogen haben musste, tödlich sein konnten. »Ich möchte deine Stimme hören.« Die Trauer drohte gerade, ihn zu überwältigen, als die Haushälterin aus dem Nebenraum zurückkehrte und ihn sanft, aber bestimmt aufforderte zu gehen. »Sie braucht Ruhe«, erklärte sie halb entschuldigend, halb trotzig, ehe sie ihm die Haustür vor der Nase verschloss und ihn mit seinen Gefühlen alleine ließ.

Wie in Trance überquerte er den palmenbewachsenen Platz, bog in eine der Gassen ein, und irrte ziellos durch die hektische Stadt. Während er geistesabwesend Männern, Frauen, Kindern und Fuhrwerken auswich, um nicht mit ihnen zusammenzuprallen, wirbelten die Gedanken in seinem Kopf wild und ungeordnet durcheinander. Noch niemals zuvor hatte er eine so bedingungslose Liebe für einen anderen Menschen empfunden wie für Rahel. Seit er sie von dem Dach des brennenden Anbaus getragen hatte, gab es nichts mehr, das ihm wichtiger erschien, als ihr Herz zu erobern und sie für den Rest seines Lebens an seiner Seite zu haben. Er stöhnte leise, als sich sein Brustkorb schmerzhaft zusammenzog. Was, wenn sie starb? Ohne auf die befremdeten und neugierigen Blicke zu achten, die man ihm zuwarf, ließ er sich auf einem Stein am Straßenrand nieder und schlug die Hände vors Gesicht.

London, White Tower, August 1189

Verflucht! Kaum war er in dieser stinkenden Stadt eingetroffen, da wurde er auch schon von allen möglichen Bittstellern belästigt. Nach dem Gespräch mit Blondel am vergangenen Abend war Richard Löwenherz in entsetzlicher Stimmung, und sein Kopf schmerzte. Kurz nach seiner Ankunft hatte er nach dem Barden schicken lassen, nach dem er sich wie immer, wenn er ihn in England zurückgelassen hatte, vor Sehnsucht verzehrte. Lange hatten sie sich in den Armen gelegen, doch als Richard ihn auf das ausladende Bett in seinem Gemach zuführen wollte, hatte Blondel das schöne Haupt geschüttelt und sich von ihm befreit. »Du wirst bald König sein«, hatte er nüchtern bemerkt, das braune Haar aus der Stirn gestrichen und war einige Schritte zurückgetreten.

»Das wird nichts an meinen Gefühlen für dich ändern!« Hatte Richard leidenschaftlich und heftig erwidert. Aber Blondel hatte erneut mit einem bedauernden Kopfschütteln abgelehnt. »Nein. Ich wäre ein falscher Freund, wenn ich weiterhin deine Nähe suchen würde.« Als Richard ihm aufgebracht ins Wort fallen wollte, hatte er beschwichtigend die Hand gehoben und ruhig hinzugefügt: »Solltest du deiner Königspflicht irgendwann einmal entfliehen wollen, dann weißt du, wo du mich finden kannst. Doch bis dahin werde ich mich zurückziehen.« Richard hatte getobt und gewütet, geflucht und geschrien, gedroht und gefleht. Doch das Herz seines Liebhabers hatte sich durch nichts erweichen lassen. Und so hatte er ihn schließlich abziehen lassen und sich dem Trunke hingegeben.

Und nun, am späten Vormittag des folgenden Tages, hatte er bereits eine politische Diskussion mit seiner Mutter – Aliénor von Aquitanien, die neben ihm thronte – über sich ergehen lassen müssen und die ersten Lehensmänner empfangen, die ihm ihre Unterstützung versichern wollten. Wie lang war die Schlange denn noch?, fragte er sich innerlich stöhnend, als der Earl, der soeben vor ihm gekniet hatte, sich erhob und langsam zurückzog. Die Goldfäden, die sein protziges Surkot zierten, funkelten im Licht der Fackeln, und Richard war froh, als er mit den Schatten einer Säule verschmolz. Müde lehnte er sich auf dem unbequemen Thron zurück und schloss die schmerzenden Augen. Was für ein Teufelszeug hatte sein Page ihm da gestern nur gereicht? Er würde ein Hühnchen mit dem Burschen rupfen müssen! Schließlich wusste er genau, dass sein Herr den süßen, schweren Wein aus Navarra nur schwer vertrug. Und doch hatte er ihm einen randvoll gefüllten Krug auf den Tisch gestellt, nachdem Richard halb blind vor Wut nach etwas zu trinken gebrüllt hatte.

Das Knarren der hohen Flügeltür brachte ihn in den Audienzsaal zurück, und er fuhr sich mit der Hand über die Augen, um klarer zu sehen. »Sire.« Der gut gebaute, junge

Ritter, der die Farben irgendeines englischen Adeligen trug, den Richard wie all die anderen Kronvasallen nicht kannte, sank auf ein Knie und senkte den Kopf. Hinter ihm war ein schmächtiges Bürschchen eingetreten, das ebenfalls auf die Knie fiel, so wie es sein Begleiter ihm vormachte. Unter einem weizenblonden Schopf blitzten blaue Augen, die der Knabe jedoch hastig niederschlug, als er den Blick des Plantagenets auf sich spürte. Kaum merklich verdunkelten sich die bleichen Sommersprossen auf seiner Nase, als er errötete, und die schlanken Hände an seiner Seite suchten nervös nach einem Halt auf dem mit rotem Tuch ausgelegten Steinboden. Die schmalen Schultern zierte dasselbe Wappen wie seinen Begleiter. Aber wenngleich Richard sich den Kopf zermarterte, welcher Grafschaft diese Farben angehörten, kam er beim besten Willen nicht darauf. Wen interessierte dieses verfluchte Land schon? Alles, was ihn an England faszinierte, war sein Reichtum. Und diesen würde er für seine Zwecke schröpfen, bis das Land so ausgetrocknet war wie eine alte Vettel. »Seid willkommen«, nuschelte er wenig begeistert – nur mäßig interessiert daran, was der Bursche ihm mitzuteilen hatte.

Während Richard Löwenherz sich mit den Gedanken schon halb von den vor ihm Knienden gelöst hatte, starrte Harold starr vor Angst und Ehrfurcht auf die silbernen Sporen an Guys Stiefeln. Sein Atem ging flach und unregelmäßig, und nur mit Mühe konnte er seinen Herzschlag davon abhalten, sich noch mehr zu beschleunigen. Immer kälter wurde der Schweiß, der sich auf Stirn und Oberlippe des Jungen legte, und er spürte deutlich, wie sein gebeugtes Bein anfing zu zittern. Noch immer nagte ein nicht zu definierendes Gefühl an ihm, das ihn seit der schrecklichen Nacht seiner Ankunft am Hof nicht mehr loslassen wollte, und das seine Furcht vor der Audienz noch vertieft hatte. Nach seinem heiseren Hilferuf waren aus allen Himmelsrichtungen Männer herbeigeeilt, die den Knaben von dem Gestürzten weggestoßen hatten, um sich über ihn zu beugen und seinen Herzschlag zu fühlen. Immer weiter war Harold in den Hintergrund gedrängt worden, während das Menschenknäuel um den Toten dichter und dichter wurde. Dem schockierten Gemurmel hatte er entnommen, dass es sich um William d'Aubigny, den Earl of Arundel, handelte, der bereits vor geraumer Zeit aus einem Kloster im Norden Englands im Tower eingetroffen war. Was hatte der Mann ihm sagen wollen? Harold war sicher, dass er die Balustrade nicht von selbst durchbrochen hatte und in die Halle hinabgestürzt war – immerhin hatte er die Geräusche eines Handgemenges vernommen, kurz bevor der Körper des Earls auf dem Steinboden aufgeschlagen war. Wer hatte ihn gestoßen? Wieder und wieder hatte Harold sich das Gehirn zermartert, was die letzten Worte des Verstorbenen bedeuten konnten. Doch er konnte sich ja nicht einmal sicher sein, sie richtig verstanden zu haben.

Guy hatte ihn schließlich aus der Halle gezerrt und ihm den Weg ins Knappenquartier gewiesen, nachdem er ihn kurz davon in Kenntnis gesetzt hatte, dass es mehrere Adelige am Hof gab, die entweder nur einen oder noch gar keinen Knappen in ihren Diensten hatten. Zu überstürzt war alles gekommen, nachdem zu Beginn des Jahres noch niemand damit hatte rechnen können, dass ein solch abrupter Herrscherwechsel bevorstehen würde. Immerhin war Henry II. trotz seiner sechsundfünfzig Jahre noch ein unverwüstlicher Haudegen gewesen. Und so manch böse Zunge hatte gemunkelt, dass bei seinem Tod vielleicht ein wenig nachgeholfen worden war. Es würde nicht schwer sein, einen Herrn für ihn zu finden, hatte ihn der Ritter seines Vaters beruhigt, als der Knabe sich mit einem mulmigen Gefühl in der Magengegend von ihm verabschiedet und die quietschende Holztreppe zu den Kammern der Pagen und Knappen erklommen hatte. Man würde sehen.

Die heutige Audienz würde Harold Gewissheit über seinen neuen Dienstherrn bescheren, und der ihn zermürbenden Ungewissheit zumindest in dieser Hinsicht ein Ende setzen. Den Brief an Henry, den er ursprünglich hatte behalten wollen, hatte er am vergangenen Abend in eines der vielen Feuer im Hof des Towers geworfen.

Der Junge wagte es kaum, den Blick zu heben und den erschreckend riesigen König oder seine erhaben wirkende Mutter anzusehen. Und so ließ er die Augen unter niedergeschlagenen Lidern über die Schuhe und Beine des anwesenden Hofstaates wandern, während das höfliche Geplänkel zwischen Guy und Richard an ihm vorbeiplätscherte. Die zierlichen Schühchen der Damen bildeten einen starken, beinahe bizarren Kontrast zu den schweren, teilweise gepanzerten Stiefeln der Männer, die mit strengen Mienen jede seiner ungeschickten Bewegungen zu verfolgen schienen. Fast fühlte es sich an als brannten die Blicke Löcher in sein bestes Surkot. »Ich kann ihn brauchen!«, drang plötzlich eine dröhnende Stimme in sein Bewusstsein, und Harold hob den Kopf, um einen hochgewachsenen, breitschultrigen Mann vortreten zu sehen, dessen braun-grüne Augen halb verächtlich auf ihm lagen. Den schwarzen Schopf trug er wie beinahe alle Normannen im Nacken kurz, und über dem energischen, mit bläulichen Bartstoppeln bedeckten Kinn verzog sich ein schmallippiger Mund zu einem freudlosen Lächeln. »Steh auf, Bursche!«, befahl Richard ungeduldig, als Harold keine Anstalten machte, sich zu rühren. Und der Knabe rappelte sich hastig auf die Beine, um auf den Adeligen zuzustolpern. Schwer fiel die Pranke seines neuen Dienstherrn, dessen prächtigen Umhang das Wappen des Earls of Essex zierte, auf seine knochige Schulter. Als Harold zu ihm aufblickte, fiel ihm eine kleine, sichelförmige Narbe am Kinn des Mannes auf.

❋

Solange der junge Mann von seinem neuen Herrn begutachtet wurde wie ein Gaul auf dem Pferdemarkt, beugte sich Catherine de Ferrers zu der neben ihr stehenden Sophie hinüber, um ihr hinter vorgehaltener Hand ins Ohr zu flüstern: »Er hat ganz rote Ohren.« Da die Freundin sie um beinahe einen Kopf überragte, musste sie sich mächtig strecken, um sich Gehör zu verschaffen. »Hmmm«, erwiderte diese allerdings geistesabwesend und warf Harold einen flüchtigen Blick zu. Seit einigen Tagen wirkte das schlanke Mädchen bedrückt und in sich gekehrt, aber bisher war es Catherine noch nicht gelungen, der Freundin abzuringen, was ihr auf dem Gemüt lastete. Vermutlich war es einfach ihre Art, mit all der Aufregung um den neuen König umzugehen, dachte Catherine. Wie den meisten der Hofdamen flößte der riesige König auch ihr Furcht ein und mehr als einmal hatte sie sich bereits gefragt, wie es wohl sein würde, ihn aus nächster Nähe zu sehen. Bisher waren die Frauen immer durch Scharen von Höflingen vom direkten Geschehen abgeschnitten gewesen. Aber vielleicht änderte sich das ja eines Tages. Der Gedanke erfüllte sie mit einer Mischung aus Ehrfurcht und Bangigkeit, und sie war froh, nicht am Kopfende des Raumes auf dem Boden knien zu müssen. Mit einem leichten Stirnrunzeln wandte sie sich wieder der Versammlung zu und ließ den Blick über den schlaksigen, blonden Knappen mit den unverschämt blauen Augen gleiten. Trotz seines verdatterten Gesichtsausdruckes gefiel er ihr außerordentlich, auch wenn er in diesem Moment alles andere als männlich erschien. Wie er mit gesenktem Kopf neben seinem neuen Dienstherrn stand und bemüht war, sich die Scham nicht anmerken zu lassen, eroberte er ihr Herz im Sturm. Der streng wirkende Earl of Essex, neben dem der Knabe schmächtig und klein aussah, blickte mit zusammengezogenen Brauen auf seinen neuen Knappen hinab, während die nächste Delegation vor dem zukünftigen König auf die Knie fiel. Die stark ausgeprägte Adlernase verlieh seinem Profil etwas Bedrohliches, das selbst die erstaunlich langen Wimpern nicht kaschieren konnten. Als er sich schließlich mit dem Knaben im Schlepptau umwandte, um sich wieder in die Menge der Zuschauer einzureihen, wandte er den Hofdamen kurz das Gesicht zu. Und Catherine hätte um ein Haar laut aufgeschrien. Wie von einem Unwetter weggefegt, waren alle Gedanken an den jungen Mann vergessen, als ihr das Entsetzen bis ins Mark fuhr. Keuchend griff sie nach dem Arm der Freundin, um sich daran festzuklammern. »Der Himmel steh mir bei«, murmelte sie und zog den Kopf ein, um sich hinter der Dame vor ihr zu verstecken. Ihre Unterlippe bebte, und das Herz hämmerte ihr bis zum Hals. Am Kinn des Earls of Essex prangte genau die gleiche Narbe, die sich an ihrem ersten Abend im Tower unauslöschlich in ihr Gehirn eingebrannt hatte!

Vor den Stadttoren Philippopels, September 1189

Lange können sie die Stadt nicht mehr halten«, knurrte Arnfried von Hilgartsberg zufrieden, während er schweißnass vom Rücken seines Pferdes glitt und dankbar nach der Wasserkelle griff, die ein Knappe ihm reichte. Nachdem er mit tiefen, gierigen Schlucken getrunken hatte, goss er sich den Rest des abgestandenen Wassers über den Kopf und wischte sich die Augen. Dann schüttelte er sich wie ein Hund, was zur Folge hatte, dass eine kleine Staubwolke über ihm aufstieg. Unbarmherzig brannte die Sonne vom Himmel und setzte sowohl Mensch als auch Tier heftig zu. Aber das Kreuzfahrerheer würde vermutlich nicht mehr lange von der Hitze gebacken werden, wenn die Dinge weiterhin so liefen wie in den vergangenen Tagen. Mühelos hatten die Deutschen die von den Byzantinern errichteten Straßensperren niedergeritten und das Häuflein Soldaten abgeschlachtet, das mit beinahe bemitleidenswertem Eifer versucht hatte, den Einwohnern Philippopels die Zeit zu erkaufen, die diese benötigten, um ihre Siebensachen zusammenzuraffen und aus der Stadt zu fliehen. Aus allen Himmelsrichtungen wurden diejenigen der Gefangenen zusammengetrieben, welche klug genug gewesen waren, sich der Übermacht zu ergeben. Arnfried stieß prustend die Luft aus und klopfte seinem Hengst die verkrustete Flanke. Sowohl über den Dächern der Häuser als auch über der vertrockneten Landschaft lag ein Film aus Staub und Schmutz, der in jede Ritze, jede Nische und jede Falte zu kriechen schien. Viele der Kämpfer wirkten mehr wie Strauchdiebe als wie Soldaten, da ihre Kleider inzwischen verschlissen und ihre Rüstungen blind waren.

Ansbert nickte. Auch er war zuversichtlich. Zwar tat ihm von den Torturen der vergangenen Tage jeder Knochen im Leib weh, aber genau wie die anderen Deutschen glaubte auch er an einen Sieg. Müde streckte er die Beine von sich und lehnte sich mit dem Rücken gegen einen Baumstamm. Dann grub er einen trockenen Kanten Brot aus seinem Proviantbeutel, klatschte ein Stück getrocknetes Fleisch darauf und biss hinein. »Was für ein Tag!« Der rothaarige Friedrich von Hausen, dessen vormals schneeweiße Haut die Farbe einer reifen Tomate angenommen hatte, ließ sich neben ihm auf einen der niedrigen Schemel fallen. Nachdem dieser kurz unter seinem Gewicht zusammenzubrechen drohte, beschränkte er sich auf ein leises Knarren und bohrte sich tiefer in den ausgedörrten Boden. »Ich kann es kaum erwarten, endlich wieder was Vernünftiges zwischen die Zähne zu bekommen«, brummte der Ritter und blies die Wangen auf. Wenig elegant riss er den Helm vom Kopf und fuhr sich durch den zerzausten Schopf. Im Gegensatz zu Arnfried und Ansbert, die beide noch nicht die Fünfundzwanzig erreicht hatten, war Friedrich bereits ein betagter Mann von über vierzig. Zwar zeugten die mächtigen Schultern von der bärenhaften Stärke des Ritters, aber sowohl sein Gesicht als auch seine schwindende Haarpracht verrieten sein fortgeschrittenes Alter. Rein zufällig war er vor wenigen Tagen, als er leicht angesäuselt austreten musste, früh morgens in eine Unterhaltung der beiden jungen Männer geplatzt, die hitzig darüber gestritten hatten, ob die moderne Dichtung in deutscher oder lateinischer Sprache verfasst sein sollte. Ansbert, der die meisten seiner Berichte in Latein zu Pergament brachte, fand Arnfrieds Idee, sein *Nibelungenlied* auf Deutsch abzufassen, ordinär und ketzerisch. Friedrich, der der Diskussion hinter einem verdorrten Busch gelauscht hatte, war, nachdem er seine Blase erleichtert hatte, zu den beiden getreten und hatte Arnfrieds Partei ergriffen, da er selbst Minnelieder in deutscher Sprache verfasste. Aus der angeregten Debatte hatte sich schnell eine Art Freundschaft entwickelt. Inzwischen steckten die drei Männer immer öfter zusammen, verbrachten erschöpft die Abende miteinander und tauschten Gedanken aus, die nicht für Jedermanns Ohren bestimmt waren.

»Und ich träume immer öfter von einem kalten Bad«, brummte Arnfried von Hilgartsberg, der verdrossen auf dem zähen Dörrfleisch herumkaute. »Wenn morgen die Minen angebracht sind, gebe ich Philippopel keinen Tag mehr«, beschied Friedrich und langte ebenfalls nach einem der unappetitlich gräulichen Stückchen Schweinerücken, um es mit einem angeekelten Gesichtsausdruck zwischen die erstaunlich dichten Zahnreihen zu schieben. »Sobald die Stadt fällt, kann mich nichts und niemand davon abhalten, die erste Vorratskammer zu plündern, die ich finde«, versprach er mit düsterer Miene. »Ein Krug Bier würde mir schon genügen«, schwärmte Ansbert träumerisch und rümpfte die Nase, als Friedrich ihm die Wasserkelle entgegenhielt. Schon längst waren die Fässer mit Wein und Bier aufgebraucht, die die Kreuzfahrer mit auf den langen Heerzug genommen hatten. Und wenngleich Ansbert die Zuversicht der anderen teilte, war er sich dennoch nicht ganz so sicher, was die Geschwindigkeit anging, mit der die

Deutschen den Sieg davontragen würden. Auch wenn sein Magen ärgerlich protestierte, zwang er sich dazu, nur einen Teil seiner Ration zu essen. Denn wer wusste, wie lange es tatsächlich noch dauern würde, bis sie endlich ihre Vorräte wieder auffüllen konnten.

London, White Tower, September 1189

Heiteres Gezwitscher begleitete das Herumtollen der Dompfaffen und Amseln, die in dem Gärtchen des White Towers ein unbeschwertes Spiel trieben. Rechts und links des von Rosenranken geformten Durchgangs blühten Astern, deren tiefes Blauviolett mit den Farben der Pfauenaugen und Schwalbenschwänze wetteiferte. Die von Schleierwolken abgeschwächten Sonnenstrahlen ließen sowohl die Blüten als auch das Gefieder der Vögel leuchten, und hätte nicht eine kaum spürbare Kühle die sommerliche Luft durchzogen, hätte man annehmen können, der Herbst läge noch in weiter Ferne. »Ihr wisst, dass Ihr nicht länger hier bleiben könnt«, stellte Aliénor von Aquitanien an die Dame gewandt fest, die neben ihr über den feinen Kies schritt. Ihre Stimme war freundlich, aber bestimmt, und in den dunkelgrauen Augen lag ein Ausdruck, der keinen Widerspruch duldete. Umständlich raffte sie ihr beinahe bodenlanges, orangefarbenes Bliaud, um eine der ausgetretenen Stufen zu erklimmen. Der kostbare Seidenstoff raschelte bei jeder Bewegung. Als ihr silberbestickter Lederschuh eine Eidechse nur um einen halben Zoll verfehlte, suchte das Tierchen erschrocken das Weite.

Lady Alys, die ihre drei Söhne in Obhut der Amme zurückgelassen hatte – eine Tatsache, die ihr Ältester mit Murren quittiert hatte – nickte abgeklärt. Formlos schlenderten die beiden Frauen durch den zu dieser Stunde verwaist daliegenden Garten der Festung, dessen herbstliche Düfte den

Morgen erfüllten. »Ich werde morgen mit Geoffrey nach York aufbrechen«, erwiderte sie ruhig und bückte sich, um eine abgebrochene Rose aufzuheben. Mit einem leichten Lächeln auf den Lippen führte sie die Blume zur Nase und sog das schwere Aroma der schon beinahe verblühten Blätter ein. Der Bischof Geoffrey of Lincoln – einer der vielen Bastarde Henrys – den Richard erst vor zwei Tagen zum Erzbischof von York ernannt hatte, hatte sich schon zu Henrys Lebzeiten seiner Halbbrüder, der Söhne Alys', angenommen. Doch inzwischen stellte die Anwesenheit der jungen Frau, welche nicht nur die Schwester des französischen Königs Philipp war, sondern die auch vor zwanzig Jahren als Richards zukünftige Braut nach England geschickt worden war, einen nicht mehr zu vertuschenden Skandal dar. Denn Aliénors Schürzen jagender Gatte hatte seine gierigen Finger nicht von der dunklen Schönheit lassen können und sie mehrfach geschwängert.

Die Gemahlin des verstorbenen Königs grollte der jungen Frau nicht. Kannte sie doch ihren verstorbenen Gatten nur zu gut. Immerhin war sie selbst vor einem halben Leben auf seine Liebeskünste hereingefallen – was hätte dem armen Kind da anderes übrig bleiben sollen? Versonnen wandte sie den Kopf, um das Profil der Französin zu betrachten, die der ersten Rose zwei weitere hinzugefügt hatte, und diese nun mit einer Margerite und zwei Glockenblumen zu einem kleinen, aber ausgewogenen Sträußchen band. Mit ihren neunundzwanzig Jahren war Alys immer noch eine Schönheit von außergewöhnlicher Anmut. Ihr kastanienfarbenes Haar quoll üppig unter dem schlichten Gebende hervor, und die Figur, die sich unter dem eng geschnürten Bliaud deutlich abzeichnete, war nicht die einer dreifachen Mutter. Kein Wunder, dass Henry schwach geworden war! »Richard wird in ein paar Tagen zum König gekrönt. Bis dahin solltet Ihr nicht mehr hier sein«, bemerkte die Königinmutter trocken, bevor sie den Rückweg zum Hauptgebäude einschlug. »Ich werde noch heute anfangen zu packen«, versprach ihre Begleiterin, die sich ihr anschloss, um eine Vase für ihre vergänglichen Schätze zu besorgen.

Froh darüber, Ablenkung von den eigenen Problemen zu finden, beobachtete Catherine die Szene aus einem der kleinen Fenster im zweiten Stock der Burg, bis die Damen im Schatten des Eingangs verschwunden waren. Nachdenklich runzelte sie die Stirn und fuhr sich mit dem Zeigefinger über den schlanken Nasenrücken. Natürlich waren den Hofdamen Gerüchte über Lady Alys zu Ohren gekommen. Aber Catherine konnte sich nicht vorstellen, dass sie der Wahrheit entsprachen. Warum sollte die Königin sonst so freundschaftlich mit der französischen Prinzessin umgehen, und ihr sogar erlauben, eines ihrer Privatgemächer zu bewohnen? Bevor sie die Absurdität der Situation weiter durchdenken konnte, rissen sie jedoch eine laut zuschlagende Tür und das Poltern eines umgestoßenen Schemels im Nebenzimmer aus den Gedanken. Erschrocken fuhr sie zusammen und sah sich nach einem Versteck um. Während ihr Herzschlag sich schmerzhaft beschleunigte, raffte sie die Röcke ihres Obergewandes und starrte wie gebannt auf den Durchgang zum Nebenraum. Hilflos zuckten ihre Augen von links nach rechts, von einem dünnen Wandbehang zu drei lächerlich kleinen Truhen, bis sie schließlich an einem Spiegel hängen blieben. Ein Teil ihres Verstandes erschrak über das Bild der totenbleichen jungen Frau, das ihr daraus entgegensah, wohingegen der andere Teil sich fragte, ob das Möbelstück ihr genügend Sichtschutz bieten würde. Ein weiteres Poltern ließ sie entsetzt die Luft anhalten. Sollte ihr Albtraum so schnell Wahrheit geworden sein?, fragte sie sich – starr vor Furcht. Sollte ihr Bedränger entgegen aller Vorsicht in Erfahrung gebracht haben, wo sie zu finden war? Einen entsetzlichen Augenblick lang unterbrach kein einziger Laut die plötzliche Stille. Dann durchschnitt ein langgezogenes Wimmern die Luft, das kurz darauf in abgehacktes Weinen überging. Die betäubende Angst fiel genauso schnell von Catherine ab, wie sie gekommen war, auch wenn sie immer noch leicht zitterte. Fahrig schob sie sich eine Strähne aus der Stirn und eilte nach nebenan in die kleine Kammer, die sie sich mit ihrer Freundin teilte. Was sie erblickte, ließ sie auf die schmale Bettstatt zuhasten, auf der Sophie mit dem Gesicht nach unten in die strohgestopften Kissen schluchzte. »Was ist passiert?«, fragte sie atemlos – die eigenen Sorgen vergessen. Sachte schob sie das Bliaud der jungen Frau aus dem Weg und setzte sich auf die durchgelegene Matratze, um der weinenden Gefährtin beruhigend die Hand auf den bebenden Rücken zu legen. »Sophie?«

Als das blonde Mädchen nicht antwortete, sondern ihr Gesicht weiter in die Kissen grub, begann sie, ihr sachte die Schultern zu streicheln, während sie darauf wartete, dass sich der Weinkrampf legte. Die Minuten verstrichen – untermalt vom immer trockener werdenden Schluchzen der Unglücklichen – bis die Verzweiflung langsam der Erschöpfung wich und die junge Frau still dalag. »Was um alles in der Welt ist geschehen?«, fragte Catherine schließlich leise und zog mit sanfter Gewalt die Kissen an sich, da sie fürchtete, Sophie könne darin ersticken. Einen Moment schien es, als wolle Sophie erneut in Tränen ausbrechen, aber dann drehte diese sich müde und kraftlos um und sah Catherine mit so viel Schmerz in den Augen ins Gesicht, dass dieser die Kehle eng wurde. Die sonst so klaren Augen waren trüb und gerötet vom Weinen, und die sommersprossige Haut wirkte aschfahl. »Ich werde in zwei Monaten den Herzog von Winchester heiraten«, verkündete Sophie schließlich tonlos und schlug die Hände vors Gesicht, um ihre Verzweiflung vor Catherine zu verbergen. »Den Herzog von Winchester?«, wiederholte diese entsetzt und starrte ungläubig auf die Freundin hinab. Der Herzog war mindestens dreimal so alt wie Sophie und hatte bereits vier Ehefrauen verschlissen. Man sagte ihm nach, dass er grausam und prügelsüchtig sei, und dass der Tod mindestens zweier Herzoginnen keine natürliche Ursache gehabt habe. »Wieso?«, stammelte Catherine fassungslos, griff nach den kalten Händen der verzweifelten Braut und drückte diese an sich. »Er verlangt keine Mitgift«, schnaubte Sophie, befreite sich aus dem Griff der Jüngeren und schob die klammen Finger unter ihre Beine. »Und mein Vater hat beschlossen zuzugreifen, da sich solch eine günstige Gelegenheit sicherlich so schnell nicht noch einmal bieten wird«, setzte sie nach einer kurzen Pause hinzu und lachte freudlos. »Außerdem nimmt er nicht an dem Kreuzzug teil.« Ein Ausdruck der Verachtung huschte über ihr Gesicht. »Er hat beschlossen, lieber den Saladin-Zehnten zu entrichten, und es sich auf seinem Landsitz gemütlich zu machen, während die anderen sich abkämpfen.« Wut stieg in Catherine auf. Und nicht zum ersten Mal wünschte sie sich, ein einflussreicher Mann zu sein anstatt ein machtloses, unbedeutendes Mädchen, dessen Leben von anderen bestimmt wurde. Allein der Gedanke, dass der alte, fette, aus dem Mund stinkende Herzog ihre Freundin anrühren würde, verursachte ihr Bauchschmerzen. »Kannst du denn nichts dagegen unternehmen?«, fragte sie schließlich zaghaft. »Nein«, gab Sophie, die sich ein wenig gefasst zu haben schien, schlicht zurück. »Ich kann nur hoffen, dass ihn so schnell wie möglich der Schlag trifft.«

Jerusalem, Jüdisches Viertel, September 1189

Nachdem sie die Aufgabe immer und immer wieder vor sich hergeschoben hatte, beschloss Daja schließlich am Morgen eines ungewöhnlich heißen Septembertages , die Aufräumarbeiten im Haus zu nützen, um endlich die beiden winzigen Kammern direkt unter dem Dach zu entrümpeln. Rahel ging es sichtlich besser, und die täglichen Besuche des jungen Templers schienen ihr – auch wenn sie diese nicht bewusst wahrnahm – Kraft und Überlebenswillen zu geben. Zwar hatte sie erst dreimal das Bewusstsein wiedererlangt, doch der *Hekim* hatte versichert, dass sie nicht mehr in Lebensgefahr schwebte und ihre Verletzungen ausheilen würden. Der Bruch ihres Schienbeins, der dem alten Heiler die meisten Sorgen bereitet hatte, ließ sich erstaunlich leicht schienen. Und wie durch ein Wunder führte die furchtbare Wunde, die entstanden war, als der Knochen die Haut durchstoßen hatte, nicht zu Fäulnis oder einer Vergiftung des Blutes. Auch die oberflächlichen Abschürfungen an den Armen und Beinen der jungen Frau waren schon längst verschorft. Nun mussten nur noch die inneren Verletzungen und die schwere Wunde am Kopf des Mädchens heilen, dann würde das Leben im Haus des Juden von der drückenden Last der vergangenen Wochen befreit sein.

Mit hochgerollten Ärmeln schleifte Daja einen alten, verstaubten Sack, den sie hinter einigen aufgestapelten Holztruhen entdeckt hatte, über die knarrenden Bodenbretter und unterdrückte ein Husten, als ihr der Schmutz mehrerer Jahrzehnte in die Lunge stieg. Schon wollte sie ihn weiterschleppen zu dem Haufen, den sie später von den männlichen Bediensteten entsorgen lassen würde, als ihr eine verblasste Stickerei auf der Unterseite des Beutels auffiel. Neugierig bückte sie sich und wischte den Schmutz von der abgewetzten Stelle, um das Zeichen deutlicher in Augenschein zu nehmen. Was war das? Sorgfältig feuchtete sie ihren Zeigefinger an und fuhr über die roten, gelben und blauen Fäden, die sich zu einer kunstvollen Stickerei verschlangen, bis sie die Umrisse deutlich ausmachen konnte. Als ihr klar wurde, dass es sich keineswegs um einen Sack, sondern vielmehr um einen mit einem Wappen verzierten Umhang handelte, in den andere Dinge eingeschlagen worden waren, beschleunigte sich ihr Herzschlag. Mit fliegenden Fingern löste sie die Kordel, die das Bündel zusammenhielt, und schlug den schweren Stoff zurück.

Was sich ihrem Blick darbot, ließ sie die Stirn runzeln. Sorgfältig zusammengefaltet ruhten eine ebenfalls bestickte, dunkelblaue Decke, ein winziges Kleidchen, ein alter Dolch und ein halb zerbrochenes Weidenkörbchen am Boden des schweren Mantels, der die Schultern eines Hünen bedeckt haben musste. Fasziniert kniete sie sich vor die Schätze und hob die Waffe auf, deren Scheide mit daumennagelgroßen Smaragden und Rubinen verziert war. Nach kurzem Reiben glänzte das Gold im schwachen Schein ihres Kerzenleuchters, und eine nicht mehr lesbare Prägung trat auf dem Heft der Waffe zutage. Angestrengt versuchte Daja die verschlungenen Buchstaben zu entziffern. Aber der Zahn der Zeit hatte seine Spuren hinterlassen, und sie gab nach einigen fruchtlosen Versuchen schließlich mit brennenden Augen auf. Warum verbarg Nathan eine solche Kostbarkeit auf dem Dachboden?, fragte sie sich misstrauisch und ließ behutsam die Fingerkuppen über das schwere Metall gleiten. Wo hatte sie dieses Wappen nur schon einmal gesehen?

Bevor sie sich jedoch weiter mit dem Rätsel befassen konnte, drangen von unten laute Klagerufe an ihr Ohr. Nach kurzem Zögern raffte sie sich mit einem letzten Blick auf ihre Entdeckung auf, klopfte den Staub aus den Röcken und eilte die neue Treppe ins Untergeschoss hinab, in den von Palmen überschatteten Hof hinaus. Kaum hatten sich ihre Augen an das grelle Sonnenlicht gewöhnt, als ihr Blick auf einen übel zugerichteten Diener Nathans fiel, der mit zitternden Händen gierig aus einer Holzschale trank, die eine junge Magd ihm gereicht hatte. »Ilan!« Entsetzt starrte Daja auf das blutig geschlagene Gesicht des jungen Mannes, der mit wackeligen Beinen an seinem ebenfalls mit getrocknetem Blut überzogenen Kamel lehnte. »Wo ist Nathan?« Bebend vor Aufregung packte Daja die schmalen Schultern des Jungen und blickte ihm in die verkrusteten Augen. »Wir sind in der Wüste überfallen worden!«, platzte der Knabe heraus, sobald er die Schale geleert und abgesetzt hatte, und wischte sich den Mund. »Sie haben Nathan gefangen genommen!« »Oh, Heilige Mutter Gottes«, murmelte Daja, ohne auf die missfälligen Blicke der jüdischen Magd zu achten. »Wie viel Unglück muss noch über dieses Haus kommen?« Mit zitternd vor den Mund geschlagener Hand blickte sie dem Tempelritter nach, der vor wenigen Augenblicken Rahels Krankenlager verlassen hatte – als könne dieser ihre Frage beantworten.

Wie jeden Tag hatte Curd von Stauffen Rahel einen Besuch abgestattet und gehofft, dass sie einen der bisher noch seltenen Augenblicke des Wachens in seiner Gegenwart erleben würde. Doch erneut hatte er sich damit begnügen müssen, ihr engelsgleiches Gesicht zu betrachten und sich jede Einzelheit ihrer Züge einzuprägen. Und wie jedes Mal, wenn er sie verlassen musste, schmerzte sein Herz ein wenig mehr. Wenn sie doch nur endlich die wundervollen Augen aufschlagen und ihn anblicken würde!, dachte er sehnsüchtig und strich sich geistesabwesend über das schlecht rasierte Kinn, während er unter einer der Dattelpalmen innehielt, um seine Gedanken zu ordnen. »Herr!« Die tiefe Stimme drang gedämpft aus dem Schatten an sein Ohr, gerade als er den Rückweg zu seiner schäbigen Unterkunft einschlagen wollte. »Hier, Herr!« Irritiert wandte sich Curd der hohen Steinmauer an der Westseite des Platzes zu, in deren Schutz sich ein schäbig gekleideter Mann so gut wie möglich vor der unbarmherzigen Hitze zu verbergen suchte. »Was wollt Ihr?«, fragte der Templer barsch, nachdem er mit wenigen Schritten den Platz überquert hatte. Unwillig blickte er auf den Störenfried hinab. Die fadenscheinige Kleidung des Mannes wies ihn als einen der wenigen römisch-katholischen Mönche aus, die nach dem Fall der Stadt in Jerusalem geblieben waren. Sein knöchellanges Gewand wurde von einer groben Kordel zusammengehalten, und die sonnengebräunte Haut der Tonsur verriet, dass er sich schon längere Zeit unter der heißen Sonne des Ostens aufhielt. Ein stechender Schweißgeruch ging von ihm aus und ließ den Tempelritter angewidert die Nase rümpfen.

»Herr, kann ich Euch einen Augenblick sprechen?«, erkundigte sich der Kirchenmann, während seine listigen Äuglein über das Gesicht des Ordensritters glitten. »Worum geht es?«, versetzte Curd mürrisch und musterte seinerseits die Züge des Anderen. »Ich komme vom Patriarchen«, hub der Mönch an. Heraclius von Caesarea, der Lateinische Patriarch von Jerusalem, der nach dem Fall der Stadt zunächst nach Akkon, dann – als auch diese Kreuzfahrerstadt von den Moslems erobert wurde – nach Tripolis geflohen war, stellte zwar das offizielle Oberhaupt der Christen im Heiligen Land dar. Aber Curd empfand seit der Schlacht von Hattin nichts als Verachtung für den habgierigen Erzbischof von Caesarea. Während all die anderen in die folgenschwere Schlacht gezogen waren, hatte Heraclius sich aufgrund eines verdorbenen Magens entschuldigen und vom Bischof von Akkon vertreten lassen. »Was will der Patriarch denn ausgerechnet von mir?«, fragte er mit nur schlecht verhohlenem Unwillen. »Wisst Ihr«, der Geistliche wies mit dem Kopf in Richtung Zitadelle, deren Türme sich wie warnende Finger in Curds Rücken erhoben, »Dem Patriarchen ist die unglaubliche Geschichte Eurer Begnadigung zu Ohren gekommen.« »Na wunderbar!«, schnaubte Curd. »Und was schließt er daraus?« Der Mönch zuckte die Schultern. »Nichts Besonderes. Nur, dass Ihr wohl Eindruck auf den Sultan gemacht haben müsst.«

Unwirsch schüttelte Curd den Kopf und begann, in die Richtung davonzugehen, aus der er gekommen war. »Ich kann mir selbst keinen Reim darauf machen«, bemerkte er wie zu sich selbst. »Ich weiß nicht, warum er ausgerechnet mir das Leben geschenkt hat.« Flink wie eine Ratte wieselte der kurzbeinige Kirchenmann hinter ihm her. »Aber Ihr könnt Euch in der Stadt frei bewegen – viel freier als sonst ein Christ!«, platzte er heraus, als er zu dem Deutschen aufgeschlossen hatte. Das stimmte. Ohne Schwierigkeiten war es dem Tempelritter möglich, von einem Viertel der Stadt in das nächste zu wechseln, ohne von den Wachsoldaten des Sultans aufgehalten zu werden – solange er sie nicht durch eines der vielen Tore verlassen wollte. Es war beinahe, als halte Salah ad-Din immer noch schützend seine Hand über den Gefangenen. Er blieb so abrupt stehen, dass der Andere beinahe mit ihm zusammengeprallt wäre. »Worauf wollt Ihr hinaus?« Seine Stimme hatte einen drohenden Unterton angenommen. Unwillkürlich trat der Kleinere einen Schritt zurück und wand sich unschlüssig, ehe er sich schließlich ein Herz nahm. »Es wäre ein Leichtes für Euch, die Befestigungsanlagen der Stadt auszukundschaften.« Bevor Curd ihm empört ins Wort fallen konnte, fuhr er schnell fort: »Vielleicht könntet Ihr, wenn Ihr Euch bemüht, sogar das Vertrauen Salah ad-Dins gewinnen und ihn in einen Hinterhalt locken.« Hätte Curd einen Kettenhandschuh besessen, hätte er ihn dem Mann ins Gesicht geschlagen. »Wie kannst du es wagen, du Hund?!«, knurrte er – außer sich vor Zorn – und wandte sich ab, um davonzustürmen, bevor er dem feigen Heuchler etwas antat. »Solltet Ihr es Euch anders überlegen, findet Ihr mich im alten Kloster«, schickte ihm der Mönch mutig hinterher, bevor er sich so schnell wie möglich aus dem Staub machte.

London, White Tower, 12. September 1189

Ein bisschen schneller, oder soll ich dir Beine machen?!« Ungehalten versetzte sein neuer Herr Harold einen Tritt in den Allerwertesten, als der Junge es nicht auf Anhieb schaffte, den schweren Sattel auf den Rücken des stampfenden Hengstes zu wuchten. Obwohl ihm ein stechender Schmerz in den Rücken fuhr, verzog Harold keine Miene, versuchte es erneut und zurrte mit unsicheren Fingern den Sattelgurt fest. Dann schob er dem stampfenden Reittier die Trense ins Maul und streifte das Zaumzeug über die Ohren. Während er an den Steigbügeln herumnestelte, spürte er die drohende Präsenz des Earls in seinem Rücken. Und bei jeder Bewegung, die dieser machte, musste Harold sich davon abhalten, zusammenzuzucken. Der Teufel sollte ihn holen, wenn er sich seine Furcht anmerken ließ! Mit glühenden Ohren bückte er sich, um die Satteldecke ein letztes Mal nach Disteln oder Holzsplittern abzusuchen – froh darüber, den Pferdeleib zwischen sich und seinen Herrn zu bringen. Als sein Magen ein lautes Knurren von sich gab, verzog er das Gesicht und unterdrückte den in ihm aufsteigenden Hunger. Seit seinem Dienstantritt vor zwei Wochen hatte er kaum richtig geschlafen, geschweige denn genug gegessen. Ständig hielt ihn Robert de Mandeville, der Earl of Essex, auf Trab und gönnte ihm kaum eine freie Minute. Theoretisch teilte er sich mit Roland, dem mageren Pagen des Earls, eine winzige Kammer neben dem Gemach seines Herrn. Doch keiner der beiden Knaben wagte es, länger als ein paar Minuten die Augen zu schließen – aus Furcht, einen Befehl des nachtaktiven Adeligen nicht schnell genug ausführen zu können. Harold hatte bereits seit Tagen eine wunde Rückseite, da er schon kurz nach seinem Dienstantritt Bekanntschaft mit dem Gürtel des stiernackigen John of Littlebourne – eines der Männer des Earls – gemacht hatte, als er diesem nicht sofort die geforderte Auskunft hatte geben können. Wie wenig hatte es den Ritter mit der mehrfach gebrochenen Nase interessiert, ob Harold über den Aufenthaltsort seines Herrn informiert war oder nicht. Als dieser ihm nicht sofort geantwortet hatte, hatte er ohne viel Federlesens den breiten Gürtel von seinem Surkot gelöst und auf den Knaben eingedroschen, bis dieser am Boden gelegen hatte. Harold versuchte, die Erinnerung an diese Tracht

Prügel zu vertreiben, aber sein schmerzender Rücken hielt ihn davon ab.

»Das nächste Mal will ich nicht auf eine Antwort warten!«, hatte Littlebourne geknurrt, bevor er sich auf dem Absatz umgedreht hatte und aus dem Raum gestürmt war. Auch der Earl of Essex war nicht gerade zimperlich, was körperliche Züchtigungen anging. Und mehr als einmal hatte er dem Knaben bereits eine schallende Ohrfeige oder einen Schlag ins Gesicht versetzt – auch wenn dieser nicht immer wusste, wofür er bestraft worden war. Allerdings konnte er sich bis jetzt glücklich schätzen, da er noch keine der furchtbaren Abreibungen davongetragen hatte, von denen Roland mit vor Entsetzen bebender Stimme berichtet hatte. Harold hatte sich gewundert, warum der Jüngere stets bemüht schien, die Linke hinter dem Rücken zu verbergen, bis ihm dieser gestand, dass der Earl sie ihm in einem Wutanfall gebrochen hatte, als er sich eines Tages unerlaubterweise davongestohlen hatte. Seine Empörung schluckend hatte sich der neue Knappe des so leicht entflammbaren Earls geschworen, ihm niemals Anlass zu solch einer Strafe zu geben, und weiter an der bereits funkelnden Stelle des Sattelschmuckes herumgerieben, damit dieser den Ansprüchen seines Herrn auch ganz gewiss entsprach.

Harold wusste, warum der Earl seit Tagen in gereizter Stimmung war. Morgen würde Richard Löwenherz in Westminster Abbey zum König gekrönt werden, und Essex hatte fest damit gerechnet, dass ihm die Ehre zuteil werden würde, die goldene Krone zu tragen. Schließlich war er einer der mächtigsten und wichtigsten Vasallen des Herrschers über England, Aquitanien und die Normandie. Allerdings war diese Hoffnung zunichte gemacht worden, als ihm ein heuchlerisch katzbuckelnder Bote seines Onkels vor vier Tagen hatte ausrichten lassen, dass *seinem* Herrn, William de Mandeville, diese Aufgabe übertragen worden war. Warum, das hatte Harold nicht verstanden. Aber es hatte offensichtlich etwas mit der

Königinmutter zu tun – soviel hatte er dem Toben des Earls entnehmen können, bevor sich dieser schäumend zu Bett begeben hatte. Vor Furcht zitternd hatten Roland und Harold die halbe Nacht wach gelegen und gebetet, dass sich die Gewitterstimmung bald verziehen würde – was sie jedoch zum Leidwesen beider nicht getan hatte.

»Das wird auch langsam Zeit!« Die Stimme des Earls war schneidend vor Ungeduld, und die von tiefen Falten umrahmten Lippen waren hart aufeinander gepresst. Grob stieß Robert de Mandeville den Jungen zur Seite, schwang sich in den Sattel, ohne auf dessen Hilfe zu warten, und gab seinem Hengst mit so viel Kraft die Sporen, dass dieser empört wieherte, auf die Hinterbeine stieg und davonpreschte. Erschrockene Warnrufe ließen die Unachtsamen aufmerksam werden und gerade noch rechtzeitig aus dem Weg spritzen, bevor Essex über die Zugbrücke stürmte, die den ersten Teil des Burggrabens überspannte, dessen Bau Richard direkt nach seiner Ankunft befohlen hatte. »Beeil' dich!«, ermahnte Roland den Älteren und ergriff den Zügel, um ihm beim Aufsteigen zu helfen. Er selbst würde im Tower zurückbleiben, was bedeutete, dass Harold alleine für ihren Herrn sorgen würde, bis die adeligen Gäste nach der Krönung in die Festung zurückkehren würden. Mit steifen Fingern nestelte Harold ein letztes Mal am Sattelgurt seiner Stute herum, bevor auch er sich auf ihren Rücken schwang, um Essex hinterher zu galoppieren, der schon nicht mehr zu sehen war. Der Horizont färbte sich bereits rot, und es würde nicht mehr lange dauern, bis die Herbstsonne hinter den Häuserdächern der Hauptstadt versank.

❋

In einem geräumigen Schlafgemach im zweiten Stock des Towers folgte der ungeduldige Blick grauer Augen dem Aufbruch der Edelleute, als es schüchtern an der Tür klopfte. »Was um alles in der Welt hat Euch aufgehalten?!«, bellte Richard, der bis auf sein feines Untergewand bereits vollständig entkleidet war und ungehalten mit den Fingern auf das breite Fenstersims trommelte, als ein zierliches Mädchen seiner Aufforderung einzutreten Folge leistete. Eigentlich sollte er längst in der Kirche sein und durch stundenlanges Beten seine Seele läutern. Doch er hatte beschlossen, diese Nacht im Tower zu verbringen, anstatt sich auf dem kalten Steinboden von Westminster Abbey Rheuma zu holen, und erst kurz vor Morgengrauen mit dem Schiff die Themse hinab zur Krönungsstätte zu fahren. Er glaubte sowieso nicht daran, dass dieses Ritual seine Zukunft als König der Engländer in irgendeiner Weise würde beeinflussen können. Alles, wozu es diente, war seiner Meinung nach, die Macht der Kirche über die Krone zu demonstrieren – und auch wenn er nicht so weit gehen wollte wie sein Vater, so hatte er doch keineswegs vor, öfter als einmal vor einem Pfaffen das Knie zu beugen.

»Zieh dich aus!«, befahl er – unzeremoniös das Pronomen wechselnd. Als die dunkelhaarige junge Frau, nach der er hatte schicken lassen, lediglich knickste und nervös am Ärmel ihres Bliauds herumnestelte, durchmaß er mit wenigen Schritten sein geräumiges Gemach, baute sich vor ihr auf und zog sie unsanft auf die Beine. »Wir haben nicht die ganze Nacht Zeit!«, fauchte er immer noch ungehalten, als sie angstvoll den Blick hob und ihn mit haselnussbraunen Augen anstarrte. »Ich warte!« Schüchtern trat sie einen Schritt von ihm zurück und begann, sich an den zahlreichen Schnürungen ihres Übergewandes zu schaffen zu machen. Innerlich seufzend mahnte er sich zur Geduld und fing ihre fahrigen Hände ab. »Vielleicht geht es schneller, wenn ich dir zur Hand gehe.« Seine Stimme war ein wenig sanfter, und er merkte, wie ihre Furcht abebbte, als er mit seinen riesigen Pranken geschickt und schnell das Gewirr der unterschiedlichen Schnüre und Bänder löste, bis auch sie schließlich nur noch mit einem durchscheinend hellblauen Untergewand bekleidet vor ihm stand. »Komm«, befahl er und ergriff ihre kalte Hand, um sie auf das ausladende Bett zuzuführen, das sein Liebhaber Blondel verschmäht hatte.

Er hatte keine direkte Vorliebe für ein Geschlecht, und manchmal machte ihn ein Knabe rasend vor Lust, ein anderes Mal waren es die zarten Rundungen einer Hofdame oder eines Bauernmädchens, die ihm den Verstand raubten. Wie oft hatte sein Vater ihm diese ungehemmte Sinnlichkeit zum Vorwurf gemacht, oder sie benutzt, um ihn zu manipulieren – doch diese Zeiten waren vorbei! Hastig streifte er die seidene *Chainse* über den roten Schopf und enthüllte eine prächtige Erregung, bei deren Anblick das junge Mädchen beschämt den Blick zu Boden senkte. Wie gewöhnlich hatte er die Auswahl seiner Bettgefährtin seiner Mutter überlassen, und wie schon in der Vergangenheit bewunderte er ihren Geschmack. Der elegant geschwungene Hals der dunklen Schönheit war von einem solch reinen Weiß, wie er es bisher selten zu Gesicht bekommen hatte. Im Gegensatz zu ihrer hellen Haut wirkten die wundervollen, braunen Augen beinahe schwarz. Als er ihr ebenfalls das Unterkleid über den Kopf zog, präsentierten sich ihm zwei perfekt geformte, straffe Brüste, unter denen sich ein kaum wahrnehmbares Bäuchlein wölbte, das gerade in seine hohle Hand passte. Kichernd wich die junge Frau einen Schritt zurück, als er die Hände zu ihrem Busen wandern ließ und diesen hart, aber nicht grob umschloss.

»Leg dich hin!« Seine Stimme hatte einen rauen Ton angenommen, und die grauen Augen strichen gierig von der weichen Brust zu dem prallen, wohlgeformten Hinterteil, auf dessen linker Backe ein beinahe sternförmiges Muttermal prangte. Kaum hatten die kastanienfarbenen Locken die Kissen berührt, kniete er sich über sie und begann, ihren Körper mit harten Küssen zu übersäen. Diesmal würde er sich ein wenig mehr Zeit nehmen als beim letzten Mal, als er nur wenige Minuten nach Beginn des Liebesaktes mit einer anderen Zofe seiner Lust freien Lauf gelassen hatte. Genüsslich ließ er sich neben ihr auf die weiche Matratze sinken und fuhr mit den Fingerspitzen die Konturen ihres Körpers nach. »Dreh dich um!« Folgsam drehte sie sich auf den Bauch und er liebkoste die Hinterbacken, die bei der ersten Berührung schreckhaft zusammenzuckten. Dann packte er sie etwas fester und ließ die waffenrauen Hände mit den Daumen nach innen an ihren Schenkeln hinabgleiten. Ein leises Stöhnen entrang sich ihrer Kehle, und er spürte, wie sie sich ihm entgegen bog. Als er an ihren Fußsohlen angekommen war, wiederholte er die sinnliche Massage. Aber dieses Mal schob er die Hände unter ihren Bauch und führte sie an ihrer Vorderseite nach unten.

Als er ihre Scham berührte, presste sie das Becken in seine Hand, und nur unter Aufbietung aller Selbstbeherrschung konnte er sich davon abhalten, die Kontrolle über seine Männlichkeit zu verlieren. Ihr zartes Gesicht, das sie atemlos in die Kissen drückte, war inzwischen gerötet, und auf ihrer Stirn perlten feine Schweißtropfen. Ohne einen weiteren Augenblick zu verschwenden, ergriff er ihre Handgelenke und rollte sich auf sie. Während ihn ein glühendes Gefühl durchzuckte, drang er von hinten in sie ein und stieß hart in ihre willige Feuchtigkeit. Ihr Mund öffnete sich zu einem kleinen Schrei, als er immer schneller wurde. Und ein weiteres Mal bestätigte das Zittern, das schon nach wenigen Augenblicken des ungezügelten Liebesspiels krampfartig durch ihren Körper lief, seinen Ruf als einer der besten Liebhaber des Landes.

Jerusalem, Moslemisches Viertel, September 1189

Elegant wie ein Vogel glitt der helle Körper der christlichen Sklavin durch die Tiefen des Kaltwasserbeckens. Salah ad-Din hatte sich an diesem lauen, von einer angenehmen Brise erfrischten Abend von einer Abordnung Mamelucken ins städtische *Hamam* begleiten lassen, das seit seiner Ankunft ihm und den hohen Staatsbeamten vorbehalten war. Da die Zitadelle nicht über solch ein Bad verfügte, hatte er beschlossen, auch einen Teil seines *Harems* in dem ausladenden, von einer hohen Mauer umgebenen Bau, unterzubringen, dessen blumenförmige Fenster mit blickdichten Scheiben verglast waren. Seit der Eroberung der Stadt hatte die Zahl der christlichen Sklavinnen rapide zugenommen, und einige der zarteren Blüten waren in Salah ad-Dins Harem aufgenommen worden. Nach der Bezahlung des Lösegeldes, mit dem sich die Einwohner Jerusalems hatten freikaufen können, waren siebentausend Männer und achttausend Frauen und Kinder übrig geblieben, denen es nicht möglich war, diese immense Summe aufzubringen. Er dachte an das Entsetzen auf den Gesichtern der jungen Frauen zurück, als diese von seinen Soldaten zusammengetrieben worden waren. Zwar hatte einer seiner Chronisten sein Bestes getan, die Schändungen mit blumigen Worten zu schönen. Aber die Erinnerung an die Schreie und das Wehklagen hinterließ immer noch einen schalen Geschmack in seinem Mund.

Philippa, die behauptete, die Tochter eines deutschen Herzogs zu sein, war in den vergangenen Monaten seine Lieblingsgespielin geworden. Trotz ihrer Jugend besaß sie eine angeborene Intelligenz und Weisheit, die Salah ad-Din manchmal mit heimlicher Ehrfurcht für die hochgewachsene, beinahe schockierend blonde junge Frau erfüllte. Nicht nur genoss sie im Gegensatz zu manch anderer Sklavin das Liebesspiel mit ihm, es hatte sich auch mehr und mehr zu einem Kräftemessen zwischen den beiden so unterschiedlichen Partnern entwickelt. Furchtlos musterten ihn die eisblauen Augen, als das Mädchen mit leicht geröteten Wangen an den Rand des Beckens schwamm. »Sei mir gegrüßt, Herrscher des Ostens«, frotzelte sie respektlos und strich sich eine nasse Strähne aus den Augen. Er wusste nicht, warum er ihr immer wieder Dinge durchgehen ließ, für die er jede andere auf das Strengste bestrafen lassen würde. Doch eines wusste er: Es war etwas

Besonderes, das von ihr ausging, etwas, das ihn immer und immer wieder in seinen Bann zog. Manchmal ertappte er sich dabei, wie er sich wünschte, sie von morgens bis abends an seiner Seite zu haben. Doch dann hob die Vernunft den tadelnden Zeigefinger und ermahnte ihn, dass sie eine Frau und kein Berater oder General war. Mit einem leisen Seufzen schlug er die Beine unter und stützte das Kinn in die Handflächen. Er liebte es, sie beim Schwimmen zu betrachten, einer Fertigkeit, die er selbst – wie so viele Mauren – nicht besaß. Er nickte kurz und bedeutete ihr mit einer Geste, sich durch ihn nicht stören zu lassen. Kraftvoll stieß sie sich vom Beckenrand ab und tauchte einige Meter, bevor sie elegant an die Oberfläche schnellte und scheinbar unermüdlich dem Zeitvertreib nachging, der ihr – so hatte sie ihn schmunzelnd wissen lassen – das Gefühl gab, eine Zeit lang frei und ungebunden zu sein wie einer der Falken, die zur Jagd vom Handschuh des Falkners geworfen wurden. Während ihre gleichmäßigen Bewegungen ihn mit tiefer Ruhe erfüllten, grübelte er über das nach, was ihm seit Tagen den Schlaf raubte.

Etwas, das er nicht so recht festmachen konnte, nagte an ihm. Zuerst hatte er vermutet, es habe mit der Nachricht von dem anrückenden Kreuzfahrerheer oder der Belagerung Akkons zu tun. Doch als er an diesem Morgen die Miniatur seines Bruders al-Adil in der Hand gehalten hatte, war ihm klar geworden, was ihn beschäftigt hatte. Lange hatte er die Anwesenheit des jungen Tempelritters, den er aus einer Laune heraus begnadigt hatte, zu verdrängen versucht. Aber als er die vom Schlaf müden Augen über al-Adils Züge hatte wandern lassen, war ihm klar geworden, was ihn zu dieser inkonsequenten Handlung verleitet hatte. Als der Mameluck, der den jungen Mann hatte hinrichten sollen, dessen Kopf zurückgerissen hatte, um ihn zu enthaupten, hatten Salah ad-Din für den Bruchteil eines Atemzuges die Augen seines eigenen Bruders hasserfüllt angestarrt.

Jerusalem, Jüdisches Viertel, September 1189

Wütend raufte sich Curd von Stauffen die dunklen Locken, die er inzwischen zu einem Pferdeschwanz zusammengenommen hatte, damit sie ihm nicht immer ins Gesicht fielen. »Verdammt!«, fluchte er und trat mit dem abgetretenen Stiefel ungehalten nach einer Kakerlake, die mit abgespreizten Flügeln über den Boden seiner scheußlichen Kammer huschte. Zwar erfüllte ihn das Geräusch, das entstand, als sein Absatz den harten Panzer des Tieres zerquetschte, mit unangebracht heftiger Genugtuung. Doch es vermochte die düsteren Gedanken in seinem Kopf nicht länger als einige Atemzüge lang zu bannen. Was sollte er tun? Das heimtückische Anerbieten des Klosterbruders ließ ihn trotz des Zornes, der ihn darüber erfüllt hatte, nicht mehr los. Sollte er all die Grundsätze der Ritterlichkeit und Ehre, die Teil seines Gelübdes darstellten, einfach so ohne Weiteres aufgeben, um im Kern eigennütziges Handeln mit dem Deckmantel des Gotteswerkes zu verschleiern? Mit einem gequälten Stöhnen riss er sich den viel zu warmen Mantel von den Schultern und schleuderte ihn auf die schweißgetränkte Bettstatt, bevor er sich schwer auf die klumpige Matratze fallen ließ.

Resigniert drehte er den Siegelring seines Vaters, den er trotz aller Not und allen Hungers immer noch nicht bei dem jüdischen Pfandleiher versetzt hatte, in den Händen hin und her und betrachtete das stumpfe Funkeln des Goldes. Was würde ihm der tapfere Ritter, an den er sich kaum mehr erinnern konnte, in solch einer Situation wohl geraten haben? Auch er war einst Mitglied des strengen Ordens der Tempelritter gewesen, hatte dann jedoch die Liebe zu Curds Mutter gefunden und das Kreuz abgelegt, um in den Dienst des Königs von Jerusalem zu treten. War es nicht eigentlich die Pflicht des Christen, alles in seiner Macht Stehende zu unternehmen, um dafür zu sorgen, dass die Heilige Stadt aus den Klauen der Heiden befreit wurde? Musste er, Curd, nicht die ihm vom Schicksal vorbestimmte Rolle erfüllen und seine einzigartige Lage ausnutzen? »Nein!«, stieß er überraschend heftig hervor und sprang auf die Füße. Der Sultan hatte ihm das Leben geschenkt, und er war ihm zur Dankbarkeit verpflichtet! Anders als all die doppelzüngigen Herrscher der angrenzenden Kreuzfahrerstaaten, denen der Bruch eines vor Gott geleisteten Eides so leicht von der Hand ging wie einem Bäcker sein Tagwerk, hielt Curd Ehrlichkeit für eine der wichtigsten Tugenden. Und er war nicht bereit, der einfach zu rechtfertigenden Versuchung so schnell zu erliegen!

Er zerrte energisch an der breiten Kordel, die sein ehemals weißes Gewand zusammenhielt, und zog es über den Kopf. Mit nacktem, schweißglänzendem Oberkörper legte er sich zurück in die von seinem Mantel bedeckten Kissen und starrte an die Decke, wo Spinnen, Gottesanbeterinnen und Mücken um die Vorherrschaft kämpften. Soeben pirschte sich ein fetter Achtbeiner an ein hilflos in seinem Netz zappelndes Opfer heran, das sich durch seinen Todeskampf mit den klebrigen Fäden immer mehr darin verstrickte. Elegant griffen die langen Vorderbeine des Jägers tastend und doch zielsicher nach vorne aus, wo sie kurz verharrten, um die Vibrationen zu erspüren. Langsam schob sich der für die dünnen Beinchen viel zu plump wirkende Leib an die inzwischen erlahmte Gottesanbeterin heran, erstarrte für den Bruchteil eines Augenblickes und schnellte dann vor, um das in den Kieferklauen gebildete Gift in den Körper des Beutetiers zu spritzen. Nach einigen schwachen Zuckungen erlahmte das gefangene Insekt, und der erfolgreiche Fallensteller begann, seinen Vorrat in aller Seelenruhe einzuspinnen.

Nachdem er das einseitige Schauspiel einige Lidschläge lang beobachtet hatte, verlor der Ritter das Interesse, schloss die müden Augen und versank in Grübeln. Manchmal fühlte er sich wie die unterlegene Gottesanbeterin – gefangen in einem Netz, in das er unvorsichtigerweise geraten war, und aus dem es kein Entrinnen mehr für ihn gab. Er hob die Hand an die schmerzenden Schläfen und presste Daumen und Zeigefinger gegen den Schädelknochen. Nicht nur, dass ihn der doppelzüngige Mönch in Versuchung geführt hatte! Wie um alles in der Welt sollte er die übermächtigen Gefühle rechtfertigen, die er für das jüdische Mädchen hegte?

Eine Landzunge vor der Hafenstadt Akkon, September 1189

Das Glück war auf Guy de Lusignans Seite. Zufrieden blickte sich der ehemalige König von Jerusalem in dem immer schneller anwachsenden Heerlager vor den Toren Akkons um und streifte die Ärmel zurück. Zahllose Zeltspitzen, deren strahlendes Weiß sich von den gelblich braunen Mauern der Stadt abhob, ragten in den ungetrübten Himmel, der das beinahe blendende Azurblau des Mittelmeeres reflektierte. Am vergangenen Abend hatte unvorhergesehen ein fünfundfünfzig Schiffe umfassendes Kontingent deutscher Kreuzfahrer im Hafen der westlich des Sees Genezareth gelegenen Stadt Anker geworfen, und nun wimmelte der Strand von eifrigen Männern, die ihre Habseligkeiten entluden und Unterkünfte entlang der Landzunge errichteten. Unter den Neuankömmlingen befand sich auch eine beträchtliche Anzahl von Pilgern und Kaufleuten, die – anders als die an dem Kreuzzug teilnehmenden Ritter – auf Vergebung ihrer Sünden und einen Platz im Paradies aus waren.

Eine Abordnung von Männern aus den Handelsmetropolen Bremen und Lübeck war soeben dabei, in der Nähe der breiten Flussmündung ein improvisiertes Lazarett unter einem gespannten Schiffssegel zu errichten. Ihr Anführer, ein gewisser Sibrand aus Bremen, versuchte mehr oder weniger erfolgreich, sich über dem ohrenbetäubenden Lärm der Soldaten und Kriegsmaschinen Gehör zu verschaffen, musste jedoch rasch einsehen, dass ihn Zeichensprache weiter brachte. Fantasten!, dachte Guy verächtlich, wusste doch inzwischen jedermann, dass es in diesem Krieg nur um zwei Dinge ging: um Macht und Beute. Angewidert rümpfte er die Nase und beeilte sich, so viel Abstand wie möglich zwischen sich und die riesigen Kessel zu bringen, in denen aus Pferdemark Leim gekocht wurde, da der Gestank, der ihm beißend in die Nase stieg, beinahe unerträglich war und ihm die Kehle zuschnürte. Wie viel Zeit würde ihrem bunten Häuflein aus Streitern aller nur erdenklichen Nationen wohl noch bleiben, bis Salah ad-Din den Ernst der Lage erfasste und Entsatz entsandte? Inzwischen hatten sich zu den Sizilianern und Pisanern auch Dänen, Friesen, Italiener und weitere Deutsche gesellt, die alle hofften, ein Stück des aus der Ferne lockenden Kuchens für sich erhaschen zu können. Wie groß würde der Ruhm für den Feldherrn sein, dem es gelang, die Heilige Stadt wieder unter die Kontrolle der Christenheit zu bringen! Und mithilfe der Stadt Akkon, die er als Sprungbrett und Basis für dieses Unterfangen benutzen konnte, würde Guy dieser Feldherr sein, davon war er felsenfest überzeugt.

London, Westminster Abbey, 13. September 1189

Noch niemals zuvor war Catherine so aufgeregt gewesen wie an diesem geschichtsträchtigen Morgen. Noch bevor die Sonne glutrot den östlichen Horizont erklommen hatte, waren sie und weitere zwanzig Hofdamen zusammen mit der in einer prachtvollen Sänfte reisenden Königin zur Abtei von Westminster aufgebrochen. Die Luft des jungen Herbsttages war empfindlich kühl, und an den Grashalmen und späten Blumen schaukelten dicke Tautropfen. Eine Nebeldecke hing über dem schwarz glänzenden Wasser der Themse, von wo aus sie sich unaufhaltsam in die angrenzenden Stadtviertel ausbreitete. Die Lichtkegel der unzähligen Fackeln wirkten bleich und verwischt, wohingegen das Funkeln der Beschläge an Rüstungen und Trensen Messerklingen gleich durch die Dämmerung stach. Links und rechts von bis an die Zähne bewaffneten Soldaten flankiert, kroch der Zug der Damen beinahe parallel zu dem Korso aus Barken dahin, die den König auf dem ruhig dahinfließenden Strom zu der Krönungsstätte übersetzten. Nervosität und noch etwas anderes, das Catherine nicht festmachen konnte, lagen in der Luft. Selbst die Schaulustigen, die von den Soldaten des Königs auf Abstand gehalten wurden, schienen es zu spüren, da eine beinahe unheimliche Stille herrschte. Keiner jubelte, keiner spendete Beifall, und niemand rief den Reitern etwas zu. Außer dem Schnauben der Pferde, dem Klirren von Metall und dem Klatschen der Ruder durchdrang nur das eine oder andere verhaltene Flüstern die kühle Herbstluft. Klamm schlossen sich Catherines Finger um die Zügel ihrer lammfrommen Stute, während die Aufregung in ihrem Inneren zu einer gewaltigen Woge anschwoll.

Überwältigt von der Vielzahl der auf sie einstürmenden Eindrücke, wusste sie nicht, wohin sie das Auge zuerst wenden sollte. Sowohl der feierliche Zug der Schiffe, als auch die endlose Schlange der Reiter boten einen unvergesslichen Anblick. Erst als die Kälte immer unaufhaltsamer ihren Rücken hinaufkroch, riss sie sich los und senkte den Blick zu der geflochtenen Mähne ihres Reittiers. Fröstelnd zog sie den schweren Umhang aus flandrischem Tuch enger um die Schultern und schmiegte das Kinn an die Brust, um sich zu wärmen. Kaum hatten sie den Schutz der Stadt durch das *Ludgate* verlassen und das Gewirr der Gassen und Straßen hinter sich gelassen, breitete sich das Land vor ihnen zu einem atemberaubend grünen Teppich aus, der lediglich durch verstreute Güter und das blaue Band des enormen Wasserlaufes unterbrochen wurde. Bereits eine halbe Meile später erreichten sie die Flussbiegung, die ihre Abordnung nach Süden lenkte, wo die quadratischen Türme einer Kathedrale in den Himmel ragten. Über den spitzen, von Kreuzblumen gezierten Fialen färbte sich der Horizont allmählich purpurfarben, und die aufwendigen Steinmetzarbeiten der Hauptfassade hoben sich scharf von dem helleren Hintergrund ab. Weiter westlich zog ein Schwarm Enten nach Süden, um auf einem der kleineren Flussläufe der Region zu wassern. Wie wunderschön dieses wilde und doch gezähmte Land war, stellte Catherine bewundernd fest, als sie den Blick über die sanften Hügel zu ihrer Rechten gleiten ließ.

Wie gerne hätte sie diesen erhabenen Augenblick mit Sophie geteilt. Doch bereits in der vergangenen Woche war die Freundin von einem Vasallen ihres zukünftigen Ehemannes unzeremoniös abgeholt und in einer abgedunkelten Kutsche unter bitteren Tränen aus dem Tower geschafft worden. Arme Sophie, dachte Catherine mitleidig. Was sie wohl im Haushalt des herrschsüchtigen Herzogs von Winchester zu erdulden haben würde? Noch hatte sie eine Galgenfrist, da die Hochzeit für Ende Oktober angesetzt worden war und sich der Herzog noch in London befand, um den Krönungsfeierlichkeiten beizuwohnen. Aber was dann? Sie seufzte. War dies das Schicksal, dass alle jungen Frauen früher oder später ereilte?, fragte sie sich bitter. Wie ein Stück Vieh an einen Mann verkauft zu werden, der den besten Preis bot? Hastig verscheuchte sie die unangenehmen Gedanken und versuchte, sich auf die vor ihr liegende Herrlichkeit zu konzentrieren. Die weit vorne reitende Spitze des Zuges hatte bereits die halb unter mächtigen Eichen verborgene Nordseite der *Abbey* erreicht, hinter deren kurzem Dächlein sich majestätische Zwillingstürme erhoben. Kleine, in lange Kutten gehüllte Gestalten huschten geschäftig auf dem weitläufigen Kirchplatz hin und her, und Catherine vermutete, dass es sich dabei um die Benediktinerbrüder handelte, die noch letzte Vorbereitungen für die Ankunft des Königs trafen.

Als der Zug in dem überfüllten Kirchhof zum Stehen kam, saß das Mädchen ungelenk ab, ließ sich von einem der vielen, übereifrigen Pagen den Zügel abnehmen und folgte staksig der von der Königinmutter angeführten Prozession ins Innere der riesigen Kathedrale. Der König und seine Gefolgsleute waren schon vor einer halben Stunde angekommen, sodass das atemberaubend hohe Schiff bereits zu über einem Drittel besetzt war. Ein muffiger Geruch hing in der Luft. Aber sobald Catherines eng geschnürte Stiefel das dicke, in der Mitte des Hauptganges entlanglaufende Band aus rotem Tuch betraten, verdrängten die optischen Eindrücke alle anderen Sinneswahrnehmungen. Hoch über ihrem Kopf liefen die Stützpfeiler zu einem eleganten Kreuzrippengewölbe zusammen, auf dessen blumenförmigen Verzierungen Sonnenlicht tanzte. Zu beiden Seiten des prunkvollen Altars, auf dem bronzene Räuchergefäße und eine kostbare Bibel ruhten, schmiegte sich ein aus dunklem Holz geschnitztes Chorgestühl an die Wände, von denen Banner in den Farben des Königs und aller seiner Besitzungen hingen. Als sich die Damen ihren Sitzplätzen näherten, wurde Catherines Aufmerksamkeit von einem weizenblonden Schopf angezogen, der auffällig aus der Menge hervorstach. Neugierig wandte sie den Kopf, und einen Moment lang bohrte sich der Blick blauer Augen in die ihren. Wäre das Gedränge nicht so groß gewesen, wäre sie sicherlich gestolpert, als sie die ehrliche Bewunderung im Gesicht des jungen Mannes las, der ihr hinterherstarrte. Ohne Vorwarnung schoss ihr flammende Röte in die Wangen, und sie schlug hastig die Augen nieder und raffte ihre Röcke. Beinahe unhöflich drängte sie sich an einigen ausladenden Hofdamen vorbei und versteckte sich in der hintersten Sitzreihe. Obschon sie vor

Verlegenheit immer noch zu verbrennen glaubte, lugte sie nach einer Weile verstohlen an dem breiten Rücken der vor ihr sitzenden Lady vorbei, um zu sehen, ob der Knappe sie immer noch begaffte.

❋

Trotz aller Sorgen und Schmerzen und des – nach heimlichem Lauschen – aufkeimenden Verdachts, dass sein Herr etwas mit dem gewaltvollen Tod des Earls of Arundel zu tun gehabt haben könnte, hüpfte Harold vor Glückseligkeit das Herz im Leibe. Sie hatte ihm ein Lächeln geschenkt! Mit vor Müdigkeit brennenden Muskeln kniete der Knabe eingekeilt zwischen seinem Herrn und John of Littlebourne in der vordersten Reihe des harten Gestühls – gegenüber den farbenprächtigen Reihen der Hofdamen. Während die Augen aller anderen dem Eingang zugewandt waren, durch den soeben zu den feierlichen Klängen einer Hymne die höchsten Mitglieder des Kirchenstandes schritten, ruhte Harolds Blick unverwandt auf den fein geschnittenen Zügen des jungen Mädchens, das schamhaft errötend den Kopf gesenkt hatte. Zwar schien sie zu glauben, hinter einer dicken Lady unsichtbar zu sein, aber dem war nicht so. Seit seiner Ankunft im Tower, als er sie in Begleitung der Königinmutter gesehen hatte, wünschte er sich nichts sehnlicher, als ihre Bekanntschaft machen zu dürfen. In letzter Zeit war ihm aufgefallen, dass sie – wenn sie sich unbeobachtet fühlte – seinen Dienstherrn mit nur mühsam verhohlener Abscheu musterte. Doch niemals hätte er zu hoffen gewagt, dass sie auch ihm Beachtung schenken könnte. Zu vollkommen waren ihre Züge, die von den großen, grünen Augen dominiert wurden, die im Augenblick allerdings die fein gehauenen Bodenquader betrachteten.

Ein heftiger Schlag auf den Hinterkopf ließ ihn zusammenzucken und hastig den Kopf senken. »Da vorne spielt die Musik!«, knurrte John of Littlebourne ihm ins Ohr und wies mit dem Kinn zu der immer näher kommenden Prozession. Gefolgt von Äbten und Bischöfen schritten die Prioren das breite Band aus rotem Tuch entlang, das von den hohen Doppeltüren direkt zum Altar führte, an dem der Erzbischof von Canterbury in eine Prunkrobe gehüllt auf den König wartete. Inmitten des Meers von Bischöfen aus allen Teilen Englands befand sich eine Insel aus weltlichen Baronen und Herzögen, die – feierlich auf Seidenkissen ruhend – goldene Sporen, das goldene Zepter und ein goldenes Band den scheinbar endlos langen Gang hinabtrugen. Dem unterdrückten Schnauben zu seiner Rechten entnahm Harold, dass es sich bei dem hochgewachsenen, silberhaarigen Mann, welcher eine prunkvolle, mit Edelsteinen besetzte Krone in den Händen hielt, um William de Mandeville, den Onkel seines Dienstherrn, handeln musste. Als die Männer am Altar angelangt waren, fächerten sie sich zu beiden Seiten der Rundung auf und machten Platz für Richard Löwenherz, der vor dem Erzbischof auf die Knie sank. Nach einer scheinbar endlosen Litanei lateinischer Worte, von denen Harold nur die Hälfte verstand, trat der Bischof schließlich vor, beugte sich zu dem König hinab und zeichnete mit dem Salbungsöl ein Kreuz auf dessen Stirn, Brust und Hände. Kaum war die Zeremonie abgeschlossen, hub ein vielstimmiger Knabenchor zu einem glockenklaren Halleluja an, das Harold einen Schauer der Ehrfurcht über den Rücken jagte.

Während die Mönche in die zweite Strophe des Triumphgesanges einstimmten, erhob sich der frisch gekrönte König von England und wandte sich seinen Untertanen zu, die überwältigt zu seiner imposanten Gestalt aufblickten. Das Gold des Kronreifes korrespondierte wunderbar mit dem rotblonden Schopf des aquitanischen Herrschers, und die Insignien der Macht schienen von jeher in seine Hände gehört zu haben. Mit ausdrucksloser Miene wartete er die letzten Akkorde des Lobgesanges ab, bevor er mit einer eleganten Geste den Mantel über den Arm warf und den Fuß auf die Altartreppe setzte. Gerade als er die ebenerdigen Steinquader erreicht hatte und sich mit Zepter und Krone auf den Weg zum Ausgang machen wollte, entfuhr einem Mitglied der Versammlung ein spitzer Schrei und ein anklagender Finger schoss zur Decke. Dort, hoch oben unter dem Dach, flatterte eine verirrte Fledermaus aufgeregt von einem Rundbogen zum nächsten. Was für ein furchtbares Omen!, durchzuckte es Harold heiß. Wie der Rest der Anwesenden hielt auch er den Atem an und verfolgte wie gebannt den Flug des aufgeschreckten Tieres. Etwas Schlimmeres konnte es nicht geben! Eine Kreatur des Teufels bei der Krönung des neuen Königs!

Vor den Toren Jaffas, 13. September 1189

Mit einem erleichterten Prusten sprang Salah ad-Din vom Rücken seines feurigen Araberhengstes und stürmte auf das von seiner Vorhut bereits errichtete Feldherrenzelt zu. In dem aus kostbarem Samt gefertigten, prunkvollen Eingangsbereich des Pavillons warteten bereits ein kühler Trunk und ein scharf gewürztes Fischgericht auf ihn, das zusammen mit den frisch gebackenen Fladen, einem Linsen-Koshari und gebratenen Heuschrecken sein Abendessen darstellen würde. Über einem kleinen Feuer köchelte zudem ein Lamm-Okra-Eintopf, und auf einem silbernen Tellerchen lockten Feigen und Birnen in Honig. Ein kahlköpfiger Sklave warf sich vor ihm auf den Boden, sobald der Beherrscher der Gläubigen das Zelt betrat. Aber Salah ad-Din ignorierte den Jungen und nahm dankbar den Becher entgegen, den ein etwas älterer, ebenfalls haarloser Knabe ihm reichte. »Lasst mich allein«, befahl er mit einem ungeduldigen Händeklatschen. Und kaum hatten die beiden Burschen den Pavillon unter tiefen Verbeugungen verlassen, warf er sich in den bequemen Klappstuhl, der neben der mit seidenen Kissen bedeckten Bettstatt stand, und biss gierig ein großes Stück aus dem leicht süßlichen Brot.

Die Gedanken an den jungen Tempelritter mit den Augen seines Bruders waren wie weggeblasen von den Neuigkeiten, die Salah ad-Din in den vergangenen Tagen mit der Dichte eines Pfeilhagels erreicht hatten. Kaum war die Gesandtschaft seines Bruders mit den lange ersehnten Geldmitteln durch die schwer bewachten Tore der Zitadelle geprescht, hatte der Sultan seine Vasallen aus Ägypten, Turkestan, Syrien und Mesopotamien zusammengezogen und war nach Akkon aufgebrochen, wo die Anzahl der Belagerer inzwischen einen Besorgnis erregenden Umfang erreicht hatte. Nach nur einem Tag scharfen Rittes lagerten seine Truppen nun vor den abweisenden Mauern der Stadt Jaffa, von der aus sie am folgenden Tag weiter nach Akkon ziehen würden, wo sie auf die Ankunft der Truppen aus den abgelegeneren Teilen des Reiches warten würden. Wenn alles nach Plan verlief, würde die moslemische Streitmacht die der Belagerer bald um ein Vielfaches übersteigen, und Salah ad-Din würde ein weiteres Mal seine Überlegenheit unter Beweis stellen können. Erneut grub er die Zähne in den saftigen Fladen und griff mit der Linken nach dem in ein Palmenblatt eingewickelten, gegrillten Fisch, dessen Aroma ihm das Wasser im Munde zusammenlaufen ließ. Zart wie Butter zerfiel die Speise auf seiner Zunge, und während er genüsslich versuchte, die Kräuter und Gewürze zu identifizieren, mit denen sein Koch dieses einfache Mahl in ein kleines Wunder verwandelt hatte, ließ er die Gedanken weiter schweifen.

Ohne schlechtes Gewissen hatte er die Staatsgeschäfte in die fähigen Hände seines Großwesirs gelegt, dessen Loyalität er sich absolut sicher sein konnte. Selbst wenn er Zweifel an der Integrität des alten Mannes gehegt hätte, so hätte ihn die Tatsache, dass seine Schwester Shahzadi ebenfalls in Jerusalem zurückgeblieben war, beruhigt. Denn ihr messerscharfer Verstand würde jeden Verrat und jede Intrige im Keim erkennen. Als von dem Fisch so gut wie nichts mehr übrig war, lud er sich etwas von dem Lammeintopf in eine fein gearbeitete Schale und griff – nachdem er den letzten Bissen geschluckt hatte – nach der klebrigen Süßspeise. Wie ein Stich fuhr ihm der Fruchtzucker in die empfindlichen Zähne, und er musste einen Augenblick innehalten, bevor er nach einer zweiten, tief violetten Feige angelte. Mit einem Seufzer nahm er den Helm ab und rieb sich die verschwitzte Stirn, nachdem er die öligen Hände in einer bronzenen *Aquamanilie* – einem Waschgefäß in Löwengestalt – gesäubert hatte. Der Tag hatte ihn angestrengt. Nicht nur brannten seine Schultern wie Feuer, er hatte auch das Gefühl, dass die Innenseiten seiner Schenkel ihm den heutigen Gewaltritt übel nahmen. Langsam, aber sicher schlich sich zu allem Überfluss auch noch ein dumpfes Kopfweh ein, das es ihm schwer machte, sich auf die vor ihm liegende Aufgabe der Strategiefindung zu konzentrieren. Er war eben keine zwanzig mehr, musste er sich grimmig eingestehen. Doch das sollte ihn nicht davon abhalten, den wortbrüchigen Guy de Lusignan das Fürchten zu lehren!

Angenehm gesättigt trat er vor sein prachtvolles Zelt und ließ den Blick über das geschäftige Treiben in seinem Heerlager schweifen. Überall schossen die schmucklosen, kegelförmigen Unterkünfte der einfachen Fußsoldaten in die Höhe, während die höhergestellten Persönlichkeiten ihren Rang und ihre gesellschaftliche Stellung durch die Kostspieligkeit ihrer Zeltstoffe unterstrichen. Rings um ihn herum wetteiferten Wesire und Hofbeamte um die Aufmerksamkeit der leichten Mädchen, die – kaum hatte sich die Nachricht von der Ankunft des Sultans verbreitet – zu Hunderten aus der Stadt geströmt waren. Unter Palmen und Orangenbäumen säuselten liebeshungrige Männer den von ihnen bezahlten Musliminnen und Christinnen törichte Worte ins Ohr, bevor sie sich mit den kichernden und ausgelassenen Dirnen in die privaten Bereiche zurückzogen. Das helle Klappern von beinernen

Würfeln drang an sein Ohr. Und obwohl er das Glücksspiel ausdrücklich verboten hatte, würde er seine Mamelucken an diesem Abend noch nicht ausschicken, um die Übeltäter dingfest zu machen. Gähnend straffte er die Schultern und trat zurück in die Kühle und Stille seines Pavillons.

Philippopel, September 1189

Heute wurde erneut die Hinterlist und Falschheit des byzantinischen Kaisers deutlich, als eine mit unsäglichen Beleidigungen gespickte Antwort auf den Beschwerdebrief unseres Herrn, des Deutschen Kaisers, aus Konstantinopel eintraf. Nicht nur titulierte der wortbrüchige Isaak den tapferen und ehrwürdigen Barbarossa als einen Lügner, sondern er warf ihm auch vor, die Absicht zu verfolgen, auf Konstantinopel selbst zu marschieren …«

Müde ließ Ansbert die Feder sinken. Egal wie sehr er sich auch bemühte, die Worte wollten heute einfach nicht so fließen, wie er es sich wünschte. Die Gegenwart des ungehalten in der Halle des großen Stadthalterpalastes auf und ab schreitenden Kaisers, der seit Tagen über seine Nierensteine klagte, trug nicht gerade dazu bei, dass sich der junge Mönch sammeln konnte. Ständig blaffte Barbarossa Pagen, Bedienstete und Boten an, die sich allesamt so rar wie möglich machten. Auch saßen das Entsetzen und die Abscheu über die erbarmungslose Abschlachtung derjenigen Einwohner, denen es nicht gelungen war, die Stadt rechtzeitig zu verlassen, noch zu tief, um ihn dazu zu befähigen, sich voll und ganz seiner Aufgabe zu widmen. Jedes Mal, wenn Ansbert die Augen schloss, suchten ihn die schrecklichen Bilder heim, die er wohl bis an sein Lebensende nicht mehr vergessen würde. Immer wieder sah er das Gesicht eines kleinen Mädchens vor sich, das ihn beim Einreiten in die Stadt aus einer lichterloh in Flammen stehenden Holzkate am Rande Philippopels entsetzt angesehen hatte, kurz bevor das Dach auf das Kind hinabgestürzt war. Schaudernd fragte er sich, wann Gott die Kreuzfahrer für den Frevel strafen würde, den sie begangen hatten – handelte es sich bei den Getöteten doch ausschließlich um Christen. Überall stapelten sich die inzwischen nach Fäulnisgas stinkenden Kadaver der Erschlagenen, von denen Frauen, alte Männer und Kleinkinder den Löwenanteil ausmachten. Und täglich nahm die Zahl der hungrig in die Stadt strömenden Ratten und Schakale zu. Die hundeartigen Tiere erfüllten Ansbert mit Abscheu, und wäre es nach ihm gegangen, hätte man die Leichen schon längst verbrannt. Doch Barbarossa hatte darauf bestanden, sie als Abschreckung ohne Begräbnis verrotten zu lassen. Ansbert konnte sich nicht erklären, warum der alte Kaiser die Gefahr einer Seuche auf sich nahm. Aber die Motivation hinter so mancher Tat des Rotbarts war für ihn ohnehin unergründlich.

Mit einem unwilligen Kopfschütteln versuchte er, die unangenehmen Gedanken zu vertreiben und sich erneut auf seine Arbeit zu konzentrieren. Hungrig langte er nach einem der frisch gebackenen Hirsefladen, mit denen die aus Furcht hilfsbereiten Armenier des Umlandes sie versorgten, und biss herzhaft hinein. Wie lange die Vorräte wohl reichen würden? Kurz nachdem sie aufgestockt worden waren, gingen die Lebensmittel bereits wieder zur Neige, und die Soldaten begannen aufs Neue, sich darum zu streiten. Wer mehr Geld hatte als die anderen, raffte so viel wie möglich zusammen, um nicht erneut hungern zu müssen. Die ärmeren Ritter und Waffenträger durchstreiften immer und immer wieder die geplünderte Stadt – in der Hoffnung, irgendwo verborgene Lager zu entdecken. Ansberts Gedanken gingen weiter auf Wanderschaft. Was würde geschehen, wenn die unterjochte Minderheit der Armenier bemerkte, dass sie einem noch mächtigeren Unterdrücker Tür und Tor geöffnet hatte, dessen Schlund unersättlicher war als der der Vertriebenen, von denen sie in den vergangenen Jahren immer wieder bis aufs Hemd ausgebeutet worden waren? Würden sie sich in die Berge zurückziehen und ihre Ziegenherden und Kornsäcke mitnehmen? Der Gedanke machte ihm Angst, und er stopfte so schnell wie möglich auch den Rest des Fladens in den Mund. Nachdem er das noch warme Brot mit einem Schluck wässrigen Weines hinabgespült hatte, griff Ansbert erneut nach der Feder und strich gedankenverloren über den warmen Kiel. Wie sollte er den Kaiser nur heldenhaft und edelmütig erscheinen lassen? Was sollte er auslassen, was in allen Einzelheiten schildern? Je öfter er sich mit diesen Fragen auseinandersetzen musste, desto häufiger wünschte er sich, die Bibliothek in Köln niemals verlassen zu haben. Bereits *ein* falsches Wort konnte ihn den Kopf kosten. Und wenn Barbarossas Stimmung weiterhin so gewitterhaft war, dann konnte jedes Wort das falsche sein. Er stieß einen Seufzer aus und spielte mit den flauschigen Daunen am Ende des Kiels. Das blütenreine Weiß schillerte leicht bläulich im Licht der Vormittagssonne, und die feinen Adern des weichen Horns schienen in seiner Hand zu pulsieren. Wie anders er sich diesen Kreuzzug vor ihrem Aufbruch aus Regensburg vorgestellt hatte! Niemals hätte der junge, eifrige Mönch sich damals träumen lassen, dass Glanz und Gloria des Gotteskrieges so schnell abblättern und das darunter liegende, hässliche Antlitz des Leids und der Not freilegen würden!

Jerusalem, Jüdisches Viertel, September 1189

Die Ruhe, die über dem immer noch nach verkohltem Holz riechenden Haus lag, war beinahe unheimlich. Schwer hing der beißende Brandgeruch in der Nachmittagsluft, und selbst das köstliche Aroma frisch gebackenen Brotes konnte den Gestank nicht vollständig vertreiben. Alles schien unwirklich und viel zu ruhig – ein Eindruck, der sich verstärkte, als Curd die Halle betrat. Sowohl die Bediensteten als auch die Bewohner des zweistöckigen Handelskontors unterhielten sich mit gedämpften Stimmen, um die erst vor Kurzem aus einer erneuten tiefen Ohnmacht erwachte Ziehtochter des Juden nicht zu erschrecken. Im Inneren des Hauses überlagerte ein schwacher Duft von Pfefferminz und Rosenöl den scharfen Geruch des Brandes, und durch die an diesem Tag nur angelehnten Fenster wehte eine angenehm warme Brise herein. Der Hekim, der soeben das Krankenzimmer verlassen hatte, nickte Curd zu und huschte hinaus ins Freie – beinahe als wolle er vor etwas fliehen. Der Ausdruck auf Dajas Gesicht, als diese dem Heiler nachsah, ließ Curd zuerst das Herz im Leib erkalten. Aber als die alte Dienerin sich ihm zuwandte, stahlen sich ihre Mundwinkel nach oben. »Versprecht mir, sie nicht zu überanstrengen«, forderte sie und hielt Curd mit sanfter Gewalt am Arm fest, als dieser augenblicklich in die Kammer stürmen wollte. »Sie ist noch sehr schwach. Der Hekim hat angeordnet, dass sie Ruhe halten muss.« Curd, der vor Ungeduld beinahe platzte, nickte ungehalten und streifte ihre Hand ab. Sein Herz hämmerte bis zum Hals, als er die Schwelle zu dem Raum übertrat, in dem er in den vergangenen Wochen so viel Zeit verbracht hatte, dass sich jede Einzelheit in sein Gedächtnis eingegraben hatte.

Wie bei jedem seiner Besuche nahmen zwei der männlichen Diener links und rechts der Tür Aufstellung. Aber auch heute wandten sie dem Templer den Rücken zu und beobachteten das Geschehen in der Halle. Auch Daja zog sich zurück, nachdem sie Curd ein letztes Mal ermahnt hatte, die Kranke nicht zu lange mit seiner Gegenwart zu belasten. Curds Mund wurde trocken, als er sich neben dem Lager der jungen Frau niederließ. Unsicher griff er nach der leichten Leinendecke und knetete sie zwischen den Fingern, während er sich fragte, woran der Hekim wohl erkannt haben mochte, dass es Rahel besser ging. Ihre Haut war immer noch so bleich, dass die

Adern durchschimmerten, und unter ihren Augen lagen die gleichen dunklen Ringe wie all die Tage zuvor. Keine Regung verriet, dass sie das Bewusstsein wiedererlangt hatte, und Curd wollte gerade verzweifelt nach Daja rufen, als sich die Lider der zerbrechlichen jungen Frau bewegten. Ein schwaches Husten ließ ihren Brustkorb erzittern. Dann schlug sie blinzelnd die Augen auf und bewegte wortlos die Lippen. Als sie den an ihrer Bettkante Sitzenden erblickte, murmelte sie etwas Unverständliches und schloss die Augen erneut. Einige furchtbare Momente fürchtete Curd, sie habe wieder die Besinnung verloren. Doch dann bewegten sich ihre Lider ein weiteres Mal, und sie wandte den Kopf in seine Richtung. Fragend und erkennend zugleich sah sie ihn eine Weile einfach nur an, dann huschte ein schwaches Lächeln über ihr Gesicht.

»Mein Schutzengel«, flüsterte sie und streckte tastend die Hände nach der verschwommenen Gestalt aus, deren weißer Umhang wie ein Federkleid um die ausladenden Schultern lag. Um den dunklen Schopf, der vom Licht der Sonne, die durch das Fenster in seinem Rücken fiel, erleuchtet wurde, lag ein Kranz aus feinen, leuchtenden Härchen, die dem Tempelritter ein beinahe überirdisches Aussehen verliehen. Vorsichtig, beinahe ehrfürchtig berührte sie seinen Arm und fuhr prüfend den rauen Stoff seines Gewandes nach, bis sie an seinem Handgelenk innehielt. »Ich bin kein Engel«, widersprach Curd sanft und nahm eine der schlanken Hände in die Seine, während sein Blick wie gebannt auf den blassen Zügen der Kranken lag. Verwirrung und leiser Ärger über diese Behauptung ließen Falten auf die glatte Stirn des Mädchens treten, als es versuchte, die an ihrem Bett sitzende Gestalt genauer in Augenschein zu nehmen. »Doch«, beharrte sie stur und zog die Rechte zurück, um sie auf die Brust zu legen. »Ihr habt mich aus dem Feuer getragen.«

Lächelnd schüttelte Curd den Kopf. »Ich habe Euch zwar aus den Flammen befreit, aber ich bin gewiss kein Engel«, erwiderte er abwehrend. Der unverwandt auf ihm ruhende Blick machte ihn nervös, und er fuhr sich verlegen mit der freien Hand über die widerspenstigen Locken. Lange hatte er darüber nachgegrübelt, wie er es vor seinen Glaubensbrüdern rechtfertigen konnte, dass er die Tochter eines Juden liebte. Doch selbst intensive Zwiesprache mit Gott – die allerdings, wie in letzter Zeit so oft, fruchtlos geblieben war – hatte ihm keine Lösung für sein Problem aufgezeigt. Das leuchtende Blaugrün ihrer Augen schien ihn in die Tiefe zu ziehen wie ein reißender Strudel. Eine Strähne ihres Haares hatte sich verirrt, und nur mit äußerster Mühe widerstand er der Versuchung, sie ihr von der Wange zu streichen. Auf keinen Fall wollte er sie erschrecken. Sein Herz zog sich schmerzhaft zusammen, als er sich vorstellte, was geschehen wäre, wenn sie nicht wieder erwacht wäre. Was geschehen wäre, wenn sie ihn verlassen hätte, bevor er ihr mitteilen konnte, wie sehr er sie liebte! Ihre zerbrechliche Schönheit und Hilflosigkeit versetzten ihm einen Stich, als sie versuchte, sich in den Kissen aufzurichten. Immer noch geschwächt von den – bis auf eine kleine Brandnarbe an ihrem linken Unterarm – gut verheilten Verletzungen, fiel es ihr offenbar schwer, die nötige Kraft aufzubringen, und er kam ihr hastig zur Hilfe. Nachdem sie sich seufzend gegen die Kissen gelehnt hatte, kniff sie erneut blinzelnd die Lider zusammen und tastete seine Züge forschend ab, bis sie schließlich leicht errötete und die Lippen zu einem Lächeln verzog. »Ihr habt wohl recht«, wandte sie ein. »Ihr seid kein Engel. Wie töricht von mir!« Kaum merklich schlossen sich ihre Finger um die seinen, und einen wundervollen Moment lang sahen sie sich einfach nur schweigend an.

Was er in ihren Augen las, ließ eine Welle der Glückseligkeit in ihm aufsteigen. Eine Mischung aus Dankbarkeit, Bewunderung und etwas anderem, das ihn schwindelig machte, lag in dem Blick, den sie schließlich schüchtern niederschlug. Wenn es nicht eine grobe Missachtung der Anstandsregeln gewesen wäre, hätte Curd lauthals jubiliert, da dieser eine Blick all das ausdrückte, was er sich in den vergangenen Wochen erträumt und ersehnt hatte. Die kleine Hand, die in der seinen lag, zitterte leicht, und die junge Frau schien sich nicht sicher, was sie als nächstes sagen sollte. Aber die kaum wahrnehmbare Röte, welche ihre Wangen überzog, sprach mehr, als tausend Worte es jemals gekonnt hätten. Sachte presste er seinen Daumen in ihre kühle Handfläche und beugte sich über sie, um ihr einen eher brüderlichen Kuss auf die makellose Stirn zu drücken. Das hörbare Zischen, mit dem Rahel dabei die Luft durch den Mund einzog, verriet ihm, dass er sich nicht getäuscht hatte. »Ihr müsst jetzt gehen«, unterbrach Dajas leise Stimme unvermittelt den wortlosen Austausch, und Curd zuckte zusammen wie ein ertapptes Kind. »Kommt morgen wieder, dann wird es ihr sicher schon besser gehen.« Nachdem einige Atemzüge lang keiner der beiden eine Reaktion zeigte, erhob sich der Tempelritter schließlich wie ein alter Mann, während sich eine eiserne Faust schmerzhaft um seine Brust zu legen und alle Wärme zu vertreiben schien. Wie sollte er nur je wieder ohne sie sein?, fragte er sich und wandte sich schweren Herzens von ihr ab, um der Älteren mit gesenktem Kopf hinaus ins Freie zu folgen. Als er den Hof betrat, war es, als sei ein Teil von ihm an ihrem Bett zurückgeblieben.

⁂

Lange Zeit starrte Rahel auf die Tür, durch die ihr Schutzengel verschwunden war. Ganz egal, was ihr Verstand ihr sagte, tief in ihrem Inneren war sie sicher, dass Gott ihn geschickt haben musste. Erschöpft von den Gefühlen, die sie so unerwartet überrollt hatten, schloss sie die Augen und ließ sich zurück in die Kissen sinken. Der Schmerz, der ihr ständiger Begleiter war, seit sie aus dem scheinbar endlosen Traum von Feuer, Hitze und Furcht erwacht war, erschien ihr beinahe süß im Gegensatz zu der Taubheit, gegen die sie all die Zeit erfolglos versucht hatte anzukämpfen. Gefangen in ihrem eigenen Körper hatte sie zwar Fetzen von Unterhaltungen und aufgeregten Diskussionen mitbekommen. Doch nie war es ihr gelungen, sich bemerkbar zu machen und Daja oder den Hekim wissen zu lassen, dass sie ihre Worte hören konnte. Mit einem leisen Seufzen versuchte sie, das Prickeln ihrer Fingerkuppen – dort, wo der Ritter sie berührt hatte – so lange wie möglich zu bewahren. Es war seltsam. Sein Gesicht war das Letzte, an das sie sich erinnern konnte. Und als er vorhin voller Liebe auf sie hinabgesehen hatte, war es beinahe so, als habe sie ihn ihr ganzes Leben lang gekannt. Während sie versuchte, jede einzelne Sekunde in Gedanken festzuhalten, übermannte sie die Erschöpfung und sie fiel in einen tiefen – seit langer Zeit zum ersten Mal traumlosen – Schlaf.

London, White Tower, 13. September 1189

Vor lauter Verwirrung wusste Catherine de Ferrers nicht, wo ihr der Kopf stand. Zu viele Dinge, die ihre unerfahrenen Gefühle in Aufruhr gebracht hatten, waren seit ihrer Ankunft in London vor etwas mehr als sechs Wochen geschehen. Als sie – überwältigt von der Pracht der Kirche und der Gewänder der bei der Krönung anwesenden Mitglieder des Hochadels – den Blick des Knappen auf sich gespürt hatte, hatte sie vergeblich versucht, ihn zu ignorieren. Aber immer wieder hatte sie unter gesenkten Lidern zu ihm geschielt und ihm schließlich entgegen aller Schicklichkeit ein Lächeln geschenkt. Dieses hatte dafür gesorgt, dass ihm genauso wie ihr die Röte in die Wangen gestiegen war, was sie mit mehr Genugtuung erfüllt hatte, als sie sich eingestehen wollte. Mit seinem widerspenstigen blonden Schopf und den verschmitzten blauen Augen hatte er vom ersten Augenblick an, als sie ihn vor dem König hatte knien sehen, ihr Interesse geweckt. Warum, das konnte sie sich beim besten Willen nicht erklären. Entsprach er doch so gar nicht dem Bild der Männer, das Aliénors Troubadoure immer und immer wieder heraufbeschworen hatten. Wie leid ihr der junge Mann tat, dessen Gesicht deutliche Spuren der Misshandlungen aufwies, die er unter seinem Dienstherrn zu erdulden hatte! Bei dem Gedanken an den Earl of Essex legte sich eine Gänsehaut über Catherines Arme, und sie zog unwillkürlich die Ärmel ihres Bliauds weiter nach unten. Allein die Vorstellung, diesem kalten, grausamen Krieger jeden Tag ausgeliefert zu sein, genügte, um ihr Übelkeit zu bereiten. Während sich zum wohl hundertsten Mal die Erinnerung an den furchtbaren Abend in ihr Gedächtnis zurückdrängte, versuchte sie mit aller Macht, die tief in ihr sitzende Furcht zu besiegen. Ihr war klar, dass sie sich mit ihm einen mächtigen und gefährlichen Feind gemacht hatte, dem sie am besten aus dem Weg ging. Nicht nur war sie sich inzwischen vollkommen sicher, dass er es gewesen war, der ihr aufgelauert hatte. Sie hatte bei der Krönung auch die tiefe Stimme des Erzbischofs als die Stimme desjenigen erkannt, der die Versammlung der Vermummten im Rosengarten angeführt hatte. Das Frösteln verstärkte sich. Was immer die Männer im Schilde führten, es war besser, sich so weit wie möglich davon fernzuhalten.

Seufzend löste sie das Kinnband ihres Gebendes, zog die Silbernadeln ab und schüttelte die dicken Zöpfe unter dem Haubenteil hervor. Während sie ihr Haar löste, trat sie an eines der kleinen Rundbogenfenster in ihrer Kammer und blickte versonnen in den von unzähligen Fackeln erleuchteten Hof hinab. Nur die wichtigsten Männer und Frauen des Landes waren zu dem Krönungsbankett im Tower geladen. Alle anderen hielten es wie die Wachen, die entlang der Südmauer ein großes Feuer entzündet hatten, um das sie sich versammelten, um Met und Bier in sich hineinzuschütten. Auch vor den starken Mauern der Festung brodelte die Stadt – und es wurde getanzt, gesungen, gezecht und gehurt. Während sie ihre Augen über die spitzen Dächer gleiten ließ, fiel ihr plötzlich ein unheimlicher Schein am Horizont auf, der nicht nur von Fackeln und Freudenfeuern herzurühren schien. Was ging dort vor? Neugierig geworden, warf sie sich einen taubengrauen Umhang um und entriegelte das bunt verglaste Fenster, um in die Dunkelheit zu lauschen. Zuerst konnte sie die unterschiedlichen Geräusche nicht auseinanderhalten, doch nachdem sie einige Herzschläge lang konzentriert zugehört hatte, konnte sie deutlich Rufe und heiseres Geschrei ausmachen. Entsetzt erkannte sie, dass es sich bei den Schreien, die vom Themse-Ufer her an ihr Ohr drangen, nicht um Freudenschreie, sondern um das schrille Flehen von Menschen in Todesangst handelte.

»Tod den Juden! Tod den Juden! Tod den Juden!«, erscholl ein Sprechchor gemischt aus tiefen, kehligen Männerstimmen und den hysterischen Obertönen aufgebrachter Frauen, bevor kurz darauf ein Strom fliehender Menschen die Uferbefestigung entlang auf den Tower zufloss. Aus dem Schlaf gerissen, trugen viele von ihnen nicht mehr als dünne Nachtgewänder, manche der Frauen waren gar barbusig und hielten Säuglinge an der Brust. »Helft uns!« Halb verrückt vor Angst, hämmerten die Vordersten die Fäuste gegen die mächtigen Tore der normannischen Festung, während die Flut der fackeltragenden Verfolger immer näher kam und sie mehr und mehr in die Enge trieb. »Verzieht euch!«, brüllte einer der Wachmänner und lachte meckernd. »Geht zum Teufel, wo ihr hingehört!« »Bitte!«, flehte ein junges Mädchen in der Mitte der Menge. Ihr offenes Haar hing bis zu ihrer Hüfte, an der sich ein Kleinkind festklammerte. »Wir haben nichts getan!« Bevor die Wachen die höhnische Antwort geben konnten, die ihnen zweifelsohne auf der Zunge lag, hatten die erzürnten Verfolger die Fliehenden erreicht und begannen, mit Knüppeln, Schwertern und Äxten auf die wehrlosen Juden einzuhauen. Innerhalb weniger Minuten sanken mehrere Dutzend Menschen blutüberströmt in die Knie, während die Überlebenden verzweifelt um Gnade flehten.

Wie gelähmt verfolgte Catherine das grausame Schauspiel von oben – nicht in der Lage, zu begreifen, was vor sich ging. »Gottesmörder!«, kreischte eine junge Frau, bevor sie mit einem dicken Prügel auf einen etwa fünfjährigen Knaben eindrosch, der nur wenige Augenblicke später zu Boden sank. Entsetzt taumelte das Mädchen von dem den Feuerschein reflektierenden Fenster zurück und stolperte über einen niedrigen Fußschemel. Es spürte kaum den Schmerz, der ihm in die Glieder fuhr, als seine Ellenbogen hart auf den Steinfliesen auftrafen. Das Geschrei vor den Fenstern der Festung schwoll immer mehr an, sodass Catherine sich schließlich zitternd die Hände auf die Ohren presste. Während der Raum begann, sich um sie zu drehen, stieg Übelkeit in ihr auf, und sie kauerte sich zusammen wie ein Kind.

❈

Ein Stockwerk tiefer – in der schalldichten Abgeschiedenheit der großen Halle – gab sich der Hochadel des Landes in unschuldiger Unwissenheit einem rauschenden Bankett hin. Wahre Heerscharen an Dienern, Pagen und Knappen sorgten für das leibliche Wohl der geladenen Gäste, während eine Gruppe Musikanten für unbeschwerte Hintergrunduntermalung sorgte. Gespickte Wildschweinbraten wetteiferten mit gebratenen Fasanen, Hirschrücken und Lammkoteletts, die in feinen Soßen schwammen. Pasteten, Brot und fette Semmelknödel türmten sich auf silbernen Platten, und wem der Gaumen nach Gemüse stand, den luden kleine Kohlrouladen, geschnitzte Karotten, Kürbismonde und Lauchstangen zum Verzehr ein. Harold, der seit dem frühen Morgen nichts mehr zu sich genommen hatte, lief das Wasser im Munde zusammen, während er mit verkrampften Händen den schweren Weinkrug hielt und den gesenkten Blick über die illustre Gesellschaft wandern ließ. Die Farbenpracht der Prunkgewänder war im hellen Schein der Fackeln beinahe blendend. Und da die meisten der Geladenen die teuren Surkots mit edelsteinbesetzten Fibeln zusammenhielten, funkelte und glitzerte der gesamte Saal. Über all der Prächtigkeit thronte der frisch gekrönte König, dessen energisches Gesicht ein zufriedenes Lächeln zierte.

»Mehr Wein!« Erschrocken zuckte Harold zusammen, trat hinter den Earl of Essex und hob mit zitternder Hand den kostbar getriebenen Goldpokal vom Tisch, um seinem Herrn den Kelch erneut zu füllen. Zwar wäre dieser Tischdienst eigentlich Rolands Aufgabe gewesen, aber der Knabe war nach ihrer Rückkehr aus Westminster nirgends aufzutreiben gewesen. Mit einem Klumpen in der Kehle dachte Harold an die Folgen, die dieses leichtfertige Verhalten für den Jüngeren haben würde, während der schwere Wein ölig in das Gefäß rann. »Das reicht«, knurrte Robert de Mandeville und stieß Harolds Hand so heftig zur Seite, dass dieser um ein Haar den kostbaren Inhalt der Karaffe verschüttet hätte. Mit einem schüchtern gemurmelten, »Mylord«, trat er erneut in den Hintergrund. Er ignorierte geflissentlich das mitleidige Lächeln des neben ihm Tischdienst leistenden Burschen, dessen Herr – ein gutmütiger, rotwangiger Bischof – ihm soeben eine Kupfermünze zusteckte, die dieser mit einem zufriedenen Grinsen in den Taschen seines Übergewandes verschwinden ließ. Den Tag, an dem Essex ihn für etwas belohnen würde, würde er vermutlich niemals erleben, dachte Harold bitter, senkte erneut den Kopf, um keinen Unwillen auf sich zu ziehen, und lauschte unauffällig dem Gespräch zwischen Mandeville und Littlebourne, die verschwörerisch die Köpfe zusammensteckten.

»Was für eine Farce!«, nuschelte der schon leicht angesäuselte John of Littlebourne, während er die zu schmalen Schlitzen zusammengekniffenen Augen zum Kopfende der langen Tafel gleiten ließ. Dort war der frisch gekrönte König in ein gestenreiches Gespräch mit einigen lächerlich protzig herausgeputzten Adeligen vertieft. »Der verschachert noch das ganze Land, wenn wir nicht aufpassen!«, zischte er und pfefferte die abgenagte Fasanenkeule auf den silbernen Knochenteller, der bereits überzuquellen drohte. Warnend hob Essex die Hand und warf seinem Ritter einen scharfen Blick zu. »Seid vorsichtig mit dem, was Ihr sagt«, flüsterte er. »Diese Burg hat Ohren.« Und außerdem kann uns das auch scheißegal sein, setzte er in Gedanken hinzu, weil sowohl er als auch die anderen Mitglieder des geheimen Bundes, den sie vor einigen Wochen geschlossen hatten, einen unfehlbaren Weg gefunden hatten, sich auf dem bevorstehenden Kreuzzug so zu bereichern, dass sie sich danach selbst ein Königreich würden kaufen können, wenn ihnen der Sinn danach stand! Da sie nicht nur den Segen, sondern den ausdrücklichen Befehl des Erzbischofs von Canterbury hatten, musste nicht einmal der Feigste unter ihnen fürchten, Gottes Zorn auf sich zu ziehen. Und sollte das Exempel, das er an dem verweichlichten Earl of Arundel statuiert hatte, nicht genügen, würden sich andere Wege auftun, dessen war er sich sicher. Zufrieden führte er ein Stück des exquisit gewürzten Hirschbratens an die Lippen, um das Aroma einzuatmen, bevor er herzhaft in das saftige Fleisch biss.

Gerade wollte er zu einer weiteren Ermahnung ansetzen, als ein Aufruhr an der schwer bewachten Tür der Halle seine Aufmerksamkeit auf sich zog. Alle Augenpaare im Saal wandten sich einem schmutzigen, zerschlissen wirkenden Mann in ehemals teurer jüdischer Tracht zu, der laut protestierend Einlass begehrte. »Lasst ihn vor!«, herrschte Löwenherz die Wachen an. Und nachdem ihn die Bewaffneten grob vorwärtsgetrieben hatten, fiel der Jude wie ein Sack Mehl vor ihm und den Hochadeligen auf die Knie. »Herr«, flehte er mit bebender Stimme. »Ihr müsst dem Morden Einhalt gebieten.« Mit seinen wurstigen Fingern rang er flehend um Hilfe. »Eure Untertanen schlachten die jüdischen Einwohner der Stadt ab.« Er streckte eine mitgenommene Pergamentrolle in die Höhe. »Haben wir Euch denn nicht genug Geld als Anleihe zur Verfügung gestellt?«, fragte er verzweifelt. Nach einem kurzen, versonnenen Blick auf den am Boden Knienden, senkte Richard einige Atemzüge lang den Kopf, bevor er dem Juden befahl, sich zu erheben. Kalt ruhte der Blick seiner grauen Augen auf dem von einer kleinen Kappe bedeckten Schopf des Bittstellers. »Wenn ich meine Herolde verkünden lassen könnte, dass eure Gemeinde einen nicht unermesslichen, *freiwilligen* Beitrag zu unserem Kreuzzug geleistet hat, dann würden die Bluthunde sicherlich von ihren Opfern ablassen.« Mit diesen Worten entließ er den verdutzten Mann, nahm seinen Kelch in die Hand und wandte sich seinem Nachbarn zu, als hätte die Unterbrechung niemals stattgefunden.

Jerusalem, Moslemisches Viertel, 14. September 1189

Nachdenklich zog Philippa ihre Bahnen in dem angenehm kühlen Kaltwasserbecken des Hamams und genoss die Schwerelosigkeit des Elements. Beinahe eine Stunde lang hatte sie sich in dem geräumigen, mit weißem Marmor gekachelten Dampfbad im östlichen Teil des Bades aufgehalten, bevor ihre Poren so geweitet waren, dass sie das Gefühl hatte, keinen einzigen Schweißtropfen mehr in sich zu haben. Das Prickeln ihrer Haut begann langsam, dem angenehmen Gefühl der Abkühlung zu weichen, und während ihr blondes Haar wie sonnengebleichter Seetang hinter ihr hertrieb, sammelte sie ihre Gedanken. Die monotone körperliche Betätigung machte ihren Geist frei. Und trotz des aufgeregten Schnatterns der anderen Haremsmitglieder, die im angrenzenden Palmengarten die Abendsonne genossen, fiel es ihr nicht schwer, sich auf die befremdliche Erkenntnis zu konzentrieren, die sich am vergangenen Abend in ihrem Bewusstsein eingenistet hatte.

Seit ihrer Gefangennahme vor beinahe zwei Jahren hatte das fränkische Mädchen immer geglaubt, dass es keinen glücklicheren Augenblick in ihrem Leben geben könnte, als wenn ihre Landsmänner Jerusalem befreien würden. Doch als Salah ad-Din sich in der vorletzten Nacht von ihr verabschiedet hatte, war ihr plötzlich klar geworden, dass sie sich davor fürchtete, was geschehen mochte, wenn der seit der Eroberung durch den Sultan befriedeten Stadt erneut ein Herrscherwechsel bevorstand. Würden die Eroberer einen Unterschied zwischen Freund und Feind machen, sich darum scheren, ob die Frauen, die sie erst schändeten und dann erschlugen, Christinnen, Jüdinnen oder Musliminnen waren? Wollte sie wirklich zurück zu dem Leben, das sie als Tochter des Herzogs von Franken geführt hatte? Im Gegensatz zu dem paradoxen Gefühl der Freiheit, das sie im Harem Salah ad-Dins empfand, schienen ihr die Erinnerungen an ihre Kindheit und frühe Jugend durch rigide Einschränkungen und von außen auferlegte Unmündigkeit geprägt. Zudem empfand sie für den zwar viel älteren, aber unglaublich kraft- und liebevollen Sultan eine tiefe Zuneigung, die über bloße körperliche Liebe weit hinausging.

Seufzend stemmte sie sich nach einem halben Dutzend weiterer Bahnen an dem mit einem blauen Blumenmuster verzierten Beckenrand in die Höhe und tastete nach dem weichen Handtuch, das sie sich vorher bereitgelegt hatte. Während das Wasser in breiten Bächen an ihrem schlanken Körper hinabrann, schlang sie das Tuch um ihre Schultern, schlüpfte in die weichen Pantoffeln und griff nach dem kleinen Fläschchen Thymianöl, das einer der Eunuchen für sie besorgt hatte. Wie immer nach einem Bad würde sie sich Beine, Arme und Rücken massieren lassen, um danach von einer der niedrigeren Sklavinnen ihr wunderbares Haar flechten zu lassen. Im Gegensatz zu den christlichen Frauen legten die orientalischen Damen äußersten Wert auf makellose Körperhygiene – eine Angewohnheit, die Philippa zuerst befremdet, später jedoch mit Bewunderung erfüllt hatte. Sie seufzte leise, als sie sich auf der kühlen Liege in einem angrenzenden Gemach niederließ, um auf den Eunuchen zu warten, der ihre Muskeln lockern würde. Man würde abwarten müssen, wie sich die Dinge entwickelten. Dann konnte sie sich immer noch den Kopf über ihre Zukunft zerbrechen.

London, White Tower, 14. September 1189

Mit einem ohrenbetäubenden Knall fiel die schwere Tür des Gemaches ins Schloss, und der schwere Tritt der eisenbeschlagenen Stiefel ließ die alten Bodendielen lautstark protestieren. Das wilde Flackern der im Luftzug tanzenden Pechfackel malte lange Schatten an die kahlen Steinwände, sodass die Fugen zwischen den hellen Quadern plastisch hervortraten. »Hier hast du dich also verkrochen, du faules Stück Dreck!« Eine der Pranken des wutschnaubenden Earls of Essex grub sich in den schweißnassen Kragen seines auf der harten Pritsche zitternden Pagen, während die andere zum Schlag ausholte. Das dunkle, scharf gezeichnete Gesicht des Adeligen war zu einer Grimasse verzerrt, und in seinen Augen loderte ungezügelter Jähzorn. Die Wucht des Aufpralls schickte den mageren Jungen zu Boden, wo er neben einer mit übel riechendem Erbrochenen bis zum Rand angefüllten Nachtpfanne liegen blieb. »Ich werde dich lehren, dich vor deinen Pflichten zu drücken!«, tobte der Earl, während er in die angrenzende Kammer zurückstürmte, nach einer kurzen, rindsledernen Peitsche griff und die gräuliche Lederschnur entrollte. Es war bereits mehrere Stunden nach Mitternacht, und die Stimmung des ohnehin cholerischen Adeligen war aufgeheizt durch Wein und die erneut angefachte Wut über die Zurückweisung der unverschämten Hofdame, deren köstlicher Schmollmund ihn bei der Krönung beinahe um den Verstand gebracht hatte.

»Herr«, hub Harold, der neben Roland in die Hocke gegangen war, um dem Knaben die Stirn zu fühlen, schüchtern an. »Er ist krank.« Das schmale Gesicht des Jüngeren war totenbleich, und auf Stirn und Oberlippe glänzten dicke Schweißperlen. Der magere Körper des Jungen wurde von unkontrollierten Krämpfen geschüttelt, und hätte Harold ihm nicht im letzten Augenblick eine der Pfannen unter den Mund gehalten, hätte er sich auf die Stiefel seines Dienstherrn erbrochen. »Geh mir aus dem Weg!«, fauchte Essex durch zusammengebissene Zähne und briet ihm mit der Peitsche eins über. »Ich dulde keinen Ungehorsam!« Mit einem kräftigen Tritt beförderte er Harold in die gegenüberliegende Ecke der winzigen Kammer, in der die beiden Jungen schliefen, riss das durchnässte Nachtgewand am Rücken auf und begann, mit solcher Wucht auf den am Boden zusammengekrümmten Körper seines Pagen einzudreschen, dass diesem – dort wo der Lederriemen ihn traf – augenblicklich die Haut aufplatzte. »Bitte, Herr«, flehte der Gezüchtigte wimmernd, während er sich zu einer schützenden Kugel einrollte und die Arme um den Kopf legte. »Ich wollte …« Seine Stimme erstarb, als erneut ein Schwall Erbrochenes an seinem Kinn hinabrann. Mit hochrotem Kopf ließ der Earl die Peitsche fallen und packte den blutenden und zitternden Jungen erneut beim Kragen, um ihn vom Boden hochzureißen. »Ach, du wolltest!«, spuckte er, holte mit dem Handrücken aus und versetzte dem wie ein nasser Sack in seiner Faust hängenden Knaben einen ohrenbetäubenden Schlag ins Gesicht.

Ein durchdringendes Knacken erfüllte den Raum, als Rolands Kopf nach hinten schoss und dann ohne Spannung zur Seite baumelte. Die darauf folgende Stille war so unheimlich, dass Harold nicht wagte, den angehaltenen Atem aus den Lungen entweichen zu lassen. Ein halbes Dutzend hämmernde Herzschläge lang schien die Szene vor Harolds Augen einzufrieren, bevor Essex blinzelte, die erhobene Hand sinken ließ und Roland wie ein Stück faules Fleisch von sich streckte. »Bursche?« Langsam wich die Wut aus den Zügen des Earls und machte leiser Verwunderung Platz. »Roland!« Er schüttelte den Jungen, was zur Folge hatte, dass der tote Körper wie eine groteske Gliederpuppe hin und her schwang. Mit einem nicht zu deutenden Ausdruck in den Augen bettete er den Knaben auf der schmalen Pritsche, von der er ihn so unsanft hochgerissen hatte, und trat einen Schritt von ihm zurück, um ihn mit gerunzelter Stirn anzustarren. »Oh, mein Gott!«, wisperte Harold schreckensbleich. »Ihr habt ihn getötet!« Entsetzt wich er vor seinem Dienstherrn zurück, der wie in Trance die Peitsche vom Boden aufnahm und versonnen in den Händen drehte. Als er die kalte Wand im Rücken spürte, presste Harold seinen Körper gegen den rauen Stein und versuchte krampfhaft einen klaren Gedanken zu fassen.

Bevor er sich jedoch nur annähernd von dem Schock erholt hatte, trat sein Herr gefährlich langsam auf ihn zu, baute sich vor ihm auf und blickte drohend auf ihn hinab. Die starken Brauen über der ausgeprägten Nase trafen sich über der Wurzel, als er die Stirn runzelte und bedeutungsvoll die Peitsche entrollte. Was hatte er vor?, fragte Harold sich bange, während sich ein eisiges Gefühl von seinem Magen her ausbreitete und ihm die Kehle zuschnürte. Wollte er ihn ebenfalls töten? Als die Rechte des hochgewachsenen Mannes sich direkt neben seinem Kopf gegen die Steinquader stützte, hätte der Knabe um ein Haar die Kontrolle über seine Blase verloren. Zoll für Zoll schob sich das steinerne Gesicht des Adeligen näher, bis Harold den weinsauren Atem riechen konnte. »Es war ein Unfall«, stieß er drohend hervor und stemmte auch die Linke gegen die Wand, sodass Harold zwischen seinem Körper und dem Gemäuer gefangen war. »Sollte jemals etwas anderes verlautbaren, dann kannst du dich auf das gleiche Schicksal gefasst machen.« Bedeutungsvoll wanderte sein kalter Blick zu der leblosen Gestalt auf der schmalen Bettstatt zurück.

Das Umland Philippopels, entlang des Flusses Mariza, September 1189

Die fruchtbare Uferlandschaft des breiten Flusses wirkte seltsam friedlich in dem von Schleierwolken verwischten Licht der Mittagssonne. So weit das Auge reichte, schien die Gegend aus sorgsam bestellten Feldern und fetten Weiden zu bestehen, auf denen Schafe, Ziegen und Kühe gemächlich ihr Futter zupften. Der Wind spielte in den Wipfeln der alten Bäume, deren Laubdach den Reitern wenigstens ein bisschen Schutz vor der Sonne spendete. Alles machte einen scheinbar idyllischen Eindruck. Wäre nicht hie und da eine Rauchsäule in den Himmel gestiegen, dann hätte man sich von der trügerischen Ruhe täuschen lassen können. Als die Reiter ein Knie des Wasserlaufes umrundeten, fiel ihr Blick auf einen Toten, der – mit dem Gesicht nach unten – in den Fluten trieb. »So hatte ich mir diesen Kreuzzug aber nicht vorgestellt«, brummte Arnfried von Hilgartsberg, der im Schatten der mächtigen Pappeln in gemächlichem Schritt neben Friedrich von Hausen herritt. Ein grimmiger Ausdruck lag auf seinem Gesicht, dessen Haut sich genauso schälte, wie die seiner Arme. Sowohl seine Rüstung als auch die Flanken seines Pferdes waren blutbesudelt, und von seinem Sattelknauf baumelte ein Säckchen kostbarer Gewürze. Noch vor Sonnenaufgang war die über fünfhundert Mann zählende Abordnung, der er und Friedrich angehörten, in das Umland der von den Deutschen besetzten Stadt Philippopel aufgebrochen, um die bereits wieder schwindenden Lebensmittelvorräte aufzufüllen. Schon sieben Dörfer hatten die Ritter überfallen und ausgeplündert, und wäre der Herzog von Schwaben nicht rechtzeitig eingeschritten, hätten die machttrunkenen Soldaten nicht davor haltgemacht, selbst die kleinsten Mädchen und Knaben in die Gräben und Büsche zu zerren und zu schänden. Das Blut, das an Arnfrieds Händen klebte, war das einer kleinen Gruppe todesmutiger Bauern, die sich gegen die Kreuzfahrer zur Wehr gesetzt hatten.

Erschüttert von dem Flehen der zum Verhungern verurteilten Bewohner des Flusstales, hatten die beiden Männer sich erboten, das weitere Umland auszukundschaften. »Alles ist besser, als weiter mein Seelenheil aufs Spiel zu setzen«, hatte Friedrich gezischt und sein Schwert in die Scheide gerammt. Auch wenn Arnfried sich nicht sicher war, ob sie damit ihre Seelen vor dem Fegefeuer bewahren würden, war er froh, dem Elend der Einheimischen den Rücken wenden zu können. Seitdem ritten die beiden meist schweigend nebeneinander her und suchten die Gegend ab. Was sie sahen, erfüllte sie einerseits mit Freude, andererseits jedoch auch mit Mitleid für die noch unwissend ihr Dasein fristenden Bauern, deren Häuser und Scheunen bald ebenso dem Erdboden gleichgemacht würden wie die ihrer Nachbarn. »Warum hat Kaiser Isaak auch sein Wort gebrochen?«, unterbrach Friedrich das Grübeln seines Begleiters, dessen Auge wehmütig über die ordentlich gedeckten Dächer eines winzigen Fleckens glitt. »Hätte er uns die versprochenen Märkte zur Verfügung gestellt, hätte es niemals so weit kommen müssen!« Arnfried nickte nachdenklich. Ja, dachte er. Doch gab ihnen dieser Wortbruch das Recht, unschuldige Menschen abzuschlachten und auszuplündern? Schon lange war das einfache Konstrukt in seinem Kopf, das die Seiten in diesem Krieg eindeutig mit Schwarz und Weiß belegt hatte, zusammengebrochen und durch ein weitaus komplexeres Bild ersetzt worden.

»Wartet!« Ohne Vorwarnung zügelte Friedrich seinen Falben und kam abrupt zum Stehen. »Seht Ihr das?« Mit ausgestrecktem Zeigefinger wies er Richtung Osten, wo sich im wässrigen Flimmern der Hitze ein mit unzähligen funkelnden Stacheln gespickter Wurm zu nähern schien. Träge kroch der kilometerlange Zug über Felder, Wiesen und Hügel und wurde mit jedem Blinzeln der lichtempfindlichen Augen länger. »Was kann das sein?«, fragte Arnfried stirnrunzelnd und zog die Brauen zusammen, um besser sehen zu können. Etwas, das wirkte wie flüchtige Nebelschwaden, flatterte über der Erscheinung in der Luft und verschmolz mit den dünnen Schleierwolken am Himmel. Unaufhaltsam kroch die Raupe das Flusstal entlang, schien manchmal zu stocken und sich zusammenzuschieben und manchmal grotesk in die Länge gezogen zu werden. Nachdem die beiden Männer einige Minuten wie gebannt in die Ferne gestarrt hatten, platzte Arnfried plötzlich heraus: »Das ist ein byzantinisches Heer!« Friedrich nickte zustimmend. »Verdammt, ich fürchte, Ihr habt recht. Das wird Barbarossa aber gar nicht gefallen«. Er stieß einen leisen Pfiff durch die Zähne aus. Dann tat er es Arnfried von Hilgartsberg gleich, wendete sein Reittier und gab ihm die Sporen. Wie vom Teufel gejagt preschten sie in Richtung Philippopel davon, um den Deutschen Kaiser vor der drohenden Gefahr zu warnen. Während Arnfried sich tiefer über den Hals seines Pferdes beugte, fragte er sich, ob es den Byzantinern gelingen würde, die Stadt zurückzuerobern.

London, White Tower, September 1189

Ich werde dafür sorgen, dass er dir nicht mehr zu nahe kommt.« Beruhigend legte William de Ferrers, der Earl of Derby, die Hand auf die Schulter seiner Tochter. Er war erst zwei Wochen nach der Krönung des neuen Königs in London angekommen, da ihn dringende Geschäfte auf seinem kontinentalen Besitz aufgehalten hatten. Seine Gemahlin, Catherines Mutter, war nach einem kurzen Besuch im Tower auf Befehl Aliénors nach Poitiers abgereist, wo sie sich um den verwaisten Hof der Herrscherin über Aquitanien kümmern sollte, bis diese in wenigen Monaten in ihre Heimat zurückkehrte. »Ich bin so froh, dass du endlich da bist«, murmelte Catherine, während sie ihr Gesicht an die Brust ihres Vaters presste. Wie früher gab seine Gegenwart ihr das Gefühl, dass ihr nichts und niemand etwas anhaben konnte. Seit dem furchtbaren Massaker vor wenigen Tagen schrak sie regelmäßig aus dem Schlaf auf, da die Schreie der Verfolgten sie nicht mehr losließen. Auch die Furcht vor ihrem Bedränger hatte sich wieder verstärkt – tauchte dieser doch immer häufiger wie durch Zufall in der Nähe der Damen auf. Erleichtert, ihren Vater endlich wieder um sich zu wissen, sog sie den vertrauten Geruch von Leder und Waffenöl ein und klammerte sich an ihm fest. Sein breiter Brustkorb hob und senkte sich langsam, während sein sorgsam gestutzter Kinnbart Catherines Scheitel kitzelte. Als Catherine nach einer Weile zu ihm aufblickte, lächelte er gütig auf sie hinab.

»Ich habe ihn noch nie ausstehen können«, stellte der dunkelblonde Earl, in dessen wettergegerbten Zügen die gleichen meergrünen Augen wie die seiner Tochter lachten, trocken fest. »Er ist ein feiger Mistkerl.« Behutsam machte er sich von Catherine los und öffnete die goldene Spange, die seinen kurzen Reitmantel zusammenhielt, bevor er das Kleidungsstück achtlos auf die breite Fensterbank warf, auf der Catherine

Platz genommen hatte. Gleichgültig streifte sein Blick über den kostbaren Wandbehang, der die Außenwand zierte, ehe er auf seiner Tochter zum Ruhen kam. »Du brauchst dir keine Sorgen machen, Kind.« Wie selbstverständlich sprang Catherine auf, als er sich auf einen der samtgepolsterten Schemel fallen ließ, kniete sich vor ihn und half ihm aus den schweren, gepanzerten Stiefeln. »Ich werde ihm eigenhändig das Fell abziehen, wenn er sich noch einmal an dir vergreift!« Nachdem Catherine ihm einen Becher mit dem bereitgestellten Met gefüllt hatte, verabschiedete sie sich mit einem Kuss auf die Wange, um ihm etwas Ruhe zu gönnen, bevor er zu der Versammlung des Kronrates aufbrach, der in einer halben Stunde in der Halle tagen würde.

Erleichtert seufzend zog sie die Tür hinter sich ins Schloss und eilte den Gang entlang auf den Flügel des Bollwerkes zu, in dem ihre eigene bescheidene Kammer lag. Aus der angrenzenden Kapelle drangen die Klänge eines feierlichen Chorals, die sich mit dem Gebrüll der Ritter und Armbrustschützen vermischten, die im Hof der Festung ihren Waffenübungen nachgingen. Als sie an einem der kostbar verglasten Fenster ankam, hielt sie einen Augenblick inne, um das wilde Treiben zu verfolgen. Aber als einer der Reiter heftig aus dem Sattel gestoßen wurde und zu Boden stürzte, wandte sie sich hastig ab und eilte weiter. Gerade hatte sie eine der vielen verwirrend ähnlich aussehenden Türen erreicht, welche in das Labyrinth von Gängen führte, die das Innere des White Towers so unübersichtlich machten, als sie aus dem Augenwinkel eine Bewegung wahrnahm. Ehe es ihr gelang, den Kopf zu wenden, prallte sie von etwas Hartem ab und wäre um ein Haar gestolpert, wenn sich nicht eine Hand um ihren Oberarm geschlossen und sie zurückgezogen hätte.

»Verzeiht«, stammelte der junge Mann, dessen sommersprossiges Gesicht von einer tiefen, purpurfarbenen Röte überzogen war. »Ich habe Euch nicht gesehen.« In seiner Linken hielt er einen versiegelten Umschlag, den er, um ihn vor dem Zusammenstoß zu schützen, weit von sich gestreckt hatte. Hastig ließ er ihren von einem smaragdgrünen Tütenärmel umschlossenen Arm los und senkte den Blick zu Boden. Mit einer damenhaften Geste klopfte Catherine sich den nicht vorhandenen Schmutz von den Röcken und reckte das Kinn. »Es ist ja nichts passiert.« Obgleich sie ihm eigentlich die kalte Schulter zeigen wollte, schlich sich entgegen ihrer Absicht ein Lächeln auf ihr Gesicht, als er sie scheu ansah. Wie durchdringend blau seine Augen sind!, fuhr es ihr durch den Kopf. Doch gleichzeitig ermahnte sie sich, ihm nicht zu zeigen, was für Gefühle sie für ihn hegte. Es schickte sich nicht für eine junge Dame von Adel, einem Knappen mit mehr als der geforderten Höflichkeit zu begegnen. Schließlich wusste sie nicht einmal, wer er war! »Ich …« Er verschluckte sich beinahe vor Eifer. »Ich hoffe, Ihr habt Euch nicht wehgetan.« Nun konnte Catherine beim besten Willen nicht mehr anders, als ihm ein breites Grinsen zu schenken. »Nein«, frotzelte sie. »Wenn Ihr ein Ritter wärt, wäre es sicher nicht so glimpflich abgelaufen.« Auch Harold musste bei der Vorstellung eines Zusammenstoßes in voller Rüstung feixen. »Ich heiße Harold of Huntingdon«, stellte er sich vor und machte eine artige kleine Verbeugung. »Catherine de Ferrers«, erwiderte Catherine und sank ebenfalls in einen spöttischen Knicks. »Vielleicht treffen wir uns ja beim nächsten Mal etwas weniger stürmisch.« Mit diesen Worten raffte sie die Röcke und gab ihr Bestes, um elegant und graziös davonzustolzieren, während sie sich seines Blickes, der ihr bewundernd folgte, äußerst bewusst war.

Lange starrte Harold der schlanken Silhouette hinterher, bis sie in einem Durchgang am Ende des langen Korridors verschwunden war. Beinahe hätte er den Brief in seiner Hand vergessen. Aber als er sich mit der Linken das Surkot zurechtziehen wollte, das bei der Kollision ein wenig verrutscht war, erinnerte ihn das Rascheln des dicken Papiers vorwurfsvoll an seine Aufgabe. Wenn er nur wüsste, wo er den Earl of Pembroke finden konnte, an den das Schreiben adressiert war! Seit mehr als einer Stunde streifte er bereits durch die Festung, doch bisher hatte ihm niemand sagen können, wo sich der Gesuchte aufhielt. Mit langen Schritten durchmaß der Knabe die Eingangshalle, die er inzwischen erreicht hatte, und trat durch die offen stehende, von zwei Männern bewachte Doppeltür ins Freie. Obschon der September sich bereits dem Ende neigte, war der Spätsommerabend noch erstaunlich warm, und das heitere Gezwitscher der Schwalben ließ den Eindruck entstehen, dass die kühlen Winde des englischen Herbstes noch ferne Zukunftsmusik waren. Doch Harold wusste, wie trügerisch diese Annahme war. Die Blätter an den knorrigen Linden und Eichen, die den weitläufigen Hof überschatteten, schienen bereits in Flammen zu stehen, und sobald die Sonne hinter den im Westen gelegenen Häuserdächern versank, wich die Wärme des Tages der feuchten, erdigen Kühle der Nacht.

Der Schock über Rolands Tod saß immer noch tief. Zwar hatte König Richard seinen Dienstherrn nach dem furchtbaren Vorfall vor sich zitiert. Doch Gerüchten zufolge war es dem Earl of Essex ohne große Mühe gelungen, ihn davon zu überzeugen, dass es sich um einen Unfall gehandelt hatte. Zu unwichtig war der jüngste Sohn eines seiner Ritter aus dem Norden, als dass sich der König näher um die Angelegenheit gekümmert hätte. Allerdings hatte er Essex ermahnt, in Zukunft mit den körperlichen Züchtigungen seiner Schutzbefohlenen etwas sparsamer umzugehen, was dazu geführt hatte, dass Harold seit dem schicksalhaften Abend ein beinahe erträgliches Dasein fristete. Mit einem unterdrückten Seufzer steuerte der Knabe auf die flachen Stallgebäude zu, die sich an die Ostmauer duckten, um den letzten Ort in der Burg aufzusuchen, an dem er noch nicht nach dem Earl of Pembroke gefragt hatte.

»Nein«, scholl ihm eine helle Tenorstimme entgegen. »Ihr müsst ihn ganz sanft anfassen.« Als er die Einzäunung der kleinen Koppel am langen Ende des Hauptstallgebäudes erreicht hatte, bog Harold nach links, um sich nur wenige Augenblicke später ein erheitertes Schmunzeln zu verkneifen. Dort stand der Gesuchte vor einer ungeschickt im Damensattel schaukelnden Lady, deren ehemals kunstvoll geflochtenes Haar in einer wirren Flut aus Locken unter der züchtigen Haube hervorquoll. »Dann tut er auch, was Ihr von ihm verlangt.« Mit einer Mischung aus Belustigung und Resignation bot der Earl der jungen Dame die Hand und half ihr mit einem galanten Griff um die Hüften aus der luftigen Höhe auf die festgestampfte Sicherheit des Bodens zurück. »Ich danke Euch«, flötete sie kokett und schenkte ihm einen Augenaufschlag, der Harold beinahe dazu gebracht hätte, lauthals zu prusten. Von der vollen Haarpracht abwärts bis zu der schlanken Nase mit dem geraden Rücken war das Mädchen mit den kornblumenblauen Augen eine Schönheit. Aber ein weit hervorspringender Oberkiefer machte den Eindruck trotz des schamhaft vor den Mund gezogenen Schleiers vollkommen zunichte. Und dennoch schien der selbst nicht mehr ganz junge Earl ihr mit allem Nachdruck den Hof zu machen.

»Mylord.« Schüchtern näherte sich Harold dem ungleichen Paar und verneigte sich respektvoll vor dem Adeligen, der ihn um mehr als eine Haupteslänge überragte. »Ich habe eine Nachricht von König Richard für Euch.« Eigentlich wäre es Mortimer de Reviers Aufgabe gewesen, den dicken Stapel an Briefen zu verteilen. Doch als der hochmütige Knappe des Königs, der in absehbarer Zeit seinen Ritterschlag erwartete, in der Halle mit Harold zusammengestoßen war, hatte er dem Knaben kurzerhand die Hälfte seiner Last in die Hand gedrückt – mit dem Befehl, sie so schnell wie möglich an die Adressaten zu verteilen. Was dieser bis auf das letzte Schreiben an Pembroke auch gewissenhaft erledigt hatte. »Na wunderbar«, fluchte der Earl, der inzwischen das Siegel erbrochen und den Inhalt überflogen hatte, leise. »Wie viele Bogenschützen soll ich ihm denn noch zur Verfügung stellen?« Erbost wandte er sich mit einem knappen Nicken von der Dame ab, die ihm mit fragend in die Höhe gezogenen Brauen nachblickte, und eilte ohne ein weiteres Wort in Richtung Tower davon. Kaum war sein golddurchwirkter Umhang im Inneren des Bollwerkes verschwunden, als auch Harold sich mit einem entschuldigenden Schulterzucken abwandte und in dieselbe Richtung davonschlenderte.

Auch sein Vater würde gemeinsam mit dem benachbarten William of Loxley ein nicht zu verachtendes Kontingent an Bogenschützen für den bevorstehenden Kreuzzug stellen. Wie sehr sich Harold, den die Neuigkeit von dem auf ihn zukommenden Abenteuer mit gemischten Gefühlen erfüllte, darauf freute, seinen Freund Robin wiederzusehen! Als Knappe seines ältesten Bruders würde der lebenslustige Knabe sicherlich bald am Hof eintreffen. Mit aufsteigender Wehmut dachte Harold an die Späße und den Schabernack zurück, den er gemeinsam mit dem Freund noch vor wenigen Wochen getrieben hatte – nicht ahnend, dass das, was er unter seiner Stiefmutter zu erleiden gehabt hatte, nur ein lächerlicher Vorgeschmack auf die Grausamkeiten und Intrigen war, die am königlichen Hof so alltäglich zu sein schienen.

Philippopel, September 1189

Seit über zwei Wochen lagerte das byzantinische Heer nun bereits in den weiten Auen vor der besetzten Stadt, während unverwandt Botschafter zwischen dem von den Deutschen gehaltenen Philippopel und dem Feldlager hin und her galoppierten. Nach Meldung des Anrückens der feindlichen Streitmacht hatte Barbarossa erzürnt nach Niketas Choniates, dem ehemaligen Statthalter und Chronisten der eroberten Stadt geschickt, und ihm den Tod am Galgen angedroht, wenn er die Angelegenheit nicht zur Zufriedenheit der Deutschen regelte. Der zwischen die Fronten geratene Grieche, den der Kaiser für die Misere verantwortlich machte, wurde in einem von Soldaten bewachten Haus gefangen gehalten und manchmal dreimal am Tag von Panzerreitern ins Lager der Byzantiner geleitet. Allerdings sah es immer weniger nach einer friedlichen Einigung zwischen den beiden christlichen Seiten aus.

Da die Langeweile mehr und mehr um sich griff, und die zur Untätigkeit verdammten Krieger einem Kampf entgegenfieberten, kam es bereits nach Ablauf der ersten Woche zu einer Auseinandersetzung zwischen betrunkenen Kreuzrittern und byzantinischen Fußsoldaten. Nahe des an dieser Stelle steilen Flussufers trafen je ein halbes Dutzend Männer aufeinander, die sich innerhalb weniger Minuten so furchtbar zurichteten, dass nur vier von ihnen das Zusammentreffen überlebten. Die anderen ertranken in den lächerlich seichten Fluten. Sowohl Barbarossa als auch der Anführer der Byzantiner verhängten drakonische Strafen über die Unruhestifter. Doch die inzwischen halb tot am Pranger Hängenden würden den Missmut der übrigen Männer nicht mehr lange im Zaum halten können. Nachdem auch das Glücksspiel inzwischen ungeahnte Ausmaße angenommen hatte, hungerten die Verlierer, während die Gewinner sich an den im Umland erbeuteten Lebensmitteln labten, die sie den im Spiel Unterlegenen abnahmen, und ausschweifende Feste feierten. Auch die Adeligen, denen die Probleme der einfachen Soldaten fremd waren, wurden mit zunehmender Unsicherheit mürrischer. Und wenn nicht bald etwas geschah, würde die Lage zweifellos eskalieren.

»Was für eine Zeitverschwendung!«, grollte der Herzog von Österreich, der seit Tagen dem Herzog Friedrich von Schwaben mit seinem Genörgel auf den Nerv fiel. Wütend pfefferte er die an ihn weitergereichte Botschaft auf den Tisch und wischte sich mit dem Handrücken über die Augen. »Warum streiten wir uns mit unseren eigenen Leuten?«, erboste er sich zum wiederholten Mal. Und obwohl ihm der Gedanke, dem unsympathischen Babenberger recht zu geben, gegen den Strich ging, stimmte Arnfried von Hilgartsberg ihm innerlich zu. Es entbehrte tatsächlich jeglicher Logik, dass die byzantinischen Christen, für die das immer weiter wachsende Reich Salah ad-Dins eine ebenso große Bedrohung darstellte wie für ihre lateinischen Glaubensbrüder, sich gegen die Deutschen wandten, um diese von dem Zug nach Palästina abzuhalten. Lediglich die unbegründete Furcht des abergläubischen Kaisers Isaak vermochte, dieses unsinnige Handeln im Ansatz zu erklären. »Diese verdammten Narren sollten sich mit uns verbünden, und die Heiden aus dem Heiligen Land vertreiben!«, zischte der inzwischen hochrote Leopold von Österreich, dessen Mund sich zu einer Linie der Wut verzogen hatte. Beschwichtigend hob Friedrich von Schwaben, der drittälteste Sohn Barbarossas, die Hand und warf seinem Ritter einen resignierten Blick zu, den Arnfried von Hilgartsberg mit einem kaum wahrnehmbaren Schmunzeln erwiderte. Seit die Neuigkeiten von der Belagerung Akkons das Kreuzfahrerheer erreicht hatten, brannten viele der hitzigeren Temperamente darauf, den Zug so schnell wie möglich an sein Ziel zu bringen. »Wartet ab, Leopold«, versetzte der entnervte Friedrich. »Noch ist das letzte Wort nicht gesprochen.«

Als der beleibte Herzog daraufhin zu einer erneuten Schimpftirade ansetzte, zog sich Arnfried unauffällig zurück, um sich auf den Weg zu den Stallungen zu machen. Obgleich sein Knappe ein verantwortungsbewusster junger Mann war, wollte er sich selbst davon überzeugen, dass es seinem wertvollen Schimmelhengst an nichts mangelte. Wie er selbst litt das Tier unter der unmenschlichen Hitze, die trotz der fortgeschrittenen Jahreszeit nicht nachlassen wollte und wie eine drückende Last auf der Stadt lag. Er seufzte, hielt einen Augenblick inne, um seinen verrutschten Kettenpanzer zurechtzurücken, und ließ den Blick über das verdorrte Gras am Wegesrand gleiten. Wie sehr er sich nach den dicht bewaldeten, dunkelgrünen Hügeln seiner Heimat sehnte! Gerade stieg das Bild des schroffen Felsens, auf dem seine Festung im Herzen des Passauer Landes thronte, vor seinem inneren Auge auf, als er rüde aus den abschweifenden Gedanken gerissen wurde. »Sie greifen an!«, brüllte einer der Männer, die das Tor besetzt hatten. »Sie greifen an!«

Jerusalem, Jüdisches Viertel, Oktober 1189

Die Neugier hatte Daja keine Ruhe gelassen, und so hatte sie an diesem Morgen erneut die steilen Stufen zu dem Dachkämmerlein erklommen, in dem sie die kostbaren Funde hinter einer beinahe mannshohen Kiste verborgen hatte. Vorsichtig, um ihr zwar einfaches aber neues Gewand nicht zu beschmutzen, kauerte sie sich auf den inzwischen gesäuberten Dielenboden und zog mit beiden Händen an dem Mantel, den sie – wie derjenige, der ihn hier versteckt hatte – als Einschlagtuch benutzt hatte. Erneut bewunderte sie den kostbaren Stoff, der von so feiner Webart war, dass er ein Vermögen gekostet haben musste. Wo hatte sie nur dieses Wappen schon einmal gesehen? Grübelnd drehte Daja den Mantel in den Händen hin und her, während ihr Gehirn fieberhaft arbeitete. Da die Dinge, die in den alten Umhang eingeschlagen gewesen waren, darauf schließen ließen, dass er Rahels Vater gehört haben musste, verwirrte sie das bekannte Muster umso mehr. War das Mädchen nicht die Tochter eines verstorbenen Juden? Hatte Nathan ihr nicht erzählt, das Kind sei ihm bei der Belagerung von Aleppo von dem sterbenden Vater in die Hand gedrückt worden?

Und dennoch war sie sich sicher, dass es sich bei dem Wappen auf dem ausgebleichten Tuch um ein fränkisches handelte. Ein Begleiter ihres gefallenen Gatten hatte dieselben Tiere auf dem Schild getragen, und auch die Farben ließen keinen Zweifel zu. »Merkwürdig«, murmelte sie, ließ ein letztes Mal die Fingerkuppen über den Stoff gleiten und schob das Bündel an seinen Platz zurück. Langsam kam sie wieder auf die Beine, klopfte den trotz der gründlichen Reinigung in den Fugen verbliebenen Staub aus den Röcken und zupfte ihren Gebendeschleier zurecht. Mit fragend gerunzelter Stirn trat sie an das winzige, runde Fensterchen, das den Blick auf den Palmengarten freigab, und starrte blicklos in die Tiefe. Sollte Nathan etwa …? Der Gedanke, der sich in ihrem Kopf formte, erfüllte sie mit kaltem Entsetzen. Nein, es war undenkbar! Zu gut wusste der Jude, dass die Todesstrafe darauf stand, ein Kind aus andersgläubigen Verhältnissen jüdisch zu erziehen! Während sie versuchte, den furchtbaren Verdacht abzuschütteln, kamen tief unter ihr der Tempelritter und Rahel, die auf ihn gestützt ging, in ihr Blickfeld, und sie seufzte leise. Auch die immer ausgedehnter werdenden Besuche des jungen Mannes stellten ein Problem dar, das einer baldigen Lösung bedurfte. Wenn doch nur Neuigkeiten von Nathan einträfen! Grübelnd verfolgte sie, wie die beiden in den Schatten einer ausladenden Palme eintauchten.

❀

»Ich sorge mich so um ihn!« Die Stimme der immer noch beängstigend bleichen jungen Frau an der Seite des Templers bebte. Und die Hand, die federleicht auf Curd von Stauffens Arm lag, zitterte heftig. Seit der Ankunft Ilans, des nur mit Mühe und Not dem Hinterhalt in der Wüste entkommenen Diener Nathans, lastete die Ungewissheit seines Schicksals wie eine tonnenschwere Last auf Rahels Gemüt. Noch war keine Lösegeldforderung eingetroffen, und auch von den übrigen Mitgliedern der Karawane fehlte jede Spur. Aber wenn ihre

Befürchtungen auch nur zum Teil zutrafen, dann drohte ihrem Ziehvater ein furchtbares Schicksal. Sie schluckte vernehmlich und senkte den Kopf. »Ihr dürft Euch nicht aufregen«, besänftigte der Ritter sie und hielt an, um ihr beide Hände auf die Schultern zu legen. »Ihm wird nichts geschehen.« Voller Liebe blickte er auf die feinen Züge des jungen Mädchens hinab, dessen Schönheit ihm jedes Mal aufs Neue den Atem raubte. Die hohen Wangenknochen und die großen Augen betonten die vollen, sanft geschwungenen Lippen, nach deren Berührung sich Curd beinahe schmerzhaft sehnte. »Sicherlich waren die Räuber nur auf seine Ware aus.« Eine dicke Träne löste sich aus ihren Wimpern und rann langsam die leicht gerötete Wange hinab. »Aber dann ist er ruiniert!«, hauchte sie entsetzt. »Er hat doch diese Kauffahrt nur unternommen, weil die Geschäfte in letzter Zeit so schlecht gehen.«

Verzweifelt schlug sie die Hände vors Gesicht und brach in haltloses Schluchzen aus. »Und wenn sie ihn nun töten?«, flüsterte sie erstickt und weinte wie ein Kind. Widerstandslos ließ sie sich von Curd an dessen Brust drücken, wo sie sich an die Falten seines Umhanges klammerte, bis die Verzweiflung schließlich abebbte und sie sich ein wenig beruhigte. Einige Herzschläge lang ruhte ihre Wange an dem rauen Gewebe des Mantels, bevor sie um Fassung rang, die geröteten Augen zu ihm hob und ihn wortlos anblickte. Nachdem er sie sanft gedrückt hatte, ließ Curd ihre Schultern los und ergriff die schlaff an ihrer Seite herabhängende Hand. »Ihr dürft ihn nicht aufgeben«, riet er ernst, und sie senkte beschämt die Lider. »Dann wird sich alles zum Guten wenden.« Verzweifelt hob sie erneut den Kopf und suchte seinen Blick. »Meint Ihr?« Es war kaum mehr als ein Seufzen. Die in Curds Hand ruhenden Finger bewegten sich ein wenig, als sie versuchte, den leichten Druck zu erwidern, und eine letzte Träne versiegte im Stoff ihres Gewandes. »Ja, glaubt mir.« Die Bangigkeit in ihrem Blick schnürte ihm schmerzhaft die Kehle zu. Wie sehr er dieses Mädchen liebte! Als sich ihr Mund zu einem zaghaften Lächeln verzog, konnte er sich nicht länger beherrschen. Langsam, um sie nicht zu erschrecken, beugte er sich zu ihr hinab und drückte ihr einen vorsichtigen Kuss auf den leicht geöffneten Mund. Zuerst versteifte sie sich erstaunt und wollte vor ihm zurückweichen. Aber als sie den sanften Druck seiner Hand im Rücken spürte, weiteten sich ihre Pupillen und sie gab in seinen Armen nach. Unvorstellbar weich und zart lagen ihre warmen Lippen auf den seinen, und als Curd behutsam mit der Zunge nach der ihren tastete, schlang sie die Arme um ihn und erwiderte seine Leidenschaft.

Vor den Toren Akkons, 4. Oktober 1189

Der durchdringende Klang der Kriegshörner schien die letzten Schleier der Dämmerung zu vertreiben und den Himmel in feurigem Orange erglühen zu lassen. Langsam und flammend schob sich die riesige Sonne über den Horizont, wo sie die scharfen Zacken der Gebirgskämme gleißend hervorhob. Am Flussufer des Kishon begrüßten Kraniche und Reiher als erste Vögel lautstark den neuen Morgen, und während die grau gefiederten, eleganten Tiere mit dem schwarzen Kopf und der roten Kehle ihren flaumartigen Kamm aufstellten, stelzten ihre unscheinbareren Verwandten hochbeinig durch das Schilf der Böschung. Das junge Rohr schwankte trunken in der vom Mittelmeer her wehenden, beinahe stürmischen Brise, die von Westen dunkle Unwetterwolken Richtung Küste trieb. Drei bis vier Stunden würde das Wetter noch halten, bevor einer der gefürchteten Herbstorkane die bis jetzt noch ruhigen Wellen in übermannshohe Brecher verwandeln würde, die mit zerstörerischer Kraft gegen die Planken der in der Bucht vor Anker liegenden Schiffe donnern würden.

»Ihr wisst, was ihr zu tun habt!«, bellte der im Sattel eines tänzelnden, lohfarbenen Hengstes sitzende Guy de Lusignan seiner Reserve zu. Diese hatte vor den mächtigen Toren der belagerten Stadt Stellung bezogen, um deren Bewohner daran zu hindern, der etwas weiter landeinwärts aufmarschierten Hauptarmee der Kreuzfahrer in den Rücken zu fallen. Voller Unmut presste er seinem Schlachtross die Fersen in die Flanken. »Dieser gerissene Hund«, murmelte er erbost, während er auf den von ihm befehligten rechten Flügel zugaloppierte, dessen Helme und Schwerter im Licht des frühen Morgens blitzten. Mit dem Geschick des erprobten Feldherrn hatte der vor drei Wochen vor Akkon angekommene Salah ad-Din das Christenheer dazu gezwungen, gegen die Sonne Aufstellung zu nehmen, indem er seine Truppen bereits vor Morgengrauen östlich der Stadt im Halbkreis hatte antreten lassen, sodass die Kreuzfahrer sich zwischen den Feinden eingekeilt sahen. Zuerst hatte es so ausgesehen, als sei die Streitmacht des moslemischen Herrschers lächerlich gering. Aber je mehr Zeit verstrichen war, desto mehr Männer waren zu ihm gestoßen, bis schließlich vor zwei Tagen ein über viertausend Mann starkes Kontingent aus Ägypten eingetroffen war.

Guy war ohnehin nicht gerade bester Laune, da die Nachricht vom Herannahen des immensen Heers des Sultans ihn dazu gezwungen hatte, den Groll gegen Konrad von Montferrat kurzzeitig zu begraben und den verhassten Nebenbuhler um Hilfe zu bitten. Und die Tatsache, dass er sich vom Feind in die schwächere Position hatte drängen lassen, trug nicht dazu bei, seine Stimmung aufzuhellen. Konrad, der mit den Tempelrittern zusammen im linken Flügel kämpfen würde, hatte ihn bei seiner Ankunft am gestrigen Abend deutlich spüren lassen, dass er sich bereits für den Gewinner in dem andauernden Streit um den Thron des Königreiches Jerusalem hielt. Mit einem verächtlichen Lächeln um den schmalen Mund hatte er Guy davon in Kenntnis gesetzt, dass die Schar seiner Anhänger immer größer und mächtiger wurde, und ihm die Abdankung ans Herz gelegt. »Wir werden sehen!«, fauchte Guy verstimmt und riss brutal an dem silberbesetzten Zügel seines Pferdes, das daraufhin schnaubend inmitten der leichten Kavallerie zum Stehen kam. Die ausdruckslosen Gesichter der Söldner verrieten keine Gefühlsregung, als Guy mit einer ungeduldigen Handbewegung das Zeichen zum Vorrücken gab.

Während der rechte und linke Flügel der Kreuzfahrer in gemäßigtem Galopp auf die in Stellung gegangenen Sarazenen zuritt, überprüfte Salah ad-Din, der wie immer an der Spitze seiner Truppen kämpfte, ein letztes Mal in Gedanken seinen einfachen, aber wirkungsvollen Schlachtplan. Dann hob er die Hand an den Mund und ließ den durchdringenden Bariton über das Feld schallen: »Schießt!« Mit einem ohrenbetäubenden Surren schnellten die Bolzen der Armbrustschützen an vorderster Front von den Sehnen und durchschlugen dumpf die gegnerischen Panzer und Pferdeleiber. »Schießt!« Ein zweiter Pfeilhagel folgte dem ersten, wurde jedoch von den nun ebenfalls in dichten Wolken vom Himmel regnenden Geschossen der Christen teilweise abgefangen und ging ergebnislos zu Boden. Auf ein Zeichen hin rückte der rechte Flügel Salah ad-Dins auf den aus Tempelrittern bestehenden linken Flügel der Christen vor, und kaum hatten sich die Spitzen der beiden Heere berührt, begann das Schlachten. Nur wenige Augenblicke lang blitzte der kalte Stahl im Sonnenlicht auf, bevor er – durch das Blut der Getöteten stumpf – den Glanz verlor. Funken stoben, als die Krummschwerter der Muslime auf die Waffen der Belagerer trafen, und schon bald übertönte das Geschrei der Verwundeten den Schlachtenlärm. Abgeschlagene Köpfe landeten meterweit von den Körpern der Gefallenen, und wer nicht beim Aufprall schon tot war, den stampften Pferde und

Menschen zu Brei. In Windeseile hatten die Ordensritter unter Führung Konrads von Montferrat solch klaffende Lücken in die Kavallerie der Muslime gehauen, dass der Sultan Teilen seines Mittelfeldes Befehl gab, den Bedrängten zur Hilfe zu eilen. Gleichzeitig rückten das Zentrum der Kreuzfahrer und das Zentrum der Anhänger Salah ad-Dins unaufhaltsam aufeinander zu, wobei die Armbrustschützen der hinter ihnen reitenden schweren Kavallerie den Weg freischossen.

»Bei allen Teufeln der Hölle!«, fluchte der Sultan ungehalten, als er erkannte, dass seine Strategie nicht aufzugehen schien. Wieder einmal hatte er die verhassten Ordensritter unterschätzt! Innerhalb weniger Augenblicke wuchs der Druck, den die Kreuzfahrer auf seine rechte Flanke ausübten, so immens an, dass die Generäle keine andere Wahl hatten, als zum Rückzug blasen zu lassen. Unter wüsten Verwünschungen und wildem Kriegsgeschrei setzten die Christen den Fliehenden nach, trampelten Verwundete nieder und zerfetzten mit den Hufen ihrer Schlachtrösser die am Boden liegenden Leiber, ehe sich ihre Reihen schließlich auflösten und sie zur Plünderung sowohl der gefallenen Kameraden als auch der Feinde übergingen. Wie Schakale stürzten sie sich in die knietiefen Blutlachen, die selbst der Sand nicht mehr aufzusaugen vermochte, und schändeten die Gefallenen. Überall wurden Finger abgetrennt, weil kostbare Ringe sich nicht abziehen ließen, Köpfe abgehackt, um an schwere, edelsteinbesetzte Halsketten zu gelangen und ganze Rüstungen auf die Rücken der bereits überladenen Tiere gehievt. In Windeseile verselbstständigte sich die Gier und entwickelte eine beängstigende Eigendynamik.

⁂

»Diese Idioten!« Verzweifelt raufte sich Guy de Lusignan, der den Zusammenbruch der Disziplin aus einiger Entfernung verfolgte, die Haare. Die gesamte Schlachtordnung hatte sich in weniger als einer halben Stunde vollkommen aufgelöst. Und das, obwohl der linke Flügel des Sultans noch frisch und unverbraucht war. Prompt erscholl ein Fanfarensignal, und die gepanzerte Wand aus schwer bewaffneten Ägyptern und Türken setzte sich zusammen mit den berittenen Bogenschützen Salah ad-Dins in Bewegung, um über die leichtsinnig plündernden Christen herzufallen. Verzweifelte Schreie gellten über das blutgetränkte Schlachtfeld, als die Türken die zu Fuß Flüchtenden abschlachteten und ihnen bis vor die von Guys Reserve bewachten Stadtmauern nachsetzten. Dort kam es zu einem kurzen, aber heftigen Handgemenge, in dem das kleine Häuflein der Reserve aufgerieben wurde, was zur Folge hatte, dass sich die stark befestigten Tore öffneten und etwa fünftausend Sarazenen ausspien, die sich mit dem Rest von Salah ad-Dins rechtem Flügel vereinigten und über die siegestrunkenen Tempelritter herfielen. Hunderte sanken innerhalb der ersten Minuten tödlich getroffen in die Knie, darunter auch Gérard de Ridefort, der Großmeister der Templer. Und obwohl Guy ihn am liebsten seinen Feinden zum Fraße vorgeworfen hätte, gab er dennoch Befehl, den von einem halben Dutzend feindlicher Streiter bedrängten Konrad von Montferrat freizukämpfen. »Rückzug!«, donnerte er, und wendete ohne abzuwarten seinen Hengst, um auf die eigenen – auf der Landzunge vor Akkon liegenden – Stellungen zuzupreschen, in denen sich bereits die ersten der übrig gebliebenen Kreuzfahrer verschanzten.

Syrische Wüste, Oktober 1189

Eine gleißende Nachmittagssonne brannte erbarmungslos auf die nur von wenigen dürren Dornenbüschen unterbrochene, sandfarbene Ödnis nieder. Am Himmel, direkt über dem Kopf des jüdischen Kauffahrers zog ein halbes Dutzend hässlicher Geier erwartungsvoll seine Kreise, während das durchdringende Zischen einer Schlange in unregelmäßigen Abständen die Totenstille unterbrach. Nur wenige frostgesprengte Felsen boten dem Reisenden, der leichtsinnig genug war, sich in dieses Höllental zu begeben, Schatten, und hätte nicht eine Hügelkette am Horizont die Eintönigkeit unterbrochen, wäre der Eindruck der Unendlichkeit vollkommen gewesen. Ein heiseres Stöhnen entrang sich der Kehle des zwischen vier kurzen Holzpflöcken auf dem glühenden Boden festgebundenen Gefangenen, bevor er blinzelnd die verkrusteten Lider öffnete. Außer gleißender Helligkeit, die sich mit Nadeln in sein Gehirn zu bohren schien, und den in der Ferne flimmernden Bergen konnte er in dem kurzen Augenblick, den seine gemarterten Sinne ihm gönnten, nichts wahrnehmen, das seine Verwirrung zu zerstreuen vermochte. Erschöpft schloss er die Augen wieder und versuchte, sich zu erinnern, wie er in diese fatale Lage geraten war.

Noch vor fünf Tagen hatten seine Entführer ihn mit ausgesuchter Höflichkeit behandelt und in einer nur wenige Meilen entfernten Oase fürstlich bewirtet. Kurz nachdem Nathans Karawane in den Hinterhalt geraten war, in dem Ilan verletzt worden war, hatte sich herausgestellt, dass es sich um Banditen und nicht um Schergen des Sultans handelte, die auf diese Art und Weise Gelder für den Krieg gegen die Ungläubigen auftreiben wollten. Das einzige Interesse, das seine Entführer antrieb, war Habgier. Doch nach einigen Tagen – als deutlich geworden war, dass die Treiber der zwanzig entkommenen Kamele entgegen der Prophezeiungen des vornehmen Gefangenen nicht zu ihrem Herrn zurückkehrten – hatte der Anführer der Räuber beschlossen, ihnen einen größeren Anreiz zu bieten. Nachdem sie aufgrund der die Wüste durchstreifenden Suchtrupps nicht weiter geflohen sein konnten als bis in die nächste Stadt, hatte er drei seiner besten Reiter ausgesandt, um den Juden die Nachricht zu übermitteln, dass das Leben ihres Herrn davon abhing, wie schnell sie ihm, dem *Aga*, wie er sich hochtrabend nannte, die mit Gold und kostbaren Stoffen beladenen Kamele übergaben.

Doch bis jetzt hatte sich noch nichts getan. Heißer Schmerz durchzuckte Nathans ausgedörrten Körper, als er versuchte, sein linkes Bein, das von einem Krampf gelähmt wurde, wenige Zoll zu bewegen. Sowohl Hand- als auch Fußgelenke waren von den groben Stricken, mit denen man ihn gefesselt hatte, schon längst blutig gescheuert. Und wenn man ihn nicht bald losband, würden sich die Wunden infizieren, vereitern und den Mücken einen idealen Ort zur Eiablage bieten. Die Haut seines bis auf ein Lendentuch nackten Körpers war von großflächigen, schmerzenden Blasen übersät, die an Brust und Oberschenkeln bereits aufgeplatzt waren. Feucht und klebrig rann das zähe Wundwasser an ihm hinab und hinterließ Spuren in dem schmutzigen Staub, bevor es nach nur wenigen Fingerbreit verdunstete. Bart und Haupthaar des Juden waren verfilzt, und immer wieder spürte er, wie winzige Wüstenbewohner sich darin einnisteten, nur um kurz darauf durch den Sand davonzuhuschen.

»Herr, erlöse mich«, murmelte er schwach, bereute die Worte allerdings sofort, da seine zu ihrer doppelten Größe angeschwollene Zunge bei der ungewohnten Benutzung ein Stück Haut aus seinem Gaumen riss. Warum waren seine Männer noch nicht eingetroffen?, fragte er sich zum wiederholten Male voller Verzweiflung, während er sich ausmalte, was sie aufgehalten haben könnte. Sollte das Undenkbare geschehen sein? Eine kalte Hand griff nach seinem nur noch langsam schlagenden Herzen, als er an die Folgen eines Verrats dachte. Hatte er sie nicht immer gut behandelt? Nicht ein einziges Mal hatte er seine Sklaven oder Diener geschlagen, wie es so viele der anderen Händler zu tun pflegten. Die Entlohnung, die er selbst den ärmsten und niedrigsten unter ihnen zugestand, hatte schon oft dafür gesorgt, dass ihn die weniger reichen Tuchhändler missfällig beäugten und einen Narren schalten. Stöhnend zwang er sich erneut, die grauen Augen zu öffnen und den immer enger kreisenden Flug der Geier zu verfolgen, um nicht wieder das Bewusstsein zu verlieren. Während Furcht, Verzweiflung und Hoffnung in seinem Inneren Widerstreit hielten, vollendete die stechende Sonne ihren Lauf und versank hinter den schroffen Gipfeln im Norden. Obwohl ihn beim Anblick des feurigen Schweifes Erleichterung durchflutete, wusste Nathan doch zu genau, dass die Nacht ebenso viel Qual und Schrecken bereithielt wie der Tag.

Jerusalem, Die Zitadelle, Oktober 1189

Mit einem leisen Laut der Zufriedenheit bog Shahzadi den schlanken Hals zurück und bot ihrem Gespielen die ungeschützte Kehle dar, die dieser mit sanften Küssen bedeckte. Erst vor wenigen Minuten waren die beiden erschöpft und schweißgebadet in die seidenen Kissen gesunken, nachdem sie sich ausgiebig und ungestüm geliebt hatten. Das schwere, schwarze Haar der Prinzessin hatte sich aus dem achtlosen Knoten gelöst, zu dem sie es in ihrem Nacken geschlungen hatte, und floss bis zu der zarten Rundung ihrer straffen Rückseite, die sie dem dunkelhäutigen Sklaven in diesem Moment – nachdem seine von einem winzigen Silberring durchbohrte Zunge zu ihrem Bauchnabel hinabgewandert war – mit einem lustvollen Keuchen zuwandte. Trotz ihrer zweiunddreißig Jahre wirkte die milchweiße Haut der Schwester des Sultans im gedämpften Licht der Kerzen makellos. Die feinen Härchen, die Unterarme und Beine der glutäugigen Schönheit bedeckten, richteten sich auf, als der junge Mann die Innenseiten ihrer Schenkel entlang leckte, ihre Hinterbacken umschloss und schließlich mit einem Stöhnen in sie eindrang. Provozierend langsam bewegte er die Hüften, bis sie sich mit einem ungeduldigen Schrei aufrichtete, die Schultern gegen ihn stemmte und ihn zu Fall brachte, sodass er – die Männlichkeit nach oben gerichtet – auf dem weichen Diwan landete und verwirrt zu ihr aufblickte. Energisch umschloss sie ihn mit der Rechten, kniete sich über ihn und führte ihn beinahe grob in sich ein.

Während sie ihm mit den langen Fingernägeln über die glatte Brust kratzte und sich in seinen Haaren verkrallte, wurde ihr Rhythmus immer schneller, bis sie schließlich auf ihm zusammensank und sich neben ihn rollte. Einige Augenblicke lauschte sie dem Hämmern ihres Herzens, während sie beobachtete, wie er in sich zusammenfiel, bevor sie in den Kissen nach oben rutschte. »Lass mich allein!« Ungeduldig schob sie den Kopf des blutjungen Sklaven zur Seite und stieß ihn aus dem zerwühlten Bett. Ohne dem gequälten Blick des so Entlassenen Beachtung zu schenken, schlug sie die langen Beine übereinander und bedeckte ihre Blöße mit einem durchscheinenden Überwurf. »Ich habe Euch doch nicht enttäuscht?«, flehte der am Boden Kniende und schlug die Augen nieder. »Nein, Sinan«, seufzte sie und tätschelte ihm abwesend den kurz geschorenen Kopf, während ihr Blick das geräumige Gemach nach den hastig abgestreiften Gewändern absuchte. »Ich bin nur mit den Gedanken woanders.« Als er bei diesen Worten das noch bartlose Kinn hob, verlieh die darin aufkeimende Hoffnung seinen schwarzen Augen ein Glühen, das die Prinzessin entgegen aller Absicht erneut mit Lust erfüllte. Was war es nur mit ihm, dass er sie immer wieder dazu überreden konnte, mit ihm zu schlafen, obwohl sie sich eigentlich erschöpft, beziehungsweise erfüllt, fühlte?, fragte sie sich halb amüsiert. Seine Chance erkennend, kroch der nur mit einem goldenen Kettchen bekleidete junge Mann näher und schob mit vorsichtigen Fingern das störende Gewand zur Seite, bevor er Shahzadi sanft nach hinten drückte und mit dem Kopf ein weiteres Mal zwischen ihren Beinen verschwand. »Ah«, gurrte sie kehlig und schlang die Schenkel um seine muskulösen Schultern, die beinahe doppelt so breit waren wie die ihren. »Also gut.« Gierig bog sie ihm ihre Hüften zum dritten Mal an diesem Nachmittag entgegen, und als er die starken Hände unter ihre Hinterbacken schob, um mehr Kontrolle über sie zu haben, vergaß sie ihr Vorhaben und gab sich erneut dem Liebesspiel mit ihm hin.

Nachdem die Tür hinter ihrer erst wenige Wochen alten Entdeckung ins Schloss gefallen war, erhob sich Shahzadi grübelnd, flocht das hüftlange Haar und kleidete sich an. Die kühle Seide ihres eierschalengelben Kaftans fühlte sich wunderbar an auf ihrer erhitzten Haut. Und auch der schwere Goldschmuck, den sie auf eines der kleinen Ziertischchen gelegt hatte, linderte das Brennen des Schweißes. Sie würde sich ins Hamam geleiten lassen, um den stechenden Geruch der Lust von ihrer Haut zu waschen und in aller Ruhe über Salah ad-Dins leichtsinnigen Umgang mit den knappen Geldmitteln, die ihm zur Verfügung standen, nachzusinnen. Am vergangenen Tag hatte sie den alten Großwesir zu sich kommen lassen und zu ihrer maßlosen Verärgerung festgestellt, dass die Staatskasse dank des überhasteten Feldzuges gegen die Belagerer Akkons bereits wieder leer war. Nur noch wenige Tausend Dinare trennten den Beherrscher der Gläubigen vom finanziellen Schiffbruch. Das würde sich ändern müssen! Irgendwie mussten sich neue Wege finden lassen, um diesen endlosen Krieg zu finanzieren.

London, White Tower, November 1189

Mit sorgenschwerem Herzen lehnte Harold am wetterrauen Holz der Einzäunung des Schießplatzes und beobachtete die lauthals prahlenden und grölenden Bogenschützen dabei, wie sie ihre Zielfertigkeit mit dem Langbogen unter Beweis stellten. Da sie in den Farben ihrer Herren gewandet waren, war es nicht schwer für ihn, die von seinem Vater und dem benachbarten William of Loxley gestellten Männer in dem Gewimmel ausfindig zu machen. Er musste wider Willen lächeln, als der hünenhafte Hugh, der Wildhüter seines Vaters, die anderen zum wiederholten Male ausstach und die rot bemalte Mitte der Strohscheibe auch mit seinem zehnten und letzten Pfeil durchbohrte. »Gratuliere!« Herb droschen die Umstehenden dem flachsblonden Schützen auf den Rücken und begafften seinen Bogen, während dieser seinem jüngsten Sohn entgegeneilte, um ihm die selbst befiederten Geschosse aus der Hand zu nehmen. Am entgegengesetzten Ende des Platzes übten sich einige der erst vor Kurzem zum Ritter geschlagenen Kämpfer im Schwert und Lanzenkampf, und so manch einer war bereits blutend und unter wüsten Flüchen in Richtung Festung davongehumpelt.

Der mit bleigrauen Wolken verhangene Himmel verkündete weiteren Regen, und als eine eisige Böe ihm mit kalter Hand in den Nacken fuhr, schlug Harold fröstelnd den Kragen seines Surkots hoch. Die Eichen und Linden boten den Herbstwinden mit ihren kahlen Ästen keinen Widerstand, und so heulte und pfiff der Sturm an diesem Tag ungehindert über den aufgeweichten Hof und durch die von dornigen Kletterrosen umrankten Bogengänge. Die vor den mächtigen Toren der Festung fließende Themse hatte seit Tagen Hochwasser, und wenn der Regen weiter in solchen Mengen fiel, dann würden die Soldaten, Knappen und Ritter bald Wasser schöpfen müssen. Große Teile der Stadt standen bereits unter Wasser, was zur Folge hatte, dass die ärmeren Bewohner, die alles verloren hatten, zu Hunderten verhungerten. Hoch oben am Himmel zog soeben ein Schwarm verspäteter Zugvögel gen Süden, und als Harold ihnen mit zusammengekniffenen Augen nachblickte, fragte er sich, welches der vielen fremden Länder wohl ihr Ziel war.

In wenigen Tagen würde die inzwischen unübersichtlich gewordene Streitmacht des Königs nach Frankreich aufbrechen, wo sich Richard Löwenherz im März mit seinem jungen Widersacher, Philipp II. von Frankreich, treffen wollte, um gemeinsam ins Heilige Land zu ziehen. Noch war nicht ganz klar, wie die beiden Herrscher das seit jeher zwischen ihnen schwelende Misstrauen ausräumen wollten. Doch die Befürworter des Kreuzzuges taten diese Zweifel mit Verachtung im Blick ab. Die Verwaltung seiner englischen Besitztümer hatte Richard bereits vor einigen Tagen an den Kanzler, William Longchamp, übergeben, und Gerüchten zufolge würde seine Mutter, Aliénor von Aquitanien, in seiner Abwesenheit die Regentschaft übernehmen. Harold fröstelte erneut und schlang nun auch den warmen Mantel enger um die Schultern, bevor er einen tiefen Seufzer ausstieß. All seine Hoffnungen, die er seit der Begegnung mit Catherine de Ferrers gehegt hatte, waren in der vergangenen Woche zerschlagen worden. Kaum hatte er die von ihm bisher nur aus der Ferne Angebetete dazu gebracht, seine Anwesenheit zur Kenntnis zu nehmen, wurde sie ihm auch schon wieder entrissen! Denn wo die Königinmutter war, würde auch sie sein.

»Was für ein Mist«, schimpfte er leise und riss einen der dürren Grashalme aus, um lustlos darauf herumzukauen. »Was nuschelst du da in deinen nicht vorhandenen Bart?«, ertönte unvermittelt Guy de Brassards tiefe Stimme hinter ihm, und der Knabe wirbelte erschrocken herum, um dem Ritter in die lachenden Augen zu blicken. »Das ist nicht komisch«, brummte er und wandte sich erneut dem heiteren Getümmel auf dem Übungsplatz zu. »Ich habe mir schon gedacht, dass es dir auf den Magen schlägt«, stellte Guy unbeirrt fest und lehnte sich mit dem Rücken an die Umzäunung, um Harold in das starr abgewandte Gesicht zu sehen. »Was meinst du?«, fragte dieser lahm. Aber die Enttäuschung, die dabei in seiner Stimme mitschwang, verriet mehr als alle Worte. »Deine Trauermiene spricht mehr als tausend Worte«, frotzelte der hochgewachsene Guy, während er ebenfalls einen der vom Sommer verbrannten Grashalme abknickte. »Die anderen Knappen sind doch auch ganz nett«, versuchte er, seinen Schutzbefohlenen aufzumuntern. »Und Robins Bruder hatte einfach nach Abzug der Kreuzzugsteuer und der Kosten für die Männer, die er stellen musste, kein Geld mehr übrig, um selber teilzunehmen.« Harold nickte langsam, warf das zerkaute Ende des Halms in eine Pfütze und zuckte gespielt gleichgültig die Schultern. Einige Augenblicke starrte er mürrisch auf die Kreise, die sich auf der vormals glatten Wasseroberfläche ausbreiteten, bevor er unvermittelt herausplatzte: »Ich hatte mich so darauf gefreut, Robin wiederzusehen!« Nur mit Mühe gelang es ihm, die Tränen der Wut und Enttäuschung zu unterdrücken, die seit Stunden in seinen Augen brannten.

Alles schien sich gegen ihn verschworen zu haben! Seit Rolands Tod machte er kaum mehr ein Auge zu, wenn Essex etwas getrunken hatte – aus Furcht, den leicht entflammbaren Jähzorn des Earls zu wecken. Denn wenngleich Löwenherz ihn gewarnt hatte, einen weiteren Knappen zu verschleißen, bedeutete das nicht, dass Harold vor den Wutausbrüchen seines Dienstherrn gefeit war. Zudem würde er Catherine vermutlich nie wiedersehen – ein Gedanke, der ihm das Herz im Leibe zerfetzen wollte. Und nun musste er auch auf die unbeschwerte Gesellschaft seines besten Freundes verzichten, weil dessen Bruder pleite war! Verbittert trat er mit dem Stiefel gegen einen der Pfosten und fluchte unflätig, als glühender Schmerz durch seinen Zeh schoss. »Komm schon, lass uns in die Halle gehen«, schlug Guy vor und legte ihm brüderlich den Arm um die Schultern, um ihn auf den Eingang des Towers zuzuschieben.

Dort, in den Gemächern der Königinmutter, ballte der Earl of Essex die Fäuste und schluckte schwer. »Ich bitte Euch, Majestät.« Seine sonst so durchdringende Stimme war kaum mehr als ein gepresstes Flüstern, und die mit den langen Wimpern besetzten Lider flatterten leicht. Nur mit Mühe konnte sich Robert de Mandeville davon abhalten aufzuspringen, um die alte Dame mit seiner Körpergröße einzuschüchtern. Zu genau wusste er, dass mit ihr nicht zu spaßen war, und es politischem Selbstmord gleichkam, ihren Groll auf sich zu ziehen. »Ihr könnt mir doch wenigstens sagen, wer sie ist«, drängte er, doch Aliénor von Aquitanien schüttelte energisch den Kopf. »Ich glaube nicht, dass das Mädchen die richtige Braut für Euch wäre«, versetzte sie trocken, bevor sie sich endlich dazu herabließ, ihm mit einer nachlässigen Handbewegung zu verstehen zu geben, dass er sich erheben konnte. Kochend vor Zorn spannte der Earl die Muskeln und biss die Zähne aufeinander, um sich nicht anmerken zu lassen, wie sehr ihn diese Abfuhr beleidigte. Seit ihm die Kleine damals entkommen war, brannte er darauf, sie für sich zu besitzen. Noch niemals zuvor hatte er das Bedürfnis, eine Frau sein Eigen zu nennen, so nachdrücklich und körperlich empfunden wie bei diesem Mädchen. Jedes Mal, wenn er sie aus der Ferne erblickte, wallte die Begierde mit solcher Macht in ihm auf, dass er nachgerade für sie entflammte.

»Wenn Ihr Euch unbedingt zum Narren machen wollt, dann müsst Ihr Euch an ihren Vater wenden.« Der alte Drachen schien Gefallen an dem Spielchen gefunden zu haben, da er deutlich schadenfrohe Belustigung in den von tiefen Falten umgebenen Augen aufblitzen sah. Um den schmallippigen Mund spielte ein Lächeln, das sich bei den nächsten Worten noch vertiefte. »Allerdings müsst Ihr schon selbst herausfinden, wer Euer Ansprechpartner ist.« Sie gluckste leise, fing sich jedoch sofort wieder und winkte zwei der an der Tür postierten Männer zu sich. »Geleitet den Earl of Essex hinaus, befahl sie sachlich und wies mit herrischer Geste auf den Ausgang. So entlassen, verneigte sich der Gedemütigte noch einmal knapp, machte auf dem Absatz kehrt und stieß die Wachen, die ihm auf halbem Weg entgegentraten, grob zur Seite. »Ich werde schon noch bekommen, was ich will!« Zischte er kaum hörbar, bevor er in den Gang hinaustrat und davoneilte.

Adrianopel, November 1189

»Falls diese falsche Schlange denkt, sie könnte mich übertölpeln, dann hat er sich geirrt!«, tobte der vor Zorn bleiche Barbarossa. »Ich werde seine schlimmsten Albträume wahr machen!« Die golddurchwirkte *Coiffe* war vom kahlen Kopf des Deutschen Kaisers gerutscht, und der schwere Umhang wippte von seiner linken Schulter, während er in der von einem prasselnden Kaminfeuer erwärmten Kammer des steinernen Stadthauses auf und ab stapfte. Seine rechte Hand umschloss den Knauf des kostbaren Schwertes mit so viel Kraft, dass die Knöchel weiß hervortraten. Und in den tiefblauen Augen, die wie Rheinkiesel in dem faltigen Gesicht glitzerten, glomm kalter Hass. Schwer atmend stützte er sich auf dem mit Schnitzereien verzierten Tisch ab, der den Großteil des Raumes einnahm, und drosch die Faust auf die Platte. Nach einer kurzen, aber heftigen Schlacht vor Philippopel, in der das byzantinische Heer sang- und klanglos an der deutschen Übermacht gescheitert war, hatte der rüstige Deutsche Kaiser einen Großteil seiner Streitmacht hundert Kilometer weiter südöstlich nach Adrianopel verlagern und das Winterlager errichten lassen. Da allerdings trotz neuerlicher Versprechungen aus Konstantinopel nach wie vor keine Lebensmittel eingetroffen waren, hatte er Befehl gegeben, die weitere Umgebung der Stadt ausplündern und dem Erdboden gleichmachen zu lassen. Erst am vergangenen Abend war Ansbert von der blutigen Eroberung der Stadt Dimotika zurückgekehrt, bei der Hunderte von Griechen ihr Ende gefunden hatten. »Sieh zu, dass du den Bericht fertigstellst!«, herrschte Barbarossa den über ein Pergament gebeugten Ansbert an, der ihm am liebsten geraten hätte, sich seiner Gesundheit wegen nicht so sehr aufzuregen. »Wie weit bist du?« Ungeduldig riss der Kaiser ihm das Schriftstück unter der Feder weg und überflog die Worte.

»Als sich die Einwohner der Stadt weigerten, ihre Vorräte herauszugeben, ließ der Herzog von Schwaben voller Zorn die Seinigen zu den Waffen greifen, unternahm in der neunten Stunde des Tages einen Sturm auf die Stadt und errang einen so schnellen Sieg, dass er gegen Abend nach der Eroberung der Stadt fast alle Einwohner getötet hatte …«

»Sobald du fertig bist, kannst du einen Brief an diesen Verräter Isaak aufsetzen, der ihn wissen lässt, dass er mit seinem Widerstand nichts weiter erreicht hat, als dass wir nun wirklich das tun werden, was er befürchtet hat!« Ein entschlossener Zug um die blutleeren Lippen ließ Ansbert erahnen, wie ernst es dem Kaiser war. »Sobald der Winter vorbei ist, ziehen wir auf Konstantinopel!« Nur mühsam verkniff Ansbert sich ein Seufzen. Wie weit wollte Barbarossa diesen Wahnsinn noch treiben?, fragte er sich, während er sich gehorsam zurück über das Schriftstück beugte. Als das Knallen der Tür verriet, dass der Kaiser den Raum verlassen hatte, hob er vorsichtig den Kopf, um sicherzugehen, dass er allein war. Dann schob er Tintenfass und Pergament von sich und trat an das knisternde Feuer, um sich die steifen Hände zu wärmen. Er würde die Fertigstellung des Berichtes so lange wie möglich hinauszögern. Wenn er ein wenig trödelte, verrauchte der Zorn seines Herrn vielleicht genauso schnell wieder, wie er über ihn gekommen war, und er würde sich daran erinnern, wozu der Kopf auf seinen Schultern da war. Die Respektlosigkeit seiner Überlegungen ließ Ansbert einige Zoll kleiner werden. Dem Himmel sei Dank, dass niemand Gedanken lesen kann!, dachte er schuldbewusst und ging in die Knie, um mehr von dem

Feuer zu haben. Seit Tagen regnete es ohne Unterlass, und allmählich begannen seine Gelenke zu schmerzen.

Während er in die tanzenden Flammen starrte, grübelte er darüber nach, wie Barbarossa zur Vernunft gebracht werden konnte. Ganz egal, wie oft Kaiser Isaak von Konstantinopel sein Wort gebrochen und sich gegen die Deutschen gewandt hatte. Es war reiner Wahnsinn, dermaßen weit vom Weg abzukommen und Konstantinopel zum Ziel des Kreuzzuges zu machen, anstatt wie geplant gegen Jerusalem zu ziehen! Als ihn laute Stimmen vor der Tür fürchten ließen, dass Barbarossa bereits wieder zurückkehrte, sprang er hastig auf und warf sich auf den harten Stuhl. Dann griff er nach dem Gänsekiel und fuhr mit der vernachlässigten Aufgabe fort. Sicherlich würden die Söhne des Kaisers ihren Vater von unüberlegten Schritten abhalten. Denn ansonsten fürchtete er ernsthaft um den Ausgang dieses Unternehmens.

London, White Tower, November 1189

Freudlos legte Catherine das letzte ihrer Gewänder in die eisenbeschlagene Kirschholztruhe und schloss den Deckel. Neben der schweren Kiste stapelten sich drei kleinere Behältnisse, die ihren Schmuck, ihre Schuhe und ihre Cremetiegel enthielten. Neben all ihren Bliauds würden zwei ihrer liebsten Mäntel aus flandrischem Tuch mit auf die Reise gehen, begleitet von Schapeln, Gebenden, Schleiern und der von ihrer Mutter geerbten Lockenschere, welche diese ihr vermacht hatte, als Catherines Vater ihr eine neue geschenkt hatte. Außer ihren Stiefeln ruhten zwei Paar leichter Sandalen und ein Paar eleganter Tanzschuhe auf dem Boden der untersten Truhe. In zwei Tagen würden sie nach Dover aufbrechen, um von dort nach Calais überzusetzen und in Richtung Poitiers zu ziehen, wo die Damen zurückbleiben würden, während die Männer in Nonancourt mit dem französischen Teil des Kreuzfahrerheeres zusammentreffen würden. Zwar vermisste sie ihre Mutter, die bereits am Hof in Aquitanien weilte. Doch die immer wieder verdrängte Vorstellung, den Knappen des Earls of Essex nie wiederzusehen, verursachte ein weitaus stärkeres Gefühl, das sie mit einer Mischung aus Niedergeschlagenheit und Beklommenheit erfüllte. Obgleich sie sich lange einzureden versucht hatte, dass die Anziehungskraft, die er auf sie ausübte, nur übersteigertes Mitleid oder der ins Gegenteil verkehrte Hass auf seinen Dienstherrn war, hatte sie diese verworrene Idee doch bald verworfen und war zu der Erkenntnis gekommen, dass sie ihr Herz an ihn verloren hatte.

Mit Tränen in den grünen Augen trat sie ans Fenster ihrer Kammer und blickte auf den öde daliegenden Hof hinab, in dessen Schlammpfützen die toten Blätter der Bäume verrotteten. Eine Meute Jagdhunde zerrte an den Leinen ihrer Führer, und in der Nähe der Stallungen bestieg ein halbes Dutzend Ritter in Rüstung schwere Schlachtrösser. Einige der Männer waren bereits zur Küste aufgebrochen, um dort auf den König zu warten und noch Gelder für den Kampf gegen die Heiden aufzutreiben. Vielleicht war Harold of Huntingdon ja auch unter denjenigen, die durch den nicht enden wollenden Regen galoppierten, dachte sie bedrückt. Seit Tagen hatte die Stadt keine Sonnenstrahlen mehr gesehen, und der vom Fluss ins Land ziehende Nebel schien alles zu verschlucken. Missmutig drehte Catherine ihren breiten Gürtel zwischen den Fingern, während sie gleichgültig einen Streit zwischen zwei hitzköpfigen Knappen verfolgte, die sich um einen Lappen zu balgen schienen. Schließlich gewann der kleinere der beiden die Oberhand, stellte seinem Widersacher ein Bein und entwand ihm das Stück Tuch, mit dem er flink in die Stallungen verschwand.

»Trödelt nicht so herum!« Die Stimme einer der älteren Hofdamen, die den erhitzten Kopf durch die Tür ihrer Kammer steckte, ließ das Mädchen zusammenfahren und sich erschrocken umblicken. Die aschblonden Haare der etwas dicklichen Lady waren zu einem konservativen Zopf geflochten, der halb unter einer hässlichen Haube versteckt war. Ihr praller Busen quoll über das eng einschneidende Untergewand und wurde nur mit Mühe und Not von einem steifen Obergewand an Ort und Stelle gehalten. Die stumpfen braunen Augen glitten in einer Bestandsaufnahme über den Boden der Kammer, bevor sie sachlich bemerkte: »Das Gepäck muss verladen werden.« Mit einem ergebenen Seufzer trat Catherine vom Fenster zurück, zurrte die Lederriemen fest und nickte einem von der untersetzten Dame herbeigewinkten Bediensteten zu, der daraufhin die Kiste schulterte und ohne viel Aufhebens aus dem Raum schleppte. »Lasst den Kopf nicht hängen«, versuchte die etwas herbe Frau sie aufzumuntern. »Die Reise ist gänzlich ungefährlich.« Ihr Doppelkinn wackelte, als sie den Kopf schüttelte. »Das Schlimmste wird vermutlich die Überfahrt.« Mit einem dankbaren Nicken trat Catherine zu ihr auf den Korridor hinaus und folgte ihr in die Halle hinab, aus der ihnen aufgeregtes Stimmengewirr und der Duft köstlicher Speisen entgegenschlugen.

»Vielleicht wäre es besser, auf Prinz John zu setzen.« Die Stimme seines Herrn schreckte Harold aus dem Schlaf und ließ ihn mit einem unterdrückten Keuchen auffahren. Nach den Anstrengungen des Tages war er in dem winzigen Kämmerchen, das er seit Rolands Tod für sich allein hatte, erschöpft eingenickt. »Er ist weitaus formbarer als Richard, und mit ihm hätten wir eine Wachspuppe in der Hand, die es uns leicht machen würde, unseren Machtbereich auszudehnen.« Vorsichtig, um sich nicht durch das Rascheln des Strohs zu verraten, kroch Harold zu der niedrigen Tür, die er offenbar nicht richtig ins Schloss gezogen hatte. Mit angehaltenem

Atem schob er die Finger zwischen den schmalen Spalt. Als der schwache Schein des Feuers und der beiden zischenden Pechfackeln am Eingang einen dünnen Streifen auf den frisch gefegten Boden malte, presste er die Nase zwischen das Holz und die kalten Steinquader der Wand und lugte verstohlen in den angrenzenden Raum.

Etwa ein halbes Dutzend Männer in dunklen Überwürfen, die im Halbkreis um die Feuerstelle versammelt waren, hatten dem Sprecher den Kopf zugewandt, wobei einige von ihnen zustimmend nickten. Unter ihnen erkannte Harold den stiernackigen, John of Littlebourne, sowie Richard de Reviers, den Earl of Devon, dessen Knappe ihm schon mehr als einmal Hilfestellung bei einer der schwierigen Aufgaben geleistet hatte, die sein Dienstherr ihm so selbstverständlich abverlangte. Die anderen Gesichter konnte er aufgrund der sparsamen Beleuchtung und der tiefen Kapuzen nicht zuordnen. »Die Frage ist doch, was uns wichtiger ist«, warf ein hochgewachsener Mann zu Littlebournes Rechten ein. »Die Beute des Kreuzzuges oder das, was wir hier vorfinden, wenn wir zurückkehren.« Zustimmendes Gemurmel, aber auch der eine oder andere Protest erhoben sich, ehe der Earl of Essex Ruhe gebietend die Hand hob. »Beides, mein lieber Henry, beides!« Natürlich, schoss es Harold durch den Kopf. Henry of Cirencester! Einer der im Turnier meist gefürchteten Ritter des Landes, den er schon mehr als einmal beim Übungskampf auf dem weiten Feld zwischen dem neu gezogenen Burggraben und der hoch aufragenden Wehrmauer bewundert hatte. Der Ritter, von dem man munkelte, dass er schon bald in den Stand eines Earls erhoben werden könnte. Was führten diese Männer im Schilde?

Während er mit hämmerndem Herzen dem Fortgang der Unterhaltung folgte, keimte in dem heimlichen Lauscher der unaussprechliche Verdacht auf, dass die hier Versammelten nicht weit davon entfernt waren, Hochverrat zu begehen. Als er genug gehört hatte, und die Runde mit letzten Ermahnungen zum Stillschweigen sich aufzulösen begann, versuchte Harold mit vor Aufregung zitternden Händen, die Tür wieder zu schließen. Da eines der Scharniere ein gequältes Quietschen von sich gab, hielt er jedoch erschrocken inne. »Was war das?« Alle Köpfe in dem angrenzenden Gemach waren in seine Richtung gezuckt, und – ohne lange darüber nachzudenken – hechtete sich der Knabe auf sein Lager zurück, drehte sich zur Wand und schloss mit einem stillen Stoßgebet die Augen. Stunden schienen zu vergehen, während sein Blick starr vor Furcht über die der Tür gegenüberliegende Wand huschte, und sich der schwere Tritt gepanzerter Stiefel näherte. Dann fiel der warme Schein einer der Fackeln auf die zusammengekauerte Gestalt des Knaben und er vernahm ein gefährliches Schnauben. »Der Bengel hat gelauscht«, zischte Littlebourne, stieß den vor ihm im Rahmen stehenden Cirencester zur Seite und zerrte Harold grob auf die Beine.

Vor den Toren Akkons, November 1189

Täuschende Ruhe lag über dem Lager der Kreuzfahrer, als Konrad von Montferrat vor sein geräumiges Zelt trat, um die Kühle des Morgens zu genießen. Zu dieser frühen Stunde lastete der dichte Nebel der Nacht noch zäh über der Bucht vor der Landzunge, und an den Blättern der Bäume und Büsche hingen pralle Tautropfen. Schillernd brach sich das Licht der überall aufgestellten Fackeln in den Pfützen und der ruhigen Wasseroberfläche des Kishons, der schwarz und ruhig Richtung Meer floss. Im Norden erhoben sich die immensen Mauern der Festungsanlage Akkons, deren Tiefe von über vierhundert Fuß es bisher verhindert hatte, dass die Steinschleudern und Trebuchets mehr hatten ausrichten können als scheinbar winzige Pockennarben in den ockergelben

Stein zu schlagen. Über den dicht mit Armbrustschützen besetzten Zinnen kreisten unzählige Möwen, was den Beobachter vermuten ließ, dass die Sicker- und Abfallgruben der Stadt übervoll waren mit Happen, welche die Vögel von weit her anlockten. Mit einem herzhaften Gähnen reckte sich der schlanke Ritter, fuhr sich mit der schwieligen Hand über den schlecht gestutzten Spitzbart und steuerte auf den Holztisch zu seiner Linken zu, auf dem die Überreste des Mahles vom vergangenen Abend in einer verbeulten Bronzeschüssel darauf warteten, verzehrt zu werden.

Zu seiner Rechten machte sich soeben einer der heilkundigen Brüder dazu bereit, einem bleichen Bogenschützen, der mit verschrecktem Blick auf die Instrumente des Zisterziensers starrte, einen Zahn zu ziehen. Ein letztes Mal setzte der Soldat einen vermutlich mit starkem Met gefüllten Krug an die Lippen und ließ den betäubenden Alkohol die Kehle hinabrinnen. Nachdem er die Ärmel seiner groben Leinenkutte nach oben geschoben hatte, befahl der Mönch seinem Patienten, sich nach hinten zu lehnen und den Mund zu öffnen, was diesem jedoch aufgrund einer geschwollenen Backe schwerzufallen schien. Vermutlich hatte sich der Pechvogel in der letzten Schlacht einen Zahn ausgeschlagen, dessen Wurzel noch in der Wunde saß und sich entzündet hatte, dachte Konrad unberührt, während er sich einen Kanten harten Brotes angelte und die Operation interessiert verfolgte. Mit strenger Miene ermahnte der Kirchenmann den Schützen, sich still zu verhalten, hob eine lange Zange mit spitzem Kopf auf und fuhr mit dem Instrument in die Mundhöhle des Bogenschützen. Dieser schnellte bereits nach wenigen Augenblicken mit einem empörten Schmerzensschrei in die Höhe, führte die Hand an die Lippen und blickte mit aufgerissenen Augen auf das Blut, das daran haften geblieben war. Triumphierend hob der Mönch den winzigen Zahnstummel vom Boden auf, überreichte ihn dem Soldaten mit einem ermutigenden Schulterklopfen und empfahl ihm, die Wunde mit Met zu reinigen. Bevor sich der so Behandelte von seinem Schreck erholen konnte, hatte der Heiler seine Instrumente zusammengepackt und war in den Gassen der Zeltstadt verschwunden, wo noch andere Leidende auf seine Hilfe warteten.

Als Konrad das trockene Brot geschluckt hatte, ließ er dieser wenig schmackhaften Speise ein Stückchen kalten Schweinebauch folgen, das in einer Lache aus geronnenem Fett schwamm. Dank des ungehinderten Zugangs zum Meer und der Ankunft weiterer Schiffe aus Deutschland und Italien mangelte es ihnen nicht an Nahrung. Aber die Tatsache, dass Salah ad-Din die Christen nach der für beide Seiten katastrophal verlaufenen Schlacht Anfang Oktober mit einem zweiten Belagerungsring eingeschlossen hatte, beunruhigte den Franzosen. Zwar war es seitdem zu keinen weiteren Kampfhandlungen gekommen – sah man einmal von dem kurzen, aber heftigen Gefecht auf See ab, bei dem fünfzig maurische Galeeren vor zwei Wochen die christliche Seeblockade durchbrochen und die Eingeschlossenen mit Waffen und Lebensmitteln versorgt hatten. Doch das untätige Herumsitzen und Beschnuppern des Feindes zermürbte Konrads Nerven weit mehr, als eine zünftige Begegnung mit den Sarazenen es getan hätte. Wenn nur der Deutsche Kaiser endlich eintreffen würde! Gerüchten zufolge war sein Heer auf dem Marsch der Donau entlang auf über 100 000 Mann angewachsen.

»Pfui Teufel!« Angewidert spuckte er das ranzige Stück Schwarte aus, auf das er gedankenverloren gebissen hatte, und ließ den Blick über die in der ruhigen Bucht liegenden Kriegsschiffe gleiten. Scheinbar friedlich schaukelten die Galeeren des Feindes nur wenige hundert Schritt entfernt von den Schiffen der Christen auf den sanften Wellen und schienen darauf zu warten, endlich wieder zum Einsatz zu kommen. Während die eigenen Schiffe dafür sorgten, den Nachschub des Feindes abzuschneiden, suchten die maurischen Galeeren es zu verhindern, dass die Belagerer weiteres Baumaterial für Kriegs- und Belagerungsmaschinen erhielten. Doch sobald die für Herbst und Winter so typischen Stürme nachließen, würde Konrad höchstpersönlich nach Tyros auslaufen, um das dringend benötigte zusätzliche Holz und Eisen herbeizuschaffen. So konnte er nicht nur der verhassten Fratze dieses Schaumschlägers Guy de Lusignan entkommen, sondern auch weitere Schritte in die Gänge leiten, den – in seinen Augen unrechtmäßigen – König von Jerusalem vom Thron zu stoßen. Ein Großteil der Barone war bereits auf seiner Seite, und wenn die Dinge weiterhin so vorteilhaft für ihn verliefen, dann würde Guy bald mit eingezogenem Schwanz das Weite suchen!

Hastig griff er nach einem mit frischem Süßwasser gefüllten Krug, um den widerlichen Geschmack des alten Fettes loszuwerden, gurgelte und spuckte in hohem Bogen aus. Er würde ein wenig schwimmen gehen, bevor die Hitze des Tages sich durch den Nebel kämpfte, beschloss er, und schlenderte auf die flache Uferböschung zu, wo bereits eine Handvoll Deutscher denselben Gedanken gehabt hatte. Nur mit ihren leinenen Brouches bekleidet wateten sie durch das kaum schulterhohe Wasser, um sich in der Mitte des Flusses abzustoßen und mit ausgreifenden Zügen die ruhigen Fluten zu teilen. Nicht in der Stimmung, die Erfrischung mit den niedrigeren Männern zu teilen, wandte sich Konrad ein wenig weiter flussaufwärts, streifte Cotte und Surkot über den Kopf, bevor er die Beinlinge von seiner *Brouche* abnestelte und sich ebenfalls in das erfrischende Nass gleiten ließ. Genüsslich ließ er das Wasser über seinem Kopf zusammenschlagen, tauchte einige Dutzend Fuß das sandige Flussbett entlang, bis er wieder an die Oberfläche schnellte und die Prozedur wiederholte.

Jerusalem, Jüdisches Viertel, November 1189

»Vater!« Mit einem trockenen Schluchzen flog Rahel dem ausgemergelten Mann, der nach einem kurzen, aber heftigen Austausch mit dem das Hoftor bewachenden Bediensteten in den schattigen Palmengarten trat, in die Arme. Das ehemals dunkelblonde Haar war von schmutzig grauen Strähnen durchzogen, und der einst gepflegte Bart wucherte bis beinahe auf die Brust des Juden. Sein schlichtes, wollenes Gewand war an mehreren Stellen durchgewetzt, und das uralte, dürre Kamel, das er an einem derben Strick hinter sich herführte, war nicht einmal ein Schatten des prächtigen Tieres, auf dem er vor vier Monaten aufgebrochen war. »Ihr lebt!« Ungestüm drückte sie ihren Ziehvater an sich, während sie den Tränen der Freude und Erleichterung freien Lauf ließ. Als Nathan bei der Umarmung mit schmerzverzerrtem Gesicht zusammenzuckte, wich sie erschrocken zurück und blickte mit sorgenvollem Blick zu ihm auf. »Seid Ihr verletzt?«, fragte sie bang und tastete seine Erscheinung mit weit aufgerissenen Augen ab. Mit einer müden Geste hob der erschöpfte Kaufherr die Hand und schüttelte den Kopf. »Nein, Kind. Ich bin es nur nicht mehr gewohnt, die Nächte auf kalten Steinen zu verbringen«, log er. Obgleich die meisten der Verbrennungen und Striemen, die er davongetragen hatte, inzwischen verheilt waren, fühlte sich sein Körper immer noch wund und empfindlich an.

»Führ mich ins Haus«, bat er und stützte sich auf seine Tochter, die ihn in die kühle Eingangshalle geleitete, in der Daja bereits auf sie wartete. »Herr«, begrüßte sie ihn tonlos und nahm ihm den zerschlissenen Beutel ab, den er um die Schulter geschlungen hatte. »Wo sind die anderen?« Nathan, der sich inzwischen schwer auf einen der niedrigen, mit Leder überzogenen Sitzsäcke hatte fallen lassen, schüttelte traurig den Kopf. »Sie haben mich freigekauft«, murmelte er erschöpft und schloss die Augen, als die schrecklichen Bilder wieder in ihm aufstiegen. Gerade als er geglaubt hatte, mit dem Leben abgeschlossen zu haben, hatte er die Kühle einer Klinge auf seiner Haut gespürt und war von helfenden Händen auf die Beine gestellt worden. »Ihr seid frei«, hatte der Aga ihn mit einem zuckersüßen Lächeln informiert und auf die schwer beladenen Kamele gewiesen, vor denen Nathans Männer zu einem verschüchterten Häuflein zusammengedrängt herumstanden. »Aber die Hälfte der Tiere bleibt hier.« Halb tot vor Durst und Schmerzen hatte der Kauffahrer einfach nur genickt, in die ihm gebotene Hand eingeschlagen und sich mit seinen Leuten – je zwei auf einem Kamel – auf den Weg in die nächste Stadt gemacht. Womit er nicht gerechnet hatte, war, dass in der ersten Schlucht ein Hinterhalt auf sie wartete, in dem alle seine Bediensteten den Tod gefunden hatten. Nur durch eine glückliche Fügung des Schicksals war er mit der bloßen Haut und einem der Tiere davongekommen, das er für ein weitaus minderes und etwas zu essen und trinken hatte eintauschen müssen.

»Ich möchte mich ein wenig ausruhen«, murmelte er und legte die zitternde Rechte auf den Kopf des Mädchens, das neben ihm auf dem Boden kniete. »Es war eine anstrengende Reise und ich bin sehr erschöpft.« Die besorgten und unruhigen Blicke der beiden Frauen ignorierend, erhob er sich mit steifen Gliedern, drückte Rahel einen trockenen Kuss auf die bleiche Wange und steuerte auf die Durchgangstür zu seinem Kontor zu, wo ein breiter Diwan auf ihn wartete. »Weckt mich in zwei Stunden«, bat er, trat durch die Tür und verschwand in dem bescheidenen Gemach, während Rahel und Daja einen bekümmerten Blick tauschten. Nachdem er die Vorhänge zugezogen hatte, ließ er sich auf die weiche, mit dicken Kissen gepolsterte Bettstatt sinken, schloss die Augen und verschränkte die Hände auf der Brust. Das Gefühl, dass etwas anders war an seinem Heim, wurde von den lastenden Sorgen verdrängt. Wie sollte es nun weitergehen?, fragte er sich mit schwerem Herzen. Anstatt ihm Reichtum und Wohlstand zu bescheren, hatte ihn diese Kauffahrt nicht nur an den Rand der physischen Existenz, sondern auch an den finanziellen Abgrund gebracht. Zwar stand die Rückkehr einiger seiner Karawanen noch aus. Doch wenn es diesen ebenso ergangen war wie der seinen, dann bestand nicht viel Hoffnung. Müde und erschöpft schloss er die bleiernen Lider, um wenigstens eine Zeit lang Ruhe zu finden. Solange er nicht voll bei Kräften war, nutzte es nichts, sich den Kopf zu zermartern. Wenn er die Schrecken der vergangenen Monate erst einmal hinter sich gelassen hatte, dann würde er klarer sehen für die Zukunft, die meist weniger Ungewissheit barg, als man annahm, wenn man in einer Notlage gefangen war. Während ihm diese und andere Gedanken durch den Kopf gingen, driftete er langsam ins Reich der Träume.

White Tower, November 1189

Der Schmerz war kaum mehr auszuhalten. Mit einem brutalen Griff hatte John of Littlebourne Harold beide Arme auf den Rücken gedreht und ihn in das Gemach des Earls of Essex gestoßen, wo er den Druck so weit erhöhte, dass der Knabe vermeinte, jeden Augenblick würden ihm die Schultern ausgerissen. Heiß und kalt zugleich fuhren ihm kaum erträgliche Stiche durch Arme und Rücken, und wenn der erbarmungslose Ritter den schraubstockartigen Griff nicht bald lockerte, würde Harold sich übergeben müssen. »Was hast du da drin gehört?«, fragte Littlebourne so dicht an Harolds Ohr, dass dieser die Wärme seines Atems spüren konnte. »Los, Bürschchen!« Da ihm der Druck auf seine Lungen die Luft raubte, brachte der zusammengekrümmte Knabe außer einem leisen Stöhnen keinen Laut über die Lippen – was den vierschrötigen Ritter zur Weißglut trieb. Grob schleuderte er den Jungen zu Boden, löste den Gürtel, der seine Cotte zusammenhielt, und drosch ungezügelt auf den Knappen seines Herrn ein. Als dieser die zitternden Arme hob, um seinen Kopf vor den harten Schlägen zu schützen, trat er ihm ins Gesicht und langte nach dem am Kamin lehnenden Schürhaken. »Ich werde die Wahrheit schon aus dir herausprügeln«, brüllte er und holte aus.

»Lasst ihn.« Mit einem unwilligen Stirnrunzeln trat der rothaarige Henry of Cirencester vor, ergriff den erhobenen Arm und zwang ihn mit scheinbarer Mühelosigkeit an die Seite des Erzürnten zurück. »Ihr wisst doch gar nicht, ob er wirklich gelauscht hat«, wandte er ein, während der letzte der Vermummten hastig durch die Tür verschwand. »Und selbst wenn.« Schmunzelnd hob er die breiten Schultern, von denen ein wadenlanger Umhang in eleganten Falten zu Boden fiel. »Wer glaubt schon so einem Rotzbengel?« Die Wut, die Littlebournes Züge zu einer hässlichen Fratze entstellt hatte, wich langsam der Verachtung. »Eure Naivität wird Euch früher oder später schwer aufstoßen!«, prophezeite er, ließ jedoch den Schürhaken in den Korb mit dem Feuerholz poltern und wandte sich nach einem letzten Tritt in die Nieren von dem würgenden Jungen ab. »Du hast Glück«, knurrte er, bevor er dem Earl of Essex, dessen kalte Augen ausdruckslos auf seinem Knappen ruhten, folgte und vor Cirencester auf den Gang hinaustrat. »Aber das kann sich schnell wenden!«

Als die schwere Tür hinter den Männern ins Schloss gefallen war, verharrte Harold noch einige Augenblicke regungslos, bevor er sich mit einem Stöhnen aufrichtete, vorsichtig die schmerzenden Arme bewegte und sein Gesicht betastete, das sich anfühlte, als sei es unter die Hufe eines Schlachtrosses gekommen. Als er seine Nase berührte, zuckte er zusammen und stieß einen unterdrückten Schrei aus. Sie musste gebrochen sein, fuhr es ihm durch den Kopf, und nur mühsam rappelte er sich von dem kalten Steinboden auf. Wenn er nicht gleich etwas dagegen unternahm, würde es zu spät sein. Leise fluchend humpelte er auf den Bronzespiegel seines Herrn zu, der vor einem der schmalen Fensterschlitze stand, und hielt erschrocken die Luft an, als ihm sein Spiegelbild entgegenblickte. Unter beiden Augen breitete sich bereits ein prächtiger Bluterguss aus, der schon bald die Farbe einer reifen Pflaume annehmen würde. Seine ehemals gerade Nase zierte ein blutiger Knick und auf der rechten Wange prangte eine beinahe zwei Zoll lange Platzwunde. Schwer atmend hob er die Hände ans Gesicht, legte Zeige- und Ringfinger an die Nase und zögerte einige Lidschläge lang. Erst einmal hatte er gesehen, wie einer der Ritter seines Vaters einen solchen Bruch gerichtet hatte, und damals war es ihm lächerlich einfach vorgekommen. Auch schien es schmerzlos gewesen zu sein für den erprobten Lanzenkämpfer, da er keine Miene verzogen hatte, als ein ekelhaftes Knacken verkündet hatte, dass die Knorpel an die richtige Stelle zurückgeglitten waren.

Was ein Ritter seines Vaters konnte, das konnte er schon lange!, ermutigte sich Harold, holte tief Luft und brachte mit einem heftigen Ruck seinen Nasenrücken in die ursprüngliche Position zurück. Als ihm glühender Schmerz ins Gehirn stach, stieß er einen gellenden Schrei aus, fiel auf die Knie und rang keuchend nach Atem. Nach einer scheinbaren Ewigkeit wischte er die Tränen aus den Augen, hob den Blick und begutachtete sein Werk. Abgesehen von den beiden Blutbächen, die nun von seiner Oberlippe über Mund und Kinn in den ohnehin schon befleckten Kragen seines Untergewandes liefen, hatte sich sein Aussehen um einiges verbessert. Mit fahrigen Händen riss er einen dünnen Streifen aus dem Stoff seines Ärmels, faltete ihn einmal und drückte ihn auf die ebenfalls heftig blutende Platzwunde, bevor er von dem Spiegel zurücktrat und schwankend in seine Schlafkammer zurücktaumelte. Müde lehnte er sich mit dem Rücken gegen die kalten Steinquader der Wand, rutschte zu Boden und wartete darauf, dass sich sein rasender Herzschlag beruhigte. Wo war er da nur hineingeraten?, fragte er sich verwirrt. War der Earl ein Verräter? Allein der Gedanke daran erfüllte ihn mit solch entsetzlicher Furcht, dass sich ihm der Magen umdrehen wollte. Er würde Essex und Littlebourne im Auge behalten, beschloss er trotzig, ließ die Augen zufallen und nickte wenig später erschöpft im Sitzen ein.

An Bord eines englischen Kriegsschiffes, November 1189

Mit einem zufriedenen Lächeln auf den Lippen, das selbst die bevorstehenden Qualen der Seekrankheit nicht vertreiben konnten, warf Richard Löwenherz einen letzten Blick zurück auf die majestätischen Kreidefelsen, die schroff in die für die Jahreszeit erstaunlich ruhigen Fluten abfielen. Der Himmel über der Flotte der Engländer erstrahlte in hellem Blau, das lediglich im Westen von einigen winzigen Wölkchen unterbrochen wurde. Das lautstarke Flattern des Rahsegels, in dessen Schatten er an der hölzernen Reling lehnte, übertönte beinahe die gebrüllten Befehle, welche die Ruderer dazu veranlassten, die vor Nässe glänzenden Blätter aus dem Wasser zu ziehen und in den dafür vorgesehenen Halterungen zu verstauen. Mehr als einhundert Schiffe hatte er in der kurzen Zeit, die ihm zur Planung dieses gigantischen Unternehmens zur Verfügung gestanden hatte, zusammenbekommen, von denen jedoch lediglich ein knappes Drittel auf Kosten seiner Staatskasse ging. Den Rest hatten eifrige Bürger, Beamte oder Feudalherren aufgebracht, um sich so seine Gunst oder die Vergebung ihrer Sünden zu erkaufen. Die weißen Wellenkämme des Kanals waren, so weit das Auge reichte, übersät mit bauchigen Vorratsschiffen, schlanken, wendigen

Galeeren und den plumpen Einmastern, welche die Kauffahrer Londons ihm überschrieben hatten.

»Beeindruckend, nicht wahr?« Langsam, um seinen empfindlichen Magen nicht zu reizen, wandte sich Richard um und blickte dem zu ihm getretenen Earl of Derby in die strahlend grünen Augen. Mit der Linken hielt der untersetzte Mann seinen leichten Umhang fest, der in der kühlen Atlantikbrise flatterte, während er mit der anderen Hand auf die Schiffe wies, die langsam auf die offene See zusteuerten. »Ja«, erwiderte Löwenherz ebenso formlos. »Aber ich bin froh, wenn wir wieder festen Boden unter den Füßen haben.« William de Ferrers lachte leise. »Wenn es Euch beruhigt«, stellte er schmunzelnd fest. »Euer Vater hatte dieselbe Einstellung.« Richard zog verächtlich die Mundwinkel nach unten und beobachtete, wie sich die Flotte hinter ihm teilte. Der größte Teil, der seinen Schatz an Bord hatte, würde direkt nach Poitiers segeln, während Richard mit lediglich einer Handvoll Galeeren in Calais Anker werfen und über Land nach Aquitanien ziehen würde. Jedes der unelegant wirkenden Transportschiffe hatte Waffen, vierzig Ritter, Pferde und Fußsoldaten sowie Lebensmittel für ein Jahr an Bord, sodass seine Streitmacht etwa achttausend Mann umfasste – was genügen sollte, um die Sarazenen das Fürchten zu lehren. Zwar würde die Gesamtzahl der Kreuzfahrer geringer sein als bei dem unter verheerenden Verlusten gescheiterten zweiten Kreuzzug. Doch würde bei diesem als Militärexpedition geplanten Unterfangen die Anzahl der Bewaffneten weitaus größer sein als im Jahr 1147. Religiöse Eiferer waren ebenso unerwünscht wie Kaufleute, die sich von einem Sieg über die Heiden Reichtümer und einträgliche Handelsbeziehungen versprachen.

»Ich hoffe nur, dieser doppelzüngige *Dieudonné* macht nicht in letzter Sekunde noch einen Rückzieher«, brummte Richard – ironisch den Spitznamen des französischen Königs Philipp benutzend, der ihn auf dem Kreuzzug begleiten wollte.

Zu oft hatte der acht Jahre Jüngere in der Vergangenheit sein Wort gebrochen und gegnerische Parteien, wie Richard und seinen Vater, gegeneinander ausgespielt, um für sich den größtmöglichen Vorteil aus den Streitigkeiten anderer zu ziehen. »Das wäre die beste Gelegenheit für ihn, sich den Norden Frankreichs völlig unter den Nagel zu reißen.« Der Earl an seiner Seite nickte versonnen. Wenn der Sohn des Aquitanischen Herrschergeschlechts im fernen Palästina weilte, könnte Philipp von Frankreich der Versuchung erliegen, seinem Herrschaftsbereich weitläufige Gebiete in der Normandie und Südfrankreich einzuverleiben. »Er wird sicherlich nicht glücklich darüber sein, dass Ihr eine Ehe mit Berengaria von Navarra ins Auge fasst«, warf er wie beiläufig ein – war das Gerücht doch inzwischen allgemein bekannt. Dennoch wirbelte Richard mit einer steilen Falte zwischen den Brauen herum, presste sich jedoch augenblicklich die Hand vor den Mund und erbrach sich vor die Füße seines Vasallen. »Da seht Ihr, was Ihr von solchen Behauptungen habt«, keuchte er, nachdem er sich mit einem hastig gereichten Tuch den Mund gewischt hatte und einige Schritte zur Seite getreten war, um dem mit Bürste und Eimer herbeieilenden Schiffsjungen Platz zu machen. »Er wird immer noch erwarten, dass Ihr seine Schwester Alys ehelicht«, beharrte Derby ungerührt und bot dem König den Arm, um ihn zu stützen. »Ach!«, winkte dieser mit grauem Gesicht ab. »Ich werde ganz sicher nicht eine Frau heiraten, die schon mein Vater zu seiner Hure gemacht hat!«

Auf wackeligen Beinen ließ er sich zu der eigens für ihn zusammengezimmerten Kabine geleiten, öffnete die niedrige Tür, zog den Kopf ein und trat in das nach neuem Holz duftende Innere. »Ich werde beten, dass diese Überfahrt so schnell wie möglich vorübergeht«, scherzte er säuerlich, nickte seinem Vertrauten zu und zog sich zurück. Mit einem belustigten Funkeln in den Augen schüttelte der Earl of Derby den

Kopf und trat erneut an die Reling, um den auffrischenden Wind zu genießen. Als er den Kopf wandte, fiel sein Blick auf Robert de Mandeville, der mit seinem Knappen ebenfalls an Bord war, und er runzelte missfällig die Stirn. Der Junge sah aus, als habe er eine ordentliche Tracht Prügel verabreicht bekommen. Und wie er Essex kannte, musste er dafür nicht einmal etwas ausgefressen haben. Er war froh, dass seine Tochter auf einem der Frachtschiffe war, die nach Poitiers segelten, da sie so vor Nachstellungen sicher war. Als de Mandeville seinen Blick auffing, zog er die Brauen zusammen. Da William de Ferrers kein Bedürfnis verspürte, unnötig den Unwillen des anderen auf sich zu ziehen, wandte er den Kopf und fixierte die bereits verschwommen in der Ferne auftauchende Küstenlinie der Normandie.

Teil 2

Mai 1190 – März 1191

Nonancourt, Mai 1190

Eine sanfte, wenn auch kühle Brise trug den würzigen Duft des Kiefernwaldes in die riesige, von Krähen umkreiste Stadt aus Zelten. Seit März lagerte das englische Kreuzfahrerheer bereits in dem lang gestreckten Tal im Osten der Normandie, und allmählich konnte man die Ungeduld und Spannung spüren. Das helle Grün der Bäume und Wiesen verwandelte sich unter der sengenden Maisonne bereits zu der dunkleren Schattierung des Sommers, und an den Kirschbäumen reiften die ersten saftigen Früchte. Bald würde sich die Streitmacht der Engländer bereit machen zum Weitermarsch nach Süden, und die Unruhe der Aufbruchsstimmung lag bereits über den zahllosen Zeltdächern. Bei einem Treffen vor zwei Monaten hatte König Richard den durch seine Heiratspläne erzürnten Philipp von Frankreich besänftigt, indem er diesem kurzerhand einige wichtige Einzelheiten vorenthalten hatte. Woraufhin sich die beiden Widersacher gegenseitig einen Eid geleistet hatten. Dieser beinhaltete, dass jeder die Besitztümer des anderen während ihrer Abwesenheit unangetastet zu lassen hatte. Zudem hatten die beiden Herrscher vereinbart, sich Anfang Juli vor Vézelay zu treffen, was dem jungen Anführer der Franzosen genug Zeit gab, um letzte Vorbereitungen zu treffen.

Das dumpfe Donnern von Hufen riss Harold aus dem halbschlafähnlichen Zustand, in den er verfallen war, seit er einen anderen Knappen an der riesigen Feuerstelle abgelöst hatte. Seit Stunden briet das saftige, fetttriefende Wildschwein bereits über den Kohlen, und seine Schwarte begann langsam, sich von einem von Blasen aufgeworfenen Rot in ein knuspriges Dunkelbraun zu verwandeln. Immer wieder musste Harold streunende Köter aus den benachbarten Dörfern verscheuchen, die ihn mit Schwanzwedeln und heiserem Kläffen dazu überreden wollten, ihnen ein Stückchen des Festmahles abzutreten. Der Duft, der von dem Braten ausging, vermischte sich mit dem beißenden Qualm des Feuers und dem Geruch des Harzes, und Harold spürte, wie sich sein Magen hungrig zusammenzog. Zwar hatte er an diesem Morgen eine nicht zu verachtende Portion Porridge verschlungen, doch sorgten die harte Arbeit und die frische Luft dafür, dass er – kaum war der letzte Bissen in seinem Mund verschwunden – bereits an die nächste Mahlzeit dachte. Dank eines nahen Baches war für ausreichend Trinkwasser gesorgt. Und nachdem der König das Verrichten der Notdurft in diesem Wasserlauf ausdrücklich untersagt hatte, war die Qualität des damit zubereiteten Essens deutlich gestiegen.

Gelangweilt drehte Harold den Spieß eine Umdrehung weiter und starrte in die Glut. Noch immer hatten sich die Zuversicht und Aufregung, die er eigentlich angesichts des bevorstehenden Abenteuers empfinden sollte, nicht gegen die Leere in seinem Herzen durchgesetzt, die manchmal drohte, ihm die Luft abzuschnüren. Trotz der Hoffnungen, welche er insgeheim gehegt hatte, war es ihm während des Aufenthalts am Hof der Königinmutter in Poitiers – wo die Kreuzfahrer überwintert hatten – nur ein einziges Mal gelungen, der Dame seines Herzens seine Bewunderung auszusprechen. Gemeinsam mit den jüngeren weiblichen Mitgliedern des Hofstaates hatte sie an einem milden Nachmittag in dem labyrinthähnlichen Garten ein heiteres Versteckspiel gespielt, als sie Harold buchstäblich über die Füße gestolpert war. »Ihr scheint mich zu verfolgen«, hatte sie ihn geneckt und ihm einen bezaubernden Augenaufschlag geschenkt, woraufhin er errötet war und beschämt den Blick zu Boden gesenkt hatte. Aber als er ihr leises Lachen vernahm, hatte er all seinen Mut zusammengenommen und mit zitternder Stimme erwidert: »Eure Schönheit zieht mich an wie ein Zauber.« Daraufhin hatte ihrerseits flammende Röte die schneeweißen Wangen überzogen. Doch bevor Harold etwas hinzufügen konnte, war eine der anderen Damen durch den aus sorgsam gestutzten Hecken bestehenden Torbogen geeilt und hatte sie unter fröhlichem Kichern mit sich fortgezogen.

Den Rest der Zeit hatte er damit zugebracht, sie aus der Ferne anzubeten, da Aliénor von Aquitanien streng darauf achtete, dass die unverheirateten Edelfräulein nicht von Knappen oder Jungrittern belästigt wurden. Meist lauschten die Damen in der *Grande Salle* der Grafenburg den Vorträgen der Troubadoure oder gaben sich in der angrenzenden *Notre-Dame-la-Grande* dem Gebet oder der Meditation hin – beides Tätigkeiten, von denen die Männer ausgeschlossen waren. Wie beinahe jeden Tag versuchte er auch jetzt, sich die feinen Züge des Mädchens in Erinnerung zu rufen, auch wenn es von Stunde zu Stunde schwerer zu werden schien. Die von dichten Wimpern umrahmten Augen von der Farbe des Meeres, die ihm die Knie schwach werden ließen; den köstlichen Schmollmund mit der Oberlippe in Form eines Cupidobogens; und die widerspenstigen dunkelblonden Locken, die sich stets unter den strengen Kopfbedeckungen hervorkräuselten. Er seufzte und fuhr erschrocken zusammen, als ihn eine tiefe Stimme aus den Träumereien aufschreckte.

»Wann ist es denn so weit?«, fragte der riesenhafte Henry of Cirencester mit hungrigem Blick, nachdem er sich aus dem Sattel seines Schlachtrosses hatte gleiten lassen. Der rote Schopf des Ritters war unbedeckt, und die unschuldig wirkenden blauen Augen ruhten gierig auf dem saftigen Braten.

Die breiten Schultern des Hünen bedeckte eine dünne Cotte, auf der das Wappen seines Dienstherrn – des Earls of Gloucester – prangte, und er war lediglich mit Schwert und Langbogen bewaffnet. »Ich bin am Verhungern!«, gestand er grinsend und stieß dem Knaben freundschaftlich in die Seite. Seit dem von Harold belauschten Gespräch im Tower schien er zum Schatten des grimmigen John of Littlebourne geworden zu sein, der in der Zwischenzeit ebenfalls das Lager erreicht hatte und in gemäßigtem Trab auf das Zelt seines Herrn zuritt. »Wenn wir hier nicht bald wegkommen, wird es in diesem Wald die nächsten hundert Jahre kein Wild mehr geben«, witzelte Henry und ließ den prächtigen Zwölfender, den er vom Rücken seines Hengstes gehievt hatte, schwer auf den ausgetrockneten Boden fallen. »Es dauert nicht mehr lange«, gab Harold mit einem Seitenblick auf den Earl of Essex, der soeben aus seiner Unterkunft getreten war, schüchtern zurück und gab vor, mit dem Wildschwein beschäftigt zu sein.

Jerusalem, Jüdisches Viertel, Mai 1190

»Ich muss Euch sprechen, Herr.« In Dajas dunklen Augen lag eine Mischung aus Sorge und Dringlichkeit, als sie dem Juden in der Eingangshalle seines Hauses in den Weg trat und zu ihm aufblickte. Um ihren Mund lag ein entschlossener Zug, und die knochigen Hände waren steif vor ihrer Brust gefaltet. Die schmalen Schultern waren leicht nach vorne gezogen, als müsse sie sich vor etwas ducken, und ihre Stimme bebte. Beinahe ein halbes Jahr lang hatte sie mit sich gerungen, ob sie den Fund auf dem Dachboden erwähnen und das Gespräch auf den von ihr gehegten Verdacht lenken sollte. Aber nachdem der christliche Ritter ein Dauergast in ihrem Hause zu werden schien, sah sie es als ihre Pflicht an, den Kaufherrn darauf anzusprechen. Zu groß war die Gefahr, in der er schwebte, sollte Curd von Stauffen Verdacht schöpfen und sein Vergehen den Hütern des Glaubens melden. Mit gesenkten Lidern wich sie dem Blick seiner grauen Augen aus und folgte seinem breiten Rücken, nachdem er ihr ein ungeduldiges Zeichen gegeben hatte.

»Ich weiß, es geht mich eigentlich nichts an«, begann sie, nachdem sie dem inzwischen wieder wohlgenährt und kräftig wirkenden Nathan in das Kontor gefolgt war. »Aber denkt Ihr nicht, dass es an der Zeit wäre, Rahel mit einem Juden zu vermählen?« Erst vor zwei Wochen hatte das Mädchen seinen siebzehnten Geburtstag gefeiert, und die Tradition verlangte, dass bis zu diesem Zeitpunkt ein Bräutigam gefunden sein musste. Abwägend zog Nathan die Brauen in die Höhe, betrachtete sie interessiert und nickte schließlich zustimmend. »Du hast Recht, Daja«, versetzte er trocken. »Es geht dich nichts an.« Eine steile Falte trat zwischen seine grauen Augen, als ihm das volle Ausmaß der Unverschämtheit klar wurde, und seine Kiefermuskeln traten mahlend hervor. Gerade wollte er sich abwenden und die kleine, mit Tuchproben und Pergamenten überfüllte Kammer wieder verlassen, als sie ihm den Weg verstellte und mit zusammengekniffenem Mund zu ihm aufblickte. Ihr dürrer Zeigefinger bohrte sich in die kostbar gewandete Brust ihres Herrn, während sie sich hart auf die zitternde Unterlippe biss. »Ich weiß, was Ihr getan habt«, sagte sie leise, zog den edelsteinbesetzten Dolch, den sie in den Mantel gewickelt gefunden hatte, aus den Falten ihres weiten Obergewandes und hielt ihn anklagend in die Höhe. Als Nathan die Waffe erkannte, erbleichte er, wich vor ihr zurück wie vor einer sündigen Versuchung und ließ sich auf einen Schemel fallen. Der Blick seiner geweiteten Augen wanderte von Dajas Gesicht zu dem Messer in ihrer Rechten, bis er schließlich die Lider niederschlug und schwer den Kopf in die Handflächen stützte. »Sie ist die Tochter eines Christen, nicht wahr?«, flüsterte die Frau nach einigen Augenblicken der Stille schließlich. Sorgsam, als könne das Prunkstück zerbrechen, legte sie ihren Fund auf die polierte Oberfläche des Schreibtisches und setzte hinzu: »Das ist auch der Grund, warum Ihr den Templer nicht davon abhaltet, Ihr den Hof zu machen.«

Poitiers, Mai 1190

Mit einem ausgelassenen Lachen beobachtete Catherine, wie ihre kleine, gelbe Kugel schon mit dem zweiten Schlag des zierlichen Holzhammers das am Ende des Spielfeldes errichtete Tor erreichte und, ohne es auch nur zu streifen, hindurch kullerte. Triumphierend hob sie ihren Schläger in die Höhe und wirbelte drei Mal im Kreis, sodass die Röcke ihres leichten Bliauds ihrer Bewegung wie ein Kreisel folgten. Die beiden andern jungen Hofdamen, mit denen sie sich in den kleinen Garten der Grafenburg zurückgezogen hatte, um den wunderbaren Frühlingstag für das *Jeu du Mail* – das Hammerspiel – zu nutzen, verzogen säuerlich das Gesicht. »Das ist jetzt schon das vierte Mal, dass du gewinnst«, beklagte sich die füllige Henrietta, deren vollwangiges Gesicht von der Anstrengung des Spiels gerötet war. Ihre dicken, blonden Zöpfe hatten sich aus der kunstvollen Hochsteckfrisur gelöst und baumelten bis auf ihre ausladenden Hüften hinab. »Ja«, stimmte die dunkelhaarige Cecile zu und warf lustlos den Schläger in das gelbliche Gras. »So macht es überhaupt keinen Spaß!« Die Augen der fünfzehnjährigen Schönheit glühten vor Enttäuschung und Zorn, da sie es nicht gewohnt war, Niederlagen hinzunehmen. Als jüngste Tochter eines reichen aquitanischen Adeligen diente der Aufenthalt am Hof in Poitiers lediglich dazu, einen geeigneten Ehemann für sie auszuwählen, und sie tat sich schwer, Anschluss zu finden.

»Lasst es uns noch einmal versuchen«, lenkte Catherine ein und trat auf die beiden Freundinnen zu, um ihnen versöhnlich die Arme um die Schultern zu legen. »Es ist doch so schön hier in der Sonne.« Der Duft, der von den in kunstvollen Mustern angepflanzten Büschen und Blumen ausging, war betörend, und die Blütenpracht des kleinen Gärtchens raubte Catherine immer wieder aufs Neue den Atem. Verborgen zwischen den abweisenden Mauern der Gebäude, lud dieses kleine Juwel zum Lustwandeln und Spielen ein. Doch da es die meisten der älteren Damen vorzogen, ihre Zeit im Inneren der Festung zuzubringen, genoss Catherine jede Gelegenheit zur Zerstreuung mit ihren Altersgenossen. Auf keinen Fall wollte sie die beiden dadurch vertreiben, dass sie ihnen den Spaß an dem Jeu du Mail nahm. »Hier«, bot sie der immer noch mürrisch dreinblickenden Cecile an. »Nimm meinen Schläger. Vielleicht geht es damit besser.« Bevor sich das Mädchen jedoch dazu durchringen konnte, die freundschaftliche Geste huldvoll anzunehmen, wurden die drei jungen Hofdamen von einem Pagen unterbrochen, der wild mit den Armen rudernd auf sie zugerannt kam. »Die Königinmutter will Euch sprechen«, presste er an Catherine gewandt keuchend hervor, nachdem er zum Stehen gekommen war und sich kurz – und etwas spöttisch – vor dem Kleeblatt verneigt hatte. »Ich soll Euch zu ihr bringen.« Verwirrt und neugierig zugleich warf Catherine ihren beiden Begleiterinnen einen fragenden Blick zu, den diese mit einem Schulterzucken quittierten, und folgte dem strohblonden Burschen, der sich bereits wieder auf den Weg zurück in die Halle des Haupthauses machte.

Als sie die Kühle der Eingangshalle betrat, fröstelte sie, zog den dünnen Schleier um die Schultern und harrte mit klopfendem Herzen darauf, dass die hohen Flügeltüren der Grande Salle sich öffneten. Kaum hatten die beiden rechts und links der Tür postierten Bediensteten das Mädchen hereingewunken, hob die nahe der prächtigen Feuerstelle thronende Aliénor von Aquitanien den Kopf und gab ihr mit einer ungeduldigen Handbewegung zu verstehen, dass sie näher treten solle. Ein viel zu hohes Feuer loderte in dem ausladenden Kamin, vor dem sich im Halbkreis zwei Dutzend Damen drängten. Die Hitze, die unter dem mit Schnitzereien verzierten Dachstuhl flimmerte, war nach der erfrischenden Luft im Garten beinahe unerträglich, und zu ihrem Entsetzen spürte Catherine, wie ihr schwindelig wurde. Hastig sank sie nach einigen Schritten in einen Knicks und wartete darauf, dass sich die bleierne Schwere von ihren Sinnen hob. Aus allen Poren schien Schweiß ausbrechen zu wollen, und sie kämpfte noch mit dem Gefühl der Übelkeit, als wie aus weiter Ferne Worte an ihr Ohr drangen. »Berengaria von Navarra wird dem König ins Heilige Land folgen.« Erstaunt konzentrierte sich Catherine einige Herzschläge darauf, den Schwindel und das Hitzegefühl unter Kontrolle zu bringen, und wartete. »Er will sich so schnell wie möglich trauen lassen«, setzte Aliénor hinzu und räusperte sich vernehmlich. Warum um alles in der Welt teilte sie ausgerechnet ihr diese Neuigkeit mit?, fragte sich Catherine, die nicht wusste, wie sie auf die Mitteilung reagieren sollte. Weshalb war diese Nachricht so wichtig, dass man sie durch einen Pagen hatte suchen lassen?

»Du wirst sie begleiten!« Starr vor Erstaunen hob Catherine den Blick und sah der Königinmutter – allen gebotenen Respekt vergessend – direkt in die Augen. Immer noch in der unbequemen Haltung des tiefen Knickses verweilend, hätte sie die abrupte Bewegung, als ihr Kopf nach oben zuckte, beinahe aus dem Gleichgewicht gebracht. Aber die hastig nach hinten gestreckte Hand verhinderte das Schlimmste. »Denk nur nicht, mein Kind, dass mir nicht aufgefallen ist, wie sehr du für den Knappen dieses abscheulichen Essex schwärmst!« Ein gänzlich unmajestätisches Schmunzeln verzog die edlen Züge, aus denen alle Förmlichkeit gewichen war, und in den dunkelgrauen Augen lag ein schelmisches Leuchten. »Und du weißt doch, was ich von der Liebe halte.« Nun war es an Catherine, sich ein Lächeln zu verkneifen, wusste doch jeder, dass

Aliénor von Aquitanien in ihrer Jugend alles andere als zurückhaltend gewesen war, was die Vergabe ihrer Gunst anging. Ebenso wie ihr Gemahl, hatte sie etliche skandalöse Affären zu verzeichnen, die mehr als eine Ehe zerstört hatten. »Ach«, setzte die Königinmutter in heiterem Ton hinzu. »Wusstest du, dass der Earl um deine Hand angehalten hat?« Erneut legte sich der Schwindel wie ein eisernes Band um Catherines Stirn, und ein Stich der Furcht fuhr ihr in das plötzlich rasende Herz. Dieser verlor allerdings sofort an Schärfe, als Aliénor wie beiläufig hinzufügte: »Ich habe ihn an deinen Vater verwiesen.«

»Gott sei Dank!« Die Worte waren heraus, bevor Catherine sich auf die Zunge beißen konnte, und sie schlug erschrocken die Hand vor den Mund. »Nur zu, meine Liebe, sei ehrlich«, ermunterte Aliénor sie mit einem erheiterten Blick in die Runde ihrer Hofdamen, die dem seltsamen Austausch mit nur schlecht verhohlener Neugier folgten. Kaum eine der Sticknadeln berührte die polierten Rahmen, und seit einigen Minuten schien jedes Gespräch im Raum erstorben zu sein. »Das ist heutzutage solch eine seltene Tugend!« Unterdrücktes Kichern aus einer Ecke ließ sie den strengen Blick auf eine ihrer unehelichen Enkelinnen werfen, die sofort den blonden Schopf senkte und vorgab, mit der Arbeit auf ihrem Schoß beschäftigt zu sein. »Berengaria von Navarra ist eine entzückende Dame«, fuhr die Königinmutter fort. »Du wirst gerne in ihren Diensten stehen.« Das werden wir ja sehen, schoss es Catherine durch den Kopf, und sie errötete leicht ob der Respektlosigkeit dieses Gedankens. »Und da sie Richard auf den Kreuzzug begleiten wird, wirst du deinen Knappen wiedersehen.« Die Röte wanderte von Catherines Wangen zu ihrer Stirn und ihren Ohren, bis hin zu dem tiefen Halsausschnitt ihres ockerfarbenen Bliauds. »Vielleicht erringt er ja Ruhm und Ehre.« Aliénors Stimme wurde eine Nuance tiefer. »Oder er stirbt als Held.«

Laodikeia, an der Grenze des Sultanats Ikonion, Mai 1190

»Unser Herr, Sultan Kilidsch Arslan, lässt Euch ausrichten, dass Ihr sicheres Geleit durch sein Gebiet habt.« Die Abordnung des Seldschukenherrschers hatte vor dem in voller Rüstung thronenden Barbarossa das Knie gebeugt und die Gastgeschenke zu einem nicht zu verachtenden Haufen aufgetürmt. Neben juwelenbesetzten Spangen, Dolchen und Schwertern wetteiferten Seidenballen, teure Gewürze sowie riesige Perlen um die Bewunderung des Beschenkten. Während die Gewandung des Deutschen Kaisers durch ihre Schlichtheit und Angemessenheit dem kriegerischen Anlass gegenüber bestach, blendeten Farbpracht und Prunk der türkischen Kaftane und Turbane das Auge des Beobachters. Unter den langen, schwarzen Bärten der Männer bauschte sich purpurne und lapislazuliblaue Seide, deren Aufschläge und Säume aufwendige Gold- und Seidenstickereien zierten. Hände, Arme und Ohren der Seldschuken waren überladen mit kostbaren Ringen und Reifen, an denen einer der Knienden voller Nervosität drehte. Das faltige Gesicht des alten Kaisers schien aus Stein gemeißelt, doch die tiefblauen Augen ruhten aufmerksam und leicht verächtlich auf der Gesandtschaft. »Wer's glaubt, wird selig«, flüsterte der nahe des Zelteingangs stehende Friedrich von Hausen Arnfried von Hilgartsberg ins Ohr, der neben ihm ungeduldig von einem Fuß auf den anderen trat. »Wenn auf dessen Wort genauso viel Verlass ist wie auf Isaaks ...« Er ließ den Satz unbeendet und reckte den Hals, um das Geschehen besser verfolgen zu können.

Nach Barbarossas Drohung, auf Konstantinopel zu ziehen, hatte der byzantinische Kaiser im vergangenen Februar den Widerstand aufgegeben und einen Vertrag mit dem Deutschen geschlossen, der vom Patriarchen der Stadt unterzeichnet und in der *Hagia Sophia* öffentlich verlesen worden war. Dieser hatte die zukünftige Marschroute des Heeres durch byzantinisches

Gebiet geregelt, die Anzahl der Transportschiffe, die Kaiser Isaak den Deutschen zur Verfügung stellen musste, um den Bosporus zu überqueren, den Wechselkurs für Münzen, die Stellung von Geiseln und die Entschädigung für Inhaftierte. Ohne größere Zwischenfälle setzten die Kreuzfahrer über die schmale Meerenge und erreichten schließlich die Grenze des Byzantinischen Reiches und somit des christlichen Einflussbereiches. Was bedeutete, dass die Zusage Kilidsch Arslans unerlässlich war für die Sicherheit des Zuges. Die nächsten Wochen würden die Kreuzfahrer durch die wasserarme, von nomadisierenden Turkmenen besiedelte anatolische Hochebene führen. Und während sich Barbarossa am anderen Ende des Zeltes dazu herabließ, die Geschenke des Sultans anzunehmen, beschloss Arnfried von Hilgartsberg insgeheim, mehr als nur einen Ersatzschlauch des kostbaren Trinkwassers mit sich zu führen. Zu viele der Kameraden waren dem gnadenlosen Feind bereits erlegen und elendig verdurstet. Er rieb die Knöchel der linken Hand an den Schwielen seiner Rechten. Wenn er es nicht besser wüsste, würde er dem Unken der Fußsoldaten glauben, die immer öfter behaupteten, der Zug stünde unter einem schlechten Stern. Er runzelte die Stirn und schlug verstohlen ein Kreuz vor der Brust. Gott würde dafür sorgen, dass seine Krieger die Heilige Stadt erreichten! Wenn er aufhörte, daran zu glauben, dann konnte er genauso gut kehrtmachen und unverrichteter Dinge nach Hause zurückkehren.

Vor den Stadttoren Akkons, Mai 1190

Der Tag war noch jung, als das Kriegshorn der Christen zum Angriff rief. Da es Salah ad-Din inzwischen gelungen war, die Feinde auf der Landzunge vor der belagerten Stadt mit einem Ring aus Bogenschützen zu umgeben, hatte sich die Streitmacht der Belagerer geteilt. Während der

Großteil der Truppen die mächtigen Verteidigungsanlagen der Stadt unter Beschuss nehmen würde, sollte ein etwa zweitausend Mann zählendes Kontingent unter Guy de Lusignan hinter Wallgräben und Palisaden verschanzt den Angriff der Mauren in ihrem Rücken abwehren. Die Schwüle lag bereits wie ein erstickender Mantel über der windstillen Bucht, und um die Köpfe der schwitzenden Männer summten hungrige Stechmücken, die mit ihrem Gift ein tödliches Fieber übertrugen. Das Klirren der Waffen hing seltsam echolos in der flimmernden Luft, die alle Geräusche schluckte, und der Schall der von den Antreibern gebrüllten Befehle schien an einer Mauer aus Hitze und Dunst zu zerbrechen. Lediglich eine Handvoll Möwen erhob sich schimpfend von den Zinnen, als die Verteidiger dort Stellung bezogen, und kreiste eine Weile über den geschäftigen Soldaten, bevor sie etwa eine halbe Meile von der Küste entfernt wasserte.

»Los!« Hunderte von Peitschen knallten, als die Treiber die vor die neu zusammengezimmerten Belagerungsmaschinen gespannten Pferde und Esel antrieben und diese sich in die Geschirre legten. Dank Konrad von Montferrats erfolgreichem Ausflug nach Tyros war der Mangel an Baumaterial behoben, und auch an Zug- und Reittieren herrschte inzwischen kein Mangel mehr. Quietschend und knarrend begannen die riesigen Holzräder der Wandeltürme und Katapulte, sich über die Planken zu bewegen, die einen Großteil des Weges ebneten. Und einem riesigen Heuschreckenschwarm gleich kroch der von Konrad angeführte Teil des Kreuzfahrerheeres auf die Ehrfurcht gebietende Festungsanlage der belagerten Stadt zu. »Die Schilde hoch!« Dem Befehl folgend schnellten beinahe zeitgleich die von den Fußsoldaten getragenen, übermannsgroßen Pavesen in die Höhe. Diese boten den Bogen- und Armbrustschützen Deckung vor den durch die Luft sausenden Geschossen der Belagerten, während die Kolosse unaufhaltsam weiter auf die Befestigungen zutorkelten. Etwa dreihundert Fuß von der vierfachen Ringmauer entfernt, kamen die auf Rollen gelagerten Trebuchets zum Stehen. Derweil emsig hin und her eilende Männer die Schlaufen an den kürzeren Hebelarmen mit schweren Steinkugeln beluden, schoben sich die hölzernen, mit Fallbrücken versehenen Wandeltürme im Schutz des eigenen dichten Pfeilhagels näher an die feindlichen Linien heran.

Dicke Staubwolken wirbelten auf, als die mächtigen Geschosse erste Wunden in die Mauern schlugen. Doch obgleich die Kugeln über zweihundert Pfund wogen, schienen die Beschädigungen lediglich Kratzern gleichzukommen. Trotz des todbringenden Regens aus Pfeilen und Bolzen hatten die Eingeschlossenen inzwischen auch die äußersten Tore bemannt und erwiderten das Feuer. Ein durchdringendes Fanfarensignal brachte den Vormarsch der Türme zum Stehen. Nur noch etwa dreißig Fuß trennten die todesmutigen, durch Eichenschilde geschützten Besatzungen der Belagerungstürme von den feindlichen Zinnen. Als nach einigen Augenblicken die unverkennbaren, kupfernen Mäuler der für gewöhnlich in Seeschlachten benutzten *Siphone* aus dem vernagelten Inneren auftauchten, ging ein erschrockenes Raunen durch die Reihen der Verteidiger. Bevor sich die Sarazenen fangen konnten, zuckten Pechfackeln an die Rohre, und binnen weniger Sekunden spuckten die ersten Türme bereits das schreckliche, als Griechisches Feuer bekannte Gemisch auf sie aus, das in einer Reichweite von über einhundert Fuß sowohl Menschen als auch Häuser und Wehrgänge in unlöschbare Flammen aufgehen ließ. Brüllend und halb von Sinnen vor Schmerz sprangen die Getroffenen von den Gängen, um sich auf dem staubbedeckten Boden zu rollen. Aber für die meisten von ihnen kam jede Hilfe zu spät. Während die erbarmungslosen Flammen ihnen die Haut von den Knochen fraßen, rannten die Unglücklichen kopflos hin und her, bis der Schock oder die Schwere der Verletzungen ihnen die Besinnung raubten und sie regungslos zu Boden sinken ließen. Der Gestank verbrannten Fleisches vermischte sich mit dem beißenden Qualm des aus Salpeter, Schwefel und Petroleum gespeisten Feuers und stieg in dichten Schwaden gen Himmel, die selbst die Sonne verdunkelten.

Als die Flammen immer weiter um sich griffen und drohten, die gesamte Stadt in Schutt und Asche zu legen, wandten sich die verbliebenen Verteidiger – die Angreifer vor den Toren vergessend – von den Zinnen ab und taten das Einzige, das ihre Stadt vor dem Verbrennen bewahren konnte. Alle Scham vergessend, entblößten sich Männer wie Frauen vor den Augen der Feinde und versuchten, mit ihrem Urin die alles auffressende, züngelnde Lohe zu löschen, während der Beschuss von außen unvermindert weiterging. »*Allahu akbar!*«, tönte es zornig, als mehr und mehr Menschen in der Stadt sich dem Löschkommando anschlossen und somit den Soldaten die Möglichkeit gaben, sich wieder auf ihre Posten zu begeben und einen Gegenschlag zu führen. Sich in Sicherheit wiegend, hatten die Christen die Türme und Trebuchets noch näher an die Wallgräben herangeschoben – was sich jedoch mit rasender Geschwindigkeit als fataler Fehler erwies. Denn wie zornige Hornissen begannen nun ebenfalls Brandgeschosse aus der Stadt auf die Angreifer niederzuprasseln. Das hackende Stakkato des Aufpralls übertönte schon bald das Pfeifen der durch die Luft zischenden Steinkugeln, und so weit das Auge reichte, verwandelte sich das trockene Gras in ein brennendes Inferno. Innerhalb weniger Minuten stand auch ein Großteil der Katapulte und Wandeltürme in Flammen, deren Besatzungen schleunigst das Weite suchten. Zwar waren die Brände nicht so schwer zu löschen, wie die Feuersbrunst innerhalb der Stadt. Doch bis sich die ersten Eimerketten zur Bucht gebildet hatten, war von den meisten der brandneuen Belagerungsmaschinen kaum mehr übrig als ein trauriges, verkohltes Skelett.

»Wir brauchen Verstärkung!«, erscholl in diesem Augenblick ein Ruf von einem aus Osten heranpreschenden Boten. Das Gesicht des kaum volljährigen Knaben war gerötet vor Anstrengung, und seine rechte Schulter zierte eine tiefe Schwertwunde. Sein ebenfalls nicht mehr ganz taufrisches Pferd kam wiehernd zum Stehen, als der Bursche an den Zügeln riss, um kurz vor Konrad von Montferrat aus dem Sattel zu springen. »Salah ad-Din hat den ersten Wall durchbrochen!« Sein Zeigefinger zitterte leicht, als er nach Osten wies, wo eine heftige Schlacht zwischen Kreuzfahrern und Sarazenen tobte. Mit einem unterdrückten Fluch gab Konrad einem seiner Offiziere Anweisung, die Bedrängten mit zweihundert Tempelrittern zu unterstützen, bevor er selbst zu seinem Zelt eilte, um den beschädigten Brustpanzer auszuwechseln und sich ebenfalls in den Sattel seines Rapphengstes zu schwingen. Was als Triumphtag gedacht war, verwandelte sich mit rasender Geschwindigkeit in ein Fiasko.

Nonancourt, Mai 1190

Du bist gut, Junge.« Anerkennend drosch der hünenhafte Henry of Cirencester Harold, der sich den Helm vom Kopf riss und das verschwitzte Gesicht abtrocknete, auf die Schulter. Seine erschöpfte Stute stand mit zitternden Flanken neben ihm, und er warf mit einem tiefen Atemzug Lanze und Brustpanzer neben ihr auf den Boden, um sich in das weiche, duftende Gras fallen zu lassen. Über zwei Stunden hatte er an diesem ungewöhnlich heißen Frühlingstag auf dem Kampfplatz zugebracht, um die vernachlässigten Waffenübungen mit den anderen Knappen wieder aufzunehmen. Zu sehr hatte der Earl of Essex ihn in letzter Zeit mit anderen Dingen in Anspruch genommen, als dass der Knabe dazu gekommen war, seine Ausbildung fortzuführen. Hätte er nicht seit frühester Kindheit den Umgang mit Schwert, Lanze und Morgenstern geübt, wäre er inzwischen sicherlich weit hinter die Jüngeren zurückgefallen. Müde wischte er sich mit dem Handrücken über das gerötete Gesicht, auf dem die Sommersprossen auf Nase und Wangenknochen deutlich hervortraten. Als der Schweiß von den blonden Brauen in die Augenwinkel rann, schloss er die Augen einen Moment lang und rieb mit dem schmutzigen Ärmel seiner Cotte darüber.

»Ich habe dich vorher noch nie kämpfen sehen«, stellte Henry fest, ließ sich ebenfalls ins Gras sinken und blickte Harold von der Seite an. Das noch bartlose, energische Kinn war leicht vorgeschoben. Der schlanke Körper, dessen schlaksige Gliedmaßen erahnen ließen, wie groß der Knabe einmal werden würde, war gespannt wie eine Bogensehne. Der Junge gefiel ihm. Er war aus dem Holz, aus dem Ritter geschnitzt sein sollten: stark mit der Waffe und sanft im Umgang mit Schwächeren. Nachdem er sich mit einer wütenden Bewegung durch den blonden Schopf gefahren war, schnaubte Harold verächtlich. »Das liegt daran, dass ich kaum dazu komme«, knurrte er, bevor er sich bewusst wurde, mit wem er sprach und erschrocken zu Cirencester aufblickte. »Es ist schon in Ordnung«, beruhigte dieser ihn mit einem Zwinkern. »Ich weiß, dass der Earl of Essex ein schwieriger Dienstherr ist.« Er schmunzelte, knickte ein Gänseblümchen ab und begann, die weißen Blütenblätter auszureißen. »Ich habe schon einiges über ihn gehört.« Ungläubig hob Harold erneut den Blick zu dem rothaarigen Kämpen und runzelte die Stirn. »Ich werde einmal mit ihm reden«, erbot sich Henry, warf den kläglichen Rest der Blume über die Schulter und stemmte sich in die Höhe, um sich zu seiner vollen, imponierenden Größe aufzurichten. »Ein Talent wie das deine sollte nicht brachliegen.« Mit einem kurzen Nicken verabschiedete er sich von dem Knaben, der ihm mit offenem Mund hinterherstarrte. Sollte er den Ritter falsch eingeschätzt haben? Hatte er die Verschwörer lediglich ausspioniert?

Kopfschüttelnd rappelte auch Harold sich auf, um sein dampfendes Pferd abzureiben und zu tränken und sich selbst eine Stärkung in einem der Verpflegungszelte zu holen. Über ihm schimpften aufgeschreckte Spatzen in den Wipfeln der Birken, während in dem kleinen Wäldchen zu seiner Rechten ein Specht hämmernd nach Nahrung suchte. Weit hinten, in eine Senke am Horizont geduckt, lag ein weitläufiges Gehöft, das Harold vorher noch nie aufgefallen war. Trotz der Wärme des Nachmittages schienen die Bewohner zu heizen, da über den Dächern dunkler Rauch aufstieg. Erstaunt kniff Harold die Augen zusammen, und nachdem er den Tanz der Rußsäule einige Atemzüge lang verfolgt hatte, erkannte er erschrocken, dass eines der Gebäude lichterloh in Flammen stand. Was um alles in der Welt mochte dort geschehen sein?, fragte er sich beklommen. Aber bevor er sich weiter den Kopf zermartern konnte, sah er, wie sich eine Schar Berittener von der Gebäudeansammlung löste und scheinbar heiter und ausgelassen die wie winzige Punkte wirkenden Fliehenden zusammentrieb. Mit einem Schaudern griff Harold nach dem Zügel und wandte der grausamen Szene so schnell wie möglich den Rücken. Je länger das Heer der Kreuzfahrer zwischen den sanften Hügeln der Normandie lagerte, desto rastloser wurden die Soldaten. Und so manches Dorf in der näheren Umgebung war inzwischen dem Erdboden gleichgemacht worden.

Als er seine Stute gefüttert und getränkt hatte, zog sich Harold in den Schatten einer Pappel zurück und nahm eine angefangene Schnitzerei aus der Tasche seiner Cotte. Da er die aufgetragenen Arbeiten so weit erledigt hatte, und Essex auf der Jagd war, konnte er ohne schlechtes Gewissen diesem Zeitvertreib nachgehen und dem bereits erstaunlich ausgearbeiteten Greif den letzten Schliff verleihen. Gerade hatte er die Klinge seines Messers an den Adlerkopf des Fabelwesens gelegt, als die Häscher mit ihrer Beute das Lager erreichten. Weinend und flehend stolperte ein halbes Dutzend nur halb bekleideter Bauernmädchen vor den Pferden der Männer her, die sich – sobald sie abgesessen waren – auf ihren Fang stürzten, um auch den Rest der spärlichen Bekleidung zu zerreißen. Bevor Harold den Blick abwenden konnte, hatten sie die jungen Frauen an den Haaren gepackt und sie in Zelte oder hinter Büsche geschleppt, wo sie sich an ihnen vergingen, während am Horizont langsam die Sonne hinter den Bäumen versank. Angeekelt und beklommen zugleich erhob sich der junge Mann und floh vor dem Geschrei ins Innere des Lagers.

Die Anstrengungen des Tages hatten ihren Zoll gefordert, und irgendwann schlief Harold trotz der Aufregung, die im Lager herrschte, auf seinem inzwischen nicht mehr besonders frischen Strohlager im Vorzelt des Earls ein. Wirre Bilder jagten durch seine unruhigen Träume, in denen sich die Gesichter der ins Lager getriebenen Bauernmägde mit den Zügen der Hofdamen und Knappen vermischten, als ihn aufgekratztes Gegröle auffahren ließ. Mit einem Ruck war er hellwach, setzte sich auf und lauschte regungslos in die nicht besonders stille Nacht, die von einer Vielzahl von Feuern erhellt wurde. Überall zechten und soffen die gelangweilten Soldaten – erbost darüber, dass nur derjenige in den Genuss einer der Frauen kam, der den horrenden Preis ihrer Häscher bezahlen konnte. Auch aus dem Innern seiner eigenen Unterkunft drang abgehacktes Gekeuche. Als Harold etwas näher an die heruntergelassene Leinwand kroch und die Ohren spitzte, konnte er ein dumpfes Klatschen und das leise Weinen eines Mädchens hören. Angewidert erhob er sich und trat gähnend in die laue Nacht hinaus.

Gierig umschlossen Essex' Hände die schweren Brüste des schluchzenden Mädchens, das er vor sich auf die Knie gezwungen hatte. Trotz ihrer Jugend verrieten die großen Brustwarzen und der schlaffe Bauch, dass sie bereits ein Kind ausgetragen haben musste, weshalb er das Getue nicht verstehen konnte, und ärgerlich noch härter in sie drang. Er stöhnte, als seine Bewegungen immer schneller wurden und er das Prickeln der Lust und des Schweißes auf seiner Haut spürte, bevor er sich mit einem tierischen Laut in sie ergoss. Ihr Weinen war im Verlauf des Aktes leiser geworden, und als er sich schließlich schwer auf sie stützte, um Atem zu schöpfen, kam nur noch ein schwaches Wimmern über ihre aufgeplatzten Lippen. »Gar nicht schlecht«, stellte er immer noch kurzatmig fest und stieß sie von sich, um Cotte und Surkot über seine Blöße fallen zu lassen, sich zu erheben und mit verschwitztem Gesicht vor das Zelt zu treten. »John!«, brüllte er heiser in die Dunkelheit, nachdem er mit einem Seitenblick gleichgültig festgestellt hatte, dass das Lager seines Knappen leer war. »John!« Nach kurzer Aufregung vor einem der Zelte, in dem sich einige der Männer versammelt hatten, um zu würfeln, löste sich die breite Gestalt Littlebournes aus der Menge und trat durch die von Feuern und Fackeln erhellte Dunkelheit auf Essex zu. »Ich bin fertig«, brummte sein Dienstherr. »Ihr könnt sie haben.« Mit einem lüsternen Grinsen folgte der Ritter seinem Herrn ins Innere der Unterkunft und glotzte die blonde Magd, die sich inzwischen wieder das zerschlissene Kleid über den Kopf gezogen hatte, wortlos an. »Nehmt sie mit!«, befahl Essex, trat auf das Bauernmädchen zu und zog es grob auf die Beine. »Wenn Ihr Euch Freunde machen wollt, könnt Ihr sie ja weiterreichen.« Mit diesen Worten entließ er den stiernackigen Ritter, der die Magd hart am Handgelenk packte und hinter den nächsten Busch stieß.

Voller Abscheu hatte Harold die Szene beobachtet und einen Entschluss gefasst. Während zu seiner Rechten ein Schlag durch die Nacht hallte, kroch er mucksmäuschenstill in dieselbe Richtung, die auch der Ritter des Earls eingeschlagen hatte, und verbarg sich im Schatten einer Pappel. »Hör' auf damit!«, zischte soeben ein erboster John of Littlebourne, der alle Hände damit zu tun haben schien, das wild um sich tretende Mädchen zu bändigen. Erneut schlug er sie hart ins Gesicht, wobei er sich dieses Mal allerdings nicht die Mühe machte, die Faust zu öffnen. Mit einem dumpfen Geräusch, das Harold einen Schauer über den Rücken jagte, fiel der Körper der Magd zu Boden. Aber gerade als der Ritter sich über sie beugen wollte, nutzte Harold den Augenblick der Unachtsamkeit und rammte ihm von hinten mit aller Macht einen hastig aufgelesenen Prügel in den Rücken. Mit einem überraschten Aufschrei verlor der Getroffene das Gleichgewicht und stürzte kopfüber in den nur einige Schritte entfernten Bach.

»Schnell!«, drängte Harold, der sich bewusst war, dass es nur wenige Augenblicke dauern würde, bis Littlebourne wieder auf den Beinen stünde, um ihnen wutentbrannt nachzusetzen. Er griff nach der Hand des verdatterten Mädchens und zog sie die flache Böschung hinauf, um im Schutz der Dunkelheit nach Westen zu eilen. Als sie nach wenigen Minuten der Flucht eine Flussbiegung am Rand des Lagers erreichten, hielt Harold keuchend an und wies nach Norden. »Einige Meilen weiter gibt es ein Dorf«, stieß er atemlos hervor. »Verbirg dich dort.« Als die Gerettete keine Anstalten machte, seiner Aufforderung Folge zu leisten, sondern ihn nur entgeistert anstarrte, versetzte er ihr mit der flachen Hand einen leichten Stoß in den Rücken und flüsterte eindringlich: »Los, beeil dich!« Ohne auf eine Antwort zu warten, warf er ihr einen letzten Blick zu, wandte sich um und rannte so schnell ihn seine Füße trugen zurück zum Zelt seines Herrn, wo er bereits erwartet wurde. »Na, Bürschchen«, empfing ihn Essex mit einem raubtierhaften Grinsen. »Hast du dich auch ein wenig amüsiert?« Bevor Harold antworten konnte, winkte sein Herr jedoch ab und biss herzhaft in ein Stück Braten, das er sich von einem inzwischen abgekühlten Schwein heruntergesäbelt hatte. »Es geht doch nichts über ein wenig Ablenkung am Abend«, höhnte er und schlenderte ins Innere des Zeltes zurück.

Jerusalem, Die Zitadelle, Mai 1190

Wo ist er?« Außer Atem eilte Shahzadi in das Gemach des Großwesirs, dessen sorgenumwölktes Gesicht sie Übles ahnen ließ. Da ihr Bruder sich immer noch vor Akkon aufhielt, oblag es ihr, sich um die wichtigen, die Sicherheit der Stadt betreffenden, Angelegenheiten zu kümmern. »Prinzessin.« Mit einer tiefen Verbeugung begrüßte der frühzeitig ergraute al-Hassan die älteste Schwester seines Herrn, die er mehr fürchtete, als er sich eingestehen wollte. Wie jeder im Hofstaat des kurdischstämmigen Herrschers über Syrien und Ägypten wusste auch er, dass Shahzadi und der Sultan in ihrer Jugend weitaus mehr als das geliebte Schachspiel miteinander geteilt hatten. Der Beweis – Salah ad-Dins Bastard mit seiner Schwester – kämpfte wie all seine anderen Söhne als General in seiner Streitmacht. »Ich habe ihn in den Kerker werfen lassen«, informierte er die schlanke Frau, deren Körper gespannt war wie der einer zum Sprung geduckten Raubkatze. Die Wächter hatten den Mann aufgegriffen, als er sich in das Viertel hatte stehlen wollen, in dem die Zitadelle auf einer schroffen Erhebung thronte. »Fein«, bemerkte die Prinzessin mit nur mühsam unterdrückter Ungeduld. »Dann ruft die Folterer!« Mit einer herrischen Geste entließ sie den Wesir, ergriff eines der Schicksalsstäbchen, mit denen sie sich die Zeit vertrieben hatte, und zerbrach das bunt bemalte Holz in der Mitte, bevor sie es wütend auf den Tisch pfefferte. Dann warf sie einen dunklen Kaftan mit langen Ärmeln über ihr elfenbeinfarbenes Gewand. Nachdem sie sich versichert hatte, dass ihr Haar makellos unter dem taubenblauen Schleier verstaut war, klatschte sie in die Hände und eilte – von zwei Sklaven begleitet – in die Kerkergewölbe hinab.

»Ihr wolltet also die Festungsanlagen ausspionieren?« Obgleich Shahzadis tiefe Stimme sanft war wie die eines Kätzchens, schwang eine unüberhörbare Drohung in ihr mit. Der Mann, den die Wächter des Sultans am Rande der Stadtmauer aufgegriffen hatten, hing im Keller der Zitadelle splitternackt in schweren Ketten, die seine Extremitäten so weit abspreizten, dass der Eindruck entstand, er sei an ein rechtwinkliges Kreuz genagelt. Außer einem leisen Stöhnen erhielt sie keine Antwort auf diese rhetorische Frage. Und da sie das auch nicht erwartet hatte, schritt sie langsam einmal um die aufgehängte Gestalt herum, ehe sie sich an einen der Folterer wandte, der bereits ein glühendes Stück Eisen in der Rechten hielt. »Was habt Ihr sonst noch aus ihm herausbekommen?«, fragte sie mit hochgezogenen Brauen. »Nur seinen Auftraggeber«, erwiderte der selbst von unzähligen Narben entstellte Mann und näherte sich seinem Opfer. »Sonst noch nichts.« Mit einem angewiderten Naserümpfen trat Shahzadi einige Schritte von dem Gefangenen zurück, welcher der glühenden Stange erfolglos auszuweichen versuchte. »Wer spioniert sonst noch für den Patriarchen?«, fragte der Großwesir, der ebenfalls anwesend war, knapp. Aber bevor er eine Antwort darauf erhalten konnte, stieß der Mann einen solch durchdringenden Schrei aus, dass selbst Shahzadi unvermittelt zusammenfuhr. Während der Schrei zu einem gequälten Gebrüll anschwoll, drang das Eisen mehrere Zoll tief in den Anus des Gefolterten ein, um kurz vor der Stelle, an der es tödlichen Schaden angerichtet hätte, wieder herausgezogen zu werden.

»Also?« Die Prinzessin trat erneut näher und betrachtete die Wunde, welche der Stahl gerissen hatte, mit einer Mischung aus Ekel und Faszination. »Ihr habt den Großwesir gehört.« Mit wimmernden Lauten, die an ein gemartertes Tier erinnerten, stieß der vor Schmerzen sabbernde Gefangene hervor: »Niemand! Oh bitte, glaubt mir doch!« Kopfschüttelnd trat sie daraufhin ein weiteres Mal zur Seite, um dem zweiten Überredungsversuch mit mehr Interesse zu folgen. Als das kehlige Gebrüll in heiseres Schluchzen überging, zog sie ein mit Perlen besticktes Tüchlein hervor und tupfte dem Gemarterten, zwischen dessen Beinen sich inzwischen eine Lache aus Blut, Urin und Kot gebildet hatte, den Schweiß von der Tonsur. »Nun ist es Euch doch sicherlich wieder eingefallen«, flötete sie mit einem zuckersüßen Lächeln auf den dunklen Zügen. »Oder?« Mit einer lässigen Handbewegung gab sie dem narbigen Schergen ein Zeichen, woraufhin dieser erneut an den Aufgehängten herantrat – dieses Mal mit einem dornengespickten Gerät, das einem Pferdepenis glich. »Oh mein Gott«, hauchte der Gefangene tonlos und verlor erneut die Kontrolle über seine Blase. »Ich sage doch die Wahrheit«, blubberte er, während ihm der Speichel das Kinn hinabrann. »Außer mir weiß nur noch der Templer von dem Auftrag.« Erschrecken schlich sich in seine Augen, als er das triumphierende Funkeln in Shahzadis Blick als das erkannte, was es war. »Aber er hat sich geweigert«, stöhnte er und wand sich aus der Reichweite des Folterinstrumentes. »Versichere dich, dass das die Wahrheit ist«, befahl Shahzadi und machte auf dem Absatz kehrt, um die Treppe hinauf in den weitläufigen Hof der Zitadelle zu eilen, in dem trotz der fortgeschrittenen Stunde noch geschäftiges Treiben herrschte. Der Tempelritter also, dachte sie grimmig. Wie oft hatte sie Salah ad-Din davor gewarnt, diese Natter an seinem Busen zu dulden. Die übrigen Christen waren im Christlichen Viertel der Stadt sicher verwahrt und bewacht, wohingegen der gefangene Templer sich auf Befehl ihres Bruders unbehelligt in der gesamten Stadt bewegen konnte. Aus welchem Grund auch immer er den jungen Mann begnadigt hatte, sie würde in Zukunft ein Auge auf ihn werfen, das war sicher!

Nahe der anatolischen Hochebene, Mai 1190

»Ich wünschte, ich hätte mich nie zu diesem Wahnsinn überreden lassen«, stöhnte Ansbert, dessen ehemals dunkelbraune Kutte inzwischen grau von Staub und Schmutz war. Vor dem meilenlangen Zug aus Kreuzrittern ragten in der erbarmungslosen Hitze flimmernd die Ehrfurcht gebietenden Steilhänge eines schroffen Gebirges auf, dessen Anblick den jungen Chronisten mit Furcht und bösen Vorahnungen erfüllte. Winzig klein schlängelte sich ein tückischer Pfad durch die steil abfallenden Felsen. Und als sein Wallach den ersten Huf auf den mit grobem Geröll bedeckten Weg setzte, beschlich Ansbert ein ungutes Gefühl. Arnfried von Hilgartsberg und Friedrich von Hausen, die in den vergangenen Wochen zu unzertrennlichen Waffengefährten geworden waren, trabten nur wenige Steinwürfe vor ihm. Doch da Ansbert selbst nicht dem kämpfenden Teil des Heeres angehörte, hatte er es vorgezogen, nicht an vorderster Front zu reiten. Unheil verkündend zogen Geier und Adler ihre Kreise hoch über den abweisenden Gipfeln, und wäre Ansbert abergläubisch gewesen, hätte er die keine hundert Fuß vor ihnen aufragende, einer Teufelsfratze ähnelnde Klippe für ein schlechtes Omen gehalten. Gerade wollte er den Gedanken verscheuchen, als ihn ein gellender Schrei aufschrecken ließ.

»Nehmt Euch in Acht!« Die Warnung kam einen Wimpernschlag zu spät. Und bevor die Männer an der Spitze des Zuges reagieren konnten, stürzten aus schwindelerregender Höhe mit Steinen gefüllte Wagen auf sie herab, die über einhundert der Vorüberziehenden unter sich begruben. Zerfetzte Pferde- und Menschenleiber wurden über den steilen Wegesrand geschleudert, und wer nicht sofort tot war, den tötete der Aufprall auf dem Boden der Schlucht. Innerhalb weniger Sekunden erlangten die überraschten Ritter jedoch die Fassung wieder, legten Bogen und Armbrüste an und rissen die im Hinterhalt liegenden Turkmenen mit gezielten Pfeilschüssen in die Tiefe. »Meine Güte«, knurrte Friedrich von Hausen, dessen flammend rotes Haar in der sengenden Sonne leuchtete. »Wie die Schakale!« Nachdem die gefallenen Kameraden, um den Weg freizumachen, kurzerhand in den gähnenden Schlund der Schlucht gestoßen worden waren, trotteten die Männer unbeirrt, doch auf der Hut, weiter. Schließlich, nach scheinbar endlosen Stunden des Anstieges, erreichten sie ohne weitere Zwischenfälle die anatolische Hochebene.

Kaum knarrten allerdings die letzten Wagen des Trosses über den vor Trockenheit rissigen Boden des Hochlandes, als aus der Ferne bereits erneutes Kampfgeheul erscholl. Nur wenige Augenblicke später galoppierte eine mit Steinschleudern und Bögen bewaffnete Horde Nomaden auf die in den vergangenen Monaten stark geschrumpfte Streitmacht der Deutschen zu, die kurz durcheinandergeriet. Innerhalb weniger Augenblicke legte sich die Verwirrung jedoch, und das Heer der Kreuzfahrer formierte sich, um zum Gegenangriff anzusetzen. Angestachelt von Wut und Verzweiflung fuhren die deutschen Streiter wie ein Gottesgericht zwischen die Nomaden, deren Waffen denen der Kreuzfahrer nicht gewachsen waren. Einzig die geschleuderten Steine richteten einigen Schaden in ihren Reihen an. Mit einem hässlichen Geräusch wurde der Herzog von Schwaben aus dem Sattel geschleudert. Als Arnfried von Hilgartsberg vom Rücken seines Schimmelhengstes sprang, um nach ihm zu sehen, gab Friedrich von Hausen seinem Tier die Sporen, um sich der Verfolgung der inzwischen fliehenden Angreifer anzuschließen. »Was ist mit Euch, Herr?« Auch Ansbert war neben dem am Boden liegenden, heftig blutenden Herzog auf die Knie gegangen, um sich um die Wunde zu kümmern. Doch der Gestürzte rappelte sich rasch wieder auf, wischte sich über das blutverschmierte Gesicht und schob die Hand in den Mund. »Wunderbar«, versetzte er trocken und förderte einen ausgeschlagenen Zahn zutage. »Zum Glück ist es nur ein Backenzahn!« Bevor Ansbert oder Arnfried etwas darauf erwidern konnten, verwandelte sich das Kriegsgeheul der Deutschen in lautes Wutgeschrei. Da sie durch den Sturz des Herzogs jedoch inmitten der Fußsoldaten eingekeilt waren, blieb den Männern keine andere Wahl als ihre Neugier bis zur Rückkehr der Kämpfer in Zaum zu halten.

Was sie allerdings erfuhren, als die Ritter aus dem erfolgreichen Gefecht zurückkehrten, erfüllte sowohl Ansbert als auch Arnfried mit tief empfundener Trauer. Ein vom Oberrhein stammender Ritter führte Friedrich von Hausens Falben am Zügel. Über dem Rücken des Tieres lag sein von einem feindlichen Pfeil getöteter Herr, der wegen der unmenschlichen Hitze beim Aufstieg den Brustpanzer abgenommen hatte. »Nein!«, flüsterte Arnfried von Hilgartsberg und legte dem Toten die Hand auf die noch schweißnasse Stirn, kaum hatte er sich zu ihm durchgekämpft. »Nicht er!« Ohne sich um die Blicke der anderen zu kümmern, schloss er Friedrich die Augen und ballte die Hände zu Fäusten. Warum hier? Am Ende der Welt in einem nichtigen Geplänkel mit Bauern?, fragte er sich verbittert. Warum nicht im Kampf um die Heilige Stadt? Er unterdrückte ein Stöhnen und griff nach dem Zügel, um Friedrichs Leiche eigenhändig zu den anderen Gefallenen zu bringen. Noch am vergangenen Abend hatte er stundenlang mit dem Ritter und Minnesänger über sein geplantes Versepos gefachsimpelt und ihm vom Nibelungenhort, von Drachenblut, Zwist und Liebe erzählt. Woraufhin Friedrich ihm voller Stolz ein erst vor Kurzem erbeutetes Damaszenerschwert gezeigt hatte, das so scharf war, dass es ein in der Strömung eines Flusses schwimmendes Blatt schneiden konnte. »Wenn Ihr ein Vorbild für Euer sagenhaftes Schwert braucht, nehmt meines«, hatte er grinsend bemerkt und mit Arnfried angestoßen. »Das werde ich, alter Freund«, flüsterte Arnfried erstickt und befreite Friedrichs Waffe. Beinahe andächtig ließ er den Blick darübergleiten, während die Erinnerung an den vergangenen Abend ihn zu überwältigen drohte. »Das werde ich.«

Jerusalem, Moslemisches Viertel, Juni 1190

Mit einem wohligen Seufzen räkelte Philippa sich in den seidenen Kissen, die achtlos auf dem ausladenden Diwan verstreut waren. Ihr weißblondes, hüftlanges Haar fiel wie ein Fächer aus gesponnenem Sonnenlicht über den in kraftvollen Farben bestickten Überwurf, den sie mit den Zehen über ihre nackten Waden zog. Ihre Augen waren geschlossen, und erst als ein Geräusch vor dem Fenster sie aufschreckte, öffnete sie die Lider und ließ den eisblauen Blick durch das abgedunkelte Gemach gleiten. In dem von der freskengeschmückten Decke hängenden, goldenen Käfig flatterte der Kolibri des Sultans aufgeschreckt von einer Ecke in die andere. Während Philippa dem Flug des zierlichen blaugrünen Vogels folgte, warf sie die dünne Leinendecke zurück und schwang die Beine aus dem Bett. Neugierig trat sie an das Arabeskenfenster, um zu sehen, was ihren gefiederten Gefährten aus seinem trägen Brüten aufgeschreckt haben mochte. Doch als sie die Nase an das eiserne Gitter presste, konnte sie außer der erdrückenden Blütenpracht des Gartens nichts erkennen. Versonnen folgte sie dem Flug einer Hummel, die von einem einladenden Kelch zum nächsten zog, und versank in der Betrachtung der gezähmten Natur vor ihrem Fenster.

Volle zwei Tage hatte Salah ad-Din, der kurz nach Jerusalem zurückgekehrt war, um dort nach dem Rechten zu sehen, ihr seine Aufmerksamkeit geschenkt. Etwas, das die anderen Konkubinen und Gespielinnen des Sultans mit Unwillen und Eifersucht erfüllte. Nachdem sie wie ausgehungert übereinander hergefallen waren, hatte Philippa die Ruhe genossen, die wie immer über sie kam, wenn sie nach dem vollzogenen

Liebesakt an seiner Brust ruhte und auf seinen dumpfen Herzschlag lauschte, der in ihrem Kopf zu dröhnen schien. Als sie schließlich beide die Füße auf die warmen Fliesen gesetzt hatten, um sich in dem heißeren der drei Dampfbäder des Hamams durchheizen zu lassen, hatte er ihre Hand ergriffen, sie sanft an die Lippen geführt und sie mit einem merkwürdigen Ausdruck in den schiefergrauen Augen gefragt: »Bist du denn gar nicht neugierig, wie die Sache deiner Glaubensbrüder steht?« Woraufhin Philippa mit einem kurzen, klingenden Lachen und einem Augenzwinkern erwidert hatte: »Nein, mein Sultan. Ich bin lieber der Vogel in deinem goldenen Käfig als in dem meines Vaters!«

Erstaunt über die Heftigkeit ihrer Worte hatte er innegehalten und ihren Blick gesucht. »Wie anders als alle Frauen du bist!«, hatte er erstaunt festgestellt. »Jedes andere Mädchen hätte versucht, mich mit einer Lüge abzuspeisen. Aber bei dir kann ich sicher sein, dass das, was du sagst, auch dem entspricht, was du denkst.« Er hatte andächtig ihre Fingerspitzen betrachtet. »Ich habe mich mit Shahzadi gestritten«, hatte er zerknirscht gestanden, als sie sich auf die gerade noch erträglich heißen Marmorbänke des Hitzeraums niedergelassen hatten. »Sie denkt, ich kümmere mich nicht genug um die Finanzierung dieses Krieges.« Ein resignierter Ausdruck war über die wettergegerbten Züge gehuscht, doch Philippa hatte tröstend die Hand auf seinen Arm gelegt. »Sie vermisst dich«, stellte sie sachlich fest. »Und sie langweilt sich.« Salah ad-Dins Kiefermuskeln spielten unter dem dichten Bart, als er diese Bemerkung verarbeitete. »Ja.« Er nickte. »Vermutlich hast du recht. Aber ich kann nicht an zwei Orten gleichzeitig sein.«

Jetzt, da er wieder im Sattel seiner feurigen Araberstute saß, um zurück zu der – wie er es nannte – in einem klassischen Patt gelähmten Belagerung zu reiten, fühlte sich das Mädchen leer und unausgeglichen. Mit einem tiefen Seufzer wich Philippa von dem aufwendig geschmiedeten Gitter zurück, trat zu dem

Kolibri, dem sie sich so verwandt fühlte, und nahm eine der zartrosa Lotusblüten auf, um sie ihm als Futter anzubieten. Als er sich jedoch auf einer der hölzernen Stangen niederließ und sie mit schief gelegtem Kopf beobachtete, legte Philippa die Blume zurück in das Wasserglas und lenkte die Gedanken zurück zu Shahzadi. Auch ihr bereitete das Verhalten der Prinzessin in letzter Zeit Sorgen, und sie würde sich in Zukunft noch mehr darum bemühen, der immer aufbrausender werdenden Schwester ihres Liebhabers aus dem Weg zu gehen. Denn ohne Salah ad-Dins Schutz war sie der Willkür der älteren Frau genauso ausgeliefert wie all die anderen Frauen im Harem.

Jerusalem, Jüdisches Viertel, Juni 1190

Hungrig und voller Leidenschaft erwiderte Rahel den Kuss des Tempelritters, der sie in den Schatten einer Palme gezogen hatte, um den neugierigen Augen der Bediensteten aus dem Weg zu gehen. Während Curd seine Arme um ihre Schultern schlang, reckte sie sich auf die Zehenspitzen, verschränkte die Finger in seinem Nacken und zog ihn näher an sich, um den Kuss zu vertiefen. Ein Wechselbad aus heißen und kalten Schauern ergoss sich über ihren angespannten Körper, als die Rechte des Templers ihren Rücken hinabwanderte und auf der zarten Rundung ihrer Rückseite zum Ruhen kam. Beruhigend und erregend zugleich drang die Wärme seiner Handfläche durch den dünnen Stoff ihres schlichten Obergewandes. Und wäre nicht vom anderen Ende des Hofes das helle Klingen von Kamelgeschirr an ihr Ohr gedrungen, hätte sie ihm erlaubt, den vorsichtigen Erkundungsgang weiterzuführen. Stattdessen nahm sie schwer atmend die Hände aus seinem Nacken, lehnte sich in seinen Armen zurück und blickte mit einer Mischung aus Bedauern und Unwillen über die Störung in seine liebevollen Augen.

»Du solltest besser gehen«, seufzte sie und löste sich schweren Herzens aus seiner Umarmung, nachdem sie ihm einen letzten, flüchtigen Kuss auf die Lippen gedrückt hatte. Bedauernd trat sie gerade noch rechtzeitig von ihm zurück, um den beiden Dienern, die wie zufällig ein schmutzig-graues Lastkamel am Zügel in ihre Richtung führten, keinen Anlass zum Klatsch zu bieten. Seit der Rückkehr ihres Vaters war es beinahe unmöglich geworden, die so hoch geschätzten Augenblicke mit Curd von Stauffen zu genießen, ohne dass einer der von Daja Beauftragten sie mit seiner Moral behütenden Anwesenheit störte. »Kann ich dich morgen sehen?«, flüsterte Curd mit einem verdrießlichen Stirnrunzeln in Richtung der beiden jungen Männer, die an dem Brunnen haltgemacht hatten, um das Tier zu säubern und zu tränken. Die darin aufblitzende Hoffnung verlieh den braunen Augen des jungen Mannes einen beinahe goldenen Ton. Als Rahel mit einem scheuen Seitenblick auf den in diesem Augenblick aus dem zweistöckigen Gebäude tretenden Nathan nickte, löste sich wie jedes Mal, wenn sie ihm ein weiteres Treffen versprach, ein Gewicht von seinem Herzen. »Herr.« Der Jude, dessen Miene besorgt wirkte, hatte die beiden inzwischen erreicht und verneigte sich leicht vor Curd, der den Gruß mit einem Nicken erwiderte, bevor er sich förmlich von den beiden verabschiedete. »Rahel, ich muss dich sprechen.« Der Unterton, der in Nathans Stimme mitschwang, gefiel dem Mädchen überhaupt nicht. Doch sie senkte folgsam den Kopf und eilte ihm mit einem letzten, sehnsüchtigen Blick auf ihren Liebsten, der inzwischen das Tor erreicht hatte, ins Haus hinterher.

»Rahel«, hub Nathan an, nachdem er auf einem weich gepolsterten Schemel Platz genommen und die leicht verrutschte Kopfbedeckung zurechtgerückt hatte. Seine grauen Augen glitten ziellos über Pergamentrollen, Kisten und Säcke, bevor sie schließlich auf seiner Ziehtochter zum Ruhen kamen. »Ich muss dir etwas sagen, das ich dir nicht so lange hätte verheimlichen dürfen.« Er seufzte, und Rahel, die neben ihm stand, legte sanft die Hand auf seine Schulter. »Vielleicht solltest du dich auch setzen, Kind.« Mit einem leicht zitternden Finger wies er auf einen zweiten Schemel, den Rahel heranzog, um ihn nun neugierig zu mustern. »Du kannst dich vermutlich nicht daran erinnern«, begann der Kauffahrer bedächtig und zupfte fahrig an seinem sorgfältig gestutzten Bart, bevor er weitersprach. »Aber als du kaum ein Jahr alt warst, starb dein Vater bei der Belagerung von Aleppo.« Rahel nickte. Diese Geschichte hatte Daja ihr bereits vor mehreren Jahren erzählt. Und sie war bis zum heutigen Tag davon ausgegangen, dass die wenigen Einzelheiten, die man ihr mitgeteilt hatte, die einzigen Tatsachen waren, die über ihre Familie bekannt waren. Sollte sie sich all die Jahre getäuscht haben?

»Was ich dir allerdings verschwiegen habe«, fuhr Nathan nach einer kurzen Pause, in der Rahel ihn mit zusammengezogenen Brauen anblickte, mit einem Seufzer fort, »ist, dass dein Vater keineswegs ein Jude war, wie du immer angenommen hast.« Erstaunt öffnete das Mädchen den Mund, um etwas zu fragen. Aber Nathan hielt sie mit einer Handbewegung und einem leisen, unverständlichen Murmeln davon ab. »Dein Vater war ein fränkischer Ritter, der mir einmal das Leben gerettet hat«, flüsterte er schließlich mit Tränen in den Augen, nachdem er einige Momente mit sich gerungen hatte. »Was?« Fassungslos hing Rahel an den Lippen ihres Ziehvaters. »Dein richtiger Name ist Blanda von Filnek.« Langsam, mit zähen Bewegungen zog Nathan das Bündel, mit dem Daja ihn konfrontiert hatte, hinter einem Ballen Tuch hervor und wickelte es auf. Als sie das ausgebleichte Wappen und die in den Mantel eingeschlagenen Dinge erblickte, sprang Rahel auf und ließ sich davor auf die Knie fallen, um den kostbaren Dolch, das winzige Kleidchen und die bestickte Decke mit den Fingern zu berühren.

»Vater«, stammelte sie und blickte zu Nathan auf, von dessen Wimpern sich eine dicke Träne löste und die bärtige

Wange hinabrann. »Ich durfte dich nicht länger in dem Glauben lassen, eine Jüdin zu sein«, presste er erstickt hervor und senkte den Kopf. »Vater.« Zwar bebte Rahels Stimme, aber nachdem sie die Fingerkuppen über die Insignien hatte gleiten lassen, erhob sie sich und trat neben ihn. »Ich kenne keinen anderen Vater als Euch«, sagte sie ruhig und ergriff eine seiner Hände, die schlaff in seinem Schoß ruhten. »Was immer mein leiblicher Vater sich gedacht hat, er hat Euch vertraut!« Voller Überraschung über ihre Reaktion hob Nathan den gesenkten Kopf und blickte ihr in die von widerstreitenden Empfindungen getrübten Augen. »Dann verachtest du mich nicht für das, was ich getan habe?«, fragte er tonlos. »Verachten?« Rahel lachte leise. »Wofür? Für all die Liebe, die Ihr mir geschenkt habt? Für all die Freude und Zuneigung, die ich in Eurem Haus erfahren habe?« Sie schüttelte den Kopf. »Nein, Vater, ich verachte Euch ganz gewiss nicht.« Nach einer lastenden Pause, in der die Geräusche der Außenwelt an Lautstärke zuzunehmen schienen, erhob sich der Jude schwer wie ein alter Mann und führte ihre kalten Finger an seine Stirn. »Du kannst dir gar nicht vorstellen, wie viel mir das bedeutet.« Eine weitere Träne hatte sich aus seinen Augen gelöst und versiegte in seinem Vollbart. »Aber ich kann dich nicht länger von deinen Landsleuten fernhalten – jetzt wo Jerusalem in der Hand der Sarazenen ist.« Rahels Augen weiteten sich. »Wie meint Ihr das?«, fragte sie mit vage aufkeimender Hoffnung. »Du weißt, wie ich das meine.« Ein leichtes Schmunzeln kehrte auf Nathans Züge zurück. »Er ist ein guter Mann.« Nun war es an Rahel zu lächeln. »Es gibt da allerdings ein Problem.« Die Stirn des Kaufherrn umwölkte sich erneut. »Durch das Feuer und das Lösegeld, das ich für meine Freilassung aufbringen musste, habe ich kein Geld mehr für eine Mitgift.«

Während dieser Aussprache zwischen Vater und Tochter zermarterte sich Curd von Stauffen, der inzwischen die engen Gassen jenseits des Platzes erreicht hatte, das Gehirn, wie er das Verhalten des Juden deuten sollte. Zwar begegnete ihm der Kaufherr mit ausgesuchter Höflichkeit, doch konnte er sich andererseits des Eindrucks nicht erwehren, dass er alles unternehmen würde, um seine Tochter vor der schrecklichen Sünde einer Mischheirat zu bewahren. Mit einem leisen Fluchen machte er einen Bogen um einen der zerlumpten Bettler und schlug den Weg zu seiner schäbigen Unterkunft ein, der er immer noch nicht entflohen war. Zu den Komplikationen mit Nathan war am vergangenen Abend ein Schock getreten, der ihm immer noch tief in den Gliedern saß. Als er – fest entschlossen, den kurz in der Stadt verweilenden Salah ad-Din zu sprechen – das jüdische Viertel verlassen und den Weg zu der hoch über der Stadt thronenden Zitadelle eingeschlagen hatte, war ihm vor Entsetzen der Atem gestockt. Über dem der Stadt zugewandten Eingang hing der nackte, verstümmelte Leib des Klosterbruders, der ihn vor über einem halben Jahr mit seinem unehrenhaften Ansinnen belästigt hatte. Das war also der Preis, den er dafür hatte zahlen müssen! Erkennend, dass es vermutlich nicht der geeignete Augenblick für eine Audienz bei dem Herrn über Leben und Tod war, hatte er nach einem letzten Blick auf die blutigen Überreste des Mönches kehrtgemacht und war durch die von der hereinbrechenden Dämmerung schöngefärbte Stadt gestreift.

An der Grenze von Aquitanien zur Gascogne, Juni 1190

Die Burg an der Grenze zum Herzogtum Gascogne, welche die Damen nach über dreiwöchiger Reise erreicht hatten, lag auf einem steil abfallenden Hügel, von dem aus man das zerklüftete Umland meilenweit überblicken konnte. Am Fuße der mächtigen Festung schmiegte sich ein malerisches Dorf in die Felsen, und selbst das kleinste Fleckchen Grün der terrassenähnlich angelegten Felder und Gärten wirkte makellos gepflegt. Am flachen Ufer des Flusses machte soeben ein halbes Dutzend Fischerbote fest, und nachdem der reiche Fang auf den eigens dafür bereitgestellten Wagen verstaut worden war, schlängelte sich der Zug der Ochsenkarren die engen Serpentinen hinauf, um vor dem Flachbau der Räucherstube zum Halten zu kommen. Keine drei Meilen weiter flussaufwärts erhob eine weitere Festungsanlage ihr zackiges Haupt, während die dicht bewaldeten Hügel am Horizont mit dem dunklen Blau des Himmels verschmolzen. Überall herrschte emsiges Treiben, da dank des regenreichen Frühsommers die Ernte bereits so hoch stand, dass die ersten Bauern ihre Felder schon abgeerntet hatten, um erneut die Saat auszubringen. Nur einmal alle zehn Jahre erlaubten die Vollmonde des Sommers eine solche Ausnahme. Doch die Bewohner des fruchtbaren Landstriches verfügten über genug überliefertes Wissen, um die Zeichen rechtzeitig zu erkennen.

Am vergangenen Abend hatte Aliénors Vasall – der Herr der Festung – den Zug der Damen gastfreundlich empfangen. Und nach einer erholsamen Nacht mit ausreichend Schlaf auf einer weichen Matratze betrachtete Catherine versonnen die träge, nicht weit von ihrem Aussichtspunkt auf den Zinnen entfernt dahinfließende Dordogne. Über einhundertfünfzig Meilen hatten sie seit ihrem Aufbruch von Poitiers bereits zurückgelegt, und etwa dieselbe Entfernung lag nun noch vor ihnen, bevor sie das Königreich Navarra erreichen würden. Aliénor hatte die Damen gewarnt, warme Gewänder und Umhänge einzupacken, da ihr Weg dorthin sie durch die zu dieser Jahreszeit noch empfindlich kühlen Pyrenäen führen würde. Aber an diesem prachtvollen Sommertag wirkte der Gedanke an schneebedeckte Gipfel lächerlich unangemessen. Catherine war froh, dass ihre Route in das benachbarte Königreich nicht durch Feindesland verlief, da sowohl Aquitanien als auch die Gascogne zum Einflussbereich der mächtigen Königinmutter gehörten. Wie mühelos die alte Dame die anstrengende Reise zu verkraften schien! Bei dem zu ihren Ehren veranstalteten Bankett am Abend zuvor hatte sie gelacht und gescherzt wie eine junge Frau und die Komplimente der charmanten Gascogner mit geübter Grazie entgegengenommen.

Catherine seufzte. Obwohl der Weg bisher durch fruchtbares, nur leicht hügeliges Gelände geführt hatte, und sie die Nächte meist auf Burgen oder Landsitzen verbracht hatten, erschien ihr der Zug beschwerlich und langweilig. Lange hatte sie es sich nicht eingestehen wollen. Doch nachdem der Brief aus Winchester sie am Hof von Poitiers erreicht hatte, war ihr klar geworden, wie sehr Sophie ihr fehlte. Auch wenn sie froh war über die Wendung, welche das Schicksal der lebenslustigen Freundin vor nur zwei Monaten genommen hatte, als ihr prügelsüchtiger Gemahl sich bei einem Reitausflug das Genick gebrochen hatte, hätte sie Sophie dennoch lieber an ihrer Seite gewusst als auf dem Anwesen des Herzogs. Da Henrietta und Cecile in Poitiers zurückgeblieben waren, und die übrigen Begleiterinnen der Herzogin von Aquitanien mehr als zehn Jahre älter waren als Catherine, litt das Mädchen immer öfter unter quälender Einsamkeit, die nicht einmal der Gedanke an Harold of Huntingdon vertreiben konnte. Wie gerne hätte sie ihre Gefühle für den jungen Mann mit Sophie geteilt! Und wie viel hätte sie dafür gegeben, der gutmütigen Freundin von ihm vorzuschwärmen, den Blick seiner blauen Augen oder den zerzausten blonden Schopf zu beschreiben!

Wo er wohl inzwischen ist?, fragte sie sich sehnsüchtig. Und ob sie ihn wirklich – wie von Aliénor versprochen – im nächsten Frühjahr wiedersehen würde? Mit schwerem Herzen raffte sie die im heftigen Westwind flatternden Röcke, wandte dem Ausblick den Rücken und stieg die Treppe in den sonnendurchfluteten Innenhof der Festung hinab, um ihren

Pflichten nachzukommen. Eigentlich hätte sie der Königinmutter schon längst die geforderte Auskunft über die verfügbaren Vorräte, die ihr Zug mit auf die Reise nehmen konnte, weitergeben müssen. Aber auf dem Weg von dem flachen Küchengebäude zurück zum Haupthaus hatte sie die mit Wehrtürmen besetzte Mauer beinahe magisch angezogen. Und – einmal oben angekommen – hatte sie die Dringlichkeit ihrer Aufgabe vergessen. Mit schlechtem Gewissen eilte sie über den makellos gefegten Hof, drückte sich an den Wachen vorbei und hastete die Treppen hinauf zum Gemach ihrer Herrin.

Fontainebleau, Juni 1190

Drei Meilen Abstand sollten genügen«, stellte Richard mit einem verkniffenen Blick auf die Festung von Fontainebleau an seinen Knappen Mortimer gewandt fest. »Das kann man wohl kaum als Provokation auffassen!« Seit dem Aufbruch von Nonancourt war das Heer des englischen Königs der Seine gefolgt, und hatte inzwischen ungefähr die Hälfte des Weges nach Vézelay zurückgelegt, von wo aus es sich gemeinsam mit den Franzosen zu dem Zug ins Heilige Land aufmachen würde. Die Laune seines Herrn erkennend, nickte Mortimer schweigend, trat auf ihn zu und nahm ihm mit geschickten Bewegungen den Brustpanzer ab. Seit dem überstürzt vereinbarten erneuten Treffen mit dem französischen König Philipp in Paris war der jähzornige Löwenherz alles andere als ausgeglichen. Und Mortimer kannte seinen Dienstherrn lange genug, um ihn in diesem Gemütszustand nicht zu reizen. Sorgfältig platzierte er die kostbare Rüstung auf einem eigens dafür vorgesehenen Gestell und kniete nieder, um Richard die gepanzerten Stiefel von den Füßen zu ziehen. Dann öffnete er die Riemen des Schienbein- und Oberschenkelschutzes und legte auch diese mit äußerster Vorsicht an ihren Platz. Während er dies tat, bemühte er sich tunlichst, dem Blick seines Herrn auszuweichen, der in die Erinnerung an die unangenehme Begegnung versunken schien.

»Berengaria von Navarra?!«, hatte der kleinwüchsige, dunkelhaarige Philipp, dem einer seiner Kundschafter die Neuigkeit der Verlobung mitgeteilt hatte, gefaucht. Und einen Augenblick lang hatte es ausgesehen, als wolle er Richard an die Kehle gehen. »Was ist mit meiner Schwester Alys?« Noch immer kam Richard bei der Erinnerung an die unerfreuliche Szene die Galle hoch. Nur mit Mühe hatte er sich davon abgehalten, dem kleinen Giftzwerg an den Kopf zu schleudern, dass seine hochverehrte Schwester inzwischen mindestens drei Bastarde geworfen hatte. Doch das wäre den weiteren Verhandlungen sicherlich nicht sehr zuträglich gewesen. »Ich muss erwägen, meine Südflanke zu sichern«, hatte er diplomatisch erwidert. »Und außerdem ist Alys ja nun auch nicht mehr die Jüngste.« Nichts Falscheres hätte er sagen können, und er grinste, als das saure Gesicht Philipps wieder vor ihm auftauchte. Vor lauter Wut hatte der lächerliche Spitzbart, mit dem dieser erfolglos versuchte, das fliehende Kinn zu kaschieren, auf und ab gewippt, und er war vor Zorn rot angelaufen. »Die Sache ist noch nicht entschieden!«, hatte er schließlich durch zusammengebissene Zähne hervorgestoßen und sich überhastet verabschiedet. »Ach Mortimer«, seufzte der König träge und ließ sich in den Klapphocker fallen, den sein Knappe ihm aufgeschlagen hatte. »Ich würde töten für einen Becher Wein.«

Am anderen Ende des Feldlagers hob Harold of Huntingdon den eisenbewehrten Lanzenschaft, legte an und gab seiner Stute die Sporen, um an der hölzernen Teilung des Feldes entlangzugaloppieren. Wenige Schritte vor dem Zusammenprall mit seinem Gegner riss er den Schild hoch und wehrte den

Stoß des anderen ab, ohne die eigene Waffe jedoch auch nur in die Nähe der markierten Fläche auf der Brust zu bringen. »Wenn du sie ein wenig höher hältst, hast du eine größere Trefferwahrscheinlichkeit.« Mit einem zufriedenen Lächeln wendete Henry of Cirencester sein schnaubendes Reittier und ritt auf Harold zu, mit dem er auf der in den Wald gehauenen Schneise den Kampf mit Lanze und Schild geübt hatte. Der Knabe hatte definitiv eine große Zukunft vor sich! »Ich denke, es reicht für heute.« Dankbar ließ Harold sich aus dem Sattel seiner nassen Stute gleiten, führte das Tier in den Schatten der Kiefern und zog sich den schweren Helm mit dem Nasenschutz vom Kopf – was zur Folge hatte, dass der Schopf des schlaksigen jungen Mannes wie ein Heiligenschein abstand und in der tief stehenden Sonne leuchtete. »Ich habe viel von Euch gelernt«, keuchte er und griff nach einer Handvoll Stroh, um sein Schlachtross abzureiben. »Ohne Euch wäre ich sicher noch lange nicht so weit.«

Bevor Henry, der ebenfalls abgesessen war, etwas erwidern konnte, stürmte ein erzürnter John of Littlebourne aus Richtung der Zeltstadt auf die beiden zu und packte den verdatterten Harold am Kragen, um ihm eine schallende Ohrfeige zu versetzen. »Wer hat dir erlaubt, dich davonzuschleichen!«, tobte er und holte erneut aus. »Dein Herr sucht dich überall.« Vollkommen überrumpelt von der Gewalt, die so unvermittelt über ihn hereingebrochen war, versuchte Harold, mit den Armen sein Gesicht vor den Schlägen zu schützen, die in immer dichterer Folge auf ihn niederprasselten. »Lasst ihn!«, mischte sich Cirencester mit schneidender Stimme ein und hielt die erhobene Faust zurück, die einen Hieb auf Harolds bereits blutende Nase führen wollte. »Es ist meine Schuld.« Mit einem verächtlichen Schnauben schüttelte John of Littlebourne die Hand des Ritters ab, ließ jedoch den Kragen seines Opfers fahren, um sich dem Mann zuzuwenden, der nun schon zum zweiten Mal zwischen ihn und den Knaben getreten war.

»Ihr habt wohl einen Narren an dem Burschen gefressen?«, knurrte er, während Harold aus der Gefahrenzone taumelte und sich verstohlen das Blut aus dem Gesicht wischte. »Teilt Ihr auch Euer Lager mit ihm?«

»Nehmt Euch in Acht.« Cirencesters Stimme war kaum mehr als ein Flüstern. Doch die Drohung, die in den Worten lag, ließ Harold das Blut in den Adern erstarren. Um mehr als Haupteslänge überragte der rothaarige Ritter den untersetzten Littlebourne, der unwillkürlich einen Schritt zurückwich, als Henry mit kampfeslustig vorgestrecktem Kinn auf ihn zutrat. »Der Junge hat ein Anrecht auf eine anständige Ausbildung zum Ritter«, stellte er sachlich fest und bohrte den Finger in Littlebournes breite Brust. »Und die scheint er bei Eurem Herrn nicht zu bekommen!« Obschon Littlebourne die Hand des anderen am liebsten weggeschlagen hätte, hielt er den Reflex im Zaum und schluckte. »Ihr könnt Essex ausrichten, dass ich mich in Zukunft um die Waffenübungen seines Knappen kümmern werde«, fuhr Cirencester, der wie beiläufig die Schultern straffte, ruhig fort. »Wenn er ein Problem damit hat, dann soll er sich an mich wenden.« Die mächtigen Kiefer des unterlegenen Ritters mahlten unter der sonnengebräunten Haut, und die grobschlächtigen Hände ballten sich an seiner Seite zu Fäusten. Mit einem Blick, der – so hoffte Harold – an Cirencester adressiert war, nickte John of Littlebourne langsam und trat mit Gewittermiene den Rückzug in Richtung Feldlager an. »Ich bringe ihn zu Euch, sobald wir hier fertig sind«, schickte der rothaarige Kämpe dem Davonziehenden hinterher und legte Harold eine seiner Pranken auf die Schulter. »Ich hoffe, ich habe dich jetzt nicht in Teufels Küche gebracht.« Harold wischte sich das Blut am Ärmel seiner Cotte ab. Das hoffte er auch!

Im Gebirge zwischen Ikonion und der anatolischen Küste, Juni 1190

Ich bitte Euch, Herr, tut das nicht«, drängte Ansbert, der zwar genauso wie die anderen unter der unmenschlichen Hitze litt, in der sich das Heer in mehreren Abteilungen die steilen Abhänge zum Meer hinab kämpfte. Doch das Vorhaben des Kaisers grenzte an Wahnsinn. Nach dem Tod Friedrichs von Hausen war den Kreuzfahrern nicht viel Zeit zum Trauern geblieben, da sie nur wenige Meilen weiter auf eine riesige türkische Armee gestoßen waren. Nach einer für die Türken verheerenden Schlacht, in der die Deutschen trotz des unter ihnen wütenden Hungers einen überlegenen Sieg davongetragen hatten, hatte Barbarossa voller Zorn beschlossen, die Hauptstadt des Reiches, Ikonion, einzunehmen, um Wasser und Lebensmittel zu erbeuten und dem Sultan eine Lektion zu erteilen. Beinahe alle Einwohner der Stadt waren bei dem Sturmangriff niedergemetzelt worden. Und hätte der Sultan nicht eingelenkt und Geiseln und Märkte versprochen, die den Kreuzfahrern eine sichere Weiterreise garantierten, hätte Barbarossa auch die Zitadelle der Stadt, in der sich Kilidsch Arslan mit seiner Familie verschanzt hatte, niederreißen lassen.

Nun befand sich das Heer in dem von armenischen Christen bewohnten Teil des Gebirges, dessen Überschreitung sich jedoch als schwieriger erwies als befürchtet. Seit Tagen brannte die erbarmungslose Sonne von einem wolkenlosen, azurblauen Himmel, der eine Steinwüste überspannte, deren Ausmaße grenzenlos zu sein schienen. Über den Gipfeln der abweisenden Berge hing ein milchiger Dunst, in dem sich die erstaunlichsten Dinge spiegelten. Flimmernde Frauengestalten lösten saftige Braten und plätschernde Bäche ab, je nach Phantasie desjenigen, dem die Täuschung der *Fata Morgana* die sehnlichsten Wünsche vorgaukelte. Mehrere Ritter waren bereits mit einem Hitzschlag wie tot aus dem Sattel gestürzt, und die meisten der Bewaffneten hatten leichtsinnigerweise Rüstungen und Panzer abgelegt, um nicht wie Kesselfleisch unter dem schweren Blech zu sieden. Nach Überwindung eines schroffen Kammes hatte der Zug schließlich ein Gebirgstal erreicht, durch das sich ein zwar seichter, aber reißender Fluss wand, in dem der Kaiser sich – entgegen allen Warnungen seines Chronisten – erfrischen wollte. »Es ist gefährlich, Herr«, versuchte Ansbert erneut, den sturen Barbarossa von dem Bad in den eiskalten Fluten abzuhalten. Aber dieser winkte mit einem verächtlichen Knurren ab und begann, Helm und Stiefel abzulegen, um nur mit seinem Brustpanzer bekleidet in das von großen, weißen Kieseln übersäte Flussbett zu waten.

Kaum sahen die anderen erhitzten Männer, was ihr Anführer tat, streiften Dutzende von ihnen Ober- und Untergewänder ab, um sich nackt in das eisige Wasser zu stürzen. Halbwüchsigen Knaben gleich tollten sie in den tanzenden Stromschnellen herum, drückten sich gegenseitig die verschwitzten Köpfe unter Wasser, um augenblicklich prustend wieder an die Oberfläche zu kommen, bevor sich das Spiel von vorn wiederholte. Einen Augenblick lang wurde Ansbert von der lächerlich wirkenden Sonnenbräune der Kämpfer abgelenkt, die ihnen ein Gewand aus weißer Haut auf den Körper gebrannt hatte. Doch als er den Blick zu Barbarossa zurückwandern ließ, erkannte er mit einem heißen Stich des Entsetzens, dass der betagte Kaiser sich mit schmerzverzerrtem Gesicht an die Brust griff und in dem tosenden Gebirgsbach versank. »Der Kaiser!«, brüllte er und fuchtelte wild mit den Armen, um die anderen Badenden auf die Stelle aufmerksam zu machen, an der der ausgedünnte Rotschopf Barbarossas verschwunden war. Aber bis die ausgelassen durcheinander brüllenden Ritter endlich verstanden, dass es sich um einen Ernstfall handelte, war von dem Versunkenen bereits weit und breit nichts mehr zu sehen.

Fontainebleau, Juni 1190

Harold wagte kaum, seinen Ohren zu trauen. Nicht einmal in seinen kühnsten Träumen hatte er zu hoffen gewagt, dass er Catherine de Ferrers so bald wiedersehen würde. Doch das soeben unfreiwillig belauschte Gespräch zwischen seinem Herrn, John of Littlebourne und Richard de Reviers, dem Earl of Devon, ließ keine Zweifel offen. Diesen Neuigkeiten zufolge würden die Frauen im nächsten Frühling, sobald die Stürme sich legten, auf Sizilien zu den Kreuzfahrern stoßen, um König Richard seine Braut zuzuführen, die diesem dann in Begleitung ihrer Hofdamen ins Heilige Land folgen würde. Zwar verwunderte es ihn, dass den Männern die Namen der Damen bekannt waren, die Berengaria von Navarra die Langeweile verkürzen sollten, doch er verwarf den Gedanken so schnell, wie er aufgetaucht war. Das Einzige, was ihn interessierte, war, dass er seine Angebetete wiedersehen würde! Mit vor Glückseligkeit hüpfendem Herzen schlich Harold zurück zu seinem Platz vor dem Zelt, nahm den vorletzten Teil des Kettenpanzers, den er seit Stunden auf Hochglanz polierte, auf und bearbeitete den gefährlich spitzen Kniestachel, bis dieser in der sengenden Sonne funkelte. Gerade hatte er auch den linken Beinling zur Seite gelegt, um sein Werk zu begutachten, als die schwere Zeltleinwand zurückgeschlagen wurde und der untersetzte John of Littlebourne ins Freie trat.

»Na, Junge«, höhnte er und betrachtete den wegen der Hitze nur mit einer dünnen Cotte bekleideten Harold anzüglich von oben bis unten. »Wo ist denn dein Bettgefährte heute?« Während dem Knaben bei diesen Worten flammende Röte ins Gesicht schoss, erklang hinter Littlebourne schallendes Gelächter und Essex, Devon und eine Handvoll Männer, die Harold nur an ihrem Wappen als Männer des Erzbischofs von Canterbury erkannte, traten geduckt durch den niedrigen Eingang. »Er ist deiner Dienste wohl schon überdrüssig?« Die

Stimme des Ritters hatte einen ätzenden Unterton angenommen. Angeheizt durch das Feixen der Anderen, rückte er Harold näher und griff ihm brutal ans Gesäß. Wie von der Tarantel gestochen sprang der Junge auf und beherrschte sich nur mit Mühe, als er den Blick seines Dienstherrn auffing, der Littlebourne mit einer Geste zu verstehen gab, dass es genug war.

»Kommt, John«, befahl er, nachdem er seine Besucher mit einem Nicken verabschiedet hatte. »Wir sollten unseren Freund de Ferrers aufsuchen.« Ein säuerlicher Ausdruck huschte über die raubvogelartigen Züge, als sich sein schmaler Mund angewidert verzog. »Es hilf alles nichts«, fuhr er fort. »Ich will dieses Mädchen haben. Koste es, was es wolle!« Ohne Harold eines weiteren Blickes zu würdigen, stürmte er – gefolgt von einem immer noch zynisch lächelnden John of Littlebourne – in Richtung Fluss davon, während Harold ihnen verständnislos hinterherstarrte. Was hatte er damit gemeint?, fragte er sich und rieb sich unbewusst die schmerzende Rückseite. Hatte er es auf Catherine abgesehen? Kalter Hass drohte, ihm die Sinne zu vernebeln, als er sich vorstellte, was das zu bedeuten hätte. Ohne weiter nachzudenken, pfefferte er sein Werkzeug achtlos auf den Boden und rannte zum Flussufer hinab, um im Schutz der das Ufer säumenden Birken zur Unterkunft des Earls of Derby zu schleichen. Er musste Gewissheit haben! Als das Wappen des Earls in Sicht kam, ließ sich Harold auf alle Viere sinken und kroch durch das verräterisch raschelnde Uferschilf auf das prächtige, von sieben großen Stangen aufrecht gehaltene Zelt zu, aus dem erzürnte Stimmen ins Freie drangen.

Kaum hatte er eines der Fässer erreicht, mit denen die Kreuzfahrer das wertvolle Regenwasser auffingen, tauchte der Earl of Essex – gefolgt von Littlebourne – mit hochrotem Kopf bereits wieder aus dem Zelt auf und schickte zornig über die Schulter: »Ihr seid ein Narr, Derby!« Hastig, um von seinem Dienstherrn nicht entdeckt zu werden, duckte Harold sich hinter eine Tonne und verfolgte den wütenden Abzug der beiden Männer, während sein Gehirn fieberhaft arbeitete. »Wer hier der Narr ist, kommt noch auf«, murmelte der ebenfalls aus der Unterkunft getretene William de Ferrers, der den breiten Rücken der Davonstürmenden mit denselben grünen Augen folgte, die das Gesicht seiner Tochter beherrschten, bevor er mit einem Kopfschütteln zurück ins Innere trat und den Eingang verschloss. Als sich sein rasender Herzschlag ein wenig beruhigt hatte, wagte Harold schließlich, sein Versteck zu verlassen. Und nachdem er einen weiten Bogen geschlagen hatte, kehrte er aus der entgegengesetzten Richtung zum Zelt seines Herrn zurück, um die unterbrochene Arbeit zu Ende zu bringen. Mit unsicheren Fingern sammelte er den Tiegel mit dem Fett, sowie Lappen und Bürsten auf, verstaute sie in einem groben Leinensack und brachte alles zurück an seinen Platz. Bis auf Weiteres schien die Gefahr abgewendet. Doch wie er den Earl of Essex kannte, würde er die Sache nicht auf sich beruhen lassen.

Vor den Stadttoren Akkons, Ende Juni 1190

Wie ein Lauffeuer hatte sich die Nachricht vom Tod des Deutschen Kaisers verbreitet. Und sowohl die eingeschlossenen Mauren als auch die Soldaten im Lager Salah ad-Dins hatten tage- und nächtelang in wildem Freudentaumel zugebracht. Hunderte von Scheiterhaufen hatten ihre Flammen gen Himmel geschickt und die Nächte zum Tag werden lassen, während Männer und Frauen tanzend und singend die glückliche Fügung des Schicksals gefeiert hatten. Zusammen mit der für die Christen furchtbaren Neuigkeit war auch das Gerücht nach Akkon gelangt, dass das von der starken Führung Barbarossas zusammengehaltene Heer sich weitgehend aufgelöst hatte und sich lediglich mit einem lächerlichen Bruchteil der ursprünglichen Stärke auf dem Weg nach Palästina befand. Versprengten Schafen gleich, irrten die hungernden und demotivierten Soldaten Gerüchten zufolge durch das anatolische Hochland – auf der Suche nach einem gefahrlosen Abstieg zur Küste, wo geschäftstüchtige Kaufleute bereits Schiffe zur Überfahrt nach Griechenland bereitgestellt hatten.

Die Lage war alles andere als hoffnungsvoll. Müde und von einer Durchfallerkrankung, die ihn schon seit Tagen quälte, geschwächt starrte Guy de Lusignan trotzig zu der immer noch kaum beschädigten Ringmauer der Stadt hinüber, die im Licht der trüben Dämmerung beinahe wirkte, als würde sie sich auf das christliche Lager zubewegen. Die Hochstimmung, die nach Konrads erfolgreicher Durchbrechung der türkischen Seeblockade unter den Kreuzfahrern geherrscht hatte, löste sich bald in Wohlgefallen auf, da das von ihm herbeigeschaffte Belagerungsgerät bei dem Fiasko im Mai genauso schnell verloren gegangen war, wie es Erfolg versprochen hatte. Als ob dieser Rückschlag nicht genügt hätte, hatte Salah ad-Dins Heer – durch den Misserfolg der Franken ermutigt – kurz darauf einen acht Tage dauernden Angriff auf ihre Stellungen geführt, der nicht nur das Leben unzähliger Männer, sondern auch die hinterste Verteidigungslinie gekostet hatte. Unvorstellbar war der Anblick der zerhackten Leichen gewesen, die den blutgetränkten Boden übersät hatten. Hätten die Angehörigen der heilenden Orden nicht ohne Unterlass bis zur völligen Erschöpfung die Verwundeten gepflegt, wären die Verluste noch weitaus höher ausgefallen.

»Es ist wie verhext!«, schimpfte Guy und hielt sich mit schmerzverzerrtem Gesicht den rebellierenden Bauch. Immer wieder krampften sich seine Eingeweide zusammen, und immer öfter hatte er das Gefühl, dass in seinem Inneren ein Feuer brannte, das durch nichts zu löschen war. Seit Ewigkeiten hatte er aus Furcht davor, was für Folgen dies für seinen Verdauungstrakt haben könnte, nichts mehr zu sich genommen. Und langsam aber sicher spürte er, wie seine Kräfte schwanden. Da der Sultan sie mit einer Barrikade aus Sandsäcken erfolgreich von dem die Bucht speisenden Fluss Kishon abgeschnitten hatte, war inzwischen beinahe jegliche Hygiene im Lager zusammengebrochen, und viele der Männer litten unter Ruhr, Sumpffieber oder Cholera. Wo man auch ging und stand, stank es nach dem kränklich gelben Kot der abgezehrten Leidenden, nach Erbrochenem, Schweiß und Urin. Angewidert rümpfte Guy die Nase, als er an einem der Lazarettzelte vorbeikam, in dem sich die aus Bremen und Lübeck stammenden Samariter um die von eiternden Beulen und Wunden übersäten Verletzten kümmerten.

Was hatte er getan, um diese Talfahrt des Rades der Fortuna zu verdienen?, haderte er missmutig mit seinem Schicksal. Hatte er nicht alles in seiner Macht Stehende in die Wege geleitet, um die Heiligen Stätten aus den Klauen des Feindes zu befreien? Betete er nicht täglich für den Erfolg dieses Unternehmens? Die Stagnation der Belagerung allein hätte vermutlich nicht ausgereicht, um ihn in ein solch tiefes Gefühlsloch zu reißen. Doch zusammen mit der alles andere als opportunen Neuigkeit vom Tod des Deutschen Kaisers hatte ihn aus Tripolis die Nachricht erreicht, dass sowohl seine Gemahlin, Sybille, als auch seine beiden Töchter an einem lebensbedrohlichen Leiden erkrankt waren. Was würde geschehen, wenn Sybille starb? Schließlich hatte er das Anrecht auf den Königstitel alleine durch die Heirat mit ihr erworben. Da Konrad inzwischen einen Großteil der Barone und Ritter auf seine Seite gezogen hatte, waren die Aussichten für Guy alles andere als rosig. Seufzend machte er sich auf den Rückweg zu seinem Zelt und beschloss, sich eine Weile auszuruhen.

An der Küste zwischen Attalia und Tarsus, Juli 1190

Der Kaiser wollte die ungewöhnliche Hitze lindern und den Gebirgskamm umgehen. Daher wollte er den reißenden Fluss durchschwimmen. Der Weise sagt: »Du sollst nicht gegen den Strom schwimmen.« Der Kaiser, in anderen Dingen so weise, war so unklug, sich mit der Kraft der Strömung des Flusses zu messen. Obwohl jeder versuchte, ihn davon abzuhalten, ging er in das Wasser und tauchte in einem Strudel unter. Er, der so vielen Gefahren entronnen war, kam elend um.«

Mit einem resignierten Rollen der schmerzenden Schultern ließ Ansbert den Federkiel sinken und betrachtete sein Werk. Ob der Herzog von Schwaben dieses Mal zufrieden sein würde mit dem – bis auf diese eine Stelle – heldenhaft gefärbten Bericht, den er verfasst hatte? Er verzog das Gesicht, als ihm ein beißender Geruch in die Nase stieg. Überall stank es nach Essig und die durch die Zeltleinwand hereindrückende Hitze lag schwer wie ein Leichentuch über dem Heerlager, das unheimlich still unter den knorrigen Zypressen vor sich hin briet. Wenn er dieses Zelt nicht bald verlassen konnte, würde ihn der dröhnende Kopfschmerz um den Verstand bringen. Das koboldhafte Gesicht des dreiundzwanzigjährigen Mönches glänzte vor Schweiß. Von der schlecht gepflegten Tonsur rannen immer wieder dicke Tropfen in den blonden Schopf, wo sie versickerten oder sich einen Weg zu den vor geistiger Erschöpfung und Müdigkeit getrübten Blauaugen suchten. Die schlanken Finger, die Feder und Pergament hielten, waren von eiternden Mückenstichen übersät, und diejenigen der viel zu langen Nägel, die noch nicht abgebrochen waren, bedurften dringend einer Schere. Zwischen seinen nackten Beinen ruhte ein Becher, der mit Zitronensaft gesäuertes Wasser enthielt. Ansbert nahm einen kurzen Schluck daraus, bevor er ihn wieder zwischen die Oberschenkel klemmte, um den Inhalt nicht aus Versehen über seinen Bericht zu schütten.

Irgendwann hatte der Chronist aufgehört, die Fassungen zu zählen, die nach einer Überprüfung durch den Sohn des ertrunkenen Kaisers als nicht geschichtstauglich abgetan worden und in Flammen aufgegangen waren. Schon bald nachdem der Leichnam des Fünfundsechzigjährigen einige Meilen flussabwärts an Land gespült worden war, hatte die Legendenbildung eingesetzt. Und aus einem vermeidbaren, leichtsinnigen Unfall war ein von Gott gewollter Abgang geworden. Da der Großteil des Heeres den Tod ihres Anführers als einen Wink des Schicksals aufgefasst hatte, war die zuletzt noch an die fünfzigtausend Mann zählende Streitmacht inzwischen auf ein Zehntel dieser Größe zusammengeschmolzen und schwand täglich. Mit Grauen dachte Ansbert an den beschwerlichen Abstieg aus der anatolischen Hochebene zurück, bei dem weitere Männer den Tod gefunden hatten. Unzählige der von Hunger und Durst geschwächten Reittiere waren unter den Rittern zusammengebrochen, und hatten viele von ihnen in den Tod gerissen, als sie in eine der gähnenden Schluchten stürzten. Wer nicht mehr laufen konnte, den hatten zu Beginn noch Kameraden und Freunde gestützt. Doch je näher das in der Ferne lockende Mittelmeer rückte, desto rücksichtsloser wurden die verzweifelten Deutschen.

»Na, fertig?« Aus den Gedanken gerissen fuhr Ansbert herum, um in die sonnengebräunten Züge Arnfrieds von Hilgartsberg zu blicken, der mit einem angeekelten Gesichtsausdruck auf den in einer Ecke des Zeltes stehenden Holzsarg blickte. Der energische Mund des hochgewachsenen Ritters verzog sich zu einer Grimasse, als er die Nase rümpfte und die Augen auf den hastig zusammengezimmerten Sarkophag heftete, der die Überreste des toten Kaisers enthielt. Die dunkle Kiste bedeckte ein rotes Tuch, auf dem der goldene Doppeladler des Staufergeschlechts die Schwingen spreizte. Ansbert, der sich seit dem vergeblichen Versuch, die sterblichen Überreste Barbarossas mit Essig zu konservieren, schon beinahe an den durchdringend süßlichen Verwesungsgeruch gewöhnt hatte, zuckte die Achseln und erhob sich steif. »Ich hoffe, er lässt es diesmal durchgehen«, versetzte er müde, wies mit dem Kopf Richtung Ausgang und trat aus dem Zelt, um die frische Brise zu genießen, die den salzigen Duft des Meeres zu ihnen hinauftrug.

Nur wenige hundert Schritt von ihrem Standpunkt entfernt wurden Dutzende von Schiffen mit den mageren Habseligkeiten derjenigen beladen, die das Angebot der tüchtigen Händler angenommen und sich für eine Passage nach Rhodos, Messina oder Venedig eingetragen hatten. Bauchige Handelsschiffe schaukelten träge zwischen schlanken Galeeren und kleinen Fischerbooten. Während überall mit emsiger Hast Fässer, Truhen und Säcke an Bord geschleppt wurden, entrollten sich bei den in letzter Reihe ankernden Schiffen bereits die rot-weiß gestreiften Segel, als diese sich auf den Weg zu der steinernen Hafenbefestigung machten. An Bord blitzten Helme und Brustpanzer auf, als die Soldaten sich mit einem letzten Blick über die hölzerne Reling von ihren Kameraden verabschiedeten – die sich in ihren Augen törichterweise einem zum Scheitern verdammten Unterfangen verschrieben hatten, als sie dem Herzog von Schwaben den Eid geleistet hatten. Viele der einflussreichen Barone und Bischöfe befanden sich mit ihrem Gefolge bereits auf Kurs in die Heimat, und nur wer sich das finanzielle Risiko einer Weiterfahrt ins Heilige Land leisten konnte, hatte sich dem Sohn Barbarossas angeschlossen. Wucherer hatten aus der Notlage der verzweifelten Kreuzfahrer Profit geschlagen, und so mancher Deutsche hatte Haus und Hof verpfändet, um dem zu Beginn so vielversprechend klingenden Abenteuer der Befreiung Palästinas den Rücken zu kehren.

Ansbert seufzte und drehte das Pergament, das er mit ins Freie genommen hatte, in den Händen hin und her. »Ich weiß nicht mehr, wie ich zwar die Wahrheit berichten, ihn aber nicht wie einen Toren aussehen lassen kann!«, stöhnte er und blickte zu dem grinsenden Arnfried von Hilgartsberg auf, von dessen hohen Wangenknochen sich die Haut schälte. Mitfühlend legte dieser dem kleineren Mann die Hand auf die Schulter und nickte. »Ich wünschte, ich könnte mit Euch tauschen«, brummte er nach einem Augenblick des Schweigens gutmütig. »Dieser Leopold von Österreich raubt mir noch den Verstand.« Jetzt war es an Ansbert, die Mundwinkel nach oben zu ziehen und sich ein Lachen zu verkneifen. »Dieser elende Wichtigtuer denkt, dass er jetzt das Zepter in die Hand nehmen müsste«, setzte Arnfried verdrießlich hinzu. »Und unser trauernder Herzog von Schwaben unternimmt nichts dagegen!« »Ach!« Mit einem aufmunternden Zwinkern klopfte Ansbert dem Freund, der sich nur schwer von dem Schock, den ihm der Tod Friedrichs von Hausen bereitet hatte, erholt hatte, auf den Rücken und wies ins Innere seiner Unterkunft. »Wenn der Kaiser erst einmal unter der Erde ist, dann wird es sicherlich besser.« Mit gemischten Gefühlen hatte er den Entschluss des Herzogs von Schwaben aufgenommen, Herz und Eingeweide des Verstorbenen in Tarsus, sein Fleisch in Antiochia und seine Knochen in der Kathedrale von Tyros beizusetzen. Reliquien in allen Ehren, aber das ging dann doch ein wenig zu weit, fand Ansbert.

Jerusalem, Die Zitadelle, Juli 1190

Es kann nicht mehr lange dauern, bis Ihr an der Reihe seid, Nathan«, flüsterte Curd von Stauffen dem nervös auf der Stelle tretenden Nathan ins Ohr. Die grauen Augen des Juden zuckten mit einer Mischung aus Neugier und Misstrauen durch den von Pechfackeln erleuchteten Raum, dessen schmale Fensterschlitze durch schwere Gitter geschützt wurden, bevor sie auf dem Gesicht des Tempelritters zum Ruhen kamen. Um den Mund des Ritters lag ein verärgerter Zug, der sich in der steilen Falte zwischen den beinahe schwarzen Brauen widerspiegelte. Die starken Hände des jungen Mannes lagen beherrscht an dem breiten Gürtel, der sein Templergewand zusammenhielt, und die gestrafften Schultern signalisierten Selbstbewusstsein und Stolz. Auf Bitten Rahels hatte er den Kaufherrn in die Zitadelle begleitet, in die er von einem Boten des Großwesirs beordert worden war, obgleich er nach der Geschichte, die das Mädchen ihm erzählt hatte, anfangs vor Wut gekocht hatte. Wie konnte der Mann es wagen, eine Christin in falschem Glauben zu erziehen?! Da Rahel ihn jedoch angefleht hatte, es niemandem weiterzuerzählen, hatte er schließlich eingelenkt und dem Ziehvater des Mädchens eröffnet, dass er vorhatte, sie so bald als möglich zu ehelichen und aus der Stadt zu bringen – Mitgift hin oder her. Die kleine Schwierigkeit, dass er immer noch ein Gefangener des Sultans war, gedachte er bei der heutigen Audienz aus dem Weg zu räumen.

Wie enttäuscht war er, als sie bei ihrer Ankunft in der Festung eine scheinbar endlose Schlange von prächtig gewandeten Männern vorfanden, die augenscheinlich dieselbe Vorladung erhalten hatten wie Nathan. Über vier Stunden warteten sie bereits in der mit farbenfrohen Mosaiken geschmückten Vorhalle des Audienzsaales, und mit jedem Mann, der nach dem Treffen mit mürrischer Miene die Flügeltür durchschritt, sank Curds Zuversicht. Nach einem weiteren Öffnen und Schließen der Tür ließ er sich zum wiederholten Mal mit schmerzenden Beinen auf eine der mit dicken, purpurroten Kissen gepolsterten Bänke sinken, die die Wände säumten, nur um wenige Atemzüge später wieder aufzuspringen, als der Herold des Sultans endlich Nathans Namen verlas. Erschrocken zuckte der Angesprochene zusammen und strich sich mit der Handfläche über den dunkelblonden, von einer seidenen Kappe bedeckten Schopf. »Aber die anderen waren doch vor mir«, wunderte sich der Jude, folgte dem Aufruf jedoch ohne Zögern und betrat – gefolgt von Curd – den scheinbar endlos langen Raum, in dessen Mitte ein schmaler roter Teppich auf den erhöht stehenden Thron zuführte.

Wie Effekt heischend!, fuhr es Curd durch den Kopf, als er neben Nathan in eine tiefe Verbeugung sank, aus der sie ein durchdringendes Händeklatschen wieder auffahren ließ. Nur langsam gewöhnten sich die Augen des Templers an die seltsame Beleuchtung, und er blinzelte irritiert, als die Gestalt, die auf dem hochlehnigen Stuhl am Kopfende des Raumes thronte, Form annahm. »Ihr seid Nathan, nicht wahr?« Zu seinem maßlosen Erstaunen war es weder der Sultan, noch der respektvoll im Hintergrund wartende Großwesir, der sie empfing, sondern die schöne Schwester Salah ad-Dins, deren saphirblaue Gewänder das glänzende Pechschwarz ihres über die Schultern fallenden Haars gekonnt hervorhoben. Mit einer eleganten Bewegung überkreuzte sie die schlanken Beine, wobei zur offenkundigen Beschämung des sittsamen Juden ein hauchdünnes Kettchen an ihrem Knöchel aufblitzte. Ein etwas zu durchsichtiger Schleier war gerade so weit vor den sinnlichen Mund gezogen, dass man die vollen Lippen erahnen konnte, und an ihren Fingern blitzten kostbar geschliffene Juwelen. Der Rest ihres Gesichtes lag im Schatten des tief in die Stirn reichenden Seidenüberwurfes. »Ich nehme an, Ihr ahnt, warum ich Euch habe rufen lassen«, stellte sie nüchtern fest, während sie mit der Rechten nach einem hölzernen Rechengerät griff, dessen dünne Scheibchen sie gelangweilt an einem Stab auf und ab schob. Mit bescheiden niedergeschlagenen Augen schüttelte der Jude den Kopf und erwiderte leise: »Nein, Prinzessin, ich habe nicht die leiseste Ahnung.« Ihr samtiges Lachen schien dem Großwesir ein Zeichen zu sein, da er – kaum war es verklungen – aus den Schatten einer Säule auf die beiden Männer zutrat und Nathan ohne viele Umschweife eröffnete:

»Der Sultan braucht Geld für den Krieg gegen die Ungläubigen.« Der fette Bauch des frühzeitig ergrauten Staatsbeamten wurde von einer dunkelgrünen Schärpe zusammengehalten, und die bis auf den roten Kragen hinabfallenden Hängebacken wackelten bei jedem Wort. Alle Farbe wich aus dem Gesicht des Juden, als dieser sich bemühte, Haltung zu bewahren und das Zittern, das von seinem Körper Besitz ergreifen wollte, zu unterdrücken. »Daher hat er beschlossen, das Vermögen der Kaufherren der Stadt kurzfristig als Staatsanleihe zu beschlagnahmen.« Die scheppernde Stimme des Wesirs hatte einen schadenfrohen Unterton angenommen. Nachdem er der verschwörerisch lächelnden Shahzadi einen kurzen Blick zugeworfen hatte, wandte er sich zurück an die beiden Vorgeladenen, um sich an dem Schauspiel auf ihren Zügen zu weiden. Dass Salah ad-Din nichts von der Aktion seiner Schwester wusste, beunruhigte ihn nicht im Geringsten, hatte doch die Vergangenheit gezeigt, dass sie der weitaus bessere Finanzverwalter war als dieser selbst. »Ihr habt eine Woche Zeit, Eure Ware zu Gold zu machen und es beim Schatzmeister abzuliefern«, vollendete er die Hiobsbotschaft mit einer knappen Handbewegung in Richtung der sich in einer Ecke stapelnden Geldsäcke. Nathan, der Mühe hatte, den Blick von den Reichtümern zu lösen, schluckte trocken, bevor er tonlos an Shahzadi gerichtet erwiderte: »Hoheit, ich habe selbst kaum mehr genug Geld zum Überleben.« Als sie ihm erbost ins Wort fallen wollte, sank er auf die Knie und hob bittend die Hände, um hinzuzusetzen: »Erst vor Kurzem musste ich mein Leben durch ein Lösegeld erkaufen.« Er schöpfte tief Atem. »Und mein Tuchlager ist vor beinahe einem Jahr vollkommen abgebrannt.« Wütend sprang die Schwester des Sultans auf die Beine, baute sich vor ihm auf und herrschte ihn an: »Wollt Ihr Euch einem Befehl Salah ad-Dins widersetzen?«, zischte sie. Als Nathan nichts darauf erwiderte, winkte sie die an der Tür postierten Wachen heran, denen sie ein Zeichen gab, den Juden grob auf die Füße zu zerren.

»Halt!« Mit einem zornigen Stirnrunzeln trat Curd von Stauffen zwischen die Männer und legte die Hand auf Nathans Arm. »Er wird das Geld auftreiben«, versprach er an den Großwesir gewandt, während die Prinzessin ihn mit einer Mischung aus Ärger und Interesse in Augenschein nahm. Zoll für Zoll tasteten ihre Augen die dunklen Locken, den Schnitt seines Profils und seinen Körperbau ab, bevor sie sich al-Hassan, dem Wesir, zuwandte und diesen in eine der Nischen winkte. Nach einem scheinbar endlosen, geflüsterten Austausch zwischen dem Großwesir und der aufgebrachten Shahzadi, trat al-Hassan schließlich mit einem erleichterten Ausdruck auf den feisten Zügen auf die vier Männer zu und bedeutete den Wachen, den erschrockenen Kaufmann loszulassen. »Geht«, befahl er kurz. »Wir erwarten Eure Zahlung am nächsten *yaum ath-thalatha*, am Dienstag.«

Als die letzten in die Zitadelle befohlenen Männer sich auf den Heimweg gemacht hatten, drehte Shahzadi, die sich in ihre Privatgemächer zurückgezogen hatte, versonnen eine Miniatur ihres jüngsten Bruders, al-Adil, in den schlanken Händen hin und her. Das also war der Grund, warum Salah ad-Din den jungen Tempelritter begnadigt hatte! Die Ähnlichkeit war wirklich verblüffend! Nachdem sie das Gemälde noch einige Augenblicke lang liebevoll gemustert hatte, stellte sie es auf einem der kostbar geschnitzten Tischchen ab und löste den Schleier. Nur der eindringliche Rat des Wesirs hatte sie davon abgehalten, den unverschämten Juden auf der Stelle gefangen zu setzen und seine Habe zu beschlagnahmen. Doch mit nicht von der Hand zu weisenden Argumenten hatte der weise alte Berater ihr vorgeschlagen, nach subtileren Lösungen zu suchen. Und die hatte sie bereits einen halben Tag nach der Unterredung mit dem Juden gefunden. Ihrem Kundschafter zufolge hatte der Mann eine Tochter, die er über alles zu lieben schien. Was würde er nicht alles auf sich nehmen, um das Leben dieses unschuldigen Kindes zu schützen? Lächelnd schlüpfte Shahzadi aus dem raschelnden Obergewand und streifte das durchsichtige Unterkleid ab, um sich in die Arme ihres bereits wartenden Gespielen zu begeben.

Vézelay, Juli 1190

Zu beiden Seiten des malerischen Cure-Tales erhoben sich mächtige Weinberge, deren Ausdehnung den Eindruck vermittelte, das gesamte Königreich mit dem Rebensaft, für den die Gegend berühmt war, versorgen zu können. Im Süden zeichnete sich der dicht bewaldete *Morvan*, der schwarze Berg, von dem königsblauen Himmel ab, den an diesem Tag kein einziges Wölkchen trübte. Im Westen schmiegten sich die Dächer der alten Pilgerstadt Vézelay zwischen die Hügel einer kleinen Anhöhe. So weit das Auge reichte, lagerte auf der rechten Uferseite das französische Heer unter Philipp II., wohingegen es sich die Streitmacht von Richard Löwenherz an dem steinigen Strand zur Linken des Flusses gemütlich gemacht hatte. Jungritter wie Knappen nutzten die Gelegenheit, sich in den Stromschnellen abzukühlen, während die älteren unter den Kreuzfahrern zu der berühmten Basilika im Zentrum der Stadt pilgerten, um einen Blick auf die Gebeine Maria Magdalenas zu werfen und den Segen für das risikoreiche Unterfangen zu erbitten. Wenn alles nach Plan verlief, würden die beiden Armeen bei Morgengrauen getrennt nach Süden aufbrechen, wo Richard von Marseille aus über Land nach Messina marschieren würde, wohingegen Philipps Flotte die Hauptstadt des Königreiches Sizilien direkt anlaufen würde.

Heiteres Gelächter lag in der Luft, und aus so mancher Unterkunft drangen die Laute ungezügelter Lust. Ihre Chance witternd, waren die Mädchen aus dem Umland zusammengelaufen, um innerhalb weniger Tage mehr zu verdienen, als ihre Väter und Brüder im Laufe eines gesamten Jahres mit harter Arbeit erzielten. Hinter Büschen und Steinen, in Zelten und Vorzelten, selbst unter dem spärlichen Schutz eines ausgebreiteten Mantels trieben die ausgehungerten Männer es mit den Frauen, die sich mit geschäftstüchtiger Sicherheit die wohlhabendsten unter den Kreuzfahrern aussuchten, bevor sie sich den weniger Betuchten zuwandten, um auch diesen die Silberpfennige aus der Tasche zu ziehen. Hie und da kam es zwischen eifersüchtigen Soldaten zu Handgreiflichkeiten, die sich jedoch von selbst schlichteten, sobald die Streithähne bemerkten, dass der Anlass ihres Zerwürfnisses sich schon längst mit der Bezahlung aus dem Staub gemacht hatte – nicht selten, ohne die erkaufte Dienstleistung erbracht zu haben. Wein und Met flossen in Strömen, und wenn man am nächsten Morgen bei Sonnenaufgang zum Aufbruch blies, würden so manchem der Ritter die Ausschweifungen des Vortages bitter aufstoßen.

»Ich hoffe, du vergisst, die Sache mit der Seekrankheit zu erwähnen«, warnte der englische König den neben ihm auf dem bequemen Feldlager ruhenden Richard of Devizes, den er nach beinahe schmerzhaft langer Abstinenz dazu auserkoren hatte, die Rolle des geliebten Blondel einzunehmen. Der Eingang des prunkvollen Zeltes war von innen verschlossen, und nur ein kleines Loch nahe der Mittelstange sorgte für die Zufuhr von Frischluft. Mit einem verführerischen Lächeln drehte sich der junge Mann auf den Bauch und strich seinem Herrn über die von winzigen roten Löckchen bedeckte Brust. »Aber sicher doch, mein kühner Recke«, frotzelte er, erkannte seinen Fehler jedoch sofort, als sich der hünenhafte Löwenherz aufrichtete und ihm schmerzhaft die Hand an die Kehle legte. »Du darfst zwar mein Bett teilen, Bursche«, zischte er und hatte Mühe, den Blick von den perfekt geformten Hinterbacken des jungen Geschichtsschreibers abzuwenden. »Aber Frechheiten solltest du dir sparen!« Die tiefblauen Augen des achtzehnjährigen Zisterzienserbruders weiteten sich erschrocken, und seine Lippen öffneten sich zu einer Entschuldigung, die er allerdings ungeäußert schlucken musste, da ihm die starken Finger seines Liebhabers die Luft abschnürten. »Bitte«, keuchte er atemlos und erschlaffte im Griff des kampferprobten Königs, der ihn daraufhin zögernd losließ und sich mit einem grimmigen Ausdruck auf dem Gesicht von dem Lager schwang. »Du solltest deine vorlaute Zunge hüten«, knurrte er schon wieder halb versöhnt und streifte sich ein besticktes Surkot über, ohne sich die Mühe zu machen, die über einen Schemel geworfene Cotte darunter zu ziehen. Es war ohnehin viel zu heiß.

Zwar hatte ihn das wilde, ungezügelte Liebesspiel mit dem phantasievollen jungen Mann körperlich befriedigt. Aber in seiner Brust brannte immer noch das verzehrende Feuer der verletzten Selbstachtung. Noch nie zuvor hatte sich ihm ein Bettgefährte verweigert. Und die klaren Worte, mit denen Blondel sich in England von ihm verabschiedet hatte, nagten trotz des Ersatzes auch nach den inzwischen verstrichenen Monaten noch an ihm. Während der blonde Chronist auf seiner Bettstatt zwar des Schreibens mächtig war, fehlte ihm die Klasse, mit welcher der englische Barde selbst die schlichteste Volkswaise in ein musikalisches und dichterisches Kunstwerk verwandeln konnte, das dem Zuhörer Tränen in die Augen trieb. Richard seufzte und schob das verschwitzte Haar aus der Stirn, bevor er eine rot-gelbe Coiffe auf den Kopf setzte und sich bückte, um die leichten Stiefel zu schnüren. Er würde sich ein wenig am Fluss erfrischen und den Männern beim Baden zusehen – vielleicht brachte ihn das auf andere Gedanken.

»Du musst gehen«, befahl er Devizes, der ihn immer noch mit waidwundem Blick betrachtete, und reichte ihm versöhnlich die Hand, um ihm aufzuhelfen. Elegant kam der splitternackte Mönch auf die Beine, zog das leichte Obergewand über den Kopf und schlich nach einem letzten Blick auf den abwesend an ihm vorbeistarrenden Löwenherz aus dem Zelt. Bevor Richard am nächsten Tag mit dem Teil seiner Streitmacht, der auf der Höhe von Clermont an Land gegangen und in Poitiers zu seiner Abordnung gestoßen war, aufbrach, mussten noch etliche Dinge geklärt werden – darunter auch der Zeitplan für die nächsten Wochen und Monate. Wenn nichts dazwischen kam, rechnete er damit, in spätestens einem halben Jahr die Küste von Palästina erreicht zu haben, von wo aus er zuerst nach Akkon und dann – ohne Unterlass – nach Jerusalem vorstoßen würde. Noch immer weigerte er sich, den Gerüchten, die vor wenigen Tagen Frankreich erreicht hatten, Glauben zu schenken, da ihnen zufolge die Kreuzfahrt des Deutschen Kaisers gescheitert sein sollte. Angeblich war der zwar betagte, aber noch äußerst streitbare Barbarossa beim Baden in einem Gebirgsbach ertrunken. Aber das konnte schlicht und einfach nicht der Wahrheit entsprechen! Mit einem letzten Blick auf die zerwühlten Felle straffte er die mächtigen Schultern und trat hinaus ins Freie.

Jerusalem, Jüdisches Viertel, Juli 1190

»Ihr müsst fliehen, Vater«, drängte Rahel ihren Ziehvater zum wiederholten Mal mit vor Sorge geweiteten Augen. Das schlichte Gewand, das ihre schlanke Figur unterstrich, war an der Vorderseite, die sie ununterbrochen mit ihren Fingern bearbeitete, faltig und zerknittert. Und auch die ansonsten makellos geflochtenen Zöpfe wirkten aufgelöst und mitgenommen. Seit seiner Rückkehr aus dem Palast vor zwei Tagen hatte sie ihn immer wieder angefleht, sein Leben zu retten und die Stadt zu verlassen, da die Frist von einer Woche mit rasender Geschwindigkeit zu verrinnen schien, ohne dass sich eine Lösung für das Dilemma, in dem sich der Jude befand, auftun wollte. »Nehmt keine Rücksicht auf mich.« Mit blassem Gesicht ließ sie sich auf einem niedrigen Schemelchen zu seiner Linken nieder und ergriff seine Hand, die mechanisch über die Kugeln eines Abakusses glitt, als ob das Hin- und Herschieben der Rechensteine das Problem aus der Welt schaffen könnte. »Curd wird sich um mich kümmern«, sagte sie eindringlich, sprang wieder auf und trat an das kleine, vergitterte Fenster in Nathans Rücken.

Auf dem Platz vor dem Haus des Kaufmannes herrschte reges Treiben, da alle Händler der Stadt ihre Karawanen zurückgerufen hatten, um der Forderung der Prinzessin Folge zu leisten. Auf den Höckern der geduldig wartenden Kamele stapelten sich kostbare Stoffe, seltene Gewürze, kunstvoll geknüpfte Teppiche und Säcke voller Gold und Silber. Bewacht von bis an die Zähne bewaffneten Männern, zogen die Tiere durch die Stadt in Richtung Zitadelle, aus der sie wenig später mit leeren Holzgestellen an den Flanken wieder auftauchten. Die Mienen ihrer Besitzer spiegelten die gesamte Bandbreite negativer Gefühle wider. Und als Rahels Blick einem mageren Burschen folgte, der offensichtlich seine letzte Habe zu Geld gemacht hatte, stiegen Wut und Hass auf die Willkür Shahzadis in ihr auf. Wer gab dieser Frau das Recht, die hart arbeitende Bevölkerung der Stadt bis aufs Blut zu schröpfen?, fragte sie sich verbittert, schalt sich jedoch im gleichen Atemzug eine Närrin, da die Antwort auf der Hand lag. Wer die Macht hatte, einen solchen Befehl auszusprechen, dem gab auch das Gesetz recht, ganz egal wie unmoralisch und verwerflich sein Tun war.

»Sie werden Euch festnehmen lassen, wenn Ihr das Gold nicht liefert«, versetzte sie nach einigen Augenblicken des Schweigens nüchtern und starrte auf die in der Sonne gleißende Kuppel des Felsendoms, der sich majestätisch über den

Dächern der Stadt erhob. Nathan, der immer noch brütend an seinem Schreibtisch saß, brummte etwas Unverständliches, schob das Rechenbrett von sich und erhob sich mit knackenden Gelenken. »Ich könnte versuchen, das Haus zu verpfänden«, hub er lahm an, verwarf den Gedanken jedoch sofort wieder, als er im Kopf überschlug, wie viel er dafür erzielen konnte. Und wo sollten sie dann wohnen? Mit einem resignierten Seufzer trat er zu Rahel und legte ihr die Hand auf den Kopf. »Ich werde wohl oder übel zu Kreuze kriechen und um Aufschub betteln müssen«, beschied er düster. »Immerhin stehen noch die Erlöse dreier Karawanen aus.« Doch da diese nach Kairo gezogen waren, konnte es noch eine ganze Weile dauern, bis sie die Heimat wieder erreichten. *Falls* sie sie jemals wieder erreichten!, setzte er in Gedanken hinzu.

Vor den Toren Akkons, Juli 1190

Ein für diese Jahreszeit seltener Gewittersturm entlud sich über den Dächern der maurischen Zeltstadt. Während ununterbrochen Blitze über den bedrohlich dunklen Himmel zuckten, peitschte der von Windböen getriebene Regen durch die engen Gassen zwischen den Behausungen der Soldaten. Zitternd lagen die Ängstlicheren unter den Sarazenen auf den Knien, um *Allah* um Schutz und Verschonung vor dem göttlichen Zorn anzuflehen. Doch als nicht weit von den hoch aufgeworfenen Schutzwällen ein Blitz in eine der uralten Pappeln fuhr, sprangen die Männer auf und eilten stumm vor Entsetzen über dieses furchtbare Omen zu der Stelle, an der trotz des unablässigen Regengusses meterhohe Flammen gen Himmel schlugen. »Das bedeutet Unglück«, flüsterte einer der im Kampf unerschrockenen Mamelucken mit weit aufgerissenen Augen, während immer mehr Krieger zusammenliefen und den langsamen Fall des mächtigen Baumes beobachteten, dessen Krone sich nach wenigen Minuten spaltete und Funken sprühend zu Boden krachte. Unaufhaltsam sogen sich die Kaftane, Turbane und Umhänge der Sarazenen mit Wasser voll. Aber der Schrecken des Augenblicks ließ die Männer alles Andere vergessen. Immer mehr Stimmen wurden laut, die unkend den Untergang des moslemischen Heeres verkündeten, und erst als einer der *Imame* zwischen die hysterischen Aufwiegler trat und damit drohte, ihnen tatsächlich den Unwillen Allahs zu verschaffen, löste sich die Versammlung zäh und widerstrebend auf.

Zufrieden mit den jüngsten Entwicklungen vor der belagerten Stadt hatte Salah ad-Din seinen jüngeren Bruder, al-Adil zu sich befohlen, um ihn in der Sache zu befragen, die ihn seit der Schlacht von Hattin nicht mehr losließ. Auch auf dem Dach seines prächtigen Pavillons vollführten die dicken Regentropfen einen trommelnden Tanz. Doch weder das Heulen des Windes noch das selbst durch die Leinwand sichtbare Aufleuchten der Blitze konnte den Sultan von dem ablenken, was ihm auf der Seele lastete. »Lass das«, fauchte er ungehalten, als der beinahe zehn Jahre Jüngere sich vor ihm auf den Boden warf und mit der Stirn eines der Löwenfelle berührte. »Die Förmlichkeiten können wir uns sparen.« Mit einem amüsierten Schmunzeln auf den gut aussehenden Zügen kam al-Adil federnd auf die Beine und trat näher an seinen Bruder heran, der trotz der Ruhe, die im feindlichen Lager herrschte, die schwere Rüstung trug, die er bei einem Schmied in Damaskus hatte anfertigen lassen. In den Augen des Prinzen lag ein erheitertes Leuchten, und die gerade Nase mit den kühn geschwungenen Flügeln zuckte leicht, als sich sein Mund zu einem Lächeln verzog. Die breiten Schultern wurden von einem im ägyptischen Stil bestickten Umhang bedeckt, der beinahe bis auf den Boden reichte.

»Was hat dich bewogen, mich aus Ägypten hierher zu beordern?«, fragte er ehrlich erstaunt und bückte sich, um eine der süßen Teigtaschen mit Daumen und Zeigefinger zu angeln und zwischen die erstaunlich weißen Zähne zu schieben. »Mir ist nicht wohl dabei, die Dinge dort aus der Hand zu geben.« Er kaute genüsslich, bevor er den Leckerbissen schluckte und erneut nach dem silbernen Tablett langte. Fragend hob Salah ad-Din die Brauen, ging jedoch nicht näher auf die Andeutung ein, da er die Intrigen und Ränkespiele am Hof in Kairo nur zu genau kannte. »Du hast einen Sohn«, hub er ohne Vorrede an und betrachtete das Gesicht des Jüngeren forschend, als dieser die Hand sinken ließ und verwundert die Stirn runzelte. »Einen Sohn?«, fragte er zögernd, da keine der Konkubinen, die er sich bis zu diesem Tag genommen hatte, es vermocht hatte, ihm ein Kind zu schenken. »Wie meinst du das?« Ehrliches Erstaunen lag in seiner tiefen Stimme. Und obwohl er sich bemühte, die Verblüffung zu verbergen, verriet das Salah ad-Din wohlbekannte Zucken seiner Mundwinkel, dass ihn diese Neuigkeit aus heiterem Himmel traf.

»Er ist ein Tempelritter!« Das letzte Wort spuckte der Sultan förmlich aus. Doch kaum hatte sein Bruder die Bedeutung dieser Behauptung verstanden, als er in schallendes Gelächter ausbrach. Prustend griff er sich an die Seite und krümmte sich, um den Krampf, der ihn schüttelte, zu lindern. Erst nach etlichen Augenblicken gelang es ihm, sich zu beruhigen. »Bitte entschuldige«, prustete er. »Aber das ist ganz und gar absurd!« Immer noch glucksend hob er die Hand an die Augen, um sich die Tränen, die ihm vor lauter Lachen die Wangen hinabrannen, abzuwischen und rief aus: »Wie völlig absurd!« Doch genauso plötzlich, wie sie gekommen war, versiegte die Heiterkeit, als er sich unvermittelt an den Kopf fasste und keuchend Atem holte. »Es sei denn …« Seine Stimme erstarb, und mit einem Mal schien sich jeder Muskel im Leib des zweiundvierzigjährigen Adil zu spannen. Während sich die Falte über seiner Nasenwurzel vertiefte, wanderten die braunen Augen nach oben, als er versuchte, sich zu erinnern. Nachdem er sich schwer in einen der Klappstühle hatte fallen lassen, stieß er schließlich tonlos hervor: »Sollte Balians Kleine etwa ...? Er ließ die Frage unbeendet und hieb die Handflächen auf die Oberschenkel. »Nein, das ist unmöglich!«

An den Ufern der Saône, auf der Höhe von Lyon, Juli 1190

Wütend wie ein ungezogenes Kind stampfte der Earl of Essex mit dem Fuß auf und verschränkte die Arme vor dem mächtigen Brustkorb. Sein glatt rasiertes Gesicht glühte, und die tiefen Falten um den schmalen Mund wirkten wie mit einem Kohlestift nachgezogen. »Ich habe Euch schon bei unserer letzten Unterredung gesagt, dass ich nicht einmal im Traum daran denken würde, Euch meine Tochter zur Gemahlin zu geben«, beschied William de Ferrers, der Earl of Derby und Catherines Vater, ruhig, während er seinem Pagen mit einem dankbaren Nicken den heißen Gewürzwein abnahm, den dieser ihm reichte. Trotz der Hitze, die tagsüber herrschte, waren die Abende und Nächte zum Teil noch empfindlich kühl. Und schon manches Mal hatte Derby sich gefragt, ob es am Alter lag, dass die Temperaturschwankungen ihm so zu schaffen machten. Gemächlich hob er den silbernen Kelch an die Lippen und nahm einen tiefen Schluck des dampfenden Gebräus, bevor er sich wieder dem immer ungehaltener werdenden Essex zuwandte. Der Zorn über die Erniedrigung, welche der hochgewachsene Adelige zweifelsohne empfinden musste, hing beinahe greifbar in der schweren Luft im Inneren der ausladenden Unterkunft. Doch – die unausgesprochene Drohung der auf dem Schwertknauf liegenden Hand ignorierend – setzte de Ferrers mit einer hochgezogenen Braue gelassen hinzu: »Ich mag die Art nicht, mit der Ihr Eure Untergebenen behandelt.« Der Blick der meergrünen Augen ruhte kalt auf dem breitschultrigen Besucher, der sich nur mit Mühe und Not davon abhalten konnte, dem Älteren an die Kehle zu gehen.

»In dieser Angelegenheit ist das letzte Wort noch nicht gesprochen«, knurrte der gedemütigte Essex und machte auf dem Absatz kehrt, um aus dem Zelt zu stürmen. Bevor er durch den Eingang trat, wandte er sich noch einmal um und drohte mit geballten Fäusten: »Die Königinmutter kann Euch sehr wohl zwingen, mir Eure Tochter zu überlassen!«, spuckte er aus. Ohne auf eine Reaktion zu warten, warf er die Leinwand mit so viel Gewalt zurück, dass sie ihm beim Herabfallen heftig ins Gesicht schlug, und stampfte in die Dunkelheit davon. »Ich wette, Ihr habt sie bereits gefragt«, murmelte der Earl of Derby und nippte schmunzelnd an dem aromatischen Getränk in seiner Hand. Kopfschüttelnd trat auch er in die Dämmerung hinaus und beobachtete, wie sich die glutrote Abendsonne in dem schnell dahinfließenden Wasser des Saône-Knies spiegelte und das schillernde Gefieder der Schwäne und Enten mit einem goldenen Glanz überzog. Nahe des Ufers verschwand soeben der breite Schwanz eines Bibers in den Fluten, als das geschmeidige Tier sich von seinem beachtlichen Damm abstieß, um weiteres Baumaterial zu sammeln. Gähnend verfolgte Derby das Naturschauspiel einige Atemzüge lang, bevor er sich wieder ins Innere seiner Behausung zurückzog und sich auf die schmale Bettstatt fallen ließ.

Nur wenige hundert Schritt entfernt hatte der Earl of Essex inzwischen seine eigene Unterkunft erreicht, die er mit einem wüsten Fluch auf den Lippen betrat. Harold, der auf dem klumpigen Lammfell in dem kleinen Vorzelt eingedöst war, fuhr auf, als ihn ein harter Tritt in die Rippen traf, dem augenblicklich ein zweiter folgte. »Schaff mir Wein her!«, blaffte de Mandeville den Knaben an, der sich hastig eine Cotte überwarf und ungeschickt auf die Beine kam, und warf ihm eine Handvoll Silber vor die Füße. »Reichlich!« Um dem

Risiko weiterer Schläge zu entfliehen, schlüpfte Harold hastig in die leichten Schuhe, die er an seinem Kopfende platzierte hatte, und stob – noch im Halbschlaf – in Richtung Vorratszelt davon, um das Gewünschte herbeizuschaffen. Als er sich endlich durch die scheinbar endlose Reihe der Wartenden gekämpft hatte, riss er dem nur mit einer ledernen Schürze bekleideten Bewacher der Alkoholvorräte den randvollen Krug aus der Hand, zählte ihm zwei Silberpfennige in die schwielige Handfläche und eilte – peinlich darauf bedacht, keinen Tropfen des schweren Burgunders zu verschütten – zum Lagerplatz zurück. Dort angekommen trat er schüchtern ins Innere und füllte zwei der sündhaft teuren Gläser, von denen er eines seinem Dienstherrn, das andere dem inzwischen ebenfalls anwesenden John of Littlebourne reichte. »Scher dich raus!«, fuhr ihn Essex mit einem harten Ausdruck in den vor Wut funkelnden Augen an.

Als der Knabe sich mit niedergeschlagenem Blick getrollt hatte, stürzte Essex das erste Glas auf einen Zug die brennende Kehle hinab, bevor er mit der gepanzerten Stiefelspitze gegen das Bein des Schemels trat, auf dem sein Ritter Platz genommen hatte. Mit fahriger Hand füllte er das Trinkgefäß erneut und blickte mit zusammengepressten Kiefern einige Augenblicke in die blutrote Flüssigkeit. »Warum schafft Ihr ihn nicht einfach aus dem Weg, Mylord?«, fragte John of Littlebourne verständnislos, als Essex ihm – immer noch vor Zorn kochend – den Grund für seine furchtbare Laune an den Kopf warf. »Ach, was seid Ihr doch für ein Schwachkopf!«, brauste sein Herr auf und pfefferte seinen Umhang in eine Ecke, wo er eine kleine Wolke Staub und Schmutz aufwirbelte. »Inzwischen hat doch jeder im Lager mitbekommen, dass ich nicht gut auf ihn zu sprechen bin«, fauchte er, nachdem er Littlebourne grob zur Seite gestoßen hatte, um seinen Schwertgürtel über den Schemel zu legen, auf dem dieser bis eben gesessen hatte. Mit stoischer Ruhe verfolgte der vierschrötige Mann das unruhige

Hin und Her seines Herrn, bis dieser sich schließlich schwer atmend an einen der Zeltpfosten lehnte und grimmig erklärte: »Da würde es gewiss nicht lange dauern, bis man den Schuldigen gefunden hätte.«

Littlebourne nickte langsam. Das leuchtete ihm ein. Auf Anhieb fielen ihm mindestens zwei Dutzend Männer ein, die in den vergangenen Wochen Zeugen der hässlichen Wortgefechte geworden waren, die Essex und Derby geführt hatten. Wenn der kampferprobte Earl, der zu allem Überfluss noch ein Vertrauter des Königs war, auf einmal einer tödlichen Auseinandersetzung zum Opfer fallen sollte, dann würden mit Sicherheit unangenehme Fragen gestellt werden. »Und für diesen sturen, alten Ziegenbock werde ich sicher nicht am Galgen baumeln!«, setzte de Mandeville verächtlich hinzu. Er hatte auch das zweite Glas Wein geleert und schenkte sich ein weiteres Mal nach – fest dazu entschlossen, die Erinnerung an die Unterhaltung mit Derby im Rausch zu ertränken. »Könnte man es nicht wie bei Arundel nach einem Unfall aussehen lassen?«, warf Littlebourne nach einigen Minuten des Schweigens ein, in denen außer den Geräuschen im Lager nur das heftige Atmen seines Herrn zu hören war. Verdrießlich fuhr Essex sich mit der Linken über die von der Narbe an seinem Kinn geteilten Bartstoppeln, während er über diesen Vorschlag nachsann. »Es bieten sich sicher genug Gelegenheiten, bis wir Jerusalem erreichen«, setzte der Ritter hinzu.

Antiochia, Juli 1190

Ansbert konnte sich kaum mehr auf den Beinen halten. Anstatt sich zu verbessern, hatte sich die Lage der Deutschen in den vergangenen drei Wochen noch verschlechtert. Kaum waren Herz und Eingeweide des verstorbenen Kaisers in Tarsus beigesetzt worden, hatte es der Löwenanteil des Heeres den reichen Bischöfen und Baronen gleichgetan und sich auf den an der Küste bereitstehenden Galeeren eingeschifft, um die Heimfahrt anzutreten. Da den meisten inzwischen auch die kläglichen Überreste ihrer finanziellen Mittel ausgegangen waren, schien es die vernünftigste Lösung zu sein, den letzten, und vermutlich härtesten Teil der Reise den Idealisten zu überlassen, die unter Führung des Herzogs von Schwaben immer noch an den Erfolg der Sache glaubten. Der Zug der erschöpften Kreuzfahrer hatte vor wenigen Minuten den etwa vier Meilen vor den Toren Antiochias liegenden Vorort Daphne erreicht, zwischen dessen zahlreichen Quellen bis zu zehn Meter hohe Lorbeerbäume ihre Äste gen Himmel reckten. Das dunkle Grün der ledrig glänzenden Blätter beruhigte das Auge, und in der Mitte eines im Halbkreis angepflanzten Hains erinnerten Ruinen an das einstige Apollonheiligtum, das in der Antike Pilger aus der gesamten bekannten Welt angezogen hatte. Der Sage zufolge hatte sich an dieser Stelle die Quellnymphe Daphne auf der Flucht vor dem liebestollen Gott Apoll in einen Lorbeerstrauch verwandelt, um ihre Unschuld zu schützen. Auch die legendenumwobene ägyptische Königin Kleopatra sollte einst an diesem Ort geheiratet haben.

Im Osten erhoben sich die steilen Felswände eines Gebirges, während die westliche Seite der Stadt von dem fischreichen Fluss Orontes abgegrenzt wurde. Fruchtbare Weingärten und reiche Felder erweckten den Eindruck einer beinahe erdrückenden Üppigkeit. Und obschon die Sonne erbarmungslos vom Himmel stach, sorgte eine kühle, vom Meer her fächelnde Brise für Erfrischung. Verschleierte Frauen mit Säuglingen auf dem Rücken gingen auf Äckern und in Gärten der Arbeit nach, während die Männer sich um die schweren Gerätschaften und Zugtiere kümmerten. Schmutzige und zerlumpte Kinder jagten durch die Gassen des kleinen Ortes. Wohingegen manche sich scheu verbargen, als sie die herannahenden Kreuzfahrer erblickten, kamen andere furchtlos näher und begafften die Soldaten neugierig. Vor einer schäbig wirkenden Schmiede beschlug ein Mann die Hufe einer kostbaren Stute, deren Besitzer aus der nahen Taverne geeilt kam, um die Ankömmlinge mit einem freudigen Lächeln zu begrüßen. Am fernen Ende der steil abfallenden Hauptstraße lockte das Ziel der Reisenden.

»Warum habe ich mich nur überreden lassen, mitzukommen?«, stöhnte der unter Hunger und Durst leidende Ansbert und blickte zu dem auf seinem inzwischen völlig abgemagerten Schimmelhengst reitenden Arnfried von Hilgartsberg auf, um dessen Schultern der einstmals passende Umhang flatterte. Sein eigenes Reittier – der treue Wallach, der ihm stets gute Dienste geleistet hatte – war, nachdem er sich beim Abstieg aus dem Gebirge den Vorderlauf gebrochen hatte, in den Mägen der ausgehungerten Kreuzfahrer verschwunden. Und der Mönch hatte sich nach einem bescheideneren Transportmittel umsehen müssen. »Es sind nur noch ein paar hundert Fuß«, ermutigte ihn der bayerische Ritter und wies auf die in der Hitze flimmernden Stadtmauern der Hauptstadt des Fürstentums Antiochia. »Nur noch ein paar hundert Fuß.« Er verstummte und eine Zeit lang ritten die beiden schweigend nebeneinander – Arnfried auf seinem geschwächten Schlachtross, Ansbert auf einem struppigen, kleinen Eselchen, das er in Tarsus erstanden hatte.

Als sie die mächtigen Stadttore durchschritten, schlug ihnen trotz des erbärmlichen Zustandes, in dem sie sich befanden, euphorischer Jubel entgegen. Die Einwohner hatten sich in den Straßen versammelt und boten den Vorbeireitenden oder auf Stöcke gestützt Humpelnden Wasser und saftige Melonen an, die sie freigiebig verteilten. Viele der Männer waren so geschwächt, dass sie sich erschöpft in die Schatten fallen ließen, um Kraft zu schöpfen oder sich an den Erfrischungen zu laben, die ihnen die Männer und Frauen Antiochias unter neugierigem Geschnatter reichten. Da die Armee inzwischen nur noch etwa viertausend Mann umfasste, hatte der Herr der Stadt befohlen, Unterkünfte für die leidgeprüften Kreuzritter freizumachen, in denen sie sich einige Tage erholen konnten, bevor sie den durch feindliches Gebiet führenden Weg nach Akkon einschlugen, um sich der stagnierenden Belagerung anzuschließen. Da auch den Sultan Salah ad-Din beinahe täglich Verstärkung von seinen endlich aus ihrer Trägheit erwachten Glaubensbrüdern erreichte, wurden die Deutschen Truppen schon mit Sehnsucht erwartet. »Ich werde die nächsten vierundzwanzig Stunden schlafen«, murmelte Ansbert, als er sich nach erfolgter Einquartierung von Arnfried verabschiedete. Da der Chronist von weniger hoher Stellung war als der bayerische Ritter, musste er mit einem Strohlager über einem der vielen Ställe der Stadt vorliebnehmen, während Arnfried gemeinsam mit einigen anderen Adeligen in einem der Stadthäuser Ruhe finden würde. Humpelnd schlich er auf das schief in den Angeln hängende Tor zu, drückte mit letzter Kraft einen der Flügel auf und schleppte sich die schmale Leiter auf den Dachboden hinauf, wo er sich in das duftende Heu fallen ließ und einschlief, bevor er die Stiefel abstreifen konnte.

Jerusalem, Moslemisches Viertel, September 1190

Genüsslich seufzend räkelte sich Shahzadi unter den starken Händen des Eunuchen, der ihren Körper mit kräftigen Bewegungen von seinen Verspannungen löste. Die ausgeprägten Brustmuskeln des enthaarten jungen Mannes spannten sich bei jeder Bewegung, und an seinen Oberarmen spielte ein gemeißelt wirkender Bizeps. Was für ein Jammer, dass er nur ein halber Mann war, dachte Shahzadi mit einem

Blick auf das schmale Tuch um die Hüften des Eunuchen. So wie er gebaut war, hätte sie viel Spaß mit ihm haben können! Gerade glitten seine Handflächen über die sanfte Wölbung des Übergangs zwischen ihrem Rücken und den trotz ihres Alters immer noch straffen Hinterbacken, als sich eine der Türen am entfernten Ende der Kammer im Harem öffnete, und eine grobknochige Frau mit einer verschleierten Gestalt den Raum betrat. Während die dicken, schwarzen Zöpfe der Dienerin völlig von der strengen Kopfbedeckung verdeckt wurden, fiel das dunkelblonde Haar des Mädchens an ihrer Seite in einer losen Schlaufe bis zwischen ihre Schulterblätter.

»Das Mädchen, Herrin«, informierte die Dienerin knapp, wies mit dem Kinn auf eine der Bänke und gab ihrer Begleiterin einen Stoß, sodass diese wie ein Sack auf eine der gepolsterten Sitzflächen fiel. »Ich bin gleich so weit«, gurrte Shahzadi, schloss die Augen und genoss die – wie immer – gegen Ende hin härter werdende Massage. Obwohl der Besitzer der göttlichen Hände entmannt war, spürte sie auch an diesem Tag, wie seine Berührung sie mehr und mehr erregte. Als der junge Sklave ihren Körper schließlich mit einem weichen Tuch abrieb und ihr mit einer Verneigung einen Überwurf reichte, entließ sie ihn mit einer achtlosen Handbewegung und musterte die zusammengesunkene, zitternde Gestalt nahe der Wand. Die dichten Wimpern der bescheiden niedergeschlagenen Augen malten feine Schatten auf die makellose Haut, deren Oberfläche matt und seidig schimmerte. Der Mund war leicht geöffnet, und die Brust des Mädchens hob und senkte sich heftig unter dem Stoff ihres Gewandes. Außer einer zierlichen Kette trug die junge Frau keinen Schmuck, und auch die Fingernägel waren beinahe so kurz wie die eines Mannes.

»Rahel, nicht wahr?« Mit einer geschmeidigen Bewegung verknotete Shahzadi die Kordel, die das schneeweiße Gewand zusammenhielt, und trat auf die Tochter des Juden zu, die unwillkürlich vor ihr zurückweichen wollte. »Du brauchst keine

Angst zu haben, mein Kind«, stellte sie nüchtern fest und klatschte in die Hände, woraufhin sich die Tür erneut öffnete und zwei etwa siebenjährige Mädchen unter tiefen Verbeugungen in den Raum huschten. »Bringt sie in eines der freien Gemächer«, befahl die Prinzessin knapp und wandte sich nach einem letzten Blick auf die in ihrer Jugend ungemein verletzlich wirkende Gefangene zum Gehen. Sie hatte kaum den ersten Schritt getan, als Rahel den tränennassen Blick hob und furchtsam fragte: »Warum habt Ihr mich hierher bringen lassen?« Obwohl sie sich eigentlich nicht veranlasst sah, die Frage zu beantworten, zuckte Shahzadi mit den Schultern und versetzte wie beiläufig: »Drücken wir es einmal so aus: Du bist jetzt so etwas Ähnliches wie ein Pfand.« Mit diesen Worten verließ sie den Raum und verschwand im Inneren des angrenzenden Hamams.

Vor Furcht wie gelähmt, blickte sich Rahel in dem geräumigen Gemach um, in das sie von den beiden, immer wieder aufgeregt tuschelnden Mädchen geführt worden war. Früh am Morgen des heutigen Schabbat hatte Nathan das Kontor verlassen, um in der jüdischen Gemeinde um finanzielle Unterstützung in seiner Notlage zu bitten. Zwar hatte er nach Ablauf der einwöchigen Frist den Großwesir von den Fakten in Kenntnis gesetzt und einen Aufschub bis September erhalten. Doch da die sehnsüchtig erwarteten Karawanen immer noch nicht in Jerusalem eingetroffen waren, machte er sich allmählich ernsthafte Sorgen. Leicht verwundert über die frühe Stunde seines Besuches, war Rahel bei dem weithin vernehmlichen Klopfen an der Pforte in den Hof geeilt, um Curd von Stauffen zu öffnen. Aber wie erstaunt war sie gewesen, als sie anstelle des erwarteten Tempelritters ein halbes Dutzend Bewaffneter in den Farben des Sultans angestarrt hatten. »Das ist sie«, hatte der Vorderste bemerkt und zwei hinter ihm Stehenden ein Zeichen gegeben, das Mädchen zu ergreifen. Und wenngleich Rahel sich heftig gewehrt hatte, hatte sie gegen die Wächter nichts ausrichten können und sich schließlich zu dem außerhalb der Zitadelle gelegenen, stark befestigten Harem Salah ad-Dins führen lassen.

Kaum hatte sie die kühle, von einem prächtigen Brunnen geschmückte Eingangshalle betreten, als auch schon ein bartloser Jüngling herbeigeeilt war und ihr einen hauchdünnen Schleier aufgezwungen hatte, den sie sich jetzt – allein in dem kahlen Gemach – angewidert vom Gesicht riss. Außer einem breiten Diwan und einigen am Boden verteilten Kissen war der ganz in Brauntönen gehaltene Raum vollkommen leer. Nicht einmal ein Wandbehang schmückte die kahlen Steinquader, die auf Hüfthöhe in einfache weiße Fliesen übergingen. Vor den kleinen Fenstern, welche die Form einer Knospe nachahmten, waren schwere Eisengitter angebracht, durch die das Mädchen nicht einmal bis auf den vor ihrer Kammer verlaufenden Weg blicken konnte. Eine kleine Tür in der östlichen Wand schien in einen weiteren Raum zu führen, doch als Rahel an dem bronzenen Türknauf zog, bewegten sich die Scharniere keinen Zoll. Resigniert ließ sie sich auf den harten Diwan sinken und starrte auf ihre in leichten Pantoffeln steckenden Zehen hinab. Warum hatte die Prinzessin sie entführen lassen?, fragte sie sich verzweifelt. Glaubte sie etwa, dadurch Gold aus Nathan herauspressen zu können?

Sie lachte freudlos. Wenn Shahzadi wirklich annahm, mit ihrer Entführung Druck auf ihren Ziehvater ausüben zu können, dann musste Rahel um ihr Leben bangen. Denn wenn seine Karawanen nicht innerhalb der nächsten Wochen eintrafen, dann konnte nichts und niemand ihren oder seinen Kopf retten! Mit einem leisen Stöhnen fuhr sie sich durch das geflochtene Haar und überlegte fieberhaft. Das Geräusch eines ins Schloss fahrenden Schlüssels ließ sie aufschrecken. Aber die Hoffnung, die sich warm in ihrer Brust ausbreiten wollte, verwelkte beim Anblick des Wächters, der wortlos ein Tablett auf den Boden stellte, bevor er die Tür wieder hinter sich verriegelte. Der betörende Duft von Zimt und Ingwer erfüllte den kahlen Raum. Als Rahel sich nach wenigen Augenblicken des Zögerns dazu durchrang, dem nagenden Hungergefühl nachzugeben, erblickte sie mit Rosenkonfitüre gefüllte *Blini*, gesüßte Teigfladen, die auf einem Bett von mit Zimt bestäubten Orangenscheiben lagen. Daneben lockte eine kleine Kanne Ingwertee, und wenngleich das Mädchen zuerst gefürchtet hatte, die Speisen könnten vergiftet sein, griff es dennoch zu. Was taugte schließlich eine tote Geisel!?

Vor den Toren Messinas, September 1190

Ich hoffe, die Angelegenheit mit den Sizilianern lässt sich zu Eurer Zufriedenheit regeln, Herr«, sprach Richard of Devizes das Thema an, das Löwenherz seit ihrer Ankunft auf Sizilien verdrängt zu haben schien. Die blauen Augen des achtzehnjährigen Zisterziensers lagen mit einer Mischung aus Sorge und Vernarrtheit auf dem breiten Rücken des englischen Königs, der noch die volle Rüstung trug. Nur mit einer blauen Cotte bekleidet hatte der junge Mann in dem prächtigen Pavillon im Schneidersitz auf dem Bett gesessen, bevor Löwenherz wie ein wütender Stier hereingestürmt war. Die Finger des jungen Mönches kneteten nervös den rotseidenen Gürtel, der sein Gewand zusammenhielt, aber als er den missfälligen Blick auffing, ließ er das schimmernde Gewebe fahren und verschränkte die Hände hinter dem Rücken. Da er den fürchterlichen Jähzorn des Hünen inzwischen oft genug hatte aufflammen sehen, wusste der Chronist, dass es in einer solchen Situation besser war, nicht in die Rolle des Liebhabers zu schlüpfen, sondern so viel Distanz wie möglich zwischen sich und dem König zu wahren. Deshalb war er – sobald Richards zornesrotes Gesicht im Eingang erschienen war – hastig aufgesprungen und hatte sich tief vor dem Löwen verneigt.

Nachdem dieser Ende Juli erbost über seine eigene Flotte Marseille verlassen hatte und zum Großteil über Land nach Sizilien gereist war, hatte der König ein Lager vor den Mauern Messinas errichten lassen und – um Vorkommnisse wie die aus Lissabon gemeldeten zu verhindern – mehrere Galgen zusammenzimmern lassen. »Jeder, der beim Plündern oder Schänden der Einheimischen gefasst wird, kommt augenblicklich vor Gericht!«, hatte er gegrollt und den versammelten Männern einen drohenden Blick zugeworfen. »Ich möchte es auf dieser Heerfahrt nicht noch einmal erleben, dass ich meine Flotte freikaufen muss!« Da es in Lissabon zu ernsthaften Zwischenfällen gekommen war, bei denen einheimische Frauen und Kinder ums Leben gekommen waren, hatte der König von Portugal mehrere hundert Mann des englischen Königs festnehmen lassen, und es war Richard Löwenherz nur mit Mühe und Not gelungen, diese vor der Todesstrafe zu bewahren. Allerdings hatte ihn das nicht nur einen beträchtlichen Teil der für den Kreuzzug vorgesehenen Gelder gekostet, sondern auch Zeit, die sie eigentlich nicht hatten.

»Als ob die Scherereien in Portugal nicht ausgereicht hätten«, brummte er missmutig, legte den schweren Brustpanzer ab und ließ sich auf das Bett fallen, das Richard of Devizes erst vor wenigen Augenblicken geräumt hatte. Und die Bestätigung des Gerüchtes von Barbarossas Tod!, setzte er in Gedanken hinzu und rieb sich mit solcher Heftigkeit die schmerzenden Schläfen, dass rote Striemen auf der Haut zurückblieben. Als wären die niederschmetternden Neuigkeiten vom Zerfall des deutschen Heeres nicht genug, hatte ihn zudem am vergangenen Abend die Nachricht erreicht, dass die Witwe des im letzten Herbst kinderlos verstorbenen Königs Wilhelm II. von Sizilien, seine eigene Schwester Johanna, in sein Lager abgeschoben werden sollte. Für diese Demütigung verantwortlich war der neue König Tankred, der entgegen der Erbfolge die Krone an sich gerissen hatte. Ergo hatte Löwenherz dem unverschämten Usurpator die Botschaft zukommen lassen, dass er keine Zeit habe, sich um diese Angelegenheit zu kümmern, seine Schwester gerne aufnehmen würde, dafür aber die Herausgabe ihrer Wertsachen verlangte. So zählte ein über vier Meter langer, goldener Tisch ebenso zu ihrer Mitgift wie ein Zelt aus Seide, zahllose goldene Becher und Platten sowie mehrere Schiffsladungen mit Getreide und Wein.

»Ich kann mir nicht vorstellen, dass Tankred Euren Zorn auf sich ziehen will«, schmeichelte Richard of Devizes seinem Herrn, der von Rastlosigkeit getrieben aufsprang und wieder vor das Zelt trat. Über den Dächern der befestigten Stadt erhob sich terrassenförmig ein schroffes Felsmassiv, dessen üppige Vegetation von Zypressen, Olivenbäumen und dichten Büschen beherrscht wurde. Hoch oben brannte ein verloren wirkendes Feuer, über dem vermutlich das Abendessen eines der vielen verstreuten Ziegenhirten vor sich hin briet. »Das will ich ihm auch nicht raten«, war alles, was der englische König darauf erwiderte, bevor er sich abwandte, um einen Rundgang durch den innersten Ring des Lagers zu unternehmen. Kopfschüttelnd blickte Devizes ihm nach, bevor er sich wieder in die Kühle des Pavillons zurückzog, um darauf zu harren, dass sich die Laune seines Liebhabers besserte.

❋

Weit entfernt von der Unterkunft des Königs ließ Harold of Huntingdon überwältigt von der Schönheit der Landschaft den staunenden Blick über die roten Dächer wandern, die sich am westlichen Ende der starken Stadtmauern beinahe mit dem türkisfarbenen Meer zu vereinigen schienen. Der vom Orange ins Purpurfarbene spielende Himmel malte verschwommene Muster auf die weiß getünchten Mauern der Häuser, und das weniger als drei Meilen entfernte Festland wirkte seltsam fern und klein. Ein durchdringender Duft nach Zitronen und Melisse lag in der schweren, schwülen Luft, und Harold fragte sich, wie das Wetter auf der Insel wohl im Winter sein würde. Da Messina nicht im direkten Gebirgsschatten lag, hatte ihn einer der älteren Männer informiert, war es den vom Meer ins Landesinnere ziehenden Niederschlägen schutzlos ausgeliefert. Was offenbar zur Folge hatte, dass es den Bewohnern der Küstenregion nie an Wasser mangelte. Wie anders als England dieses seltsame Land war. Selbst das Meer schien hier anderen Gesetzmäßigkeiten zu gehorchen, als in seiner Heimat. Wohingegen die Wellen in England oft heftig gegen die Küste brandeten, wirkte das Mittelmeer zahm und glatt. Die Farbe des Wassers spielte ins Grünliche – ganz anders als das stumpfe Bleigrau, das Harold gewohnt war. Auch das Essen wurde zusehends abenteuerlicher, und Harold verzog den Mund, als er an den Geschmack der schrumpeligen Zitronenscheibe zurückdachte, die er hastig wieder ausgespuckt hatte. Ein verhaltenes Kichern ließ ihn aufhorchen und mit einem Kopfschütteln in Richtung Zeltstadt zurückschlendern.

Obgleich sie kaum eine Woche vor der Hauptstadt des Königreiches Sizilien lagerten, hatte sich bereits wieder die obligatorische Schar von Prostituierten und Lustknaben am Rande des Lagers eingefunden, wo sie von den gelangweilten, seit über einem Jahr von ihren Frauen getrennten Männern freudig empfangen wurden. Überall an dem flachen, von der Ebbe verbreiterten Strand hoben sich die dunklen Silhouetten der Paare scharf vom Horizont ab. Und nicht selten lösten sich nach keuchend beendetem Akt zwei oder mehr Soldaten von den weichen Umrissen der Dirnen. Wenigstens wurden diese Mädchen für ihre Dienste entlohnt, fuhr es Harold bitter durch den Kopf, als das Klimpern von Kupfermünzen an sein Ohr drang. Noch immer stieg Übelkeit in ihm auf, wenn er an die Szenen in Marseille zurückdachte, als Richard Löwenherz die schwangeren, weinenden Bauernmägde, die dem

Heerzug gefolgt waren, mit Knüppeln hatte vertreiben lassen. Mehr als eines der meist unfreiwillig geschwängerten Mädchen hatte dabei den Tod gefunden. Was jedoch niemanden mit Bedauern erfüllt zu haben schien. »Keine Bastarde, kein Ärger«, hatte einer der Armbrustschützen mit Blick auf das Gemetzel gewitzelt und gleichgültig die Schultern gezuckt. Unbewusst fuhr Harold sich über die Augen, um die unangenehmen Bilder zu vertreiben und beschloss, sich an diesem Abend früh zu Bett zu begeben. Nachdem während des Marsches nicht viel Zeit für Waffenübungen geblieben war, hatte Henry of Cirencester ihm versprochen, ihn am nächsten Tag in die Geheimnisse des Nahkampfes einzuweihen. Und dafür wollte er ausgeschlafen sein. Gähnend trat er gegen einen kleinen Kiesel, beobachtete, wie dieser in einem Erdloch verschwand, und schlenderte zu der Behausung seines Dienstherrn zurück, der gemeinsam mit Littlebourne und einigen Männern des Erzbischofs von Canterbury vor einer Stunde zum Zelt des Earls of Devon aufgebrochen war, um dort zu Abend zu essen.

Antiochia, September 1190

Ungeduldig betrachtete Leopold von Österreich die architektonischen Besonderheiten der prunkvollen Fassade des Palastes, in dem der Sohn des verstorbenen Deutschen Kaisers, Friedrich von Schwaben, Unterkunft gefunden hatte. Die prächtigen korinthischen Säulen trugen ein ausladendes Dach, dessen Fries Szenen aus der *Ilias* darstellte. Über den versetzt angeordneten Akanthuskränzen des Kapitells fochten Achilles und Hektor ihren legendären Kampf aus, während in einer zweiten Szene Odysseus und seine Mannen aus dem durch eine List in die Stadt geschmuggelten Pferd krochen, um die nichts ahnenden Trojaner im Schlaf zu erschlagen. Ärgerlich hieb Leopold die geballte Faust gegen den rauen Säulenschaft und ließ langsam den Atem aus den Lungen entweichen. Wo blieb er denn nur so lange? Wenn nicht bald der Befehl zum Weitermarsch gegeben würde, sah der Österreicher schwarz für das ohnehin schon beinahe gescheiterte Unterfangen. Es ging ihm sowieso gegen den Strich, nach der verstimmten Pfeife des zehn Jahre Jüngeren tanzen zu müssen, da konnte dieser wenigstens pünktlich zu dem vereinbarten Treffen erscheinen! Mit einer sauren Grimasse strich sich der trotz seiner dreiunddreißig Jahre bereits fast völlig kahle, beleibte Herzog über den straff gespannten Stoff seines Obergewandes und rülpste leise. Irgendwie schien ihm das Essen in dieser gottlosen Gegend nicht zu bekommen! Seit Tagen litt er unter Blähungen, und mit dem regelmäßigen morgendlichen Stuhlgang war es inzwischen auch vorbei.

»Leopold!« Beim Klang der tiefen Stimme wirbelte der Wartende herum und verzog die Mundwinkel zu einem gezwungenen Lächeln, als er die Gestalt des dreiundzwanzigjährigen Friedrich erblickte. Der wilde, rotblonde Schopf glich dem seines verstorbenen Vaters, und in den klaren, blauen Augen lag dieselbe Entschlossenheit, die Barbarossa zu einem der mächtigsten Männer Europas gemacht hatte. Nur wer den Spross des Staufergeschlechtes sehr genau kannte, konnte unter der Oberfläche den Schmerz und die Depression erkennen, die den Prinzen seit dem Tod seines Vaters quälten. Die Schultern des jungen Mannes bedeckte ein prächtiger neuer Umhang – ein Geschenk des Statthalters, dessen Gastfreundschaft der Anführer der Deutschen genoss, und auch das seidenbestickte Surkot mit dem Doppeladler wirkte neu und teuer. Mit überschwänglich ausgebreiteten Armen eilte der Staufer dem Babenberger entgegen und ergriff dessen Hände, die er etwas fester drückte, als nötig gewesen wäre. »Bitte entschuldigt«, bat er achselzuckend und führte Leopold die breite Treppe ins Innere des Hauses hinauf. »Ich musste noch ein paar Dinge klären.« Nur mühsam verkniff sich der Österreicher die mürrische Bemerkung, die ihm auf der Zunge lag, und warf dem Schatten des Herzogs, einem schlanken, jungen Mann in Mönchstracht einen misstrauischen Blick zu. »Ansbert wird festhalten, was wir beschließen«, erklärte Friedrich, das Stirnrunzeln seines Gegenübers interpretierend. Da er sich darüber im Klaren war, dass der in der bevorstehenden Versammlung gefasste Beschluss das Bild beeinflussen konnte, das seine Nachfahren von ihm haben würden, hatte der junge Staufer beschlossen, den Chronisten jedes einzelne Wort aufzeichnen zu lassen. Jeder der Anwesenden würde den Bericht am Ende unterzeichnen, sodass keiner von ihnen später behaupten konnte, nichts von dem Beschlossenen gewusst zu haben. »Lasst uns gehen.« Mit einem schwer zu deutenden Ausdruck auf den fein geschnittenen Zügen eilte er dem Babenberger voran und verschwand in den Eingeweiden des Palastes.

Der Königshof in Navarra, September 1190

Wo um alles in der Welt ist mein mokkafarbenes Bliaud?« Die etwas zu hohe Stimme der bildschönen Tochter des Königs von Navarra ließ Catherine aus ihrem Tagtraum fahren und erschrocken von dem Hocker aufspringen, auf dem sie eines der feinen Seidentücher ihrer neuen Herrin bestickt hatte. »Ich hatte es doch irgendwo hier abgelegt, nicht?« Die Wangen vor Aufregung gerötet, eilte Berengaria von Navarra ans andere Ende ihres aus drei riesigen Räumen bestehenden Gemaches und durchwühlte dieselbe Eibenholztruhe, deren Deckel sie erst vor wenigen Minuten zugeworfen hatte. »Ich kann unmöglich ohne dieses Bliaud reisen!« Ihre sorgsam aufgesteckte Frisur aus zahllosen, kompliziert geflochtenen Zöpfen wippte unter dem elfenbeinfarbenen Gebende auf und ab, als sie auf Catherine zueilte, die sich inzwischen erhoben und den Stickrahmen zur Seite gelegt hatte. Zwischen die kühn geschwungenen, dunklen Brauen trat eine kleine Falte, als die Prinzessin sich ein weiteres Mal suchend umblickte.

»Wenn Ihr das mit dem Tulpenmuster meint«, bemerkte das Mädchen ruhig, »das haben wir bereits eingepackt.« Obschon sie am liebsten den Kopf geschüttelt hätte, lächelte sie ihre neue Herrin, die mit ihren sechsundzwanzig Jahren fast doppelt so alt war wie Catherine, geduldig an und schlug die Lider nieder, um das belustigte Funkeln zu verbergen. »Tatsächlich?« Berengarias Augen weiteten sich erstaunt, und nach einigen Wimpernschlägen des verwirrten Zögerns drückte sie Catherine einen Kuss auf die Wange, bevor sie wie ein aufgescheuchter Schmetterling weiterflatterte. Wie viel anders als die englischen Damen die feurige spanische Prinzessin doch war! Zu Beginn, nach ihrer Ankunft an dem fremden Hof, hatte Catherine Schwierigkeiten gehabt, mit der formlosen Art der jungen Braut des Königs umzugehen. Doch es hatte nicht lange gedauert und sie hatte die manchmal brüskierende Ehrlichkeit der dunklen Schönheit zu schätzen gelernt. »Und hast du vielleicht auch meinen Schleier gesehen?«, ertönte der Sopran aus dem Nebenzimmer. Catherine seufzte. Vielleicht wäre es besser, wenn sie ihre Herrin von der Aufregung der bevorstehenden Reise ablenkte. Zwar würden sie in Barcelona haltmachen, um dort zu überwintern. Aber die Spanierin war aufgeregt, als ob sie ihrem Bräutigam schon am nächsten Tag zugeführt werden sollte.

»Mylady«, hub das Mädchen an und folgte Berengaria in die angrenzende Kammer, wo diese sich vor einem den Raum beherrschenden, polierten Silberspiegel zwei grellorangene Borten an das safrangelbe Obergewand hielt. »Warum gehen wir nicht ein wenig in den Garten und spielen Federball?« Bisher hatte der heitere Zeitvertreib es immer vermocht, die sorgenumwölkte Stirn zu glätten, da die Konzentration, die erforderlich war, das windanfällige Körbchen zu treffen, alle anderen Dinge in den Hintergrund drängte. Langsam ließ die Ältere die Stoffstreifen sinken und drehte sich um, um ihrer Hofdame in die Augen zu blicken. »Meinst du?«, fragte sie unsicher und wies mit der schlanken Hand auf das Durcheinander in der von Truhen und Kisten übersäten Kammer. »Aber es ist doch noch nicht alles gepackt.« Mit einem beruhigenden Schmunzeln nahm Catherine ihr die goldbestickten Borten aus der Hand und legte ihr die Linke auf die Schulter. »Wir haben ja auch noch ein paar Tage Zeit«, stellte sie nüchtern fest. »Bis dahin finden wir alles, was Ihr benötigt.« Einige Atemzüge lang überlegte die Spanierin, doch dann legte sie Catherine lachend den Arm um die Taille und wirbelte sie stürmisch herum. »Du hast recht«, stimmte sie überschwänglich zu. »Das wird mich ein wenig ablenken!«

Bevor Catherine begriffen hatte, was vor sich ging, hatte Berengaria die beiden leichten Schläger, die am Boden der inzwischen leeren Sitztruhe unter dem Rundbogenfenster lagen, unter die Achsel geklemmt und einen Stapel der mit Entenfedern befiederten Bälle ergriffen. »Komm«, drängte sie, zog die schwere Tür auf und eilte in Richtung Treppe davon. Unten angekommen schlug sie den Weg zu dem Garten hinter dem Wohnturm der Festung ein, in dem die letzten Blüten des Sommers an den Büschen und Sträuchern verwelkten. Mächtige Kastanien überschatteten mit ihrem bereits eingefärbten Laubdach den östlichen Teil der parkähnlichen Anlage, während sich im Westen eine offene, von kurzem Rasen bedeckte Spielfläche erstreckte. Dort warf Berengaria die Schläger ins Gras, winkte einen der Pagen zu sich und befahl ihm, die an zwei dünnen Pfosten befestigte Schnur zu spannen. In dem auffrischenden Wind fröstelnd zog Catherine das Tuch um ihre Schultern enger, während sie sich fragte, ob ihr Vorschlag wirklich so gut war, wie sie gedacht hatte. Die kräftigen Böen ignorierend, warf Berengaria – nachdem die beiden jungen Frauen ihre Positionen eingenommen hatten – das Körbchen in die Höhe und trieb es in einem eleganten Bogen über das improvisierte Netz.

Jerusalem, Die Zitadelle, September 1190

Angespannt und nervös wie ein gefangener Tiger im Käfig durchmaß Curd von Stauffen den zwar kleinen, aber mit kostbarem, bläulichem Marmor aufgehellten Raum im Westflügel der Zitadelle, in den ihn die Soldaten des Sultans geführt hatten. Kaum zwei Stunden war es her, dass er seine schäbige Unterkunft verlassen hatte, um bei Nathan vorzusprechen, als ihn die Männer nur wenige Steinwürfe vor dem Haus des Juden abgefangen und in die Zitadelle gebracht hatten. Was wollte der Sultan von ihm? Während Neugier und Zorn über die unhöfliche Behandlung, die ihm die Palastwächter hatten angedeihen lassen, in ihm widerstritten, trat er an eines der zahlreichen kleinen, Fensterchen und starrte in die tief unter ihm gelegene Schlucht hinab, deren schroffer Fels direkt in die mächtige Mauer des Bollwerkes überzugehen schien. Warum zeigten die Banner auf dem trutzigen Turm der Festung nicht an, dass der Herrscher in der Stadt war? Diese und viele andere Fragen drängten sich in Curds Kopf. Aber nachdem auch der Ehrfurcht gebietende Ausblick auf das Umland ihm keine Antworten zu geben vermochte, trat er aus der kleinen Nische in den Raum zurück und begann, sich umzusehen. Neben dem blauweißen Marmor, der sowohl den Boden als auch die Wände in makelloser Reinheit erstrahlen ließ, sorgten sowohl eine Anzahl von prächtig geschnitzten Ziermöbeln als auch ein farbenfroher Wandbehang dafür, dass in dem Besucher kein Zweifel über den Reichtum und die Macht des Besitzers aufkommen konnte.

Bewundernd näherte sich der Tempelritter einer Truhe, deren Deckel mit einem golddurchwirkten Seidentuch abgedeckt war, auf dem mehrere, kunstvoll gemalte Miniaturen seinen Bewegungen mit beinahe lebensecht wirkenden Augen zu folgen schienen. Besonders eine der stilisierten, vor Machtinsignien strotzenden Darstellungen schien ihn beinahe magisch anzuziehen. Als er die Truhe erreicht hatte, runzelte Curd die Stirn und griff nach dem Bild eines etwa Zwanzigjährigen, dessen energisch schönes Gesicht merkwürdig vertraut wirkte. »Ah, Ihr habt es also auch sofort gemerkt?« Die aufgesetzt warme Stimme ließ ihn herumfahren und – immer noch das Bild in den Händen – die unverschleierte Frau anstarren, die durch einen ihm bis jetzt verborgen gebliebenen Eingang den Raum betreten hatte. Ihr rabenschwarzes Haar unterstrich die klassische Schönheit der Dame, die Curd nur aufgrund der feinen Falten um die Mundwinkel etwa so alt schätzte wie Daja. Die von einem grellroten, eng geschnittenen Gewand hervorgehobene Figur glich der eines jungen Mädchens. Und obwohl ihn immer noch Ärger über die schroffe Behandlung durch die Mamelucken erfüllte, spürte er, wie dieses Gefühl der ungewollten Bewunderung für seine Gastgeberin wich.

Nachdem er einen Augenblick zu lange in die herausfordernd auf ihm ruhenden Augen geblickt hatte, stellte er die Miniatur wieder ab und verneigte sich respektvoll. »Prinzessin.« Wenngleich er die Schwester des Sultans niemals zuvor unverschleiert gesehen hatte, war er sich dennoch sicher, sie in seinem Gegenüber vor sich zu haben. »Ich verstehe nicht, was Ihr meint.« Dieses Eingeständnis entlockte ihr ein leises Lachen und – ohne auf die Etikette zu achten – trat sie zu ihm und wies auf das Gemälde. »Es sind die Augen«, stellte sie rätselhaft fest. Als Curd immer noch verständnislos die Brauen in die Höhe zog, ging sie zu einem der Tischchen und hob einen kleinen Handspiegel auf, den sie ihm unzeremoniös unter die Nase hielt. »Versteht Ihr jetzt, warum Ihr als Einziger begnadigt worden seid?«, fragte sie spottend und fuhr mit einem der manikürten Finger die Umrisse seiner Jochbeine nach, bis sie an seiner Schläfe ankam, wo sie einige Momente verweilte, bevor sie die Hand wieder sinken ließ. »Ihr seid der Neffe des Sultans!«

Wie von einem Faustschlag in den Magen getroffen, taumelte Curd bei diesen Worten zurück und schlug beinahe grob die Hand, die den Spiegel hielt, zur Seite. »Nein!«, keuchte er und warf einen letzten, entsetzten Blick auf die Miniatur, die von der Heftigkeit seiner Bewegungen das Gleichgewicht verloren hatte und nun zur Decke starrte. »Nein! Mein Vater war ein Ritter des Königs«, brauste er auf und starrte Shahzadi, die amüsiert schmunzelte, kampfeslustig an. Gleichgültig zuckte diese die Schultern und blickte an ihm vorbei zu dem sich in einem Unwetter verdunkelnden Horizont. »Es ist egal, ob Ihr es glaubt oder nicht«, stellte sie kühl fest und strich sich mit dem rechten Zeigefinger über eine sorgsam gezupfte Braue. »Deshalb habe ich Euch nicht holen lassen.« Also war sie es gewesen und nicht der Sultan, fuhr es dem erzürnten Curd durch den Kopf. Doch bevor er die Frage stellen konnte, die ihm auf der Zunge lag, zog Shahzadi ein seidenes Tüchlein aus den Falten ihres Gewandes, dessen Anblick Curds Herzschlag einzufrieren schien.

»Ich sehe, Ihr wisst, wem dieser Tand gehört?« Alle Wärme war aus ihrer Stimme gewichen, und nachlässig ließ sie das Tuch vor seinen Füßen zu Boden segeln. »Ihr scheint einen Narren an der jüdischen Dirne gefressen zu haben«, stellte sie mit einem grausamen Lächeln auf den Lippen fest, als sich der junge Ritter bückte und das Pfand liebevoll durch die Hände gleiten ließ. Bevor er jedoch eine unbedachte Antwort geben konnte, fuhr sie säuselnd fort: »Ihr könnt ihrem Vater ausrichten, dass das Leben des Mädchens keinen Pfifferling mehr wert ist, wenn er nicht binnen der nächsten zwei Wochen das geforderte Gold hier abliefert.« Am liebsten hätte Curd der hochmütigen Prinzessin den schlanken Hals umgedreht! Beinahe ein volles Jahr lang hatte er um die Gunst des Mädchens gebuhlt. Und nachdem seine Annäherungsversuche zuerst von der eifersüchtig wachenden Daja und dann von der Rückkehr des Kaufherrn erschwert worden waren, hatte sich endlich alles zum Guten gewendet und die beiden Liebenden hatten hoffen können, bald vereint zu sein. Nur um kurz vor dem Ziel ihrer Sehnsüchte von der hinterhältigen Intrige dieses Weibes auseinandergerissen zu werden! Mit einem wütenden Knurren kam er wieder auf die Beine und trat auf die erschrocken zurückweichende Shazadi zu, die nach einer kaum wahrnehmbaren Sekunde aufflackernder Furcht in die Hände klatschte und den Wächtern zunickte, die augenblicklich den Raum betraten. »Begleitet ihn hinaus!«

Vor den Stadttoren Akkons, September 1190

Während in der Ferne der Einschlag von Gesteinsbrocken Staub und Splitter aufwirbelte, stiegen innerhalb des christlichen Lagers an mehreren Stellen dicke, rußende Säulen aus Qualm und Gestank in den bedeckten Himmel über der Bucht. Über der in der schwülen Hitze backenden Landschaft hing eine Mischung aus Verwesungsdämpfen, Kloake und verrottendem Holz, und der inzwischen stark abgemagerte Guy de Lusignan rümpfte mehr aus Gewohnheit denn aus Ekel die Nase. Eigentlich roch er die üblen Dämpfe schon seit Wochen nicht mehr. Selbst die vormals so zahlreichen Möwen schienen angewidert von dem Gestank das Weite gesucht zu haben, ganz im Gegenteil zu den inzwischen zu einer Plage gewordenen Ratten, die sich von Tag zu Tag zu vermehren schienen.

Indessen, da nahe am Ufer die entweder den Seuchen oder dem Feind zum Opfer gefallenen Männer verbrannt wurden, sorgten Grabungstrupps an mehreren strategisch gewählten Stellen dafür, dass Brunnenschächte in das nur wenige Dutzend Fuß unter der Oberfläche gelegene Grundwasser getrieben wurden. Denn obgleich es den Kreuzfahrern immer wieder gelang, Breschen in die Sandsackblockaden Salah ad-Dins zu schlagen, stopften die Belagerer der Belagerer diese Lücken doch jedes Mal so schnell, dass nur wenig des kostbaren Flusswassers den Weg hinter die feindlichen Linien fand. Viele der Männer litten immer noch unter starken Durchfällen und Erbrechen. Und da trotz der verstreut eintreffenden Verstärkung der Proviant langsam knapp wurde, hatten viele der hungrigen Kreuzfahrer den Fehler begangen, von den verlockend saftigen Orangen und Datteln zu kosten, die zuhauf vorhanden waren. Was – so wusste Guy aus eigener, schmerzhafter Erfahrung – dem Verdauungstrakt der Europäer keineswegs zuträglich war.

Verdrießlich trat er gegen einen halb im Uferschlamm der Flussmündung vergrabenen Helm, dessen Besitzer vermutlich soeben in Rauch aufging. Einige Schritte weiter traf die Sohle seines gepanzerten Stiefels auf den knirschend nachgebenden Knochen eines Gefallenen, den Guy wenig respektvoll zur Seite schob, um den darunter aufblitzenden Ring an sich zu nehmen. Zu seiner Rechten erbrach sich ein ausgemergelter Fußsoldat in einen übervollen Eimer, den schon lange niemand mehr geleert hatte, während nahe des Ufers einige Verzweifelte versuchten, ihr Fieber in dem immer zäher werdenden Schlamm des Flussbettes zu kühlen. Wann endlich würden die Reste des deutschen Heeres eintreffen?, fragte er sich bitter. Und wann würde sich die Neuigkeit vom Aufbruch Richard Löwenherz' und Philipps von Frankreich bestätigen? Sollten diese beiden wirklich endlich ihr Versprechen wahr gemacht und eine Armee aufgestellt haben, dann waren die Tage des Feindes gezählt. Aber wenn es sich dabei wie schon so oft um Gerüchte handelte und die eifrigen Pilger nach wie vor verstreut und schlecht ausgerüstet im Heiligen Land ankämen, dann würde am Ende Salah ad-Din das Feld als Sieger verlassen. Mürrisch beendete er seinen Rundgang und kehrte zum Ausgangspunkt zurück, wo er sich erschöpft in den Schatten seines Zeltes zurückzog.

❋

Auf der anderen Seite der Barrikade, im Lager der Sarazenen, erhob sich der Sultan von seinem Diwan, um sich die öligen Hände zu waschen. Zwischen ihm und seinem Besucher, der respektvoll auf einem Schemel Platz genommen hatte, türmten sich auf einem flachen Tisch die Überreste eines üppigen Mahls, dessen Reste die eingeschlossenen Kreuzfahrer tagelang gesättigt hätten. Während sich draußen langsam die Dämmerung über die Landschaft senkte, kam auch der Prinz auf die Beine, um sich von seinem Gastgeber zu verabschieden. »Du musst bei Sonnenaufgang aufbrechen«, stellte Salah ad-Din fest. Dringende Kunde aus Kairo machte es erforderlich, dass al-Adil so bald wie möglich nach Ägypten zurückkehrte, um dort nach dem Rechten zu sehen. Denn nur zu gut wussten beide, wie schnell die Abwesenheit des Herrschers von einem machthungrigen Wesir ausgenutzt werden konnte, um die Kontrolle an sich zu reißen. Der Angesprochene nickte und folgte dem Sultan vor den Pavillon, wo dieser sich müde in einen der Feldhocker fallen ließ, die dort in Reih und Glied standen. Während Salah ad-Din den Blick über das von Fackeln und Feuern erleuchtete Lager streifen ließ, griff sein Bruder mehr gierig als hungrig nach einer der Feigen, an denen dank des ständigen Nachschubs an Köstlichkeiten kein Mangel herrschte. Überall in Salah ad-Dins Nähe schienen sich die saftigen Früchte auf Tellern oder in Schalen zu stapeln, und ganz gleich wo sich der Herrscher gerade aufhielt, sorgten seine Sklaven dafür, dass seine Lieblingsspeise verfügbar war. Herzhaft biss der hochgewachsene

Adil in die mit Honig überträufelte Frucht und leckte sich die klebrigen Finger.

»Ich habe noch mal über das nachgedacht, was du über den Tempelritter gesagt hast«, hub er mit einem Seitenblick auf das scharfe Profil des Sultans an. Während seines Aufenthalts im Feldlager von Akkon hatte er den Gedanken immer wieder verdrängen können, doch jetzt, da der Aufbruch nahe war, zwang sich die Erinnerung mit beinahe schmerzhafter Dringlichkeit zurück in sein Bewusstsein. Neugierig wandte Salah ad-Din den Kopf und hob die Brauen. »Wie alt sagtest du ist der Bursche?« Obgleich Adil sich bemühte, seiner Stimme einen gleichgültigen Ton zu verleihen, war die Neugier, die darin mitschwang unüberhörbar. »Etwa zwanzig oder einundzwanzig, schätze ich«, erwiderte der Sultan stirnrunzelnd. Es war schwer, das Alter des reif wirkenden jungen Mannes zu schätzen, da der Krieg, mit dem er aufgewachsen war, ihn abgeklärt haben musste. »Einundzwanzig«, murmelte al-Adil versonnen und überschlug blitzschnell die Ereignisse der Vergangenheit. »Damals waren wir in Alexandria eingeschlossen«, sinnierte er und suchte den Blick des Bruders, der zustimmend nickte. Während dieser Zeit hatte Salah ad-Din auf Befehl des aus Aleppo stammenden Nur ad-Din das Ziel verfolgt, den schiitischen Kalifen in Kairo abzusetzen und Syrien mit Ägypten wiederzuvereinigen, was zwei Jahre später auch gelungen war. »Und die Franken haben gemeinsam mit den Ägyptern versucht, uns zu vertreiben«, stellte Salah ad-Din mit einem nostalgischen Leuchten in den Augen fest. Al-Adil nickte. »Ja«, beschied er nüchtern. »Und ich habe mit den Baronen verhandelt.«

Eine Pause, in der beide ihren Gedanken nachhingen, wurde lediglich unterbrochen vom Knistern und Zischen des Feuers, in das der Saft der platzenden Kiefernholzscheite tropfte. »Balians Tochter«, murmelte al-Adil schließlich. Das dreizehnjährige Mädchen hatte ihren Vater auf der diplomatischen Mission begleitet, um einen zukünftigen Gemahl aus den vor Alexandria aufmarschierten Rittern und Edelleuten auszuwählen. Doch – soweit al-Adil wusste – war dieses Vorhaben nicht von Erfolg gekrönt gewesen. Kaum hatte sie bei den Verhandlungen mit den Baronen einen Blick auf Adil geworfen, war das Mädchen in schwärmerischer Liebe für den Fremden entbrannt, und es war dem damals kaum Zwanzigjährigen ein Leichtes gewesen, sie mehr als nur einmal aus dem Schutz der Argusaugen ihrer Anstandsdame zu locken. Mit einem amüsierten Schmunzeln dachte er an die Stunden der enthemmten Freude zurück, welche sie miteinander geteilt hatten, bevor Balian von Ibelin, ihr Vater, unvermittelt hatte abreisen müssen; was natürlich bedeutet hatte, dass auch sie abschiedslos aus seinem Leben verschwunden war. Niemals allerdings hatte er daran gedacht, dass die unbeschwerte Liebelei, die er mit dem Mädchen geteilt hatte, eine Frucht hätte tragen können. »Wie sieht er denn aus?«, fragte er nach langen Minuten des Schweigens.

Vor den Toren Antiochias, September 1190

Ich verstehe nicht, warum wir nicht wenigstens bis Beirut der Küste entlang marschieren«, murrte Ansbert ungehalten, als er sich nach acht Wochen Ruhe und Erholung wieder in den Sattel seines unheroischen Reittieres geschwungen hatte. Arnfried von Hilgartsberg, der in der Zeit, welche die erschöpften Kreuzfahrer in der Sicherheit der stark befestigten Stadt zugebracht hatten, oft an der Seite des jungen Mönches zu finden gewesen war, schüttelte ebenfalls erzürnt den Kopf. Im Schneckentempo zuckelten die Reiter auf die Berge im Osten zu, wo sie sich im Hinterland durch die Sümpfe schlagen würden. Dieser Weg war nach langen Debatten und Diskussionen festgelegt worden, und viele der Ritter hatten hinter vorgehaltener Hand Bedenken geäußert. Missgelaunt funkelte Arnfried den Rücken des weit vor ihnen reitenden Herzogs von Österreich an. »Es ist hirnverbrannt, durch die Sümpfe zu ziehen!«, grollte er zustimmend und tätschelte seinem Schimmelhengst, der seine schlechte Laune zu spüren schien, beruhigend den Hals. »Aber seit Barbarossas Tod ist mit dem Herzog von Schwaben nichts mehr anzufangen.« Entgegen den Erwartungen des Hilgartsbergers hatte sich dieser nach der Präparierung der Gebeine des toten Kaisers in Antiochia nicht gefangen, sondern war noch tiefer in die Depression abgesunken, die ihn seit dem Abstieg aus der anatolischen Hochebene fest in ihren Klauen hatte. Dies erklärte auch, warum er die von Leopold von Österreich vorgeschlagene, im Rat beschlossene Marschroute ohne Widerrede akzeptiert hatte.

Heute, am Tag ihres Aufbruchs aus der christlichen Enklave, ritt der Herzog von Schwaben mit feierlicher Miene hinter einem prächtig geschmückten Wagen her. Dieser sollte die – inzwischen mit Gold und Silber verzierten – Knochen Barbarossas in einem kostbaren, eigens dafür angefertigten Sarg nach Tyros bringen, wo sie als Reliquien aufbewahrt würden. Der Herzog von Österreich hingegen thronte stolz erhobenen Hauptes auf seinem Schlachtross an der Spitze des kaum mehr dreieinhalbtausend Mann zählenden Zuges. Sein Wappen – ein heraldisches Abenteuer aus mehreren Fabeltieren – flatterte in dem schwülen Wind, der aus dem Landesinneren über die Landschaft fegte. Sobald der Zug die Tore der befestigten Stadt hinter sich gelassen hatte, folgte er zunächst dem parallel zur Küste verlaufenden Wasserlauf des Orontes, um einige Meilen südlich von Antiochia in eine Sumpflandschaft einzutauchen, in der sich die Hitze wie eine Wand staute. Üppiges Grün schluckte schon bald den Hufschlag der Pferde, die nervös die Köpfe warfen, um die zahllosen Stechmücken zu vertreiben. Als Ansberts Esel mit einem schmatzenden Geräusch in einem Wasserloch versank, verkniff sich der Mönch nur mühsam einen Fluch und trieb das Tier zurück auf den festgetrampelten Pfad. Je weiter die Reiter allerdings in den Urwald vordrangen, desto schmaler wurde der Weg, bis er schließlich nur noch aus Inseln im knöcheltiefen Wasser bestand. Immer wieder verfingen sich Mensch und Tier in tückischen Luftwurzeln, die wie Tentakel nach den Kreuzfahrern zu greifen schienen. Im Dickicht und über ihren Köpfen raschelte Laub und knackten Äste, sodass die Männer sich andauernd den Hals nach imaginären Feinden verrenkten – die sich allerdings als bunt gefiederte Vögel oder harmlose Vierbeiner herausstellten.

»Mag ja sein, dass dieser Weg sicherer ist«, stellte Ansbert nach einiger Zeit verdrießlich fest und klatschte sich mit der flachen Hand ins Gesicht, um einen der Blutsauger zu erschlagen. »Aber die Wahrscheinlichkeit, hier elendig zu verrecken, ist auch nicht gerade gering.« Schaudernd fegte er ein fettes Insekt von seinem Bein, als dieses den schillernden Rüssel über seine Haut gleiten ließ. Arnfried von Hilgartsberg wollte ihm gerade zustimmen, als er seinen Hengst zügelte und ein weiteres Mal in die beängstigend fruchtbare Wildnis um sie herum lauschte. Irgendwo zerbrach dürres Holz und Schilf raschelte. Aber anstatt – wie bisher – von Flattern, Kreischen oder Zischen begleitet zu werden, folgte Totenstille. Arnfrieds Brauen schoben sich misstrauisch zusammen, und er legte die Hand an den Schwertgriff. Die Armee der Kreuzfahrer war inzwischen so zergliedert, dass kaum zwei Dutzend Männer in Sichtweite waren. Ein schriller Laut durchdrang die drückende Luft, und Ansbert wäre vor Schreck beinahe aus dem Sattel gefallen. Auch Arnfried von Hilgartsberg zuckte sichtlich zusammen und zog die Waffe. »Das Viechzeug macht mir Angst«, gestand er und ließ das Schwert mit einem verlegenen Lächeln zurück in die Scheide gleiten, als ein hässlicher, stelzbeiniger Vogel aus dem Unterholz brach. »Man weiß nie, was hinter dem nächsten Baum lauert.« Ansbert hatte gerade den Mund geöffnet, um zu antworten, als ein Surren die Luft durchschnitt und der Reiter vor ihm aus dem Sattel stürzte. Ein weiteres Surren folgte, und dicht neben seinem Kopf schlug ein kurzer Pfeil in einen Baumstamm ein. »Was?«, stammelte der Mönch erschrocken. Aber noch bevor er den Satz zu Ende denken konnte, erwachten die mannshohen Schilfrohre und Farne zum Leben, und eine Horde von Angreifern stürmte mit ohrenbetäubendem Geschrei auf sie los.

Jerusalem, Moslemisches Viertel, September 1190

Mit einer Mischung aus Schüchternheit und Neugier starrte Rahel den geschmeidigen Körper des Mädchens an, das sich bei ihrer ersten Begegnung als Philippa von Franken vorgestellt hatte. Über der enthaarten Scham der jungen Frau wölbte sich ein winziges Bäuchlein, das sich jedoch in der Nähe des Bauchnabels wieder abflachte und weiter oben in eine straffe, kleine Brust überging. Die muskulösen Oberschenkel und Waden betonten die natürliche Grazie der geschickten Schwimmerin, deren Schultern und Arme wie aus Marmor gemeißelt wirkten. Eisblaue, von dichten Wimpern überschattete Augen ließen das blonde Haar der Fränkin noch heller erscheinen, und Rahel fragte sich, ob Philippa wusste, wie neidisch sie auf diesen Schmuck war. Gemeinsam mit etwa einem Dutzend anderer junger Frauen hatten die beiden Mädchen die Hitze des Dampfbades genossen und kühlten ihre krebsroten Körper nun in einem der zahlreichen, von heiter plätschernden Springbrunnen umgebenen Kaltwasserbecken ab. Während die anderen Haremsmitglieder sich auf Arabisch unterhielten, tauschten Rahel und Philippa ihre jeweilige Lebensgeschichte auf Deutsch aus – der Sprache, die Rahel von

Daja gelernt hatte. »Und du fühlst dich wirklich wohl hier?«, fragte Rahel ungläubig, wobei sie fasziniert dabei zusah, wie das fränkische Mädchen scheinbar auf dem Rücken im Wasser zu schweben schien.

»Aber ja«, gab Philippa mit einem heiteren Lächeln zurück, das zwei halbmondartige Grübchen auf ihre Wangen zauberte. »Man gewöhnt sich schnell an den Tagesablauf.« Sie machte eine kleine Pause und tauchte den blonden Schopf unter Wasser, um Sekunden später prustend wieder aufzutauchen, sich die Augen zu reiben und die nassen Strähnen aus der Stirn zu streichen. »Und vor Shazadi brauchst du dich nicht zu fürchten.« Erschrocken hielt Rahel die Luft an und blickte sich um. Doch die anderen Konkubinen des Sultans hatten das Becken inzwischen verlassen und sich in den angrenzenden Ruheraum begeben, wo sie von den Eunuchen umsorgt wurden. »Sie wird es nicht wagen, Salah ad-Din zu übergehen und dir etwas anzutun.« Die Sicherheit, die bei dieser Feststellung in der Stimme der Fränkin mitschwang, beruhigte Rahel ein wenig. Aber sie konnte die quälende Sehnsucht, die täglich wuchs und sie langsam zu ersticken drohte, nicht lindern. Immer wieder drängte sich das Bild ihres Geliebten in ihr Bewusstsein, nur um gleich darauf zu verblassen und den Befürchtungen und dunklen Vorahnungen zu weichen, die ihr Verstand in atemberaubender Aufeinanderfolge zu ersinnen schien. Mit einem schweren Seufzer lehnte sich das junge Mädchen in dem Becken zurück und unterdrückte ein Frösteln.

Philippa, die erneut untergetaucht war, schnellte keine drei Fuß von ihr entfernt an die Oberfläche, wrang mit geübtem Griff das tropfende Haar aus und blickte sie forschend an. »Du liebst ihn sehr, nicht wahr?« In ihren Augen lagen Verständnis und Mitleid, als Rahel bei diesen Worten die Hände um die mit einer Gänsehaut überzogenen Oberarme legte und diese so fest umklammerte, dass die Knöchel weiß hervortraten. Bereits wenige Minuten nach ihrer Bekanntschaft hatte Rahel dem anderen Mädchen ihre Sorgen geklagt und ihrer Verzweiflung freien Lauf gelassen. Und obwohl die blonde Tochter eines deutschen Herzogs ein Jahr jünger war als sie selbst, schien sie in ihrem kurzen Leben ein Dreifaches an Weisheit und Lebenserfahrung in sich aufgesogen zu haben. Als die ersten Tränen über Rahels Wangen rannen, legte Philippa ihr freundschaftlich den Arm um die Schultern und drückte sie an sich. Sobald sich der Weinkrampf ein wenig gelegt hatte, schlug sie ruhig, aber nachdrücklich vor: »Dir ist kalt. Wir sollten zurück ins Dampfbad.«

Nachdem sich die beiden Mädchen aus dem Wasser gezogen hatten, half Philippa Rahel in eines der für die Frauen bereitliegenden Badegewänder, bevor sie sich gemeinsam auf den Weg in den angrenzenden Raum machten, der von Kohlebecken und einem ausgeklügelten *Hypokaustum* auf angenehme Temperatur geheizt wurde. Als sie die Gewänder abgelegt und sich darauf niedergelassen hatten, nahm Philippa die Unterhaltung wieder auf. »Alles, was du mir bis jetzt von ihm erzählt hast«, sagte sie mit einem Blick auf Rahels ineinander verkrampfte Finger, »zeigt mir, dass er dich mehr liebt als sein Leben.« Sie zögerte einen Moment, als Rahel die Augen schloss und einige Herzschläge lang schweigend den Kopf an die Wand lehnte. Das ovale Gesicht glich einer leblosen Maske, und der Körper der jungen Frau wirkte erstarrt. Das kastanienfarbene Haar, das bis beinahe in die Kniekehlen reichte, hatte sich aus dem Handtuchturban gelöst, den sie vor dem Besuch des Dampfbades um den Kopf geschlungen hatte. Eine Zeit lang war das Zischen der zerfallenden Kohlen das einzige Geräusch. »Ja«, hauchte Rahel schließlich nach langem Schweigen und schluckte schwer. »Und ich fürchte, dass er sein Leben aufs Spiel setzen könnte, um mich zu finden.«

Jerusalem, Jüdisches Viertel, September 1190

Kochend vor Zorn riss sich Curd von Stauffen die abgetragenen Stiefel von den Füßen und schleuderte sie gegen die Wand, wo sie mit einem dumpfen Laut inmitten einer kleinen Lawine aus schimmeligem Putz zu Boden fielen. Aufgeschreckt suchte eine Handvoll Tausendfüßler das Weite, und während er der Flucht der Insekten mit zornesdunklem Blick folgte, raufte er sich verbittert die windverknoteten Locken. Verwünschungen ausstoßend pfefferte er den Gürtel, der sein abgetragenes Surkot zusammenhielt, den Schuhen hinterher. Als auch dieses Wurfgeschoss einen Fladen aus der brüchigen Mauer löste, trat er ungehalten gegen den bereits mehrfach gekitteten Wasserkrug vor seinem Bett, der mit einem vorwurfsvollen Krachen in tausend Stücke zersprang. Warum hatte er nicht mit diesem ehrlosen Schritt gerechnet?, haderte er, während er gedankenverloren die Tonscherben zur Seite schob. Warum hatte er nicht veranlasst, dass Nathan das Mädchen bei Verwandten oder Bekannten verbarg? Missmutig drehte er das eng verschnürte Paket, das der Jude ihm nach ihrer Unterredung in die Hand gedrückt hatte, in den Händen, bevor er es öffnete und den Inhalt auf der klumpigen Matratze seiner Bettstatt ausbreitete. Neben einem mitternachtsblauen Kaftan aus eng verwobener Seide enthielt das Bündel eine weite Kopfbedeckung, die im Nacken bis auf die Schulterblätter fiel, um den Träger vor der Sonne zu schützen. Warum hatten weder Nathan noch er selbst die List der Prinzessin vorhergesehen? Mit einem weiteren Fluch zog der Tempelritter das abgetragene Beutelchen mit seiner gesamten Habe aus den Falten seines Gewandes und wühlte darin herum. Doch außer dem Siegelring seines Vaters verbarg sich dort nichts mehr, was sich zu Geld hätte machen lassen. Nachdenklich drehte er das Kleinod in den Händen und rief sich die Unterhaltung mit der Schwester des Sultans zurück ins Gedächtnis.

War es möglich, dass sein Vater …? Wenn er an seine immer mehr verblassende Kindheit zurückdachte, erinnerte er sich daran, dass in den letzten Jahren ihrer Ehe eine gewisse Kühle zwischen seine Mutter und den Ritter des Königs getreten war. Diese hatte Curd jedoch auf die Tatsache geschoben, dass sich die einstmals viel gerühmte Schönheit seiner Mutter – der Tochter Balians von Ibelin – durch ein unbekanntes Leiden in aufgedunsene Fettleibigkeit verwandelt hatte. In den seltenen Fällen, in denen sein Vater mehr als ein paar Nächte auf der heimatlichen Festung zugebracht hatte, schien er sich mehr für seine Jagdfalken interessiert zu haben als für seine frühzeitig ergraute Gattin. Als diese dann kurz nach dem Tod ihres Gemahls samt dem lang ersehnten zweiten Kind im Kindbett gestorben war, hatte Curd tagelang um sie getrauert, bevor er – damals kaum zwölfjährig – schweren Herzens seinen Abschied von der Kreuzfahrerburg genommen hatte und in den Dienst der Tempelritter getreten war. Mühsam beschwor er das Andenken an den tapferen, hünenhaften Recken herauf, den er als seinen Vater gekannt hatte. Dieser war nur wenige Wochen vor seiner Gemahlin nach langem Leiden einer im Kampf erlittenen Beinverletzung erlegen. Wochenlang hatte der stark geschwächte Ritter mit dem Tod gerungen, ehe er sich schließlich – nach mehrfacher Amputation der verstümmelten Gliedmaße – den gefürchteten Wundbrand zugezogen hatte, der ihn innerhalb von vierundzwanzig Stunden dahingerafft hatte. Es konnte nicht sein! Entschlossen steckte Curd den Siegelring zurück unter seine Cotte und atmete tief durch. Hatte sein Vater ihn nicht immer mit der grenzenlosen Liebe und Geduld behandelt, die man nur einem leiblichen Sohn entgegenbringen konnte?

Und dennoch … Die Augen des Sarazenen auf der Miniatur im Palast wiesen dieselbe goldbraune Färbung auf wie die seinen, und der Verlauf der starken Brauen glich dem der seinen wie ein Ei dem anderen. Auch in den widerspenstigen dunklen Locken und dem geraden Nasenrücken erkannte Curd die eigenen Züge wieder, und es hätte weder der langen Wimpern noch des stolzen Blickes bedurft, um den jungen Tempelritter an seiner Herkunft zweifeln zu lassen. Was, wenn die doppelzüngige Shahzadi die Wahrheit gesagt hatte, und er tatsächlich der Neffe des mächtigen Salah ad-Din war? Würde das nicht das rätselhafte Verhalten des Sultans erklären? Die unbegreifliche Milde nach der Schlacht von Hattin, die jeden seiner Glaubensbrüder das Leben gekostet hatte außer ihn? Mit einer ungeduldigen Bewegung zog er das abgetragene Surkot über den Kopf und schlüpfte in die ungewohnte Tracht, die er auf dem Bett ausgebreitet hatte. Wie seltsam sich der fremdartige Stoff auf seiner erhitzten Haut anfühlte! Leicht wie ein Schleier legte sich die leise raschelnde Seide um die breiten Schultern des jungen Mannes, der unvermittelt an die Tränen in den Augen des jüdischen Kaufherrn zurückdachte, als er diesem den Vorschlag unterbreitet hatte, den er als einzigen Ausweg aus der prekären Lage sah. Am Morgen des folgenden Tages würde Curd – mit Erlaubnis der Prinzessin – die Stadt verlassen, in der er seit seiner Gefangennahme vor über drei Jahren sein Dasein fristete, um sich auf die Suche nach den vermissten Karawanen des Juden zu machen, die ihre Güter auf dem Markt in Kairo zu Gold hatten machen wollen. Da die Reise zahlreiche Gefahren barg, hatte Nathan dem Tempelritter zudem einen kostbar verzierten Dolch mit auf den Weg gegeben, dessen Griff er mit zitternden Lippen geküsst hatte, bevor er ihn Curd überreicht hatte. »Gebt gut auf ihn acht«, hatte er mit einem schweren Seufzen gebeten. »Er gehört Rahel.« Ein letztes Mal glitten die rauen Fingerkuppen des Tempelritters über die fingernagelgroßen Juwelen in der Scheide der Waffe, bevor er sie mit einer energischen Bewegung in den Gürtel steckte, einen letzten Blick auf die ärmliche Einrichtung seiner Unterkunft warf und durch die schiefe Tür ins Freie trat, um noch ein wenig durch die überfüllten Gassen der Stadt zu streifen.

Vor den Toren Messinas, Oktober 1190

Der König von Sizilien missachtete Richards Forderungen. Er übersandte ihm seine Schwester und gab ihr nur die Möbel ihres Schlafzimmers mit. Wegen ihrer königlichen Stellung gab er ihr aber eine Million kleiner Goldmünzen für ihre Auslagen.«

Da er immer noch schmollte, warf Richard of Devizes den Sand achtlos auf das tintennasse Pergament und steckte den Federkiel in einen der vielen angebissenen Äpfel, die auf dem Tisch, an dem er saß, verstreut waren. Seit Johanna Plantagenets Ankunft im Lager hatte Löwenherz ihn schmählich vernachlässigt, und am vergangenen Abend den Zorn, den er dem betrügerischen Tankred gegenüber hegte, sogar an ihm ausgelassen. Nachdem er in seinen Pavillon gestürmt war, hatte Löwenherz den jungen Chronisten wütend von der breiten Bettstatt verjagt und sich – als dieser nicht sofort das Weite gesucht hatte – mit hochrotem Gesicht vor ihm aufgebaut, um ihm eine solch mächtige Ohrfeige zu versetzen, dass der Mönch nur mit Mühe und Not das Gleichgewicht hatte wahren können. Daraufhin hatte er ihn am Kragen seines leichten Gewandes gepackt, vor das Zelt gezerrt und mit einem Tritt in den Allerwertesten angebrüllt: »Geh und schreib deinen Bericht!«, hatte er getobt. »Und bleib mir aus den Augen!« Mit mürrischer Miene betastete der blonde Zisterzienserbruder seine immer noch geschwollene Lippe und rollte das Pergament zusammen, ehe er es grober als nötig in eine der ledernen Rollen rammte. Er hatte keine Lust, Heldentaten zu berichten, wo es keine gab!

Leise vor sich hin brummend trat er in den kühlen Morgen hinaus, der von den ersten zaghaften Sonnenstrahlen grau gefärbt wurde, und zog den wollenen Mantel enger um die Schultern. Die halbe Nacht hatte er auf der harten Liege in seinem eigenen einfachen Zelt wach gelegen und sich in die beleidigte Enttäuschung über die Ungerechtigkeit seines Liebhabers hineingesteigert. Erst kurz vor Morgengrauen hatte er die dicken Kerzen entzündet, um dem Befehl des Königs nachzukommen und den Bericht über Tankreds Wortbruch fertigzustellen. In seinem Rücken schien die Hauptstadt des Königreiches Sizilien noch in tiefem Schlummer zu liegen. Vor ihm, an dem steinigen Strand östlich des Lagers, machte Richards Streitmacht sich dazu bereit, eine kleine sizilianische Insel, von deren schroffem Bergrücken ein trutziges Kloster glotzte, mit einem Überraschungsangriff zu überrennen. Dieses Kloster – den Sitz der streitbaren Griffons – wollte Löwenherz zur Warnung für Tankred überrennen. Außerdem erhoffte sich der englische König von der Eroberung des Bollwerks einen strategischen Vorteil – sollte er sich dazu entscheiden, Messina anzugreifen. Funkelnd brach sich das Licht der aufgehenden Sonne in den seichten Wellen der Brandung. Und als Richard of Devizes noch mit gerunzelter Stirn versuchte auszumachen, wo sich der prunkvolle Helm seines Herrn und Gebieters befand, setzten sich die äußeren Flügel der Armee bereits in Bewegung und rückten auf ihr Ziel vor.

»Los!« Während die Dämmerung die Bergkämme in rosiges Licht tauchte, wateten die englischen Soldaten durch das hüfthohe Wasser auf die dem Meer zugewandte Seite des Klosters zu. Zackig hoben sich die Türme der Festung von dem perlgrauen Himmel ab, und mehr als einmal hatte Harold of Huntingdon das Gefühl, dass sich die gefürchteten Armbrüste der wehrhaften Mönche durch die dunkel gähnenden Schießscharten schoben. Seit dem Moment, in dem er erfahren hatte, dass er bei dem Sturm dabei sein würde, erfüllte ihn eine Mischung aus Vorfreude, Furcht und Aufregung, und nur mit Mühe hatte er einige Löffel lauwarmen Haferschleim in sich hineingezwungen. Während er den Knauf seiner Waffe umklammerte, als könne diese ihn vor allem Unglück bewahren, stapfte er – inmitten einer Armee und dennoch allein – durch die Brandung. Unwillig biss er die Zähne aufeinander, um diese davon abzuhalten, weiter aufeinanderzuschlagen. Mit wild klopfendem Herzen folgte er Henry of Cirencester, der ihn in den vergangenen Wochen in die Geheimnisse des Nahkampfes eingeweiht hatte. »Dann nehmt ihn eben in drei Teufels Namen mit!«, hatte der Earl of Essex wegwerfend ausgespuckt, als Henry of Cirencester darum gebeten hatte, sich Harold für dieses Unterfangen auszuleihen. Der Earl selbst war – genau wie John of Littlebourne – im Lager zurückgeblieben, um zu verhindern, dass die Sizilianer den Angreifern in den Rücken fielen. Ein Warnruf ließ den Knaben den Kopf einziehen. Keine drei Steinwürfe vor ihm klatschten die ersten Geschosse der Griffons ins Meer, allerdings ohne ernsthaften Schaden anzurichten. Als sich seine in schweren Panzerstiefeln steckenden Füße schon fast an das kalte Wasser gewöhnt hatten, erreichten die Flügel, die sich inzwischen breit aufgefächert hatten, das Ufer und Harold ging tropfend an Land. So lautlos wie möglich legten die Angreifer die Kettenhemden und Brustpanzer wieder an, die sie über dem Kopf durch das seichte Wasser getragen hatten. Harold folgte dem Beispiel der anderen, befestigte den Schild auf seinem Rücken und band sein Schwert mit einem Riemen an seinem Oberschenkel fest. Dann begann er den Aufstieg zu dem Kloster, das mehr einer stark befestigten Burg als einem Gotteshaus glich. Die kreischenden Seevögel, die um einen von mächtigen Zinnen gekrönten Bergfried kreisten, schienen die Einheimischen warnen zu wollen. Und schon bald regnete ein Pfeilhagel auf die Engländer hinab, denen der vorspringende Fels jedoch etwas Schutz bot.

Trotz des beschwerlichen und gefährlichen Erklimmens der zerklüfteten Felsen legte sich Harolds Furcht allmählich, und er empfand beinahe etwas wie Hochstimmung, als er sich geschickt an Wurzeln und Vorsprüngen in die Höhe zog. Sein erstes Gefecht! Das Klirren von Metall klang mit einem Mal süß in seinen Ohren, und er malte sich aus, wie er sich am heutigen Tag hervortun konnte. Vielleicht gelang es ihm, sich durch Heldenmut einen Namen zu machen, den selbst Richard Löwenherz nicht mehr vergessen konnte. Ein Lächeln stahl sich auf sein Gesicht. Wer wusste schon, was alles geschehen konnte! Die Vorfreude wollte sich gerade weiter in ihm ausbreiten, als über ihm Schreie erklangen. Kurz darauf polterten kleine Felsbrocken in die Tiefe – gefolgt von den ersten Männern der Vorhut, welche die Mauerkronen inzwischen mit Haken bezwungen hatten. Und Harolds Begeisterung verwandelte sich ohne Vorwarnung in Todesangst. Mit schreckgeweitetem Blick suchte er nach Deckung, aber da der Felsen sich allmählich abflachte, waren sie inzwischen weithin sichtbar. Über ihm hoben sich die wohlbekannten Farben seines Vaters, des Earls of Huntingdon, von dem kalkweißen Hintergrund der Klippen ab. Und als Harolds Blick auf Guy de Brassard – den Ritter seines Vaters – fiel, durchzuckte ihn eine schreckliche Vorahnung. Diese bewahrheitete sich nur wenig später, als der Ritter mit einem kehligen Schrei den Halt verlor – durchbohrt vom kurzen Geschoss einer Armbrust. Obwohl alles in rasender Geschwindigkeit geschah, erschien es Harold, als habe jemand die Zeit angehalten. Deutlich konnte er die Verwirrung auf Guys Zügen ausmachen, dessen Hand immer noch die Waffe hielt. Als der Körper des Ritters auf den von der Brandung umspülten Felsen aufschlug, schloss Harold einen Moment lang die Augen, um nicht vor Entsetzen zu straucheln. Während mehrere Dutzend Engländer ameisengleich an ihm vorbeikletterten, umkrallte die zitternde Hand des Knaben krampfhaft eine der dicken Wurzeln, und er starrte erschüttert auf die leblos ans Ufer treibende Gestalt seines Gefährten. »Weiter!«, trieb einer der Jungritter ihn mit einem groben Stoß in die Rippen an. »Worauf wartest du?!« Mit einem trockenen Schlucken riss Harold sich von dem grauenhaften Anblick der zerschmetterten Glieder los, holte tief Atem und setzte den Anstieg fort, bis er nach wenigen Minuten das Felsplateau erreichte, auf dem bereits eine erbitterte Schlacht zwischen den Angreifern und den Bewohnern der Festung tobte. Bis Sonnenuntergang dauerte das Schlachten, bevor das Banner des englischen Königs auf dem höchsten der Ecktürme aufgezogen wurde und die Kämpfer blutbesudelt und siegestrunken in das Feldlager vor den Toren Messinas zurückkehrten. Nicht wenige von ihnen hatten das Plünderungsverbot missachtet und neben Proviant und Kleidungsstücken auch Schmuck und andere Dinge entwendet, die sie an den lodernden Feuern verspielten oder gegen Liebesdienste eintauschten.

Zufrieden mit dem Erfolg des Tages, ignorierte Richard Löwenherz die Verstöße gegen seine ausdrückliche Anordnung und rieb sich die Hände. Die furchtbare Laune des Vorabends war wie weggeblasen, und beinahe tat ihm sein Verhalten dem jungen Chronisten gegenüber leid. Gierig griff er nach einem Krug, der mit Wasser verdünnten Cidre enthielt, und leerte ihn mit vier langen, tiefen Schlucken, bevor er – ohne Brustpanzer und Helm – vor seine Unterkunft trat und stolz auf die im leichten Abendwind flatternde Fahne mit dem gelben Löwen blickte. Mit dem Kloster der Griffons hatte er einen perfekten Ausgangspunkt für einen Beschuss Messinas gewonnen. Wenn Tankred seinen Forderungen nicht umgehend nachgab, würde er sofort nach Beendigung der Ausbauarbeiten an den Befestigungsanlagen den Befehl zum Angriff geben. Versonnen strich er sich über den gestutzten Bart und betrachtete das muntere Treiben um sich herum. Zwar war offiziell der Befehl ergangen, dass die Kreuzfahrer sich von den

Einheimischen fernzuhalten hatten. Doch ließen sich die geschäftstüchtigen Huren nur schlecht von ihrer willigen Beute trennen, sodass in den Außenbereichen der Zeltstadt ein Treiben herrschte, wie man es sonst nur aus Freudenhäusern gewöhnt war. Sobald die Stadt sich ergeben hatte, würde er die Zügel wieder anziehen müssen, dachte er mit einem Stirnrunzeln. Aber bis dahin sollten sich die Männer amüsieren. Das würde sie bei Laune halten!

Als er sich das verdatterte Gesicht vorstellte, das der in einem Stadtpalast innerhalb der Mauern wohnende Philipp von Frankreich inzwischen zweifelsohne machen würde, stahl sich ein flegelhaftes Grinsen auf seine Züge. Sofort nach erfolgreicher Unterwerfung der streitbaren sizilianischen Kirchenmänner hatte er einen Boten zu dem kleinwüchsigen französischen König geschickt, der ihn davon in Kenntnis gesetzt hatte, dass es sicherer wäre, seine Unterkunft zu verlegen. Vermutlich würde innerhalb der nächsten Stunden eine erzürnte Antwort eintreffen, die mit Sicherheit auch unverschämte Forderungen enthielt, was die von Tankred zurückzuzahlende Mitgift Johannas anging. Und bereits jetzt freute sich Richard darauf, dem kleinen Giftzwerg ein weiteres Mal die Stirn zu bieten. Zwar hatten sie sich vor Vézelay gegenseitig die heiligsten Eide geschworen, dass sie die Beute, die auf diesem Kreuzzug anfiel, brüderlich teilen würden. Doch Richard war sicher, dass selbst vom gierigsten Standpunkt aus das Heiratsgut seiner Schwester nicht als Beute in einem heiligen Krieg zu definieren war. Mit einem wohligen Seufzen kehrte er ins Innere des Pavillons zurück, ließ sich auf seine bequeme Bettstatt sinken und streckte alle Viere von sich. Nachdem er Devizes am Abend zuvor alles andere als zärtlich behandelt hatte, verspürte er nach dem heutigen Erfolg keinerlei Bedürfnis, die Missstimmung zwischen ihnen beizulegen. Und doch musste er die Spannung in seiner Lendengegend auf die eine oder andere Art und Weise abbauen.

»Geoffroy!«, brüllte er und stützte sich auf den Ellenbogen, um den hastig durch den Eingang seines Zeltes stolpernden Knaben, der den inzwischen in den Ritterstand erhobenen Mortimer ersetzt hatte, zu instruieren. »Lauf zum Zelt des Earls of Gloucester«, befahl er und betrachtete den gesenkten Schopf des kaum Elfjährigen mit einer Mischung aus Heiterkeit und Unmut über die Furcht, die der Junge ihm immer noch entgegenbrachte. »Und sage ihm, er soll das Mädchen zu mir schicken, über das wir uns vor Kurzem unterhalten haben!« Kaum war der Knabe in die hereinbrechende Nacht davongestoben, als sich Richard Stiefel und Schwertgurt abstreifte und auf die Ankunft der vollbusigen Schönheit wartete, die Gilbert de Clare, der Earl of Gloucester, in Marseille aufgetan und entgegen besserem Wissen auf diese Kreuzfahrt mitgenommen hatte. Zwar war der Mann mehr als nur betrunken gewesen, als er Richard Löwenherz das Angebot gemacht hatte, die pralle Magd mit ihm zu teilen. Doch das war dem König an diesem Abend vollkommen gleichgültig. Es gab nur einen Weg, das Gefühl der Macht, das durch seine Adern pulsierte, zu bändigen und gleichzeitig bis zum Letzten auszukosten.

❈

Während der König der Ankunft seiner Gespielin harrte, zog Harold sowohl geistig als auch körperlich erschöpft die zerschlissene Cotte über den Kopf. Kraftlos fiel er vor seinem muffigen Strohlager auf die Knie, um des Schwindels, der ihn seit der Rückkehr in das überfüllte Feldlager ergriffen hatte, Herr zu werden. Als der Stoff des Kleidungsstückes die tiefe Fleischwunde an seiner linken Schulter wieder aufriss, zuckte er kurz zusammen, biss jedoch die Zähne aufeinander und schenkte der Verletzung keine weitere Beachtung. Beinahe schien es ihm, als sei der Schmerz heilsam. In dem Moment, in dem er den langjährigen Freund und Begleiter, Guy de

Brassard, in die Tiefe hatte stürzen sehen, hatte er nicht gedacht, dass der glühende Stich des Entsetzens, der ihm dabei die Brust gesprengt hatte, durch etwas übertroffen werden könnte. Und doch schien das, was er nur wenige Augenblicke später – nachdem er wie durch ein Wunder unverletzt in den Innenhof des Klosters gelangt war – hatte tun müssen, die Pforten der Hölle geöffnet zu haben.

Mit einem Stöhnen presste er die brennenden Lider aufeinander, nur um sie gleich darauf wieder aufzureißen und blicklos in die Flammen der vor dem Eingang flackernden Pechfackeln zu starren. Wie durch einen bösen Zauber schien ihm jedoch auch dort das Gesicht des Novizen entgegenzublicken, und er bedeckte schaudernd die Augen mit den besudelten Händen. Zerplatzt war die Illusion von Heldenmut und Großtaten! Hätte er gewusst, dass es ein Kind war, das ihn von hinten mit einer rostigen Klinge angriff, die beim ersten Hieb entzweigegangen war, dann hätte er den Jungen geschont. Aber bevor er verstanden hatte, dass der Feind der dank Henry of Cirencesters Kampfschule wuchtig geführten Waffe nicht standhalten konnte, war der Knabe enthauptet zu Boden gesunken. »Vergib mir, Herr«, murmelte er erdrückt und schluckte den Klumpen, der ihm in der Kehle aufsteigen wollte. Einige der älteren Knappen, mit denen er inzwischen befreundet war, hatten ihn vor der Feuertaufe gewarnt und ihm die dunklen Gefühle beschrieben, mit denen man zu kämpfen hatte, wenn das erste Mal die eigene Waffe ein Leben nahm. Doch nichts hatte ihn auf die Flut der Selbstvorwürfe vorbereitet, die ihn in diesem Moment beinahe zu ersticken drohte. Wenn er doch nur wie früher Guy sein Herz hätte ausschütten können! Aber der Begleiter, der seit seiner frühesten Kindheit eine Konstante in Harolds Leben dargestellt hatte, wurde in diesem Augenblick in dem für die Gefallenen ausgehobenen Massengrab verscharrt.

Barcelona, Alcázar, Oktober 1190

Entgegen der Vorhersage ihres Gastgebers, des Grafen von Barcelona, war das Wetter in der Nacht umgeschlagen. Der Himmel über der Bucht, in der sich die aufgepeitschten Wellen brachen, erweckte den Eindruck, niedriger zu hängen als für gewöhnlich. Eine halbe Meile vor der Küste wurden vier kreischende Möwen von den heftigen Böen durch die Luft geschleudert, während zwei der Vögel pfeilschnell in Richtung des offenen Meeres schossen, schienen die anderen beiden wie von unsichtbaren Fäden zurückgehalten auf der Stelle zu torkeln. Während ihre Gewänder wild in dem immer stärker werdenden Sturm flatterten, blickte Catherine von dem rechteckigen Hauptturm der Festung sehnsüchtig nach Süden. Die im Herzen der Stadt gelegene Burg mit den verspielten runden, die Ringmauer unterbrechenden Türmchen schien ihr wie ein Gefängnis, wenn sie daran dachte, dass lediglich die sonst so friedlichen Gewässer des Mittelmeeres sie von Harold of Huntingdon trennten. Immer öfter tauchte in letzter Zeit der blonde Schopf des jungen Mannes in ihren Träumen auf, deren Inhalt ihr manchmal noch Tage später die Schamesröte ins Gesicht trieb. Sie seufzte. Mit schwerem Herzen warf sie dem zerklüfteten Horizont, über den immer dunkler werdende Wolken jagten, einen letzten Blick zu und stieg die ausgetretenen Stufen in den Innenhof hinab, der am heutigen Sonntag seltsam verwaist wirkte.

Die meisten der starken Türen, die ins Innere der beinahe quadratischen Festung führten, waren fest verschlossen. Hätte sie nicht durch Zufall den *Steward* mit seinem Schlüsselring in der Halle getroffen, dann wäre auch dieser Tag so ereignislos und langweilig verlaufen wie all die anderen. Nur selten gelang es ihr, die zukünftige Königin in einen der Gärten zu locken, da die Spanierin seit einigen Wochen immer öfter zu frieren schien. Und so brachte sie die meiste Zeit im Inneren des gut geheizten Gemäuers zu. Gelangweilt schlenderte Catherine auf die angelehnte Pforte zu, vor der eine mächtige Kastanie die ausladenden Äste über zwei einfache Holzbänke ausbreitete, und hob den Blick zur Krone des uralten Baumes. Der Großteil der fingerförmigen Blätter hatte bereits die goldenen Töne des Herbstes angenommen, doch hie und da wurden die prallen Früchte noch von dunkelgrünem Laub überschattet. Als sie mit der Spitze ihres Stiefels gegen eine der stacheligen, halb aufgeplatzten Schalen stieß, bückte sich das Mädchen, um den rötlich schimmernden Inhalt zu befreien und die Faust darum zu schließen. Wie glatt und vollkommen sich die Frucht anfühlte! Wie jedes Jahr erfüllte sie die Geschwindigkeit, mit der sich die Wärme ihres Körpers auf die in ihrer Hand ruhende Kastanie übertrug mit Erstaunen. Und als sie die Finger wieder öffnete, legte sie die Frucht – ebenfalls wie immer – an ihre Wange und sog das Gefühl der Sicherheit und Geborgenheit, das sie dabei durchströmte, in sich auf. Nach einigen Augenblicken des Genießens steckte sie den Handschmeichler in die Tasche ihres Umhanges und beschloss, noch ein wenig durch die Anlage zu streifen und sich die Zukunft auszumalen, die am Ende des Winters auf sie wartete.

Da ihre Herrin, Berengaria von Navarra, eine Langschläferin war, hatte Catherine für gewöhnlich am Morgen genug Zeit für sich selbst, und immer öfter nutzte sie diese Momente der Freiheit, um in Gedanken der Beschränktheit ihrer Unterkunft zu entfliehen. Den Plänen zufolge, welche die immer noch das Zepter führende Aliénor von Aquitanien ihnen unterbreitet hatte, würden die Damen, die zu dem kleinen Gefolge der zukünftigen Königin von England gehörten, Ende März Anker lichten, um nach Sizilien überzusetzen. Dort würden sie sich der vor Messina lagernden Streitmacht Richards anschließen, um diesen unter strengster Bewachung auf den Zug ins Heilige Land zu begleiten. Wie sehr sich Catherine darauf freute, neben Harold auch ihren Vater, den Earl of Derby, wiederzusehen! Beinahe schmerzlich sehnte sie sich nach der polternden Gesellschaft von Männern, deren Tagesinhalt nicht durch Schmeichelei und Schönreden bestimmt wurde. Zu eintönig war der Alltag, wenn außer verweichlichten Hofangestellten und dichtenden Gecken kein Bartträger Farbe in das Leben der Damen brachte. Während sie dagegen ankämpfte, dass der Wind ihr den Schleier vom Kopf zerrte, tauchte sie unter dem von wilden Rosen umrankten Torbogen hindurch, der in den sorgsam gepflegten Garten führte, und blickte lächelnd auf die spätsommerliche Blütenpracht.

Vor den Stadttoren Akkons, Oktober 1190

Ich werde Euren Anspruch niemals anerkennen!«, fauchte Guy de Lusignan Konrad von Montferrat an, der dank der kriecherischen Dienstfertigkeit des Erzbischofs von Pisa und des Bischofs von Beauvais seit Kurzem mit der sich in Tyros befindlichen Schwester Sibylles von Jerusalem – Isabella – verehelicht war. Sein in aschblonden Wellen unter der seidenen Coiffe hervorquellendes Haar wirkte ungepflegt und zu lang, und auch dem schlecht gestutzten Vollbart des zwar kleinen, aber breitschultrigen Guy sah man an, dass er dringend der Aufmerksamkeit eines Barbiers bedurfte. Die leuchtend grünen Augen lagen wütend auf dem schlanken Konrad, um dessen Mund ein zynisches Lächeln spielte. Nachdem sowohl Konrad als auch Isabella bereits anderweitig vermählt waren, hatte sich der bedrängte Patriarch von Jerusalem mit einer vorgetäuschten Krankheit aus der Affäre gezogen und seinen Kollegen die heikle Angelegenheit überlassen, die unter weitaus weniger Skrupeln litten als der als Feigling bekannte Heraclius von Caesarea. Was zur Folge hatte, dass sich Guys Anspruch auf den Thron des Königreiches, den er ja nur durch die Heirat mit Sibylle erworben hatte, quasi über Nacht in nichts aufgelöst hatte.

So kam zu der Trauer um die vor wenigen Tagen verstorbene Gemahlin und seine Töchter noch die Wut über die Doppelzüngigkeit des lateinischen Klerus und die Ohnmacht dem ihn verhöhnenden Widersacher gegenüber. Heftig atmend ballte er die Hände an seinen Seiten zu Fäusten und presste die Fingernägel mit so viel Gewalt in die Handflächen, dass ihn der Schmerz zusammenfahren ließ. Das energische Kinn des ehemaligen Königs bebte vor unterdrücktem Zorn, und sein Brustkorb hob und senkte sich stoßartig. »Ihr solltet besser zusehen, dass Ihr schleunigst nach Tyros kommt«, presste er zwischen zusammengebissenen Zähnen hervor. Als der hochgewachsene Konrad diesen Ratschlag lediglich mit einem Lächeln quittierte, hätte er ihm am liebsten Glied um Glied einzeln ausgerissen. »Die Sache ist noch lange nicht geklärt«, fuhr Guy drohend fort, da sowohl er als auch diejenigen der Barone, die zu Richard Löwenherz' Vasallen zählten, auf die Unterstützung des englischen Königs hofften. »Wir werden sehen«, versetzte Konrad ölig und schloss mit einer betont gleichgültigen Geste die goldene Spange, die seinen kostbaren Umhang zusammenhielt, bevor er mit einem respektlosen Nicken in Richtung der bereits wartenden Galeere, die ihn nach Tyros bringen würde, davonstolzierte.

Jerusalem, Die Zitadelle, Oktober 1190

»Was hast du getan?«, donnerte Salah ad-Din, dem vor Unmut alle Farbe aus dem Gesicht gewichen war, und machte einen drohenden Schritt auf seine Schwester zu. Die schiefergrauen Augen des Sultans wirkten beinahe schwarz, und um den ansonsten so beherrschten

Mund waren tiefe Falten eingegraben. Mit einer ungeduldigen Geste schleuderte er den störenden Umhang auf einen der Diwane, bevor er sich mit der Rechten durch den Bart fuhr. Kaum war er in Jerusalem angekommen, wo er sich nach dem Zustand der Staatskasse erkundigen wollte, hatte er von seinem Großwesir erfahren müssen, dass Shahzadi den Tempelritter hatte ziehen lassen, ohne ihn davon in Kenntnis zu setzen. »Bleib ruhig«, versetzte die vom Zorn ihres Bruders unbeeindruckte Prinzessin, deren Gesicht eine feine Röte überzogen hatte. »Er wird ganz sicher mit Gold beladen zurückkommen.« Gespielt gleichgültig ließ sie sich auf eines der runden Sitzkissen fallen und drehte an dem Smaragdring an ihrem Zeigefinger. »Und warum um alles in der Welt sollte er so etwas Törichtes tun?«, wütete Salah ad-Din, der wie ein aufgestachelter Bulle in dem prunkvollen Gemach auf und ab stampfte. »Warum?!« Mit einem triumphierenden Lächeln auf den schönen Zügen schnellte Shahzadi wieder auf die Füße, trat auf ihn zu und ergriff die schwielige, in einer Geste der Fassungslosigkeit erhobene Hand des Sultans, um ihn in den Nebenraum zu führen, der bis unter die Decke mit Gold, Silber und kostbaren Tuchen angefüllt war.

»Vertraust du mir jetzt?«, flötete sie und genoss den Ausdruck der Ungläubigkeit, der sich auf seine Züge stahl. »Wie?«, hub er an, doch bevor er die Frage beenden konnte, vergrub sie die Finger in den kalten Münzen, um sie geräuschvoll klimpernd fallen zu lassen. »Damit kannst du dir soviel Unterstützung kaufen, wie du willst!« Die Röte auf ihren Wangen vertiefte sich. »Und die Ungläubigen ein für alle Mal vertreiben.« Fasziniert ließ der Sultan den Blick über die Reichtümer wandern, kam jedoch nach einigen Augenblicken des Staunens auf die ursprüngliche Frage zurück. »Warum sollte er zurückkehren?« Shahzadi, die vor einem kostbaren Seidenballen auf den Knien lag, hob die dunklen Augen und lächelte verschwörerisch. »Weil ich seine Braut gefangen genommen habe«, gurrte sie und fuhr mit den Fingerspitzen über ein prächtig geschmiedetes Schwert, das sie in ihren Schoß legte. Mit wenigen Worten – die Waffe liebkosend – erläuterte sie ihrem Bruder ihren Plan zur Erpressung von Lösegeld. Bevor Salah ad-Din etwas darauf erwidern konnte, betrat einer der Palastwächter das Gemach, warf sich vor dem Herrscher zu Boden und verkündete, nachdem er sich in eine kniende Position erhoben hatte: »Ein Jude bittet um eine Audienz, Herr.«

»Was wollt Ihr von mir?«, herrschte Salah ad-Din den schlicht gewandeten Mann an, der im Thronraum respektvoll mit der Stirn die hellblauen Fliesen berührte und auf die Erlaubnis wartete, sich zu erheben. »Steht auf!« Ungehalten ließ sich der Sultan in den Thron fallen, dessen Sitzfläche ihm nach den vergangenen Wochen des Lagerlebens zu weich vorkam, und betrachtete den Juden mit einer Mischung aus Neugier und Ungeduld. »Herr«, begann dieser und senkte bescheiden den Blick zu Boden. Die Hand, mit der er einen zierlichen Stock umklammert hielt, zitterte, und auch seine Stimme bebte. »Ich habe schlechte Nachrichten.« Verdutzt zog Salah ad-Din die Brauen in die Höhe und schob den Kopf ein wenig nach vorn. Was um alles in der Welt mochte dieser unscheinbare, vor Furcht gelähmte Mann für Neuigkeiten bringen, die ihn auch nur im Geringsten interessieren könnten? »Ja doch, weiter!« Mit einer schroffen Handbewegung gab er dem schwer Atmenden zu verstehen, fortzufahren. »Ich weiß nicht, inwiefern Eure Schwester Euch von den Ereignissen in Kenntnis gesetzt hat«, murmelte der Jude schüchtern und wich dem forschenden Blick des mächtigsten Mannes des Ostens aus. »Aber der von mir ausgesandte Tempelritter hat Kunde geschickt, dass nur noch eine der drei Karawanen auffindbar ist.« Er machte eine kurze Pause, bevor er schleppend fortfuhr. »Die anderen beiden sind Plünderern zum Opfer gefallen.«

Also hatte Shahzadi recht behalten, fuhr es dem Sultan durch den Kopf. Der Templer würde tatsächlich zurückkehren, um der Tochter dieses Wurms das Leben zu retten! Nur mit Mühe unterdrückte er ein bewunderndes Lachen für seine habgierige und intrigante Schwester. »Bitte Herr.« Erneut fiel der Jude auf die Knie. »Tut meiner Tochter nichts an.« Seine Stimme erstarb, als er der ausdruckslosen Miene des Herrschers gewahr wurde. »Sie hat doch niemandem ein Leid zugefügt.« Ein ersticktes Schluchzen raubte ihm die Stimme, und nachdem er den flennenden Schacherer eine Weile lang gelangweilt betrachtet hatte, erhob sich Salah ad-Din und trat auf die kauernde Gestalt zu. »Ihr könnt das Leben Eurer Tochter vielleicht retten«, sagte er leise und stieß den Mann mit dem Fuß an. »Ihr müsst mir lediglich eine Frage beantworten.« Wie von der Sehne geschnellt fuhr der Kopf des trauernden Vaters nach oben, während Salah ad-Din an ihm vorbei an eines der kleinen Fenster trat und scheinbar grübelnd versetzte: »Welche Partei sollte Eurer Meinung nach diesen Krieg gewinnen? Welches ist der wahre Glaube, dem Gott zum Sieg verhelfen wird?« Der in seiner Stimme mitschwingende Unterton wirkte ehrlich interessiert.

Heiße Furcht durchzuckte den immer noch auf den harten Fliesen kauernden Nathan, während ihm blitzschnell die unterschiedlichsten Antworten durch den Kopf schossen. Eine direkte Antwort auf diese Frage stand vollkommen außer Frage – wollte er den Palast lebend verlassen. Und so fiel ihm in den wenigen Augenblicken, die der Sultan ihm schenkte, bevor er sich umwandte und ihn fordernd anblickte, lediglich eine alte, abgedroschene Parabel ein, die der moslemische Herrscher deuten konnte, wie er wollte. »Es war einmal ein Vater, der hatte drei Söhne«, begann er und erzählte mit zitternder Stimme die Geschichte von drei Ringen, die sich so sehr glichen, dass niemand mehr das Original, dessen Kopie die anderen beiden waren, benennen konnte. »Und dasselbe sage ich Euch, mein Gebieter, auch von den drei Glaubenslehren«, versetzte er leise. »Gott selber hat sie den drei Völkern gegeben, und jedes Volk glaubt, Gottes Erbe, seinen wahren Glauben und seine Gesetze empfangen zu haben. Wer sie aber wirklich besitzt, das ist – wie bei den drei Ringen – bis heute noch ungeklärt.« Als er geendet hatte, betrachtete der Sultan, der sich auf einem Diwan niedergelassen hatte, ihn einige Momente lang versonnen. »Das ist eine sehr interessante Fabel.« Während die grauen Augen auf dem gesenkten Kopf des Juden ruhten, erhob er sich langsam und trat auf die bebende Gestalt zu. »Aber wir beide wissen«, setzte er nach einer Weile hinzu, in der außer dem schwerfälligen Atem des Knienden nichts zu hören war, »dass es in diesem Konflikt nicht um Wahrheit geht, sondern einzig und allein um Macht.« Nachdem einige lastende Augenblicke der Stille verstrichen waren, klatschte er unvermittelt in die Hände und bedeutete dem Kauernden aufzustehen. »Ihr könnt gehen.« Als der Jude, der sich in einer tiefen Verneigung rückwärts zu der Flügeltür zurückzog, diese beinahe erreicht hatte, setzte der Sultan beinahe widerwillig hinzu: »Seht zu, dass Ihr das fehlende Geld so schnell wie möglich irgendwo auftreibt. Dann müsst Ihr Euch um Eure Tochter keine Gedanken machen.«

Tripolis, Oktober 1190

»Ihr müsst Vertrauen in Gott haben, Herr«, flüsterte Arnfried von Hilgartsberg, der dem von Fieberanfällen geschüttelten Herzog von Schwaben die schweißnasse Stirn abtupfte. Doch obwohl ihm die Bewegung der fast vollständig zugeschwollenen Augen verriet, dass dieser ihn hören konnte, war der von dem schrecklichen Sumpffieber geschwächte und entstellte Körper so kraftlos, dass selbst ein Nicken die Kräfte des Kranken überstieg. Das rotblonde Haar des dreiundzwanzigjährigen Staufers klebte an der aschfahlen Haut seiner Schläfen. Hätten die aufgeplatzten Lippen nicht ab und zu gezuckt, dann hätte man annehmen können, er sei bereits vollständig gelähmt wie all die anderen Leidenden. Seit ihrem knappen Entkommen in den Sümpfen, wo ihnen die Bewohner der muslimischen Feste von Aleppo aufgelauert hatten, war das Häuflein der Deutschen auf kaum mehr als zweitausend Mann zusammengeschrumpft, von denen viele im Sterben lagen. Überall in der Stadt loderten Scheiterhaufen, auf denen die der Seuche Erlegenen verbrannt wurden, damit sich zu dem hoch ansteckenden Sumpffieber nicht noch weitere Krankheiten wie Cholera oder die tödlichen schwarzen Blattern gesellten.

So riesig war die Übermacht der Mauren in den Sümpfen gewesen, dass auf einen deutschen Kreuzfahrer drei Sarazenen gekommen waren. Und die Zahl der Gefangenen, welche inzwischen vermutlich auf den Märkten in Aleppo, Hama, Schaizar und Homs als Sklaven angeboten wurden, war niederschmetternd. Einzig das Kontingent der Österreicher, das sich bereits zu weit südlich befunden hatte, war nahezu unversehrt davongekommen. Ansbert und Arnfried von Hilgartsberg hatten ihr Entkommen lediglich einer glücklichen Fügung zu verdanken, da Ansberts Esel einen Weg durch den Morast gefunden hatte, auf dem ihnen niemand gefolgt war. Dieser schmale Pfad hatte sie, vor den Augen der Angreifer verborgen, meilenweit durch die grüne Hölle geführt, in der sie sich mehr als einmal verirrt hatten. Allein die Erinnerung an die verzweifelte Suche nach festerem Boden trieb Arnfried von Hilgartsberg immer noch den Schweiß auf die Stirn. Er schüttelte den Kopf, um die Gedanken abzuschütteln. »Ich werde Euch etwas heißen Wein bringen«, sagte er, erhob sich und trat an die kupferbeschlagene Feuerstelle, über deren knisternden Flammen ein Krug des würzigen Getränkes leise vor sich hin köchelte. Zuerst hatte er dem Hekim nicht glauben wollen, dass der in dem schweren Rebensaft enthaltene Alkohol das Fieber senken würde. Doch der Erfolg schien dem

Heiler Recht zu geben. Vielleicht waren es auch die schwer duftenden Gewürze, die dunkel auf der schaumigen Oberfläche hin und her tanzten, aber eigentlich war es Arnfried gleichgültig. Die Hauptsache war, der Herzog kam so bald wie möglich wieder auf die Beine.

Nachdem er dem Kranken Schluck um Schluck aus einem kleinen Becher eingeflößt hatte, und dieser eingeschlummert war, trat der Ritter an den Tisch. Dort setzte er sich, um an den Notizen zu arbeiten, die er für sein geplantes Versepos begonnen hatte festzuhalten. Denn obgleich er den Plan, die alte Sage über den Zug der Burgunder zu Pergament zu bringen, zwischendurch immer wieder verworfen hatte, sammelte er auf dieser Heerfahrt doch so viele Eindrücke, dass es ihm beinahe ein inneres Bedürfnis war, diese in künstlerischer Form zu verarbeiten. Er war gerade dabei, einen Schlussstrich unter eines der Kapitel zu ziehen, als ein aufgeregter Ansbert den Kopf durch die Tür steckte. Das Gesicht des Mönches war vor Aufregung gerötet, und in den blauen Augen lag ein Anflug von Besorgnis. »Kommt schnell auf den Marktplatz«, drängte der von eiternden Stichwunden entstellte Chronist. »Die Männer des Herzogs von Österreich versuchen, die andern zum Aufbruch zu drängen!« Hastig ließ der Hilgartsberger den Federkiel sinken, streute eine Handvoll Sand auf das Geschriebene und folgte dem bereits wieder durch die Doppeltür in den Gang hinaus verschwundenen Ansbert, um wenige Momente später in die drückende Hitze des Nachmittages zu treten. Am südlichen Ende des Platzes unterhalb der mächtigen Grafenburg hatte sich der beleibte Leopold von Österreich auf eine hölzerne Plattform geschwungen, von der aus er mit ausladenden Gesten und blumigen Worten auf die versammelten Kreuzfahrer einredete. »Wenn wir uns nicht bald auf den Weg nach Akkon machen«, dröhnte er, »dann kommt unsere Hilfe zu spät und Gottes Zorn wird mit aller Gewalt auf uns herabfahren!«

Jerusalem, Jüdisches Viertel, Oktober 1190

Mit vor Erschöpfung grauem Gesicht nahm Curd von Stauffen dankbar die angebotene Stärkung entgegen und machte sich über das mit Linsen gebackene Lamm her, als ob er seit Wochen nichts mehr gegessen hätte. Seine von der Sonne verbrannte Haut löste sich großflächig von Nase, Wangenknochen und Kinn, und der ehemals mitternachtsblaue Kaftan hatte einen Farbton angenommen, der an den Wüstensand erinnerte, durch den der junge Tempelritter beinahe einen Monat lang geirrt war, um das verschollene Handelsgut des Juden ausfindig zu machen. Gierig biss er in einen der würzigen Fladen, bevor er einen weiteren Löffel des scharfen Fleischgerichtes zwischen die Zähne schob und mahlend kaute. Die Hand, mit der er den Bissen zum Mund führte, zitterte ein wenig, doch langsam wichen Entkräftung und Verbitterung dem Gefühl drückender Bekümmerung. Die Niedergeschlagenheit in seinen Augen spiegelte sich in dem grauen Blick des ihm gegenübersitzenden Kaufherrn wider, der lustlos in den vor ihm aufgetragenen Speisen stocherte. Um seinen Mund lagen tiefe Sorgenfalten, und auch die vormals glatte Stirn war von der Bürde, die auf ihm lastete, zerfurcht.

Als er das Mahl hastig hinuntergeschlungen hatte, wischte Curd sich mit dem Handrücken über den Mund und starrte Nathan beklommen an. »Was sollen wir jetzt noch unternehmen?«, fragte er verzweifelt und suchte den Blick des Juden, der sich nur zäh von den abgenagten Knochen in der Mitte des Tisches löste. »Wir können doch das Gold nicht aus dem Boden stampfen!«, stieß er heftig hervor und sprang von der harten Bank auf, um seinen Gefühlen durch ungeduldiges Auf- und Abstapfen ein Ventil zu verschaffen. Nach der nur teilweise erfolgreichen Suche nach den vermissten Karawanen war er unter nicht unerheblichen Gefahren mit den traurigen

Überresten der einstmals langen Schlange von Lastkamelen nach Jerusalem zurückgekehrt – halb in der Hoffnung, Rahel wieder frei und unter dem Dach ihres Ziehvaters vorzufinden. Wie enttäuscht war er gewesen, als er erfahren hatte, dass sie nach wie vor im königlichen Harem gefangen gehalten wurde. Resigniert hielt er dicht vor dem mit gesenktem Kopf dasitzenden Juden inne und ließ die Faust auf die polierte Tischplatte donnern. Was zur Folge hatte, dass der Ziehvater seiner Geliebten für einen kurzen Moment aus seinem dumpfen Brüten aufschreckte. Nachdem er dem zornigen Blick des jungen Mannes einige Wimpernschläge lang standgehalten hatte, erhob er sich und trat neben ihn, um ihm vorsichtig die Hand auf die Schulter zu legen.

»Ich könnte noch einmal in der Gemeinde um Hilfe bitten«, schlug er wenig zuversichtlich vor, was Curd ein verächtliches Schnauben entlockte. »Aber den Anderen geht es nicht viel besser als mir«, setzte er entschuldigend hinzu. Immerhin hatte Shahzadi alle Kauffahrer der Stadt um Gold angegangen – und wer nicht bezahlen konnte, war versklavt worden. Beinahe ein Drittel der jüdischen Bevölkerung war über Nacht in den Kerkern der Zitadelle verschwunden und erst wieder aufgetaucht, als die von der Prinzessin in die Stadt beorderten syrischen und ägyptischen Sklavenhändler Jerusalem mit ihrer Ware verlassen hatten. »Wenn es stimmen sollte, was sie gesagt hat«, sagte Curd grübelnd. Doch nach wie vor weigerte er sich, der Geschichte der Prinzessin Glauben zu schenken. Denn das würde bedeuten, dass er von einem Ungläubigen abstammte! Mit einem unverständlichen Murmeln ließ er sich auf einen der Sitzsäcke vor dem Fenster fallen und streckte die müden Glieder. »Ich werde morgen noch einmal in der Zitadelle vorsprechen«, erbot er sich. »Wenn der Sultan mir eine Audienz gewährt, dann besteht Hoffnung.« Über die plötzliche Zuversicht des jungen Mannes erstaunt, blickte Nathan forschend in die braunen Augen. Doch solange es nicht absolut nötig war, wollte der Templer den Verdacht, den Shahzadi in seinem Herzen eingepflanzt hatte, für sich behalten.

Vor den Toren Messinas, Anfang November 1190

»Nicht so hektisch«, belehrte Hugh, der Wildhüter des Earls of Huntingdon, den Sohn seines Dienstherrn, der an diesem Morgen überraschend im Schlepptau Henrys of Cirencester auf dem Übungsplatz der Bogenschützen aufgetaucht war. »Dann verfehlst du die Scheibe nicht immer.« Die Zunge vor Konzentration zwischen die Zähne geklemmt, spannte Harold erneut den mächtigen Eibenbogen, den Henry ihm in die Hand gedrückt hatte, und legte an. Die in dreißig Fuß Entfernung aufgestellte Strohscheibe zierte ein albernes, aus Kaninchenfell zusammengenähtes Püppchen, in dessen Bauch bereits etliche Pfeile steckten, und dessen Ohren in der vom Meer her fächelnden Brise hin und her wippten. Als sein Arm anfing zu zittern, kniff Harold ein letztes Mal das rechte Auge zu und ließ das Geschoss mit einem lauten, »verdammt!«, von der Sehne schnellen. Lachend klopfte ihm Cirencester auf die Schulter, als der Pfeil mehrere Meter vom Ziel entfernt in einen Baumstumpf einschlug, in dem er federnd stecken blieb. »Du hast ihn zu lange gehalten«, belehrte er den Jungen, der missmutig zu ihm aufblickte, während er sich mechanisch den linken Unterarm rieb. Zwar hatte er auf Anraten des Wildhüters eine der groben Lederschienen angelegt, um sich vor dem Rückschlag der Sehne zu schützen. Doch der Aufprall war immer noch schmerzhaft genug. »Je länger du die Sehne spannst, desto schwieriger wird es, den Arm ruhig zu halten«, setzte der Ritter mit einem Lächeln hinzu. Zu gewaltig waren die Zugkräfte, die auf die Waffe wirkten. Und obwohl normalerweise nur Männer von niedrigerem Rang lernten, diese englischste aller englischen Waffen zu führen, hatte Harold den Vorschlag des Ritters, auch den Umgang damit zu üben, mit Feuereifer aufgegriffen. Nicht umsonst hatte er immer mit seinem Freund Robin of Loxley, der ein begnadeter Schütze war, um die Wette geeifert und dabei stets unter viel Gelächter verloren.

Vorsichtig legte er den Bogen ins Gras, um die verschossenen Pfeile aufzusammeln. Während er die Hand an die Stirn legte, um sich vor der tief stehenden Sonne zu schützen, trabte er auf das entgegengesetzte Ende des Platzes zu, befreite die Geschosse aus der Grasnarbe und klemmte sie sich unter den Arm, ehe er sich auf den Rückweg machte. Die dunklen Gefühle, die ihn nach dem Angriff auf das Kloster mehrere Tage lang mürrisch und lustlos gemacht hatten, waren in der Obhut des hünenhaften Ritters bald vergessen. Und wenngleich Harold sich immer noch Vorwürfe machte, einen wehrlosen Novizen erschlagen zu haben, hatte er inzwischen gelernt, mit der Last auf seinem Gewissen zu leben. Da ein Angriff auf die Stadt Messina unmittelbar bevorstand, hatte Henry of Cirencester darauf bestanden, ihn auch in den Umgang mit der Schusswaffe einzuweihen, da man nie wissen konnte, wann eine solche Fertigkeit Leben retten konnte. »Im Krieg gibt es nichts, was unter deiner Würde sein darf«, hatte er den Knaben ernst ermahnt. »Denn sonst fällst du deinem eigenen Zaudern zum Opfer.« Dankbar für die Mühe, die der Ritter sich mit ihm gab, hatte Harold gelehrig genickt und war dem erfahrenen Kämpfer auf den Übungsplatz gefolgt.

Nach wie vor fragte sich der Junge, ob er sich an dem schicksalsschweren Abend im Tower verhört hatte, als er den Eindruck gewonnen hatte, dass die Männer um seinen Dienstherrn, den Earl of Essex, eine Verschwörung planten. Doch da bisher – sah man einmal von dem geheimnisvollen Tod des Earls of Arundel in der Nacht von Harolds Ankunft in London ab – keine weiteren Vorkommnisse den Wahrheitsgehalt dieser Annahme untermauert hatten, geriet Harold mehr und mehr ins Zweifeln. Nur noch selten trafen sich die Männer im Zelt des misstrauischen Essex, und wenn es dem Knaben durch Zufall gelang, ein paar Gesprächsfetzen aufzugreifen, dann handelte es sich meist um unwichtige, das alltägliche Leben betreffende Dinge. »Am besten du übst noch ein wenig«, ermunterte ihn der rothaarige Henry, bevor er sich mit einem letzten Blick auf den Knaben abwandte und auf das Heerlager zuschlenderte, über dem das Geschrei italienischer Weiber und das Gekläffe von Kötern hingen. Soeben schob sich eine bedrohlich schwarze Wolkenwand von Westen her über die Sonne, und auch der Wind frischte merklich auf.

Harold hatte gerade die überraschend leichte Waffe wieder an die Wange gehoben, um mit einer weiteren Schussfolge sein Glück zu versuchen, als in der Ferne die durchdringenden Fanfaren des englischen Königs erklangen. Verwundert senkte er den Bogen, stopfte die biegsamen Pfeile in den Köcher zurück und folgte den neugierig in die Mitte des Zeltlagers strömenden Männern, während sich die ersten dicken Tropfen aus der gewittrigen Front lösten. Da die meisten der Soldaten ihn um Haupteslänge überragten, hatte der Knabe Schwierigkeiten, in den innersten Ring vorzudringen, wo bereits Richard Löwenherz' sonorer Bass erscholl. Immer wieder wich er Ellenbogen aus, duckte sich unter erhobenen Armen hindurch und quetschte sich an ihm erzürnt nachblickenden Rittern und Fußsoldaten vorbei, bis es ihm schließlich gelang, einen leicht erhöhten Standpunkt in der Nähe der Galgen zu erreichen. Auch dort drängten sich bereits Pagen und Knappen, deren nackte Beine von der Richtplattform baumelten. Aber nachdem Harold einen der jüngeren Burschen mit einem grimmigen Stirnrunzeln vertrieben hatte, schwang er sich auf den von diesem frei gemachten Balken und ließ den Blick über die Versammlung wandern. Immer dichter fielen die Tropfen, und immer mehr Schilde wurden zum Regenschutz umfunktioniert, während die bunt gewandeten Kämpfer den Worten ihres Königs gebannt und voller Bewunderung lauschten.

»Männer«, fuhr dieser soeben fort und unterstrich die Worte mit einer energischen Geste. »Die Zeit ist gekommen, die Beleidigungen der Sizilianer zu ahnden!« Mit einem entschlossenen Funkeln glitten die Augen des Hünen über die ihm frenetisch zujubelnde Menge. Sein breiter Brustkorb wurde von einer prunkvollen Rüstung bedeckt, über der sich das rot-gelbe Wappen der Plantagenets spannte. Die riesigen Pranken steckten in schweren Kettenhandschuhen, und sowohl Arme als auch Beine des kriegerischen Königs waren durch starke Panzerung geschützt. Den schlichten Helm mit dem Nasenschutz hatte er unter die Achseln geklemmt, um mehr Bewegungsfreiheit zu haben. »Wir werden uns nicht schon hier zum Narren machen lassen«, setzte er hinzu, nachdem sich der Tumult ein wenig gelegt hatte. »Oder soll sich Saladin vor Akkon die vor Lachen schmerzenden Seiten halten?« Nur wenige Augenblicke hing die Frage in der Luft, bevor die Versammlung in wildem Gebrüll explodierte. »Nein!«, brandete ein kakophonischer Chor aus Männerstimmen dem König entgegen. »Niemals!« Geballte Fäuste schossen in die Höhe, und an mancher Stelle wurden heimlich Dolche und Schwerter gebleckt. »Morgen, sobald die Sonne aufgeht«, übertönte Richards Bass den Aufruhr, während hinter ihm ein greller Blitz über den Himmel zuckte, »werden wir mit dem Sturm auf Messina beginnen!«

Moslemisches Viertel, Anfang November 1190

Schlecht gelaunt fuhr Shahzadi sich mit der Hand über die bloßen Oberschenkel und zuckte zusammen, als ihre aufgeweichten Fingerkuppen kurz über dem linken Knie eine entzündete Haarwurzel ertasteten. Um die sie seit Tagen bedrückende Unrast zu vertreiben, hatte sie ein ausgedehntes

Dampfbad genossen und sich danach unter den kalten Fontänen des Hamams abgekühlt, um nun in ihrem privaten Gemach auf einer Liege die Ruhe des späten Nachmittages zu genießen. Trotz des erregenden Liebesspiels mit dem eifrigen Sklaven, der inzwischen beinahe täglich ihr Bett teilte, begann sie, sich immer öfter alt und unscheinbar zu fühlen. Missmutig ließ sie die Hand weiter zu ihrer Flanke gleiten, die weich und formlos den Konturen der gepolsterten Liege nachgab, und brachte sie kurz über ihrer enthaarten Scham zum Ruhen. Waren ihr die großen pockennarbenähnlichen Löcher in der Haut ihrer Beine früher nur nicht aufgefallen, oder handelte es sich um einen Makel, der erst verhältnismäßig jung war? Auch ihre Brust fühlte sich schlaffer an als in der Vergangenheit. Nachdem sie das Mädchen, das ihre Füße gewaschen und geölt hatte, mit einer ungeduldigen Geste aus dem Raum gescheucht hatte, erhob sie sich und trat vor den polierten Silberspiegel, der das Arabeskenmuster der durchbrochenen Wand in ihrem Rücken zurückwarf.

Im Gegensatz zu der samtigen Geschmeidigkeit, die ihr noch vor einigen Wochen entgegengeblickt hatte, erschien es ihr an diesem Tag, als sei ihre Haut grobporiger und faltiger geworden. Armbeugen, Kniekehlen und selbst die ehemals prallen Hinterbacken wirkten pergamentartig und vertrocknet. Wenn sie sich nicht darüber im Klaren gewesen wäre, dass selbst viele der jüngeren Mitglieder des Harems ihr in Anmut und Grazie nachstanden, dann hätte sie dem irrationalen Impuls nachgegeben und den kostbaren Spiegel mit einem Fluch zerschmettert. Wie konnte sie sich in so kurzer Zeit so verändert haben?, fragte sie sich unwillig und beugte sich ein wenig zurück, um ihren einstmals wohlgeformten Bauch dabei zu beobachten, wie er der Bewegung in grotesk anmutender Verzögerung folgte. Oder bildete sie sich das alles nur ein? Forschend führte sie die Hand an eine der schweren Brüste, deren lange, spitze Brustwarzen sie zu verhöhnen schienen, und schob sie ein wenig nach oben. Vielleicht sollte sie sich öfter in dem Bad aus kostbaren Ölen aufhalten, das in einer der Wärmekammern stets für die weiblichen Bewohner des Harems bereitstand. Mit einem resignierten Seufzer warf sie einen der farbenfrohen Seidenschals über die Sichtfläche des Spiegels, wandte sich ab und begann, sich anzukleiden. Es hatte keinen Sinn, gegen das Älterwerden anzukämpfen! Früher oder später würde sie sich damit abfinden müssen, dass sie keine junge, begehrenswerte Frau mehr war. Aber solange ihr die willigen, vor Männlichkeit strotzenden ägyptischen Sklaven immer noch das Gegenteil beweisen wollten, würde sie der Lüge Glauben schenken und sich selbst betrügen!

Als sie auf dem Weg zum Ausgang, an dem wie immer mehrere Sänften für die Besucher bereitstanden, an einem der vielen kleinen privaten Palmengärten vorbeikam, vernahm sie ein Lachen und Geschnatter in einer ihr fremden Sprache. Neugierig und ein wenig aufgebracht durch die Tatsache, dass die Mädchen sich offenbar schamlos amüsierten, stürmte sie den Gang entlang und blieb bei dem Anblick, der sich ihr bot, als sie in den sonnendurchfluteten Garten trat, sprachlos vor Ärger stehen. Inmitten der langsam welkenden Blütenpracht der Büsche und Sträucher saßen die Gespielin ihres Bruders und die gefangen genommene Jüdin auf einer Decke am Boden und unterhielten sich angeregt, während sie das Gesagte immer wieder mit ausladenden Gesten und Gelächter untermalten. Kaum hatten die Mädchen sie erblickt, sprangen sie erschrocken auf, zogen hastig die zurückgeschlagenen Schleier vor die Gesichter und sanken in eine tiefe Verbeugung. Wutentbrannt eilte Shahzadi auf sie zu und ergriff Philippa grob am Oberarm. »Verschwinde!«, zischte sie und stieß die Fränkin auf den Torbogen zu, der ins Innere des Gebäudes führte, um sich – kaum war diese mit einem letzten Blick auf Rahel verschwunden – der Ziehtochter des Juden zuzuwenden.

»Dir scheint der Ernst deiner Lage nicht ganz klar zu sein!«, stieß sie zornbebend hervor und versetzte dem erschrockenen Mädchen eine Ohrfeige, die es einen Schritt zurücktaumeln ließ. »Du hast es lediglich der Weichherzigkeit meines Bruders zu verdanken, dass ich dich noch nicht verkauft habe!«, fauchte sie mit zornesdunklem Blick. »Aber wenn du es darauf anlegst, kann sich das schnell ändern.« Verschüchtert und vollkommen überwältigt von dem Ausbruch der Prinzessin, senkte Rahel den Kopf und begann, leise zu weinen. Während die Tränen ihre Wangen hinabrannen und in dem hochgeschlossenen Kragen ihres walnussfarbenen Gewandes versiegten, verkrampften sich die Hände an ihren Seiten zu Fäusten der Ohnmacht. Mit einem verächtlichen Blick ließ die vor Wut kochende Shahzadi die heulende Gefangene stehen, stürmte auf den Ausgang zu und warf die schwere Tür mit einem weit hallenden Knall ins Schloss. Wie sehr sie es hasste, dass Salah ad-Din ihr die Hände gebunden hatte, was das Mädchen anging! Denn nach wie vor war sie sicher, dass der Kaufherr die geforderte Summe wie durch Zauberhand aufbringen würde, wenn man ihm die Nachricht des Verkaufes oder der Schändung seiner Tochter ins Haus brachte.

Teil 3

März 1191 – Februar 1192

Vor den Stadttoren Akkons, März 1191

»Wie groß im Herzen dieses Mannes die Ehrfurcht vor Gott gewesen war, kann jeder aus dem Folgenden erkennen: Auf dem Krankenbett wurde ihm von den Ärzten eröffnet, er könne geheilt werden, wenn er sich dem Liebesgenuß hingeben würde. Er antwortete, er wolle lieber sterben, als auf der Pilgerfahrt Gottes den Leib mit Wollust zu beflecken.«

Zum unzähligsten Male las Arnfried von Hilgartsberg den kurzen, aber ergreifenden Nachruf des Herzogs von Schwaben, der vor sechs Wochen – trotz der Bemühungen des heilkundigen Ritterordens vor Akkon – seinem Fieberleiden erlegen war. Schleppend und unter weiteren Verlusten war es dem kläglichen Rest des deutschen Kreuzfahrerheeres kurz vor der Jahreswende schließlich gelungen, zu der belagerten Stadt vorzudringen. Aber das, was sie dort vorfanden, ließ sie an Gott zweifeln. Die unter den Christen wütenden Seuchen rafften täglich mehr und mehr Männer dahin. Und nachdem der Einsturz eines Teils der unterminierten Mauern Anfang Januar für Zuversicht gesorgt hatte, war die Hoffnung der Belagerer durch eine neue, von Salah ad-Din entsandte Garnison, welche die feindlichen Linien ohne Weiteres hatte durchbrechen können, zunichtegemacht worden. Ansonsten herrschte vor der Stadt weitgehende Waffenruhe, da der moslemische Herrscher darauf zu warten schien, dass die Seuchen und Krankheiten die Arbeit für ihn erledigten.

»Dieser elende Aufschneider bringt mich noch um den Verstand!«, schimpfte Ansbert, der von einem Ausflug zur Sickergrube in das Zelt zurückgekehrt war, und nahm Arnfried das mit seiner geschwungenen Handschrift bedeckte Papier aus der Hand. »Man könnte meinen, die ganze Unternehmung habe von Anfang an nur auf seiner Initiative beruht!« Auch dem Hilgartsberger, der ohne Weiteres erriet, wem der Unmut des Chronisten galt, ging die Großspurigkeit des Herzogs von Österreich auf die Nerven. Dieser hatte – kaum hatte der Herzog von Schwaben endgültig die Augen geschlossen – das Kommando über das armselige Häuflein der Deutschen übernommen und inzwischen die meisten der Unterführer in dem Feldlager vor Akkon verstimmt. »Wenn die Männer nur nicht auf ihn gehört hätten!«, stieß der bayerische Ritter heftig hervor und fuhr sich mit der Linken über den ungewaschenen, braunen Schopf. »Dann hätte Friedrich in Tripolis in aller Ruhe seine Krankheit auskurieren können und läge jetzt nicht drei Klafter tief unter der Erde!« Ansbert nickte. »Ja«, entgegneter er düster. »Vermutlich habt Ihr Recht.«

Nach einem langen Augenblick des Schweigens, in dem beide Männer ihren Gedanken nachhingen, schlug Ansbert schließlich vor: »Lasst uns sehen, wie es um Heinrich von Champagne steht. Es wäre ein Jammer, wenn er den Kampf gegen das Fieber ebenfalls verlieren würde.« Unbewusst zuckte seine Hand zu einer der verschorften, aber stark juckenden Stichwunden, die seinen gesamten Oberkörper entstellten. Arnfried stemmte sich in die Höhe und warf sich seinen Wappenrock über. Dann griff er nach einem Krug Wein. »Ein wenig Stärkung schadet sicher nicht«, versetzte er mit einem Schmunzeln, da der junge Graf der Champagne ein geübter Trinker war – selbst in seinem jetzigen Zustand. Wie viele andere litt auch er an dem tückischen Sumpffieber, das er mit ähnlicher Gelassenheit trug wie der verstorbene Herzog von Schwaben. Als die beiden in den angenehm kühlen Morgen hinaustraten, dessen böiger Westwind die üblen Gerüche aus dem Lager trug, wurde ihre Aufmerksamkeit jedoch durch eine Doppelreihe blendend weißer Segel auf sich gezogen. Diese tanzten heiter auf die Landzunge zu, auf der sich die Kreuzfahrer verschanzt hatten. Stirnrunzelnd verfolgten Ansbert und Arnfried von Hilgartsberg das Schauspiel eine Weile, und schon bald gesellten sich weitere Neugierige zu ihnen. »Das sind Italiener!«, rief einer schließlich aus und fiel seinem Nebenmann mit einem Jubelschrei in die Arme. Die bauchigen Umrisse der unbeirrt durch die Wellen pflügenden Zweimaster erfüllten die Männer im Heerlager mit so viel Freude und Zuversicht, dass innerhalb weniger Minuten ein wahrer Tanz an dem von den Christen besetzten Küstenstreifen begann. Als dann die gelandeten Italiener sie auch noch davon in Kenntnis setzten, dass der Aufbruch der Könige von Frankreich und England aus Messina bevorstand, brach die ohnehin kaum mehr vorhandene Disziplin vollkommen zusammen und die Männer feierten ein Freudenfest, das an Ausgelassenheit kaum mehr zu übertreffen war. Salah ad-Dins Chance auf einen Sieg schien durch das Eintreffen der italienischen Verstärkung plötzlich erheblich gesunken.

Das Mittelmeer, wenige Meilen vor Barcelona, März 1191

Spiegelblank erstrahlte der azurblaue Frühlingshimmel über den plumpen Einmastern, die soeben die Hafenbefestigung der spanischen Metropole hinter sich ließen und Kurs auf das offene Meer nahmen. Der Bug des Schiffes teilte schäumend die blaugrüne See, auf deren zackigen Wellenkämmen ein wahres Heer schwarz gefiederter Kormorane schaukelte. Viele der eleganten Tiere trugen Beutefische im Schnabel, doch anstatt sich mit ihrem Fang in die Lüfte zu erheben, folgten sie dem Spektakel des Aufbruches. Mit klopfendem Herzen stand Catherine de Ferrers an der Reling des riesigen, im Wind knarrenden Schiffes und sah zu, wie die Küstenlinie langsam, aber sicher kleiner wurde, während um sie herum munteres Treiben herrschte. In Windeseile hatte die Besatzung die Ruder eingezogen, mit denen sie das schwere Gefährt durch das Hafenbecken manövriert hatte, und bevor Catherine begriff, was geschah, entrollte sich das Hauptsegel hinter ihr mit einem ohrenbetäubenden Knattern. Wild schlug es gegen den Mast, bevor es den Seeleuten gelang, es festzuzurren. Erst nachdem alle Ösen und Haken geschlossen waren, erklommen die leicht bekleideten Schiffsjungen die Wanten, um auch in luftiger Höhe nach dem Rechten zu sehen. Mit einem Lächeln auf den Lippen folgte Catherine den behänden Bewegungen eines etwa zehnjährigen Burschen, der sich – nachdem er die letzten Schnüre am Mast verknotet hatte – an einem der überzähligen Taue zu Boden gleiten ließ. Nach der Untätigkeit des endlos erscheinenden Winters erweckte die nervöse Aktivität der letzten Tage beinahe den Eindruck, als habe sie die Pforte zu einem neuen Leben durchschritten.

»Es ist wunderbar«, schwärmte Berengaria, die – alle Etikette missachtend – zu ihr getreten war und die Augen über das ruhige Wasser gleiten ließ. Die Finger ihrer schlanken Hände umklammerten das raue Holz, und nachdem sie sich nach einem kurzen Augenblick an das Schaukeln des Horizontes gewöhnt hatte, setzte sie überschwänglich hinzu: »Ich kann es kaum erwarten, ihn wiederzusehen!« Das Funkeln im Blick der sechsundzwanzigjährigen Braut des Königs verlieh ihr das Aussehen eines jungen Mädchens – ein Eindruck, der unterstrichen wurde, als sie selbstvergessen den Zeigefinger über ihren schmalen Nasenrücken gleiten ließ. Nur mit Mühe unterdrückte Catherine ein belustigtes Schmunzeln, da sie inzwischen beinahe den Eindruck hatte, die erste Begegnung mit

Richard Löwenherz, von der die spanische Prinzessin den gesamten Winter über geschwärmt hatte, selbst erlebt zu haben. Scheinbar waren sich die beiden vor zehn Jahren am Hof ihres Vaters begegnet und hatten die schüchternen Zärtlichkeiten heimlich Verliebter ausgetauscht. Doch wenn Catherine die verworrenen Berichte, die mit jedem Mal an Detailtiefe gewannen, richtig deutete, war es damals wohl zu kaum mehr als zu einem Kuss gekommen. »Die Überfahrt soll nicht einmal eine Woche dauern«, sagte sie an ihre wie immer atemberaubend gekleidete Herrin gewandt, deren wadenlanges safrangelbes Übergewand im Fahrtwind flatterte und den Blick auf ihr haselnussfarbenes Bliaud freigab, dessen Säume mit einer silbernen Zierstickerei eingefasst waren. »Ja, ich weiß«, erwiderte Berengaria sehnsüchtig. »Aliénor hat mir gestern noch einmal alles genau erklärt.«

Catherine nickte und ließ die Gedanken zu den auf Sizilien wartenden Männern abschweifen. So wie Berengaria sich darauf zu freuen schien, ihren Verlobten wiederzusehen, so nagte inzwischen die Ungeduld an dem Mädchen, Harold of Huntingdon in die unverschämt blauen Augen zu blicken und den Fehler wettzumachen, den sie bei ihrer letzten Begegnung begangen hatte. Obwohl sie sich zuerst vorgenommen hatte, den jungen Mann in keinster Weise merken zu lassen, wie sehr sie sich von ihm angezogen fühlte, hatten sie einige intime Gespräche mit den anderen Hofdamen eines Besseren belehrt, und in ihr war der feste Vorsatz gereift, sich zu nehmen, was sie haben wollte. Nur Närrinnen unterließen es, der Liebe zu ihrem Recht zu verhelfen! Eine Zeit lang genossen die beiden Frauen die Fahrt des Schiffes. Doch als selbst die letzte Ahnung des Festlandes vom Nebel der Gischt verschleiert wurde, riss sich Berengaria mit einem bedauernden Achselzucken von dem Anblick los und schlug an Catherine gewandt vor: »Lass uns ein wenig unter Deck gehen.« Auch wenn die Neugier des jungen Mädchens noch lange nicht befriedigt war, nickte sie zustimmend, raffte die gegen ihre Beine schlagenden Röcke und folgte der Prinzessin hinauf aufs Oberdeck, wo eine prächtig geschmückte Kabine auf sie wartete.

Im Innern der verhältnismäßig geräumigen Unterkunft brannte ein Feuer in einer winzigen Feuerstelle. Nachdem die Frauen sich von ihren Kopfbedeckungen befreit hatten, ließen sie sich auf den zu beiden Seiten eines kleinen Tischchens angebrachten Bänken nieder, um das begonnene Damespiel wieder aufzunehmen. Sowohl das Spielfeld als auch die geschnitzten Steine bestanden aus kostbaren afrikanischen Hölzern. Wie stets, wenn sie die Figuren aufhob, war Catherine überwältigt von der Feinheit und Kunstfertigkeit der zierlichen, auf den Rändern eingravierten Schnitzereien. Warm lag der Stein in ihrer Hand, und während sie darauf wartete, dass die zukünftige Königin Englands ihren Zug tat, bewunderte sie die lebensecht wirkenden Seeschlangen, die sich um das Rund wanden. Weit aufgerissene, mit langen Zähnen besetzte Schlünde verschlangen die Schwänze der vor ihnen aus dem tobenden Element aufsteigenden Ungeheuer, während sich die Rückenstacheln kampfeslustig in die Höhe reckten. Wie um alles in der Welt konnte man solche Feinheiten derart verkleinert darstellen?, fragte sie sich nicht zum ersten Mal. »Du bist am Zug«, riss Berengaria sie aus den Gedanken, und nachdem sie einen letzten Blick auf die trotz ihrer Einfarbigkeit glühend wirkenden Augen der Monster geworfen hatte, raubte sie ihrem Gegenüber mit einem einzigen Zug fünf der schwarzen Scheiben.

Messina, März 1191

Wenn Ihr glaubt, dass ich diese Schande ungesühnt lasse, dann täuscht Ihr Euch gewaltig!« Die leicht abstehenden Ohren des französischen Königs glühten vor Empörung. Wären die Barone und Herzöge nicht gewesen, hätte er die Beherrschung verloren und den wortbrüchigen König von England einen doppelzüngigen Bastard geschimpft. »Das könnt Ihr nicht ernsthaft in Erwägung ziehen.« Mit einer ungeduldigen Handbewegung gab Richard den außer ihm und Philipp Anwesenden ein Zeichen, das Zelt zu verlassen, erhob sich und trat mit versöhnlicher Miene auf den kleinwüchsigen Franzosen zu, dessen dichte Brauen sich über der Nasenwurzel berührten. »Aber ich hatte Euch doch bereits in Nonancourt davon in Kenntnis gesetzt, dass ich meine Südflanke sichern muss«, sagte er betont ruhig, und bevor Philipp ihm ins Wort fallen konnte, fuhr er fort: »Außerdem ist Alys inzwischen über dreißig!« Gespielt verzweifelt warf er die Hände in die Luft und fuhr sich durch den rotblonden Schopf. Seine Augen verengten sich. »Und ich brauche einen Thronfolger.«

Philipp schnaubte verächtlich. »Das hättet Ihr Euch vorher überlegen sollen«, zischte er. »Weshalb, denkt Ihr wohl, ist meine Schwester mit kaum dreizehn Jahren an den Hof Eures Vaters geschickt worden?«, setzte er giftig hinzu. Aber Richard beschloss, die darin enthaltene Anspielung zu überhören. Immerhin war es mit ein Grund für seine Entscheidung gewesen, dass bereits sein Vater Henry mit Alys geschlafen hatte, da er auf keinen Fall eine Gemahlin aus zweiter Hand akzeptieren konnte. »Wenn Ihr Euch mit dieser Entscheidung nicht abfinden könnt, tut es mir leid«, beschied er endgültig und baute sich undiplomatisch zu seiner vollen Größe auf, was den Kleineren dazu veranlasste, einige Schritte zurückzutreten, um nicht zu ihm aufblicken zu müssen. »Dann werde ich noch vor Ankunft der Damen Anker lichten und nach Palästina aufbrechen«, verkündete Philipp nach kurzem Schweigen trotzig, strich sich über den Kinnbart und machte Anstalten, das Zelt zu verlassen. »Kann ich Euch nicht irgendwie umstimmen?«, fragte Richard gezwungen ruhig, da er keineswegs Wert darauf legte, dem Franzosen vor Akkon Gelegenheit zum Intrigieren zu geben und damit die Möglichkeit den von ihm unterstützten Kandidaten für den Thron von Jerusalem – Konrad von Montferrat – durchzusetzen. »Nein!« Die Antwort war beinahe bissig. Nur mit äußerster Selbstbeherrschung hielt Richard sich davon ab, dem dunkelhaarigen Dieudonné ins Gesicht zu lachen – denn wie immer, wenn er sich mit ihm stritt, kam ihm der von seinen Untertanen mit diesem Kosenamen bedachte Philipp alles andere als gottgegeben vor. »Nun, dann kann man wohl nichts machen«, seufzte er und bot seinem erbosten Widersacher mit einem heuchlerischen Lächeln die Hand, die dieser allerdings mit einem zornentbrannten Blick ignorierte, bevor er mit viel Pathos aus dem Zelt rauschte.

Was für eine Witzfigur!, fuhr es Richard Löwenherz durch den Kopf, als er den Franzosen davonstolzieren sah. Eigentlich war er beinahe froh darüber, sich auf diese Art und Weise der Anwesenheit Philipps entledigt zu haben. Auch wenn dieser Streit noch ein Nachspiel haben würde, dessen war er sicher. Aber seit dem Sturmangriff auf Messina war der französische König, der Richards Warnung natürlich in den Wind geschlagen und weiterhin im Stadtpalast gewohnt hatte, mehr als nur nicht gut zu sprechen auf die Engländer. Wie hatte einer der französischen Chronisten so schön gedichtet:

»Die Tat war schneller noch vollbracht, als der Priester Frühandacht. Ein Blutbad drohte in der Stadt, was Richard dann verhindert hat. Doch nun hob an, du kannst es glauben, ein großes Plündern und Berauben. Gut und Geld sie an sich nahmen und Mägde schön und edle Damen.«

Richard hatte sich beinahe verschluckt vor Lachen, als er diesen überaus treffenden Bericht gelesen hatte. Denn natürlich hatten die beutegierigen Soldaten selbst vor der Habe der Franzosen keinen Halt gemacht. Und so war es nur der strengen

Hand Richards zu verdanken gewesen, dass Philipp die ihm geraubten Gegenstände zurückbekommen hatte – was Löwenherz natürlich mit hämischer Freude erfüllte, da es den anderen vollständig gedemütigt hatte. Ungeduldig wischte er die Erinnerung an den Angriff fort und trat in die schon recht laue Luft hinaus. Es war Zeit, dass die Damen endlich eintrafen, da sich die Männer in den langen Wintermonaten, die das Heer aufgrund der heftigen Stürme auf Sizilien festgesessen hatte, gelangweilt hatten und die Disziplin anfing, sich in Wohlgefallen aufzulösen. Obgleich es nur noch den Klerikern und Rittern erlaubt war, bis zu zwanzig Schillinge am Tag zu verspielen, wusste Richard doch genau, dass sich die einfachen Soldaten und Matrosen nicht an das Würfelverbot hielten. Weshalb es immer wieder zu blutigen Zwischenfällen kam. Und dennoch hatten die unerfreulichen Vorkommnisse in Messina einen Vorteil gehabt, dachte er zufrieden. Denn durch das Lösegeld, das Tankred nach dem Waffenstillstand für die Gefangenen gezahlt hatte, waren Richards Kriegstruhen wieder voll.

Kairo, März 1191

»Einen Schritt weiter und *Ihr* habt Euer Leben verwirkt!« Mit nur mühsam unterdrückter Ungeduld versuchte Curd von Stauffen, vor dessen Brust sich zwei gefährlich funkelnde Krummschwerter kreuzten, erneut den Palastwächtern im Zentrum von *al-Qahira*, wie die Araber das imposante, von mächtigen Tempelanlagen geprägte Kairo nannten, zu erklären, warum er ihren Herrn al-Adil sprechen musste. Auf den grimmigen Gesichtern der Wachen hielten Zorn und Erstaunen über die Unverschämtheit des offensichtlich fränkischen Eindringlings Widerstreit. Und während sich die Kiefermuskeln unter ihrer straffen Haut anspannten, verstärkten sie den Griff um Curds Oberarme. Langsam tastete sich die Waffe des größeren der beiden an dem dunkelblauen Umhang des Ritters entlang, bis die Spitze an seiner Kehle zum Ruhen kam. Der Blick des Mamelucken blieb einige Momente lang an der schützenden Kopfbedeckung des Christen haften, bevor er weiter zu dem an Curds Seite befestigten Dolch wanderte. Erneut hatte ihn Nathan nach seiner Rückkehr aus der Zitadelle in Jerusalem dazu überredet, neutrale Kleidung anzulegen und den Mantel der Tempelritter bei ihm zurückzulassen, was in Anbetracht der Feindseligkeit, die ihm überall entgegenschlug, ein kluger Schachzug gewesen zu sein schien. Zu entzündlich war die Stimmung in den moslemischen Gebieten, als dass es ratsam gewesen wäre, sich mit solch provokativen Insignien zu schmücken. »Ich bitte Euch, schickt wenigsten einen Boten zu ihm!«, beharrte er mit leicht zurückgebogenem Kopf und gab vor, die sich schmerzhaft in seinen Bauch bohrende Spitze der zweiten Waffe nicht zu spüren.

Lange hatte er mit sich gerungen, ob er die Reise auf sich nehmen sollte. Aber nachdem Salah ad-Din die Stadt bereits verlassen hatte, als Curd in der Zitadelle vorgesprochen hatte, war ihm außer dieser List nichts eingefallen, um Shahzadi von unbedachten Handlungen abzuhalten und in dem Glauben zu wiegen, dass sowohl er als auch Nathan sich weiterhin um die Herbeischaffung des von ihr geforderten Goldes kümmerten. Zwar war es dem Juden gelungen, zu dem Erlös aus den Überresten seiner Karawane einen nicht unbeträchtlichen Teil der Schuld von denjenigen seiner Glaubensgenossen zu leihen, die auch nach der Erhebung noch genug besaßen. Allerdings bestand die Prinzessin darauf, auch den Rest der Summe ohne Abzüge so bald wie möglich zu erhalten – weshalb der Templer vorgegeben hatte, sich erneut in Ägypten um die Beschaffung der Mittel zu kümmern. Das Risiko war groß. Aber sollte der Bruder des Sultans wirklich sein leiblicher Vater sein, dann wog der zu erhoffende Erfolg des Unterfangens die Gefahren allemal auf. »Warum sollte unser Herr einen Ungläubigen empfangen?«, höhnte der kleinere der beiden und verstärkte den Druck auf Curds Sonnengeflecht, das trotz der eisernen Entschlossenheit des jungen Mannes anfing zu beben. Mühsam schluckte der Bedrängte die wie eine Welle in ihm aufsteigende Verzweiflung und beschloss, alles auf eine Karte zu setzen. »Könnt Ihr es Euch leisten, seinen Unwillen auf Euch zu ziehen?«, fragte er so gelassen wie möglich und bohrte den Blick in die schwarzen Augen seines Gegenübers, dessen kaum merkliches Blinzeln seine Unsicherheit verriet.

Nach scheinbar unendlichen Augenblicken des Zögerns zog der Ranghöhere mit einem betont gleichgültigen Achselzucken die Klinge von Curds Kehle zurück und stieß abfällig hervor: »Eine Schabe wie dich zu zertreten, wird ihm eine willkommene Abwechslung sein!« Grob stieß er den Tempelritter in die Seite, um ihm zu bedeuten, dass er vorangehen solle, und wechselte ein paar scherzhafte arabische Worte mit seinem Gefährten. Dieser gab ein kurzes Lachen von sich, wurde jedoch sofort wieder ernst, als sie den zweiten Posten passierten und ins Innere des riesigen Palastes eintauchten. Überall erinnerten Wandmalereien und Fresken an die ruhmreiche Vergangenheit der uralten Pharaonenstadt. Und hätte ihn nicht nach wie vor eine der Schwertspitzen daran erinnert, dass er sich in Feindesland befand, wäre Curd vor Bewunderung der Atem gestockt. Die Farbpracht der über zweitausend Jahre alten Kunstwerke schien alle Gesetze der Vergänglichkeit ad absurdum zu führen, und selbst die Pflanzenfülle des durch den Bogengang sichtbaren Gartens wirkte zeitlos in ihrer schillernden Üppigkeit. Als sie eine mit Blattgold beschlagene Tür erreichten, legte sich erneut das Krummschwert der Palastwache an Curds Kehle, während geschickte Finger seinen Dolch aus der Scheide zogen. »Warte hier«, zischte der Mameluck mit einem verächtlichen Lächeln. »Bete zu deinem Gott, dass er dir einen schnellen Tod gewährt.« Mit diesen Worten verschwand er durch die schwere Flügeltür, nur um kurz darauf verwirrt und stirnrunzelnd wieder aufzutauchen und den Templer in das Gemach zu winken. Nachdem Curd den Raum betreten hatte, entfernten sich die beiden Soldaten und ließen den jungen Mann allein mit der am Kopfende auf einem breiten Diwan thronenden Gestalt.

»Welch unerwarteter Besuch!« Obschon al-Adil nicht gerade erbaut war über die Überraschung, die ihm der hochgewachsene junge Mann bereitete, musste er sich dennoch eingestehen, dass ihn sein Anblick tief im Inneren seines Herzens mit Freude erfüllte. Nach der überstürzten Rückkehr aus Palästina hatte er einige Wochen damit zugebracht, den Hof in Kairo von aufrührerischen Elementen zu säubern. Doch nun, da wieder ein Mitglied der Herrscherfamilie vor Ort war, verliefen die Dinge scheinbar friedlich – manchmal sogar ein wenig langweilig. Weshalb ihm die Abwechslung in Gestalt des Tempelritters beinahe willkommen war. »Was führt Euch zu mir?« Mit einer einladenden Geste forderte er den jungen Mann auf, sich auf einer der niedrigeren Liegen niederzulassen und zog fragend die Brauen in die Höhe, nachdem er den Sklavinnen, die zu seinen Füßen gekauert hatten, ein Zeichen gegeben hatte, die Tür von außen zu schließen. »Herr.« Einen kaum wahrnehmbaren Augenblick zögerte Curd und ließ den Blick über die ihm fremden und dennoch seltsam bekannten Züge gleiten, bevor er entschlossen fortfuhr: »Ich bin hier, um Euch um Hilfe zu bitten.« Gespielte Unwissenheit huschte über das Gesicht des Prinzen, als dieser sich scheinbar neugierig vorbeugte und Curd auffordernd anblickte. »Weshalb sollte ich Euch helfen?«, fragte er provozierend langsam, während seine Erinnerung die gerade Nase und den energischen Mund seines Besuchers mit den verblassten Zügen seiner damaligen Gespielin abglich. Es gab keinen Zweifel. Salah ad-Din hatte recht. Dieser Bursche war eindeutig sein Sohn! Einige Atemzüge lang taxierten sich die beiden Männer schweigend, bevor Curd schließlich ruhig versetzte: »Ich denke, sowohl Ihr als auch ich wissen, warum Ihr das tun solltet.« Adil schmunzelte. »Wisst Ihr«, bemerkte er beinahe heiter. »Warum vertraut Ihr mir nicht einfach an, was Euch auf der Seele brennt, dann werden wir sehen.« Jetzt war Curd an der Reihe, den Mund zu einem Lächeln zu verziehen. »Ja«, erwiderte er. »Vielleicht wäre das das Beste.«

Nachdem er eine kurze Zusammenfassung der Ereignisse in Jerusalem gegeben hatte, hob der Templer erwartungsvoll den Blick und versuchte, den Ausdruck in al-Adils dunklen Augen zu deuten. »Es ist ein Jammer«, beschied dieser schließlich, nachdem er sich erhoben hatte und an eine große Truhe herangetreten war. »Hätten wir uns früher getroffen, dann wären die Dinge besser gestanden. Für uns beide«, setzte er nach kurzem Zögern hinzu. »Doch so wie es im Moment aussieht, wäre es sowohl für mich als auch für dich eine tödliche Narretei zuzugeben, was wir beide wissen.« Entgegen allen Vorurteilen, die Curd auf dem langen Ritt nach Kairo gegen seinen leiblichen Vater gesammelt hatte, verspürte er einen leisen Hauch der Bewunderung für diesen erfahrenen Diplomaten. »Übergib das meiner Schwester.« Mit einer schwungvollen Bewegung zog er einen schweren Beutel aus der Truhe und ließ ihn mit einem Klimpern auf eines der Tischchen fallen, auf denen frisch geschnittene Lotusblüten einen schweren Duft verbreiteten. Bevor Curd, der vor Verwunderung sprachlos war, etwas darauf erwidern konnte, kramte Adil ein kleines, an einer Lederschnur baumelndes Silberstück hervor, das er dem Templer in die Hand drückte. Während auf der einen Seite des Schmuckstückes ein arabischer Schriftzug prangte, schmückte die Rückansicht ein fein getriebenes Profil des jungen Salah ad-Din. »Ich traue Shahzadi nicht«, bemerkte er trocken und legte dem jungen Mann die Hand auf die Schulter, um ihn mit sanfter Gewalt zur Tür zu schieben. »Wenn sie deine Liebste nicht innerhalb weniger Stunden nach Bezahlen der Schuld freigibt«, riet er, »dann dringe in den Harem ein und befreie sie.« »Aber wie?«, fragte Curd verdutzt. »Er ist eines der am schwersten bewachten Gebäude in ganz Jerusalem.« Al-Adil lachte leise. »Indem du dem Großwesir diese Münze zeigst.«

Messina, März 1191

Die Atmosphäre, die über der Versammlung in dem Stadtpalast in Messina lag, schien zu brodeln vor Aggression, Unzufriedenheit und Ungeduld. Die von starken Dachbalken gestützte Decke lag im Dunkeln, und das durch die schmalen Fenster hereinfallende Licht reichte gerade aus, um die Gesichter der Anwesenden von dem Hintergrund aus hellem Sandstein abzuheben. »Wir sollten schon längst in Palästina sein!«, warf der Earl of Pembroke wenig schüchtern in die Runde und blickte sich trotzig und Beifall heischend um. Einige der Anwesenden nickten zustimmend. Doch die meisten von ihnen warfen erst dem am Ende der Tafel thronenden Löwenherz einen vorsichtigen Blick zu, bevor sie entweder peinlich berührt den Kopf senkten oder die Achseln zuckten. »Ich weiß«, erwiderte der König erstaunlich ruhig. »Auch ich hatte beabsichtigt, früher vor Akkon einzutreffen, aber die Stürme kann man nun einmal nicht ignorieren.« »Ja«, brummte Robert de Beaumont, der Earl of Cornwall, leise vor sich hin. »Aber wenn man dieses vermaledeite Messina nicht hätte einnehmen müssen, dann wären wir jetzt schon längst da.« Sein Gegenüber, Richard de Reviers, der Earl of Devon, zog eine ähnlich säuerliche Miene, da ihm die Verzögerung genauso auf den Nerv fiel wie Cornwall. »Außerdem sind die Damen noch nicht eingetroffen«, setzte Löwenherz, der sich erhoben hatte, in einem Tonfall hinzu, der den Anwesenden signalisierte, dass das Ende der Unterredung erreicht war. Folglich schoben auch die zum königlichen Beraterstab gehörigen Adeligen die Stühle zurück und verließen im Gänsemarsch die Halle, um in die unterschiedlichsten Richtungen davonzueilen. Als er sich zufällig Schulter an Schulter mit William de Ferrers, dem Earl of Derby, wiederfand, warf Essex, der ebenfalls zugegen gewesen war, dem Älteren einen hasserfüllten Blick zu, der diesem jedoch nicht mehr als ein müdes Lächeln entlockte. »Wartet nur«, zischte er ihm hinterher. »Bald werden wir sehen, wie gut Ihr auf Eure wohlbehütete Tochter achtgeben könnt!«

Die zweite Märzwoche war mit einem aufgelockerten Gemisch aus Sonne und Wolken angebrochen, und während die windgepeitschten Wipfel an den Berghängen über der sizilianischen Stadt noch kahl und grau waren, trieben die Mandel- und Orangenbäume an der Küste bereits erste Blüten. Da die höhergestellten Persönlichkeiten nach dem Fall der Stadt innerhalb der schwer beschädigten Mauern Unterkunft bezogen hatten, genoss Harold den Luxus einer eigenen Kammer, die zwar – wie seine Schlafstelle im Tower – moderig und lächerlich klein war, aber immerhin ein eigenes Fensterchen besaß. Nachdem Essex und die anderen Mitglieder des Beraterstabes zu einem Treffen in den von Richard bezogenen Palast gerufen worden waren, hatte der Knabe Zeit, sich um die lange vernachlässigten Reitstunden zu kümmern und seinen mittelmäßigen Schenkeldruck zu verbessern. Ungehalten über seine Ungeschicklichkeit jagte er aus dem Stallgebäude zurück in die Eingangshalle des einstöckigen Gebäudes, in dem er, Essex, Littlebourne und drei Ritter des Erzbischofs Zuflucht vor der feuchten Kälte des Winters gefunden hatten, um nach seinem linken Sporn zu suchen, der ihm im Eifer des Gefechtes vom Stiefel gesprungen sein musste.

»Wo kann er nur sein?«, murmelte er, ließ sich auf die Knie fallen und kroch auf allen Vieren über den staubigen

Boden. Leise vor sich hin schimpfend sah er unter jedes einzelne der schweren Möbelstücke, die sie von den früheren Bewohnern des Hauses »übernommen« hatten. Gerade wollte er sich der Kammer zu seiner Linken zuwenden, als er unter John of Littlebournes Bett etwas aufblitzen sah. Voller Erleichterung eilte er in das türlose Gemach, das lediglich durch einen Vorhang von der Halle getrennt wurde, und tauchte unter das auf stabilen Beinen ruhende Lager. Mit einem erschrockenen Quieken suchte eine Schar Mäuse das Weite, als sich seine tastende Hand in das Gewirr aus Stroh, Schmutz und Staub schob und sich seine Finger um kühles Metall schlossen. Seltsam!, fuhr es ihm durch den Kopf, während er den Fund über den festgestampften Lehmboden zu sich hinzog. Was mochte da wohl verloren gegangen sein? Sein Sporn war wesentlich größer als das, was er hier gefunden zu haben schien, und zudem von gänzlich anderer Form. Mit einem ratlosen Stirnrunzeln betrachtete er den zwar alt, aber überaus wertvoll wirkenden Ring, dessen überdimensionalen Rubin ein Kreuz aus Gold zierte, in das lateinische Worte eingraviert waren. War das Kleinod den ehemaligen Bewohnern unter das Bett gefallen und dann vergessen worden?, fragte er sich, und ging ein weiteres Mal auf die Knie, um etwas tiefer zu forschen. Als seine Fingerkuppen erneut kühles Metall erspürten, beschleunigte sich sein Herzschlag, und er starrte auch die zweite Entdeckung – einen schweren, mit einer Kreuzigungsszene verzierten Goldpokal – mit offenem Mund an.

»Was machst du hier?!« Erschrocken sprang Harold, der ein drittes Mal unter die Bettstatt gekrochen war, auf die Beine und versuchte, die beiden Funde hinter seinem Rücken zu verbergen. Doch mit wenigen Schritten war der zornesrote John of Littlebourne bei ihm und zwang die zur Faust geballten Finger, die den Ring umschlossen, mühelos auseinander. »Du kleine Ratte!«, flüsterte er wutentbrannt, entwand Harold auch das Goldgefäß und trat dem Knaben mit dem Knie in den Magen, sodass dieser sich vor Schmerz krümmte. »Das sind Reliquien!«, stieß Harold mit schmerzverzerrtem Gesicht hervor. »Ihr habt geplündert!« Ein weiterer Tritt traf ihn, dieses Mal in die Nieren, und er ging wimmernd zu Boden. »Wer hat dir erlaubt, meine Kammer zu betreten?« Littlebournes Stimme war kaum mehr als ein kratzendes Zischen, als er ein drittes Mal ausholte, um den Jungen zu züchtigen. Bevor er seinem Opfer jedoch erneut den gepanzerten Stiefel in die Eingeweide rammen konnte, lenkte ihn der Blick des Knaben ab, der an ihm vorbei zur Tür wanderte, in der soeben der Earl of Essex erschien. »Mylord«, keuchte Harold, hob zitternd die Rechte und zog den am Boden liegenden Kelch an sich. Aber seine Stimme erstarb, als er die Kälte in den Augen des breitschultrigen Adeligen sah. Betont gleichgültig trat dieser auf ihn zu und ging neben ihm in die Hocke, um seinen Kopf an den Haaren in die Höhe zu ziehen. »Ja?« Und obgleich sein Instinkt ihm zuschrie, diese Eselei zu unterlassen, wies Harold mit dem Blick auf die gestohlenen Kirchengüter und krächzte mit belegter Stimme: »Er hat das Verbot missachtet, Mylord.« Nach dem Fall der Stadt und dem Abkommen mit Tankred hatte Richard Löwenherz unter Androhung der Todesstrafe den ausdrücklichen Befehl erteilt, alle geraubten Kirchenschätze unversehens zurückzugeben. »Hat er das?«, fragte Essex zuckersüß und zog den Jungen am Kragen in die Höhe. Der eisige Blick des Hünen schien Löcher in Harolds Seele brennen zu wollen, und kein Wimpernzucken kündigte den harten Schlag ins Gesicht des Knaben an, der diesen auf die dünne Matratze des Lagers schickte. »Dann wirst du die nächsten drei Tage und Nächte zusehen, dass niemand die von John sichergestellten Preziosen stiehlt!« Seine Miene verriet kaum eine Regung, als er verächtlich hinzusetzte: »Und damit du nicht abgelenkt wirst, nimmst du in dieser Zeit wohl besser nicht an den Mahlzeiten teil.«

Jerusalem, Moslemisches Viertel, März 1191

Heiteres Vogelgezwitscher drang durch die Gitter der hohen Fenster in die Kammer. Als sich einer der kleinen Gesellen sogar auf der kunstvoll geschmiedeten Blüte einer Tulpe niederließ, musste Rahel wider Willen durch den dichten Tränenschleier vor ihren Augen lächeln. »Flieg schnell fort«, flüsterte sie erstickt, während eine neue Welle der Mutlosigkeit in ihr aufstieg. Noch immer hatte sie keine Nachricht von ihrem Vater oder ihrem Geliebten erhalten, die sie in der bedrückenden Enge ihres Gefängnisses mit Hoffnung erfüllt hätte. Seit über einem halben Jahr saß sie nun bereits in dem ihr inzwischen verhassten Harem Salah ad-Dins fest, und selbst wenn sie sich immer und immer wieder davon zu überzeugen versuchte, dass es ein gutes Zeichen war, dass man ihr bisher nichts angetan hatte, begann doch jeder neue Tag, mehr an ihren Nerven zu zehren. Seit Shahzadi ihr zwei Wächter zugeteilt hatte, die ihr auf Schritt und Tritt folgten, waren auch die ungestörten Treffen mit Philippa unmöglich geworden. Und so mussten sich die beiden jungen Frauen darauf beschränken, belangloses Geplänkel auszutauschen, um eine völlige Isolierung der Gefangenen zu vermeiden.

Während Rahel das funkelnde Spiel der Regentropfen auf den Palmwedeln vor ihrem Fenster betrachtete, schweiften ihre Gedanken – wie so oft in letzter Zeit – zu ihren leiblichen Eltern ab. Wie sie wohl ausgesehen hatten? Versonnen fuhr sie sich mit der Kuppe ihres Zeigefingers über die von einem seidenen Schleier bedeckte Stirn. Ob sie noch lebende Verwandte hatte? Denn wenngleich sie Nathan als ihren Vater betrachtete, würde sie doch – sollte sich jemals die Möglichkeit zur Flucht ergeben – mit Curd die Stadt verlassen, um sich seinen Glaubensgenossen anzuschließen. Nur auf diese Weise würden die Nachkommen, die sie sich von ihm wünschte, eine Zukunft haben. Ein trockenes Schluchzen nahm ihr den Atem. Eine Zukunft! So wie die Dinge im Augenblick standen, bedurfte es mehr als nur gewöhnlichen Glücks, damit sie eines Tages den Anblick der Sonne wieder unter freiem Himmel genießen könnte. Immer öfter drohte die in letzter Zeit unzufrieden und verbittert wirkende Shahzadi damit, Rahel und die anderen christlichen Gefangenen an einen Sklavenhändler aus Syrien zu verkaufen. Und selbst wenn Rahel den Drohungen nur eingeschränkt Glauben schenkte, nagte das über ihr hängende Damoklesschwert dennoch an ihren ohnehin dünnen Nerven.

Müde ließ sie sich auf den unbequemen Diwan sinken und vergrub das Gesicht in den Armen. Welche Sünde hatte sie begangen, dass Gott sie mit einer solchen Bürde strafte?, fragte sie sich zum wiederholten Male. War das die Buße, die er ihr abverlangte, weil ihr Vater sie in einem anderen Glauben als dem ihren erzogen hatte? War Gott wirklich so grausam? Oder stellte dieser Abschnitt ihres Lebens eine Prüfung dar, die sie erst im Rückblick verstehen würde? Erneut schnürten Trauer und Verzweiflung ihr die Kehle zu, und sie gab den Widerstand auf. Heiß rannen die Tränen ihre Wangen hinab, um in den weiten Ärmeln ihres Kaftans zu versiegen, während ihr Zwerchfell sich immer heftiger zusammenzog. Lange Zeit weinte sie still vor sich hin, aber irgendwann versiegte der Strom und sie stemmte sich erschöpft auf die Ellenbogen. Nachdem sie sich die Augen getrocknet und die Nase geputzt hatte, warf sie sich auf den Rücken und starrte mit gerötetem Blick an die kahle Decke. Ob sie Curd jemals wiedersehen würde?

Ein Stadtpalast in Messina, März 1191

»Seid willkommen!« Mit einer herzlichen Geste reichte Richard Löwenherz Berengaria von Navarra, die vor ihm in einen tiefen Knicks gesunken war, die Hand und zog sie sanft auf die Beine. Während die Augen der spanischen

Prinzessin bescheiden auf den Boden geheftet blieben, wanderte der Blick des Königs ungeniert und ungeachtet der tadelnden Miene seiner Mutter über den tiefen Ausschnitt des prunkvollen Bliauds zu der engen Schnürung ihrer Taille, die in einer perfekten Rundung in den Rockteil des hellen Gewandes überging. Catherine, die neben ihrer Herrin kniete, erhob sich auf einen Wink der Königinmutter hin ebenfalls und trat unauffällig in den Hintergrund, von wo aus sie den offiziellen Empfang der Braut verfolgte. Die gewaltige Halle des Stadtpalastes war in den Farben des Königs und der zukünftigen Königin geschmückt, und man hatte keine Mühen gescheut, um den versammelten Gästen einen Eindruck der Großartigkeit zu vermitteln, welche man für die vereinigten Königshäuser für angemessen hielt. In der Mitte des Raumes waren Dutzende von Tischen aneinandergereiht worden, über die sich kunstvoll arrangierte Blumengebinde ergossen und auf denen fein getriebenes Silbergeschirr den Glanz der unzähligen Kerzen und Fackeln zurückwarf. Die Luft war schwer vom Duft köstlicher Speisen, und nur die leicht geöffneten Fenster über den Köpfen der Anwesenden sorgten für einen Hauch der zwar kühlen, aber frischen Frühlingsluft.

Mit einem zurückhaltenden Schmunzeln erwiderte Catherine den Gruß ihres Vaters, der wie die anderen Earls, Herzöge und Barone inzwischen am oberen Ende der langen Tafel Platz genommen hatte, während sie selbst – gemeinsam mit den anderen Hofdamen und geringeren Adeligen – näher an der Flügeltür saß. Diese öffnete sich und eine wahre Heerschar von Bediensteten schwebte herein, um die langen, auf Hochglanz polierten Tische mit allerlei Köstlichkeiten zu überladen, sodass diese sich unter der Last zu biegen schienen. Fette Kapaune wechselten sich mit zarter, in Honig-Feigensoße gebackener Fasanenbrust ab, die durch Hirschkeulen, Wildschweinbraten, Hasenrücken und eine wahre Flut an Beilagen ergänzt wurde. So weit das Auge reichte, reihten sich

Schüsseln, Schalen und Platten aneinander, auf denen sich die raffiniertesten Gerichte türmten. Knusprig gebratener Thunfisch wetteiferte mit Garnelen, Tintenfisch und Süßwasserkarpfen um die Aufmerksamkeit der Männer und Frauen, die sich unter Austausch von Höflichkeiten über das Mahl hermachten. Hungrig angelte Catherine sich einen der handtellergroßen, in Olivenöl ausgebackenen Fladen, den sie mit einem kleinen Stückchen Hasenbraten füllte, bevor sie einen Bissen zum Mund führte. Dann nickte sie dem frischgesichtigen Pagen zu, der ihren Trinkkelch mit wunderbar saurem Cidre füllte, und konzentrierte sich auf das Schauspiel des königlichen Balztanzes am Kopfende der Halle.

»Sie ist unglaublich schön«, raunte ihr eine der älteren Hofdamen ins Ohr und unwillkürlich beugte sich Catherine ein wenig zurück, um dem unangenehmen Mundgeruch ihrer Nachbarin zu entgehen. Seit sie in Barcelona an Bord gegangen waren, hatten einige der Edeldamen die tägliche Körperpflege vernachlässigt, was sich nun in stumpfen Zähnen und schwarzen Rändern unter den zu langen Fingernägeln manifestierte. Um dieser Gefahr zu entgehen, hatte Catherine seit ihrem Aufbruch noch gewissenhafter als sonst darauf geachtet, die wundervollen, dunkelblonden Locken täglich zu bürsten und mit dem heißen Eisen in Form zu bringen und vor dem Zubettgehen den Mund mit einer Essenz aus Essig und Minze zu spülen. Zwar hatte Aliénor kurz auf der größten der Baleareninseln Anker werfen lassen. Doch nur wenige der weiblichen Reisenden hatten die Gelegenheit genutzt, an Land zu gehen und sich auf einem der vielen kleinen Märkte mit Kräutern oder Schönheitsmitteln einzudecken. Obgleich Catherines bescheidene Mittel nur für einige Stücke Seife und einen Kohlestift ausgereicht hatten, erstrahlten sie und ihre Herrin bei der Ankunft in Messina dank dem Erwerb dieser Kleinigkeiten doch in größtmöglicher Schönheit. Mit einem höflichen Lächeln auf den Lippen nickte sie zustimmend und ließ den Blick zurück zu Berengaria von Navarra schweifen, die mit einem klingenden Lachen den Kopf in den Nacken warf, und ihrem zukünftigen Gemahl einen bezaubernden Augenaufschlag schenkte.

Bald schon ermüdete sie das gekünstelte Schauspiel, und sie suchte zum wiederholten Mal den Raum nach Harold of Huntingdon ab. Zwar war sein Herr, der widerliche Earl of Essex, zugegen. Aber von Harold fehlte jede Spur. Die Freude, die Catherine beim Anblick ihres Vaters erfüllt hatte, verwandelte sich langsam, aber sicher in bittere Enttäuschung, da sie dem Augenblick des Wiedersehens mit Harold während der gesamten Überfahrt entgegengefiebert hatte. Unbewusst strich sie sich mit der Hand über die sorgsam gelegten Locken und nagte an der Unterlippe. Immer wieder hatte sie sich die Worte zurechtgelegt, mit denen sie ihn begrüßen und gleichzeitig unverfänglich ermutigen wollte, ihr den Hof zu machen; hatte kokette Augenaufschläge und Knickse vor dem Spiegel ihrer Herrin geübt. Aber wie es aussah, war diese Mühe vergebens gewesen. Warum bediente ein anderer junger Mann den Earl of Essex? Ein Stich der Furcht fuhr ihr ins Mark. Was, wenn ihm etwas zugestoßen war? Entgegen aller Abscheu, die sie Harolds Dienstherrn gegenüber empfand, suchte sie das harte Gesicht des Earls nach Zeichen ab, die ihre Ängste bestätigten. Doch sobald dieser ihr den Blick zuwandte, senkte sie hastig den Kopf. Mit einem Mal appetitlos stocherte sie in dem aufgeweichten Brot herum, das allmählich in der Bratensoße zerfiel.

Während sich die zum Brautschmaus geladenen Gäste in Richards Palast amüsierten, traten Philipp von Frankreich in einem bescheidenen Stadthaus nahe dem Hafen von Messina die vor Mordlust pochenden Adern an den Schläfen hervor. Nur mühsam beherrscht ballte er die Hände zu Fäusten, um den ungebändigten Zorn in Zaum zu halten. Der geplante Aufbruch von Sizilien hatte sich aufgrund einer neuen Sturmfront im Osten um einige Tage verschoben. Und so hatte der junge König mit ansehen müssen, wie die abscheuliche Exgemahlin seines Vaters – Aliénor von Aquitanien – dem wortbrüchigen Löwenherz die Braut zugeführt hatte, die seiner Schwester Alys den Rang streitig gemacht hatte. »Diese elendige Teufelin!« Schon als Knabe hatte er nichts als abgrundtiefe Verachtung für die leichtlebige Herzogin von Aquitanien empfunden, die seinen Vater bereits dreizehn Jahre vor Philipps Geburt mit dem damaligen Grafen von Anjou und späteren König Henry II von England betrogen hatte. »Irgendwann wird Richard dafür bezahlen«, versuchte sein Berater und Freund, der Herzog von Burgund, ihn zu beschwichtigen.

»Irgendwann, irgendwann«, brauste Philipp auf und stieß den mit erkalteten Speisen gefüllten Teller missmutig von sich. »Nicht nur, dass er mich wie einen Knaben behandelt«, knurrte er. »Er hält mich auch noch für dumm!« Am liebsten hätte er auf der Stelle alle Eide gelöst und wäre nach Frankreich zurückgesegelt, um dem verräterischen Löwenherz zu zeigen, was er von seiner Auffassung von Ehre hielt. Alleine wenn er an die vielen – durch das für den Kreuzzug ausgehobene Aufgebot an Männern – ungeschützten Burgen und Baronien dachte, die in der Heimat nur darauf warteten, von ihm erobert zu werden, kam ihm die Galle hoch, da er hier seine Zeit vertrödelte. Allerdings hatte er der Kirche und dem Papst gegenüber eine Verpflichtung auf sich genommen, die er nicht einfach ignorieren konnte. Immerhin war er auf die Unterstützung aus Rom angewiesen. »Sobald sich dieser verfluchte Sturm legt, lichten wir Anker«, schimpfte er bärbeißig und machte Anstalten, sich zurückzuziehen.

Vor den Stadttoren Akkons, März 1191

»Ihr habt mir überhaupt nichts zu befehlen!«, fauchte Fulko von Filnek den beleibten Herzog von Österreich an, der sich mit einer Gefolgschaft von zwei Dutzend Rittern vor dem blonden Kämpen aufgebaut hatte, um diesen davon in Kenntnis zu setzen, dass er seinen Zeltplatz zu räumen und an einen Teil des österreichischen Kontingents abzutreten hatte. Die Schultern des stämmigen deutschen Ritters strafften sich, und das von einem kurzen Bart bedeckte Kinn schob sich kampfeslustig nach vorn. Die klaren, blaugrünen Augen funkelten den beleibten Österreicher erbost an, als dieser seinen Männern mit einem Blick bedeutete, ihn einzukreisen. »Der Einzige, auf dessen Weisung ich handle, ist der Herzog von Franken!«, knurrte Fulko. Während sich die beiden Kreuzfahrer streitsüchtig in die Augen starrten, konnte der Deutsche nicht umhin, den Gestank der vor einigen Wochen neu vor Akkon eingetroffenen Schweine zu bemerken, der von dem starken Westwind von den Pferchen nahe der Küste zu ihnen getragen wurde. Wie ähnlich die feisten Tiere Leopold von Österreich waren!, fuhr es ihm durch den Kopf, als er den Blick der feindselig zusammengekniffenen Äuglein mit einem leisen Schnauben erwiderte.

»Das ist einer der besten Lagerplätze«, murrte einer der Männer des Herzogs und ließ neidisch den Blick über Fulkos im Schatten von Palmen gelegenes Zelt wandern. »Es gibt keinen Grund, warum Ihr ihn beinahe für Euch allein haben solltet!« Leopold nickte zustimmend und gab – den derben Fluch seines Gegenübers ignorierend – Zeichen, die Pflöcke, mit denen die Unterkunft des fränkischen Ritters im Boden verankert war, zu lösen und diesen an die von ihm vorgesehene Stelle im Herzen des übel riechenden Krankenviertels umzuziehen. Aufbrausend legte Fulko dem ersten der Männer, die sich an den kurzen Holzpfählen zu schaffen machten, die

Hand auf die Schulter und zog ihn wenig sanft zurück. »Rührt es an, und Ihr werdet es bereuen«, warnte er und schloss die Finger um den Knauf seines Schwertes. Bevor er die Waffe jedoch aus der Scheide befreien konnte, hatte der Herzog von Österreich mit für seine Beleibtheit überraschender Behändigkeit die eigene Klinge gebleckt, um sie dem Anderen auf die Brust zu setzen. »Ihr solltet Euch gut überlegen, was Ihr tut«, drohte er und nickte seinen Männern zu. Diese bauten daraufhin in Windeseile das Zelt ab und warfen es achtlos auf einen Haufen. Einige lähmende Herzschläge lang starrte Fulko dem Babenberger in das schwitzende Gesicht, bevor er den Kopf schüttelte und die Hand vom Knauf seines Schwertes nahm. »Und Ihr solltet zusehen, dass Ihr Euch innerhalb des Lagers nicht mehr Feinde macht als in den feindlichen Linien«, versetzte er verächtlich, trat einen Schritt zurück und wandte sich zum Gehen. Er würde später seinen Knappen damit beauftragen, ihm einen neuen Platz zu suchen.

Voller Ingrimm stieß er einen der Soldaten des Herzogs vor die Brust, als dieser ihm provokativ den Weg verstellen wollte, und ignorierte die unschmeichelhaften Bezeichnungen, mit denen dieser ihn bedachte. Wenn dieser verdammte Leopold meinte, er könne sich zum Oberbefehlshaber über die gesamte Belagerungsarmee aufschwingen, dann hatte er sich getäuscht!, grollte Fulko. Nicht nur seinem Dienstherrn, dem Herzog von Franken, stieß die Großmäuligkeit des Österreichers, der sich seit dem Tod Friedrichs von Schwaben zum Anführer des deutschen Kontingents ernannt hatte, bitter auf. Auch die anderen Unterführer in dem von Seuchen heimgesuchten Feldlager hatten wiederholt ihren Unmut über den undiplomatischen Babenberger geäußert. Warum unternahm keiner der Generäle etwas gegen Leopold?, fragte sich der Ritter. Als er das Flussbett des Kishon erreicht hatte, trat er ärgerlich mit dem gepanzerten Stiefel gegen einen der im getrockneten Uferschlamm verrottenden Äste. Warum schien der Kampfeswille der Belagerer in den eigenen Reihen dergestalt zu erlahmen, dass ein solcher Emporkömmling das Zepter an sich reißen konnte, ohne auf erwähnenswerte Gegenwehr zu stoßen? Wütend wischte sich Fulko den Schweiß von der Stirn und starrte in die Sonne. Wann würde endlich die Streitmacht des englischen Königs eintreffen? Wenn man dem Ruf glauben konnte, der Löwenherz vorauseilte, dann konnte Leopold mit dessen Ankunft sämtliche Ambitionen auf Ruhm und Ehre begraben! Mit einem schweren Seufzer wandte der Ritter sich vom Flussufer ab und stapfte in Richtung Lagermitte davon.

Messina, März 1191

Mit vor Kälte und Erschöpfung aufeinanderschlagenden Zähnen lauschte Harold of Huntingdon in die Dämmerung, die von den Geräuschen der erwachenden Tierwelt und dem Gelärme der noch nicht zu Bett Gegangenen erfüllt war. Das heitere Trällern der ersten Lärchen lag hell über den Rufen der Feiernden, die in kleinen Grüppchen durch die in der Morgenröte erstrahlende Stadt torkelten. Seit drei Tagen und Nächten stand sich der Knabe nun schon vor den geschlossenen Türen des Gebäudes, in dem sein Dienstherr und John of Littlebourne nächtigten, die Beine in den Bauch. Ohne jemals länger als ein paar Minuten die Augen geschlossen zu haben – aus Furcht, der Zorn des Earls of Essex könne sich mit derselben Gewalt über ihn ergießen wie über den in London beerdigten Roland. In dem von Richard beschlagnahmten Palast hatte am Vorabend das Bankett zur Begrüßung der Damen stattgefunden, und obgleich die Nacht bereits dem neuen Tag wich, schien ein nicht unbeträchtlicher Teil der Gäste immer noch den Vergnügungen des Zechens und der Lustbarkeit nachzugehen. Immer wieder stolperten

Betrunkene über die schlüpfrigen Pflastersteine, um sich entweder in einer der verwinkelten Gassen zu übergeben oder irgendwo zwischen verfaulenden Essensresten und streunenden Hunden ihren Rausch auszuschlafen.

Dank der mitleidigen Unterstützung zweier Freunde, die in den Diensten der Männer des Erzbischofs standen, hatte Harold hie und da ein Stückchen kalter Hühnerkeule oder altbackenen Fladenbrots abbekommen. Diese hatte er tief in den Taschen seines zu dünnen Surkots vergraben, falls der rachsüchtige John of Littlebourne seine Strafe verlängern wollte. Schwindelig vor Hunger kramte er den letzten, steinharten Kanten aus den Falten seines Gewandes und biss gierig davon ab. Viel zu schnell schlang er das sauer schmeckende Brot in sich hinein, und kurz nachdem auch der letzte Rest der bereits schimmeligen Rinde geschluckt war, griff er sich mit schmerzverzerrter Miene an den Magen. Um sich von den Krämpfen abzulenken, ließ er den müden Blick über die Fassaden der Häuser wandern und zählte zum wohl hundertsten Mal die Blätter der Säulenkapitelle. Nachdem der soeben anbrechende Tag ein Sonntag war, begannen im Süden der Stadt bereits die ersten Kirchenglocken zur Morgenandacht zu rufen, und die Gläubigen vermischten sich mit den aufgekratzten Heimkehrern.

Die meist weiblichen Kirchgänger bildeten einen bizarren Kontrast zu den Kreuzrittern, die ihnen mit zum Teil unverhohlener Lüsternheit hinterhergafften, und sich keine Mühe gaben, ihre Gedanken zu verbergen. Da der Weg zu einem der Gotteshäuser an Harold vorbeiführte, erblickte er Catherine de Ferrers in dem Moment, in dem sie aus dem für die zukünftige Königin und ihren Hofstaat reservierten palastartigen Stadthaus trat, um sich dem Zug der zur Andacht Strömenden anzuschließen. Als er ihre Gestalt am Ende der Gasse auftauchen sah, stockte ihm vor Freude beinahe der Atem. Doch bevor er sich ein Herz nehmen und sich bemerkbar machen konnte, ließ ihn eine Bewegung in ihrem Rücken innehalten. Zu seinem grenzenlosen Entsetzen musste er mit ansehen, wie sich sein Dienstherr, der offenbar im Schatten des Eingangs gelauert hatte, hinter das Mädchen stahl, sich an ihr vorbeidrängte und sie mit seinem massigen Körper von ihren ahnungslosen Begleiterinnen trennte.

»So sieht man sich wieder«, klang seine von Wein und Met schwere Stimme an Harolds Ohr. Und bevor die junge Frau reagieren konnte, legte der Ritter den Arm um ihre Schulter und zwang sie mit eisernem Griff in einen Durchgang, der in einen abseits gelegenen Garten führte. »Lasst mich in Ruhe!«, flehte Catherine, aus deren ohnehin bleichem Gesicht alle Farbe gewichen war. Verzweifelt versuchte sie, sich gegen ihren Bedränger zur Wehr zu setzen. Ihre Augen waren weit vor Furcht, und die Hand, die sie gegen den breiten Brustkorb des Ritters stemmte, zitterte heftig. »Hat mein Vater Euch nicht gesagt, Ihr sollt Euch von mir fernhalten?« Angst und Zorn ließen ihre Stimme dünn und belegt klingen, und alles, was sie mit dieser Frage erreichte, war, dass Essex ein freudloses Lachen von sich gab. »Macht Euch nichts vor«, erwiderte er verächtlich und beugte sich hinab, um ihr einen brutalen Kuss auf die Lippen zu drücken. »Er kann Euch nicht schützen.« Mit einer heftigen Bewegung riss er Catherine den dunkelgrünen Mantel herunter und begann, sich die Schnürung ihres Bliauds vorzunehmen. Bevor Harold sich darüber im Klaren war, was für Folgen sein Tun haben könnte, rannte er auf das ungleiche Paar zu und stieß atemlos hervor: »Lasst sie los!« Wie von einem Skorpion gestochen wirbelte Essex herum, starrte dem vor Entkräftung und Aufregung aschfahlen Knaben in die blauen Augen und lockerte die Finger, die Catherines Arm umfingen, um drohend die Hand auf den Schwertknauf zu legen.

»Wenn du nicht auf der Stelle verschwindest«, stieß er durch aufeinandergebissene Zähne hervor, »dann wirst du den

Tag verfluchen, an dem deine Mutter dir dein wertloses Leben geschenkt hat!« In die kalten Augen des Adeligen trat ein Ausdruck, der Harold das Blut in den Adern gefrieren ließ. Die von seiner raubvogelartigen Nase zu den aufeinandergepressten Lippen laufenden Furchen vertieften sich wie mit einem Messer gezogen. Mächtige Oberarmmuskeln drohten, das Surkot des Hünen zu sprengen, als er den beinernen Schwertgriff umklammerte. Am ganzen Körper bebend, griff auch Harold nach der Waffe und trat seinem Herrn mit trotziger Miene entgegen. »Ihr werdet sie gehen lassen«, krächzte er heiser. Er erkannte kaum seine eigene Stimme wieder. Mit einem hässlichen Fluch ließ Essex das Mädchen fahren, zog das Schwert und machte einen drohenden Schritt auf Harold zu. »Das war der größte Fehler deines Lebens, Bursche«, knurrte er und griff den Jungen mit einer durch Wut und Wein tückisch gemachten Kombination aus Hieben an, die dieser nur mit allergrößter Mühe parieren konnte. Erschrocken über die Macht des Angriffes und den Hass, der in den Augen seines Gegners glomm, wich Harold hastig zurück, bis er die Dornen der Rosenbüsche in seinem Rücken spürte. Kaum hatte er die immer schwerer werdende Waffe mit verzweifelter Hast hochgerissen, um den zum Kopf geführten Angriff zu parieren, als er seinen Fehler erkannte. Doch es war bereits zu spät. Während sein Schwert noch in der Luft zu schweben schien, spürte er die Klinge eines Dolches auf seinem Bauch. Als er den entsetzten Blick zu den zusammengekniffenen Augen des Größeren hob, sah er, wie sich der schmale Mund zu einem grausamen Lächeln verzog. Wie gelähmt vor Schreck ließ Harold die eigene Waffe fallen und flehte wortlos um sein Leben, als die Spitze des Stiletts seine Vorderseite hinaufwanderte, den Stoff seines Surkots aufschlitzte und schließlich mit furchtbarer Kälte an seiner Kehle zum Ruhen kam. »Ich hoffe, sie ist es wert«, höhnte Essex und spannte die Muskeln.

Ein Stadtpalast in Messina, März 1191

»Ich muss dich sprechen.« Die eindringliche, volltönende Stimme seiner Mutter duldete keinen Widerspruch. Daher erhob sich Richard Löwenherz, dessen Magen von den unzähligen Speisen, welche die Einwohner von Messina der Gesellschaft mehr oder weniger willig zur Verfügung gestellt hatten, schmerzte, und folgte Aliénor von Aquitanien in eine kleine, von einem Feuer und mehreren Fackeln erleuchtete Kammer. Eigentlich hatte er – nun da die meisten seiner Gäste betrunken zu ihren Unterkünften gewankt waren – noch einige Stunden Schlaf stehlen wollen, bevor er sich um seine früh zu Bett gegangene Braut kümmerte. Doch daraus würde wohl nichts werden. Er seufzte ergeben und bot seiner Mutter einen hochlehnigen Stuhl an, bevor er sich selbst auf eine der vielen Sitzgelegenheiten sinken ließ. Dem trotz ihres hohen Alters immer noch feinen Gesicht der alten Dame sah man die Entbehrungen der letzten Wochen deutlich an. Unter den dunkelgrauen Augen lagen tiefe Schatten, und auch das von einer kecken Kopfbedeckung nur halb verborgene Haar wirkte müde und glanzlos. Nervös drehte sie mit den Fingern ihrer Rechten an den prunkvollen Ringen, die ihre arthritisgeplagten Hände noch geschwollener erscheinen ließen als für gewöhnlich, und holte tief Atem.

»Was beschäftigt dich?«, fragte Löwenherz ehrlich neugierig. Denn es war selbst für die lebenslustige Herzogin von Aquitanien ungewöhnlich, so lange bei einer Feier auszuharren. »Es geht um Berengaria«, informierte sie ihn, während sie abwesend die aufgedunsenen Hände massierte. »Ich möchte nicht, dass du sie bereits vor der Hochzeit vor den Kopf stößt.« Erstaunt hob Richard den Blick, den er zu einem mit Holzintarsien verzierten Schränkchen hatte wandern lassen, und zog die Brauen in die Höhe. »Du teilst dein Bett schon wieder mit einem Mann!«, stieß sie anklagend hervor, als er nichts erwiderte. »Wenn sie das erfährt …« Richard schnaubte verächtlich. »Mutter.« Er erhob sich und baute sich zu seiner vollen Größe auf. »Die Heirat mit Berengaria ist eine rein politische Angelegenheit.« Sie nickte. »Wenn sie mir einen Thronfolger schenkt, wunderbar.« Mit gerunzelter Stirn blickte er auf Aliénor hinab. »Aber was ich in meinem Schlafgemach treibe, geht weder dich noch meine Gemahlin etwas an!« Nur mühsam unterdrückter Ärger stahl sich auf die erschöpften Züge der alten Königinmutter, als sie die Worte ihres Sohnes verarbeitete. »Es wird das Beste sein, wenn du nach England zurück segelst, um dich dort um die Regierungsgeschäfte zu kümmern«, setzte Richard schneidend hinzu. »Ich denke, es ist wichtiger, meinem Bruder John auf die Finger zu sehen, als sich um mein Liebesleben zu sorgen.«

Ohne auf eine Antwort zu warten, erhob er sich und signalisierte ihr, dass sie entlassen war. Was zu viel war, war zu viel! Viel zu lange hatte er zugelassen, dass sie sich in diese Angelegenheiten einmischte! Solange sie ihm die Mühe abgenommen hatte, Bettgefährtinnen auszuwählen, hatte er ihr Engagement durchaus geschätzt. Aber wenn sie glaubte, sie könne ihm mit dieser Heirat Fesseln anlegen, dann täuschte sie sich gewaltig! Mit einem resignierten Seufzen warf er sich einen langen Umhang um die Schultern und trat durch die von seinen Männern bewachte Tür ins Freie. Kaum war er einige Schritte gegangen, als er nicht weit von seinem Palast entfernt die Geräusche eines Kampfes vernahm. Über dem metallischen Klirren von aufeinanderprallenden Klingen lagen die schrillen Angstschreie einer Frau. Was ging da vor? Ohne an die Gefahren zu denken, die hinter jeder Ecke auf ihn lauern konnten, warf er den Mantel über den Arm und eilte in Richtung des Tumultes davon. Was er erblickte, als er den Ort des Geschehens erreichte, ließ ihm vor Zorn den Atem stocken.

»Wenn Ihr ihn tötet, landet Ihr am Galgen, Essex!«, durchschnitt die tiefe Stimme des Königs die kühle Morgenluft, und die Hand des Earls, die soeben den tödlichen Stoß ausführen wollte, verharrte kurz vor Harolds Kehle. »Sire!« Mit einem Aufschrei löste sich Catherines Gestalt von der Mauer, zu der sie zurückgewichen war, nachdem Essex sie mit einem brutalen Schlag davon abgehalten hatte, dem Knaben zur Hilfe zu eilen. Erleichtert aufschluchzend warf sie sich vor Löwenherz auf die Knie und flehte: »Er will ihn umbringen!« Mit einem beruhigenden Lächeln beugte Richard sich zu ihr hinab, fasste sie an den kalten Händen und half ihr galant auf die Beine. »Das wird er nicht, mein Kind«, stellte er hart fest, trat auf seinen Vasallen zu und nagelte die Hand des Earls mit einer seiner Pranken an dessen Seite fest. Zitternd und vor Erleichterung keuchend, sank nun auch Harold vor der imposanten Gestalt des Königs auf die Knie, während sein Dienstherr den hünenhaften Löwenherz mit unverhohlener Wut anstarrte, bevor auch er schließlich die Waffe fallen ließ und den Kopf senkte.

»Was hat das zu bedeuten?«, erkundigte sich Richard schließlich, nachdem Catherine zu Harold geeilt war und die stark blutende Wunde, die in einer dünnen Linie dort über den Hals des Knaben lief, wo die scharfe Schneide angelegt worden war, mit einem Tüchlein abtupfte. »Dieser Bursche ist unverschämt geworden«, knurrte Essex mit einem giftigen Blick auf die beiden jungen Leute. »Ich wollte ihm lediglich eine Lektion erteilen.« Er funkelte Harold zornentbrannt an. »Er ist mein Knappe«, setzte er nach kurzem Zögern hinzu. »Ist das wahr?«, fragte Löwenherz mit gerunzelter Stirn. Und als Harold, dem der Schock immer noch tief in den Gliedern saß, ihn verwirrt anblickte, erwiderte Catherine schüchtern: »Sire, er hat sich lediglich für meine Ehre eingesetzt.« Beschämt senkte sie den Blick, als der König trotz der gespannten Atmosphäre schmunzeln musste. Kaum waren die grauen

Augen jedoch wieder auf dem kochenden Essex zu ruhen gekommen, verschwand alle Heiterkeit aus seinen Zügen, und er verkündete entschieden: »Nachdem ihr die hässliche Angewohnheit habt, Eure Schutzbefohlenen zu töten, Essex, bleibt mir nichts anders übrig, als den Knaben einem anderen Herrn anzuvertrauen!« Einen Augenblick wirkte es, als wolle der Earl dieser Entscheidung widersprechen. Doch dann besann er sich eines Besseren, biss die Zähne zusammen und schwieg. »Ihr könnt gehen.« Mit einer herrischen Geste bedeutete der König seinem Vasallen, dass seine Gegenwart nicht länger vonnöten war. Aber als auch Harold und Catherine sich zurückziehen wollten, hielt er den Knaben am Handgelenk fest. »Gibt es jemanden, dem du lieber dienen würdest?« Geehrt von der Frage und der Tatsache, dass der König ihm die Möglichkeit zur Wahl eröffnete, nickte Harold schüchtern und erwiderte: »Henry of Cirencester hat mir viel beigebracht.« Mit einem zustimmenden Brummen ließ Richard den Jungen los und zwinkerte Catherine zu. »Am besten Ihr kümmert Euch um seine Verletzung.« Sein Blick wanderte zurück zu Harold, der bis an den Haaransatz errötet war. »Hol deine Siebensachen und melde dich bei Cirencester!«

Als die beiden Zurückgelassenen sich aus der tiefen Verbeugung erhoben, mit der sie den König verabschiedet hatten, trat Catherine furchtlos auf Harold zu, schob die schlanken Finger unter sein Kinn und betrachtet die Wunde. »Die Begegnungen mit Euch scheinen immer stürmisch zu verlaufen«, witzelte sie – aufgekratzt, nun da die Gefahr vorüber war – und wischte sorgfältig die letzten Blutfäden von Harolds Hals. Wie männlich er in den vergangenen Monaten geworden war!, schoss es ihr durch den Kopf, als sie den ausgeprägten Kehlkopf berührte. Nicht nur waren die einstmals schmalen Schultern in die Breite gegangen, auch die vormals glatten Wangen wurden von einem Flaum bedeckt, der sich wohl bald zu einem prächtigen Bart entwickeln würde. »Ich habe mich noch gar nicht bei Euch bedankt«, flüsterte sie, stellte sich auf die Zehenspitzen und drückte dem vor Freude schwindeligen Harold einen Kuss auf die Lippen.

Stunden später schlug Catherines Herz immer noch bis zum Hals. Ohne darauf zu achten, was ihre Hände taten, half sie ihrer Herrin beim Ankleiden, während sich ihre Gedanken und Gefühle überschlugen. Er lebte! Harold of Huntingdon lebte! Viel mehr noch, er hatte ohne zu zögern sein Leben für sie aufs Spiel gesetzt! Die unbeschreibliche Furcht, die sie in Essex' Gewalt empfunden hatte, war in nackte Panik umgeschlagen, als der Earl Harold die Klinge an den Hals gesetzt hatte. Ein Zittern lief durch ihren Körper, und sie musste einen Moment innehalten, bevor sie eine weitere Haarklammer auf Berengarias Kopf befestigte. Harold of Huntingdon, von dem sie den ganzen Winter über geträumt hatte, hatte gehandelt wie einer der Recken, welche Aliénors Troubadoure so gerne besangen. Sie spürte, wie sich ihre Arme mit einer Gänsehaut überzogen. Nicht nur, dass er für sie in die Bresche gesprungen und sie vor Essex Übergriff bewahrt hatte; er hatte sich auch im Angesicht des imposanten Königs verhalten wie ein wahrer Ritter. Sie hielt den Atem an, um das Beben unter Kontrolle zu bringen, das sie übermannte, als sie daran zurückdachte, wie Richard Löwenherz zwischen die beiden Kampfhähne gefahren war. Doch das Bild des Königs wurde schon bald wieder verdrängt von der Erinnerung an Harolds Mut. Nur halb bei der Sache half sie Berengaria in einen mitternachtsblauen Mantel und klopfte nicht vorhandenen Staub aus dem Stoff. Wie es sich wohl anfühlen würde, ihn richtig zu küssen?, fragte sie sich und spürte, wie ihr das Blut in die Wangen stieg.

Jerusalem, Moslemisches Viertel, März 1191

Gedemütigt und zitternd stand Rahel in der Reihe der Mädchen, die Shahzadi unbekleidet im Ruheraum des Hamams hatte aufmarschieren lassen, und starrte auf die hellblauen Fliesen, auf denen ihre Zehen merkwürdig dunkel wirkten. Mehrere tief verschleierte Frauen, die – so hatte sie dem aufgeregten Gewisper der Sklavinnen entnommen – für einen Wesir aus dem Zweistromland neue Ware beschaffen sollten, schritten bereits zum fünften Mal die lange Schlange der zum Verkauf Stehenden ab und tuschelten in einer Sprache, die Rahel nicht verstand. Alle Spielarten der weiblichen Anatomie hatte Shahzadi in der lang gestreckten Kammer versammelt. Neben Rahels eigenem schlanken, feingliedrigen Körper, dessen apfelförmige Brüste straff und fest waren, fanden sich Frauen mit gewaltigem Gesäß und schwerer, hängender Brust, ebenso wie Mädchen von kindlicher Gestalt oder Sklavinnen mit enormem Busen und den Hüften eines Mannes. Auch die Haarfarben der Mädchen reichten von einem tiefen Ebenholzschwarz bis zu dem beinahe künstlich wirkenden Kupferrot einer Sklavin, deren milchweiße Haut von unzähligen Sommersprossen übersät war. »Vierhundert Goldstücke«, hörte Rahel Shahzadi mit einem Blick auf die Frau neben ihr sagen. Nachdem die Käuferinnen eine Weile aufgeregt miteinander beraten hatten, traten sie auf die Braunhaarige zu und begannen, ihren Körper nach Makeln abzusuchen, die den Preis eventuell mindern würden.

Eine Kanonade unverständlicher Worte folgte, bevor sich eine der Verschleierten Rahel zuwandte und einen Befehl bellte, den Shahzadi mit einem anzüglichen Lächeln auf den sinnlichen Lippen übersetzte: »Nimm die Haare zu einem Knoten und halte die Arme über den Kopf!« Mit vor Scham dröhnendem Herzen folgte Rahel der Aufforderung, drehte das dunkle, knielange Haar zusammen und drückte es auf ihren Hinterkopf. Kaum war das geschehen, trat eine zweite Käuferin an sie heran, betastete ihre Brust und ließ forschend die rauen Finger über ihre enthaarten Achseln gleiten. »Dreh dich um«, befahl die Prinzessin und folgte der erniedrigenden Prozedur mit sichtlichem Genuss. Ohne auf das erschrockene Einatmen des Mädchens zu achten, fuhr eine der Frauen mit der Handfläche über ihre Schenkel, prüfte die Straffheit ihrer Hinterbacken und näherte sich ihrem Geschlecht. Als Rahel empört einen Schritt nach vorne machen wollte, schlug ihr die kleinere der beiden Kundinnen hart in die Nieren, sodass das Mädchen sich vor Schmerz zusammenkrümmte. Nach wenigen Atemzügen spürte sie durch den Schleier der Pein, wie sich die tastende Hand zurückzog und ihren Rücken hinauf weiterwanderte. An ihrem Hals angekommen, gruben sich Daumen und Zeigefinger unter ihre Kiefer und sie wurde unsanft herumgewirbelt. Zwei nachtschwarze Augenpaare erforschten ihre Gesichtszüge, bevor schließlich die kräftigere Frau einen verächtlichen Laut ausstieß, auf Rahels Ohren wies und sich von ihr abwandte. »Es sind die Ohrläppchen«, flüsterte ihr das Mädchen zu ihrer Rechten zu, nachdem sich das Geschehen ans andere Ende der Reihe verlegt hatte. Doch vor Empörung und verletztem Stolz hörte die junge Frau nur die Hälfte der gut gemeinten Worte.

Nach einer scheinbaren Ewigkeit des Untersuchens und Verhandelns, des Feilschens und Keifens, zog die kleinste der Besucherinnen schließlich einen schweren Beutel aus den Tiefen ihres Gewandes und deutete auf vier der im Raum Versammelten. Auf den Befehl der Prinzessin traten das rothaarige Mädchen, eine der vollbusigen Schönheiten und zwei flachsblonde Frauen vor, denen man das Entsetzen und die Furcht ansah, die sie erfüllten. Mit einem energischen Händeklatschen wies Shahzadi die wartenden Eunuchen an, die Sklavinnen in die angrenzenden Kammern zu führen und anzukleiden, bevor sie mit einem zufriedenen Lächeln die Anzahlung entgegennahm und einen Termin zur Begleichung der Restschuld vereinbarte. Kaum hatten die Verschleierten den Ruheraum verlassen, gab sie den Übriggebliebenen ein Zeichen, sich zurückzuziehen. Doch als Rahel mit gesenktem Kopf an ihr vorbeihuschen wollte, hielt sie das Mädchen mit einem harten Griff um den Oberarm auf. »Dieses Mal hast du Glück gehabt«, stellte sie beinahe bedauernd fest. »Wer weiß, wie es beim nächsten Mal aussieht.«

Jerusalem, Jüdisches Viertel, April 1191

Lebt wohl.« Die grauen Augen des Juden glänzten verdächtig, als er die Hand des Tempelritters ergriff und ihm das Bündel mit den Dingen in die Hand drückte, die Rahels Vater gehört hatten. »Macht Euch keine Sorgen um uns«, versuchte Curd den Kauffahrer zu beruhigen. »Wir werden uns dem christlichen Heer vor Akkon anschließen.« Auch ihm fiel es sichtlich schwer, seine Gefühle für den Ziehvater seiner Geliebten zu verbergen, der ihm in den vergangenen Monaten mehr und mehr ans Herz gewachsen war. Wie von al-Adil vorhergesagt, hatte Shahzadi ihr Wort gebrochen und Rahel nach Bezahlung des Lösegeldes nicht freigegeben. Deshalb hatte der Ritter den Großwesir des Sultans aufgesucht, und mit diesem einen Fluchtplan ersonnen, den er in dieser Nacht in die Tat umzusetzen gedachte. Nachdem der alte Mann zuerst das Amulett und dann Curd ungläubig angestarrt hatte, war plötzlich Verständnis in seinen Blick getreten, und er hatte dem jungen Tempelritter mit einem wissenden Lächeln alle Hilfe zugesagt, die nötig sein sollte, die entführte junge Frau aus ihrem schwer bewachten Gefängnis zu befreien. Da die Prinzessin ohne Skrupel Tag für Tag die Sklavinnen Salah ad-Dins zu Geld machte, drängte die Zeit. Und es war lediglich der Tatsache zu verdanken, dass der Tempelritter schneller als erwartet aus Kairo in die Heilige Stadt zurückgekehrt war, dass überhaupt noch eine Chance zur Befreiung des Mädchens bestand. Zu Curds unaussprechlicher Erleichterung hatte es der Begleitschutz, den al-Adil ihm in Gestalt eines halben Dutzend Mamelucken mit auf den Weg gegeben hatte, unnötig gemacht, Zuflucht in den zum Teil belagerten Festungen der Kreuzfahrer zu suchen. Womit der Rückweg aus der ägyptischen Metropole nur knapp ein Viertel der Zeit in Anspruch genommen hatte, die er benötigt hatte, um die Stadt am Nil zu erreichen.

Mit einem letzten Blick auf den betrübten Juden schlang er sich den Beutel, der sowohl Rahels als auch seinen eigenen mageren Besitz enthielt, über die Schulter und eilte durch das offenstehende Hoftor in die hereinbrechende Nacht davon. Überall wurden Fackeln entzündet, und hoch oben am Firmament erstrahlten bereits die ersten Sterne in schwachem Glanz. Fledermäuse huschten jagend durch die engen Sträßchen, während Tauben und Spatzen auf Dächern und in Baumwipfeln die Köpfe unter die Flügel steckten. Wenn das Unterfangen von Erfolg gekrönt sein sollte, dann musste er sich beeilen und vor der Wachablösung am Eingang des Harems sein, wo ihn ein Vertrauter des Großwesirs erwarten würde. Im Schatten der lehmverputzen Häuser hastete der junge Mann nach Norden und wich geschickt den zerlumpten Bettlern und Dieben aus, die sich ihm mehr als einmal in den Weg stellten. Einen kurzen Augenblick lang durchfuhr ihn ein heißer Schrecken, als ihm die Männer, die das Tor zum moslemischen Teil der Stadt bewachten, mit gezogenen Krummschwertern entgegentraten. Doch als sie die Münze auf seiner Cotte im Licht der Fackeln aufblitzen sahen, traten sie wortlos zurück und ließen ihn passieren. Mit hämmerndem Herzen eilte er weiter in die dunkel gähnenden Gassen, bis er schließlich vor dem prächtigen, silberbeschlagenen Tor des Harems ankam, vor dem etliche Sänften auf ihre Besitzer warteten. »Hierher!«, zischte eine Stimme aus dem überdachten Säulengang, und als Curd dem Befehl Folge leistete, nahmen die Umrisse eines Eunuchen vor dem helleren Hintergrund der Mauer Gestalt an. Hinter ihm warteten drei mit Krummschwertern bestückte Haremswächter, die den Ritter zwar mit einem misstrauischen Blick bedachten, auf Anweisung jedoch in den Hintergrund zurücktraten und den beiden folgten, als sie auf leisen Sohlen durch die Korridore des weiträumigen Gebäudes schlichen.

»Oh, mein Gott!« Mit ungläubig geweiteten Augen starrte Rahel die Erscheinung in der Tür zu ihrem Gefängnis an, als handle es sich um eine Fata Morgana. Da hinter dem mit einem dunklen Überwurf verhüllten Curd von Stauffen mehrere Bewaffnete sichtbar waren, entstand für den Bruchteil eines Augenblicks der Eindruck, auch er sei ein Gefangener im Harem des Sultans. Aber als er nach kaum merklichem Zögern in das winzige Gemach trat, um sie von der kahlen Bettstatt an seine Brust zu ziehen, wusste sie, dass ihre verzweifelten Gebete erhört worden waren. »Rahel«, flüsterte er erstickt und liebkoste das offene Haar des Mädchens, während ihre Tränen in seinen Gewändern versiegten. Mit der Verzweiflung einer Ertrinkenden klammerte sie sich an den groben Stoff seines Übergewandes und sog seine Wärme in sich auf, als sie die Wange an die Stelle schmiegte, an der sein Herz einen wilden Freudentanz vollführte. Schluchzend hob sie nach einigen Atemzügen den nassen Blick und erwiderte den Kuss, den er auf ihre Lippen drückte, mit so viel Leidenschaft, dass die Glückseligkeit drohte, ihm die Sinne zu rauben. »Du musst dir etwas anziehen«, drängte er nach einigen Momenten des still genossenen Wiedersehens schließlich widerstrebend, machte sich sanft von ihr los und drückte ihr einen hastig aufgelesenen Mantel in die Hand. Diesen warf sie über ihren dünnen Kaftan, bevor sie zwei weitere Gewänder zu einem handlichen Bündel schnürte und an den Körper presste. »Komm.«

Mit auf die Lippen gelegtem Zeigefinger ergriff der Tempelritter eine der kalten Hände und führte die junge Frau hinter den Wächtern den Gang entlang, bis die kleine Abordnung schließlich den Palmengarten erreichte, an dessen südlichem Ende eine für gewöhnlich schwer verriegelte Pforte in den dahinter liegenden Hof führte.

»Hier entlang«, wisperte der Eunuch und trat durch den Durchgang in den weitläufigen Vorhof des Harems. Kaum hatten sie den Garten hinter sich gelassen, als er seinen Begleitern ein Zeichen gab, die Tür zu verriegeln und Curd und Rahel zu einem angepflockten Kamel führte, an dessen Sattel mehrere Trinkschläuche und ein Sack mit Verpflegung baumelten. »Ein Geschenk meines Herrn«, erklärte der Sarazene und half den jungen Leuten in den Sattel. »Allah sei mit Euch.« Mit diesen Worten versetzte er dem Tier einen Schlag, woraufhin es schwankend auf die Beine kam und von dem jungen Tempelritter gelenkt in die Gassen der Stadt trabte. »Oh, Liebster«, hauchte Rahel, die sich wie ein verschrecktes Kind an den Rücken ihres Befreiers klammerte. »Ich dachte, ich würde dich nie wiedersehen!« Ihre Stimme erstarb. »Es wird alles gut«, beruhigte Curd sie und wandte den Kopf, um ihre Stirn zu küssen. Eine Zeit lang genossen sie das Gefühl der Nähe, verschlangen die Finger ineinander und verfielen in Schweigen. Immer wieder wandte Curd sich zu Rahel um – als fürchte er, sie wieder zu verlieren – und nahm ihren Anblick tief in sich auf. »Niemand wird es wagen, uns aufzuhalten«, versprach er. Als sie fragend die Brauen hob, sagte er: »Sobald wir die Stadt verlassen haben, erkläre ich dir alles.« Damit wandte er seine Aufmerksamkeit zurück auf die Straße und trieb ihr Reittier zu mehr Eile an. »Was wird nur aus Philippa werden?«, fragte Rahel nach einiger Zeit besorgt und berichtete Curd von dem fränkischen Mädchen. »Sie wird es nicht wagen, die Konkubine ihres Bruders zu Geld zu machen«, beruhigte dieser sie. »Dafür ist selbst sie nicht tollkühn genug.« Rahel nickte und hoffte, dass er recht hatte. Schweigend konzentrierte sie sich auf den dumpfen Schlag seines Herzens und die Wärme seines Körpers, die ihre Wange durchströmte. Als endlich das Herodestor in der nördlichen Stadtmauer in Sicht kam, verkrampften sich jedoch ihre Hände und sie begann erneut zu zittern. »Du brauchst dich nicht zu fürchten«, flüsterte Curd. »Man wird uns passieren lassen.«

Kaum hatten sie unbehelligt von den Wachen die Stadt hinter sich gelassen, trieb der junge Mann das blökende Tier auf eine abseits des Weges gelegene Senke zu, zügelte es und saß ab, um Rahel aus dem Sattel zu helfen. Ihre Füße kamen allerdings nicht dazu, den Boden zu berühren. Denn anstatt es abzusetzen, presste der Templer das Mädchen an sich und bedeckte sein Gesicht mit Küssen. »Lass mich nie wieder allein«, flehte Rahel und erwiderte die Liebkosungen wie eine Verhungernde, während ihre Hände sich in seine dunklen Locken gruben. Nach einigen wunderbaren Minuten, in denen die Welt um sie herum in Undeutlichkeit verblasste, wurden die beiden Liebenden jedoch von sich schnell näherndem Hufschlag aufgeschreckt, woraufhin sie sich hastig hinter einem der dichten, den Wegesrand säumenden Dornenbüsche verbargen. Es dauerte kein Dutzend Augenblicke, bis eine Abordnung moslemischer Bogenschützen dicht an ihrem Versteck vorbei auf Jerusalem zupreschte, wo sie nach einem lautstarken Austausch mit den Wachposten verschwanden. »Wir sollten etwas Abstand zwischen uns und die Stadt bringen.« Nach einem letzten, hungrigen Kuss hob Curd das Mädchen wieder in den Sattel und saß ebenfalls auf, um mit einem leisen Befehl und einem gezielten Hieb mit dem Treibstock das Kamel weiter in Richtung Küste zu treiben.

Während sie – die allmählich anbrechende Dämmerung im Rücken – auf den Höckern des schwankenden Wüstenschiffes auf die Freiheit zutrabten, berichtete der Templer seiner Geliebten von den Ereignissen der vergangenen Monate. Als sie ihn mehrere Male überrascht unterbrach, mahnte er sie zur Geduld, bis er am Ende seiner Geschichte angelangt war. »Wir werden uns bei Jaffa einschiffen und vor Akkon zu den Kreuzfahrern stoßen«, erklärte er. »Wenn wir erst einmal dort sind, wird sich alles Weitere ergeben.« »Aber damit wendest du dich gegen deinen Vater!«, wandte Rahel erschrocken ein. Doch Curd schüttelte lächelnd den Kopf. »Wir sind uns beide im Klaren darüber, auf welcher Seite wir stehen«, bemerkte er versonnen. »Er erwartet nicht von mir, dass ich die Fronten wechsle.«

Vor den Stadttoren Akkons, April 1191

Die Tage Eurer Vorherrschaft sind vorbei«, herrschte der vor wenigen Tagen gelandete Philipp von Frankreich den verdatterten Guy de Lusignan an. Während im Hintergrund das Schlagen der Zimmermannshämmer weithin verkündete, dass die Belagerer neues Gerät erhalten hatten, fauchten sich im Zentrum des immer noch von Seuchen heimgesuchten Kreuzfahrerlagers die beiden erbittert verfeindeten Parteien lautstark an. Da nach Sibylles Tod und Konrads Heirat mit Isabella die Unterstützung für Guy langsam, aber sicher schwand, hatte der französische König sich sofort zum neuen Anführer des Heeres aufgeschwungen und die Hilfe des Speichel leckenden Leopold von Österreich erfreut angenommen. »Seht lieber zu, dass Ihr Eure Männer auf ihren Posten bringt!« Philipps rundliches Gesicht glühte vor Ärger darüber, dass dieser Emporkömmling, der das Anrecht auf die Krone nur durch die Heirat mit der Witwe des ehemaligen Herrschers über Jerusalem erhalten hatte, es wagte, ihm die Stirn zu bieten. Erst dachte dieser wortbrüchige englische Hundesohn, er könne ihn an der Nase herumführen, und nun wagte es dieser unwichtige Möchtegernkönig, sich seiner Befehlsgewalt zu widersetzen!

Ungeachtet des unschönen Streites begannen die vor Kurzem errichteten Katapulte bereits damit, die inzwischen heftig zerschossenen Stadtmauern zu bestreichen. Und auch die erste Hundertschaft Bogen- und Armbrustschützen rückte bereits aus. »Wenn Ihr Euch weiterhin weigert, meinem Befehl Folge zu leisten, lasse ich Euch gefangen setzen!«, tobte Philipp. Die dunklen Augen unter den dichten Brauen sprühten Funken, und das von einem kleinen Bärtchen bedeckte Kinn war kampfeslustig vorgeschoben. Zähneknirschend schluckte Guy, dessen für gewöhnlich helle Gesichtshaut ebenfalls einen dunkleren Ton angenommen hatte, die Antwort, die ihm auf der Zunge lag, schwang sich in den Sattel seines tänzelnden Hengstes und preschte wortlos davon, um dem von ihm befehligten Kontingent Anweisungen zu geben. Denn wie immer hatte Salah ad-Dins Streitmacht – sobald die Einschläge der schweren Geschosse Staub in den Himmel wirbelten – damit begonnen, die übermannshohen Erdwälle der Belagerer anzugreifen. Wenn doch nur Richard Löwenherz bald eintreffen würde!, grollte er. Dann würde dieser kleine Giftzwerg endlich in seine Schranken gewiesen!

❋

Kopfschüttelnd setzte Arnfried von Hilgartsberg, der an Ansberts Seite die Auseinandersetzung verfolgt hatte, den Fuß in den Steigbügel und machte sich zum Kampf bereit. Die Hand am Zügel des schweren Schlachtrosses zögerte einen Augenblick lang, bevor er das harte Leder zwischen Daumen und Zeigefinger klemmte, um sich in den Sattel zu ziehen. Obwohl er es sich nicht eingestehen wollte, hatte ihn seit dem Tod des Herzogs von Schwaben der Kriegseifer verlassen. Denn da dem bunt zusammengewürfelten Haufen christlicher Streiter ein starker Anführer fehlte, wurden die Angriffe zusehends unkoordinierter. Wann immer einer der Unterführer einen Befehl gab, setzte ihn ein anderer – nur um seine Macht zu demonstrieren – außer Kraft. »Ich frage mich, wie lange wir diese sinnlose Belagerung noch in die Länge ziehen können?«, murmelte er und warf dem Mönch, der seit Wochen keinen Bericht mehr verfasst hatte, einen fragenden Blick zu. Da Ansbert in dem Herzog von Franken inzwischen einen neuen Herrn gefunden hatte, war er dazu übergegangen, auf dessen Wunsch hin, eine Familienchronik anzulegen, die all seine Aufmerksamkeit in Anspruch nahm. Sodass ihm nicht viel Zeit blieb, die chaotischen Verhältnisse zu kommentieren. »Ach, wisst Ihr«, seufzte der Chronist. »Ich gebe die Hoffnung noch nicht auf, dass ein Wunder geschehen wird.« Als erwarte er, dass Gott persönlich ihm ein Zeichen senden würde, hob er den Blick zum Himmel und verfolgte einen Moment lang den Zug der Wolken. »Na, dann sollte es aber bald so weit sein«, erwiderte Arnfried von Hilgartsberg trocken. »Sonst hat niemand mehr etwas davon.« Mit einem freudlosen Lächeln grub er seinem Reittier die bewehrten Fersen in die Flanken und trabte Guy hinterher.

Ein Stadtpalast in Messina, April 1191

Warum können wir uns nicht hier trauen lassen?« Berengarias erregtes Flüstern ließ die Köpfe der Umstehenden in Richtung des Brautpaares zucken, woraufhin Richard sie energisch am Oberarm packte und mit einem gezwungenen Lächeln auf den Lippen in den von prächtigen Zypressen überschatteten Garten führte. Kaum verlangsamte er bei einem der marmornen Brunnenbecken die Schritte, als sich ihre Augen vorwurfsvoll in die Seinen bohrten, die vom Ärger über die aus seiner Sicht unnötige Auseinandersetzung umwölkt waren. Die mächtigen Schultern des

Königs spannten sich, als er erfolglos versuchte, den Unmut, der in ihm aufstieg, zu unterdrücken. Nachdem er einen letzten erzürnten Blick auf seine Schwester Johanna geworfen hatte, beugte er sich zu seiner Verlobten hinab und küsste sie widerwillig auf die kleine Falte zwischen den kastanienfarbenen Brauen. »Aber das habe ich dir doch schon hundertmal erklärt«, seufzte er ergeben. »Wir müssen bei Anbruch des Tages Anker lichten.« Die Zeit drängte, da Philipps überstürzte Abreise die Dinge in ein anderes Licht gerückt hatte. Auf keinen Fall würde Richard zulassen, dass der kleine Franzose die Führung über die Armee der Belagerer übernahm und sich – im Falle eines Erfolges – mit den Federn des Bezwingers der Sarazenen schmückte!

»Ich komme mir aber so unvollkommen vor«, nörgelte Berengaria, deren Begeisterung für den englischen König sehr bald nach ihrer Ankunft auf Sizilien abgeflaut war. Wie sehr er sich verändert hatte, seit sie ihn das letzte Mal gesehen hatte! Damals war er ein galanter junger Mann gewesen, der sie mit verliebtem Blick anbetete. Wohingegen der beängstigend breitschultrige Hüne, zu dem er sich inzwischen entwickelt hatte, keinerlei Ähnlichkeit mehr mit dem sinnlichen, der Dichtkunst zugeneigten Jüngling von einst erkennen ließ. »Hört zu«, erwiderte Richard schroff, wobei er unwillkürlich zu der förmlichen Art der Anrede zurückkehrte. »Ich werde nicht bereits vor unserer Trauung anfangen, mit Euch zu diskutieren!« Sein Mund nahm einen harten Zug an. »Entweder Ihr fügt Euch in diese Entscheidung, oder Ihr könnt meine Mutter auf ihrer Reise begleiten.« Schockiert über den brüsken Ton und die Kälte in seiner Stimme, verschränkte die Spanierin die schlanken Arme vor der Brust und starrte auf eine der vielen Blüten, die den gepflegten Rasen schmückten. »Eure Schwester«, begann sie, wurde allerdings sofort von ihrem zukünftigen Gemahl unterbrochen. »Meine Schwester kann sich glücklich schätzen, dass ich sie aufgenommen habe«, brummte er. »Ich will kein weiteres Wort mehr hören!« Damit ließ er sie stehen und stürmte davon.

Während Berengaria von Navarra ihrem Bräutigam entgeistert und verletzt hinterherstarrte, raubte der Duft in der kleinen Laube am entgegengesetzten Ende des Gartens Harold of Huntingdon beinahe den Atem. Als er sich noch fragte, ob er wohl von den Rosen ausging, die sich um den Eingang rankten, oder von dem bezaubernd lächelnden Mädchen in seinen Armen, verlor er sich erneut in einem tiefen, zärtlichen Kuss. »Ach Harold«, seufzte Catherine und beugte den Kopf ein wenig zurück, um ihn mit einem glücklichen Leuchten in den Augen anzublicken. »Danach habe ich mich den ganzen Winter gesehnt.« Er grinste geschmeichelt und strich ihr mit dem Zeigefinger eine Strähne des dunkelblonden Haares aus der Stirn, das sich in einer frechen Locke unter dem von einem Schapel fixierten Schleier hervorkräuselte. Der mit aberwitzigen Tierfiguren verzierte Silberreif, der am Hinterkopf mit einem Band zusammengehalten wurde, warf tanzende Lichtreflexe auf den Boden zu ihren Füßen. Und als Harold sich erneut über Catherine beugte, um jeden Millimeter ihres unvorstellbar zarten Gesichtes mit Küssen zu bedecken, zerriss ihm das Glücksgefühl, das ihn dabei erfüllte, beinahe die Brust.

Noch vor wenigen Tagen hatte er das Schicksal verflucht, das ihn auf diesen Kreuzzug geschickt hatte, auf dem bisher nur Leid, Schmerz und Tod zu seinen Begleitern gezählt hatten. Doch wie von Zauberhand hatte sich das Rad der Fortuna in Bewegung gesetzt und ihm nicht nur einen neuen Dienstherrn, sondern auch die Liebe seines Lebens beschert. Ein heißer Schauer durchrieselte ihn, als Catherines Hand an seinem Oberschenkel hinaufwanderte und kurz vor seinem Schritt liegen blieb. Nachdem sie einen winzigen Augenblick innegehalten hatte, zog sie die Hand wieder zurück und sah ihn mit einer Mischung aus Neugier und Scheu an. Gierig zog er sie erneut an sich, und als sich ihre Zungen ein weiteres Mal fanden, ließ er alle Hemmungen fahren und stahl sich mit der Linken zu ihrer Brust. Bevor er jedoch die Hand um die ersehnte Frucht schließen konnte, ließ ein amüsiertes Räuspern die beiden Liebenden zusammenfahren und hastig von der Bank aufspringen.

»Mylord«, stammelte Harold entsetzt, als er Henry of Cirencester erblickte, auf dessen gutmütigem Gesicht ein breites Feixen prangte. Die Arme des waffenerprobten Kämpfers waren verschränkt und der von einem flammend roten Schopf umrahmte Kopf leicht schräg gelegt. »Vielleicht solltet Ihr Euer kleines Geplänkel ein wenig abseits der gestrengen Augen des Herrn Vaters weiterführen«, frotzelte er und wies mit dem Kinn über die Schulter, wo der Earl of Derby sich angeregt mit einer der Hofdamen unterhielt, die sich charmant bei ihm untergehakt hatte. Zwar hatte der alte Fuchs den Braten schon längst gerochen, da sich Gerüchte auch hier schneller verbreiteten als der Wind. Doch nachdem Cirencester ihn gefragt hatte, ob er seinen neuen Knappen zurückpfeifen solle, hatte er gleichgültig die Schultern gehoben und erwidert: »Er ist ein Huntingdon. Das ist allemal besser als dieser elendige Widerling Essex!« Nach einer kurzen Pause hatte er hinzugesetzt: »Wenn er seinem Vater nachschlägt, hat er eine blendende Zukunft vor sich.« Also hatte Henry versprochen, ein Auge auf die beiden zu haben, ihnen jedoch keine Steine in den Weg zu legen, solange sie die Grenzen des Anstandes nicht überschritten. Weshalb er den Burschen auch zu diesem Abschiedsfest zu Ehren Aliénors im königlichen Stadtpalast mitgenommen hatte. »Noch ein Ratschlag«, bemerkte er, während die beiden jungen Leute ihm mit hochroten Gesichtern in den Garten folgten. »Haltet Euch vom Earl of Essex fern. Dieses Kapitel ist noch nicht abgeschlossen.«

Mit einem letzten warnenden Blick auf Harold wandte er ihnen den Rücken zu und verschwand in der Menge.

Jerusalem, Die Zitadelle, April 1191

Unangemessen laut hallte der Schlag von den Wänden wider. »Ich glaube dir nicht«, fauchte Shahzadi und holte erneut aus, um die stolz vor ihr stehende Philippa zu ohrfeigen. Obschon auch dieser Hieb zornig und wuchtig war, zuckte die Fränkin, die Shahzadi um beinahe einen Kopf überragte, nicht einmal zusammen, als die Finger der Prinzessin flammende Male auf ihrer Wange hinterließen. Kaum hatte die Sonne ihre Strahlen über die Bergkuppen geschickt, hatten Shazadis Eunuchen Rahels Fehlen entdeckt und ihrer Herrin gemeldet. Und nachdem die beiden Mädchen in ihrer Zeit im Harem so etwas Ähnliches wie Busenfreundinnen geworden waren, ging Shahzadi davon aus, dass die Geliebte ihres Bruders Salah ad-Din wusste, wer die Jüdin entführt hatte. Die Augen der Tochter des Herzogs von Franken lagen mit einem beinahe amüsierten Ausdruck auf der vor Zorn erbleichten Prinzessin, die erneut einen drohenden Schritt auf sie zumachte. Nicht einmal der schmeichelnd grüne Schleier konnte die Zornesfalten lindern, und als sie den Mund verzog, sah man ihr an, dass sie entgegen aller Augenwischerei keine junge Frau mehr war. »Der Tempelritter ist auch verschwunden«, zischte sie – die Lippen dicht am Ohr des Mädchens. »War er es?« Auch bei dieser Frage zuckte Philippa gleichgültig mit den Schultern und schüttelte den Kopf. Was die erboste Shahzadi dazu veranlasste, den am Eingang des Raumes wartenden Mamelucken ein Zeichen zu geben und der Fränkin ins Gesicht zu schleudern: »Der Kerker hat schon wesentlich Verstocktere zum Sprechen gebracht!«

Doch anstatt Furcht traten lediglich Verachtung und Abscheu in die Augen der blonden Frau, die sich ohne Widerstand auf den Ausgang zuführen ließ. »Halt!« Die tiefe Stimme des Sultans durchschnitt die Luft wie die Schneide eines Krummschwertes. Und kaum hatten sie die Gestalt Salah ad-Dins erblickt, ließen die Wächter ihre Gefangene fahren und warfen sich auf die Fliesen. Mit schweren Schritten durchmaß der Sultan den Raum, den er durch eine Tür in der gegenüberliegenden Wand betreten hatte, und baute sich vor seiner Schwester auf, die demütig den Blick gesenkt hatte. Einzig Philippa machte keine Anstalten, ihm den von der Etikette verlangten Respekt zu erweisen, sondern lächelte ihn hocherhobenen Hauptes an. »Du wirst weder diesem Mädchen noch irgendeinem anderen etwas antun lassen!«, donnerte Salah ad-Din, während Shahzadi unter dem kühlen Blick seiner grauen Augen immer kleiner zu werden schien. »Und du wirst es nicht wagen, dem Templer Häscher hinterherzuschicken!« Die feine Röte, die bei diesen Worten ihre Wangen überzog, verriet ihm, dass genau das ihre Absicht gewesen war, weshalb ihm die nächsten Worte leicht fielen. »Nachdem ich auch dieses Mal nicht länger als ein paar Tage bleiben kann, wird es das Beste sein, wenn du dich in deine Gemächer zurückziehst«, befahl er hart und straffte die mächtigen Schultern. »Der Großwesir ist durchaus in der Lage, die Dinge hier ohne deine Hilfe zu regeln!« Die Falten um seinen energischen Mund vertieften sich, als er die Lippen aufeinanderpresste. »Du wirst die Zitadelle nur noch mit meiner ausdrücklichen Erlaubnis verlassen!«

Kurz vor Rhodos, Ende April 1191

»Land in Sicht!« Noch niemals zuvor in seinem Leben hatte Richard Löwenherz die Worte mit mehr Erleichterung vernommen als in diesem Augenblick, da der

Zweimaster erneut mit furchtbarer Gewalt von einem Wellenkamm zum nächsten geschleudert wurde. Die Sturmfront, in deren Zentrum die Flotte kurz nach ihrem Aufbruch von Kreta geraten war, hatte die Schiffe innerhalb kürzester Zeit wie Spielzeug auseinandergetrieben. Und als der den Seeleuten waagerecht ins Gesicht peitschende Regen eingesetzt hatte, hatten sie die anderen Mitglieder der langen Kette aus Transport- und Kriegsschiffen aus den Augen verloren. Erneut krampfte sich sein Magen zusammen, als das bauchige Gefährt, in dessen überschwemmtem Laderaum die kostbaren Reittiere der Kreuzfahrer in Todesangst wieherten und stampften, mit schwindelerregender Geschwindigkeit in einen der gurgelnden Schlünde stürzte, um mit dem Krachen von Holz auf der anderen Seite wieder aufzutauchen. Obwohl ihn einer seiner Männer auf seinen Befehl hin an der glitschigen Reling festgebunden hatte, warf ihn die Wucht des Auftriebes beinahe von den Beinen. Während sich Galle und Magensaft den Weg ins Freie suchten, verfluchte er den Tag, an dem er beschlossen hatte, sich auf diese Fahrt zu begeben.

»Wir haben es bald geschafft, Sire«, brüllte ihm der vor Nässe triefende Richard of Devizes ins Ohr, dessen für gewöhnlich flachsfarbenes Blondhaar in einem Gewirr aus schmutzig gelben Strähnen an seinem bleichen Gesicht klebte. Die blauen Augen, in denen Furcht und Hoffnung widerstritten, ruhten voller Mitleid auf seinem Liebhaber. Aber sobald dieser den Kopf hob, um sich den Mund zu wischen, wandte er hastig den Blick, um ihn nicht in Verlegenheit zu bringen. »Das dort ist die Küste von Rhodos!« Sein ausgestreckter Zeigefinger zitterte ein wenig, als er auf das verwaschene Grün vor ihnen wies. Er wollte gerade etwas hinzusetzen. Doch die mit unheimlicher Plötzlichkeit eintretende Ruhe ließ ihn verdutzt innehalten und das zerfetzte Hauptsegel anstarren, das wie ein erschlaffter Sack um den Mast fiel. Wie durch Zauberhand weggewischt, flaute der Wind ab, die bleiernen Wolken rissen auf und die sich nur noch leicht kräuselnden Wellen warfen die blendenden Strahlen der Sonne zurück. Innerhalb weniger Augenblicke legte sich auch das wilde Schaukeln der beschädigten Kriegsschiffe. Und bevor sich der immer noch trocken würgende Löwenherz darüber im Klaren war, dass die Qual ein Ende hatte, berührte der Bug des Zweimasters den aufgewühlten Sand der seichten Bucht. Wie ein Betrunkener taumelte er zur Reling, wo soeben eine Planke ausgelegt wurde, und ging mit zitternden Beinen von Bord. Am Strand angekommen, fiel er ermattet auf die Knie und dankte Gott mit einem Stoßgebet für die Erlösung aus den Schlünden der Hölle.

Sobald sich sein rasender Herzschlag beruhigte, rappelte er sich auf, klopfte den Schmutz von den Knien seiner Beinlinge und blickte sich neugierig auf der fruchtbaren Insel um. Etwa eine halbe Meile vor ihm erhoben sich die sanften Hügel eines Vorgebirges, auf denen die uralten Überreste der griechischen Hochkultur den Besucher willkommen hießen. Zur Linken eines zerfallenen Tempels zog soeben eine Ziegenherde in Richtung Landesinneres, während einige Hundert Schritte im Süden eine Handvoll ärmlich gekleideter Fischer mit den Trümmern ihrer zerschmetterten Boote kämpften. Weit hinten am Horizont erhoben sich die Dächer einer Ansiedlung. Und sobald die Pferde wohlbehalten das Festland erreicht hatten, jagte Richard Löwenherz mit zwei Dutzend Rittern davon, um sich der Unterstützung der Bewohner zu versichern. Wenn es stimmte, was ihm auf Kreta zugetragen worden war, dann könnte dieser unfreiwillige Umweg sogar einen Vorteil bergen, mit dem er noch am Vortag nicht hatte rechnen können. Als Teil des Byzantinischen Reiches war die Insel Rhodos ebenso daran interessiert, Palästina wieder unter christliche Herrschaft zu bringen wie die Kreuzfahrer. Wenn der Eifer der männlichen Bevölkerung nur annähernd so groß war wie der Ruf, der ihnen vorauseilte, dann würde sich die Stärke seiner Streitmacht hier noch ausbauen lassen.

Als die Engländer auf Rhodos schon längst um die zum Abend hin entzündeten Feuer saßen und sich an Meeresfrüchten, Ziegenbraten und Wein labten, tobte etwa dreihundert Meilen weiter östlich, in der Nähe der Insel Zypern, der Sturm mit unverminderter Gewalt weiter. Und das Schiff der Königin und ihrer Hofdamen trieb immer weiter vom Kurs ab. »Der Herr behüte uns und bewahre uns vor dem Bösen«, hörte Catherine ihre Herrin mit angsterstickter Stimme murmeln, während sie sich mit einem Kruzifix in den Händen an die festgeschraubte Bettstatt klammerte, um nicht in der geräumigen Kabine hin und her geworfen zu werden. In den vergangenen Stunden hatte das Unwetter, das zunächst abzuflauen schien, wieder an Stärke zugenommen, und inzwischen wirkte es, als flögen sie durch die aufgewühlte See. Von den anderen Schiffen der Flotte war schon lange weit und breit nichts mehr zu sehen. Der Himmel über ihnen hatte eine gelbgraue Farbe angenommen, und die beängstigend schnell ziehenden Wolken hatten sich von einem schweren Bleigrau zu einem drohenden Schwarz gewandelt, aus dem in immer kürzer werdenden Abständen grelle Blitze zuckten. »Das ist der Zorn der Seeungeheuer«, stieß Berengaria hysterisch hervor, als ein ohrenbetäubendes Bersten sie zusammenzucken ließ. »Sie werden uns alle verschlingen!« Ebenfalls vor Furcht zitternd, ergriff Catherine ihre Hand und drückte sie fest – um sich selbst und ihrer Herrin Trost vor dem drohenden Tod im kalten Bett der Wellen zu spenden. »Gottes Güte wird Euch beschützen«, flüsterte sie. Aber bevor die inzwischen unkontrolliert schluchzende Spanierin etwas erwidern konnte, wurden die beiden jungen Frauen von einer furchtbaren Erschütterung, die den gesamten Schiffsrumpf erbeben ließ, zu Boden geschleudert, wo sie bewegungslos liegen blieben.

»Alle Mann von Bord!«, hallte die raue Stimme des Kapitäns über Deck, und innerhalb weniger Wimpernschläge polterten schwere Stiefel die schmalen Treppen zu den Unterkünften der Damen hinab. Bevor Catherine begriff, was geschehen war, spürte sie die starken Hände eines Ritters unter den Achseln, der sie mit unglaublicher Kraft ins Freie zerrte und über die rutschigen Planken, die unter ihren Füßen zu tanzen schienen, auf ein erschreckend winziges Beiboot zustieß. Dort schlang sich der Arm eines weiteren Mannes um ihre Taille, und ehe sie sich versah, drückte jemand ihren bereits vollkommen durchnässten Kopf unter eine der parallel verlaufenden Bänke. »Bleibt unten!«, befahl ein heiserer Bass. Keine zwei Minuten später starrte Catherine in die weit aufgerissenen Augen Berengarias, die dicht neben ihr in die Hocke gedrückt wurde, während über ihnen Männer Befehle brüllten und Ruder aus den Halterungen rissen. Wie ein Spielball der Elemente tanzte die Nussschale auf den gischtweißen Kämmen. Und im selben Augenblick, in dem ein Krachen das Blut in Catherines Adern gefrieren ließ, tauchten die Seeleute die Blätter in das tosende Wasser und ruderten sich die Seele aus dem Leib. Entgegen dem Befehl schob das junge Mädchen neugierig den Kopf über den Rand der Jolle. Doch was sie erblickte, als einer der gewaltigen Brecher den Blick auf das offene Meer freigab, ließ sie mit einem erstickten Schrei zurück unter die Bank gleiten.

Bereits weit hinter ihnen, versank das schlanke Schiff, auf dem sie die Reise angetreten hatten, mit unglaublicher Geschwindigkeit in den gurgelnden Fluten. Da nicht alle Männer die Flucht in die Boote geschafft hatten, versuchten sich die Übriggebliebenen mit einem todesmutigen Sprung in die Tiefe zu retten. Aber nachdem die meisten von ihnen nicht die Geistesgegenwart besessen hatten, die schweren Rüstungen abzulegen, zog sie das Eisen erbarmungslos in die Tiefe. »*Madre de Dios*«, hauchte Berengaria und vergrub das Gesicht in den Händen, um den Gräueln, die um das winzige Schiffchen herum tobten, nicht ins Gesicht blicken zu müssen. Nachdem sie ein weiteres Mal den Kopf gehoben hatte, nur um ihn sofort wieder schutzsuchend in ihrem Schoß zu vergraben, tat Catherine es ihr gleich und betete. Nach einem scheinbar endlosen Kampf mit den wütenden Elementen ließ das wilde Schaukeln schließlich nach. Und bevor Catherine verstand, dass sie in Sicherheit waren, wurde die Jolle bereits von mehreren Dutzend Händen an den Strand gezogen. Gerade wollte sie erleichtert den Fuß auf den aufgeweichten Sand setzen, als sie eine herrische Stimme zusammenfahren ließ. »Werft die Waffen nieder! Ihr seid unsere Gefangenen!«

Vor den Stadttoren Akkons, Ende April 1191

Uns wird in alten Erzählungen viel Wunderbares berichtet: Von berühmten Helden, großer Mühsal, von glücklichen Tagen und Festen, von Tränen und Klagen und vom Kampf tapferer Männer könnt ihr jetzt Erstaunliches erfahren.
Es wuchs im Burgundenland ein junges Edelfräulein heran, so schön wie keine andere auf der Welt. Kriemhild hieß sie. Später wurde sie eine schöne Frau, um derentwillen viele Krieger ihr Leben verlieren sollten.«

Während Ansbert die ersten Seiten des Epos, die Arnfried von Hilgartsberg ihm nach langem Drängen überlassen hatte, überflog, bewegten sich seine Lippen synchron zu der Lektüre, die seine gesamte Aufmerksamkeit in Anspruch nahm. Der schlanke Körper des blonden Chronisten schien der Spannung der Erzählung zu folgen, da er sich – jedes Mal, wenn Ansbert einen neuen Abschnitt erreichte – noch weiter über das Werk beugte, als wolle er in die sich sofort dramatisch zuspitzende Handlung eintauchen. Verkrampft umklammerten seine Finger die scharfkantigen Ränder des hauchdünnen Ziegenleders, und sein nervös auf den Boden tippender Fuß schien den eleganten Versen einen spürbaren Rhythmus geben zu wollen. »Es ist wundervoll«, sagte er schließlich, als er das Pergament mit tränenfeuchten Augen in den Schoß sinken ließ und den an einem kraftraubenden Fieber erkrankten Arnfried anblickte, der trotz seiner Schwäche vor Freude errötete. »Findet Ihr?«, fragte dieser bescheiden und setzte sich mühsam auf der schmalen Pritsche auf. Sein ausgemergeltes Gesicht glühte vor Stolz, und in den fieberglänzenden Augen lag kaum verhohlener Schöpfungsdrang. »Ja.« Ansbert nickte. »Ich nehme alles zurück, was ich jemals über deutsche Dichtung gesagt habe«, gab er beschämt zu, da die Schönheit und Brillanz der Sprache des jungen Ritters der lateinischen Literatur in nichts nachstanden.

»Ich habe ihm auch schon gesagt, dass er nicht so bescheiden sein soll«, dröhnte Fulko von Filnek, der sich mit einer Schüssel Suppe in gebückter Haltung durch den Eingang zwängte. Die stämmige Gestalt des Ritters wirkte von der flimmernden Hitze niedergedrückt. Auch die ansonsten tiefe, sonore Stimme schien an Umfang verloren zu haben und zu einem kratzigen Abbild ihrer selbst verblasst. Das dünne Haar klebte halbmondartig in seiner hohen Stirn, die an diesem Tag von Ungeduld und Unwillen zerfurcht war. Wie Fulko waren auch Ansbert und Arnfried von Hilgartsberg in die Nähe des stinkenden, unter der erbarmungslosen Sonne backenden Lazarettzeltes umgesiedelt worden, um Platz zu machen für die höheren Herren. Was vermutlich auch der Grund für das hochansteckende Fieber war, das Arnfried sich in der vergangenen Woche zugezogen hatte. Da der erfrischend unkomplizierte Ritter Fulko ebenso wie Ansbert in den Diensten des Herzogs von Franken stand, hatten die Männer zwischen ihren Zelten das Banner ihres Herrn aufgezogen, das an diesem Tag im warmen Ostwind flatterte. Bereits nach einer halben gemeinsam durchlittenen Nacht im Einzugsbereich des sich immer weiter ausdehnenden Krankenlagers hatten die Männer über einem Krug verwässerten Weins Freundschaft geschlossen und ihre Erfahrungen ausgetauscht. Im Gegensatz zu Arnfried und Ansbert, die den Zug ins Heilige Land an der Spitze des Heeres angetreten hatten, war Fulko ein Teil der Nachhut gewesen, und hatte so völlig andere Eindrücke gesammelt als die beiden jungen Männer.

»Richard Löwenherz wird bald hier sein«, informierte Fulko die beiden, während er Arnfried die Suppe in die abgemagerten Hände drückte. Da der dunkelhaarige Ritter immer noch unter heftigem Schüttelfrost litt, hatte der Filneker die Schale nur zur Hälfte gefüllt, um zu verhindern, dass ein Großteil des kräftigenden Mahls in die ohnehin schon befleckten Laken tropfte. »Vielleicht ist es uns dann endlich vergönnt, diese gottlose Stadt einzunehmen!«, brummte er missmutig, brach Arnfried von Hilgartsberg auf dessen unausgesprochene Bitte hin ein Stück des trockenen Fladenbrotes ab und wandte sich dann Ansbert zu, der immer noch das Versepos in seinen Händen hielt. Dessen Einladung folgend ließ er sich auf einem der zerschlissenen Feldhocker nieder und stützte das Kinn in die Hände. Entgegen aller Wahrscheinlichkeit war es den Belagerern immer noch nicht gelungen mit dem von Philipp mitgebrachten Gerät die Befestigungsanlagen Akkons so weit zu beschädigen, dass ein Eindringen möglich war. Auch griff die Streitmacht Salah ad-Dins immer noch das Kreuzfahrerlager an, wann immer die Katapulte ihre dumpfen Missklänge über die Bucht schickten. »Immerhin haben wir die türkische Flotte versenkt«, gab Arnfried kauend zu bedenken, da seit einigen Wochen die Herrschaft über das Meer wieder in christlicher Hand war. Somit war die Stadt nun vollkommen abgeriegelt, und es bestand trotz der Anwesenheit der maurischen Streitmacht keinerlei Chance mehr auf Verstärkung der Garnison im Inneren der zerschossenen Ringmauern. »Es kann sich nur noch um Wochen handeln, bis ihnen die Nahrungsmittel ausgehen«, bekräftigte Ansbert, der trotz der Familienchronik wieder damit begonnen hatte, die Erfolge der Kreuzfahrer zu dokumentieren.

Rhodos, Mai 1191

Was hat er getan?« Richard Löwenherz' ohnehin bleiches Gesicht wirkte beinahe blutleer im Licht der stechenden Nachmittagssonne. Die grauen Augen funkelten wie geschmolzenes Blei, als ihm die gesamte Tragweite der Nachricht bewusst wurde. »Er hat sie gefangen gesetzt?« Mit nur mühsam beherrschter Hand fuhr er sich durch den rotblonden Schopf und starrte den vor ihm auf dem staubigen Boden knienden Boten mit einer Mischung aus Ungläubigkeit und aufwallendem Jähzorn an. Der selbst ernannte Kaiser Isaak von Zypern, der als Statthalter vor nunmehr sechs Jahren die Insel aus dem Byzantinischen Reich gelöst und eine Gewaltherrschaft über deren Bewohner etabliert hatte, ließ dem englischen König, der auf Rhodos Zuflucht vor den Elementen gefunden hatte, durch den Boten eine Nachricht zukommen. Diese beinhaltete, dass Richard seine Braut und Schwester, sowie deren Hofdamen und Begleiter durch eine nicht unbeträchtliche Summe Goldes auslösen könne. Sollte dies nicht innerhalb der nächsten vier Wochen geschehen, würde sich der Preis für die Freisetzung der Gefangenen mit jedem Tag verdoppeln. »Diesen Fehler wird er bereuen«, stieß der Engländer hervor, bevor er dem Abgesandten abrupt den Rücken zukehrte und zurück in die Kühle des Palastes stürmte, den ihm der Gouverneur von Rhodos widerspruchslos zur Verfügung gestellt hatte.

Sollte das Blatt sich gewendet haben, fragte er sich zähneknirschend, während er seinem Knappen Geoffroy mit einer ungeduldigen Geste zu verstehen gab, dass er ihm folgen solle. Ungehalten durchmaß er das überschattete Atrium, bevor er in die Stille des Haupthauses eintauchte, wo sich kleine Grüppchen aufgescheuchter Höflinge tuschelnd unterhielten. Nicht nur, dass elf seiner mit kostbaren Reittieren und einem Teil seines Schatzes beladenen Schiffe in dem verheerenden Sturm gesunken waren! Wagte es doch tatsächlich auch noch dieser Wurm, seinen Vorstoß ins Heilige Land aufzuhalten! Erzürnt ballte er die Rechte zur Faust, ließ sie auf seinen Oberschenkel sausen und fluchte innerlich. »Geoffroy«, herrschte er den Knaben an, der sich inzwischen an die Launen seines Herrn gewöhnt hatte, und mit gesenktem Kopf ergeben hinter ihm her trottete. »Lass den Rat zusammenrufen.« Er hatte begonnen, mit wütend ausgreifenden Schritten die breiten Stufen in den ersten Stock zu erklimmen, sodass der Junge ihm nur mit Mühe folgen konnte. »In einer halben Stunde in der Halle!« Mit diesen Worten ließ er seinen Knappen am obersten Treppenabsatz stehen und hastete weiter, ohne auf die fragenden Blicke zu achten, welche die Umstehenden ihm hinterherschickten, kaum dass sie sich in seinem Rücken aus den tiefen Verbeugungen aufgerichtet hatten. Wenig sanft schloss er die Tür seines Gemaches hinter sich und ließ sich mit einem ungehaltenen Schnauben in einen der seidenbestickten Stühle fallen. Er musste seine Gedanken ordnen, bevor er vor den Rat trat! Auf keinen Fall wollte er eine rein emotionale Entscheidung fällen!

Flackernder Fackelschein erhellte die Halle, in der die Earls of Pembroke, Cornwall, Essex, Derby, Gloucester, Lincoln, Oxford, Salisbury und Northumberland samt ihrer vertrautesten Ritter Platz an einer langen Tafel genommen hatten, an deren

Kopfende Richard Löwenherz thronte. Die weiß verputzten Wände zierte ein auf Kopfhöhe verlaufender Mäanderfries, dessen Farbgebung an einen Sandstrand erinnerte. Leuchtendes Aquamarinblau wechselte sich mit gedecktem Ocker und dem warmen Ton von Terrakotta ab, während aufgemalte Risse dafür sorgten, dass das Ganze antik und edel wirkte. In den vier Ecken des Raumes unterbrachen dreibeinige, erkaltete Kohlebecken die Strenge der Einrichtung, da das eiserne Schmiedewerk in der Darstellung abenteuerlichster Fabeltiere die Kühle der ansonsten vorherrschenden Geometrie milderte. Die polierten Kirschholzplatten der langen Tische glänzten seidenmatt. Doch so mancher Trinkkelch hatte bereits ein stumpfes Muster aus konzentrischen Kreisen auf die dunkle Oberfläche gemalt. »Wir sollten versuchen, die Angelegenheit so diplomatisch wie möglich zu lösen«, riet William de Ferrers, der Earl of Derby, soeben, nachdem der König Vorschläge von seinen Vertrauten gefordert hatte. Die klaren Augen lagen mit einer Mischung aus Besonnenheit und Sorge auf den angespannten Zügen des Herrschers, der diese Idee mit einem leichten Schräglegen des Kopfes quittierte. »Unsinn«, brauste Essex auf, der de Ferrers mit unverhohlener Abscheu musterte. »Diese Unverschämtheit muss geahndet werden!« Sein harter Blick wanderte von Mann zu Mann und kam auf Richard zum Ruhen. »Die Insel ist reich«, fügte er mit einem gierigen Lächeln auf den schmalen Lippen hinzu. »Und viele unserer Schiffe haben den Sturm nicht überstanden.« Zustimmendes Gemurmel erhob sich. »Warum nehmen wir sie nicht ein und füllen unsere leeren Kassen?«, fragte nun auch Robert de Beaumont, der Earl of Cornwall, mit einem Straffen der breiten Schultern. »Weil wir damit den Zorn des byzantinischen Kaisers auf uns ziehen würden«, erklärte de Ferrers geduldig. »Immerhin gehört die Insel eigentlich Konstantinopel.«

»Ach«, warf Salisbury, dessen fettes Kinn über den Kragen seines Surkots fiel, ein und fuhr sich mit der Linken über die hohe Stirn, die nur notdürftig von einer Handvoll viel zu langer, dünner Strähnen bedeckt wurde. »Warum hat sich Byzanz dann in den letzten Jahren einen Dreck um seinen Besitz geschert?«, konterte er mit einer Beifall heischenden Geste. »Weil es zu teuer wäre, die Insel zurückzuerobern!«, erklärte der Earl of Derby geduldig. »Schließlich handelt es sich bei den Bewohnern um Christen und nicht um Ungläubige.« Er hob beschwörend die Hände. »Wir können sie nicht einfach niedermetzeln.« Essex schnaubte verächtlich, sprang auf die Beine und breitete spöttisch die Arme aus. »Christen! Die einzig wahre Kirche ist die lateinische Kirche.« Seine ohnehin scharfen Züge verzogen sich zu einer verächtlichen Grimasse, bevor er angewidert ausspuckte: »Das sind doch auch schon halbe Heiden!« Voller Unbehagen folgte Harold, der mit klopfendem Herzen hinter Henry of Cirencester stand, dem weiteren Verlauf der Ratssitzung, bis Richard Löwenherz schließlich die Faust auf den Tisch donnern ließ und mit dröhnender Stimme verkündete: »Es wird Zeit, das Unkraut an der Wurzel auszureißen.« Eine steile Falte grub sich zwischen die Brauen des Königs. »Bei Anbruch des Tages lichten wir Anker und setzen Kurs auf Zypern!« Mit einer energischen Geste, die das Ende der Versammlung signalisierte, erhob er sich, warf Derby einen letzten bedauernden Blick zu und stürmte aus der Halle. Nachdem sich die Anwesenden aus den tiefen Verneigungen erhoben hatten, begannen auch sie, aus dem Raum zu strömen, wobei sich jedoch überall kleine Grüppchen bildeten, die hitzig diskutierten.

»Es ist reine Zeitverschwendung«, bemerkte der Earl of Derby zu Cirencesters Dienstherrn, dem Earl of Gloucester, der dem König mit dem Blick folgte, bis dieser hinter einer Säule verschwunden war. »Eine Botschaft in scharfem Ton sollte genügen.« Gilbert de Clare, der Earl of Glouchester, lachte verächtlich. »Vermutlich habt Ihr sogar Recht, Derby«, gab er zu und kniff die braunen Augen zusammen. »Aber seid doch wenigstens einmal ehrlich zu Euch selbst.« Er runzelte die Brauen. »Wann bietet sich die nächste Gelegenheit, unsere Truhen zu füllen?« Harold, der respektvoll in Cirencesters Schatten abwartete und die Szene neugierig verfolgte, verkniff sich nur mit Mühe einen erstaunten Ausruf. »Hier ist es nur unser Heer, das einen Teil des Kuchens abbekommen will«, fuhr Gloucester fort, ohne auf den verächtlichen Ausdruck auf Derbys Miene zu achten. »Aber vor Akkon zerfleischen sich bereits jetzt die Schakale.« Mit einer wegwerfenden Handbewegung verabschiedete er sich und ließ den Earl of Derby stehen, der ihm kopfschüttelnd hinterherblickte. »Er hat recht«, ließ sich Cirencester vernehmen, der Derby freundschaftlich die Hand auf die Schulter legte. »Dieses ganze Unternehmen soll schließlich einen gewissen Nutzen haben.« Harold schluckte den Protest, der ihm auf der Zunge lag und versuchte, die verwirrten Gedanken zu ordnen, während er Cirencester, der sich mit dieser Bemerkung verabschiedet hatte, hastig hinterhereilte.

War es das, worum es den Vermummten in London im Endeffekt gegangen war?, fragte er sich, während er bemüht war, mit dem langbeinigen Henry of Cirencester Schritt zu halten. Um Bereicherung? Das gänzlich unritterliche Ansinnen, die eigenen Taschen zu füllen? Aber was hatte der in England zurückgebliebene Prinz John damit zu tun? Immer und immer wieder hatte Harold über die rätselhafte, von ihm belauschte Besprechung im Tower nachgedacht, war jedoch bis zum heutigen Tag zu keiner Einsicht gelangt, die ihn das Vorgefallene hätte verstehen lassen. Eines wurde ihm jedoch von Tag zu Tag klarer: Um die Befreiung der Christen und die Niederschlagung der Heiden ging es in diesem Krieg eigentlich niemandem. Alles, worauf es anzukommen schien, war der Gewinn, der zu erhoffen war. Mit einer Mischung aus Enttäuschung und selbstgerechter Empörung folgte er seinem Dienstherrn in die ihnen zugewiesenen Gemächer, um ihm bei den nötigen Vorbereitungen zur Hand zu gehen. Während er Waffen und Kleidungsstücke sorgfältig in den inzwischen wind- und wettergeprüften Truhen verstaute, grübelte er über die Gefahr nach, in der Catherine und die Damen schwebten. Nachdem es allem Anschein nach das Versorgungsschiff gewesen war, das dem Ansturm der tobenden See nicht standgehalten hatte, war die erste Sorge um ihr Wohlergehen schon bald zerstreut worden. Doch was würde der selbst ernannte Kaiser von Zypern unternehmen, wenn er die Gefahr witterte, in der er schwebte? Wären die Damen dann noch sicher?

Vor den Stadttoren Akkons, Mai 1191

Erschöpft, aber glücklich, endlich wieder unter Christen zu sein, ließ Curd von Stauffen die Ruder des winzigen Bootes sinken, um sich von den helfenden Händen, die sich dem Templer und seiner Begleiterin entgegenstreckten, auf das sandige Ufer ziehen zu lassen. Über den Köpfen der neugierig zusammengeströmten Männer und Knaben blitzte ein Himmel, dessen Brillanz einen erbarmungslosen Kontrast zu den verbrannten Gesichtern und zumeist zerschlissenen Gewändern der Neugierigen bildete. In der Ferne verdichteten sich scheinbar harmlose Schleierwolken zu einer Wand, deren Grautöne mit der Farblosigkeit der schroffen Gebirgsgipfel zu verschmelzen schienen. Mit einer mechanischen Geste strich sich der junge Tempelritter die verklebten Locken aus der Stirn und wandte sich zu Rahel um, die etwa ein halbes Dutzend Schritte vor ihm soeben die vom Salzwasser verfärbten Röcke etwas anhob, um an Land zu waten. Beinahe zwei Wochen hatten die beiden Flüchtlinge benötigt, um vorwiegend im Schutze der Dunkelheit zuerst die Küste und dann die Landzunge vor der belagerten Stadt zu erreichen. Und hätte Curd nicht die Münze besessen, die al-Adil ihm in Kairo anvertraut hatte, dann wäre die Reise weitaus weniger glimpflich verlaufen. Am vergangenen Abend schließlich hatten sich die beiden Liebenden in der Nähe des *Chastel Pèlerin*, einer der wenigen Kreuzfahrerburgen, die noch nicht in Feindeshand übergegangen waren, in einem winzigen Nachen in die schwarzen Fluten des nächtlichen Mittelmeeres abgestoßen, um die letzten Meilen unter dem schützenden Mantel der Dunkelheit zurückzulegen.

»Willkommen.« Mit einer herzlichen Geste streckte einer der deutschen Soldaten dem jungen Mädchen die Hand entgegen, um ihr über die schlüpfrigen Steine zu helfen, die den schmutzig gelben Sand bereits nach wenigen Schritten ablösten. Nach einem schüchternen Blick in die lächelnden grauen Augen des galanten, mit dem staufischen Wappen geschmückten Kämpen, senkte sie die Lider und stakste über die tückischen Hindernisse hinweg. »Danke«, versetzte Curd trocken und schulterte den Beutel, der ihre Habseligkeiten enthielt, um Rahel und den Männern, die sie begrüßt hatten, zu folgen. Im ersten Augenblick hatte es gewirkt, als würde der Empfang alles andere als freundlich verlaufen. Aber kaum hatten die Kreuzfahrer das Emblem der Templer auf dem Umhang entdeckt, den Curd sich auf See wieder übergeworfen hatte, wandelte sich die Stimmung. »Das Lager der Tempelritter ist im Norden«, informierte ihn einer der Ritter, der die Farben des Herzogs von Franken trug. Aus dem wettergegerbten Gesicht des stämmigen Kämpfers leuchtete ein amüsiert wirkendes, blaugrünes Augenpaar, das Curd einen Augenblick überrascht innehalten ließ. Wo hatte er diesen Blick schon einmal gesehen?, fragte er sich verwundert, während er den Rest der Erscheinung abtastete. »Aber dort gibt es kaum mehr Plätze«, unterbrach der deutsche Ritter seine Gedanken und warf einen wissenden Blick auf Rahel. »Zudem bezweifle ich, dass Eure Begleiterin dort gerne gesehen wäre.« Curd nickte und ergriff Rahels Hand, die sich kühl und trocken in die Seine schmiegte. »Ich wollte ohnehin meinen Eid lösen, um zu ehelichen«, vertraute er seinem Gesprächspartner an, der mit einem anerkennenden Schmunzeln die Brauen hob und einige Momente lang nachdachte. »Dann ist es vermutlich das Beste, wenn ich Euch in der Nähe des Lazaretts unterbringe.« Als er Curds skeptischer Miene gewahr wurde, zuckte er die Achseln. »Das ist der einzige Ort, an dem noch genügend Platz ist. Und ich wäre an Eurer Stelle nicht allzu wählerisch«, setzte er nach einer kaum merklichen Pause hinzu. »Denn wenn Richard Löwenherz ankommt, dann müssen wir noch weiter zusammenrücken.«

Schweigend folgten die jungen Leute ihren schwer bewaffneten Führern, bis sie schließlich einen übel riechenden Platz erreichten, an dessen Rand mehrere, nicht allzu geräumige Zelte sich um einen provisorischen Brunnen drängten. Überall schienen Helfer damit beschäftigt, den zum Teil im Freien untergebrachten Kranken die Schmerzen zu lindern. Was dem Gebrüll zufolge, das aus einigen der kegelförmigen Unterkünfte drang, nicht von überragendem Erfolg gekrönt war. »Hier«, wies der Vasall des deutschen Herzogs sie an, und sowohl Curd als auch Rahel hatten Mühe, beim Anblick des winzigen Fleckens niedergedrückten Grases, dessen Halme zum Teil blutbraun schimmerten, nicht die Nase zu rümpfen. »Ich danke Euch«, brachte der Templer nach einigen schweren Atemzügen schließlich mühsam über die Lippen, während Rahel sich entsetzt näher an ihn drängte. »Wo kann ich ein Zelt erstehen?« Als Antwort grinste der fränkische Ritter breit und wies auf eine prächtige Behausung etwa einhundert Fuß in Richtung Süden, die in der Sonne funkelte. »Dort, nehme ich an.« Auf der Spitze des Pavillons prangte das Wappen des Herzogs von Österreich. »Gut.« Curds Fassung war nach der beschwerlichen Reise nicht so leicht ins Wanken zu bringen, und nach kaum wahrnehmbarem Zögern setzte er betont heiter hinzu: »Und wo gibt es einen Priester. Wir wollen uns so bald wie möglich trauen lassen.«

Das Feixen des fränkischen Ritters verbreiterte sich. »Ich werde Euch einen herbeischaffen«, erbot er sich, klopfte dem peinlich berührten Templer auf die Schulter und streckte die Hand aus, um die Bezahlung für den Kirchenmann entgegenzunehmen. »Welche Namen soll ich nennen?« Bevor er diese Frage beantwortete, schnürte Curd das Beutelchen mit den Silber- und Goldstücken, die al-Adil dem Lösegeld hinzugefügt hatte, sorgfältig wieder zu und verstaute es an seiner Brust. »Mein Name ist Curd von Stauffen«, erwiderte er schließlich und wies auf Rahel. »Und das ist Blanda von Filnek.«

Mit allem hatte er gerechnet, aber nicht mit dem, was auf diese Worte folgte. Nachdem zuerst alle Farbe aus dem Gesicht seines Gegenübers wich, überzogen sich die vormals freundlichen Züge mit einem tiefen Purpurrot, bevor der Ritter die Hand an das Heft seines breiten Schwertes legte und die Klinge zog. »Ihr seid eine Hochstaplerin!«, zischte er heiser und wies auf Rahel, die mit einem spitzen Schrei auf den Lippen einen Schritt zurückwich, um sich hinter Curd zu verbergen. Die Schultern des Franken strafften sich, als er den Unterkiefer vorschob und Curd kampfeslustig anstarrte. »Ich bin Fulko von Filnek«, knurrte er drohend, wobei seine tiefe Stimme vor Empörung bebte. »Und mein einziger Bruder wurde vor vielen Jahren samt seiner Familie in Aleppo getötet!« Mit einem wütenden Zähnefletschen trat er auf Curd von Stauffen zu und setzte ihm die Waffe auf die Brust. »Wer seid Ihr wirklich?«

Zypern, Lemesos, Mai 1191

»Ihr braucht keine Furcht zu haben, meine Damen«, erklärte der selbst ernannte Kaiser von Zypern, Isaak Komnenos, ölig, als er das weiträumige Gemach in der Festung von Lemesos betrat, das er den Gefangenen zugewiesen hatte. Drei mit Jagdszenen geschmückte Teppiche nahmen den Steinquadern der starken Mauer die Schärfe. Und an der westlichen Wand, in der zwei tiefe, von byzantinischen Säulen unterbrochene Fenster den Ausblick auf das Umland freigaben, prangte eine eingefasste Feuerstelle. Die Luft in dem hohen Raum war erfüllt vom Duft unzähliger Rosen, die Tische und Truhen mit einem wahren Blütenteppich überzogen. Da die Sonne durch das Fenster fiel, hatte man davon abgesehen, Kerzen zu entzünden, und auch die Windlichter blieben ohne Flamme. Das bleiche Gesicht des Einunddreißigjährigen, das von einem kurzen Vollbart eingerahmt wurde, verzog sich zu einem schmierigen Lächeln, als er den Blick in die Runde der Damen warf. Diese hatten – wie um ihrem Häscher zu trotzen – ihre feinsten Gewänder angelegt. Kalt strichen die schwarzen Augen des Byzantiners über das funkelnde Geschmeide und die kunstvollen Frisuren, bevor er sich mit einer der langfingrigen Hände eine Strähne des dunklen Haars aus der Stirn strich.

»Wenn Euer Bruder sich in meine Bedingungen fügt, dann habt Ihr nichts zu befürchten«, bemerkte er an Johanna Plantagenet gewandt, die an einem der großzügigen Fenster stand und den Blick über die Gipfel des im Hinterland aufragenden Troodos-Massivs schweifen ließ. Scharf zeichneten sich die kahlen, nur hie und da mit struppigen Büschen bewachsenen Berghänge vom Horizont ab, und nur widerstrebend riss sich die rothaarige Engländerin von dem Anblick eines Wasserfalles los. Während Johanna den Griechen mit denselben grauen Augen, die auch Richard Löwenherz von ihrem Vater geerbt hatte, lediglich kühl musterte, stieß Berengaria von Navarra verächtlich die Luft durch die Nase. »Ihr solltet Euch besser auf das Schlimmste gefasst machen«, drohte sie leise und machte einen Schritt auf Isaak zu. »Denn wer den Zorn des Löwen weckt, der tut besser daran, ihm aus dem Weg zu gehen.« Ihre Augen leuchteten kampfeslustig. Ein Lächeln stahl sich auf ihre schönen Züge, als sie den Zweifel in die dunklen Augen ihres Entführers treten sah. Verwundert blickte Catherine, die sich scheu in eine der Ecken zurückgezogen hatte, von einem zum anderen und versuchte, ihren sich beschleunigenden Herzschlag zu ignorieren. War es weise, was die Braut des englischen Königs da tat? Sollten sie nicht besser auf die Ankunft der Männer warten, anstatt den mächtigen Herrn der Insel zu provozieren?

»Vielleicht habt Ihr gar nicht so unrecht«, wandte der schlanke Großneffe des ehemaligen Kaisers von Byzanz nach einigen zermürbenden Augenblicken des Schweigens schließlich ein und machte Anstalten, den Raum zu verlassen. Bevor er durch den Eingang verschwand, wandte er sich noch einmal um und setzte versonnen hinzu: »Ich werde mich auf eine meiner Festungen im Gebirge zurückziehen.« Das Schmunzeln, das über die weichen Züge huschte, wirkte ein wenig verlegen, als er murmelnd feststellte: »Sonst kommt Euer Bräutigam vielleicht noch auf falsche Gedanken.« Mit diesen Worten zog er die schwere Kiefernholztür ins Schloss, und während von außen der Riegel über die eisernen Beschläge glitt, blickten sich die Damen fragend an. »Denkt Ihr, Richard wird sich auf einen Handel einlassen?«, wandte sich Berengaria schließlich an Johanna, die seit der Ankunft der spanischen Prinzessin zu deren Beraterin und Vertrauten geworden war. Aber diese zuckte lediglich die Achseln. »So wie ich meinen Bruder kenne«, stellte sie trocken fest, »wird er nichts unternehmen, von dem er sich nicht irgendeinen Vorteil erhofft.« Als sich Betroffenheit auf Berengarias Zügen ausbreitete, fügte sie hastig hinzu: »Er wird sicherlich nicht zulassen, dass ihn ein Emporkömmling wie Isaak zum Narren hält.« Aber Ihr solltet Euch nicht einmal den Bruchteil eines Augenblickes vormachen, er würde sich um Euer Wohlergehen sorgen, dachte sie verbittert, während sie den Arm der Spanierin ergriff und diese auf eine der Sitzgruppen zuführte.

Als die beiden Frauen sich schwer auf zwei der bequemen Stühle hatten fallen lassen, trat Catherine näher an das vergitterte Fenster, von dem Johanna nur wenige Momente zuvor in den Raum getreten war, und blickte wehmütig in die Ferne. Nur mühsam unterdrückte sie die Verzweiflung, die sich in ihrer Brust ausbreiten wollte. Kaum hatten sich ihre geheimsten Sehnsüchte erfüllt, hatte sie den Mann ihres Herzens schon wieder verloren! Sie seufzte. Blicklos starrte sie auf den sich tief unter ihr dahinschlängelnden Fluss, der keine halbe Meile weiter westlich in dem scharfkantigen Fels der Insel zu versiegen schien. Wütend wischte sie sich eine Träne aus dem Augenwinkel und beschloss trotzig, den nächsten Tagen ohne Furcht entgegenzublicken. Sicherlich würde der Rest der Flotte bald eintreffen und sie befreien. Und so lange würde sie einfach versuchen, die beängstigenden Bilder, die sich Nacht für Nacht in ihre Träume stahlen, zu verdrängen! Entschlossen schob sie die Unterlippe nach vorn und gesellte sich zu den anderen Hofdamen, die es sich nahe des erkalteten Kamins mit einem Liebesgedicht gemütlich gemacht hatten, das eines der Mädchen mit glühenden Wangen vortrug.

Vor den Stadttoren Akkons, Mai 1191

Der ganz in Schwarz Gekleidete starrte Salah ad-Din schweigend an, nachdem dieser ihm mit einem ungeduldigen Befehl bedeutet hatte, sich aus der unbequemen Stellung des Fußfalles in eine kniende Position zu erheben. Lediglich das Weiß seiner Augen und die makellosen Zahnreihen waren in dem beinahe ebenholzschwarzen Gesicht zu erkennen, das in seiner Reglosigkeit unheimlich wirkte. Bedächtig drehte er die kleine, stilisierte Falkenfigur, die von einer dünnen Lederschnur um seinen Hals hing, in den schlanken Händen hin und her, bevor er sich räusperte, den Silberschmuck sinken ließ und mit einem Stirnrunzeln zu Boden blickte. »Ich werde einige Wochen brauchen, um die nötigen Vorbereitungen zu treffen«, informierte er den Sultan nach einigen Augenblicken des Schweigens schließlich bescheiden. Mit einer unbewussten Bewegung strich er sich eine dünne Strähne des zu einem hüftlangen Zopf geflochtenen, schwarzen Haares hinter das Ohr und setzte nachdenklich hinzu: »Auch würde es sicherlich nicht schaden, einige Spione ins Lager der Ungläubigen zu schicken, um die Machtverhältnisse in Erfahrung zu bringen.« Als er den Blick hob, konnte man erkennen, dass die Farbe seiner Augen von solch tiefem Dunkelbraun war, dass sich die leicht geweiteten Pupillen kaum davon abhoben. »Es kursieren Gerüchte, dass man sich dort alles andere als einig ist«, ergänzte er, als Salah ad-Din ihn erwartungsvoll musterte. Mit einem versonnenen Lächeln auf den Lippen nickte der Sultan und griff nach einer gesüßten Feige. »Seht, was Ihr bewerkstelligen könnt«, erwiderte er nüchtern. »Ich fürchte, es bleibt mir keine andere Wahl, als auf Eure Dienste zurückzugreifen.« Sein Besucher entblößte geschmeichelt die strahlend weißen Zähne zu einem Lächeln. »Ihr sollt das Vertrauen, das Ihr in unsere Bruderschaft setzt, nicht bereuen, Herr.« Geschmeidig wie eine Katze kam er auf die Beine und verbeugte sich tief. »Erwartet aber keine Wunder«, warnte er. »Eine gelungene Operation macht es unbedingt erforderlich, die Linien des Feindes zu infiltrieren.«

Als die schlanke Gestalt des jungen Mannes durch den Zelteingang verschwunden war, klatschte der Sultan in die Hände und befahl dem daraufhin erscheinenden Sklaven: »Schickt einen Boten nach Kairo. Mein Bruder soll sich unverzüglich auf den Weg hierher machen!« Sollte das Heer des englischen Königs wirklich in absehbarer Zeit vor Akkon ankommen, dann würde Salah ad-Din trotz des Auftrages, mit dem er den Schwarzgekleideten betraut hatte, jeden seiner fähigen Generäle benötigen. Zwar traf immer noch beinahe täglich Verstärkung aus allen Teilen des Landes ein. Aber die Begeisterung seiner kriegsmüden Vasallen ließ zunehmend nach, und die Truppen, die man ihm schickte, bestanden zum Großteil aus unerfahrenen Männern. Nicht selten waren die Fehler, welche die meist blutjungen Unterführer begingen, vermeidbar. Doch das änderte nichts an der Tatsache, dass die misslungenen Ausfälle immer öfter eine unangemessen hohe Zahl an Soldatenleben forderten. Auch die Lage in der bedrängten Stadt wurde von Tag zu Tag bedenklicher. Seit der Zugang zum Meer abgeschnitten war, hungerten die Bewohner. Und wenn es doch hin und wieder einem der ägyptischen Versorgungsschiffe gelang, die Seeblockade zu durchbrechen, dann waren die Güter an Bord nicht mehr als ein Tropfen auf den heißen Stein. Seufzend trat Salah ad-Din vor seinen inzwischen von der Sonne ausgebleichten Pavillon und betrachtete das geschäftige Treiben um sich herum mit einer Mischung aus Zuversicht und Sorge. Sollte der wenig ehrenhafte Plan, den er seinem Besucher anvertraut hatte, fehlschlagen, dann würde er auf Allahs Hilfe vertrauen müssen.

Während der Sultan eine zweite Feige in den Mund schob und über die weitere Strategie nachsann, die er in diesem sich immer mehr in die Länge ziehenden Krieg verfolgen sollte, hielt Curd von Stauffen im Herzen des christlichen Lazarettviertels dem kalten Blick der drohend auf ihn gerichteten Augen seines Gegenübers stand. »Das ist ein Missverständnis«, sagte der Templer so ruhig er konnte und hob die Hände in einer Geste der Kapitulation, um den empörten Fulko von Filnek nicht noch mehr zu reizen. Rahel, die sich bebend an ihn klammerte, stieß einen furchtsamen Schrei aus, als einer der Kreuzfahrer sie auf einen Wink Fulkos am Arm packte und von ihrem Beschützer fortzog. »Es stimmt, dass Euer Bruder in Aleppo den Tod gefunden hat«, fuhr Curd mit mühsam unterdrücktem Zorn fort und ließ die Männer gewähren, die ihm den Beutel mit seinen Habseligkeiten abnahmen, um ihn zu durchsuchen. »Aber seine Tochter hat das Massaker überlebt.« Der stämmige, blonde Ritter schnaubte ungläubig, ließ jedoch die Waffe sinken und folgte Curds Blick, um die inzwischen auf den Boden geschütteten Dinge zu begutachten. Inmitten der Kleidungsstücke, die Nathan dem Templer aufgenötigt hatte, glänzte der mit Edelsteinen besetzte Dolch, der Rahels Vater gehört hatte. Auch der mit seinem Wappen bestickte Mantel war deutlich zu sehen. Einige Atemzüge herrschte eisige Stille, die lediglich von Rahels heftigem Atmen unterbrochen wurde. »Das hat Wolf gehört«, stammelte Fulko schließlich, ließ das Schwert auf den festgestampften Boden fallen und ging in die Knie, um die Waffe seines toten Bruders näher zu untersuchen. »Woher habt Ihr diese Sachen?«, stieß er gepresst hervor, nachdem er die Finger über die fein gearbeitete Scheide hatte gleiten lassen, und sprang auf, um Curd erneut die Klinge auf die Brust zu setzen.

»Bitte, Onkel«, flehte Rahel, die sich aus dem Griff des Soldaten befreit hatte, und trat vor, um sich zwischen den Templer und den erzürnten Fulko zu stellen. Ihre Brust hob und senkte sich schwer, als sie die Linke auf den muskelbepackten Unterarm des Ritters legte, um ihn zu beschwichtigen. »Tut ihm nichts an, er sagt die Wahrheit.« Erstaunt über den Mut der jungen Frau, kniff Fulko von Filnek die Brauen zusammen und betrachtete zum ersten Mal seit seinem Einschreiten das Mädchen an der Seite des Tempelritters genauer. Als er in ihre Augen blickte, huschte ein kaum merklicher Schatten über seine Züge und er schob die Waffe zurück in den Gürtel, um die junge Frau näher in Augenschein zu nehmen. »Seht mich an«, befahl er bärbeißig. Und als Rahel dem Befehl folgte, studierte er lange schweigend die dunklen Locken, die schmale Nase und die fein geschwungenen Lippen der jungen Frau. »Es könnte stimmen«, brummte er schließlich und bückte sich erneut, um die Dinge auf dem Boden zu untersuchen. »Das Körbchen, die Decke«, murmelte er, bevor er sich schließlich ein weiteres Mal aufrichtete und Curd streng musterte.

»Und Ihr wollt ein von Stauffen sein?« Der junge Mann nickte geduldig. »Warum stoßt Ihr dann erst jetzt zu uns?«, fragte einer der Umstehenden skeptisch. Aber bevor der Angesprochene seine Neugier befriedigen konnte, ließ sich Arnfried von Hilgartsberg vernehmen, den der Aufruhr aus seinem angrenzenden Zelt gelockt hatte. Zwar hatte er sich inzwischen leidlich von dem Fieber erholt, doch die Wangen mit den hohen Wangenknochen wirkten immer noch eingefallen und hohl. »Das ist er auch«, bestätigte er die erste Frage, nachdem er einen Blick auf den Siegelring geworfen hatte, den Curd am Finger trug. Mit einem versonnenen Nicken studierte er den silbernen Elefanten, der auf dem roten Grund des Rubins trompetend den Rüssel in die Höhe streckte, als wolle er das Geburtsrecht des Templers weithin verkünden. »Und ich kenne sogar seinen Stammsitz.« Erstaunt hob Curd die Brauen, da ihm selbst der bayerische Ritter unbekannt war. »Diese Farben gehören einem Edlen, der ganz in der Nähe meiner eigenen Festung ansässig ist«, beharrte Arnfried, dessen Blick ruhig auf Fulko lag, der seinen Worten gebannt folgte. »Dessen Bruder«, er wies auf Curd, »also sein Vater, ist vor beinahe fünfundzwanzig Jahren aufgebrochen, um sein Glück im Heiligen Land zu suchen.« Er hielt einen Moment inne, um die Worte wirken zu lassen. »Er hat immer wieder von ihm gesprochen.« Fulko runzelte die Stirn. »Und Ihr seid sicher, dass Ihr das Wappen erkennt?«, fragte er Arnfried mit noch nicht völlig beigelegtem Zweifel, woraufhin dieser erneut nickte. »Falls Euch das noch nicht genügt, meine Mutter war die Tochter Balians von Ibelin«, ergänzte Curd, was einigen der älteren Anwesenden ein bewunderndes Raunen entlockte – war sie doch in ihrer Jugend eine weithin gerühmte Schönheit gewesen. Einen langen Moment herrschte ein beinahe peinliches Schweigen, über dem das entfernte Donnern der Geschosse an Lautstärke zu gewinnen schien. Doch dann trat Fulko von Filnek auf Rahel zu und schloss seine verloren geglaubte Nichte mit Freudentränen in den Augen in die Arme. »Verzeiht mir«, bat er mit belegter Stimme. »Ich hatte nicht zu hoffen gewagt, dass ein Teil der Familie das Gemetzel überlebt hat.«

Zypern, Lemesos, 10. Mai 1191

Ihr dachtet doch nicht im Ernst, dass mich Eure lächerlichen Hafenbarrikaden aufhalten könnten?!«, herrschte Richard Löwenherz den vor ihm knienden, blutüberströmten Isaak Komnenos an, dessen Nase in einem bizarren Winkel aus dem bärtigen Gesicht stak. Zu lange hatte der Grieche damit gezögert, sich und seine Familie auf einer der Festungen im Gebirge in Sicherheit zu bringen. Und so war sein kleines Häuflein byzantinischer Kämpfer von dem wutschnaubenden Löwenherz überrannt worden, als handle es sich um eine Ansammlung von Strohpuppen. Hinter ihm lagen weitere einhundertundfünfzig Gefangene auf den harten Bodenquadern der Festung auf den Knien und verfolgten die Bewegungen ihres Bezwingers mit angstvollen Blicken. Einzig der Tatsache, dass sie geistesgegenwärtig genug gewesen waren, sich dem Sturm der englischen Kreuzfahrer zu ergeben, verdankten sie ihr Leben, das allerdings im Bruchteil eines Augenblickes ausgeblasen werden konnte wie eine Flamme im Wind. Sollte der Jähzorn des englischen Königs die Oberhand gewinnen, dann konnte sie nicht einmal das fürstlichste Lösegeld vor dem Tod durch den Strang retten.

Mit schweren Schritten stampfte Löwenherz vor dem entmachteten Kaiser auf und ab und bedachte ihn mit wenig schmeichelhaften Worten.

❦

Am Rande der Versammlung hielt der Chronist Richard of Devizes einen winzigen Augenblick inne, bevor er den Federkiel erneut über das helle Pergament in seinem Schoß tanzen ließ, und vor lauter Freude über die kraftvolle Szene, die sich ihm darbot, die trockenen Lippen benetzte. Als der Strich verblasste, tauchte er das angespitzte Ende erneut in die pechschwarze Tinte und fuhr mit klopfendem Herzen mit dem Bericht der Ereignisse fort:

»Der König, in seiner Rüstung, sprang als erster vom Schiff und schlug den ersten Schwertstreich, aber bevor er den zweiten schlagen konnte, waren Dreitausend auf seiner Seite und schlugen sich mit ihm. Schnell hatten sie das Holz im Hafen weggeräumt. Die kräftigen Männer eilten nach oben in die Stadt und waren nicht sanfter als die Löwinnen, denen man das Junge weggenommen hat. Die Verteidiger kämpften tapfer gegen sie. Die Verwundeten fielen auf dieser Seite und auf jener. Die Schwerter auf beiden Seiten waren trunken vom Blut. Die Zyprioten wurden bezwungen, die Stadt und Burg wurden genommen. Die Sieger nahmen sich, was ihnen gefiel. Der Herr der Insel wurde gefangen und vor den König gebracht.«

Neugierig blickte der junge Geschichtsschreiber auf, um die nächsten Worte des mächtigen Engländers nicht zu verpassen. Ein Lächeln huschte über seine hübschen Züge, als er das Bitten des bebenden Komnenos vernahm.

»Er bat um Verzeihung, die ihm gewährt wurde. Er huldigte dem König …«

Den Rest würde er am Abend in seiner Kammer hinzufügen, beschloss er und warf eine Handvoll Sand auf die feuchte Schrift. Zu befriedigend war der Anblick des flennenden Isaak, der mit übertriebener Gestik um sein Leben und das seiner Verbündeten flehte.

Nachdem Löwenherz das Gejammer des feigen Entführers noch eine Zeit lang ausgekostet hatte, hob er schließlich die bewehrte Hand und unterbrach den sich überschlagenden Redefluss rüde. »Ihr könnt gehen«, spuckte er abfällig aus, setzte jedoch augenblicklich hinzu: »Nachdem Ihr mir einen Eid geleistet habt, dass Ihr fortan auf unserer Seite steht.« Kaum hatte Komnenos diese Worte verarbeitet, nickte er eifrig und ließ die Hand in die Höhe schnellen, um der Aufforderung augenblicklich Folge zu leisten. Als der Chor der Schwörenden verhallt war, verschaffte sich der englische König mit einer herrischen Geste Ruhe und ließ den Blick der grauen Augen zu seiner im Hintergrund stehenden Gemahlin wandern, um sie zu sich zu winken. »In zwei Tagen werde ich hier in der Stadt meine Hochzeit begehen«, verkündete er nüchtern, was die Hochstimmung des jungen Devizes mit einem Schlag einbrechen ließ. Zwar teilte er immer noch das Lager mit dem kraftvollen König. Doch wenn Berengaria von Navarra hielt, was ihre eng geschnittenen Bliauds versprachen, dann würde dieser Genuss mit der Heirat ohne Zweifel ein Ende haben. Schmerzvolle Eifersucht umkrampfte sein Herz, als er die Erscheinung der feurigen Schönheit an der Seite des englischen Königs in sich aufnahm. Wer würde die Dienste einer solchen Göttin schon freiwillig ausschlagen? Mit einem resignierten Seufzen zog er sich in die Menge zurück und eilte aus dem Raum, über dem der beißende Gestank der Furcht lag.

Das Mittelmeer, Mai 1191

Grimmig starrte Guy de Lusignan auf die Wellen des Mittelmeeres, die das Glitzern der steil einfallenden Sonnenstrahlen mit solcher Intensität zurückwarfen, als seien ihre Kämme mit Edelsteinen besetzt. Etwa eine halbe Meile vor dem wendigen Schiff teilten Delphine das Wasser, wobei sich die eleganten Tiere immer wieder mit den starken Schwanzflossen in die Höhe katapultierten. Nicht selten drehten sie sich nach einem vollendeten Kunststück auf den Rücken und öffneten den schmalen Schnabel, wie um eine Belohnung von den Seeleuten zu fordern. Über ihnen kreiste ein Schwarm Möwen, aus deren Mitte von Zeit zu Zeit einer der schwarz-weiß gemusterten Vögel auf die Wasseroberfläche hinabstieß, um sich nur wenige Augenblicke darauf mit einem fetten Beutefisch im Schnabel erneut in die Höhe zu schrauben. Nicht selten stürzten sich die gefiederten Kameraden auf den erfolgreichen Jäger und entrissen ihm den Fang, den dieser sich dann kreischend und schimpfend wiederzubeschaffen versuchte. Wie sehr die Tiere doch den Menschen ähnelten!, schoss es Guy de Lusignan durch den Kopf, während er die Augen zusammenkniff, um in der Ferne die Küstenlinie der Insel Zypern auszumachen.

Nach einem weiteren hässlichen Streit mit Philipp von Frankreich war der entmachtete König von Jerusalem am Morgen von Akkon aus in See gestochen, um bei Richard Löwenherz, der sich angeblich auf dem Weg nach Zypern befand, um Unterstützung zu bitten. Mehr und mehr rissen die Verbündeten des niederträchtigen Konrads von Montferrat die Macht vor den Mauern Akkons an sich und verprellten damit nicht nur Guys Anhänger, sondern auch das ebenfalls durch innere Zerwürfnisse geschwächte Kontingent der Deutschen. Mit an Bord der schlanken Galeere waren mehrere Gesandte der Templer, die den Gerüchten einer geplanten Eroberung der strategisch günstig gelegenen Insel auf den Grund gehen wollten. Außerdem der Fürst von Antiochia sowie etliche mit Guy verbündete Barone. »Wenn es uns mit Richards Hilfe endlich gelänge, Zypern einzunehmen, dann wäre unsere Position erheblich gestärkt«, brummte der untersetzte Arnauld de Blois, einer der höhergestellten Tempelritter, als er zu Guy an die Reling trat. Wie so viele seiner Ordensbrüder nahm er das vorgeschriebene Gelübde der Armut nicht sonderlich ernst, und sein von Goldfäden durchwirktes Seidensurkot stellte selbst die Kleidung des ehemaligen Königs von Jerusalem in den Schatten. Mit einem bitteren Lächeln fragte sich Guy de Lusignan, wie viele geraubte Schätze wohl in den Festungen des Ordens gehortet wurden. Als spüre er die abfälligen Gedanken des anderen, wandte Arnauld sich zu seinem Nachbarn um und runzelte die starken Brauen.

»Wenn wir dieses verdammte Zypern endlich in der Gewalt hätten«, zischte er missfällig, »dann wäre die Rückeroberung der auf dem Festland verlorenen Gebiete beinahe garantiert.« Ohne auf eine Antwort zu warten, lenkte er den Blick zurück auf die Weite des Meeres, um den milchigen Horizont nach den feindlichen Segeln der gefürchteten Korsaren abzusuchen. Die aus Afrika stammenden Piraten, die diesen Teil der See verseuchten, waren für ihre Grausamkeit berüchtigt, da sie – ohne Rücksicht auf den Glauben der Überfallenen – ihre Gefangenen entweder sofort abschlachteten oder auf den Sklavenmärkten in Kairo, Tunis oder Algier zu Geld machten. Nicht wenige der Kreuzfahrer hatten Angehörige verloren, deren Schiffe auf der Überfahrt von Italien oder Griechenland spurlos verschwunden waren. »Ach, wisst Ihr«, seufzte Guy nach einigen Augenblicken des Schweigens müde. »Mir reicht es schon, wenn Löwenherz sich gegen diese französische Missgeburt stellt.« Die Erinnerung an die herablassende Behandlung, die Philipp von Frankreich ihm hatte angedeihen lassen, brachte sein Blut immer noch in Wallung. Bevor er seine

Hoffnungen jedoch weiter ausführen konnte, wurde er von einem Bariton unterbrochen, der dröhnend über Deck scholl. »Seht doch nur!«, rief einer der Barone an Bord aus und deutete Richtung Westen, wo sich die Umrisslinie der von den Kreuzfahrern angesteuerten Insel inzwischen zu einem klaren Profil verdichtet hatte. »Es scheint, als kämen wir gerade rechtzeitig.« An mehreren Stellen des Küstenstreifens stiegen mächtige Rauchwolken gen Himmel, die darauf schließen ließen, dass die englische Streitmacht die Insel bereits erreicht hatte.

Vor den Stadttoren Akkons, Mai 1191

»Ich hatte schon befürchtet, ich würde diesen Moment niemals erleben dürfen«, seufzte Curd von Stauffen, als er Rahel mit vor Erregung bebenden Fingern aus dem aufwendig geschnürten Obergewand half. Raschelnd fiel der fließende Stoff zu Boden und türmte sich zu einem kleinen Häufchen, das ihre schlanken Fesseln umschmeichelte. Das Licht der beiden, in bronzenen Haltern steckenden Fackeln malte Zerrbilder ihrer Schatten auf die Leinwand der einfachen Behausung, die trotz einer gründlichen Reinigung immer noch leicht nach Fäulnis und Verwesung roch. Nach einer hastigen und unzeremoniösen Trauung durch einen der vielen vor Ort anwesenden Ordensbrüder hatten sich die beiden frisch Vermählten unter den anzüglichen Blicken der anderen Männer in die Unterkunft zurückgezogen, die Curd vom Herzog von Österreich erstanden hatte, und den Eingang fest zugezurrt. Der aus dem Norden des Lagers herbeigerufene Meister des Templerordens hatte vor der Zeremonie mit einem grimmigen Ausdruck auf dem Gesicht den Eid des jungen Ritters gelöst, seine Dienste als Söldner jedoch ohne Zögern angenommen. Eine nicht unbeträchtliche Summe Geldes hatte den Besitzer gewechselt, und am folgenden Tag würde das Paar trotz der Anstößigkeit der Gegenwart einer Dame den Lagerplatz wechseln und in den stark bewachten inneren Ring der Bruderschaft umziehen.

Rahel erschauerte, als die rauen Fingerkuppen ihres Gemahls die empfindliche Haut ihres Ausschnittes berührten und die Linie ihrer Schultern nachzeichneten. Als er sich der Wölbung ihrer Brust näherte, legte sich eine Gänsehaut über ihre Arme und ließ die feinen Härchen zu Berge stehen. »Curd«, wisperte sie und wandte sich um, um zu ihm aufzublicken. Seine braunen Augen wirkten im sanften Schein der beiden Fackeln, die in sicherer Entfernung von dem leicht entzündlichen Material der Zeltleinwand flackerten, beinahe golden. »All die Zeit, die ich ohne dich war, hat mich nur der Gedanke an deine Liebe bei Verstand bleiben lassen«, flüsterte sie und schmiegte sich an seine Brust, während seine Hände ihren Rücken hinabwanderten, um auch das störende Unterkleid abzustreifen. Als seine Gemahlin schließlich vollkommen unbekleidet vor ihm stand, zog auch er mit einer ungeduldigen Bewegung Cotte und Chainse über den Kopf und trat beinahe schüchtern auf sie zu. Wie zerbrechlich sie wirkte! Die zierlichen Glieder ließen ihre straffen Brüste größer erscheinen, als sie in Wirklichkeit waren. Und als sie mit einem Lächeln die Flut der dunklen Haare darüber fallen ließ, hob Curd die junge Frau vom Boden auf und trug sie auf den breiten, flachen Diwan zu, den er ebenfalls gleich nach ihrer Ankunft erworben hatte.

»Niemand wird dich jemals so sehr lieben wie ich«, murmelte der junge Mann und ließ sich neben seiner Gattin nieder, die sich ihm augenblicklich ohne Scham zuwandte, um interessiert das Spiel seiner Muskeln zu betrachten. Das Lächeln in ihren Augen vertiefte sich, als er von ihrer Brust den Bauch entlang zu ihrer Scham wanderte und vorsichtig ihre Feuchtigkeit ertastete. Mit einem leisen Stöhnen ließ er den Finger in sie gleiten und rollte sich halb auf sie, sodass seine pulsierende Männlichkeit sich an ihren Oberschenkel drückte. »Ich möchte dir nicht wehtun«, presste er hervor. Aber Rahel legte, ohne zu zögern, die Hand auf die Seine, als er sie zurückziehen wollte, und flüsterte: »Hör nicht auf.« Während auch sie seinen Körper erforschte und seine Küsse hungrig und leidenschaftlich erwiderte, wurde das Liebesspiel immer gieriger, bis sich der Tempelritter schließlich nicht mehr zurückhalten konnte. Als sie sich schließlich erschöpft in die Kissen zurückfallen ließen, bettete Curd den Kopf seiner Braut auf seiner Schulter und küsste die feuchten Locken an ihrer Schläfe. Leicht und warm ruhte ihr Bein auf dem seinen, und eine der heißen Handflächen schien ein Loch in seinen flachen Bauch brennen zu wollen. Während sich sein Herzschlag beruhigte, lauschte er auf die unterschiedlichen Geräusche vor ihrer Unterkunft, welche die Nacht mit Leben erfüllten. Neben dem Stöhnen der Kranken im Lazarett schallten das Geschrei von betrunkenen Männern und das Gekreische der einheimischen Dirnen durch die Dunkelheit. Wie glücklich er sich schätzen konnte, seine eigene Gemahlin an seiner Seite zu haben!, fuhr es dem angenehm ermatteten Templer durch den Kopf, und er drückte Rahel noch ein wenig fester an seine Brust. Entkräftet und erfüllt zugleich genoss er das Gefühl, gefunden zu haben, wonach manche Menschen ihr ganzes Leben lang suchten. »Denkst du, wir haben heute einen Sohn gezeugt?«, fragte Rahel nach einer wunderbaren Ewigkeit schließlich leise und stützte sich auf den Ellenbogen, um ihn mit einem Hoffnungsschimmer in den Augen anzusehen. »Wenn nicht heute, dann vielleicht morgen«, neckte er sie und küsste sie auf die Nasenspitze.

Zypern, Kantara, Ende Mai 1191

»Ich bitte Euch, Mylord, verschont sie!« Totenbleich griff Harold nach Henry of Cirencesters Schwertarm, der im Begriff war, auf einen der Mönche niederzusausen, die erfolglos versuchten, das Kloster in den zypriotischen Bergen mit Knüppeln zu verteidigen. Nachdem sich der begnadigte Isaak Komnenos mitsamt seiner Familie auf eine Festung am östlichen Ende des Pentadaktylos-Gebirges zurückgezogen, alle Eide gebrochen und eine Streitmacht aufgestellt hatte, um die englischen Eindringlinge zu vertreiben, hatte Richard Löwenherz ihm mit einem Ritterheer, das durch die Neuankömmlinge aus Akkon verstärkt wurde, nachgesetzt und die Belagerung der Festung begonnen. Während seine Männer das Umland ausplünderten, harrte Richard selbst vor den Toren der Burg aus, um den Wortbruch des Griechen eigenhändig zu rächen. Hoch schlugen die Flammen aus den Dachstühlen der Wohngebäude, die einer nach dem anderen mit ohrenbetäubendem Krachen in sich zusammenbrachen. Über dem Schlachtenlärm lag ein misstönender Klangteppich aus hysterischen Schreien. Und egal wohin Harold blickte, schien sich das dürre Grün des verbrannten Grases in ein Rotbraun zu verwandeln, als das Blut der Erschlagenen in dem rissigen Boden versickerte. Der Himmel war hinter den gelb-schwarzen Rauchwolken kaum mehr auszumachen, und hätte nicht hie und da die Sonne durch die Schwaden geblitzt, hätte man vermuten können, die Hölle habe ihre Pforten geöffnet.

»Es sind doch Christen«, flehte der Knabe und blickte entsetzt auf das Blutbad, das um ihn herum tobte. Obgleich er bereits die Hand gehoben hatte, um seinen Knappen für das ungebührliche Benehmen zu züchtigen, hielt Cirencester inne und runzelte missfällig die Stirn. Nach einigen Herzschlägen stieß er den um Gnade flehenden Mönch schließlich mit dem Fuß von sich und knurrte verdrießlich: »Du solltest auf dein vorlautes Mundwerk achtgeben!« Doch insgeheim musste er dem Jungen recht geben. Er hatte sich vom Rausch der Macht mitreißen lassen und darüber all die Prinzipien vergessen, die ihn zu einem so hochgeachteten Ritter gemacht hatten. Mehrere Kämpfer – darunter auch John of Littlebourne – hatten bereits die kleine Kapelle im Zentrum des Innenhofes erreicht und schleppten Kelche, Kruzifixe und mit Blattgold und Lapislazuli verzierte Ikonen die Treppen hinab, um sie in die extra hierfür mitgeführten Beutel zu stopfen, die von den vorhergegangenen Raubzügen bereits überquollen. Obwohl Richard Löwenherz sofort nach der Gefangensetzung des selbst ernannten Kaisers eine Besitzsteuer von fünfzig Prozent erhoben hatte, war die Insel als Strafe für den Wortbruch auch noch zur Plünderung freigegeben worden. Gerüchten zufolge plante der englische König ohnehin, Zypern nach der Niederwerfung des Usurpators an die Templer zu verkaufen, die bereits einen Teil der Kaufsumme angezahlt hatten. Als Harolds Blick nach einem gemurmelten Dank auf einen der schwer verwundeten Zyprioten fiel, der erfolglos versuchte, sich aus der Gefahrenzone zu ziehen, erschauerte er und senkte hastig die Augen. Wann würde er endlich lernen, die Skrupel zu begraben, die ihn seit dem Sturm auf Messina nicht mehr loslassen wollten? Er wusste, dass er – wenn er ein Mann des Königs werden wollte – auch unschuldige Menschen töten musste. Und doch wollte es ihm nicht gelingen, unbewaffnete Männer oder gar Frauen und Kinder ohne Zögern niederzumetzeln.

»Na, Cirencester«, höhnte Littlebourne, der soeben eine junge Magd an den Haaren ins Freie zog. »Ihr habt wohl kalte Füße?« Mit einem verächtlichen Ausdruck auf dem Gesicht zerrte er die wild um sich schlagende Frau in die Büsche, wo er sie zuerst schändete und dann erschlug. »Das muss aufhören«, ließ sich der Earl of Derby vernehmen, der zu Henry und Harold getreten war, und das Treiben mit Ekel im Blick verfolgte. »Ich werde Löwenherz bitten, die Männer in ihre Schranken zu weisen.« Ohne auf eine Antwort zu warten, winkte er seinen Knappen herbei, befahl ihm, sein Streitross zu satteln und preschte Richtung Osten davon, wo die Festung Isaaks auf einer schroffen Felsnadel thronte. Trotz des sich gefährlich windenden Anstieges dauerte der Ritt keine halbe Stunde, und als William de Ferrers das weithin sichtbare Banner des englischen Königs inmitten einer See aus funkelnden Helmen erspähte, saß er ab, bahnte sich einen Weg durch die Soldaten und beugte das Knie vor Richard Löwenherz. Mit wenigen, aber blumigen Worten erläuterte er den Sachverhalt und bat den Hünen um Gnade für die wehrlosen Bewohner des Gebirges. »Weshalb?« Die grauen Augen des Königs funkelten streitlustig. »Weil Ihr Euch damit den Zorn der Bevölkerung zuzieht«, erwiderte der Earl of Derby geduldig. »Und das ist nicht besonders klug.« »Klug!«, brauste Richard auf. »Ihr wagt es, mir zu sagen, was klug ist und was nicht?!« William de Ferrers schüttelte ergeben den Kopf. »Ihr wisst, dass ich auf Eurer Seite stehe, Sire«, versuchte er den erzürnten Krieger zu besänftigen. »Aber wir sind nicht ausgezogen, um unsere Glaubensbrüder zu ermorden!« Richard blies die Wangen auf und blickte zornig auf die umstellte Festung des doppelzüngigen Kaisers von Zypern. Der Sieg stand kurz bevor, und dennoch brodelte eine Laune in ihm, die ihn selbst mit Furcht erfüllte. Seit der missglückten Hochzeitsnacht mit Berengaria von Navarra, die sich zwar als wunderschön, aber frigide herausgestellt hatte, kochte sein Temperament noch schneller über als für gewöhnlich.

»Ihr seid im Begriff, den gleichen Fehler zu begehen wie Euer Vater«, setzte der Earl ruhig hinzu. »Damit sichert Ihr Euch den Unwillen der Kirche.« Er zögerte einen Augenblick, um Richard Gelegenheit zu geben, etwas darauf zu erwidern. Doch dieser schwieg mit einem verkniffenen Zug um den Mund. »Und welche Kirche es ist, ist im Endeffekt egal.«

»Ach!« Mit einer wegwerfenden Geste begann Löwenherz, auf das von schwerem Belagerungsgerät schon stark beschädigte Tor zuzustapfen. »Dann gebt in Gottes Namen den Befehl, die Plünderungen einzustellen.« Dankbar senkte der Earl of Derby den Kopf und ließ den König allein mit seinen Generälen und seiner furchtbaren Laune, um dem Morden, Schänden und Brandschatzen Einhalt zu gebieten. Kaum war der Rücken des Earls of Derby hinter einer der Felsklippen verschwunden, kam Leben in die Männer, die den Wehrgang der Festung gegen die englischen Armbrustschützen hielten, und eine weiße Kapitulationsfahne schob sich langsam und schüchtern über die steinerne Brustwehr. Als daraufhin der Geschosshagel der Belagerer eingestellt wurde, folgte dem improvisierten Feldzeichen der Kopf des eingeschlossenen Isaak Komnenos, der mit sich überschlagender Stimme von den Zinnen brüllte:

»Wenn Ihr mir Euer Wort gebt, mich nicht in Eisen schlagen zu lassen, ergebe ich mich Eurer Übermacht!« Dicht hinter dem Byzantiner standen seine verängstigt wirkende Tochter und seine Gattin, die sich eng aneinanderdrängten und das Heer der Belagerer voller Furcht anstarrten. Ein listiges Lächeln stahl sich auf Löwenherz' Züge, als er nach kurzem Nachdenken nickte und zurückrief: »Ich gebe Euch mein Wort, Euch nicht in eiserne Ketten legen zu lassen!« Langsam hob er das in der Sonne blitzende Breitschwert und führte es in einer symbolischen Geste zurück in die Scheide. Woraufhin die griechischen Soldaten, die das Tor bemannten, die quietschenden Winden der Zugbrücke betätigten und diese langsam herabließen. Kaum hatten die Bohlen den staubigen Boden berührt, gab der englische König seinen Männern ein Zeichen, die Festung zu stürmen. Und während das schrille Geschrei der Betrogenen in den Himmel stieg, fraßen sich bereits die ersten Flammen in die Stützbalken der Befestigungsmauern. »Bringt ihn zu mir!«, befahl Richard schroff. Als ein halbes Dutzend Ritter den gefangenen Komnenos und seine Familie vor ihm auf die Knie zwangen, beugte er sich zu dem bebenden Mann hinab und knurrte hämisch: »Ich werde mein Versprechen nicht brechen.« Ungeduldig winkte er seinen Knappen heran. »Sag dem Schmied, er soll silberne Ketten anfertigen«, versetzte er trocken und bedeutete den Soldaten, die Gefangenen auf die Beine zu stellen. »Wenn sie gefesselt sind, treibt sie zum Kap Andreas hinauf.« Die starke Fliehburg am nördlichsten Ende der Insel hatte schon vielen Missetätern als Kerker gedient. »Die Templer können entscheiden, was sie mit ihnen anstellen wollen, sobald sie den Rest der Kaufsumme bezahlt haben!«

Zypern, Lemesos, Ende Mai 1191

Während dicke Tränen ihre Wangen hinabkullerten, bemühte sich die frisch vermählte Königin von England erfolglos, den schwarzen Lidstrich nachzuziehen, der ihre von Traurigkeit getrübten Augen umrahmte. Durch das hohe Doppelfenster zu ihrer Linken fiel die von dem rot-gelben Muster der Glasscheiben getönte Sonne auf ihr Gesicht und malte bunte Flecken auf die wächsern wirkende Haut der Spanierin. Langsam, beinahe zögernd legte sie die Lockenzange auf die polierte Oberfläche des kleinen Tischchens und griff nach einer Handvoll wellig geschwungener Nadeln, deren Köpfe winzige Perlen zierten. Mit heftig zitternden Händen steckte sie die dunklen Locken auf, um sie nach einem prüfenden Blick in den Silberspiegel unter einem rostroten Gebende zu verstauen, dessen Farbe ihre Wangenknochen betonte. Als sich eine leichte Hand auf ihre Schulter legte, fuhr sie zusammen und unterdrückte nur mit Mühe einen spitzen Schrei. »Es wird bald vergehen«, tröstete Johanna Plantagenet, die unbemerkt das geräumige Gemach im ersten Stock der Festung betreten hatte, ihre Schwägerin, und ließ den Blick über die tiefen Schatten unter den Lidern der einstmals feurigen Schönheit gleiten. Der kostbare Puder, den die Damen selbst aus einer Mischung aus gestoßenem Talkum und Duftölen herstellten, konnte die Prellung an ihrem Kiefer nur unzureichend verbergen. Und als Johannas Augen zu der grünlich blauen Stelle kurz unter ihrem rechten Ohr wanderten, bedeckte Berengaria sie beschämt mit der Hand. »Es ist nicht Eure Schuld«, beruhigte die Schwester des Königs die Spanierin, die sich erhoben hatte, um ein schweres Übergewand aus einer der vielen Truhen zu ziehen und es sich anzuhalten. »Es ist der Jähzorn der Plantagenets.«

Nach kurzem Schweigen seufzte Berengaria und ließ das Bliaud wieder sinken, um Johanna voller Traurigkeit und Enttäuschung anzublicken. Die Finger, die sich in den weichen Stoff des veilchenblauen Gewandes gruben, verkrampften sich. »Ich habe mich bemüht, ihm alles recht zu machen«, flüsterte sie mit tränenerstickter Stimme. »Aber ich konnte einfach nichts vortäuschen, was ich nicht empfinde!« Johanna, die aus ihrer eigenen Ehe mit ähnlichen Problemen vertraut war, streichelte ihr sanft den Oberarm, nahm ihr das Bliaud aus der Hand und drückte sie mit schwesterlicher Zuneigung an sich. »Lasst Euch das nächste Mal einfach fallen«, schlug sie vor, während Berengaria ihren Tränen freien Lauf ließ. »Dann ergibt sich alles Weitere«, setzte sie nach einigen Augenblicken hinzu, als sich das krampfartige Schluchzen der jungen Königin gelegt und diese sich mit einem seidenen Spitzentuch die Augen getupft hatte. Ein schwacher Hoffnungsschimmer trat in den Blick der niedergeschlagenen Spanierin. »Und wenn Ihr erst ein Kind von ihm tragt, dann verfügt Ihr über genügend Ausreden, um sein Schlafgemach zu meiden.« Johanna lächelte. »Er wird sicherlich anderweitig Trost finden.« Mit einem missfälligen Stirnrunzeln dachte sie an den eifrigen jungen Chronisten, der seinen Herrn mit mehr als der gebührenden Bewunderung anhimmelte, wann immer er sich unbeobachtet fühlte. Vermutlich brachte er ihrem Bruder die bedingungslose Hingabe entgegen, die dieser so selbstverständlich von allen seinen Mitmenschen erwartete. »Kommt, lasst uns ein wenig in den Garten gehen«, schlug sie vor und ergriff den Arm der anderen Frau, um sie die Treppen hinab in den sonnendurchfluteten Hof des Palastes zu führen. »Begleite uns, Catherine«, bat Berengaria, als das Mädchen, das in einer Nebenkammer damit beschäftigt gewesen war, einige der Perlen am Umhang ihrer Herrin zu befestigen, in den Raum trat, um das Kleidungsstück zurück in die bronzebeschlagene Birnenholztruhe zu legen. Dankbar, den bedrückenden Mauern der Burg zu entkommen, schlang Catherine rasch ein Tuch um die Schultern und folgte den beiden Damen in die angenehme Wärme des Nachmittags hinaus.

Vor zwei Tagen waren die siegreichen Ritter des Königs gemeinsam mit ihrem Herrn aus den Bergen in die Küstenstadt Lemesos zurückgekehrt. Aber außer einem flüchtigen Kuss kurz nach der Ankunft der Männer, hatte Catherine von Harold noch nicht allzu viel gehabt. Am folgenden Tag würde das immense Heer mit den verbliebenen fünfundzwanzig Schiffen nach Akkon aufbrechen, wo die Belagerer den Berichten zufolge bereits sehnsüchtig der Verstärkung harrten. Wie es dort wohl aussehen mochte?, fragte sich das Mädchen bange. Bereits jetzt erschien Catherine der Gegensatz zwischen den makellos zurechtgemachten Damen und den zum Teil blutig geschlagenen und verwundeten Männern bizarr und unwirklich. Doch wie würde es erst vor der seit beinahe zwei Jahren eingeschlossenen Stadt sein, wo Gerüchten zufolge Seuchen grassierten und die ärmeren der Kreuzfahrer unter menschenunwürdigen Bedingungen dahinvegetierten? Der einzige Trost, der ihr blieb, war, dass ihr als Hofdame der Königin eine zwar bescheidene, aber eigene Unterkunft zustehen würde, und dass Harold ihr in der gedrängten Enge des

Lagers näher sein würde als bisher. Mit einem unterdrückten Seufzen tat sie es den beiden anderen Frauen nach und ließ sich auf einer der Bänke nieder, um die Wärme der Sonnenstrahlen zu genießen.

Teil 4

Juni 1191 – Februar 1192

Vor den Stadttoren Akkons, Juni 1191

In glühender Pracht versank die Sonne hinter den schroffen Bergkämmen des Karmelgebirges und tauchte das Lager der Christen vor Akkon in goldenes Licht. Von Süden her scholl das durchdringende Schreien eines Esels über die spitzen Zeltdächer und vermischte sich mit dem Klappern von Metall und dem Gebrüll der Soldaten. »Komm schnell!«, zischte Catherine und zog den verdatterten Harold in ihre winzige Behausung, die dicht neben dem Pavillon der Schwester des Königs errichtet worden war. Ebenso wie Richard Löwenherz befanden sich die Damen im Herzen des riesigen Heerlagers vor der eingeschlossenen Küstenstadt. Und nachdem am Tag ihrer Ankunft eine heftige Auseinandersetzung mit Philipp und dem Herzog von Österreich die Fronten geklärt hatte, waren den Mitgliedern der englischen Armee die besten Plätze überlassen worden. Die ausladenden Wedel der mächtigen Dattelpalmen, unter denen sie ihre Zelte errichtet hatten, spendeten tagsüber Schatten, während sie nachts Schutz gegen verzweifelte Diebe aus den benachbarten Gebieten boten, die sich immer wieder in die Reihen der wohlhabenderen Kreuzfahrer schlichen. Direkt nach seiner Ankunft hatte Löwenherz dicht am Wasser ein halbes Dutzend Galgen errichten lassen, um Langfinger und Streithähne abzuschrecken. Da er mit den ihm verbliebenen zweieinhalbtausend Mann über die größte Streitmacht verfügte, kam ihm das

Amt des Oberbefehlshabers zu. Und da er dank der Plünderungen in Messina und auf Zypern über weitaus größere Geldmittel verfügte als der französische König, war es ihm ohne Schwierigkeiten gelungen, einen Löwenanteil der Söldner auf seine Seite zu ziehen. Der erboste Philipp hatte zähneknirschend erkennen müssen, dass sein Widersacher nicht gewillt war, ihm die Hälfte der Beute aus Zypern zu überlassen, und so hatte er unter wüsten Verwünschungen das Feld geräumt, um sich die Wunden zu lecken.

»Catherine«, flüsterte Harold, der dem Mädchen in die Unterkunft hinterhergestolpert war. Nach einem hastigen Blick über die Schulter schloss er den Eingang hinter sich, bevor er die Arme um die aufgeregte junge Frau schlang. Voller Leidenschaft drückte er die Lippen auf ihren Mund und tastete nach ihrer Zunge, die sich ihm immer wieder entzog. Er neckte sie, bis sie sich schließlich keuchend von ihm losmachte und ihm forschend in die Augen blickte. Während sie die Lippen schürzte, suchte ihr Blick zuerst den ungebändigten Schopf, ehe er sich über Nase, Mund und Kinn nach unten arbeitete. »Du hast dich verändert«, stellte sie schließlich fest und begann, an seinem rindsledernen Gürtel zu nesteln. Die harte Arbeit der vergangenen Wochen, sowie die verstärkten Waffenübungen mit Cirencester hatten seine Schultern breiter und sein Gesicht schmaler werden lassen. Auch der inzwischen von einem Kinnbart bedeckte Kiefer war eckiger, und seinen Wangen fehlten die kindlichen Rundungen. In den leuchtend blauen Augen lag eine Mischung aus Sehnsucht und Abgeklärtheit, die Catherine einen Schauer über den Rücken jagte. »Du auch«, bemerkte er grinsend und betrachtete genüsslich den prall geschnürten Busen und die perfekte Rundung ihres Beckens, bevor er sich ohne zu zögern die dünne, inzwischen recht fadenscheinige Cotte vom Leib riss und sich mit einem scherzhaften Knurren auf sie stürzte, um auch sie von den überflüssigen Kleidungsstücken zu befreien.

Während er ihr Bliaud aufschnürte, küsste er ihre geschlossenen Lider, den schlanken Nasenrücken und den wunderbaren Mund. Und als auch das weiße Untergewand in einem unordentlichen Haufen zu Boden fiel, ging er vor ihr in die Knie und zupfte mit den Lippen an ihrer Brust. »Nicht so schnell«, hauchte Catherine, als er sie mit sich auf das niedrige Lager zog und begann, ihren Körper weiter zu erkunden. Doch auch ihr gelang es nur wenige hämmernde Herzschläge lang, die Lust zu bändigen, die mit der Gewalt eines Frühjahrssturms über ihnen zusammenschlug. »Harold«, keuchte sie und warf den Kopf in den Nacken, um unter den Küssen, mit denen der junge Mann ihren Hals hinab zu ihrem Bauchnabel wanderte, zu erschauern. Während er jeden Millimeter ihrer Haut bedeckte, glitten ihre Hände an seinem flachen Bauch entlang, bis sie mit staunender Neugier seine Männlichkeit erreichte. Als sich ihre Hand um ihn schloss, gab er einen heiseren Laut von sich und schob sich ungeduldig auf sie.

❋

Zur gleichen Zeit, als sich das junge Paar dem ungehemmten Liebesspiel hingab, zog Robert de Mandeville in seinem protzigen Zelt ungeduldig eine Kerze näher an sich und verlas erneut die eng geschriebenen Zeilen:

»… zwar haben sich im Norden des Landes rebellische Gruppen von Gesetzlosen unter einem Mann, der sich den lächerlichen Namen Robin Hood gegeben hat, zusammengeschlossen, um Widerstand zu leisten, doch alles in allem ist die Lage unter Kontrolle.«

Mit einem zufriedenen Lächeln auf den Lippen ließ der Earl of Essex die Nachricht des in England zurückgebliebenen Prinz John sinken und blickte erwartungsvoll in die Runde. »Was denkt Ihr?« In den Gesichtern der in seinem Pavillon versammelten Männer spiegelten sich Gefühle wider, die von

Ungeduld über Habgier und Misstrauen bis hin zu Zufriedenheit reichten. Neben einer Handvoll Männern des Erzbischofs von Canterbury waren John of Littlebourne, Henry of Cirencester, der Earl of Devon, der Earl of Cornwall und William of Salisbury anwesend, womit sämtliche Mitglieder des vor Richards Krönung in England geschlossenen Geheimpaktes zugegen waren. »Ich finde, wir sollten es dabei belassen, so viele Reliquien als irgend möglich in unseren Besitz zu bringen«, ergriff Henry of Cirencester nach langem Schweigen schließlich das Wort. »Der Gedanke, an ein Komplott bereitet mir Kopfzerbrechen.« Mit einem verächtlichen Lachen fiel der untersetzte Cornwall ihm ins Wort. »Wozu die Skrupel?«, höhnte er. »Richard wird diesen Kreuzzug sowieso nicht überleben. Früher oder später wird er seinem eigenen übersteigerten Heldenmut zum Opfer fallen!« Cirencester zuckte die Schultern. »Ich habe nichts dagegen, dass Prinz John sich um die Konsolidierung des Machtanspruches der Plantagenets kümmert«, erwiderte er. »Doch dass er hinter dem Rücken seiner Mutter mit dem Erzbischof nach der Krone greift, das will mir nicht gefallen.« Einen Augenblick herrschte angespannte Stille. »Das ist Hochverrat!«, fügte Cirencester warnend hinzu. »Und dazu bin ich nicht bereit!«

Während sich in den ernsten Mienen der Earls of Devon und Salisbury aufsteigender Zweifel abzeichnete, runzelten Cornwall, Essex, Littlebourne und die Männer des Erzbischofs abfällig die Brauen und tauschten vielsagende Blicke. Ungeduldig ergriff der Earl of Essex wieder das Wort: »Wir alle waren doch übereingekommen, dass dieser Kreuzzug dazu dienen sollte, unseren Einflussbereich zu erweitern.« Und unsere Truhen bis zum Platzen zu füllen, setzte er in Gedanken hinzu. »Und allem Anschein nach ist John dazu wesentlich geeigneter als Richard!« Verdrießlich fuhr er sich durch den schwarzen Schopf, der inzwischen so lang war, dass die vordersten Spitzen sich mit seinen starken Brauen vereinigten. Mit in die

Hüften gestemmten Händen stapfte er ostentativ vor dem geschlossenen Eingang auf und ab und starrte die Zweifler herausfordernd an. Anscheinend hatte das Exempel, das er im Tower an diesem Weichling Arundel statuiert hatte, nicht genug Eindruck gemacht! Wenn nur der König erst tot wäre, dann würden auch die zarter Besaiteten ihre fehlgeleiteten Bedenken aufgeben und sich mit aller Kraft der gemeinsamen Sache widmen!

»Ich schlage vor, wir warten ab, wie sich die Dinge entwickeln«, lenkte er schließlich ein, während der Plan in seinem Kopf mehr und mehr Gestalt annahm. »Wenn Richard diesen Krieg gewinnen sollte, dann können wir Prinz John immer noch fallen lassen«, erklärte er ruhig. »Aber es schadet nichts, zwei Eisen im Feuer zu haben.« Mit diesen Worten entließ er die Versammlung, hielt jedoch Littlebourne am Ellenbogen zurück, als auch dieser den Kopf durch die zurückgeschlagene Leinwand ducken wollte. »Ihr nicht«, befahl er knapp und blickte den schnell in der Dunkelheit verschwindenden Kriegern nach, bis die Nacht sie verschluckt hatte. »Übergebt dem Mann, der sich morgen bei Sonnenaufgang an der höchsten Palme am östlichen Ende der Landzunge einfindet, diese Nachricht«, verkündete er und reichte Littlebourne eine Pergamentrolle, die keinerlei Siegel trug. Mit bemerkenswertem Spürsinn hatte ihn der moslemische Spion als einen potenziellen Verbündeten erkannt und ihn vor zwei Nächten mit gespenstischer Lautlosigkeit in seinem Zelt aufgesucht. Als Essex beim Kontakt der tödlichen Klinge mit seiner Kehle aus dem Schlaf gefahren war, hatte ihm der Assassine ein Angebot unterbreitet, das er nicht hatte abschlagen können. Im Austausch gegen seine Leistungen bot Salah ad-Din ihm und seinen Männern ein Drittel der Beute, die anfallen würde, wenn die Sarazenen nach Niederschlagung der christlichen Armee die Gefangenen in Lösegeld verwandeln würden. Wer konnte so einen Vorschlag ablehnen!

Nachdem auch Littlebourne in den Tiefen des Lagers verschwunden war, schlang Essex den Umhang enger um die Schultern und wanderte grübelnd durch die engen Gassen, welche die in Reih und Glied errichteten Zelte miteinander verbanden. Als er nach einigen Minuten des ziellosen Umherstreifens im innersten Ring angekommen war, ließ ihn eine Bewegung innehalten, die er nur durch Zufall aus dem Augenwinkel wahrnahm. Hastig verbarg er sich unter einem der Baldachine und kniff die Augen zusammen. Doch was er erblickte, als sich eine schlanke Gestalt von der hellen Leinwand löste, ließ ihn vor Wut und Hass beinahe zurücktaumeln. Nach einem letzten flüchtigen Kuss huschte sein ehemaliger Knappe, Harold of Huntingdon, in Richtung seiner eigenen Unterkunft davon, während die Hände des von Essex schmerzhaft begehrten Mädchens die Riemen hinter ihm schlossen. Und obwohl ihm Zorn und aufwallende Leidenschaft beinahe die Sinne raubten, wusste er auf einmal, wie sich all seine Probleme gleichzeitig aus der Welt schaffen ließen. Nicht nur würde er sich des Nebenbuhlers entledigen, sondern auch seines lästig werdenden Dienstherrn Cirencester! Und als Dreingabe würde er die Hand der Frau an sich reißen, die er mit jedem Tag mehr zu besitzen begehrte. Leise lachend trat er zurück in den Korridor zwischen den Zelten und schlenderte zu seinem eigenen Lagerplatz.

Mit vor Hochstimmung hüpfendem Herzen kehrte Harold in Cirencesters Vorzelt zurück, in dem er sein bescheidenes Lager aufgeschlagen hatte. Sein Dienstherr schien Besuch zu haben, da aus dem geschlossenen Inneren tiefe, aufgebrachte Stimmen an das Ohr des Knaben drangen. Was ihn jedoch nicht weiter störte, da er – um nicht zum unfreiwilligen Lauscher zu werden – kurzerhand ein Surkot über die dünne Cotte streifte und sich zu einem Erkundungsgang durch das bunt zusammengewürfelte Lager aufmachte. Wie anders als das Erlebnis mit der Magd seines Vaters die vergangenen Stunden mit Catherine gewesen waren! Wenngleich ein ähnlich mächtiges, nicht zu kontrollierendes Gefühl von ihm Besitz ergriffen hatte, als er die Wärme ihres weichen Körpers auf der Haut gespürt hatte, war ihm der Akt dieses Mal nicht im Entferntesten tierisch oder entwürdigend vorgekommen. Als ein flüchtiger Moment der Scham gedroht hatte, ihm den Atem zu rauben, hatte Catherine ihn kurzerhand an ihre Brust gedrückt und ihn zärtlich geküsst. Wie wundervoll sie war! Er seufzte und wandte sich nach Norden, wo sich die makellosen Spitzen der Zelte der Tempelritter mit dem hellen Sand des Strandes zu vereinigen schienen. So viele Nationen hatten sich vor Akkon eingefunden und doch war es dem Christenheer bisher nicht gelungen, diese Stadt einzunehmen. Mit Ungeduld und einem Hauch Furcht brannte Harold darauf, auf die starken Mauern zuzupreschen und sie gemeinsam mit den anderen Kriegern niederzureißen, um danach auch die Heilige Stadt aus den Klauen der Ungläubigen zu befreien. Je tiefer er in die Mitte der Landzunge vordrang, desto stärker wurde der Gestank der Fäulnis und der Krankheit, der unter den Engländern bisher noch nicht hatte Fuß fassen können. Gerüchten zufolge litten sowohl Philipp von Frankreich als auch der Herzog von Österreich an der Ruhr. Und in der Nähe des Lazaretts hatte sich eine Seuche ausgebreitet, die einige Tage lang für kopflose Panik gesorgt hatte, da die Erkrankten ähnliche Symptome zeigten wie die Opfer der tödlichen Beulenpest. Als sein Fuß den Schwanz einer Ratte traf, die sich über einen Haufen verfaulender Essensreste hermachte, beschloss Harold schaudernd, den Rückweg anzutreten und auf eine möglichst schnelle Eroberung der Stadt zu hoffen.

Hinter den von den Christen aufgeworfenen Erdwällen huschte ein zufriedenes Lächeln über die Züge des Sultans, der ganz ähnliche Gedanken hegte wie Harold of Huntingdon. Allerdings spielte der englische König in dem von ihm ersonnenen Szenario alles andere als die Rolle des heldenhaften Befreiers der Stadt Jerusalem! »Ich frage mich jedes Mal, wie Ihr die geeigneten Männer so schnell erkennt.« Salah ad-Dins graue Augen ruhten anerkennend auf dem Anführer der Hashshashin – der Assassinen – der mit demütigem Dank den Becher Wein entgegennahm, den al-Adil ihm reichte. Zum wiederholten Mal bewunderte der Bruder des Sultans, der vor einer Woche wieder zu den Streitkräften vor Akkon gestoßen war, die Geschmeidigkeit der Bewegungen des gedungenen Mörders. Dieser nahm die Einladung, mit gekreuzten Beinen auf einem der kostbaren Kissen Platz zu nehmen, dankbar an, trank durstig und winkte bescheiden ab. »Es ist die Art und Weise, wie sie bei jeder Gelegenheit ihre Macht demonstrieren«, ließ er die Brüder mit einem Lächeln wissen, das eine Spur selbstgefällig wirkte. »Diese Männer würden für die Aussicht auf noch mehr Macht selbst ihre eigene Brut töten.« Salah ad-Din unterdrückte ein angewidertes Schaudern. Egal, wie sehr er sich bemühte, er konnte die Abneigung, die er gegen die mächtige Sekte der Assassinen hegte, nicht verleugnen, da die Art und Weise, wie diese lautlosen Kämpfer Probleme lösten, seiner Auffassung von Ehre vollkommen zuwiderlief. Und doch hatte er in der verfahrenen Lage, in der er sich augenblicklich befand, keine andere Wahl! Ohne Verstärkung würde die Garnison in der belagerten Stadt keine vierzehn Tage mehr standhalten. Nachdem sich mit der Ankunft des englischen Königs das Blatt endgültig zugunsten der Belagerer gewendet hatte, würde er auf wirksamere Mittel zurückgreifen müssen als die lächerlich flammenden Aufrufe, die sein Propagandist erneut in alle Himmelsrichtungen hatte verschicken lassen. Mit jedem Tag verstärkte sich seine Hoffnung, dass der Tod des tapferen, streitlustigen Löwenherz ähnlich katastrophale Auswirkungen haben würde wie das Dahinscheiden des Deutschen Kaisers.

Vor den Stadttoren Akkons, 11. Juli 1191

Züngelnd loderten die Flammen, die an den das Mauerwerk der Stadt stützenden Pfosten fraßen, in den von Staub und Qualm verdunkelten Himmel. Während die Mineure, die in den vergangenen Tagen die Steine unterhöhlt hatten, die letzten Brände bis direkt an die Hafenbefestigungen legten, schlugen in gefährlicher Nähe der Schildträger Katapultgeschosse ein und rissen unzählige Sarazenen in die Tiefe. Wie Regen prasselten die Pfeile der Bogenschützen, die den schützenden Pavesen in unmittelbarem Abstand folgten, auf die geschwächten und ausgezehrten Verteidiger nieder, welche ohne Erfolg versuchten, die Vielzahl der Brandherde innerhalb des gewaltigen Verteidigungsringes unter Kontrolle zu bringen. Als eine weitere Welle von hoffnungstrunkenen Angreifern auf die geschwächte Stadt zuströmte, griff im Inneren der Ringwälle Panik um sich. Vergebens hatten die Einwohner vor vier Tagen Salah ad-Din um Unterstützung gebeten, da ihnen ansonsten nichts als die Kapitulation blieb. Nachdem der Sultan sein Wort gegeben hatte, alles in seiner Macht Stehende zu unternehmen, um die drohende Niederlage abzuwenden, hatte der Statthalter die Boten, die er zu Richard Löwenherz hatte senden wollen, zurückgehalten. Was ein Fehler gewesen war, wie sich an dem für die Mauren immer katastrophaler werdenden Schlachtverlauf ablesen ließ. Mit dem Mut der Verzweiflung stießen die Belagerten immer und immer wieder die Sturmleitern um, die sich überall an den rußgeschwärzten Steinquadern in die Höhe schoben. Doch obgleich die gestürzten Männer mit zerschmetterten Gliedern liegen blieben, um von ihren wütenden Kameraden niedergetrampelt zu werden, riss der Strom der Angreifer nicht ab.

»Den Schild!«, brüllte Henry of Cirencester dem neben ihm galoppierenden Harold zu, der im Eifer des Gefechtes die Grundregeln des Kampfes vergessen zu haben schien. Da seine Stute in dem dichten Gedränge scheute, hatte der Knabe alle Hände voll zu tun, sie unter Kontrolle zu halten. Dicht vor ihm ritten der Earl of Derby und Cirencesters Dienstherr, der Earl of Gloucester, dessen Helmschmuck heftig auf und ab wippte. Kaum hatte die Kavallerie die Tore erreicht, verfehlte der tückische Hieb eines der aus der Stadt stürmenden Sarazenen den Knaben nur um Haaresbreite, und er wäre vor Schreck beinahe vom Pferd gefallen. Mit einem Ruck senkte er die Lanze, um den Mauren aufzuspießen, stach jedoch daneben, als er sah, wie der Earl of Derby – Catherines Vater – mit einem Griff an die Kehle zu Boden ging. Entsetzt verfolgte Harold den Fall des Getroffenen, aus dessen durchbohrtem Hals ein beinahe armdicker Blutstrahl quoll, und wirbelte – einem Instinkt folgend – im Sattel herum. Ehe er begriff, was ihn dazu veranlasst hatte, sich umzublicken, erkannte er mit heißem Schrecken, dass der tödliche Pfeil von der Sehne eines Engländers geschnellt sein musste. Denn wäre William de Ferrers von einem der feindlichen Geschosse gefällt worden, dann hätte der bunt befiederte Bolzen ihn nicht von hinten getroffen. Das empörte Wiehern eines Pferdes ließ seine Aufmerksamkeit jedoch augenblicklich zu der um ihn herum tobenden Schlacht und zwei blutüberströmten Sarazenen zurückkehren, die sich todesmutig auf die Berittenen stürzten, nur um kurz darauf enthauptet unter den Hufen der Schlachtrösser zu verschwinden. Mit einem mächtigen Hieb trennte Harold den Arm vom Rumpf eines graubärtigen Verteidigers, als dieser ihn mit einer beängstigend schnellen Kombination aus Schwertstreichen angriff. Wo hatte er die Befiederung nur schon einmal gesehen? Der Gedanke schien sich wie Stachel in seinen Verstand zu bohren, während sein Arm wie von selbst arbeitete, ohne dass sich die gewünschte Antwort finden ließ. »Weiter!«, donnerte Löwenherz, der die Berittenen mit der ihm eigenen Tollkühnheit anführte, und preschte, ohne auf die Fußsoldaten zu achten, weiter auf die Tore der Stadt zu.

»Nein!« Während am anderen Ende des Schlachtfeldes die um den englischen König versammelten Streiter ein Blutbad unter den Gegnern anrichteten, kniete Curd von Stauffen in der Nähe der Wallgräben der christlichen Verschanzung über dem gefallenen Onkel seiner Gemahlin, in dessen Brustpanzer eine abgebrochene Klinge steckte. Mit zitternden Händen zog der Templer den Stahl aus der Wunde. Doch in dem Moment, in dem er den hastig von den Schultern gerissenen Umhang auf den klaffenden Schnitt in der Brust des deutschen Ritters presste, brachen dessen Augen. »Bleibt bei uns«, flehte Curd. Aber die Flamme des Lebens war bereits erloschen, der ehemals mächtige Schwertarm erschlafft. Seit der Hochzeit mit Rahel war der stämmige Fulko von Filnek zu einem unentbehrlichen Freund und Berater des jungen Paares geworden, dessen Zukunft vom Ausgang dieses Krieges abhing. Da Curds verstorbener Vater außer den inzwischen vom Feind eroberten Burgen in Palästina kein Land mehr besaß, hatte der junge Ritter beschlossen, sich in die Dienste des neuen Deutschen Kaisers, Heinrich VI., zu begeben, sobald die Heilige Stadt wieder in den Händen der Christen war und Rahel die Gelegenheit gehabt hatte, sich von ihrem Ziehvater zu verabschieden. Eigentlich hätte er beim Tod des kinderlosen Fulko Hochstimmung empfinden müssen, da seiner Nichte somit die reichen Besitzungen am Rhein zufielen. Doch Curd hatte sich zu sehr mit dem Ritter angefreundet, als dass ihn dessen Tod ungerührt lassen konnte.

Als sich neben ihm eine geschleuderte Lanze in den aufgewühlten Sand grub, sprang er mit einem Wutschrei auf die Beine und fuhr wie ein Gottesgericht zwischen die sich erfolglos zur Wehr setzenden Syrer und Ägypter, die erst vor wenigen Tagen zu Salah ad-Dins Truppen gestoßen waren. Weit hinten am Horizont sah er al-Adil auf einem feurigen Schimmelhengst auf den rechten Flügel der Angreifer zupreschen. Aber da in der gegenwärtigen Schlachtsituation keine Gefahr einer Begegnung bestand, wandte er hastig den Blick von der imposanten Gestalt ab und trieb mit einem Fluch auf den Lippen dem Angreifer zu seiner Rechten die Klinge in den Unterleib. Das Geschrei der schlachtenden Männer und der Klang von aufeinanderprallendem Eisen waren so gewaltig, dass sich die in den Wipfeln der Bäume nistenden Vögel mit empörtem Gekreische in die Luft erhoben, um über dem tobenden Gewimmel ihre Kreise zu ziehen. Was für ein Festmahl für die Aasfresser, schoss es Curd durch den Kopf, während die ersten Sarazenen verzweifelt den Rückzug antraten. Überall um ihn herum schlugen die habgierigen Söldner den Toten und Verwundeten Hände und Köpfe ab, um selbst die kleinsten Kostbarkeiten aus den blutigen Fetzen zu reißen und an sich zu nehmen. »Flieht nur, Ihr Waschweiber!«, schleuderte Konrad von Montferrat den Angreifern hinterher, die sich unter riesigen Verlusten aus dem Herzen der Schlacht zurückzogen. Und auch wenn Curd nichts als Verachtung für den aalglatten Opportunisten empfand, der auf Begehr Philipps von Frankreich nach Akkon zurückgekehrt war, um seinen Anspruch auf den Königstitel zu verteidigen, musste er doch wider Willen zugeben, dass er sich in diesem Kampf hervorgetan hatte. Zwar hatte Curd selbst mehr als zwei Dutzend Sarazenen erschlagen, doch an diesem Tag stand Konrad ihm in nichts nach. »Wir brechen ab!« Da nur noch eine Handvoll Schwerverwundeter jenseits der Verteidigungslinien ihr Leben aushauchte, ließ Konrad zum Rückzug blasen, und trabte am Kopf der siegreichen Abteilung zurück in das überfüllte Heerlager.

Entsetzt von dem Ausgang der Schlacht hatte Salah ad-Din sofort nach seiner Rückkehr ins Lager der Sarazenen den von ihm beauftragten Mörder zu sich rufen lassen, um die überschäumende Wut an dem dunkelhäutigen Mann auszulassen. »Warum ist er noch am Leben?«, erboste sich der Sultan und starrte auf den am Boden kauernden Assassinenführer hinab, dessen Augen bescheiden die blutigen Stiefel des mächtigen Herrschers suchten. Die kunstvoll geschleuderten Dolche der Meuchelmörder hatten einen nicht unerheblichen Zoll an christlichem Leben gefordert. Aber nachdem der lange Tag gezeigt hatte, dass die moslemischen Truppen keine Chance mehr gegen die Christen haben würden, kochte der lange zurückgehaltene Zorn des Sultans über. »Das Gift wird zu dieser Stunde verabreicht, Gebieter«, murmelte der schwarz Gekleidete und bemühte sich, seiner Stimme so viel Zuversicht wie möglich zu verleihen. Zwar machte ihn die Gier, die er im Blick des englischen Earls gelesen hatte, sicher, dass dieser seine Aufgabe gemäß der getroffenen Vereinbarung erfüllen würde. Doch konnten auch ihm die Umstände Steine in den Weg werfen. »Warum verhandeln wir nicht mit ihm?«, ließ sich al-Adil vernehmen, der am entfernten Ende des Zeltes Platz genommen hatte und gierig an den mit Zimt gewürzten Orangenschnitzen lutschte, die ein schweigsamer Sklave dort für sie bereitgestellt hatte. Eine steile Falte grub sich zwischen die kühn geschwungenen Brauen, als er den Assassinen mit einem abfälligen Blick bedachte. »Das haben wir doch schon oft genug besprochen«, fauchte Salah ad-Din und befahl dem Kauernden mit einer ungeduldigen Geste, sich zu entfernen. »Wenn er nicht innerhalb der nächsten beiden Tage stirbt, habt Ihr Euer Leben verwirkt«, schickte er dem Mann hinterher, der lautlos in die Nacht verschwand. »Aber er hat Verhandlungen angeboten«, versetzte Adil beschwichtigend. »Vielleicht wäre es besser …« Mit einem herrischen Ausdruck auf den energischen Zügen gebot Salah ad-Din Schweigen und ließ sich schwer in die Kissen eines Diwans fallen.

Wie um der Stimmung im Lager der moslemischen Truppen zu spotten, hatte Richard Löwenherz – kaum war die Sonne im Meer versunken – den Befehl gegeben, ein üppiges Bankett auszurichten, zu dem die wichtigsten Würdenträger der christlichen Streitmacht geladen waren. Der Duft der von den Engländern mitgebrachten Speisen erfüllte die trockene Luft und vertrieb den metallischen Geruch des an diesem Tag reichlich vergossenen Blutes. »Ihr seid ekelhaft!«, zischte Philipp von Frankreich dem neben ihm sitzenden Leopold von Österreich zu, der sein vom Blut der Erschlagenen rot gefärbtes Surkot an einer Fahnenstange befestigt und mit zum Festmahl gebracht hatte. Einzig ein schmales weißes Band lief – dort wo der Schwertgürtel des Herzogs gesessen hatte – diagonal über den ansonsten roten Stoff. »Ich habe beschlossen, diese Farben in mein neues Banner aufzunehmen«, gab der feiste Herzog süffisant lächelnd zurück, was ihm jedoch lediglich ein angewidertes Naserümpfen seines Nachbarn eintrug. »Seht Euch diesen großspurigen Angeber an«, hetzte der zu Philipps Rechten sitzende Konrad von Montferrat und wies mit dem Kinn auf Richard Löwenherz, der am Kopf der langen Tafel neben einem zufrieden lächelnden Guy de Lusignan thronte. »Viel interessanter finde ich den jungen Mann dort unten am Tisch der Templer«, warf einer der deutschen Fürsten ein, der unlängst seine Festung südlich von Aleppo verloren hatte, und deutete auf Curd von Stauffen. Dieser stocherte an der Seite seiner bleichen Gemahlin mit umwölkter Miene in den aufgetischten Köstlichkeiten. »Ich frage mich, ob Löwenherz nicht auffällt, wen er da in seinem Lager hat.« Als die Brauen seiner Tischnachbarn fragend in die Höhe wanderten, zuckte er die Schultern und setzte ungeduldig hinzu: »Es ist doch offensichtlich, dass das der Bastard al-Adils ist, von dem die seit Monaten kursierenden Gerüchte berichten!«

Bevor die so Belehrten etwas darauf erwidern konnten, erhob sich Richard Löwenherz und verschaffte sich mit einem durchdringenden Räuspern Gehör. Unvermittelt verstummten die Gespräche der Geladenen, und die von Met und Wein glänzenden Augenpaare der Männer und Frauen richteten sich erwartungsvoll auf die imposante Gestalt des Oberbefehlshabers. »Diese Schlacht wird in die Geschichte eingehen«, hub der englische König an, erbat sich jedoch ungeduldig Ruhe, als ein zustimmendes Gemurmel durch die Reihen lief. »Der morgige Tag wird das Ziel unserer Bemühungen bringen!« Kaum waren die Worte verhallt, als die Barone, Ritter und Herzöge sich halb ungläubig, halb freudig erregt von den Bänken erhoben und anfingen, wild durcheinander zu rufen. »Ruhe!«, donnerte der hünenhafte Engländer. »Der Statthalter von Akkon hat einen Boten entsandt, der die Nachricht von der bevorstehenden Kapitulation überbracht hat. Sobald die Sonne aufgeht, werden die angebotenen Bedingungen hier eintreffen.« Während in dem durch Verbindung mehrerer Zelte geschaffenen, riesigen Pavillon ungezügelte Freude ausbrach, ließ Harold, der hinter seinem Dienstherrn stand, um ihm falls nötig Kelch und Teller neu zu füllen, die müden Augen durch das vom Fackelschein erleuchtete Innere wandern. Der Tod des Earls of Derby hatte ihn hart getroffen, und wenngleich es in dem verwirrenden Getümmel beinahe unmöglich gewesen war, die Verwundeten und Toten zu bergen, war es ihm mithilfe Cirencesters gelungen, den Leichnam von Catherines Vater in den inneren Ring des Lagers zu schaffen. Dort war er vor einem der Lazarettzelte aufgebahrt worden, um am folgenden Tag verbrannt zu werden. Während Löwenherz, Cirencester, Essex und all die anderen geladenen Gäste zechten und feierten, kniete die Tochter des Gefallenen an seiner Seite, um ihm das letzte Geleit zu geben. Was hätte Harold dafür gegeben, bei ihr sein zu können, ihre kalte Hand zu halten und ihr in dieser schwersten Stunde ihres Lebens eine Stütze zu sein. Doch Henry of Cirencester hatte nicht mit sich diskutieren lassen und ihm den schroffen Befehl gegeben, sein bestes Gewand anzulegen und ihm zu der Feier zu folgen.

»Oh, wie ich diesen Krieg leid bin«, presste Berengaria von Navarra hervor, während sie lustlos an einer der köstlich zubereiteten Hühnerkeulen nagte, die eine seltene Abwechslung in dem ansonsten drögen Speiseplan der Kreuzfahrer darstellten. »Seht sie Euch bloß an!« Der Blick ihrer Augen wanderte von den etwas niedriger sitzenden Unterführern, Philipp von Frankreich, Leopold von Österreich und Konrad von Montferrat – welche die Sitzordnung ganz offensichtlich als den Affront auffassten, als der sie gedacht war – zu ihrem Gemahl. Dieser plauderte mit einem beinahe jungenhaften Strahlen auf dem Gesicht mit Guy de Lusignan und einer Handvoll weiterer Männer, die mit unterwürfiger Miene an seinen Lippen hingen. Berengaria selbst war, ebenso wie Johanna Plantagenet, an einen Tisch zur Linken des Königs verwiesen worden, wo auch einige der anderen Damen saßen und mehr schlecht als recht vorgaben, sich zu amüsieren. »Wenn es stimmt, was er sagt, dann werdet Ihr Euch morgen in einer angemessenen Unterkunft zur Ruhe begeben«, beschwichtigte Johanna, die ähnliche Gefühle hegte, ihre Schwägerin. »Ich hoffe nur, er erinnert sich dann nicht urplötzlich daran, dass er eine Gemahlin hat«, schnaubte die Spanierin verächtlich und warf Richard of Devizes, der zu Füßen seines Liebhabers Platz genommen hatte, einen giftigen Blick zu. Wie von Johanna befürchtet, hatte Löwenherz bald das Interesse an der offensichtlich wenig fruchtbaren Gattin verloren und sich wieder dem aufregenderen Liebesspiel mit dem jungen Chronisten zugewandt. »Wenigstens könnt Ihr so tun und lassen, was Euch beliebt«, versetzte sie und tupfte sich die vom süßen Wein klebrigen Lippen. »Ja«, gab Berengaria trocken zurück. »Ich könnte mich sogar in Luft auflösen, ohne dass er es bemerken würde!«

Vor den Stadttoren Akkons, 12. Juli 1191

Es tut mir leid um Euren Onkel.« Mit einer mitfühlenden Geste legte der leicht am Bein verwundete Arnfried von Hilgartsberg, der lautlos zu dem schweigenden Paar getreten war, Rahel und Curd von Stauffen die Hände auf die Schultern, als diese auf die in Tücher eingeschlagene Leiche des gefallenen Fulko von Filnek hinabstarrten. Als die Stimmung in dem aufgeheizten Pavillon nach Mitternacht in ein ungezügeltes Gelage umgeschlagen war, hatte die junge Frau Curd gebeten, sie auf dem Weg zu ihrer Unterkunft zu dem aufgebahrten Fulko zu begleiten, um Abschied von ihm zu nehmen, bevor er am nächsten Morgen in Flammen aufging. »Der Herzog von Franken«, beantwortete Arnfried die stumme Frage und deutete mit dem Kopf auf eine weitere gesichtslose Gestalt, neben der Ansbert kniete und betete. »Oh nein«, hauchte Rahel und trat zu dem lateinisch murmelnden Mönch, um ein kurzes Gebet für den Vater der in Jerusalem zurückgebliebenen Philippa zu sprechen. »Seht Euch nur diese Verschwendung an«, seufzte Arnfried und wies auf das weite, mit gefallenen Kriegern übersäte Feld, das vom Schein der lodernden Scheiterhaufen gespenstisch erleuchtet wurde. Soweit noch erkennbar, hatte man die Toten nach ihrer Nationalität sortiert, sodass den Trauernden der Spott der verfeindeten Lager erspart blieb. Denn nicht nur einmal war es an diesem Tag zu handfesten Streitereien zwischen Pisanern, Genuesen, Deutschen, Franzosen und Engländern gekommen. Vom entferntesten Ende des Lagerplatzes drang das Gegröle der zechenden Fußsoldaten an ihr Ohr. Und als gar einer der englischen Bogenschützen einen halbwüchsigen Knaben über die Landzunge jagte, um ihn nach wenigen Metern Hatz zu Boden zu reißen und sich an ihm zu vergehen, wandte sich Rahel schaudernd ab und schloss die Augen. »Lass uns gehen«, flüsterte sie und ließ sich von Curd nach Norden führen, wo die dazu abgestellten Tempelritter den Ring der Bruderschaft auf Befehl Konrads streng bewachten. Zu viele Plünderer trieben in den eigenen Reihen ihr Unwesen, als dass man den einfachen Soldaten, die zum Teil wie die Tiere hausten, an solch einem Abend hätte vertrauen können.

In dem von dem betrübten Paar verlassenen Festzelt ließ sich Harold of Huntingdon derweil dankbar auf die grob behauene Bank an einem der Tische fallen, an dem sich auch die anderen Knappen über die Reste des prächtigen Festmahls hermachten, und schenkte sich einen Becher Met aus einem der vielen, beinahe leeren Krüge ein. Nachdem Cirencester ihn mit einem Wink entlassen hatte, hatte er sich zu den im Kampf teilweise übel zugerichteten Burschen gesellt, um sich in den aufgeregten Unterhaltungen zu verlieren und seinen Gedanken nachzuhängen. Wie in einem Traum glitten die furchtbaren Bilder des Tages an seinem inneren Auge vorbei, während er sich in dem Pavillon umblickte. Die meisten der Streiter hatten bereits vor Stunden den Rückzug angetreten – kurz nachdem Löwenherz sich mit einem Griff an den vermutlich überfüllten Magen verabschiedet hatte. Aber viele der siegestrunkenen Ritter und Barone fuhren lallend damit fort, den schweren Wein aus Messina die durstigen Kehlen hinabzuschütten. Noch immer zermarterte er sich den Kopf darüber, wo er die Befiederung des Geschosses, das Catherines Vater gefällt hatte, schon einmal gesehen hatte. Doch je mehr er darüber nachgrübelte, desto weiter schien sich das Wissen in die Tiefen seiner Erinnerung zurückzuziehen. Er seufzte müde, leerte den Kupferbecher und stemmte sich in die Höhe. Es war Zeit, sich schlafen zu legen! Der morgige Tag würde mit Sicherheit nicht weniger erschöpfend ausfallen als der heutige, auch wenn keine weiteren Kampfhandlungen zu erwarten waren. Mit schweren Gliedern schleppte sich der Junge auf den Zeltausgang zu, wo ein halbes Dutzend Betrunkener ein Zielpinkeln in einen Eimer veranstalteten. Als sie ihn lauthals dazu einluden, sich zu ihnen zu gesellen, winkte er lächelnd ab und steuerte auf das von lodernden Feuern erleuchtete Lazarett zu. Wenn er recht hatte, würde er Catherine dort finden.

»Harold!« Kaum hatte sie seine Schritte vernommen, zuckte ihr tränennasser Blick zu ihm auf und blieb leer an ihm haften. Das weiße Totengewand, mit dem man den Earl of Derby bedeckt hatte, war inzwischen schwer von der Schwüle der Nacht, und an der Stelle, an der der Bolzen seine Kehle durchbohrt hatte, prangte ein rostroter Fleck. »Komm«, forderte Harold das kniende Mädchen auf, das einen letzten, schmerzerfüllten Blick auf den steifen Körper ihres Vaters warf, bevor es sich mit einem erstickten Schluchzen erhob. »Warum?«, fragte sie anklagend, und die Knöchel der Finger, die das zierliche Goldkreuz um ihren Hals umklammerten, traten weiß hervor. »Warum konnte es nicht irgendjemand anders treffen?« Da er keine Antwort darauf wusste, schlang Harold den Arm um ihre Schulter und führte sie schweigend auf das Lager der Damen zu, um das an diesem Abend mehr Männer als gewöhnlich patrouillierten. Eine Weile weinte sie still weiter, und Harold fühlte sich seltsam hilflos. Dann wischte sie sich zu seiner grenzenlosen Erleichterung die Augen und lehnte den Kopf an seine Schulter. Froh darüber, ihr wenigstens körperlich eine Stütze sein zu können, half er ihr über einige Hindernisse hinweg, bis sie schließlich ihr Ziel erreicht hatten. »Es ist so merkwürdig«, sagte er nachdenklich, als sie den Eingang ihres Zeltes verschlossen und eine Kerze im Inneren der Unterkunft entzündet hatten. »Was?«, erkundigte sich Catherine, die in Gedanken immer noch mit Gott haderte, verstimmt. »Der Pfeil, der ihn das Leben gekostet hat«, spann Harold den Gedanken weiter, obwohl er den ganzen Abend damit gerungen hatte, ob er seine Zweifel mit ihr teilen sollte oder nicht. »Das war ein englischer Pfeil!«

»Was?!« Das Entsetzen ließ ihre Augen riesig erscheinen. »Wie meinst du das?« Mit wenigen Worten umriss er die Fakten, doch auch sie konnte mit der beschriebenen Befiederung nichts anfangen. »Du meinst doch nicht etwa …?« Ein unaussprechlicher Verdacht ließ sie erbleichen. »Der Earl of Essex?« Jeder im Lager wusste inzwischen, dass Harolds ehemaliger Dienstherr William de Ferrers noch mehr gehasst hatte als der Teufel das Weihwasser; und dass dieses Gefühl etwas mit der schönen Tochter des Verstorbenen zu tun hatte. »Wenn es nun möglich wäre«, flüsterte sie atemlos, während sie krampfhaft Harolds Arm umfasste. »Ich habe dir nie von dem Abend im Tower erzählt, an dem er mir aufgelauert hat«, versetzte sie, und berichtete mit zitternder Stimme von dem Erlebnis, das ihr beinahe den Glauben an die Ritterlichkeit genommen hatte. »Dieser Bastard!«, stieß Harold hervor und sprang auf, um erregt den beengten Raum vor der schmalen Bettstatt zu durchmessen. »Und ich dachte, sie wollten sich lediglich auf Kosten der byzantinischen Christen bereichern«, zischte er und fasste seinerseits den Verdacht zusammen, der ihm inzwischen von den Taten der Männer um Essex bestätigt worden war. »Vielleicht steckt doch mehr dahinter als vermutet«, grollte er und hieb die Faust in die Handfläche. »Und dein Vater war ihnen im Weg!« Catherine keuchte erschrocken auf. »Ich werde herausfinden, was sie im Schilde führen!«

Nachdem sie die dunklen Beweggründe, die hinter dem Mord an Derby und dem von Harold vermuteten Komplott gegen Löwenherz stecken könnten, bis zur geistigen Erschöpfung durchgespielt hatten, schliefen die beiden schließlich erschöpft ein, ohne sich die Mühe gemacht zu haben, mehr als ihre unbequemen Übergewänder abzulegen.

Als am folgenden Morgen der frühe Sonnenaufgang in flammender Herrlichkeit den Sieg der Kreuzfahrer über die so lange belagerte Hafenstadt verkündete, war Harold bereits seit Stunden auf den Beinen, um im Schatten seines Dienstherrn die Vorbereitungen der Unterwerfungszeremonie zu verfolgen. Während viele der bei der feierlichen Kapitulation Anwesenden mit einem nicht zu verachtenden Kater zu kämpfen hatten, wirkte der zwar bleiche, aber zufriedene Richard überlegen und kühl, als er die Delegation des Statthalters empfing, die ihm die angebotenen Bedingungen überbrachte. Um den Besiegten den Gang noch schwerer zu machen, hatte Löwenherz am südlichsten Ende des Lagers eine Plattform mit einem Thron errichten lassen, was bedeutete, dass die Sarazenen einen förmlichen Spießrutenlauf durch die Reihen der Christen hinter sich bringen mussten, bevor sie vor dem prächtig herausgeputzten Oberbefehlshaber und seiner schönen Gemahlin auf die Knie fielen. Für die Schonung der Garnison bot der Herr der Stadt, der die Verhandlungen ohne Wissen Salah ad-Dins führte, die Herausgabe des bei Hattin geraubten Wahren Kreuzes, zweihunderttausend Goldstücke, alle Güter in der Stadt und die Freilassung der christlichen Gefangenen.

❋

In der ersten Reihe der Schaulustigen musterte der Earl of Essex, dessen Augen von der betörenden Berengaria von Navarra zu Richard zurückzuckten, den auf den ersten Blick kerngesund wirkenden König misstrauisch. Außer einem leichten

Schweißfilm auf der Stirn des Hünen ließ nichts erahnen, dass der Earl persönlich ihm am Abend das Gift des Assassinen in den schweren Wein gemischt hatte. Warum war er nicht schon längst tot?, fragte Robert de Mandeville sich ungehalten und verfolgte die pompöse Vertragsunterzeichnung ungeduldig. Zwar griff sich Richard immer wieder mit einer schmerzverzerrten Grimasse an den Bauch. Aber außer dieser Geste verriet nichts, dass ihm nicht wohl sein könnte. Hatte sich der Meuchelmörder des Sultans geirrt und Littlebourne das falsche Fläschchen zugesteckt? Das war kaum vorstellbar, und doch war offensichtlich, dass einem von ihnen ein Fehler unterlaufen sein musste. Verdammt!, fluchte Essex in Gedanken, als er sich dem aufbrechenden Zug der Sieger anschloss, um in die niedergeworfene Stadt einzureiten. Sobald er aufgesessen war, galoppierte er mit kurzem Zügel an die Seite des Earls of Cornwall, der ihn mit fragend in die Höhe gezogenen Brauen musterte, und zuckte die Achseln. Dieses Problem würde warten müssen, bis sie sich innerhalb der mächtigen Mauern häuslich niedergelassen hatten. Mit donnernden Hufen preschte die Armee der Sieger auf die gähnenden Tore Akkons zu, über denen mehrere weiße Banner aufgezogen worden waren.

Harold, der den etwa zehn Steinwürfe vor ihm reitenden Essex mit einer Mischung aus Hass und Rachedurst betrachtete, wurde aus den düsteren Gedanken gerissen, als er inmitten des scheinbar endlosen Zuges der berittenen Belagerer über die dickbohligen Brücken trabte. Diese überspannten die tiefen, zum Teil mit messerscharfen Spitzen gespickten Gräben, mit denen die durch Wälle verstärkten Ringmauern miteinander verbunden waren. Als er noch damit beschäftigt war, staunend die trotz des heftigen Beschusses immer noch prachtvollen Gebäude und Trutztürme der Hafenmetropole zu bewundern, brach unvermittelt die von Richard Löwenherz nur halbherzig befohlene Disziplin zusammen und die strenge Formation löste sich innerhalb weniger Augenblicke in einer Welle aus brüllenden Soldaten auf. Mit Triumphgeschrei auf den Lippen stürmten die Fußsoldaten, die den Rittern und Baronen gefolgt waren, an den Reitern vorbei, um das Verbot der Plünderung mit Missachtung zu strafen. Kaum hatten sie den innersten Ring der Befestigungsanlage erreicht, als sie in die engen, verwinkelten Gassen der Stadt ausschwärmten und – gefolgt von den gleichsam habgierigen Adeligen – Türen und Tore niederrissen, die verängstigten Bewohner in die staubigen Straßen zerrten und mit einer Gewalt wüteten, die vermuten ließ, dass die um Gnade flehenden Einwohner Akkons nicht mehr lange sicher sein würden. Das Klappern der eisenbeschlagenen Hufe hallte bedrohlich von den hoch aufragenden Mauern wider, vermischte sich jedoch nur wenig später mit dem schrillen Geschrei der um ihr Leben fürchtenden Frauen, Kinder und Männer, die wie Vieh auf dem Marktplatz zusammengetrieben wurden. Während eine Abordnung Schwerbewaffneter die Besatzung der Garnison in Ketten legte und in der Zitadelle der Stadt gefangen setzte, begannen die Soldaten des Königs mit der Zählung der Geiseln, welche von Salah ad-Din ausgelöst werden sollten.

»Eine stolze Zahl«, hörte Harold Henry of Cirencester feststellen, bevor er von einem Knäuel aus Pferdeleibern abgedrängt und von dem Strom der wie von Sinnen brüllenden Soldaten in die Tiefen der Stadt geschwemmt wurde. Mit jedem Schritt, den seine nervös schnaubende Stute tat, verschlimmerten sich die auf den Knaben einstürmenden Eindrücke. Aus dem Augenwinkel sah er, wie ein Deutscher einer alten Frau das Kleid zerfetzte und sie mit dem Gesicht gegen die Wand ihrer ärmlichen Kate drückte. Mädchen, Knaben und Frauen wurden gleicherweise Opfer der gierigen Krieger. Und wer sich zur Wehr setzte, wurde kurzerhand besinnungslos geprügelt oder – im Eifer des Gefechts – erschlagen.

»Seht zu, dass ihr nicht zu viele von ihnen umbringt!«, dröhnte der Bass eines englischen Barons an Harolds Ohr. Und als er schaudernd die Gelegenheit ergriff, in ein sich zu seiner Rechten öffnendes Gässchen einzutauchen, erblickte er an dessen Ende verwundert die Rückseite des Platzes, den er unfreiwillig verlassen hatte. Hoch über den Köpfen der Gefangenen und der triumphtrunkenen Bezwinger der Sarazenen schwankte einer der Männer des Herzogs von Österreich in dem von Osten aufgekommenen Wind, als er dessen neues Banner– einen rot-weißen Fetzen Tuchs – auf einem der von dichten Zinnen besetzten Türme aufzog.

Die Schönheit des Tages spottete den abscheulichen Bluttaten, die etwa ein Drittel der Gefangenen das Leben kosteten. Hätte Löwenherz nicht um das Lösegeld gebangt und Männer ausgesandt, um dem Schlachten ein Ende zu setzen, hätten mit Sicherheit noch weitaus mehr Menschen ihr Leben an diesem schicksalhaften Tag verwirkt gehabt. Gerade als Harold seinen Dienstherrn nahe einer winzigen Kapelle ausmachte und sein Reittier wenden wollte, um sich an dessen Seite zu begeben, lenkte ihn ein lautstarker Streit ab. Dieser gipfelte nur wenige Augenblicke später darin, dass der von drei Dutzend Soldaten begleitete Knappe des Königs das Banner Leopolds von Österreich herunterreißen und – offensichtlich auf Befehl seines Herrn – durch den Schmutz schleifen ließ. Der Ausdruck, der sich bei dieser beleidigenden Tat auf den Zügen des feisten Österreichers ausbreitete, ließ Harold wider Willen hoffen, dass Löwenherz wusste, wen er sich damit zum Feind gemacht hatte. »Ihr verdammten Engländer!«, schickte der Anführer des deutschen Kontingents den Reitern hinterher, als diese sich anschickten, zum westlichen Ende der Stadt zurück zu galoppieren. »Ein Drittel der Stadt gehört mir!«

Akkon, 14. Juli 1191

»Ihr habt großes Glück, Sire«, verkündete der silberhaarige Leibarzt erleichtert. »Eure enorme Körpergröße hat Euch das Leben gerettet.« Fragend blickte der immer noch bleiche Richard Löwenherz in die Augen des Heilers. Dieser gab den Bediensteten, welche die gesamte vergangene Nacht das Erbrochene des Königs aus dessen übel riechendem Gemach im Palast der Stadt geschafft hatten, mit einem stummen Wink zu verstehen, dass ihre Dienste nicht mehr benötigt würden. Wie eine Geißel Gottes hatte der furchtbare Schmerz den siegreichen Engländer am Abend seines Einzuges in die Stadt niedergestreckt, und mehr als einmal hatte sein Arzt in dieser ersten Nacht gefürchtet, das Leben seines Herrn nicht retten zu können. Er hatte gefiebert und halluziniert, getobt und gezittert, bis er schließlich in den frühen Morgenstunden erschöpft eingeschlafen war. Als er dann wenige Stunden später erwacht war, schien der Dämon seinem Leib schon halb entflohen zu sein. Und nachdem der Leibarzt mit einem Trank aus Heilkräutern nachgeholfen hatte, auch die letzten Reste der giftigen Substanz aus dem Körper des Hünen zu spülen, wirkte er an diesem Vormittag zwar noch ein wenig schwach, aber ansonsten wieder gesund und munter.

»Wie meint Ihr das?«, fragte Löwenherz, der in dem Glauben war, ebenso wie Philipp von Frankreich ein Opfer der Ruhr geworden zu sein, verdutzt und runzelte die rotblonden Brauen. »Ihr seid vergiftet worden«, belehrte ihn der alte Mann geduldig und zwang den Patienten, einen weiteren Schluck des schauderhaften Gebräus zu trinken, das ihm seine volle Kraft zurückgeben würde. »Vergiftet?«, prustete dieser und wischte sich den Mund, an dem die Hälfte des braunen Saftes hinab in den Kragen seines Nachtgewandes rann. »Ja«, erwiderte der Arzt. »Es scheint, als habe Euch jemand das Gift ins Essen gemischt, wenn ich die Symptome richtig deute.« Während die

Verwirrung dem Zorn wich, legte Richard die Stirn in Falten und versuchte, sich daran zu erinnern, wer Gelegenheit zu dieser Tat gehabt haben könnte. Doch da bei dem Bankett so ziemlich jeder Zugang zu den Speisen und Getränken gehabt hatte, geriet er bald in eine Sackgasse. Bevor er sich weiter den schmerzenden Kopf darüber zermartern konnte, sprang die Tür auf und die Wächter davor geleiteten einen erregten Essex in die Kammer. Dieser sank vor der prunkvollen Bettstatt des Königs auf ein Knie nieder. »Mylord«, hub der Earl an und hob den Blick, in dem ein merkwürdiges Leuchten lag. »Man trachtet Euch nach dem Leben.«

❋

Wenig später schritt Robert de Mandeville, der Earl of Essex, nach einem kurzen, aber heftigen Austausch mit dem schäumenden Löwenherz den langen Gang entlang auf den Ausgang zu, wo er ohne behelligt zu werden an den Wachen vorbei in den sonnendurchfluteten Vorhof trat, um den Befehl des Königs weiterzugeben. Er lachte leise. Zwar war der Plan, Richard aus dem Weg zu schaffen gescheitert. Doch der zweite Teil der Kabale schien trotz aller negativen Vorzeichen dennoch aufzugehen. Nicht nur hatte er durch die von John of Littlebourne in Auftrag gegebene Ermordung des Earls of Derby sichergestellt, dass sein ehemaliger Knappe mehr als verdächtig wirken würde; auch hatte der Zufall ihm mit dem jungen Tempelritter, von dem ihm einer der Männer des erzürnten Herzogs von Österreich berichtet hatte, eine zusätzliche Trumpfkarte in die Hand gespielt, welche die winzige Lücke in der kunstvoll gesponnenen Intrige luftdicht verschließen würde. »Ihr findet den Burschen in Cirencesters Unterkunft«, ließ er die Soldaten wissen, denen er Richards Auftrag mitgeteilt hatte, und blickte ihnen nach, bis sie durch den Torbogen verschwanden.

❋

Verwundert und neugierig zugleich beobachtete Harold einige hundert Fuß weiter stadteinwärts, wie sich die Doppelreihe der Krieger mit stampfenden Schritten in seine Richtung bewegte. Doch als er nach einigen Atemzügen den Ausdruck in den Augen der beiden Frontmänner erkennen konnte, legte sich ein nicht zu bestimmendes Gefühl der Beklemmung um seine Brust. »Harold of Huntingdon?« Kalte Furcht stieg in der Kehle des Knaben auf, die sich mit jedem zusätzlichen Mann, der sich vor Cirencesters bescheidener Unterkunft im Westen der Stadt aufbaute, verstärkte. »Ihr seid festgenommen!« In der tiefen Stimme des Anführers schwang eine nicht zu überhörende Drohung mit, und Harold, der damit beschäftigt gewesen war, die Schäden an Cirencesters Rüstung zu beheben, kam mit zitternden Knien auf die Beine. Kaum hatte er das Werkzeug niedergelegt, als sich die Pranken zweier Soldaten hart um seine Oberarme schlossen und der Ranghöchste ihm die Spitze seines Dolches an die Kehle setzte. »Wenn es nach mir ginge, würden wir an Ort und Stelle kurzen Prozess mit dir machen«, blaffte er, bevor er dem Jungen einen groben Faustschlag in die Magengrube versetzte. »Aber der König will persönlich über dich richten.« Vor Schmerz und Entsetzen gelähmt, ließ Harold sich widerstandslos in die Gasse zerren, wo ihnen ein verdatterter Henry of Cirencester entgegentrat. »Was geht hier vor sich?«, verlangte dieser ärgerlich zu wissen. »Was treibt Ihr mit meinem Knappen?«

Anstatt einer Antwort sah auch er mehrere gezogene Waffen auf sich gerichtet, und es blieb ihm keine andere Wahl, als der Prozession zum Palast des Königs zu folgen. Auf der halben Meile, die sie bis dorthin zurücklegen mussten, scharte sich eine schnell anwachsende Zahl Schaulustiger um sie. Und als Harold schließlich in die Eingangshalle des Stadtpalastes gestoßen wurde, war er beinahe froh, dass sie ihr Ziel erreicht hatten. Nachdem die Abordnung durch das Gewirr der Korridore ins Herz des Gebäudes vorgedrungen war, wurde der Knabe schließlich in ein unangenehm riechendes Gemach gezerrt, in dem ein geschwächt wirkender Löwenherz auf einem Sessel thronte und die Ankömmlinge mit kaltem Blick musterte. Links und rechts von ihm waren die zum Kriegsrat gehörenden Earls und Ritter versammelt. Auf dem harten Steinboden vor dem improvisierten Thron des Oberbefehlshabers der Kreuzfahrertruppen lag bereits ein junger Mann auf den Knien, dessen Schultern von einem zerschlissenen Templerumhang bedeckt waren. Neben ihm hielt der Earl of Essex triumphierend einen silbernen Kettenanhänger in die Höhe, dessen Verzierungen Harold aus der Entfernung nicht erkennen konnte. »Was hat Euch so lange aufgehalten?«, erkundigte sich Richard missfällig. Doch bevor der Hauptmann seiner Wache erklären konnte, dass es nicht einfach gewesen war, Cirencesters Unterkunft zu finden, wandte er sich an den Knaben, der mit einem rüden Tritt in die Kniekehlen vor ihm zu Boden gezwungen worden war.

»Was hast du zu deiner Verteidigung zu sagen?«, herrschte er Harold an, der vor Furcht schlotterte. »Wie lautet die Anklage, Sire?« Cirencester hatte sich aus dem Kreis der Soldaten gelöst und ließ sich mit gesenktem Haupt neben seinem Knappen nieder. »Das solltet Ihr eigentlich wissen«, knurrte Richard den rothaarigen Ritter an. »Denn Ihr werdet ebenso wie dieser Mann«, er wies auf Curd von Stauffen, »der Komplizenschaft bezichtigt!« Erschrocken schoss Harolds Kopf in die Höhe und wanderte von Henry zu Curd, den die Vorwürfe nicht zu erschüttern schienen. »Ihr werdet beschuldigt, den König vergiftet zu haben!«, dröhnte Essex, der nach einem fragenden Blick auf Löwenherz vortrat und sich vor den Gefangenen aufbaute. »Ihr, Euer Knappe und dieser Mann habt Euch mit dem Feind verbündet, um unseren gütigen Herrscher feige zu ermorden!« Die Ungeheuerlichkeit der Anschuldigung raubte Harold den Atem. Und während er damit kämpfte, nicht die Besinnung zu verlieren, fuhr Essex fort. »Dieser Templer ist der Bastard al-Adils – des Bruders des Sultans!« Viele der Versammelten tauschten empörte Blicke, und hätte Richard seinen Wachen nicht den Wink gegeben, einen schützenden Kreis um die Angeklagten zu bilden, hätte sicherlich der eine oder andere Dolch den Weg ins Herz der Beschuldigten gefunden. In dem überheizten Gemach schien es immer heißer zu werden. Und als inmitten der Vorwürfe, die der Earl of Essex mit nur mühsam verhohlener Schadenfreude vortrug, die Tür aufflog, zuckten sämtliche Augenpaare im Raum zu den beiden Männern, welche die Dreistigkeit besaßen, das Gericht zu unterbrechen.

»Das ist der andere!«, verkündete John of Littlebourne, der soeben den riesenhaften Hugh, den Wildhüter der Huntingdons, in den Raum stieß und triumphierend dessen Langbogen und den blutigen Bolzen, der de Ferrers das Leben gekostet hatte, in die Höhe hielt. Als Harolds entsetzter Blick auf die Schäfte der dazugehörigen Pfeile fiel, legte sich ein schwarzer Schleier über seine Sinne. Hätte Cirencester ihn nicht gestützt, wäre er zu Boden gesunken. »Dieser Mann ist ein Leibeigener Huntingdons!«, bellte Essex und trat auf den ebenfalls auf die Knie gefallenen Hugh zu. »Und nicht nur hat der Sohn seines Herrn ihn dazu gezwungen, den Earl of Derby – der Verdacht geschöpft hatte – in der Schlacht von hinten zu erschießen. Er hat ihn auch dazu benutzt, die Verhältnisse im feindlichen Lager auszuspionieren und eine Verbindung mit diesem Mann herzustellen.« Erneut wies sein anklagender Finger auf Curd. »Ziel des Ganzen war, Euch aus dem Weg zu schaffen und sich die Gunst Eures Bruders, Prinz John zu sichern.« Harold keuchte auf. »Denn der Halbbruder dieses kleinen Meuchelmörders«, er machte eine wirkungsvolle Pause und starrte Harold hasserfüllt an, »hat sich nach dem Tod seines Vaters mit Eurem Bruder in England gegen Euch verbündet!«

»Nein!« Bevor Harold nachdenken konnte, war er aufgesprungen und stand nun vor Empörung und Furcht zitternd vor dem König, der mit einem ungeduldigen Wink seinen Wachen zu verstehen gab, ihn zum Schweigen zu bringen. Als sich eine schwielige Hand von hinten über seinen Mund schob, würgte Harold, ergab sich aber nach kurzem, erfolglosem Kampf in sein Schicksal und sank zurück auf die harten Steinquader. Das war es also, was die Vermummten im Schilde geführt hatten. Sie hatten den König aus dem Weg räumen wollen, um die Gunst des in England zurückgebliebenen, mit dem Erzbischof von Canterbury verbündeten John Lackland zu gewinnen, den sie für ihre Zwecke als geeigneter betrachteten! »Schafft sie mir aus den Augen«, fauchte Richard nur mühsam beherrscht. »Sie werden morgen früh auf dem Marktplatz aufgehängt!«

Vor den Toren Akkons, 14. Juli 1191

Wir werden es niemals in dieser kurzen Zeit schaffen, die geforderte Summe aufzubringen«, stellte Salah ad-Din an seinen Bruder gewandt nüchtern fest. Sein rechter Fuß, den er sich bei einem überhasteten Sprung aus dem Sattel verletzt hatte, ruhte auf einem niedrigen Schemel. Nachdenklich ließ er die Hand sinken und beugte sich vor, um die schmerzende Stelle kurz über seinem Knöchel zu massieren. Nach der unzeremoniösen Hinrichtung des Assassinenführers, der mit dem Aufgehen der Sonne sein Leben verwirkt hatte, hatte der Sultan mehrere Dutzend seiner Vasallen zu den umliegenden Festungen gesandt, um die dort eingekerkerten christlichen Gefangenen zu ihm in das Feldlager zu bringen, von wo aus sie auf Forderung des englischen Königs im Austausch mit den hochgestellten moslemischen Geiseln nach Akkon geschickt werden würden. Während immer mehr der überraschten Ritter, Grafen und Barone im Lager der Sarazenen eintrafen, verdichteten sich die Gerüchte über den blutigen Fall der Stadt zu einer nicht mehr zu leugnenden Tatsache. Lediglich einer Handvoll Glücklicher war es gelungen, sich im Eifer des Gefechts davonzumachen und ihr nacktes Leben zu retten.

»Wir hätten von Anfang an mit ihm verhandeln sollen«, warf al-Adil seufzend ein und beugte sich ein wenig vor, um Salah ad-Din den Tiegel mit der zwar übel riechenden, aber überaus wirksamen Salbe zu reichen. »Ich hatte bei dem Anschlag von vornherein ein ungutes Gefühl.« Er stützte das Kinn in die Hände und betrachtete versonnen, wie sein Bruder die gräuliche Paste auf sein Bein auftrug und ein sauberes Dreieckstuch darum band. Warum Richard Löwenherz das Giftattentat überlebt hatte, blieb nach wie vor ein Rätsel. Niemand wusste genau, ob sich der Assassine bei der Wahl seines Verbündeten getäuscht hatte. Oder ob – wie die bereits einsetzende Legendenbildung vermuten ließ – der Engländer einen Pakt mit dem Teufel geschlossen hatte, der ihm mehrere Leben gab. »Lass nach Philippa schicken«, befahl Salah ad-Din nach einigen Augenblicken des Schweigens schließlich resigniert und erhob sich vorsichtig, um seinen Turban, der sich gelöst hatte, neu zu wickeln. »Ich möchte, dass sie die Wahl hat, jetzt wo ihr Vater gefallen ist …« Seine Stimme erstarb, und er wandte rasch den Kopf, um die Gefühle, die sich beim Gedanken an das Mädchen Bahn brachen, vor Adil zu verbergen.

Ein Kerker in Akkon, 14. Juli 1191

»Warum Hugh? Warum?«, fragte Harold den neben ihm an die feuchte Wand des Kerkers geketteten Wildhüter seines Vaters, der reumütig den Blick zu Boden senkte und trocken schluckte. Sein mächtiger Brustkorb war von Striemen übersät, und über den buschigen, blonden

Brauen klafften zwei tiefe Platzwunden, aus denen ihm das Blut in die Augen lief. Eines der Handgelenke, die von rostrauen Ketten umfangen wurden, war gebrochen. Und jedes Mal wenn sich der Bogenschütze nur eine Winzigkeit bewegte, ließ ihn der Schmerz den Atem durch die Zähne einziehen. »Ich weiß nicht«, murmelte er und schloss die verkrusteten Lider, um die hoffnungstötende Dunkelheit des stinkenden Gefängnisses einige Augenblicke lang auszusperren. Nach ihrer Ankunft in der ungastlichen Unterkunft im Keller der alten Zitadelle Akkons hatten die Schergen des Königs dessen Befehl mit einer Mischung aus Gewissenhaftigkeit und Leidenschaft Folge geleistet und ein Geständnis aus den zum Tode verurteilten Männern herausgeprügelt. Nachdem ihre Hinrichtung ohnehin beschlossen war, hatte Harold nach den ersten Schlägen mit dem dicken Knüppel zugegeben, was immer die Folterer von ihm wissen wollten. Aber Hugh, der Tempelritter und Cirencester waren länger standhaft geblieben. Nachdem der Prügel keine Wirkung bei ihnen gezeigt hatte, waren die Soldaten dazu übergegangen, ihren Gefangenen die glühenden Spitzen ihrer erhitzten Dolche in die Haut zu drücken. Als auch diese Maßnahme nur von bescheidenem Erfolg gekrönt war, hatten sie den schmerzerprobten Männern tiefe Schnitte zugefügt, die sie mit grobkörnigem Meersalz eingerieben hatten. Der Deutsche war besonders übel zugerichtet worden, und Harold fragte sich, ob die stark blutenden Wunden an Brust und Rücken ihn wohl schon in der Nacht das Leben kosten würden. Jedes Mal, wenn sich einer der Männer bewegte, hallte das helle Klirren der Ketten von den schimmeligen Wänden wider, doch außer diesem Laut unterbrach fast nichts die lastende Stille.

Links von Harold hing der ohnmächtige Cirencester mühsam atmend in den Ketten. Während der Knabe zum unzähligsten Male versuchte, die Ereignisse dieses Tages, der vermutlich der letzte seines Lebens sein würde, zu verstehen, löste der Hass auf Guillaume und den Earl of Essex die quälende Trauer um seinen Vater und die Sehnsucht nach Catherines tröstender Stimme ab. Genüsslich hatte Essex ihm, kurz bevor er von den Schergen des Königs abgeführt worden war, von dem furchtbaren Reitunfall berichtet, der den Earl of Huntingdon das Leben gekostet hatte. Voller Schadenfreude hatte er ihn davon in Kenntnis gesetzt, dass Guillaume sich daraufhin mit Prinz John verbündet und den Anspruch auf den Titel an sich gerissen hatte, noch bevor sein Vater in der kleinen Kapelle in Huntingdon beigesetzt worden war. Die Trauer kehrte zurück, als er versuchte, sich die Züge des alten Mannes in Erinnerung zu rufen. Wie unglaublich gerissen dieser Hinterhalt geplant war!, schoss es ihm durch den Kopf, während er mit einem Schaudern versuchte, das über seine nackten Füße kriechende Ungeziefer zu ignorieren. Seine Schultern, die von den Schlägen noch halb taub waren, begannen langsam gegen die unbequeme Haltung zu protestieren. Wäre es ihm nicht hin und wieder gelungen, das Gewicht seiner Arme mit den Ketten aufzufangen, hätten die Krämpfe sicherlich schon lange vorher eingesetzt. Leise stöhnend verlagerte er das Gewicht auf sein linkes Bein und lehnte den zerschundenen Rücken gegen die schleimigen Steinquader des Gefängnisses, bevor er die Gedanken weiterschweifen ließ. Ein bitteres Lachen wollte sich auf seine Lippen stehlen, als ihm klar wurde, dass Essex sich mit einem Streich sowohl des Vaters der von ihm begehrten Dame als auch deren Liebhabers entledigt hatte. Als sei das noch nicht genug, war es ihm zudem gelungen, mit Cirencester einen unangenehm werdenden Zeugen des Geheimbundes mit Prinz John und dem Erzbischof of Canterbury zu beseitigen. Der Deutsche, dem er neben Harold und Hugh die Schuld für den fehlgeschlagenen Anschlag auf Richards Leben zugeschoben hatte, war lediglich ein bedauernswertes Bauernopfer in dem ausgeklügelten Spiel des Intriganten. Ohne das Verbindungsglied zu al-Adil wäre Essex'

Anklage weitaus weniger glaubhaft gewesen. Und diese Tatsache hatte de Mandeville mit der Sicherheit eines jagenden Falken erkannt und zu seinem Vorteil genutzt. Harold schnaubte. Offensichtlich stimmte das alte Sprichwort, das sein Vater ihm immer vorgesagt hatte, nicht: Unrecht Gut gedieh scheinbar wundervoll!

Akkon, 14. Juli 1191

»Bitte, Sire!« Das Gesicht des vor ihm knienden Mädchens war vom Weinen rot und verquollen. Trotz des Ärgers über die unerwünschte Störung stieg ein Hauch von Mitleid in dem sonst so harten Löwenherz auf, als sie die Augen flehend zu ihm aufhob. Die gefangenen Hochverräter waren abgeführt worden, doch bevor sich der Rat hatte auflösen können, war die Königin mit ihrer Hofdame in das Gemach geplatzt und hatte ihren Gemahl um eine Audienz gebeten. Erschöpft und noch geschwächt von den Überresten des Gifts in seinem Körper, hatte der englische König mehr aus Neugier denn aus Gnade zugestimmt, die Tochter des ermordeten Earls of Derby anzuhören. »Er vergöttert Euch«, schluchzte Catherine und rang verzweifelt die Hände. »Er hätte sich niemals zu so etwas hergegeben.« Ihr Blick fiel auf den Earl of Essex, der sie mit lüsterner Zufriedenheit anstarrte. Um den grausamen Mund spielte ein Lächeln, während seine Aufmerksamkeit der Knienden die Gewänder vom Leib zu brennen schien. Als die junge Frau des breitschultrigen Ritters gewahr wurde, schluckte sie trocken und nahm allen Mut zusammen. »Dieser Mann dort hat meinem Vater mehr als einmal gedroht«, stieß sie anklagend hervor und wies mit zitternder Hand auf den erbleichenden Essex. »Ihr solltet Eure Zunge im Zaum halten«, warnte dieser, kaum waren die Worte in dem inzwischen totenstillen Gemach verhallt, und machte drohend einen Schritt auf das Mädchen zu. Aber Berengaria von Navarra stellte sich schützend vor sie und funkelte ihn wütend an. »Sie hat mir alles über Euch erzählt«, zischte sie. »Und selbst wenn Ihr bis zum Jüngsten Tag wartet, werdet Ihr sie niemals zur Frau haben!«

»Einen Augenblick«, donnerte Richard, der sich auf seinem Thron vorgebeugt hatte, und blickte mit ärgerlich gerunzelten Brauen in die Runde. »Habe ich da nicht vielleicht auch noch ein Wörtchen mitzureden?«, fragte er sarkastisch, während seine Augen kalt über das Tableau vor ihm strichen. Die steile Falte zwischen seinen Brauen wirkte wie aus Stein gemeißelt, und wer den aufbrausenden König kannte, konnte in der Spannung seines mächtigen Körpers die Anzeichen des sich unaufhaltsam zusammenbrauenden Jähzorns lesen. »Verzeiht, Sire«, ließ sich jetzt auch der Earl of Gloucester – Cirencesters Dienstherr – vernehmen. »Mir will es auch ein wenig seltsam vorkommen, dass Henry sich auf eine solch hinterhältige Sache eingelassen haben soll.« Sein Blick wanderte zu Essex und weiter zu dem von diesem halb verdeckten Littlebourne, dessen Gesicht ein grimmiger Ausdruck zierte. »Auch habe ich mit angesehen, wie dieser Ritter dem Bogenschützen Huntingdons beim Würfeln das letzte Hemd abgenommen hat.« Als die Köpfe der Umstehenden in seine Richtung zuckten, schoss dem vierschrötigen Littlebourne das Blut in die fleischigen Wangen. »Unsinn«, brauste Essex auf, um den Beschuldigten zu schützen. Was zum Teufel geschah hier?, fragte er sich zornig. Warum ließen diese Narren die Angelegenheit nicht auf sich beruhen?! »Es erscheint mir unwahrscheinlich, dass der Deutsche den Anschlag geplant haben soll«, warf einer der Ritter des verstorbenen Derby ein, dessen linkes Auge von einer blutigen Bandage verdeckt wurde. »Ich habe selbst gesehen, wie er Dutzende von Sarazenen erschlagen hat!« Die noch vor wenigen Minuten vorherrschende Selbstgerechtigkeit wich mit zunehmender Geschwindigkeit dem Zweifel und einem nicht mehr von der Hand zu weisenden Misstrauen dem Hauptankläger Essex gegenüber.

»Auch ich kann nicht schweigend dabei stehen, wie Unschuldige gerichtet werden«, sagte der Earl of Salisbury schließlich seufzend und trat vor seinen König. Nervös nestelten die unter Ringen begrabenen Wurstfinger am Saum seines Gewandes. »Es gibt in Euren Reihen mehr Verräter, als Ihr denkt, Sire«, fuhr er fort, fing jedoch die Blicke der Earls of Essex und Cornwall auf, die mit den Augen schweigend auf die schwer bewaffneten, ebenfalls im Raum anwesenden Männer des Erzbischofs of Canterbury wiesen. Die Drohung ignorierend, fuhr der beleibte Adelige, auf dessen Stirn sich dicke Schweißperlen bildeten, unbeirrt fort: »Es ist wahr, dass ein Komplott gegen Euch am Aufkeimen ist, und dass Euer Bruder in England bereits über eine zahlreiche Anhängerschaft verfügt.« Seine weiche Stimme hing einen Augenblick in der Luft, bevor er weitersprach. »Was als ein rein wirtschaftliches Zweckbündnis begann, hat sich jedoch inzwischen zu einem politischen Streich entwickelt, dem ich nicht mehr schweigend zusehen kann.« Sein fettes Kinn lag zitternd auf dem hochgeschlossenen Kragen seines Surkots. Als er die Hand hob, um auf den Earl of Essex zu weisen, lief ein erzürntes Raunen durch die Reihen. »Und dieser Mann ist der Drahtzieher des Ganzen!«

Kaum hatten die Worte seinen Mund verlassen, als sowohl Cornwall als auch Essex, Devon und die Ritter des Erzbischofs beinahe zeitgleich die Waffen bleckten und drohend auf die um Richard Löwenherz Versammelten zuschritten. »Ihr wagt es?!«, bellte der König, kam mit erstaunlicher Behändigkeit auf die langen Beine und zog das stets gegürtete Schwert, um es dem ersten Verschwörer auf die Brust zu setzen. »Ihr habt die Wahl«, knurrte er. »Entweder ergebt Ihr Euch und ich erweise Euch die Gnade des Henkersbeils.« Die übrigen Mitglieder des Kriegsrates schlossen blitzschnell einen Kreis um das Dutzend Männer, während Richard wie ein Racheengel über den Verrätern aufragte. »Oder Ihr findet unter der Folter einen langsamen und qualvollen Tod!« Einige nervenaufreibende Herzschläge lang hätte man eine Nadel fallen hören können. Doch als die Ritter die Aussichtslosigkeit der Lage erfassten, warfen sie polternd die Waffen auf die Steinfliesen und sanken vor ihrem Lehnsherrn auf die Knie. Einzig der Earl of Essex nutzte die Ablenkung, um sich mit katzengleicher Geschmeidigkeit auf die entsetzt an einen der Wandbehänge zurückgewichene Catherine zu stürzen, sie grob am Arm zu packen und wie einen Schild vor sich zu halten. »Aus dem Weg!«, fauchte er die Männer des Königs an. »Oder sie stirbt.«

Vor den Toren Akkons, 15. Juli 1191

Was mag ihm nur zugestoßen sein«, wiederholte Rahel zum wohl hundertsten Mal, während ihre Augen hoffnungsvoll an den mächtigen Ringmauern der eroberten Stadt hingen, über denen nach einer endlos scheinenden, durchwachten Nacht die ersten Anzeichen der Dämmerung zu erkennen waren. Schlanken Fingern gleich griff das Grau des Morgens nach dem undurchdringlichen Tintenschwarz und ließ die am Firmament funkelnden Sterne verblassen. Auf Anweisung Curds war sie im Lager der Templer zurückgeblieben. Aber als der Abend kam und die Nacht immer weiter fortschritt, ohne ein Zeichen von ihm zu bringen, hatte sie all ihren Mut zusammengenommen, den bewachten Platz des Ordens verlassen und sich zu den Unterkünften der deutschen Ritter begeben, die Curd und Fulko im Verlauf der Belagerung zu Freunden geworden waren. Noch immer saß der Schock über den Tod ihres Onkels tief, und als sich das Mädchen ausmalte, was ihrem Gemahl alles widerfahren sein konnte, griff kalte Furcht nach ihrem Herzen. »Macht Euch keine Sorgen«, versuchte Ansbert sie zu beruhigen, warf Arnfried von Hilgartsberg jedoch hinter ihrem Rücken einen fragenden Blick zu, woraufhin dieser zu ihr trat und ihr leicht die Hand auf die Schulter legte. »Die Zählung der Gefangenen hat vermutlich länger gedauert als erwartet.« Der Ritter hörte selbst, wie lahm diese Erklärung klang – war er selbst doch bereits am frühen Abend in das Heerlager zurückgekehrt.

»Ich spüre, dass er in Gefahr schwebt«, flüsterte Rahel, während ihre Augen sich erneut mit Tränen füllten. Seit mehreren Stunden hatte sie das Gefühl, dass es ihrem Gemahl alles andere als gut ging. Doch da sie außer ihren dunklen Vorahnungen nichts vorzuweisen hatte, wagte sie nicht, die Männer um Hilfe zu bitten. »Hier«, ließ sich Ansbert, der sich im Hintergrund des nur schwach erleuchteten Zeltes zu schaffen gemacht hatte, schließlich vernehmen, kämpfte sich vor der Truhe, über der er gekniet hatte, auf die Beine und reichte ihr ein dickes Bündel sauber geschnittener Pergamentblätter. »Ihr sagtet doch, Ihr könntet lesen.« Ohne den missfälligen Blick des Hilgartsbergers zu bemerken, nickte das Mädchen, trat schüchtern auf Ansbert zu und nahm die Handschrift trotz aller Sorgen mit Neugierde entgegen. »Lest das«, forderte der blonde Mönch sie lächelnd auf. »Es wird Eure Sorgen wenigstens für eine Weile zerstreuen.« Einen kurzen Augenblick wirkte es, als wolle Arnfried ihr das Werk wieder aus der Hand nehmen. Aber dann zuckte er ergeben die Achseln und ließ sich auf einen Schemel sinken. »Ihr habt doch immer gesagt, dass Ihr mehr als eine Meinung wollt«, verteidigte sich der junge Chronist, nachdem Rahel das Zelt verlassen hatte. »Und was könnte ehrlicher sein als die Meinung einer Frau«, setzte er scherzend hinzu. Bevor Arnfried dazu ansetzten konnte, ihm Vorhaltungen zu machen, schreckte die Männer ein Fanfarensignal vom nahegelegenen Ufer auf und ließ sie in den bereits unangenehm schwülen Morgen treten. Nur wenige Steinwürfe von dem sich immer weiter ausbreitenden Lazarettviertel entfernt sahen sie eine Ansammlung von Reitern und Fußsoldaten, die sich im Hafen vor der Stadt ein wenig freundschaftliches Wortgefecht zu liefern schienen. Angezogen von dem Spektakel warfen die beiden Deutschen sich ihre Umhänge um die Schultern und schlenderten auf den steinigen Strand zu.

Eine Meile entfernt verfolgte auch Salah ad-Din von einer Erhebung östlich der Stadt aus neugierig die Szene, die sich im Hafen Akkons abspielte. Dank seiner überaus scharfen Augen war es ihm ein Leichtes, die Farben derjenigen zu erkennen, die an Bord der bauchigen Transportschiffe gingen. Und auch der kurze, aber heftige Austausch zwischen Richard Löwenherz, der auf dem Rücken eines feurigen Hengstes eine imposante Figur machte, und Leopold von Österreich entging dem Sultan nicht. Offensichtlich über alle Maßen erzürnt schleuderte der Herzog dem Engländer Dinge an den Kopf, die diesen scheinbar kalt ließen, da er – nachdem Leopold seine Tirade beendet hatte – den Kopf in den Nacken warf und schallend lachte. Dank der Berichte seiner Spione konnte Salah ad-Din sich denken, worum es in dem Streit ging. Den Berichten zufolge hatte Löwenherz dem Österreicher den ihm zustehenden Anteil an der Beute verweigert und ihn vor den Augen aller gedemütigt, indem er sein Banner durch den Schmutz hatte ziehen lassen. Was diesen wiederum dazu veranlasst hatte, Richard mit wüsten Verwünschungen zu bedenken und ihm damit zu drohen, dass er sich sofort nach seiner Rückkehr in die Heimat bei dem frisch gekrönten Kaiser Heinrich VI. über den Wortbruch beschweren würde. Als ob man einen Mann wie Löwenherz mit so etwas beeindrucken konnte!, dachte Salah ad-Din anerkennend. Denn wenngleich der Engländer sein Feind war, brachte er dessen Heldenmut und Tollkühnheit dennoch den größten Respekt entgegen. Er seufzte, gab seinem Pferd die Sporen und galoppierte den sanften Abhang hinunter, um im Schatten der Dattelpalmen auf die Ankunft der ersten Gefangenen und seiner Männer aus Jerusalem zu warten.

Ein Kerker in Akkon, 15. Juli 1191

Ein ohrenbetäubender Schrei riss Harold aus der Lethargie, in die er seit der Gefangennahme versunken war. Müde hob er den Kopf, um sich in der düsteren Zelle umzublicken. Doch in den vergangenen Stunden – oder waren es Minuten – hatte sich nichts geändert. Stöhnend presste er nach einigen Atemzügen die brennenden Lider aufeinander, um sie kurz darauf wieder zu öffnen und in die von einem schmalen, durch das vergitterte Fenster hereinfallenden Lichtstreifen erhellte Dunkelheit zu starren. Der stark blutende Tempelritter hing immer noch besinnungslos zusammengesunken in den Ketten, die ihm die Hände über dem Kopf festhielten, sodass es wirkte, als seien seine Schultergelenke aus den Pfannen gesprungen. Der ebenfalls halb ohnmächtige Cirencester, von dessen Kinn blutiger Speichel in das verfaulte Bodenstroh troff, gab zwar hie und da ein gequältes Stöhnen von sich, doch ansonsten herrschte Ruhe in der winzigen Zelle, da auch Hugh ohne Besinnung schien. Einzig das helle Geräusch der Wassertropfen, die sich in regelmäßigen Abständen von der moosbewachsenen Decke lösten, unterbrach – abgesehen von den Schreien der Gefolterten – die Grabesstille in dem gruftartigen Gefängnis. Wann würden die Henker kommen, um sie abzuholen und zum Schafott zu führen?, fragte sich der Knabe und bemühte sich, die erschreckend lebensechten Bilder zu verdrängen, die bei dem Gedanken an ihre Hinrichtung durch seinen Kopf jagten. Und wie würde es sein, vor den Augen aller, das Leben auszuhauchen?

Allein der Gedanke an das, was für gewöhnlich mit Hochverrätern geschah, raubte ihm den Atem, der ohnehin nur rasselnd den Weg in seine schmerzenden Lungen fand. Die Bestrafungen variierten von Vierteilen über Ausweiden und Schleifen bis hin zu Köpfen, Hängen oder Verbrennen. Wie gnädig erschien da die Vorstellung eines schnellen Todes durch die Klinge des Henkers! Ein weiterer markerschütternder Schrei ließ ihn unwillkürlich zusammenzucken. Und als sich kurz darauf noch andere qualverzerrte Stimmen zu der ersten gesellten, kroch ein Prickeln über Harolds Kopfhaut, sodass es sich anfühlte, als wolle sie schrumpfen. Nach einer zeitlosen Ewigkeit, in der die heiseren Schreie der Geschundenen zu leisem Wimmern verblasst waren, verstummten die grauenvollen Laute plötzlich abrupt, als weit entfernt eine schwere Tür ins Schloss geworfen wurde. Ketten klirrten und Körper schlugen dumpf auf Stroh auf, als die Unglücklichen, die das Schicksal der Männer in Harolds Zelle zu teilen schienen, in die ihnen zugedachten Gefängnisse gestoßen wurden. Das meckernde Lachen eines der Folterer jagte dem Knaben einen kalten Schauer über den Rücken. Und als sich die stapfenden Schritte schließlich ihrer eigenen Zelle näherten, hatte der Junge Mühe, die Kontrolle über seine Blase nicht zu verlieren.

Mit einem dröhnenden Krachen flog die eisenbeschlagene Tür auf und mehrere Männer schleuderten einen schlaffen Körper auf den Boden zwischen den Angeketteten, wo dieser regungslos liegen blieb. Da in dem aus dem Korridor hereinfallenden Zwielicht zuerst nicht viel zu erkennen war, hätte Harold beinahe der Schlag getroffen, als der flackernde Schein auf die scharfen Züge des Earls of Essex fiel. In der linken Schulter seines ehemaligen Herrn steckte ein abgebrochener Armbrustbolzen, und sein nackter Körper war über und über mit Striemen, Schnitten und Brandmalen bedeckt.

Keuchend versuchte Harold, vor dem englischen Soldaten zurückzuweichen, der energisch auf ihn zutrat und die Hand hob. Aber die Fesseln um seine Gelenke hielten ihn unerbittlich zurück. »Halt still«, erboste sich der Scherge, griff grob nach Harolds Handgelenk und führte einen Schlüssel in das rostige Schloss der Ketten. Als der Zug nachließ, sank der Knabe ermattet zu Boden und blieb einige Momente auf dem alten Stroh liegen, während auch Cirencester und der Deutsche schlaff in sich zusammensackten. »Ihr seid frei«, brummte ein weiterer Mann, der dem Soldaten mit angewidertem Blick in die Zelle gefolgt war. »Alle, außer ihm.« Mit der bewehrten Hand wies er auf den stöhnend erwachenden Hugh, der erfolglos versuchte, den beinahe zu doppelter Größe angeschwollenen Kopf zu heben. »Hätten wir sie nicht schon längst freilassen sollen?«, flüsterte einer seiner Begleiter, aber dieser fauchte mit einem Blick auf Essex: »Es gab Wichtigeres! Aber jetzt, wo er gestanden hat ...«

Ohne zu begreifen, wie ihm geschah, nahm Harold dankbar die hölzerne Kelle, die einer der Wächter ihm reichte, zwischen die Lippen und trank gierig von dem wunderbar kühlen, frischen Wasser, das innerhalb weniger Augenblicke seine Wirkung tat. Nachdem auch Cirencester und der Deutsche sich gestärkt hatten, kehrten ihre Kräfte so weit zurück, dass sie sich – von den Soldaten des Königs gestützt – die ausgetretenen Stufen in den schwer bewachten Hof der Zitadelle hinaufschleppen konnten, in dem zu dieser Tageszeit bereits reges Treiben herrschte. Da die Sonne schon seit einigen Stunden am Himmel stand, war die Hitze niederdrückend, und auch die gleißende Helligkeit, die von Rüstungen und Waffen zurückgeworfen wurde, schlug den Befreiten wie eine Faust ins Gesicht. »Richard Löwenherz verlangt, Euch zu sehen«, informierte sie der Anführer des Trupps und gab seinen Männern ein Zeichen, die zerschundenen Gefangenen durch das Haupttor in die engen Gassen der Stadt zu führen. Unendlich lang schien der Weg zwischen den Häuserzeilen hindurch, bis die Abordnung schließlich den Palast erreichte, in dem der englische König Unterkunft genommen hatte. »Hier entlang«, forderte einer der dort wartenden Ritter die zerlumpten Neuankömmlinge auf und geleitete sie ins Innere der kühlen Säulenhalle.

Einige Zeit später schlang Catherine, die in der Eingangshalle des Palastes auf das Erscheinen ihres Geliebten gewartet hatte, mit einem Schrei die Arme um seinen Hals. »Oh, Harold!« Während ein wahrer Sturzbach über ihr bleiches, übernächtigtes Gesicht strömte, presste sie den schmutzigen, stinkenden Harold an sich und klammerte sich an ihn. Über ihren schlanken Hals lief eine dünne, schon leicht verschorfte Schnittwunde, die der Dolch des Earls of Essex dort hinterlassen hatte, bevor ihm der Pfeil eines der königlichen Armbrustschützen die Schulter durchbohrt hatte. »Oh, mein Gott, Harold!« Ihr ganzer Körper bebte, als sie erneut von einem erleichterten Schluchzen geschüttelt wurde. Und trotz all der Schmerzen und des unstillbaren Bedürfnisses, vierundzwanzig Stunden zu schlafen, drückte Harold ihren Kopf an seine Brust und strich ihr tröstend über die zerzausten Locken. »Es ist alles gut«, flüsterte er nahe an ihrem Ohr. »Er wird seine gerechte Strafe erhalten.« Ein kleiner Schluckauf sorgte dafür, dass Catherine ihn auf Armlänge freigab und besorgt musterte. »Du brauchst dringend ein Bad«, stellte sie schniefend fest, wischte sich mit dem Handrücken die roten Augen und ließ den Blick seinen geschundenen, nur von einer zerfetzten Cotte bedeckten Körper hinabwandern. »Ich werde den Arzt rufen lassen, damit er deine Wunden reinigt.« Ihre Stimme bebte immer noch leicht.

Mit einem ungeduldigen Schnauben winkte Harold ab. »Ach was, es ist nur halb so schlimm.« Und tatsächlich schienen die Verletzungen, die er bei dem wenig sanften Verhör davongetragen hatte, im hellen Licht der Nachmittagssonne weitaus weniger schmerzhaft als unter Tage in dem düsteren Kellergewölbe, in dem alle Sinne geschärft waren für die Qualen, die noch kommen würden. Wie glücklich konnte er sich schätzen, dass ihn nicht das gleiche Schicksal ereilt hatte wie den Tempelritter, der kurz nach der Ankunft im Palast des englischen Königs fiebernd zusammengebrochen war! Mit einem energischen Kopfschütteln wischte er die Erinnerung an die bereits langsam verblassenden Stunden der Furcht und des Bangens fort und drückte Catherine einen Kuss auf die erhitzte Stirn. »Es sind nur ein paar Abschürfungen und Prellungen«, spielte er die tatsächlich erstaunlich schnell abklingenden Schmerzen herunter. »Der Gewürzwein hat Wunder gewirkt«, flachste er, als sich Zweifel und Unglaube in ihre geweiteten Augen schlichen. Das war nicht einmal gelogen. Ein weiterer Faktor, der dazu beigetragen hatte, dass er sich schneller als erwartet erholte, war, dass der König Cirencester und ihn als Zeichen seiner Reue zu einem Bankett am folgenden Abend geladen hatte, bei dem die erfolgreiche Aufdeckung der Verschwörung gefeiert werden sollte. Zusammen mit der Einladung hatte Löwenherz Henry of Cirencester einen Stapel prächtiger Gewänder und eine Truhe voller Goldstücke übergeben, die Harolds zunehmende Sorge um seine immer fadenscheiniger werdende Garderobe mit einem Schlag zerstreut hatten. »Ich habe einen Bärenhunger«, stellte er nach einem Kuss auf Catherines Lippen schließlich fest und drückte sie erneut an sich, was ihr ein schiefes Lächeln entlockte. »Dann komm mit«, forderte sie ihn auf und zog ihn in Richtung des Stadthauses davon, in dem die Damen untergekommen waren. »Ich werde dich nicht mehr aus den Augen lassen!«

Akkon, 19. August 1191

Der Tag hätte so schön sein können, dachte Löwenherz verdrossen, als er den entnervten Blick zurück zu dem unerfreulichen Schauspiel vor den Säulen des Palasteingangs wandern ließ, wo Philipp von Frankreich eine lächerliche Szene aufführte. »Nehmt doch Euer verfluchtes Jerusalem alleine ein!« Die helle Stimme des kleinen, von der Ruhr geschwächten französischen Königs überschlug sich vor Ärger, und das fliehende Kinn mit dem albernen Bärtchen wippte bei jedem Wort auf und ab. Seitdem sein Verbündeter, Leopold von Österreich, Akkon vor etwas mehr als einem Monat verlassen hatte, war er den aus seiner Sicht unglaublichen Unverschämtheiten des englischen Königs ohne Unterstützung ausgeliefert. Zuerst hatte er ihn um die Beute aus Zypern betrogen und nun entmachtete er auch noch den von Philipp unterstützten Konrad von Montferrat. Ohne das Einverständnis des französischen Königs einzuholen, hatte Löwenherz kurzerhand festgelegt, dass Guy de Lusignan bis zu seinem Ableben König von Jerusalem sein, und dass die Krone erst nach seinem Tod auf Konrad übergehen sollte. Mit diesem Affront hatte er das Fass zum Überlaufen gebracht. Was zu viel war, war zu viel! Mit wehendem Umhang stürmte der schäumende Philipp die Stufen des Palastes hinab und eilte auf sein Reittier zu, das ein Page am kurzen Zügel hielt.

»Warum nehmt Ihr nicht Vernunft an?«, dröhnte Richard, der dem von seinem Standpunkt aus allzu streitlustigen Philipp mit ausgreifenden Schritten folgte. »Ihr könnt doch nicht so kurz vor dem Ziel wegen einer solchen Kleinigkeit den Schwanz einziehen!« Nicht falscher hätten die Worte gewählt sein können, da der Franzose, der den Absatz der Freitreppe inzwischen erreicht hatte, wütend herumwirbelte und Löwenherz anfauchte. »Damit kennt Ihr Euch wohl besser aus als ich«, zischte er und setzte den Fuß in den Steigbügel. »Ich weiß überhaupt nicht, was Ihr wollt«, setzte er wütend hinzu. »Ich lasse Euch schließlich meine Männer da!« Nur mühsam verkniff Richard sich ein Lachen. Das armselige Häufchen abgehalfterter Streiter, das der junge König von Frankreich in dem Lager zurückgelassen hatte, spottete jeder Beschreibung. »Und außerdem«, fuhr Philipp mit einer nicht zu überhörenden Drohung fort, »scheint mir dieser Krieg nicht profitabel genug zu sein.« Er machte eine kleine Pause. »Wie viel sinnvoller wäre es da, sich um die Angelegenheiten im eigenen Land zu kümmern!«

Na prächtig!, stöhnte Löwenherz innerlich. Zwar hatte der französische König den Tod Philipps von Elsass – eines seiner wichtigsten Vasallen – als Grund für die überhastete Abreise vorgeschoben. Doch keine Sekunde ließ Richard sich davon blenden, dass die angeblich ungeklärte Erbfolge des Grafen von Flandern und Vermandois die Anwesenheit des Königs erforderte. Viel mehr – so vermutete er – war Philipp von Frankreich darauf aus, den mit dem englischen Herrscher geschlossenen Vertrag zu brechen und sich die strittigen Gebiete in Frankreich ohne großen Widerstand anzueignen. Und vermutlich würde er in Richards treulosem Bruder, John Lackland, einen willigen Verbündeten finden. »Dann geht doch«, schickte er der sich entfernenden Hinterhand des Schlachtrosses nach, auf dem der Franzose übermäßig schmalbrüstig wirkte. Dann würde er den Ruhm nicht teilen müssen, wenn er die Heilige Stadt endlich wieder aus den Händen der Ungläubigen befreite!, dachte er grollend. Salah ad-Din würde am nächsten Tag ohnehin eine unangenehme Überraschung erleben! Nachdem Essex und Littlebourne unter der Folter gestanden hatten, mit den vom Sultan ausgesandten Assassinen gemeinsame Sache gemacht zu haben, hatte Richard kurzerhand das Ultimatum zur Zahlung des Lösegeldes verkürzt, das mit Untergang der Sonne ablief.

Auch dieser Feind würde lernen müssen, dass man einem Plantagenet keine Fallen stellte!

Verwundert blickte Rahel dem im Wind schlagenden Banner Philipps nach, der mit seiner Delegation davonpreschte. Das Donnern der Hufe hatte sie aus dem Zelt gelockt, das sie nun wieder betrat, um sich neben Curd von Stauffen auf dem Diwan niederzulassen. »Ich hatte solche Angst, dich zu verlieren«, flüsterte sie, als sie sich vorsichtig an die von langen Narben entstellte Brust ihres Gemahls schmiegte. Beinahe drei Wochen hatte sie um das Leben des fiebernden Curd gefürchtet, dessen tiefe Schnittwunden sich entzündet und mit dickem Eiter gefüllt hatten. Kaum eine Nacht war vergangen, in der sie mehr als vier Stunden geschlafen hatte. Wären Ansbert und Arnfried nicht gewesen, die das Mädchen immer wieder abgelöst hatten, dann wäre es vor Erschöpfung zusammengebrochen. Als Zeichen seines guten Willens hatte Richard Löwenherz seinen Leibarzt in das Lager gesandt, der mit den schwer duftenden Salben und Tränken einen nicht unerheblichen Teil zur Genesung des Templers beigetragen hatte. Auch hatte der englische König Curd das Medaillon, das man ihm am Abend seiner Gefangennahme abgenommen hatte, zurücksenden und ihn wissen lassen, dass er keinen Augenblick an seiner Loyalität zweifeln würde. »Lächerlich!«, hatte Arnfried sich erbost und den Engländer mit einigen unschönen Ausdrücken bedacht. »Wenn er so mit Leuten umgeht, denen er nicht misstraut …« Er hatte den Satz unbeendet gelassen, da in diesem Moment der Arzt das Zelt betreten hatte, um nach dem Patienten zu sehen.

»Wann wird dieser furchtbare Krieg nur zu Ende sein?«, fragte Rahel und hob den Kopf, um Curd in die dunklen Augen zu sehen, die liebevoll auf ihrem Gesicht ruhten. Am folgenden Morgen würde Richard Löwenherz den überall kursierenden Gerüchten zufolge ein Exempel statuieren, das Salah ad-Din als Warnung dienen sollte. »Vielleicht kommt es ja bald zu einem Waffenstillstand«, spekulierte Curd und setzte sich langsam auf, um seinen brennenden Durst mit dem erstaunlich frischen Wasser aus dem Brunnen im Templerlager zu stillen. Seit die meisten Kreuzfahrer entweder abgereist oder in die Stadt umgesiedelt waren, hatte die Lebensqualität vor den mächtigen Toren erheblich zugenommen. »Dann können wir uns von Nathan verabschieden und uns auf den Weg nach Deutschland machen.« Bei dem Gedanken an die Besitzungen am Rhein, die nach Fulkos Tod in ihre Hände übergegangen waren, legte sich ein Schatten der Trauer auf Rahels Züge. Wie sehr sie sich gewünscht hätte, den Onkel besser kennenlernen zu dürfen und von ihm mehr über ihren leiblichen Vater zu erfahren. Andererseits hatte sich mit den neu entdeckten Verwandtschaftsverhältnissen eine Perspektive für das junge Paar eröffnet, auf die es noch vor wenigen Monaten nicht zu hoffen gewagt hätte. Einige Minuten lauschte sie schweigend dem ruhigen Atem ihres Gemahls, bevor sie mit der Neuigkeit herausplatzte, die sie seit beinahe einem Monat mit sich herumtrug: »Ich trage ein Kind in mir«, flüsterte sie und blickte Curd mit einer Mischung aus Bangigkeit und Freude in die Augen.

Akkon, 19. August 1191

Hungrig fuhren die Pranken des englischen Königs die Schenkel des Mädchens entlang, das seinem Befehl willig gefolgt war und sich ihm mit hoffnungsvoller Unschuld hingab. Als er am frühen Abend die Anordnung gegeben hatte, die moslemischen Geiseln von dem Verschlag am Fuße der Zitadelle zu dem auf dem Marktplatz errichteten Schafott zu führen, war ihm die junge Frau aufgefallen. Nach einem kurzen Disput mit seinem Gewissen hatte er sich blitzschnell dazu entschlossen, ihr das Leben zu schenken und sie dazu zu benützen, seine Sinne für die bevorstehende Machtdemonstration zu schärfen. Zwar hatte sie zuerst unter Tränen darum gefleht, dass man auch ihren kleinen Bruder, einen abgemagerten, kaum zehnjährigen Knaben begnadigte. Doch nachdem Richard entschieden den Kopf geschüttelt hatte, hatte sie sich in ihr Schicksal gefügt und war den Wachen, die sie in den Palast geführt hatten, ohne Widerstand gefolgt. »Was für eine Verschwendung es gewesen wäre …« Er brach den Satz ab – wohl wissend, dass sie ohnehin nur Bruchstücke dessen verstand, was er ihr ins Ohr raunte – und schob das dünne Leinengewand weiter empor, bis es ihre Brüste freigab. Während das Mädchen seinen Bewegungen mit weit aufgerissenen Augen folgte, ließ er sein bärtiges Kinn ihren Bauch empor kratzen, bis seine Lippen ihr Ziel gefunden hatten. Überrascht aufkeuchend bog seine Gespielin den Kopf in den Nacken und gab sich den liebeskundigen Händen hin, die in einer fließenden Bewegung das raue Untergewand in eine Ecke schleuderten, und sich mit erregender Kraft um ihre Taille schlangen, um sie auf die breite Bettstatt zu befördern. Die schwarzen Brauen wanderten überrascht in die Höhe, als er sie mit einem Ruck umdrehte, um ihre perfekt gerundeten Hinterbacken zu liebkosen. »Knie dich hin«, befahl er schließlich heiser, und da sie nicht gleich gehorchte, griff er hart unter ihr Becken, zog sie hoch und brachte sie mit einem energischen Griff in Stellung, bevor er genüsslich in sie eindrang.

Den spitzen Schrei ignorierend, der ihr dabei entfloh, stieß er hart in sie. Wohingegen sie seine Liebkosungen bis zu diesem Augenblick offenbar als angenehm empfunden hatte, sorgte die rohe Gewalt, die plötzlich Besitz von Richard ergriff, dafür, dass sie sich unter ihm versteifte. Während sich das Gefühl der Macht und der Lust zu einem heißen Klumpen in seinen Lenden verdichtete, malte er sich aus, was für eine Wirkung das am nächsten Tag bevorstehende Schauspiel auf Salah ad-Din und die Welt der Ungläubigen haben würde. Obgleich das Mädchen unter ihm in leises Weinen ausbrach, wurden seine Bewegungen immer schneller und immer härter, bis er schließlich ausgepumpt und schwitzend auf ihr zusammenbrach. Unter seinem Gewicht schwankend, ließ sie sich in die Kissen fallen und blieb dort regungslos liegen, während Richard sich zufrieden lächelnd erhob, einen fein gewobenen Nachtmantel um die Schultern warf und nach der Kerze griff, die neben der Bettstatt auf einem Tischchen stand. »Geoffroy!«, brüllte er, schützte die zuckende Flamme mit der hohlen Hand und trat in die Mitte des Raumes. »Sire.« Schüchtern senkte der Knappe des Königs den Blick, nachdem er durch eine kleine Tür in der östlichen Wand des Gemaches in die Schlafkammer Richards getreten war. »Sorge dafür, dass sie unbehelligt bleibt«, befahl Löwenherz und gab seiner Bettgefährtin mit einem Zeichen zu verstehen, dass sie sich das Gewand überwerfen und Geoffroy folgen solle. »Ja, Mylord«, versprach dieser, verneigte sich respektvoll und wies dem Mädchen mit einem verhohlenen Schmunzeln den Weg in den Südflügel des Palastes, in dem die Damen seit ihrem Umzug vor einigen Wochen nächtigten. Was wohl die Königin von diesem erneuten Affront halten würde?

Ohne sich auch nur im Entferntesten um die Gedanken des Jungen oder irgendeiner anderen Person zu scheren, griff Richard nach dem auf der Fensterbank stehenden Krug mit dem einheimischen Dattelwein und schenkte sich einen der goldenen Pokale bis unter den edelsteinbesetzten Rand voll. Dann ließ er die Augen über die unter ihm auf dem Marktplatz zusammengezimmerte Richtstätte wandern. Nicht mehr lange, und er würde auch Jerusalem von den Ungläubigen säubern!, dachte er triumphierend, während er das warme Metall an die Lippen setzte und schluckweise das würzige Getränk nippte, das mit einem leichten Brennen seine Kehle hinabrann. Nachdem er den Inhalt des Kelches geleert hatte, legte sich unter Einfluss des Alkohols die Anspannung in seinen Gliedern, und zurück blieb einzig die befriedigende Wärme, die sich allmählich von seinem Unterleib über den gesamten Körper ausbreitete. Leise seufzend zog er sich die dünne Chainse über den Kopf, warf sich eine Handvoll lauwarmes Wasser ins Gesicht und ließ sich in die Kissen sinken, die noch den zarten Duft des Mädchens ausströmten. Müde schloss er die schweren Lider, und während er sich das Schauspiel des folgenden Tages ausmalte, driftete er langsam in einen tiefen, traumlosen Schlaf ab.

Mit einem blendenden Gleißen warfen die schneeweißen Türme der Stadt die Sonne zurück. Hätten den Zuschauern nicht die Schatten der Gebäude rings um den Marktplatz Schutz geboten, hätten sie die Augen beschirmen müssen, um dem auf einer erhöht errichteten Holzbühne stattfindenden, blutigen Spektakel folgen zu können. Gegenüber der hochbeinigen Plattform war eine Tribüne errichtet worden, von der aus der König und die höchsten Adeligen den Hinrichtungen auf Augenhöhe folgen konnten. Harold hatte – ebenso wie Cirencester und viele der anderen Ritter und Knappen – einen Platz am südlichen Ende des Marktplatzes gefunden, von wo aus er direkten Blick sowohl auf den prachtvoll gewandeten Richard Löwenherz als auch auf die nur wenige Schritte von ihm entfernt auf ihr Ende wartenden, gefesselten Gefangenen hatte. Dem allgemeinen Getuschel zufolge hatte der englische König den von Essex im Auftrag Salah ad-Dins ausgeführten Mordanschlag als Vorwand gewählt, um seine Position zu stärken. Da der moslemische Herrscher das verkürzte Ultimatum zur Herbeischaffung der christlichen Gefangenen und der immensen Lösegeldsumme nicht hatte einhalten können, hatte Löwenherz kurzerhand beschlossen, die Geiseln hinrichten zu lassen.

Harold verfolgte mit Grauen, wie etwa einhundert der insgesamt beinahe dreitausend in weiße Büßergewänder gekleideten Gefangenen von ihren Landsleuten getrennt und mit blanken Schwertern die wackelige Leiter zum Schafott hinaufgetrieben wurden. Dort lagen die Earls of Essex, Devon und Cornwall sowie John of Littlebourne und etwa ein Dutzend Ritter in den Farben des Erzbischofs of Canterbury bereits an der vordersten Kante auf den Knien. Im Gegensatz zu der hellen, aneinandergefesselten Menge aus Männern, Frauen und Kindern wirkten die bunten Gewänder der Schaulustigen unangemessen heiter. Da die verängstigten Todgeweihten versuchten, nach allen Seiten auszubrechen, hatte der sechs Mann starke Ring, der sie umfing, alle Hände voll zu tun, um für Ruhe zu sorgen. Als die Henker die ersten Männer auf die Knie gezwungen und ihnen Augenbinden angelegt hatten, erhob sich Richard Löwenherz und gebot mit einer herrischen Geste Ruhe.

»Gott ist mein Zeuge, dass es niemals so weit hätte kommen müssen«, verkündete er, und seine tiefe Stimme erreichte selbst die an die hinterste Wand gedrängten Männer. »Nichts liegt mir weniger, als Unbewaffnete zu töten.« Auf den Gesichtern derjenigen Gefangenen, die in vorderster Front standen, zeichnete sich leise Hoffnung ab. Diese wurde allerdings sofort zerschlagen, als Löwenherz fortfuhr. »Der Herrscher, dessen Befehl diese Unglückseligen folgen, hat sich jedoch als weniger ehrenhaft erwiesen als zu Beginn angenommen.« Sein Blick wanderte zu Essex und den anderen Verschwörern, deren zerschlagene Leiber immer noch deutliche Spuren der Folter aufwiesen, die ihnen sämtliche Einzelheiten des schändlichen Komplotts entlockt hatte. »Weshalb mir keine andere Wahl bleibt!« Mit einem Wink bedeutete er den Soldaten, ihr blutiges Handwerk zu beginnen. Und kaum, dass der Kopf des ersten Opfers glatt vom Hals abgetrennt war und mit einem dumpfen Laut auf den Holzbohlen aufschlug, ließ sich der englische König zurück auf seinen Thron sinken, um dem Massaker mit einem grimmigen Lächeln auf den Lippen zu folgen. Mann um Mann, Frau um Frau und Kind um Kind sanken enthauptet zu Boden. Als der Berg der Leichen, die sich unter der Bühne türmten, bereits so hoch war, dass die Henker nicht mehr wussten, wohin mit den übrigen Toten, brach einer der Gefangenen trotz der Sicherheitsmaßnahmen aus dem Kreis der Verurteilten aus. Ehe die Soldaten reagieren konnten, warf er sich vor dem Banner, das die hölzerne Wand unter Richards Thron schmückte, auf die Knie, um mit schriller Stimme um Gnade zu flehen.

Er hatte jedoch kaum den Blick zu dem Anführer der Kreuzfahrer gehoben, als ihm einer der Zuschauer mit dem Knauf seiner Waffe einen Schlag auf den Hinterkopf versetzte und nach einem fragenden Blick auf Löwenherz die Klinge in sein Herz trieb. »Heilige Mutter Gottes!«, entfuhr es Harold, der sich halb in Cirencesters Schatten verborgen hatte, um die blutigen Einzelheiten des Gemetzels nicht mit ansehen zu müssen. Das Wehgeschrei war inzwischen ohrenbetäubend, und der Gestank des frischen Blutes stach ihm mit Übelkeit erregender Schwere in die Nase. »Ja«, erwiderte Henry mit nur mühsam unterdrückter Abscheu. »Das ist nicht gerade eine Heldentat.« Erschrocken blickte Harold sich um, ob einer der hinter ihnen Stehenden diese despektierliche Bemerkung vernommen hatte. Doch die meisten der Ritter schienen dem Blutrausch erlegen und nur darauf aus, die ermüdeten Schlächter auf dem Schafott abzulösen. Zu ihrer Rechten fand in diesem Augenblick ein wahres Gerangel um die nächsten einhundert Gefangenen statt, und als die über und über mit Blut besudelten Henker die letzten Leichen hinab auf den Boden stießen, erklomm ihre Ablösung mit gierigem Blick die Leitern, um das Handwerk aufzunehmen.

Wenngleich das Schlachten zu seinen Füßen seinem Ehrempfinden und dem tief verwurzelten Ideal der Ritterlichkeit zuwiderlief, genoss Richard Löwenherz die Rache an Salah ad-Din in vollen Zügen. Nur noch wenige Dutzend Sarazenen warteten bebend darauf, ihr Ende zu finden. Und auf den Gesichtern der gefangenen Verräter, deren Tod den Höhepunkt dieses Tages bilden würde, zeichnete sich endlich das ersehnte Entsetzen ab. Zu Beginn noch scheinbar gleichgültig, waren sowohl der Earl of Essex als auch die Earls of Cornwall und Devon im Verlauf des Massakers zusehends bleicher geworden. Doch als der Kopf des letzten Sarazenen schließlich spritzend in der tiefen Blutlache auftraf, trat panische Furcht in die dunklen Augen der feigen Meuchelmörder. »Nun, Essex«, höhnte Richard. »Seid Ihr bereit, Eurem Schöpfer entgegenzutreten?« Als der Earl daraufhin schwankend auf die Beine gezerrt wurde, erhob sich ein ohrenbetäubender, mit durchdringenden Pfiffen durchsetzter Sprechchor, der einen langsamen, qualvollen Tod für die Hochverräter forderte. »Was meint Ihr, Essex?« Der Ausdruck in Richards Augen jagte Harold einen Schauer über den Rücken. Unter Gejohle und Gebrüll wurden die gefangenen Verräter auf eine Reihe starker Pfähle zugestoßen, die vorher in der Menge der Geiseln untergegangen waren, und mit dicken Stricken daran festgebunden. Auf den Wink des Königs hin trat einer seiner Ritter auf den Earl of Essex zu, trieb ihm ohne viel Federlesens die Klinge in den Unterleib und schlitzte ihn von Beckenknochen zu Beckenknochen auf. Während das tierische Gebrüll des Gefolterten die Zuschauer aufheizte, setzte der Mann den scharfen Dolch erneut an und führte ihn vom Bauchnabel bis zum Brustbein.

Als die Bauchdecke des Earls aufklaffte, quollen seine Eingeweide hervor und sackten wie ein Gewirr aus nassen Tauen zu Boden. Kaum hatte er die Klinge herausgezogen, trat der Mann auf den zweiten Gefangenen zu und wiederholte das

Vorgehen, sodass das Geschrei und Gewimmer der Gefolterten schließlich selbst die Rufe der Zuschauer übertönte. Als er sich Hugh – dem Wildhüter der Huntingdons – zuwandte, brach Harold ohne nachzudenken durch die Reihen der Ritter vor ihm und fiel vor Löwenherz auf die Knie. »Bitte, Sire«, flehte er, während der Henker verdutzt innehielt. »Gewährt diesem Mann einen schnellen Tod.« Erstaunt von der Geste hob Richard die Brauen und musterte Harold eindringlich. »Er ist gezwungen worden«, bettelte Harold, während ihm die Bilder seiner Kindheit durch den Kopf schossen. Hugh und dessen Sohn beim Wettschießen mit Harold und Robin. Er konnte ihn nicht einfach so aufgeben! »Gewährt«, brummte Richard schließlich und wandte sich von dem Knaben ab, um jeden Augenblick des Todeskampfes der Gemarterten zu verfolgen. Harold hatte gerade wieder den Platz an Cirencesters Seite erreicht, als die im Licht der Sonne funkelnde Waffe die Kehle des hünenhaften ehemaligen Wildhüters der Huntingdons durchschnitt.

Vor den Stadttoren Akkons, 22. August 1191

Der König der Engländer thronte mit kaltem Blick und überwachte das Blutbad an den Unschuldigen. Die Ehrlosigkeit seines Handelns stand in solchem Gegensatz zu seiner viel gerühmten Tollkühnheit und Gerechtigkeit, dass sich großes Wehklagen unter den wenigen Überlebenden erhob.«

»Ich würde Euch raten, diesen Bericht nirgends verlautbaren zu lassen«, warnte Richard of Devizes den neben ihm herschreitenden Ansbert, der auf dem Weg zu einem der Stallgebäude war, um sein vom Herzog von Franken geerbtes Reittier zu satteln. Mit einem letzten Blick auf die saubere Schrift des deutschen Chronisten reichte er diesem die dünne Pergamentrolle zurück. In wenigen Stunden würde sich derjenige Teil der Kreuzfahrer, der beschlossen hatte, weiter nach Jerusalem zu ziehen, der Küste entlang auf den Weg in die Heilige Stadt machen – begleitet von der nur wenige hundert Fuß vom Ufer entfernt segelnden Flotte des Richard Löwenherz. »Er könnte Euch den Kopf kosten.« Die Warnung war deutlich genug. Da Ansbert selbst mit angesehen hatte, zu welchen Grausamkeiten der englische Herrscher fähig war, beschloss er, dem Rat des jungen Devizes, den er durch Zufall beim Einmarsch in die Stadt kennengelernt hatte, zu folgen und den Bericht erst einmal für sich zu behalten. Seit der englische König die Führung übernommen hatte, gab es für ihn ohnehin nicht mehr besonders viel festzuhalten, da es ihm an unmittelbarer Nähe zum Geschehen mangelte.

❋

Im Herzen des moslemischen Lagers, im Osten der gefallenen Stadt, saugte zur gleichen Zeit Salah ad-Din mit all seinen Sinnen die Gegenwart der blonden Philippa in sich auf. »Du bist dir wirklich sicher?«, fragte er das schlanke Mädchen mit den durchdringend blauen Augen zum wiederholten Mal. Und als sie ihn schmunzelnd auf den Mund küsste, durchströmte ihn trotz der Trauer um die Getöteten von Akkon ein Gefühl der Freude und Zufriedenheit, wie er es seit Langem nicht mehr verspürt hatte. »Weißt du«, sagte die junge Frau nach einigen Momenten des Schweigens. »Ich habe viel nachgedacht in letzter Zeit.« Sie runzelte die Stirn. »Es ist nicht immer alles so einfach, wie man denkt. Das Leben ist kurz oder lang, das weiß keiner von uns vorher. Nichts ist sicher.« Sie hielt einen Moment inne und strich sich eine Strähne aus der Stirn. »Aber der Sinn des Lebens scheint mir das Leben selbst.« Als Salah ad-Din fragend die buschigen Brauen hob, ergänzte sie diese für sie typische Aussage nüchtern: »Wenn man stets auf der Suche ist, kann es leicht passieren, dass man den Augenblick versäumt, in dem man dort angekommen ist, wohin man will.« Als sich die Furchen auf der Stirn des Sultans weiter vertieften, erläuterte sie lachend: »Ich bin lieber deine Gefangene«, neckte sie ihn und legte sich auf den Rücken, um die Goldstickerei auf der Leinwand des Zeltdaches zu betrachten, »als der Besitz eines dieser Barbaren.« Nach dem Tod ihres Vaters, des Herzogs von Franken, war das einzige Schicksal, das ihrer auf der Seite der Christen harrte, die Verheiratung mit einem der machtgierigen Vasallen des neuen Kaisers. Und dieser würde sie, genau wie ihr verstorbener Vater, lediglich als Mittel zum Zweck sehen. Zudem erfüllte sie der Gedanke an die Hygieneverhältnisse, die in den Lagern und Festungen der Franken herrschten, mit einem abgrundtiefen Ekelgefühl. »Dieser Krieg wird nicht ewig dauern«, setzte sie nach einer Weile versonnen hinzu. »Und wenn die Gefahr erst einmal gebannt ist …« Sie verstummte und sah den Sultan nachdenklich an.

Sie wusste, dass er genauso grausam sein konnte, wie der englische König; dass er Dinge befahl, von denen sie lieber nichts wissen wollte; dass er Feinde erschlug, ohne mit der Wimper zu zucken – so wie es alle Krieger taten. Und sie wusste auch, dass sie ihn eines Tages verlieren würde. Sobald ein anderes Mädchen seine Aufmerksamkeit erregte, würde er weiterflattern wie ein Schmetterling, der von einer Blüte zur nächsten zog. Sie lächelte schwach. Aber bis dahin würde er sie mit Liebe und Zärtlichkeit überschütten und ihr den Himmel auf Erden bereiten. Und das war mehr, als sich eine Frau jemals wünschen konnte. Zwar hatte ihr die Vorstellung, das Opfer einer plündernden und mordenden Horde von Kreuzfahrern zu werden unzählige schlaflose Nächte bereitet. Doch nachdem die Anzahl der Christen mehr und mehr schwand, hatte sie sich davon überzeugt, dass es so weit niemals kommen würde. »Ich kann es kaum glauben, dass Shahzadi tatsächlich aufgehört hat, ihre Wut an dir auszulassen!«, riss Salah ad-Din sie aus den Gedanken – ihren ernsten Gesichtsausdruck missverstehend. »Ja«, erwiderte Philippa, stützte den Kopf auf den Ellenbogen und küsste ihn sanft auf die mit dichtem Haar bedeckte Brust. »Deine Männer nehmen den Arrest, unter dem sie steht, sehr ernst.« Der Sultan nickte zufrieden. »Da sie die Zitadelle nicht mehr verlassen darf, hat sie sich voll und ganz dem Liebesspiel mit ihrem Lieblingssklaven verschrieben«, kicherte die junge Frau. »Es vergeht kaum ein Tag, an dem die beiden nicht stundenlang in ihrem Gemach verschwinden.« Auch Salah ad-Din musste bei dem Gedanken an seine Schwester und den halbwüchsigen Sklaven grinsen. »Nun«, brummte er, »wenn es sie von anderen Dingen abhält, soll es mir recht sein.« Er wurde ernst. »Morgen brechen wir auf«, ließ er Philippa wissen, die neugierig seinen Blick suchte. »Löwenherz hat den Vorsatz, Jerusalem einzunehmen, immer noch nicht aufgegeben.«

Akkon, 22. August 1191

Eine winzige Falte trat zwischen Curd von Stauffens Brauen, als er widerwillig vor dem englischen König auf ein Knie sank. Die Erfahrungen der vergangenen Wochen hatten ihn dem jähzornigen Herrscher gegenüber vorsichtig werden lassen. Da ihn die letzte Begegnung mit ihm um ein Haar das Leben gekostet hätte, war er dem von Richard ausgesandten Boten um so angespannter zu dem befohlenen Treffen gefolgt. Die breiten Schultern des mächtigen Herrn über Leben und Tod bedeckte bereits eine prächtige Rüstung, über deren Brustpanzer sich das Zeichen der Kreuzfahrer spannte. »Ihr wisst, warum ich Euch habe rufen lassen?« Da die Frage offensichtlich rhetorischer Natur war, senkte Curd lediglich den Blick und wartete auf weitere Einzelheiten. »Es war nicht besonders schwer, herauszufinden, wer Euer Vater ist«, fuhr Löwenherz mit einem Blick auf das von Curds Hals baumelnde Medaillon fort. »Etliche Ritter, die auch Eure Mutter kannten, wussten über dieses wohl nicht so gut gehütete Geheimnis Bescheid«, setzte er trocken hinzu. Wussten sie?, fragte sich der junge Templer unwillkürlich. War es nur ihm verschwiegen worden?

»Euer Onkel, Balian von Ibelin, der Jüngere«, unterbrach Richard seine Gedanken, »hat damals dafür gesorgt, dass seiner Schwester die Schande, die sie sicherlich über die Familie gebracht hätte, erspart geblieben ist, indem er Euren Ziehvater dazu überredet hat, sie zu ehelichen.« Er lächelte. »Er ist im Gefolge Konrads von Montferrat vor Kurzem nach Tyros zurückgekehrt«, beantwortete er die unausgesprochene Frage des jungen Mannes nach dem Oheim. »Deshalb seid Ihr aber nicht hier«, winkte er schließlich ab, nachdem er die energischen Züge des deutschen Ritters einige Momente lang eingehend betrachtet hatte. »Ihr werdet uns als Unterhändler dienen, sollten Verhandlungen nötig werden.« Es war weder eine Bitte noch eine Frage, sondern ein Befehl, der keinen Widerspruch duldete. »Wenn irgendjemand diese Heiden dazu bewegen kann, Vernunft anzunehmen, dann sollte es das eigen Fleisch und Blut sein!« Ob er sich bewusst war, wie beleidigend diese Aussage war?, durchfuhr es Curd. Doch da der englische König für seinen Mangel an diplomatischem Gespür bekannt war, sah er vermutlich nichts Anstößiges in seinen Worten.

Curd nickte. »Es wäre mir eine Ehre, Euch von Nutzen sein zu können«, erwiderte er glatt und machte Anstalten, sich von dem kalten Stein zu erheben. Tatsächlich kam ihm diese Wendung der Dinge sogar äußerst gelegen, da er seit dem kurzen Treffen mit Adil in Kairo darauf brannte, Gelegenheit dazu zu haben, den Vater, den er nie gekannt hatte, näher in Augenschein zu nehmen. Als er auf die Beine kam, fiel sein Blick auf eine der zahlreichen Schlachtszenen, welche die kostbaren Wandteppiche der Halle des Palastes zierten. Inmitten einer Horde verbissen kämpfender Männer thronte ein Ritter nicht zu erkennender Herkunft auf einem weißen Pferd, dessen Augen stier auf die blutrote Sonne gerichtet waren, welche im Hintergrund versank. Das Gesicht des Reiters hatte einen beinahe verklärten Ausdruck, und als Curd näher hinblickte, erkannte er, dass es sich bei der Webarbeit um eine Darstellung der Schlacht von Hattin handeln musste. Der Grund für die offensichtliche Weltenthebung des Kämpfers war ein riesiges, verkohlt wirkendes Kreuz, das am rechten Bildrand von Turban tragenden, Krummschwertern schwingenden Sarazenen dadurch entweiht wurde, dass sie ihre Notdurft darauf verrichteten. Wie gut es doch manchen Künstlern gelang, mit nur wenigen Details den Jahrhunderte alten Hass zwischen den beiden verfeindeten Religionen zu schüren!

»Bleibt in Reichweite, sobald wir am Abend das Lager errichtet haben«, riss Richard den jungen Templer aus seinen Betrachtungen. »Wir brechen in einer halben Stunde auf.« So entlassen eilte Curd zu seiner Unterkunft vor den Stadttoren zurück, wo Rahel bereits dafür gesorgt hatte, dass alles auf den Wagen des Trosses verstaut worden war, und Curds Schlachtross im Schatten einer Palme angebunden auf ihn wartete. Hastig legte er die letzten Teile seiner Rüstung an, hauchte einen Kuss auf die Wange seiner Gemahlin und schwang sich in den Sattel, um an seinen Platz an der Spitze der Kavallerie zu galoppieren. Als sein wehender Umhang inmitten des Meeres der Bewaffneten verschwunden war, wandte Rahel sich mit einem Seufzen um und eilte auf die Abteilung des Zuges zu, in dem die Damen den Kriegern unter schwerster Bewachung folgen würden.

Die Mittelmeerküste, auf der Höhe des Chastel Pèlerin, 22. August 1191

Es dämmerte bereits, als die bis an die Zähne bewaffnete Kolonne der Marschierenden am Fuß der mächtigen Kreuzfahrerburg Chastel Pèlerin einen nach außen hin geschützten Kreis bildete, in dem die Unterkünfte errichtet wurden. Mächtig und uneinnehmbar erhob sich das auf einer schmalen Landzunge errichtete Bollwerk über den Köpfen der Kreuzfahrer, während die gegen das schroffe Ufer schlagenden Wellen des Mittelmeeres das Gefühl der Abgeschiedenheit verstärkten. Kaum zwei Stunden vergingen, bevor die Wälle aufgeschüttet, verstärkt und mit Bogenschützen bemannt waren, um die ununterbrochen von der Landseite her angreifenden Sarazenen auf Abstand zu halten. Den ganzen Tag über hatten den Christen zwar die auf die Schiffe verladenen Katapulte und Steinschleudern einen gewissen Schutz bieten können. Doch der Rachedurst der Sarazenen schien unstillbar. Und so hatten an diesem Tag mehrere hundert Männer den Tod gefunden. Die Gefahr ignorierend, war der englische König – wie schon so oft – an vorderster Front geritten und hatte mehr als einen Ausfall hinter die feindlichen Linien persönlich angeführt. Was jedoch das gleiche Resultat erzielt hatte wie ein Stock in einem Wespennest.

Durstig und erschöpft ließ Harold sich neben Henry of Cirencester auf eine der Bänke in dem hastig errichteten Verpflegungszelt fallen und stopfte sich beidhändig gebratenen Fisch und zähflüssigen Haferbrei in den Mund. Seit seiner Freilassung hatte er sich immer wieder zwingen müssen, seine Aufmerksamkeit nicht zu dem Dilemma abschweifen zu lassen, das ihn in England erwartete, wenn er aus diesem Krieg lebend zurückkehrte. Botenberichten zufolge hatte sein Bruder nach dem Tod seines Vaters den Besitz der Huntingdons an sich gerissen, sich mit Prinz John verbündet und das feierliche Versprechen geleistet, den inzwischen für vogelfrei erklärten Robin of Loxley – dem die Bevölkerung den Namen Robin Hood gegeben hatte – gefangen zu setzen und seiner gerechten Strafe zuzuführen. Wenn Harold die durch viele Meinungen und Standpunkte sicherlich verfälschten Berichte richtig verstanden hatte, dann hatte Robin sich in den Wald von Sherwood zurückgezogen, um der von John und seinen Männern erbarmungslos ausgebeuteten Bevölkerung zur Seite zu stehen, indem er die Reichen beraubte und das von ihnen Erbeutete den Hungernden und Armen zurückgab. Wie sollte er seinem treulosen Bruder das ihm Zustehende je wieder abjagen? Denn einer Sache war er sich völlig sicher: dass Guillaume dafür gesorgt hatte, genügend Verbündete auf seiner Seite zu haben, die den Betrug an dem Halbbruder kalt lächelnd rechtfertigen würden.

Er seufzte. Nachdem er den letzten Bissen mit einem Schluck lauwarmem Met hinuntergespült hatte, begann er, unruhig auf der grob gezimmerten Sitzfläche hin und her zu rutschen, bis sich Cirencester, der sich mit einem anderen Ritter unterhalten hatte, schließlich mit einem breiten Grinsen umwandte und trocken bemerkte: »Ich brauche dich heute nicht mehr.« Harold errötete leicht, da die anderen Männer am Tisch ihn nun ebenfalls mit einem wissenden Feixen bedachten. »Sieh zu, dass du dich bei Sonnenaufgang bei mir meldest.« Mit diesen Worten war der Knabe entlassen, und nach einem letzten Griff in eine Schale voller frischer Datteln, stob er in Richtung Lagermitte davon, wo er Catherine in ihrer Unterkunft zu finden hoffte.

Mit einem kunstvollen Knoten vollendete diese soeben ihr Werk im Pavillon der Königin und trat bescheiden lächelnd von Berengaria zurück, um die perfekte Frisur mit etwas Abstand zu betrachten. »Ich weiß gar nicht, warum ich mir überhaupt all diese Mühe gebe«, beschied die Gemahlin des englischen Königs resigniert und fuhr sich mit einer Hand über den dunklen Schopf, den sie kurz darauf mit einem dünnen Schleier bedeckte. »Wenn es nicht dieser kriecherische Devizes ist, dann teilt er das Lager mit einer einheimischen Hure!« Erschrocken über die Heftigkeit der Worte, schlug Catherine die Hand vor den Mund und blickte Hilfe suchend zu Johanna Plantagenet, die das geräumige Zelt mit Berengaria teilte. Die von den starken Holzstangen aufrecht gehaltene Zeltleinwand war im Inneren mit einem seidenen Futter ausgeschlagen, das den Eindruck erweckte, die Damen nächtigten unter dem freien Sternenhimmel. Im Unterschied zu den für gewöhnlich einfach gehaltenen, zerlegbaren Bettkästen bestanden die Kopf an Kopf stehenden Ruhestätten aus kostbar geschnitztem Kirschholz, über dessen unbeschädigten Transport Johanna mit Argusaugen wachte. Und damit die gold- und silberdurchwirkten Bliauds und Mäntel keinen Schaden nahmen, ruhten sie in aufwendig geschliffenen, mit Blattgold beschlagenen Ebenholztruhen.

Was das Mädchen seit der missglückten Hochzeitsnacht ihrer Herrin nicht begreifen konnte, war, dass Berengaria offensichtlich in Eifersucht entbrannt war. Anstatt froh zu sein über das mangelnde Interesse ihres Gemahls, schien sie sich nach der Zuneigung des ihr gegenüber inzwischen vollständig gleichgültigen Löwenherz zu sehnen. »Ich beneide dich, Catherine«, riss Berengaria sie unvermittelt aus den Gedanken. In der angenehmen Stimme der Spanierin schwang so viel Trauer und Enttäuschung mit, dass das Mädchen vor ihr auf den Boden sank und eine ihrer schmalen Hände ergriff. »Aber warum denn?«, fragte sie tröstend. »Was könnte ich haben, das Ihr begehrt?« Die Augen der Königin füllten sich mit Tränen. »Ich weiß, dass es unreif und kindisch klingt«, sagte sie und beugte sich vor, um Catherine über die Wange zu streichen. »Schließlich hast du deinen Vater verloren.« Der Blick des jungen Mädchens trübte sich. Aber die Erleichterung über Harolds Befreiung hatte in den vergangenen Wochen viel dazu beigetragen, den Schmerz über den feigen Mord an ihrem Vater zu lindern. Auch hatte die Hinrichtung der Mörder, bei der die Damen nicht anwesend gewesen waren, sie von einer zentnerschweren Last auf ihrem Herzen befreit. »Aber du hast die Liebe gefunden«, setzte Berengaria hinzu und presste die Lider aufeinander, um die Tränen zurückzuhalten.

Caesarea, 5. September 1191

In den vergangenen Tagen waren die Angriffe des Feindes immer heftiger geworden. Ohne Unterlass surrten die tödlichen Pfeile der maurischen Bogenschützen über die Köpfe der englischen Kavallerie hinweg. Und wann immer es schien, als sei eine Bresche in die feindlichen Linien geschlagen, schloss sich diese Lücke augenblicklich wieder mit Nachschub aus den hinteren Reihen. Trotz der Abneigung, die er gegen diesen Schritt empfand, hatte sich Löwenherz am vergangenen Abend dazu entschieden, endlich seine vermeintliche Trumpfkarte zu spielen und mit dem Feind zu verhandeln, der als Racheakt für das Massaker in Akkon sämtliche während der Gefechte gemachten Gefangenen auf der Stelle hinrichten ließ. Da nicht nur die Kampfhandlungen mit den Sarazenen dem immer weiter schwindenden Heer der Kreuzfahrer zu schaffen machten, sondern auch die unerträgliche Hitze, unter der die Küstenlandschaft zu versengen schien, hatte Richard einen Boten in das Heerlager der Sarazenen geschickt und ein Treffen für den heutigen Tag, an dem auf beiden Seiten die Waffen schweigen würden, vereinbart.

»Der Sultan Saladin ließ Richard und die mit ihm zu dem Treffen erschienenen Männer seine Macht spüren, indem er sie zwang, bei

den Verhandlungen unter freiem Himmel den Platz einzunehmen, der sie direkt in die vom Himmel brennende Sonne blicken ließ. Wegen der Notlage, in der sich der König durch die hohen Verluste befand, musste er die Demütigung ohne Protest hinnehmen.«

Die Worte formten sich in Richard of Devizes' Kopf, bevor er nach Pergament und Tinte greifen konnte, um die Zusammenkunft der Giganten festzuhalten. Beide Seiten hatten sichergestellt, dass kein Zweifel über die jeweilige Position aufkommen konnte, indem sie nicht nur ihre kostbarsten Gewänder angelegt, sondern sich auch mit ihren mächtigsten Unterführern umgeben hatten. So thronte Salah ad-Din inmitten seiner Generäle und Berater an der Stirnseite der langen, mit goldenen Kelchen und Tellern überladenen Tafel, während Löwenherz am gegenüberliegenden Ende die ihn begleitenden Barone um mehr als Haupteslänge überragte. Sein rotblonder Schopf, den ein fein gearbeiteter Kronreif bedeckte, glänzte beinahe kupfern im Licht der Nachmittagssonne, was dazu führte, dass der dunkelhaarige, junge Mann an seiner Seite schlicht und farblos wirkte. »Was habt Ihr uns anzubieten«, ergriff der Sultan schließlich das Wort, nachdem sich die Männer auf den ihnen angewiesenen Plätzen niedergelassen hatten und alle mit Wein und gesüßten Früchten versorgt worden waren. Im Rücken der Verhandelnden hatten sich die jeweiligen Leibgarden aufgebaut, die ihre Gegenüber mit finsteren Blicken musterten, und sich an den im leichten Wind spielenden Standarten festklammerten. »Dieser junge Mann kann unsere Forderungen weitaus besser zusammenfassen, als es mir jemals möglich wäre«, bemerkte Richard Löwenherz mit einem herausfordernden Seitenblick auf den zu Salah ad-Dins Linker sitzenden al-Adil. Mit einem kurzen Nicken gab er Curd von Stauffen zu verstehen, dass das Wort an ihn übergegangen war. Und kaum hatte dieser sich erhoben, als die um den Verhandlungstisch Versammelten wissende Blicke tauschten. Immer wieder zuckten die erstaunten Augenpaare von dem Ritter zu dem leicht verdutzten Adil, der ihn mit betont ausdrucksloser Miene anblickte. Ohne auf die in der Luft liegende Spannung einzugehen, nestelte Curd unbewusst an dem unter der leichten Cotte an seiner Brust ruhenden Medaillon und erhob die Stimme:

»Der Herr der Kreuzfahrer, Richard Plantagenet, fordert die bedingungslose Übergabe ganz Palästinas.« Kaum waren diese Worte verklungen, als sich empörtes Gemurmel erhob, und die heißblütigeren unter den Sarazenen verstohlen die Hände zu den unter dem Tisch verborgenen Waffen wandern ließen. Bevor die Stimmung jedoch eskalieren konnte, erhob sich der Herrscher über Jerusalem, Syrien und Ägypten, gebot Schweigen und verkündete mit sonorer Stimme: »Diese Forderung ist voll und ganz indiskutabel. Habt Ihr noch eine zweite Lösung?« Einige Herzschläge lang taxierten sich die beiden Führer wie Raubtiere. Doch dann legte sich die Maske der Zivilisiertheit über das rohe Bedürfnis, den anderen niederzuwerfen und ihm die Kehle zu zerfetzen, und Löwenherz erwiderte ruhig: »Es kann keine andere Lösung geben, da diese Gebiete von Rechts wegen den Christen zustehen.« Sprachlos über diese Unverschämtheit, starrte Adil den verwegenen Engländer an, der sich – ebenso wie seine Unterführer – erhoben hatte, um seine Forderung zu untermauern. »Dann ist dieses Treffen hiermit beendet!« Auch Salah ad-Din hatte sich inzwischen zu seiner vollen Größe aufgerichtet. Nachdem er bedauernd den Kopf geschüttelt hatte, gab er seinen Männern ein Zeichen, die Besucher aus dem Lager zu geleiten.

»Einen Moment!« Mit einem leichten Griff an den Arm hielt al-Adil Curd von Stauffen zurück, als dieser den erzürnt davonstürmenden Kreuzrittern folgen wollte. »Bleib noch einen Augenblick.« In den dunklen Augen des Sarazenen lag ein Ausdruck, den Curd nicht deuten konnte. Doch als er seinem Vater mit einem vorsichtigen Blick in Richtung der sich entfernenden Delegation in eines der seidenen Zelte folgte, schien es, als zerrisse ein Schleier und die Freude über das Wiedersehen mit seinem Sohn malte ein strahlendes Lächeln auf die dunklen Züge Adils. »Nun weiß es also das gesamte Lager«, stellte der Bruder des Sultans trocken fest und Curd blieb nichts anderes übrig, als zu nicken. »Vielleicht kommt es ja bei einem anderen Treffen zu einer Einigung«, setzte der Prinz schmunzelnd hinzu, während er Curd mit einer Geste einlud, auf einem der gepolsterten Diwane Platz zu nehmen. »Dann wäre es leichter für uns, das Offensichtliche zuzugeben.« Nun musste Curd schmunzeln. »Wenn dieser Krieg vorüber ist«, setzte er an und nahm dankbar den brühheißen, zuckersüßen Tee entgegen, den ein kahl geschorener Sklave ihm reichte, »dann werde ich mit meiner Gemahlin nach Deutschland aufbrechen.« Adil legte versonnen den Kopf auf die Seite. »Das ist klug von dir. Denn hier würdest du sicher nicht glücklich werden.« Als Bastard des Prinzen wäre der junge Mann dem Neid und den Intrigen der beiden Höfe in Kairo und Jerusalem ausgesetzt, ohne jemals eine Aussicht auf eine Position jenseits des Hofwesirs zu haben. Und das – soviel hatte Adil inzwischen über seinen Sohn in Erfahrung gebracht – würde dem ehemaligen Mitglied des Templerordens sicherlich nicht besonders zusagen. »Lass uns ein wenig plaudern«, schlug er vor und lehnte sich in die Kissen zurück, während er voller Stolz die Erscheinung seines Gegenübers in sich aufsog.

Arsuf, 8. September 1191

Wund von den Anstrengungen des Tages kniete Harold müde und glücklich zugleich vor dem improvisierten Altar in der Nähe der steil abfallenden Küste und wartete darauf, dass sich der Himmel mit dem perligen Grau der Morgendämmerung überzog. Eigentlich hätte er vor der am vergangenen Abend von Henry of Cirencester eingeläuteten Zeremonie ein Bad nehmen müssen. Aber in Anbetracht der Umstände waren alle Beteiligten übereingekommen, dass eine symbolische Waschung mit dem Sand des Heiligen Landes genügen sollte. Zwei Tage nach den bei Caesarea geführten Verhandlungen war es in der Nähe der Stadt Arsuf – nur wenige Meilen von der Küstenstadt Jaffa entfernt – zur Schlacht zwischen den verfeindeten Parteien gekommen. Zwar hatten die Sarazenen den von der Hitze geschwächten Christen heftig zugesetzt. Doch letzten Endes hatte die schwer gepanzerte Kavallerie der Engländer den Ausschlag gegeben, und Salah ad-Din hatte am Ende des Tages geschlagen das Feld räumen müssen. Die Verluste auf beiden Seiten waren gering gewesen. Doch wäre Harold nicht mit seinem Schild zugegen gewesen, als ein feindlicher Armbrustbolzen sich in die ungeschützte Wange des wie immer in vorderster Linie kämpfenden Löwenherz hatte bohren wollen, dann hätte dieser die Begegnung vermutlich nicht lebend überstanden. Ohne nachzudenken, hatte der Knabe sich zwischen den Angreifer und seinen König geworfen und das tödliche Geschoss mit seinem eisernen Schildbuckel abgefälscht.

Das Ergebnis seines Heldenmutes war, dass der König ihn an diesem Morgen – nach beendeter Nachtwache – zum Ritter schlagen und ihm den Treueeid abnehmen würde. Mit kaum siebzehn Jahren wäre Harold so einer der jüngsten Vasallen des englischen Königs, und die Ehre, die ihm damit zuteil wurde, jagte ihm einen Schauer der Ehrfurcht über den Rücken. Vor Aufregung und Erschöpfung bebend, ließ er den müden Blick zu dem zerschlagenen Schwert wandern, das neben seinem Kettenhemd und dem ebenfalls recht mitgenommenen Brustpanzer auf dem von einem italienischen Bischof geweihten Altarstein ruhte. Gerade malte er sich in Gedanken aus, wie wohl die neuen Waffen aussehen würden, welche der Tradition gemäß von seinem bisherigen Dienstherrn überreicht wurden, als eine von Hand geläutete Glocke den Beginn der Morgenmesse verkündete, in deren Verlauf Harold in den Ritterstand erhoben werden würde. Unendlich erschien ihm der lateinisch vorgetragene Gottesdienst, zu dem sich mehrere Hundert Schaulustige versammelt hatten, um den jungen Recken zu bewundern, der ihren Lehnsherrn vor dem sicheren Tod bewahrt hatte. Als der wortverliebte Prediger schließlich geendet hatte, trat Henry of Cirencester an Harolds Seite, um ihm einen roten Mantel um die Schultern zu legen, ihm die schwarzen Beinlinge, die den Tod symbolisierten, in die Hand zu drücken, und sowohl goldene Sporen, einen neuen Waffengürtel als auch ein prächtiges Schwert anzulegen.

»Hiermit gebe ich dich, Harold of Huntingdon, frei«, verkündete er feierlich und trat in den Hintergrund zurück, um Richard Löwenherz Platz zu machen, der sich vor dem immer noch knienden Harold aufbaute. »Harold of Huntingdon«, begann dieser mit einem Lächeln in den grauen Augen. »Sprecht mir nach: Ich schwöre, Tapferkeit, Mut und Großzügigkeit zu meinen höchsten Tugenden zu erheben.« Mit einem kleinen Räuspern entfernte Harold den Kloß in seiner Kehle und wiederholte die Worte so laut und deutlich, dass sie auch für die in den hintersten Reihen stehenden Zuschauer gut vernehmbar waren. »‹Ich schwöre, Verrat und üble Taten zu meiden, meinem Lehnsherrn treu und ergeben zu dienen und den Pflichten eines christlichen Ritters ohne Einschränkungen nachzukommen.« Als auch diese Worte von der vom Meer ins Landesinnere fächelnden Brise zerstreut worden waren, trat Löwenherz auf den Knaben zu, zog das Schwert und berührte ihn damit leicht auf jeder Schulter. »Ihr dürft Euch erheben, Harold, Earl of Huntingdon.« Er machte eine kleine, bedeutungsvolle Pause. »Und Earl of Leicester.« Um ein Haar hätte Harold das Gleichgewicht verloren und wäre hintenübergekippt. Er musste sich verhört haben! Zwar war der alte Earl of Leicester vor einigen Monaten kinderlos im Kampf gefallen, doch diese Ehre war mehr als Harold sich jemals in seinen kühnsten Träumen zu erhoffen gewagt hätte. Als er die Verwirrung in den Zügen des jungen Mannes las, verzog Richard Löwenherz den energischen Mund zu einem unbeschwerten Lächeln. »Das dort drüben gehört ebenfalls zu Eurem Ritterschlag«, stellte er beiläufig fest, während die Besucher der Messe sich vor ihm verneigten, als er mit seinem frisch gekürten Vasallen auf einen prachtvollen, pechschwarzen Araberhengst zuschritt. »Die Wahl der Gemahlin hat sich in Eurem Fall wohl schon erledigt.« Herzhaft drosch er dem überwältigten, blutjungen Earl of Huntingdon und Leicester auf den Rücken und ließ ihn mit vor Bewunderung aufgerissenem Mund vor seinem neuen Schlachtross stehen. Irgendwann würde er den Weg zu dem zu seinen Ehren in der Nähe des Strandes stattfindenden Bankett schon finden.

Grafschaft Huntingdon, September 1191

Immer und immer wieder fraßen sich die mit kleinen Knötchen besetzten Riemen der Geißel in den blutigen Rücken des halbwüchsigen Knaben, der im Kerker der Festung von Nottingham halb besinnungslos in den Ketten hing, die ihm die Arme über den Kopf fesselten. Sein linkes Auge war so zugeschwollen, dass die Haut unter der Braue aufgeplatzt war, und aus der mehrfach gebrochenen Nase rannen zwei dunkle Blutbäche auf die nackte Brust des Jungen hinab. Eines seiner Knie schien zerschmettert, und von seinem linken Ohr fehlte mehr als die Hälfte. Der flachsblonde Schopf des Burschen hatte eine dunkle Tönung angenommen, da er aus mehreren tiefen Schnittwunden auf der Kopfhaut blutete. »Ich frage dich noch einmal«, sagte der *Sheriff* von Nottingham dicht am Ohr des mühsam atmenden Jungen. »Wo ist Robin of Loxley?« Guillaumes Männer hatten den Bengel in einem abgeernteten Weizenfeld aufgegriffen, wo er – anstatt fortzulaufen und sich zu verbergen, wie es die anderen Bauernlümmel klugerweise handhabten – der Abordnung königlicher Reiter, die Prinz John von London als Verstärkung ausgesandt hatte, mit allzu viel Neugier nachgeblickt hatte. Daraus hatte Guillaume of Huntingdon, der mit seinen Männern auf dem Weg nach *Nottingham Castle* gewesen war, geschlossen, dass er zur Bande der Vogelfreien gehörte, oder zumindest wusste, wo diese sich aufhielten. Seit Monaten machten diese Verbrecher die Straßen und Wälder unsicher, sodass die in England zurückgebliebenen Adeligen sich kaum mehr ohne starke Eskorten vor die Tore ihrer Burgen und Festungen wagten.

»Ich weiß es nicht«, presste der vor Schmerzen zitternde Sohn eines Leibeigenen zum wohl zwanzigsten Mal hervor. Woraufhin der Sheriff ungeduldig abwinkte und sich an den Schergen wandte, der bereits wieder die Peitsche gehoben hatte, um mit seinem grausigen Werk fortzufahren. »Versucht es noch eine Weile«, knurrte der schwarzhaarige Vertraute Prinz Johns mit einem grimmigen Ausdruck auf den Zügen. »Wenn er dann immer noch nicht redet, hängt ihn auf!« Mit diesem Befehl wandte er dem Mann den Rücken und trat auf Guillaume zu, auf dessen kostbar besticktem Surkot trotz seiner kaum sechzehn Jahre bereits ein beachtliches Doppelkinn lag. Gerüchten zufolge hatte der zweite Sohn des Earls of Huntingdon bei dem Reitunfall nachgeholfen, der seinen Vater das Leben gekostet hatte. Doch aufgrund der hervorragenden Verbindungen seiner Mutter, wagte es niemand, den Junker zu verdächtigen. »Wir sollten zusehen, dass wir diese Brut ein für alle Mal auslöschen«, stellte der Sheriff auf dem Weg die steile Treppe in den Hof hinauf fest, und Guillaume nickte abwesend. Die Zeit drängte. Den Berichten aus dem Heiligen Land zufolge stand das Kreuzfahrerheer kurz davor, Jerusalem anzugreifen. Und wenn ihm das Schicksal nicht den Gefallen tat, seinen Bruder in diesem Krieg aus dem Weg zu schaffen, dann musste er langsam beginnen, sich über dessen Rückkehr Gedanken zu machen. Er hatte sich einen wunderbaren Plan zurechtgelegt, wie er den Älteren abzuspeisen gedachte. Aber wenn es hart auf hart kam, würde er nicht davor zurückschrecken, auch Harolds Tod zu beschleunigen.

Jaffa, November 1191

»Es ist doch wie verhext!«, schimpfte Löwenherz, der nach den dicht aufeinanderfolgenden Hiobsbotschaften der vergangenen Tage seinen Kronrat zusammengerufen hatte, um zu beraten, wie das weitere Tun der Kreuzfahrer aussehen sollte. Nachdem Salah ad-Din nach Jerusalem aufgebrochen war, um die Befestigungen der Stadt zu verstärken, hatte Richard befohlen, die nur wenige Meilen westlich gelegene, von Salah ad-Dins Truppen vollkommen zerstörte Hafenstadt Jaffa wieder aufbauen zu lassen, um sie als Basis für die geplante Eroberung zu benützen. Zwar war seit der verlorenen Schlacht von Arsuf das Prestige des Sarazenenherrschers noch weiter gesunken, doch seine Armee war nach wie vor intakt und äußerst schlagkräftig. Allerdings rührten die Probleme, die Richard Kopfzerbrechen bereiteten, von den Streitigkeiten in den eigenen Reihen her: So zankten sich in Zypern die Tempelritter mehr oder weniger erfolglos mit den Eingeborenen herum; in Akkon verschärfte sich der Streit um den Königstitel, was inzwischen dazu geführt hatte, dass die einzelnen Quartiere der Parteien wie Burgen befestigt waren; und aus Frankreich war die Nachricht eingetroffen, dass Philipp mehrere Gebiete erobert und niedergeworfen hatte, die bis dahin Richard untertan gewesen waren. Auch Prinz John sägte in England weiter an seinem Thron, ohne dass die wieder in Poitiers residierende Aliénor von Aquitanien etwas dagegen unternehmen konnte.

Obgleich die anderen Probleme auch den frischgebackenen Earl of Huntingdon und Leicester mit Sorge erfüllten, war es doch dieser letzte Sachverhalt, der Harold Magenschmerzen verursachte. Wie er inzwischen erfahren hatte, plante sein Bruder Guillaume, nach einem Sieg Johns Anspruch auf Harolds Erbe zu erheben, da er sich als Sohn der zweiten Gemahlin seines Vaters mehr im Recht sah als sein älterer Stiefbruder. Welcher verschobenen Auffassung von Ahnenkunde er diese Überzeugung entnahm, war Harold bis jetzt verschlossen geblieben. Doch er zwang sich, das Grübeln auf später zu verschieben und den Vorschlägen der Versammelten aufmerksam zu lauschen. Wie seltsam es war, auf einmal von Henry of Cirencester mit »Mylord« angesprochen zu werden, eine Stimme im höchsten Organ des Landes zu besitzen und mit einer der Hofdamen der Königin verheiratet zu sein! Wenn er an die Hochzeitsnacht zurückdachte, die er mit Catherine in dem neu aufgebauten Stadthaus verbracht hatte, kroch ihm immer noch ein Prickeln der Lust über die Kopfhaut.

»Irgendwie müssen wir diese Heiden dazu bringen, einen Waffenstillstand zu schließen.« Die Worte des Earls of Salisbury rissen Harold aus seinen Tagträumen und lenkten seine Aufmerksamkeit auf das dringliche Problem des drohenden Gesichtsverlustes der Kreuzfahrer zurück, sollte es ihnen nicht gelingen, die hehren Ziele ihrer Fahrt in die Tat umzusetzen. »Vielleicht wäre es das Einfachste, wenn Adil meine Schwester Johanna heiraten würde«, schlug Richard Löwenherz vor und warf dem ebenfalls anwesenden Curd von Stauffen einen fragenden Blick zu. Dieser hob unschlüssig die Schultern und bemühte sich, die Gedanken, die bei diesem Vorschlag in ihm aufstiegen, nicht durch den Ausdruck auf dem Gesicht zu verraten. »Dann könnte das Paar die Küstenstädte als Mitgift empfangen und in Jerusalem residieren«, fuhr Richard fort. »So wären beide Parteien zufriedengestellt.« Schloss er nach einer kurzen Pause. Harold blickte forschend von einem zum anderen und versuchte, sich den bizarren Alltag dieser Mischehe vorzustellen, was ihm beinahe ein Lachen entlockte. »Er könnte zum Christentum konvertieren«, ertönte es vom anderen Ende der Tafel, an der sich ein untersetzter, aschblonder Ritter erhoben hatte. Und obschon der Vorschlag absurd klang, zog er doch weitere, immer abenteuerlichere Ideen nach sich, die schließlich darin gipfelten, dass man auch die Schwester des Sultans, Shahzadi – welche angeblich von unglaublicher Anmut und Grazie war – mit Richards Bruder John Lackland verehelichen könnte.

Bleich vor Zorn baute sich Johanna Plantagenet vor ihrem Bruder auf, als dieser keine zwei Stunden später von den Bauarbeiten an den zerschossenen Mauern zurückkehrte, die er nach der Ratssitzung begutachtet hatte, und stemmte die kleinen Fäuste in die Hüften. »Was hast du vorgeschlagen?!« Ihr ohnehin nicht besonders reizvolles, großflächiges Gesicht, das von einer Flut kupferroter Locken umrahmt wurde, hatte sich zu einer Maske der Abscheu verzogen. Und der überschäumende Ärger verstärkte das leichte Schielen ihres linken Auges. »Wie kannst du es wagen, mir einen solchen Vorschlag zu unterbreiten?« Ihr rechter Zeigefinger bohrte sich in Richards mächtige Brust, und selbst das gefährliche Stirnrunzeln ihres ältesten Bruders konnte sie nicht davon abhalten, ihm mit demselben Jähzorn den Kopf zu waschen, der ihn zu einem solch gefürchteten Krieger machte. »Wie könnt ihr es einer Christin zumuten wollen, einen Heiden zum Mann zu nehmen?!« Vor Erregung zitternd, trat sie einen Schritt von Löwenherz zurück, der ihr wütendes Aufstampfen mit einem fassungslosen Brummen quittierte, und stürmte auf die Tür zu, die sein privates Gemach von dem nebenan gelegenen Raum trennte, in dem er seine weniger offiziellen Besucher empfing. Mit einem letzten erzürnten Blick auf den König schlug Johanna die Tür hinter sich zu und hastete mit wehenden Gewändern den Gang entlang auf ihr eigenes Quartier zu.

Als der Knall verhallt war, kratzte sich Richard grübelnd am Kopf und trat an das Fenster, um in den übel zugerichteten Garten darunter hinabzustarren. Nachdem die Befestigungsanlagen der Hafenstadt von Salah ad-Din zerstört worden waren, hatten deren Bewohner das Weite gesucht, was dazu geführt hatte, dass die neuen Herren der Stadt sowohl Gebäude als auch Gärten verwahrlost und vernachlässigt vorgefunden hatten. Auch wenn Richard die Moral seiner Männer dadurch zu stärken suchte, dass er höchstpersönlich Hand bei den Reparaturen anlegte, schwand auch ihm langsam, aber sicher die Hoffnung auf einen völligen Sieg über Salah ad-Din. Die Stimmung in den eigenen Reihen war gekennzeichnet durch Langeweile und Überdruss. Wären nicht inzwischen die Freudenmädchen aus Akkon eingetroffen, hätten sich sicherlich noch mehr Männer eingeschifft, um die Heimreise anzutreten, als bisher geschehen. Wenn nicht bald ein Wunder geschah …!

Teil 5

Februar 1192 – März 1194

Akkon, Februar 1192

»Ruhe!«, bellte der englische König, der inmitten der kunterbunt gewandeten Streithähne wie ein Fels in der Brandung wirkte. Nach Erhalt der Botschaft aus der eroberten Stadt Akkon war er ohne Zögern unter starkem Geleitschutz aufgebrochen, um die etwa dreißig Meilen zwischen Jaffa und Akkon zurückzulegen, wo sich die Feindschaft zwischen den rivalisierenden Lagern inzwischen so weit zugespitzt hatte, dass mit einer bewaffneten Auseinandersetzung zu rechnen war. Um ihn herum keiften sich Pisaner und Genuesen an. Die Männer Balians von Ibelin und Rainalds von Sidon – welche ohne Richards Wissen nach Jerusalem aufgebrochen waren, um mit Salah ad-Din zu verhandeln – bauten sich drohend um Guy de Lusignan auf, den nur eine zwei Mann starke Reihe von Soldaten davon abhalten konnte, seinem Widersacher, Konrad von Montferrat, an die Gurgel zu springen. »Sollen wir uns denn vollkommen zum Narren machen?« Mit einer herrischen Geste gebot Richard Ruhe und forderte die Anwesenden auf, an der riesigen, ovalen Tafel Platz zu nehmen. »Es muss doch eine Möglichkeit geben, zu einer Einigung zu gelangen«, forderte der englische König und ließ den strengen Blick über die versammelten Vertreter der diversen Orden, der Kirche und des Hochadels gleiten. Auch die inzwischen zu Macht aufgestiegenen Handelsherren wollten ein Wörtchen mitreden, und dafür sorgen, dass ihr Kandidat die Krone des Königreiches Jerusalem erhielt.

Die Unterstützung für den von Löwenherz favorisierten Guy de Lusignan, dessen ehemals volle Wangen fahl und eingefallen wirkten, schien immer weiter zu bröckeln. Und wenn nicht bald eine Seite einlenkte, dann musste etwas unternommen werden, um das Zerwürfnis innerhalb des Lagers der Christen zu schlichten. Beinahe greifbar hing die Aggression in der überheizten Luft des für die Versammlung viel zu kleinen Raumes. Erst nachdem sich die Kampfhähne auf den kahlen Bänken niedergelassen hatten, ergriff Richard erneut das Wort. »Es muss doch möglich sein, eine Lösung zu finden«, wiederholte er mit nur mühsam unterdrückter Ungeduld, während der kühle Blick seiner grauen Augen auf dem dunkelhaarigen Konrad von Montferrat ruhte, der ihn seinerseits mit mürrischer Miene musterte. Die Männer, die er seit dem Abzug der Kreuzfahrer aus Akkon um sich geschart hatte, gehörten zu den mächtigsten Drahtziehern Palästinas, und wenn Löwenherz nicht die Kontrolle über seine Verbündeten verlieren wollte, dann musste er etwas in dieser Hinsicht unternehmen. Mit einem müden Seufzen erhob er sich und ließ den Blick über die Runde schweifen.

Jerusalem, August 1192

Knapp sechs Monate später war dieser Streit zur Unwichtigkeit verblasst. Voller Bewunderung blickte sich Harold of Huntingdon um, als die Abordnung der von Richard Löwenherz angeführten Kreuzfahrer, zu der außer ihm noch Curd von Stauffen, Henry of Cirencester, Gilbert de Clare, William de Roumare und William of Salisbury zählten, das Damaskustor durchritten. Die engen Gässchen entlang – das moslemische und christliche Viertel Jerusalems durchquerend – erklommen sie den steilen Anstieg zur Zitadelle der Stadt. Nach einem gescheiterten Versuch Richards, die Heilige Stadt einzunehmen, und einem vergeblichen Vorstoß Salah ad-Dins auf Jaffa, hatten die Herrscher beschlossen, die beim letzten Mal abrupt abgebrochenen Waffenstillstandsverhandlungen wieder aufzunehmen, um zu einer für beide Seiten akzeptablen Einigung zu gelangen. Vor einem dreiviertel Jahr hatte al-Adil die neuen kreativen Ideen des englischen Königs einfach ignoriert und damit dessen Zorn auf sich gezogen. Wutentbrannt über das Ausbleiben einer Antwort hatte Löwenherz beschlossen, auch die zerstörte Küstenstadt Askalon wieder aufbauen zu lassen, um von dort aus die Belagerung des nur wenige Meilen entfernten Jerusalems zu koordinieren. Doch trotz aller Anstrengungen schien das Vorhaben so gut wie gescheitert. Nicht nur hatte der von den Machthabern Akkons in der Zwischenzeit entmachtete Guy de Lusignan den Templern die Insel Zypern abgekauft, um sich dort niederzulassen; auch war Konrad von Montferrat im Frühjahr mithilfe der offenbar von den Handelsherren angeheuerten Assassinen aus dem Weg geschafft worden. Was dem französischen Grafen Heinrich von der Champagne die Möglichkeit eröffnet hatte, mit Zustimmung aller Parteien, die verwitwete Isabella von Jerusalem zur Gemahlin zu nehmen.

So schien es, als lege niemand mehr wirklich Wert darauf, die Heilige Stadt zu befreien, da selbst im Falle eines Erfolges die Beute nicht mehr nennenswert sein würde. Kaum hallten die Hufe der schwer gepanzerten Schlachtrösser von den Innenmauern der Zitadelle wider, als dienstfertige Sklaven herbeieilten, um den hohen Herren die Zügel zu halten und die Reittiere in die Stallungen zu führen. »Folgt mir.« Die schillernde Feder am Turban des Wesirs wippte auf und ab, als er sich vor den Besuchern verneigte, und ihnen anschließend den Weg in das Innerste der Festung wies. Die dicken Mauern wirkten dunkel und bedrohlich auf die Christen, die hinter jeder Ecke eine Falle vermuteten. Doch als sie schließlich in den hell gefliesten Audienzsaal des Sultans geführt wurden, legten sich die düsteren Befürchtungen, und einer nach dem anderen nahmen die Männer auf den niedrigen Sitzgelegenheiten Platz. Neugierig folgte Harold dem Blick, den Curd von Stauffen seinem Vater zuwarf, der sich an Salah ad-Dins rechter Seite niedergelassen hatte, und wie schon so oft zuvor fragte er sich, ob es dem Ritter nicht schwerfiel, seine persönlichen Gefühle hinter seiner Pflicht als Vermittler zurückzustellen. Bevor er den Gedanken jedoch weiter verfolgen konnte, erhob sich der Großwesir, um die im Vorfeld schriftlich vereinbarten Bedingungen zu verlesen.

»Fünf Jahre soll die Vereinbarung zwischen dem Beherrscher der Gläubigen und dem Anführer der Franken gelten«, verkündete er. »Die eroberten Küstenstädte sollen im Besitz der Christen verbleiben.« Ein zufriedenes Lächeln huschte über das Gesicht des englischen Königs. »Einzig die Stadt Askalon soll wieder niedergerissen werden. Jerusalem bleibt in der Hand des Sultans Salah ad-Din.« Unwilliges Gemurmel erhob sich, doch der Wesir räusperte sich und fuhr etwas lauter fort. »Den christlichen Pilgern soll der freie, ungehinderte Zugang zu den heiligen Stätten garantiert sein.« Es folgten noch zahlreiche, weniger wichtige Punkte, welche sich mit Kleinigkeiten beschäftigten, die Harold für gänzlich nebensächlich hielt. Als der monoton leiernde Staatsbeamte schließlich das Ende der ellenlangen Liste erreicht und diese zusammengerollt hatte, ließ Salah ad-Din ein riesiges, edelsteinbesetztes Kruzifix hereinschaffen, damit die Anwesenden die Einhaltung des Abkommens darauf schwören konnten. »Es gehört Euch«, stellte er mit einem anerkennenden Blick auf seinen Gegner fest, nachdem der Schwur geleistet und durch einen Händedruck besiegelt worden war. Und als Richard Löwenherz die Reliquie an sich genommen hatte, machte sich die Abordnung daran, die Festung zu verlassen, um nach Askalon zurückzukehren, von wo aus die Kreuzfahrer schon bald die Heimreise antreten würden.

Als die Gesandtschaft schon längst am Horizont verschwunden war, trocknete sich im jüdischen Viertel der Stadt der Kaufmann Nathan verstohlen die Augen. »Lebt wohl, Vater!« Mit feucht glänzenden Augen schloss Rahel ihren nur Ziehvater ein letztes Mal in die Arme, um sich von ihm zu verabschieden. »Leb wohl, mein Kind«, erwiderte der in den vergangenen eineinhalb Jahren stark gealterte Nathan und griff in die weiten Gewänder, um einen kleinen, von einer fein gearbeiteten Goldkette baumelnden Anhänger hervorzuziehen, den er dem kaum dreimonatigen Knaben, den Rahel ihrem Gemahl soeben wieder abnahm, um den Hals legte. »Eigentlich hatte ich ihn für dich aufgehoben«, erklärte er mit erstickter Stimme. »Doch nun soll er deinen Sohn schützen.« Das Schmuckstück – ein sichelförmiger Mond – funkelte im gleißenden Licht der erbarmungslosen Augustsonne. Als der kleine Fulko den Fremdkörper auf der Haut spürte, stieß er einen Laut aus, der Rahel dazu veranlasste, ihm liebevoll über das flaumige Schwarzhaar zu streichen. »Ich hoffe, dass Gott auch weiterhin seine Hand über euch hält«, flüsterte der Kaufherr und wandte sich dem Mann zu, der seine Ziehtochter vor dem demütigenden Schicksal gerettet hatte, dass Shahzadi ihr zugedacht hatte. »Auch Euch wünsche ich das Beste, Curd.« Ernst ergriff er die starke Hand des jungen Mannes, der sich bereits in der Zitadelle von seinem eigenen Vater verabschiedet hatte. An seiner Brust ruhte ein prall gefülltes Ziegenlederbeutelchen, das eine nicht zu verachtende Summe in Gold enthielt, sowie die Miniatur al-Adils, die bei seinem ersten Besuch in der Zitadelle seine Aufmerksamkeit auf sich gezogen hatte. »Gebt gut auf sie Acht.« Nathans Stimme erstarb. Mit einer letzten herzlichen Umarmung verabschiedete sich das Paar von dem Mann, dessen bedingungslose Liebe es Rahel ermöglicht hatte, ohne zu Zögern die Grenzen des Glaubens zu überschreiten, und wandte sich zum Gehen. »Ich werde jeden Tag für euch beten«, schickte er ihnen nach, als sie schon halb durch das schwere Tor verschwunden waren. »Gott sei mit euch.«

Akkon, Oktober 1192

Die ersten Vorboten der bald zu erwartenden, heftigen Winterstürme fegten bereits über die Küste und ließen die ansonsten so ruhige See aufgewühlt und bedrohlich erscheinen. Quellende, weiße Wolkenberge zeichneten sich scharf von dem beinahe bleigrauen Hintergrund ab, der alles Licht der schwachen Sonne zu schlucken schien. »Er sieht nicht gut aus«, bemerkte Catherine, die an der Seite ihres Gemahls an der Reling stand und neugierig dem Verladen der Pferde folgte, die sich nervös wiehernd und schnaubend dagegen wehrten, in den dunkel glotzenden Laderaum des Schiffes geführt zu werden. Harold, der wie so oft in letzter Zeit die Hand auf ihren prallen Bauch gelegt hatte, beobachtete den in der Tat geschwächt wirkenden Richard Löwenherz dabei, wie er mit offensichtlicher Abneigung den schmalen Laufsteg überquerte, der ihn an Deck des fassungsstarken Zweimasters brachte. Trotz des Erfolges, den er durch die Rückeroberung eines breiten Küstenstreifens zu verzeichnen hatte, sah man dem mächtigen Herrscher an, dass er mit dem Ausgang des Kreuzzuges alles andere als zufrieden war. Und die ihn seit einigen Tagen quälenden Durchfälle trugen nicht gerade dazu bei, seine gewittrige Stimmung zu heben. »Ich finde es leichtsinnig, dass er in Griechenland von Bord gehen will«, bemerkte Harold besorgt, während er den warmen Mantel mit dem Wappen des Hauses Leicester enger um die breiten Schultern zog. »Der Landweg ist so viel gefährlicher als die Überfahrt.« Nach einigem Zögern nickte Catherine versonnen und strich sich eine der im Wind über ihre Nase tanzenden Strähnen aus dem Gesicht, um besser sehen zu können.

»Solange er den Plan beibehält, inkognito zu reisen und nur von einer Handvoll Männer begleitet zu werden«, bemerkte sie leise und blickte ihrem Gemahl besorgt in die Augen. »Ich möchte nicht, dass dir etwas zustößt, weil ihm plötzlich einfällt, dass er auch dich als Bewacher braucht.« Beruhigend drückte der junge Earl of Leicester, der nicht zu der Abordnung um Löwenherz gehören würde, ihre Hand und küsste sie auf den Mund, der zu einem unsicheren Lächeln verzogen war. Ihre Bedenken vergessend, reckte sie sich auf die Zehenspitzen, um die Lippen über seinen kurzen Bart gleiten zu lassen, bevor sie sich mit geschlossenen Augen an ihn schmiegte. »Mach dir keine Sorgen um mich«, gab Harold zuversichtlich zurück, während seine Linke mit den dunkelblonden Locken spielte, die unter ihrem züchtigen Gebende hervorlugten. »Unser Sohn wird nicht ohne Vater aufwachsen müssen.« Gegen ihren Willen musste Catherine bei diesen Worten schmunzeln. »Wer sagt denn, dass es ein Junge wird?« Mit scherzhaft gerunzelter Stirn machte sie sich von ihm los, knuffte ihn auf den Oberarm und stellte sich erneut auf die Zehenspitzen, um ihm einen Kuss auf die kalte Wange zu drücken. »Ich liebe dich, Harold of Huntingdon«, flüsterte sie und kuschelte sich an seine von einem warmen Surkot bedeckte Brust. »Ich liebe dich auch, Lady Catherine«, erwiderte er leise und genoss einige Atemzüge lang das Gefühl des Einsseins mit seiner Gemahlin und dem werdenden Leben in ihrem Unterleib. Da der Wind jedoch immer mehr auffrischte, schlang Harold schließlich den Arm um ihre Taille und steuerte auf das Unterdeck zu, von wo aus eine schmale Treppe zu den Kabinen der Adeligen führte. Als der Befehl zum Abstoßen gegeben wurde, war das Paar bereits in der Düsternis des Schiffsrumpfes verschwunden, und sobald die Ruder eingezogen waren und das Hauptsegel sich mit einem lauten Knattern gefüllt hatte, ergriff ein beinahe schmerzhaftes Heimweh Besitz von dem jungen Mann.

Das Heilige Land war zwar verloren. Aber er hatte ein neues Leben gewonnen.

Epilog

Speyer, März 1193

Dicht an dicht drängten sich die Männer und Frauen in dem schlichten Audienzsaal in Speyer, in dem der Deutsche Kaiser, Heinrich VI., über den von Leopold von Österreich bei der Durchreise durch sein Herzogtum gefangen genommenen Richard Löwenherz zu Gericht saß. Rahel, die sich inzwischen Blanda von Filnek nannte, und ihr Gemahl Curd von Stauffen, der als Vasall des Kaisers an dessen Hof weilte, hatten an der linken Seite des riesigen Raumes Platz genommen. Dort hatten sie Arnfried von Hilgartsberg – welcher ebenfalls in den Dienst Heinrichs getreten war – und den Chronisten Ansbert, dem das Klosterleben in Köln zu eintönig geworden war, erblickt. Trotz der Kälte des ungewöhnlich rauen Frühlings herrschte in dem von über einem Dutzend Feuern geheizten Saal eine solche Hitze, dass Blanda verstohlen die Schnürung ihres hochgeschlossenen Bliauds ein wenig lockerte und sich mit dem weiten Ärmel Luft zufächelte. Nachdem der von Leopold festgesetzte Richard von England des Hochverrats und des Mordes an Konrad von Montferrat beschuldigt wurde, war beinahe der gesamte Adel des Landes zugegen, um den dramatischen Höhepunkt des Streites zwischen den beiden Parteien nicht zu versäumen.

Trotz der ernst zu nehmenden Anklage, durch den Vertrag mit Salah ad-Din das Königreich Jerusalem verraten zu haben, hielt sich der englische König stolz und beinahe hochmütig. Und als der Kaiser die zu entrichtende Lösegeldsumme auf einhundertfünfzigtausend Mark festsetzte, zuckte er nicht einmal mit der Wimper. »Wie kann er die Angelegenheit nur so gelassen sehen?«, flüsterte Blanda ihrem Gemahl ins Ohr, der jedoch lediglich fassungslos die Schultern zuckte. »Woher will er das ganze Geld so schnell nehmen?« Nachdem Richard die daraufhin folgenden Vorwürfe des Betruges an Leopold vehement zurückgewiesen und den Österreicher mit einigen unschmeichelhaften Ausdrücken bedacht hatte, griff der Deutsche Kaiser schließlich ein, trat auf die Stelle zu, an der Löwenherz beinahe trotzig auf den Knien lag, und half ihm vom Boden auf, um ihm den Friedenskuss zu geben. »Ihr werdet bis zur Entrichtung der geforderten Summe in Haft bleiben«, verkündete der Kaiser. Und als sich die Aufregung, die der Richterspruch zur Folge hatte, langsam gelegt hatte, steuerten Curd, Rahel, Ansbert und Arnfried beinahe erleichtert auf einen der Ausgänge zu, um frische Luft zu schöpfen.

»Was für ein Ende für einen Helden«, erboste sich ein Herzog zu ihrer Linken. »Dieser Leopold ist eine Schlange!« Nur mit Mühe verkniffen sich die Männer einen Kommentar dazu und zogen sich in einen der Säulengänge zurück, die den Hof des Palastes säumten. »Wie geht es dem kleinen Fulko?«, erkundigte sich Ansbert, der den knapp einjährigen Sohn des ehemaligen Templers schon bei dessen Geburt in sein Herz geschlossen hatte. »Er ist ein Quälgeist«, stöhnte Blanda, musste aber gleich darauf lächeln, da der wild gelockte Knabe das Licht ihres Lebens war. »Es ist schön, Euch wiederzusehen«, ließ sich Arnfried von Hilgartsberg vernehmen, der eleganter und noch schlanker wirkte als noch vor einem Jahr. »Ich denke, wir sehen uns jetzt öfter«, prophezeite Curd. Denn da sie nun alle Mitglieder des kaiserlichen Hofstaates waren, standen die Chancen darauf besser denn je. »Ach, Arnfried«, warf Blanda ein, bevor sie sich zu den anderen Damen zurückzog, um die Männer in Ruhe über die politischen Ereignisse diskutieren zu lassen. »Könntet Ihr mir eine Abschrift Eures Versepos zukommen lassen?« Als der Ritter leicht errötete, setzte sie ermutigend hinzu: »Ich bin sicher, dass Ihr damit früher oder später sehr berühmt werdet.«

Grafschaft Huntingdon, März 1194

»Der König ist frei, der König ist frei!« Vor Aufregung über seine eigenen Füße stolpernd stürmte der Sohn des Stallmeisters über den vom Frühjahrsregen aufgeweichten Hof des Landsitzes der Huntingdons und trampelte in die Halle, in der Harold, Catherine, Lady Marian und ihr Gemahl vor dem wärmenden Feuer saßen und zwei Kleinkindern dabei zusahen, wie sie sich auf allen Vieren über den strohbedeckten Steinboden jagten. »Er soll nächste Woche in Sandwich landen!« Sowohl Harold als auch Robin of Loxley waren aufgesprungen, um sich bei dieser Nachricht vor Freude in die Arme zu fallen. »Bist du sicher, Robert?«, fragte der Herr des Hauses gezwungen streng. Und als der Knabe heftig nickte, klopfte er ihm überschwänglich auf die Schulter, sodass der Junge erschrocken zusammenzuckte. Über ein Jahr war der König nach der Gefangennahme in Österreich in Haft gewesen, wodurch sich für Harold das böse Omen der Fledermaus, die bei seiner Krönung um den Altar geflattert war, erfüllt hatte. Aber jetzt war er wieder auf freiem Fuß und auf dem Weg nach England, um auch die letzten Wurzeln des Widerstandes auszureißen.

Harold hatte kurz nach seiner Ankunft seinen Bruder Guillaume dank der Männer, die ihm in Leicester unterstanden, in die Flucht geschlagen. Doch nachdem sich dieser – ebenso wie Richards Bruder, John Lackland – nach Frankreich abgesetzt hatte, gab es immer noch genügend bestechbare Männer im Land, welche die für das Lösegeld des Königs erhobene Besitzsteuer in die eigene Tasche hatten wirtschaften wollen. Nur mithilfe der tapferen Recken um Harolds Freund Robin, der den Beinamen Hood inzwischen wieder abgelegt und Lady Marian geehelicht hatte, war es gelungen, die immense Summe aufzubringen und sicher aufs Festland zu befördern. »Dann kehrt vielleicht endlich wieder Frieden ein«, ließ sich Catherine vernehmen, die inzwischen ihre Tochter Aliénor, die ihrem Zwillingsbruder William wie aus dem Gesicht geschnitten war, auf den Schoß genommen hatte, um ihr die Rußflecken von dem zierlichen Näschen zu wischen. Da sich Berengaria von Navarra nach Richards Festsetzung zurückgezogen hatte und wie eine Nonne lebte, hatte sie für ihre ehemaligen Hofdamen keine Verwendung mehr gehabt. Was Catherine als Anlass dafür gesehen hatte, sich um ihren eigenen Haushalt und die Erziehung der quirligen Zwillinge zu kümmern. »Ja«, versetzte Harold mit einem schelmischen Seitenblick auf seinen Freund Robin, den das Gespenst des Nichtstuns ebenso ängstigte wie den Earl of Leicester. »Oder Richard startet einen Feldzug gegen John und Philipp!«

Nachwort

Fakten und Fiktion

Obgleich ich mich in dem vorliegenden Roman so weit wie möglich an geschichtliche Fakten gehalten habe, war es dennoch an manchen Stellen nötig, Ergänzungen vorzunehmen, beziehungsweise Personen und Handlungsorte umzudefinieren. So musste beispielsweise der Erzbischof von Canterbury, Balduin of Exeter, aufgrund des dramatischen Konfliktes in England verbleiben, obwohl er in Wirklichkeit im Sommer 1190 vor der belagerten Stadt Akkon eintraf und im November des gleichen Jahres dort verstarb; der Earl of Arundel musste einige Jahre vor seinem historisch verbrieften Verscheiden das Leben lassen, in Wirklichkeit starb er eines natürlichen Todes; und einer der Helden des dritten Kreuzzuges, Robert Earl of Leicester, musste in Personalunion mit dem Earl of Huntingdon gehen. Die Figur des Harold of Huntingdon ist rein fiktional (der echte Earl of Huntingdon war ein gewisser David of Scotland) und beruht ausschließlich auf meiner Fantasie. Gerade im Fall des Earls of Leicester habe ich mir einige dichterische Freiheiten erlaubt, die aus Anforderungen resultieren, die im zweiten Band dieser Geschichte (*Im Reich der Löwin*) deutlich werden (und die ich hier noch nicht verraten möchte). Da die Robin-Hood Legende im Laufe der Zeit immer wieder umgedichtet und verändert wurde, habe ich auch diese Figur etwas freier behandelt.

Die Charakterzüge der Gefolgsleute der Anführer – Richard Löwenherz, Friedrich Barbarossa und Salah ad-Din – wurden ebenfalls den Anforderungen der Handlung unterworfen und entsprechen nicht unbedingt den historischen Personen. Die Schwester des Sultans hätte sich vermutlich nicht so eigenmächtig verhalten, wie im Text beschrieben, und auch Rahel und Curd von Stauffen wären sicherlich etwas weniger offen miteinander umgegangen. Aber bei der Zeichnung dieser Figuren habe ich einerseits an die Dramatik und Spannung der Geschichte gedacht, andererseits die Vorlage aufgegriffen, die Lessing mit *Nathan der Weise* geliefert hat. Die Ringparabel ist der Originalquelle, Giovanni Boccaccios *Dekameron*, entnommen. Lessings *Nathan* habe ich an einigen Stellen ein wenig abgewandelt, so ist Curd von Stauffen in meiner Fassung nicht der Bruder seiner Geliebten (Blanda).

Arnfried von Hilgartsberg, den Dichter des Nibelungenliedes, habe ich frei erfunden. Der Name des tatsächlichen Verfassers ist unbekannt. Erwiesen ist lediglich, dass die Dichtung um 1200 entstand und der Dichter aus der Nähe von Passau stammte. Des Weiteren wird vermutet, dass er im Dienste des Passauer Bischofs Wolfger von Erla stand. Dass der anonyme Verfasser des Nibelungenliedes sich vom Kreuzzugsgeschehen inspirieren ließ, wird in der Forschung durchaus als plausibel angesehen. Ob er allerdings wirklich selbst an dem Zug teilgenommen hat, ist unbekannt.

Auf die Gefahr hin, mich zu wiederholen, ist es an dieser Stelle wieder wichtig, darauf hinzuweisen, dass „Geschichte" nicht notwendigerweise Fakten beschreibt. Jeder Bericht von Chronisten oder Augenzeugen (und das wird gerade bei den Kreuzzügen besonders deutlich) ist gefärbt von ihrer gesellschaftlichen Stellung, ihrem Glauben oder der Position, die der Berichtende innehatte. War ein historischer Charakter wirklich kühn, schön oder edel? Das kann mit Sicherheit kaum mehr festgestellt werden. Genau wie Erzählungen besteht Geschichte zum Großteil aus Unbestimmtheitsstellen, welche vom Interpretierenden ausgefüllt werden müssen. Daher habe ich mich auch im folgenden Text manchmal narrativen Konventionen und Erwartungshorizonten unterworfen und Handlungen und Charaktere zum Teil etwas freier interpretiert. Ein historischer Roman ist und bleibt ein Roman, auch wenn ich – wie immer – bemüht war, dem Pfad der historischen Wahrheit so genau wie möglich zu folgen.

Noch ein Wort zur Brutalität: Sämtliche Beschreibungen von Massakern, Schlachten und Massenschändungen sind Originalquellen von Chronisten entnommen (darunter Ibn al-Atir, Ansbert, Richard of Devizes und Ambroise). Ob das Blut nun wirklich knietief durch die Stadt floss, und ob die Männer tatsächlich selbst Säuglinge missbraucht haben, das kann heute nicht mehr überprüft werden. Fest steht, dass ein Heer von kampftrunkenen Männern die Besiegten gewiss nicht mit Samthandschuhen angefasst haben wird. Die Kreuzzüge sind nicht umsonst als eines der dunkelsten Kapitel des christlichen Glaubens in die Geschichte eingegangen.

Die herangezogenen Quellen sowie die verwendete Sekundärliteratur können der Bibliographie am Ende des Buches entnommen werden.

Der Roman ist bereits im Jahr 2007 – also vor der Ulm-Trilogie – entstanden.

An dieser Stelle gebührt meiner wunderbaren Lektorin Christine Laudahn wieder ein ganz dickes Dankeschön. Ohne ihre Sorgfalt und die vielen kritischen Fragen wäre der Roman sicher wieder nicht zu dem geworden, was er ist.

Silvia Stolzenburg *Januar 2012*

Bibliographie

Anonym. *Das Nibelungenlied.* Stuttgart: Philipp Reclam jun., 2003.

Behringer, Charlotte u.a. *Kathedralen: Hundert Meisterwerke des Abendlandes.* Erlangen: Nebel Verlag, 1991.

Boccaccio, Giovanni. *Das Dekameron.* Berlin: Aufbau Verlag, 1990.

Bookmann, Hartmut u.a. *Mitten in Europa: Deutsche Geschichte.* Goldmann Verlag, 1990.

Delderfield, Eric R. *Kings & Queens of England & Great Britain.* London and Newton Abbot: David & Charles, 1990.

Dtv-Mittelalterlexikon

Fischer, Robert-Tarek. *Richard I. Löwenherz 1157-1199: Mythos und Realität.* Wien, Köln, Weimar: Böhlau Verlag, 2006.

Honour Hugh, Fleming, John. *Weltgeschichte der Kunst.* München, Berlin, London, New York: Prestel Verlag, 2000.

Kinder H., Hilgemann W., Hergt, M. (Hgg.) *dtv-Atlas der Weltgeschichte.* München: Deutscher Taschenbuch Verlag, 2000.

Koch, Wilfried. *Baustilkunde.* München: Mosaik Verlag, 1991.

Lessing, Gotthold Ephraim. *Nathan der Weise.* Stuttgart: Philipp Reclam jun., 1987.

McLynn, Frank. *Lionheart and Lackland: King Richard, King John and the Wars of Conquest*. London: Vintage Books, 2007.

Milger, Peter. *Die Kreuzzüge: Krieg im Namen Gottes.* München: C. Bertelsmann, 1988.

Morgan, Kenneth O. (Hg.). *The Oxford History of Britain.* Oxford and New York: Oxford University Press, 1997.

Wo gekennzeichnete Originalquellen aus Chronistenberichten zitiert wurden, geschah dies sekundär aus Peter Milgers *Die Kreuzzüge*.

Silvia Stolzenburg

Das Erbe der Gräfin

464 Seiten
gebunden
Edition Aglaia
im Bookspot Verlag
ISBN 978-3-937357-45-4
16,95 €

Straßburg im April 1368: Nach einem heftigen Streit mit seinem Ziehbruder bricht der junge Steinmetz Wulf Steinhauer nach Ulm auf, um den Traum zu verwirklichen, der seinem Ziehvater Bertram versagt geblieben ist. Er will an einer der prächtigsten Kirchen des Abendlandes mitarbeiten – dem Ulmer Münster. Nachdem er erfahren hat, dass er nicht der Spross einer Handwerkerfamilie ist, treibt ihn auch die Suche nach seinen leiblichen Eltern dazu, seine Heimatstadt Straßburg zu verlassen.

Ausgestattet mit seinem Werkzeug und dem einzigen Erbstück seiner Mutter, der Gräfin von Württemberg, macht sich der Jüngling auf den Weg nach Ulm. Dort angekommen, verliebt sich Wulf in Brigitta von Ensingen, die temperamentvolle Tochter des Baumeisters. Doch ihre Liebe steht unter keinem guten Stern: Ortwin, der arrogante und grausame Gehilfe ihres Vaters, hat ein Auge auf das schöne Mädchen geworfen …

Das Erbe der Gräfin ist der zweite Teil der Trilogie über die wegen ihres Münsters weltbekannte Stadt Ulm und die – fiktiven – Schicksale der Menschen, die dort lebten, liebten und litten.

Silvia Stolzenburg
Die Heilerin des Sultans

464 Seiten
gebunden
Edition Aglaia
im Bookspot Verlag
ISBN 978-3-937357-47-8
16,95 €

Ulm 1399: Nach dem überraschenden Tod seiner Eltern, die bei einem schrecklichen Brand in Straßburg ums Leben gekommen sind, kehrt der fünfzehnjährige Falk von Katzenstein nach Ulm zurück. Dort ringt er mit der Entscheidung, seine begonnene Steinmetzausbildung zu Ende zu bringen oder sich ausschließlich der umfangreichen Pferdezucht zu widmen, die er von seinem Vater geerbt hat, als unvermittelt ein unbekannter Onkel, Otto von Katzenstein, in sein Leben tritt. Ungeachtet der Warnungen seines Verwalters und väterlichen Freundes Lutz entflammt der junge Mann für den Plan des berechnenden Verwandten, eine Reise in den Orient anzutreten, um feurige Araberpferde zu erwerben, mit denen sowohl Falk als auch Otto ihre Zucht veredeln können.

Doch nach der Abreise von Venedig wird er von Piraten gefangen und als Militärsklave an den osmanischen Sultan Bayezid Yilderim verkauft. In einem Übungskampf schwer verletzt, wird Falk von der aus dem kaiserlichen Harem kommenden schönen jungen Heilerin Sapphira gesund gepflegt. Die zwischen den beiden entflammende Liebe bringt sie jedoch bald in höchste Lebensgefahr …

Die Heilerin des Sultans ist der dritte und letzte Band der großen historischen Romanreihe, die im Ulm des 14. Jahrhunderts ihren Ausgangspunkt hat.

Eva-Ruth Landys

Pflicht und Verlangen

544 Seiten
gebunden
Edition Carat
im Bookspot Verlag
ISBN 978-3-937357-46-1
16,95 €

Charlotte Brandon, die Tochter eines Paares, das einst durch seine unerlaubte Heirat einen gesellschaftlichen Skandal auslöste, wird nach dem Tod ihres Vaters von ihrem weichherzigen, aber schwachen Onkel adoptiert. Rasch muss sie erkennen, dass sie in ihrer eifersüchtigen Tante eine Feindin hat, die ihr kein gutes Leben gönnen will. Um das Familienvermögen zu sichern, soll sie – wie in ihren Kreisen üblich – bald mit einem möglichst reichen Schwiegersohn verheiratet werden.

Da lernt sie den gut aussehenden Herrn des Nachbargutes kennen, Captain John Battingfield. Der weltoffene, wissenschaftlich hochinteressierte und sensible Marineoffizier verliebt sich heftig in die so schöne wie gebildete junge Frau, ist aber in einer unglücklichen Ehe gefangen. Obwohl Charlotte und John sich dagegen wehren, entwickeln sie schnell tiefe Gefühle füreinander. Vergeblich versuchen sie, der immer stärker werdenden Zuneigung zu widerstehen, um eine Katastrophe zu verhindern …

Leseprobe: Das Geheimnis der Jaderinge

... Viktoria blieb am Parkrand stehen, drängte sich durch die Menschenmenge auf der Straße, bis sie wieder Shikai erblickte. Entschlossen schwang sie sich in die Jinrikscha.

»Wir machen jetzt einen Ausflug, von dem du nicht reden wirst, denn sonst gibt es kein Geld mehr von mir«, meinte sie. Er nickte gleichmütig.

»Wohin wollen Missee fahren?«

Ja, wohin eigentlich? Die internationale Siedlung kannte sie einigermaßen und mittlerweile auch die französische Konzession. Aber es gab noch ein geheimes, hinter einer Mauer verborgenes Shanghai.

»Ich möchte in den chinesischen Stadtteil. Dort, wo du immer hingehst, wenn ich bei den Desmoulins bin.«

Shikai, der bereits die Griffe der Jinrikscha in der Hand hielt, drehte sich plötzlich um. Zum ersten Mal sah Viktoria ein völlig verblüfftes chinesisches Gesicht. Mit den weit aufgerissenen Augen und dem halb offenen Mund wirkte er keineswegs undurchschaubar und weise, sondern ganz und gar menschlich.

»Das kein Ort für weiße Lady«, erwiderte er entschieden. Viktoria erinnerte sich an Margarets Erzählungen.

»Du meinst wohl, ich bin eine Teufelin, die deine Leute verhext«, entgegnete sie kichernd. »Keine Angst, ich will mich nur umschauen.«

Shikai war weiterhin auf der Straße festgewachsen. Andere Jinrikschafahrer schubsten sich mit zornigem Plärren an dem Hindernis vorbei. Redeten Chinesen jemals leise miteinander? Schließlich ließ Shikai die Griffe auf den Boden sinken, um näher an Viktoria heranzutreten, als er es je zuvor gewagt hatte. Sie hätte nur die Hand heben müssen, um seinen pechschwarzen, glatten Schnurrbart zu berühren. Ein starker, scharfer Geruch ging von dem Mann aus.

»Missee wollen sehen Hinrichtung?«, flüsterte er mit einem Funkeln in den Augen. »Finden heute statt. Junge, schöne Frau, hat Mann vergiftet. Wird in Stücke geschnitten. Wollen sehen? Ich fahren Missee hin, schnell und sicher, für nur zwei Dollar.«

Viktoria begann trotz der Hitze zu frieren und presste ihren Rücken in den Jinrikschasessel. Shikai zeigte grinsend gelbe Zähne.

»Ich weiß, weiße Leute sagen wir Barbaren, weil machen solche Hinrichtung. Aber oft wollen sehen.«

Der Zorn riss Viktoria aus ihrer Beklemmung. Sie richtete sich auf und krallte ihre Hände in das Polster des Sessels.

»Ich will das nicht sehen!«, zischte sie. »Ich will … ich will einfach sehen, wie Chinesen leben, ganz ohne Blutvergießen und sonstige Spektakel. Und deshalb bringst du mich jetzt in die Chinesenstadt. Sonst erzähle ich Mrs. Emily Huntingdon, dass du heimlich Opium rauchst.«

Es war nur ein Schuss ins Blaue. Ihr war der glasige Blick aufgefallen, mit dem Shikai von seinen Ausflügen zurückkehrte. Sein leichtes Schwanken beim Ziehen der Jinrikscha auf dem Heimweg. Zunächst hatte sie befürchtet, er sei krank, doch Margaret hatte ihr von diesem in Shanghai weit verbreiteten Laster erzählt, das Emily ihren Angestellten unter Androhung sofortiger Entlassung verbot. Als Shikais Augen sich zu schmalen, zornigen Schlitzen verengten, wurde ihr klar, dass sie ins Schwarze getroffen hatte.

»Gut«, knurrte er. »Aber Missee bleiben in Jinrikscha. Nicht springen heraus und laufen herum.«

»Ich mache, was ich will«, protestierte Viktoria. Was erlaubte dieser Diener sich eigentlich? Er trat knurrend einen Schritt zurück und musterte sie mit einem Blick, der ihr ebenfalls sehr vertraut und zutiefst männlich schien. Der Unmut angesichts weiblichen Eigensinns stand ihm ins Gesicht geschrieben.

»Jetzt hören zu«, sagte er lauter als jemals zuvor. »Ich haben drei Kinder, alte Mutter und Frau. Jetzt haben gute Arbeit, gutes Geld. Nicht wollen verlieren, nur weil weiße Lady finden Leben langweilig und wollen machen Unsinn. Chinesenstadt nicht für Lady. Gefährlich. Diebe, Mörder, Leute, die wollen Frau verkaufen. Verstehen?«

Viktoria spürte ihr Herz vor Aufregung schlagen, doch gleichzeitig wurde ihr flau im Magen. War es wirklich eine gute Idee, in diese unbekannte Welt aufzubrechen?

Shikai kam einen Schritt näher. Sein Gesicht schien plötzlich wieder freundlich, fast unterwürfig, wie es sich für einen Diener gehörte.

»Aber ich kann aufpassen auf Lady.« Er zog einen kleinen, krummen Dolch aus seinem Kittel, den er stolz in der Sonne glänzen ließ. »Ich fahren Lady durch Chinesenstadt. Für fünf Dollar.«

Viktoria musste ungewollt lächeln. Überall auf der Welt drehte sich alles ums Geld. Vermutlich hatte Shikai übertrieben, um ihr Angst zu machen und für seinen versprochenen Schutz bezahlt zu werden. Aber das großzügige Bestechungsgeld von Nathan Sassoon machte es ihr möglich, das Angebot ohne weitere Diskussionen anzunehmen.

Wieder ging es südwärts durch die französische Konzession, vorbei an der amerikanischen Baptisten-Mission, bis sich schließlich ein weiteres, mit gekrümmten Giebeln und roten Laternen verziertes Tor vor ihnen auftat, das die Jinrikscha verschluckte.

Plötzlich wurde es dunkel, eng und ohrenbetäubend laut. Der Lärm, den sie bereits mit Shanghai verband, bekam hier eine neue Dimension. Unbekannte Gerüche bissen in Viktorias Nase. Sie konnte nur einen schmalen Streifen Himmel erkennen, denn überall kauerten Hütten und Häuser eng aneinander. Menschen sprangen vor der Jinrikscha zur Seite, obwohl es ihr ein Rätsel war, wohin sie verschwanden. Hier war nirgendwo der winzigste freie Platz zu entdecken. An manchen, etwas größeren Gebäuden baumelten die üblichen Laternen. Grellbunte, chinesische Schriftzeichen funkelten auf, doch konnte ihre Pracht nicht über den Schmutz der Straße hinwegtäuschen. Sie war dankbar, dass Shikais Tempo ihr nicht die Gelegenheit gab, herauszufinden, woraus dieser Unrat sich zusammensetzte. Aber die vor den Hütten herumliegenden Gestalten vermochte sie nicht zu übersehen. Sie hatte gedacht, im Gängeviertel Armut und Verwahrlosung gesehen zu haben, doch hier erschreckte das Elend sie nicht nur, es erschütterte ihr Verständnis der Welt. Lebten diese ausgemergelten, mit Ausschlag übersäten Wesen überhaupt noch? Kümmerte es jemanden außer ihr selbst? Wie um diese Frage zu beantworten, überrollte die Jinrikscha den Körper eines Kindes. Viktoria schrie auf. Erst als sie sich umdrehte, erkannte sie die verfaulten Gliedmaßen eines Leichnams. Aber es waren nicht alle hier tot. Sie spürte gierige, hungrige Blicke, an denen Shikai sie vorbeirasen ließ. Kurz schloss Viktoria die Augen. Es war zu viel. Es war unerträglich. Sie wollte aus dieser Hölle fliehen, doch wusste sie den Rückweg nicht. Ohne Shikai war sie verloren. Viktoria beugte sich vor, um ihn anzuschreien, dass er umkehren sollte, doch da kam die bereits heftig holpernde Jinrikscha endgültig zum Schwanken. Es krachte. Die Welt neigte sich zur Seite. Viktoria krallte ihre Hände in die Polster und kreischte aus Leibeskräften. ...

Nordsee
London
Brügge
Köln
Mainz
Paris
Nonancourt
Vézelay
Metz
Mai 1189
Regensbu
Tours
Juli 1190
Poitiers
Lyon
Clermont
Bordeaux
Mailand
Turin
Venedig
Toulouse
Genua
Porto
Marseille
Pisa
Korsika
Barcelona
Toledo
Lissabon
Rom
Valencia
Silves
Balearen
Sardinien
Granada
Sizilien
Tanger
Messina
Tunis
Tripolis
Zug unter Führung von König Philipp II.
Zug unter Führung von König Richard Löwenherz
Zug unter Führung von Kaiser Friedrich I. „Barbarossa“
Tod des Kaisers Friedrich I.
Sieg der Kreuzfahrer
Sieg der Muslime
Kreuzfahrerstaaten